Karine Tuil

Die Zeit der Ruhelosen

KARINE TUIL

DIE ZEIT DER RUHELOSEN

Aus dem Französischen
von Maja Ueberle-Pfaff

Ullstein

Die Originalausgabe erschien 2016
unter dem Titel *L'Insouciance* bei Éditions Gallimard, Paris.

Die Übersetzerin dankt dem Freundeskreis Literaturübersetzer e.V. für ein Arbeitsstipendium, das vom Ministerium für Wissenschaft, Forschung und Kunst Baden-Württemberg ermöglicht wurde, sowie der DVA-Stiftung und dem Deutschen Übersetzerfonds, die die Arbeit am vorliegenden Text durch ein Elmar-Tophoven-Stipendium gefördert haben.

FSC
www.fsc.org
MIX
Papier aus verantwortungsvollen Quellen
FSC® C014496

ISBN: 978-3-550-08175-0

Gesetzt aus Galliard
Satz: L42 AG, Berlin
Druck und Bindearbeiten: GGP Media GmbH, Pößneck
Printed in Germany

Den Verwundeten

Freiheit, Gleichheit, Brüderlichkeit, *preist all diese Werte, doch früher oder später werdet ihr das Problem der Identität auftauchen sehen.*

Aimé Césaire,
Nègre je suis, nègre je resterai. Entretiens avec Françoise Vergès

Das ist nur ein tröstlicher Betrug, denn die Geschichte des Lebens ist die Geschichte der unbezwingbaren Gewalt, sie ist ewig und unausrottbar, sie verwandelt sich, aber sie verschwindet nicht und wird nicht weniger.

Wassili Grossman,
Alles fließt

Unbewusst spürte ich, dass für mich die Liebe dieses Massaker sein würde.

Cesare Pavese,
Das Handwerk des Lebens

Das Auswahlverfahren war hart. Drei- bis viertausend Bewerber, vielleicht sogar mehr, und alle waren scharf auf eine Anstellung als Makler bei Cantor Fitzgerald, einer der größten Investmentfirmen der USA. Nach mehreren Bewerbungsgesprächen, die sich über sechs Monate hinzogen, erhielten nur zwei Personen den Zuschlag, ein Franzose und ein Amerikaner. Eines Morgens klingelte ihr Telefon: »Wir haben uns für Sie entschieden ... Wir freuen uns, Ihnen mitteilen zu können, dass ...« Die Kompetentesten. Die Besten. Die Elite. Und nun arbeiteten sie im Nordturm des World Trade Center, der eine im hundertsten, der andere im hundertvierten Stockwerk. Diejenigen Bewerber, die nicht genommen worden waren, hatten per Post ein kurzes, förmliches Schreiben erhalten: »Cantor Fitzgerald bedankt sich für Ihr Interesse ... Wir bedauern, dass ... stellt kein Werturteil über Ihre Qualifikation dar ... für Ihren weiteren Berufsweg wünschen wir Ihnen ...« Nach diesem Schreiben hatten sie die üblichen Phasen einer Niederlage durchlaufen: Enttäuschung – das Gefühl, ungerecht behandelt worden zu sein – Verbitterung – Wut. Die Auserwählten traten ihre neuen Stellen in einem Zustand rauschhafter Euphorie an. Ein Jahr später, am 11. September 2001, krachten gegen neun Uhr vormittags zwei von al-Qaida-Terroristen entführte und gesteuerte Flugzeuge in die Türme des World Trade Center, woraufhin die Metallkonstruktion durch die Gluthitze nachgab. Um 10 Uhr 23 stürzte sich der Amerikaner aus dem hundertdritten Stockwerk, um den giftigen Gasen zu entkommen. Um 10 Uhr 28 starb der Franzose beim Einsturz des Nordturms. Drei Jahre später begann der Abschlussbericht der Kommission, die den Terroranschlag untersucht hatte, mit den Worten:

»Dienstag, 11. September 2001, der Himmel über der Ostküste der USA ist wolkenlos, es herrschen milde Temperaturen.«

»Auf meinen Befehl hin haben die Streitkräfte der USA Angriffe gegen Terroristen-Ausbildungslager der al-Qaida und Militäreinrichtungen des Taliban-Regimes in Afghanistan begonnen. Diese sorgfältig gezielten Aktionen sollen die Verwendung von Afghanistan als Operationsbasis für Terroristen stören und die militärischen Fähigkeiten des Taliban-Regimes angreifen. Mit uns nimmt unser zuverlässiger Freund Großbritannien an der Operation teil. Andere enge Freunde, darunter Kanada, Australien, Deutschland und Frankreich, haben für den weiteren Verlauf der Operation Truppen zugesagt. [...]

Wir verlangen viel von denen, die unsere Uniform tragen. Wir verlangen von ihnen, ihre Liebsten zu verlassen, weite Entfernungen zurückzulegen, Verwundung zu riskieren und sogar bereit zu sein, das höchste Opfer, ihr Leben, zu geben.«

George W. Bush, Auszug aus einer Rede
im Weißen Haus am 7. Oktober 2001

DIE RÜCKKEHR AUS AFGHANISTAN

1

Es ist keine Ladung Blei, die auf dich abgefeuert wird, du bist nicht gleich tot, aber es entstellt, es zersetzt, langsam, kalt, wie eine toxische, tödlich strahlende Substanz, die dich verwandelt. In was? In ein höheres Wesen, gepanzert, stoisch, durch nichts zu erschüttern, in etwas Resistentes, das eine Menge aushält, in einen harten Kerl in Metallrüstung, mit Augen, die tief eingesunken sind, weil sie zu viel Entsetzliches gesehen haben. In einen Menschen, der nichts zeigt, der nichts preisgibt, der undurchdringlich ist: *Nein, geht schon, alles in Ordnung*, kein Grund zu klagen, bin keiner von diesen Typen-die-gleich-umfallen, Typen-die-schnell-aufgeben, die sich vor Angst in die Hose machen, die dem eigenen Bild die goldene Aura nehmen, sich als untauglich erweisen. Brutal geht es zu, erbarmungslos, es geht dir tief unter die Haut, etwas wird endgültig abgeschliffen, manche beschreiben es als einen heftigen Schlag gegen den Kopf, gefolgt von einem unkontrollierten Schleudern, eine Art Frontalaufprall, der dich zerlegt – es ist der echte Härtetest, du fühlst dich ausgeliefert, es ist ein Schmerz, auf den niemand vorbereitet ist, niemand. Er kann jeden Moment hervorbrechen, er überfällt dich hinterrücks, er ist tückisch: Du hattest Wünsche, Träume, Pläne, du liebst, wirst vielleicht wiedergeliebt, welch ein Glück, genieße es, es wird nicht von Dauer sein, plötzlich brechen andere Zeiten an, jeder Protest ist sinnlos, stellt euch in Reihen auf, rückt vor, marschiert in das Unruhegebiet, begebt euch in den Käfig – der Härtetest hat etwas Animalisches an sich –, man lässt alles Weltstädtische hinter sich, jedes aggressiv-autoritäre Gehabe, vergessen die Macht des äußeren Erscheinungsbildes, das Übersprudelnde, die Jugendlichkeit – Begeisterung war gestern –, nichts ist mehr von Bedeutung nach der Kapitulation, aus dem Leben ist ein Lehrstück über Verlustbewältigung geworden.

Romain Roller kannte die Angst, er hatte sich mit der Zeit an sie gewöhnt, im Zuge seiner Ausbildung gewissermaßen, denn in einem Alter, in dem seine Kumpel sich kleine Jobs an Land zogen, Wachmänner, Chauffeure oder Sporttrainer wurden, in einem Alter, in dem die Ehrgeizigen am anderen Ende der Stadt ihre berufliche Zukunft wie eine langfristige Investition planten, war er zur Armee gegangen, zur Gebirgskommandogruppe, die dem Gebirgsjägerbataillon der Gebirgsbrigade unterstellt war. Dort war er in den Rang eines Oberleutnant aufgestiegen – und wohin hatte ihn das gebracht? In den Kosovo, nach Mitrovica, wo er gesehen hatte, wie brennende Menschen aus ihren Häusern rannten oder sich aus den Fenstern stürzten, nachdem jemand Molotowcocktails in ihre Wohnung geworfen hatte, Menschen, die mit allen Mitteln zu überleben versuchten, weil niemand freiwillig stirbt, das war es vor allem, was er im Krieg gelernt hatte.

In Bouaké an der Elfenbeinküste wurde ein Feldlager französischer Soldaten auf Friedensmission von einem Flugzeug des ivorischen Präsidenten bombardiert, wobei neun französische Soldaten und ein Amerikaner starben. In Zentralafrika lagen verwesende Leichname herum, mit Macheten zerstückelt, umgeben von olivengroßen Fliegen, die laut wie Kettensägen surrten, ganze Familien lagen da, Männer, Frauen, Kinder, Opfer ethnischer Konflikte.

Danach glaubst du, gegen alles gewappnet zu sein, du bist immer noch imstande, ohne Beruhigungsmittel und Alkohol einzuschlafen, du wirst nicht mitten in der Nacht durch Bilder von Massengräbern aus dem Schlaf gerissen, du hast Wünsche und Sehnsüchte, du gehst aus, du redest, ja, schon, aber wie lange noch, wie lange? *Denn du kannst das Elend dieser Welt in unzähligen Variationen kennengelernt haben, wenn du nicht in Afghanistan warst, hast du nichts gesehen …*

Die Hölle von Afghanistan. Du bist überwältigt von der Natur, ihrer Vielfalt, den versteckten Höhlen, der Schroffheit, alldem, womit dein Feind bestens zurechtkommt und was du dir erst vertraut machen musst, denn er kennt die Gegend besser, als du sie je kennenlernen wirst – das weite, von Schluchten durchzogene, hügelige Terrain mit den kreideweißen Gipfeln des Hindukusch im Hintergrund, die sternenklaren Nächte, diese Postkartenlandschaft. Den von dichten Obstgärten gesprenkelten Grüngürtel, die üppige Vegetation, in die du vordringst, immer mit einem Stoßgebet auf den Lippen, dass dir bitte keiner eine Kugel in den Kopf jagen möge, und natürlich passiert es doch, es wird geschossen, Handgranaten werden gezündet, du siehst nichts, dein Gegner haut ab, verkriecht sich irgendwo, wartet in aller Ruhe ab. Er hat nur eines im Sinn: *Wunden zufügen*. Dieses Land ist eine Bombe, verstehst du?

Und alle haben den Finger am Abzug: der Taliban, der in seinem Versteck darauf lauert, dass du auftauchst, der Kundschafter, der vor deiner Basis steht und in einem Kauderwelsch, das dich nervös macht, mit dir zu sprechen verlangt, das Kind, das mit seinem entwaffnend offenen Blick auf dich zukommt, dabei kannst du dir nie sicher sein, ob es eine geladene Waffe in seinen Shorts versteckt oder nur ein Bonbon will, der Bauer, der zuckersüße, saftige Pflaumen aufliest und dir eine anbietet, du bist schwer in Versuchung, aber du weißt nicht, ob das gut ist. Sie ablehnen? Damit demütigst du ihn, denn in einem Land, in dem die Ehre so großgeschrieben wird, könnte er dadurch in die Arme der Aufständischen getrieben werden. Sie annehmen? Das birgt die Gefahr, ein anderes Erzeugnis verpasst zu bekommen, nämlich eine blaue Bohne.

Mit wem telefoniert der Afghane, der mitten auf der Straße steht und eurem Konvoi den Weg versperrt? Sein Handy könnte der Fernzünder für eine Bombe sein, aber woher sollst du das wissen, von deinem Platz im Fahrzeug aus kannst du es nicht erkennen, welche Entscheidung ist also die richtige: Ihn nicht weiter zu beachten? Ihn auf offener Straße zu erschießen? Dein Kampfeinsatz ist legitim, moralisch vertretbar, legal. Der Soldat der afghanischen Armee, den ihr ausbilden sollt, ein sanfter, freundlicher junger Mann, dem deine Männer ausführlich erläutern, wie man eine Kalaschnikow bedient, könnte ein eingeschleuster Aufständischer sein. Woher weißt du, dass er es nicht ist? Dass er nicht bei einer Operation seine Waffe gegen dich richten oder dich im Schlaf umbringen wird? Dass er dir nicht mit einer Axt den Schädel spalten wird, so wie es Roller bei einer Zusammenkunft mit afghanischen Stammesältesten erlebt hat – bang! Ein Schlag auf den Kopf eines fünfundzwanzigjährigen Kanadiers, dessen Gehirn auf die Anwesenden spritzte. Auf der Rückfahrt zur Basis sprach niemand ein Wort, alle stellten sich tot, sie sahen nicht – nein, sie wollten nicht sehen –, dass Fleischfetzen an ihren Jacken und Haaren klebten, sie sahen nicht – nein, sie wollten nicht sehen –, dass auch die Hartgesottensten unter ihnen zitterten, als hätte man sie auf einen Presslufthammer gestellt. Roller dachte selbst in diesem Moment an die Einsatzregeln – das nennt man Kaltblütigkeit, Selbstbeherrschung – und rief den Soldaten in Erinnerung, dass sie ihren Frauen, Freunden, Eltern nichts davon erzählen durften.

Am Abend antwortest du deshalb vor dem PC auf die Frage »Wie fühlst du dich?« mit »Gut. Sehr gut. Supergut.« Lüg sie an. Lüg sie an, wenn sie dich fragen, wie deine Stimmung ist, ob du die Hitze verträgst, den Druck, die Schutzweste, das Gewicht der Ausrüstung. Lüg sie an, wenn sie wissen wollen, warum du einen Verband um die Hand trägst. Lüg sie an, wenn sie dich mit Fragen bestürmen: »Hast du die Müsliriegel bekommen, die ich dir geschickt habe?« Antworte: »Ja, ja, sie waren köstlich«, auch wenn du seit drei Tagen nichts mehr zwischen die Zähne bekommen hast. Anschließend kannst du zusammenbrechen und dich auskotzen, aber allein, unter der Dusche, wenn die Fleischfetzen des Kanadiers den Abfluss verstopfen, wenn ein Teil von dir zu zerfallen droht, wie ein Körper, der in ein starkes Lösungsmittel geworfen wird.

Könnte der Übersetzer, der euch seine Dienste anbietet, nicht ein von den Taliban ferngesteuerter Spion sein, eine Geisel, die unter Zwang handelt? Es ist ein Leichtes, ihn zu erpressen, indem sie damit drohen, seine Familie zu töten, falls er nicht mit ihnen zusammenarbeite, sie wissen, wo sie wohnt, sie kennen den Namen seines Vaters und seiner Schwester, *du weißt, was wir deiner Schwester antun können*, ja, er weiß es, sie werden ihr eine Kugel in den Kopf jagen oder sie mit Säure bespritzen, ein Strahl ins Gesicht, und sie ist für immer entstellt, als abschreckendes Beispiel. Der Übersetzer, der zu Anfang der Mission auf eurer Seite steht, könnte zwei Monate später ohne weiteres ins Lager der Feinde überwechseln, weil er Angst hat. Ja, mach dir besser gleich klar, dass die Angst da unten alles beherrscht. Und dann liegt vielleicht ein Leichnam mitten auf der Straße, der mit Sprengstoff vollgestopft ist, oder diese kleine Ziege mit dem Glöckchen um den Hals trottet hinter dir her, oder ein Selbstmordattentäter taucht mitten in einem Gelände auf, das ihr gerade sichert, und rennt auf dich zu, als wärst du das schönste Mädchen der Welt, *als hätte ihn die Liebe wie der Blitz getroffen*, aber den tödlichen Schlag verpasst er dir, der Mistkerl … Du glaubst, du kannst inzwischen mit dem ganzen Horror und dem Stress und dem alles zersetzenden, verhängnisvollen Hass umgehen, du wirst deine Angst vor den selbstgebauten Sprengfallen nie ablegen können, die man hier IED nennt, *improvised explosive device*, und die in Afghanistan der Feind Numero eins sind, schlimmer als die Jagdflugzeuge, denn wenn du darauf trittst oder fährst, werden dir mindestens die Hände, die Arme oder ein Teil des Schädels weggerissen, und selbst wenn du das überlebst, liegst du danach mutterseelenallein, von allen vergessen im Militärkrankenhaus, und wünschst dir, du wärst lieber gleich krepiert, denn dann hätte wenigstens deine Witwe eine Rente und könnte sich ein neues Leben mit einem anderen aufbauen, einem Normalo, nicht mit einem Soldaten, der nach einem sechsmonatigen Einsatz als Bausatz wiederkommt. Weißt du, wie sie diese Mordvariante nennen? *Blumen pflanzen* … Das ist Taliban-Romantik.

Du wirst dich nie an den Krieg der Feiglinge gewöhnen, die sich mit dem Zünder in der Hand hundert Meter von dir entfernt verstecken, hinter verminten Häusern mit weiß gekalkten Wänden. Du wirst nie auf das Entsetzen gefasst sein, das dich schüttelt, wenn du Granaten auf Häuser voller Kinder, alter Leute und Mütter abfeuern musst, weil sich die Gegner dort verschanzt haben, um euch wie Hasen abzuknallen, denn sie gehen davon aus, dass ihr nicht zurückschießt, sie kennen eure Regeln und machen sich über eure Moralvorstellungen lustig – *Zivilisten schonen, nur bei Frontalangriffen schießen* –, und damit treiben sie dich in Schuld und Verbrechen, denn du sprengst sie in die Luft und sagst dir immer wieder, dass du keine andere Wahl hattest, obwohl du natürlich eine hattest, nämlich schnellstens aus dieser Hölle abzuhauen und nach Hause zu fahren, wo Männer in deinem Alter in die Disco gehen, arbeiten, vögeln, Karten spielen, sich herumtreiben, sich um ungefährliche Stellen bewerben, und wer sagt dir denn, dass sich nicht einer von ihnen deine Frau schnappt, während du dafür kämpfst, dass sie auch weiterhin in die Disco gehen, arbeiten, vögeln, Karten spielen und sich herumtreiben können, ohne Angst vor dem Terror, dafür bist du doch hergekommen, oder? Du willst diese Bedrohung ausmerzen …

Du wirst nie auf die Schuldgefühle vorbereitet sein, die dich quälen, weil du vorschriftsgemäß den Befehl gegeben hast, auf eine »verdächtige Zielperson« zu schießen, und dann entdeckst, dass es sich um eine schwangere Frau handelte, die Hilfe gesucht hat, gerade mal achtzehn Jahre alt, wie hättest du auch wissen sollen, dass sie unter ihrer Burka nicht eine Bombe versteckte. Und wieso hättest du ihr vertrauen sollen? Sie oder deine Männer, lautet die Devise, aber das spielt keine Rolle, denn *deinem* Befehl gehorchend, hat der Soldat sie erschossen – und ihre Mutter wird dich verfluchen, dich und deine Kinder, bis ins fünfte Glied, und wird die Kinder, die ihr bleiben, im Hass auf dich großziehen, und sie werden dir bis in dein Land folgen und dich mit Feuer und Bomben, Terror und Drohungen, Schwertern und Säbeln vernichten, wie in einer biblischen Geschichte, sie werden Rache nehmen …

Du wirst nie auf die Angst vorbereitet sein, die dir in den Gedärmen wühlt, wenn du einen Draht bemerkst, der aus dem Boden ragt, und du weißt, du musst unbedingt etwas tun, denn wenn du nichts tust, kann es sein, dass ein Kind ihn herauszieht, um sich eine Marionette zu bauen, und dann wird womöglich das Kind zu einer Puppe mit fehlenden Armen und Beinen. Du rufst also den Sprengstoffbeseitiger, aber du musst immer darauf gefasst sein, dass er vor deinen Augen zerplatzt, während seine Frau gerade unter der Dusche ein neues Gel mit Orange-Mandarinen-Duft ausprobiert, mit dem sie ihn nach seiner Rückkehr verführen will. Du wirst nie darauf vorbereitet sein, bei jedem Gang über den Bazar von Tagab dem Tod ins Gesicht zu sehen, denn jeder Verkaufsstand ist ein Pulverfass, du weißt nicht, ob der Topf, in dem Krapfen in brodelndem Öl schwimmen, nicht explodiert, wenn du an ihm vorbeigehst, ob die Alte, die ihre Mandeln mahlt, dich nicht anspuckt, weil du niemals willkommen sein wirst, weil du ihr Haus bombardiert, ihre Tochter gedemütigt, ihr Feld zerstört hast; sie hat ihre Gründe, die du nie erfahren wirst, weil es dir nicht erlaubt ist, mit ihr zu sprechen: *Männer reden nicht mit Frauen.* Du weißt nie, ob die Menge dich nicht gleich einkreisen, dir die Luft abschnüren und dich zerquetschen wird, du wirst in Panik geraten, auch wenn die Ausbilder dir noch so sehr eingebläut haben, wie man Menschenmengen kontrolliert, und du deine Reaktionsfähigkeit in allen möglichen Winkeln der Erde erprobt hast, hier wollen sie deinen Kopf, sie würden auf ihm herumtrampeln, bis dein Gesicht nur noch ein formloser Brei ist, und ein Typ würde von oben deinen Tod filmen und das Video auf YouTube stellen …

Du wirst nie darauf vorbereitet sein, dass einer deiner besten Freunde vor deinen Augen von einer Sprengfalle zerrissen wird, auf die er bei einer Patrouille getreten ist, es reißt ihm die Beine ab, er schreit nach Morphium, das Blut spritzt, jemand muss ihm den Stumpf abbinden, *Morphium, verdammte Scheiße! Wo ist die Trage? Wer hat das Funkgerät?* Du wirst nie auf die Druckwelle – 530 km/h – und das ohrenbetäubende Krachen der Explosion vorbereitet sein, vielleicht bist du ja taub geworden, denn du hörst nicht einmal mehr die Schreie des Soldaten, der gerade mit heraushängenden Eingeweiden in deinen Armen stirbt, während ein Baumfalke über euren Köpfen kreist … Du wirst nie auf den Schock vorbereitet sein, dass er fünf Sekunden zuvor noch gesund und munter vor dir stand, sich mit dir unterhielt, und, peng!, nun ist von ihm nur noch die Hälfte übrig, sein Kopf blutet, um ihn herum eine mit Trümmern gespickte Staubwolke. Du wirst nie darauf vorbereitet sein, im Schotter nach seinen fehlenden Gliedmaßen suchen zu müssen, dir beim Kratzen in der harten Erde fast die Fingernägel abzureißen, du wirst sie nicht finden, die Nacht wird anbrechen, und dennoch kannst du an nichts anderes denken, du willst ihn vollständig wiederbringen, dieser Gedanke hilft dir, nicht loszuheulen, aber irgendwann schlägt die Traurigkeit zu, und du heulst trotzdem, weil du nie darauf vorbereitet sein wirst, ihn auch noch anzulügen, *alles wird gut*, obwohl du weißt, dass er im Hubschrauber oder im Krankenhaus von Kabul sterben oder sein Leben als ein Krüppel zubringen wird, angewiesen auf die Hilfe der Armee, des Staats, seiner Freundin, die ihn möglicherweise verlässt, weil sie ihr Leben genießen will … Du wirst nie darauf vorbereitet sein, in einen Hinterhalt zu geraten und vierundzwanzig Stunden lang unter Beschuss zu liegen, dabei zuzusehen, wie deine Männer fallen, ohne dass du etwas dagegen unternehmen kannst, außer wütend zu werden, weil der Rettungshubschrauber nicht auftaucht, lieber nicht das Risiko eingeht, im Anflug abgeschossen zu werden, oder weil die amerikanischen Kampfflugzeuge eure Gegner nicht ins Visier nehmen können, da ihr zu nah dran seid, sie würden euch ebenfalls töten, aber so bringt die Passivität dich allmählich auch um … Du wirst nie darauf vorbereitet sein, den Anblick der durch die Hitze aufgequollenen schwarzen Leiber ertragen zu müssen, die wenige Stunden zuvor noch die athletischen Körper deiner Gebirgsjäger waren, gestählt durch stundenlanges Fitnesstraining, Sport und gezielten Muskelaufbau. Männer, die mühelos den Mont Blanc hätten bezwingen können – bereits in Verwesung begriffen. Nein, bitte nicht ausgerechnet José Vilar, zweiundzwanzig, du hast doch seiner Mutter versprochen, ihn ihr lebendig wiederzubringen, nicht Vincent Debord, vierundzwanzig, der Einzige, der dich in *Call of Duty* geschlagen hat, und nun wird dich nie wieder jemand schlagen, er wollte nach seiner Rückkehr heiraten, er hatte dich gebeten, sein Trauzeuge zu sein, und nun wirst du nur noch seinen Tod bezeugen, du wirst seinen Sarg bis aufs Rollfeld begleiten, und was wirst du seiner Freundin sagen, wenn sie anruft, ihn sprechen will, um ihm zu beteuern, dass sie ihn liebt und sich nach ihm sehnt? Du wirst nicht darauf vorbereitet sein, dass man die Toten im Dunkel der Nacht mit blutbeschmierten Händen einsammelt, sie auf dem Rücken ins Camp trägt, schnell, schnell, bevor die Aufständischen kommen, denn man überlässt seine Männer nicht dem Gegner …

Du wirst nie auf den Geruch von Blut vorbereitet sein, den ekelerregenden Geschmack nach Eisen und kaltem Metall und Asche im Mund – *was ist das?* Geröstetes

Fleisch. Und du beugst dich vor und kotzt dir die Seele aus dem Leib. Du wirst nie darauf vorbereitet sein, dass du über die letzten Minuten der Soldaten Lügen verbreiten musst – *Anweisung von oben*. Du wirst erzählen, dass sie als Helden an der Front gefallen sind, bis zum Ende tapfer gekämpft haben, dass sie schön und stolz waren – *schön und stolz, genau*, denn niemand wird je ihre verunstalteten Gesichter zu sehen bekommen, *zum Schutz ihrer Familien*, du wirst ihnen nicht sagen, wie du die drei Leichen nach dem Abzug der Taliban vorgefunden hast, sie lagen nebeneinander, wiesen Spuren von Folter auf – Schnitte und Einstiche mit Taschenmessern oder Schraubenziehern –, du wirst nicht sagen, dass man ihnen die Kehle durchgeschnitten und ihnen ihre persönliche Habe geraubt hatte, auch nicht, dass die Taliban in den Uniformen *unserer* Toten, *unserer* Soldaten umherstolzierten, du wirst still sein und dich an die scheinheiligen Floskeln halten, *zum Schutz der Familien* und im Namen des Staatsgeheimnisses, denn der Staat hat dich in dieses Drecksloch geschickt, du bist noch keine siebenundzwanzig, du hast noch nicht genug gelebt und geliebt, um zu sterben, und du denkst an deine Mutter, du möchtest nach ihr schreien, sie soll kommen und dich hier rausholen …

Du wirst nie darauf vorbereitet sein, die Nachricht vom Tod deiner Männer zu überbringen, und doch wirst du es früher oder später tun, du rufst einen deiner Vorgesetzten an, die hübsch bequem im Stützpunkt hocken, prompt wird die Internetverbindung gekappt, kein Soldat kann mehr Kontakt zu seiner Familie aufnehmen, damit keiner die Namen der Opfer ausplaudert, so hat es der Generalstab beschlossen, jemand wird es für sie übernehmen, irgendein niedriger Dienstgrad, er wird an der Haustür der Familie klingeln, jemand öffnet und denkt dabei: *Jetzt ist es passiert. Das Leben ist zu Ende.*

Das dachte auch Romain Roller, als sie in Paphos auf der Insel Zypern landeten und das Fünf-Sterne-Hotel bezogen, in dem sie drei Tage verbringen sollten, *zur Erholung*, wie es hieß, bevor sie nach Hause zurückflogen; eine Schleuse am Ende ihres sechsmonatigen Einsatzes, die sich die Regierung als Maßnahme vor der Rückkehr *in das normale Leben* ausgedacht hatte. Auf dem Programm standen autogenes Training, Fitness, Gruppentherapie, Einzelgespräche mit Psychologen – aber es war zu spät, Roller war fertig mit der Welt, als er in seinem Luxuszimmer mit Meerblick stand, er gehörte nicht hierher, dachte er, er sollte zurück nach Afghanistan und die Gliedmaßen seines Freundes, des Stabsunteroffiziers Farid Djitli, suchen, der, an Schläuche angeschlossen, im Militärkrankenhaus von Percy lag und vielleicht gerade krepierte, während sie sich in Paphos mit Papayas und »zuckersüßen, zart schmelzenden« Datteln vollstopften, während sie unter den Blicken junger Bikinischönheiten im Meereswasserbecken ihre Bahnen zogen und nichts anderes im Sinn hatten, als diese Mädchen flachzulegen, die sie auch noch bewundernd anstarrten, wenn sie mit ihren muskulösen Oberkörpern wie Superman persönlich am Strand entlangjoggten, der krepierte, während sie sich massieren ließen oder Karten spielten, sich nicht zwischen Hammam und Sauna entscheiden konnten, der krepierte, während sie im Hotelsaal an einem Karaoke-Wettbewerb teilnahmen, der krepierte, während sie auf ihren Zimmern an Joints zogen und sich gegenseitig erzählten, was für tolle Sachen sie nach ihrer Rückkehr machen würden: ausgehen, lachen, Liebe machen, leben.

Der krepierte.

2

Protektion und Cliquenwirtschaft mit all ihren Regeln, ihren Privilegien und ihrem imponierenden Beiwerk – mit dem Namen Vély gehörte man von Geburt an dazu. Und so stand François Vély, einundfünfzig, Chef eines der größten Mobilfunkunternehmens und zehntreichster Mann Frankreichs, mitten im Festsaal des Automobile Club de France, wo sich einmal im Monat die einflussreichsten Männer und Frauen des Landes zum Diner des *Club Le Siècle* versammelten – Persönlichkeiten aus Politik und Wirtschaft, hohe Regierungsbeamte, Unternehmensführer, Pressemoguln, Ärzte, Anwälte, kurzum: alle, die zählten. Ein neuralgisches Zentrum der Macht bildete sich an diesem Ort des geselligen Beisammenseins der Elite, der männlichen Elite vor allem, denn der Club bestand nur zu fünfzehn Prozent aus Frauen. François diskutierte angeregt mit einer berühmten Pariser Architektin, die ihm konzentriert und aufmerksam lauschte. Macht und Geld haben Sexappeal, doch François verfügte darüber hinaus über Charme, er besaß dieses Schillern, das die Menschen bezauberte, selbst diejenigen, die ihn schon länger kannten. Dazu ein Gesicht mit feinen Zügen, dunkelblaue Augen, umrahmt von langen dichten Wimpern, die beinah ein wenig feminin wirkten, außerdem war er groß und schlank – mit geradezu mönchischer Strenge achtete er auf Ernährung und Bewegung: kein Zucker, keine tierischen Fette, kein Brot, keine stärkehaltigen Nahrungsmittel am Abend, kein Salz und keinen einzigen Schluck Alkohol, zweimal die Woche Yoga bei einem Privatlehrer und viele Stunden Schwimmen in Porto-Vecchio, in Southampton, im Pool des Ritz. Das war der Preis, den er für seine elegante Erscheinung zahlte. Doch François besaß nicht nur äußerlich Klasse und bewegte sich geschmeidig wie kein Zweiter auf dem gesellschaftlichen Parkett, er war zudem intelligent und kultiviert. Er hatte an der École Polytechnique Ingenieurswissenschaften studiert und danach in Princeton Literatur – seine große Leidenschaft für die zeitgenössische Kunst –, bei Joyce Carol Oates, die ihn am *Lewis Center for the Arts* in Creative Writing unterrichtete. Geld? Darüber sprach er nie. Nur aus der Zeitung erfuhr man, dass sein Verdienst sich auf sechs Millionen Euro jährlich belief und er im 16. Arrondissement in der exklusiven und hochgesicherten Villa Montmorency wohnte, einer städtischen Enklave mit etwa 120 Privathäusern, wo der Quadratmeter nicht weniger als zwanzigtausend Euro kostete und nur wenige Privilegierte residierten: Erben, Stars der Unterhaltungsindustrie, Internetgrößen, Unternehmer.

Ein Gespür für gesellschaftliche Nuancen? Darin machte ihm keiner etwas vor. Alles an ihm, seine Selbstbeherrschung und seine natürliche Neigung zur Dominanz, seine leicht blasierte Weltläufigkeit, die in der Modulation seiner Stimme ebenso zum Ausdruck kam wie in seinen maßgeschneiderten Anzügen und den dunklen Berluti-Schuhen, markierte soziale Distanz. Er wirkte zugänglich, ja war besorgt um das Wohlergehen seiner Umgebung, hatte immer ein freundliches Wort für das Personal, in seiner Gegenwart kam man sich vor wie das achte Weltwunder, dabei war das eigentliche Wunder er selbst. Ein Vély zu sein war für sich genommen schon eindrucksvoll genug und erforderte keinerlei Arroganz. Er hatte die Macht und das seit seiner Geburt.

Sein Vater Paul Vély, geboren als Paul-Élie Lévy, Exminister und unermüdlicher Streiter für die Menschenrechte, hatte seinem Land im Zweiten Weltkrieg mit besonderer Kühnheit als Widerstandskämpfer gedient, bevor er verhaftet und Anfang 1944 als Jude nach Buchenwald deportiert worden war. Er war der Sohn von Mordechai Lévy, einem Antiquitätenhändler aus Troyes, und verkörperte mit seiner Biografie eine wahrhaft komplexe Identität. Kurz nach dem Krieg hatte Paul Lévy die Buchstaben seines Nachnamens umgestellt, weil er diesen als mögliches Hindernis für den Zugang zur französischen Gesellschaft betrachtete. Er wollte sich assimilieren, vielleicht auch neu erfinden – was sprach dagegen? *Meine einzige Identität ist eine politische*, pflegte Lévy/Vély zu betonen. Paul Vély, das unbeirrbare Gewissen der Linken, der engagierte Intellektuelle, das wollte er sein, das definierte ihn viel stärker als eine Identität, die man ihm wie eine Maske aufgesetzt und mit der er sich nie angefreundet hatte; sie war zu sehr mit Schmerz verbunden. Deshalb hatte er wenige Jahre nach der Geburt seines Sohnes dem Wunsch seiner amerikanischen Frau Susan entsprochen, die einer großbürgerlich-katholischen Familie entstammte, und seinen Sohn christlich taufen und erziehen lassen. Susan, eine hochgewachsene Rothaarige, hatte er bei einem Studentenaustausch kennengelernt. Ihre Eltern, ultrakonservative texanische Industrielle, hatten ihm von der Todesstrafe vorgeschwärmt – der Todesstrafe! Und das ihm, einem ihrer vehementesten Gegner! Die Ehe hatte nur fünf Jahre gehalten, doch nach der Scheidung hatte er nicht wieder an sein jüdisches Erbe angeknüpft. Eine Zeitlang hatte er mit dem Gedanken gespielt, zum Christentum überzutreten, dann aber darauf verzichtet, weniger aus Anhänglichkeit an den Glauben seiner Väter als aus einem instinktiven Misstrauen gegenüber allen Formen von Religion. Während seiner Ehejahre hatte er sich den Riten gebeugt, die seine Frau der Familie auferlegte. Sie feierten Ostern und Weihnachten, hielten Sonntagsruhe und gingen zur Kirche, und gelegentlich hatte er sich sogar eine Kindheit bei den Jesuiten und bretonische Vorfahren erfunden.

»Die Juden haben Phantasie und nutzen sie mit Vorliebe, um dem Judentum zu entkommen«, hatte Pierre Mendès France, den Paul Vély gut kannte, einmal gesagt, und auf Vély senior traf das mehr zu als auf andere, denn er hatte nicht nur eine ihm genehme Familienlegende erfunden, wie es nach dem Krieg zahlreiche assimilierte jüdische Familien aus dem französischen Großbürgertum taten, sondern auch alle offiziellen Dokumente ändern lassen. Paul Vély war ein widersprüchlicher, mitunter doppelzüngiger Mensch und überzeugter Anhänger der republikanischen Idee. Jedes Wochenende empfing er auf einer zwanzig Hektar großen Domäne im Tal der Chevreuse, seinem Zweitwohnsitz, Größen aus Medien und Politik. Für seinen englischen Garten hatte er die Blumen nach der Musikalität ihrer Namen ausgewählt: Blauer Augentrost, Taurosenkraut, Persischer Ehrenpreis, Herbstzeitlose, Chrysantheme, Amaryllis, Bella Rosa … Einen der Gäste erinnerte die Anlage an *Die Gärten der Finzi-Contini*, und er fragte Paul Vély: »Haben Sie das Buch von Bassani gelesen? Oder den Film gesehen? Die Geschichte einer faszinierenden jüdischen Großfamilie, die durch den Krieg dezimiert wird … Unsagbar traurig!« Paul Vély war vor dem Fluch seiner Herkunft geflohen, und wenn er die Bemerkung in dem Augenblick auch mit einer Handbewegung abtat, so wurde der Gast doch umgehend zur Persona non grata erklärt. Im hinteren Teil des Parks hatte Vély im Inneren eines Natursteingebäudes eine geräumige Bibliothek eingerichtet, vorwiegend mit kostbaren Erstausgaben, dennoch für jedermann frei zugänglich, *treten Sie ein und bedienen Sie sich.* Paul Vély sagte häufig zu seinem Sohn: »Wenn du von deinen Freunden nicht enttäuscht werden willst, achte bei ihrer Auswahl auf den Bestand ihrer Bibliothek.«

Man ist, was man liest. Und den gebildeten Humanisten hatte es nicht wenig betrübt, dass sein Sohn die ersten beruflichen Schritte in eine Richtung tat, für die ihm nur der Begriff »katastrophal« einfiel. Nachdem François in den USA und in Frankreich die besten Schulen besucht hatte, fing er zunächst in New York bei Szpilman an, einer bedeutenden US-amerikanischen Telekommunikationsfirma. Doch dann kaufte er Anbieter für Online-Sexdienste und -Peepshows und baute im Internet Websites mit Pornovideos auf: *Hellosexy* und *Sexy.com* waren sein Werk. Erst Jahre später stieg er wieder in das eigentliche Telekommunikationsgeschäft ein. Und mit vierzig schließlich wurde er, in der Hoffnung auf einen Zugewinn an Respektabilität, Teilhaber einer der größten Tageszeitungen. Er punktete mit einer sehr originellen Geschäftsauffassung, seiner intuitiven Intelligenz, einem guten Gespür für Beziehungen, aber auch der ausgeprägten Fähigkeit, sich in Szene zu setzen. Mit Hilfe seiner PR-Berater entwickelte er eine Strategie der Markteroberung über das Image, und damit gelang es ihm, seinen Unternehmen innerhalb weniger Jahre einen Platz unter den umsatzstärksten französischen Aktiengesellschaften zu sichern. Seine Geschäftspartner nannten ihn *brillant, einen echten Strategen und Bilderstürmer*, gelegentlich mit der Einschränkung: *Er steht zu gern im Rampenlicht.*

Ihm eilte der Ruf eines talentierten Verführers voraus, im beruflichen wie im privaten Leben, eines Spielers, eines Mannes, der Frauen besonders dann begehrte, wenn sie mit einem anderen liiert waren, am besten mit einem Konkurrenten, einem Gegner auf Augenhöhe, eine solche Konstellation reizte François außerordentlich. In seinem Umfeld gab es reichlich Frauen, die eine Ehe als Chance zum kontinuierlichen sozialen Aufstieg betrachteten und nicht zögerten, von einem Mann zum nächsten überzuwechseln. Es genügte, sich in einem bestimmten Machtzirkel zu bewegen, diese spezielle Form der Endogamie funktionierte auf der Ebene der Eliten ganz hervorragend. Und so kam es, dass François nach einer ersten missglückten, knapp einjährigen Ehe mit der Tochter eines Londoner Aristokraten bedenkenlos seinem schärfsten Konkurrenten Martin Penn, dem Chef eines anderen Mobilfunkunternehmens, die Ehefrau ausspannte. Die Neue war eine bildschöne blonde Schauspielerin, Jean Seberg nicht unähnlich, sie hieß Katherine Kramer, war Australierin und fünf Jahre älter als er. Sie schenkte François drei Kinder – einen Jungen, Thibault, inzwischen zwanzig Jahre alt, und zwei Töchter, die siebzehnjährige Domitille und die fünfzehnjährige Alicia, bevor sie ihm den Krieg erklärte, nachdem er ihr kürzlich eröffnet hatte, dass die Stunde der Scheidung gekommen sei – das ewig gleiche Drama der ehelichen Zweisamkeit, das keiner unbeschadet übersteht. Doch damit konnte er sich jetzt nicht befassen, alle Scheinwerfer waren an diesem Abend auf ihn gerichtet.

Zwei Firmenchefs begrüßten François, man kam ins Plaudern, unterhielt sich über Fotografie als Kunst und über Steuerpolitik, tauschte Visitenkarten aus und versicherte einander, in Kontakt zu bleiben, als ein kleiner gedrungener Mann mit kurzgeschnittenem grauem Haar hinzutrat, der François spontan unsympathisch war, ihm die Hand auf die Schulter legte und *vor allen Leuten* sagte: »Ich hoffe, es geht Ihnen wieder besser. Was für eine Tragödie!« François wusste nicht, was ihm unerträglicher war, die unangebrachte Vertraulichkeit des Mannes oder die öffentliche Zurschaustellung von Mitgefühl, die ein Ereignis anklingen ließ, das er lieber vergessen hätte.

Seit einem halben Jahr hatte François nicht mehr an den Club-Diners teilgenommen, er hatte damit rechnen müssen, dass irgendjemand sich bemüßigt fühlen würde, den Skandal zur Sprache zu bringen. Aber er würde sich das Zepter nicht aus der Hand nehmen lassen, er würde an diesem Abend die Themen vorgeben, es ging darum, sein Netzwerk zu stabilisieren. Er musste den anderen beweisen, dass es ihm gutging, dass er wenige Wochen vor der Fusion seines Unternehmens mit der Szpilman-Gruppe – einem Projekt von ungeheurer Tragweite, an dem er seit Jahren arbeitete – kühn, beherzt, unbesiegbar war. In aller Ruhe führte er also sein Glas an die Lippen, gab ein halblautes »Sehr gut, vielen Dank« zurück und ging zu anderen Dingen über. Dennoch versetzte ihm die Bemerkung des Mannes einen spürbaren Dämpfer, und er fragte sich, warum er überhaupt hergekommen war. Früher hatte er nie ein Diner verpasst, hatte das vertraute Unter-sich-Sein genossen. »Man wählt den *Club Le Siècle* nicht, man wird erwählt«, bemerkte er mit Vorliebe Leuten gegenüber, die sich mit allen möglichen Tricks Zutritt zu verschaffen suchten. Man brauchte einen Bürgen, musste anschließend vom Verwaltungsrat akzeptiert werden sowie überragende Qualitäten und seine Verschwiegenheit unter Beweis stellen, denn es war verboten, das, was bei den Diners gesprochen wurde, nach außen zu tragen. François wusste mit Bestimmtheit, dass er hier, in den edlen Salons mit Blick auf die Place de la Concorde, wichtige Kontakte knüpfen und Kunden gewinnen konnte: erst eine zwanglose Annäherung, dann, ein paar Tage später, bei einem Frühstück im altehrwürdigen Hôtel de Crillon oder in einem Büro mit renommierter Adresse, die konkreteren Schritte. Draußen mochte Lärm veranstalten, wer wollte, man hörte nichts, war abgeschirmt, denn die Fenster waren wohlweislich doppelt verglast. Nicht einmal das Gekreisch der Touristen drang herein, die das Riesenrad bevölkerten, dessen Lichter sich auf den Scheiben des großen Gebäudes spiegelten.

François nahm an seinem Tisch Platz, er saß am Kopfende, stellte die Anwesenden einander vor und brachte als Gesprächsthema den Krieg in Afghanistan ins Spiel. Einige Tage zuvor hatten die Zeitungen über den Tod mehrerer französischer Armeeangehöriger im Tal von Kapisa berichtet. Seine Tischnachbarin, eine ehemalige Kommilitonin, die inzwischen zur Ministerin aufgestiegen war, erzählte erschüttert von einem zwanzigjährigen Gefallenen, dessen Foto sie im *Figaro* gesehen hatte. »Weißt du noch«, sagte sie zu François und schwenkte ihr Weinglas, »damals haben wir in einem Seminar über den Krieg gesprochen.« Ja, er erinnerte sich sehr gut daran, sie hatten drei Werke studiert, die die Ministerin gleich darauf aufzählte: »Wenn ich mich richtig entsinne, war eines *Das Feuer* von Henri Barbusse, außerdem von Clausewitz' *Vom Kriege*, aber das dritte …?«

François hob sein Glas. »Aischylos, *Die Perser! Lange schwieg ich Unglückliche unter der Last des Unglücks. Sie erstickte jedes Wort, erstickte jede Frage.*« Die Tischrunde applaudierte. Gleich darauf brachten die Kellner die Entrées – ein Carpaccio vom Wolfsbarsch an Zitrusfrüchten, dazu sautiertes Gemüse von bewundernswerter Frische.

François hatte seinen privilegierten Lebensstil lange als eine Selbstverständlichkeit hingenommen. Doch ein

Mensch wie er zog unausweichlich Neid auf sich, viele fragten sich, wenn sie ihn sahen: *Verdammt, warum gerade er?* Ihm war alles in die Wiege gelegt worden, alles zugeflogen. Hatte er jemals harte Prüfungen auferlegt bekommen? Musste er sich jemals bewähren? Natürlich hatte auch er unangenehme Phasen im Leben kennengelernt: einen Darmverschluss im Alter von zwölf Jahren, der einen mehrtägigen Krankenhausaufenthalt in einem geräumigen Einzelzimmer erforderlich machte, den Tod seiner geliebten Großmutter mütterlicherseits, unter dem er als Fünfzehnjähriger sehr gelitten hatte, und einmal, als sein Vater im Élysee-Palast zum *Grand Officier de la Légion d'Honneur* ernannt wurde, behandelte ihn ein Lehrer vor den anderen Schülern herablassend, weil François ihn gebeten hatte, eine Klausur zu verschieben. Auch ein paar peinliche Erlebnisse hatte es gegeben, etwa als ihn eine Mitschülerin abblitzen ließ, weil sie Frauen vorzog, oder als ihm einmal der Zutritt zu einem Nachtclub verweigert wurde – der Türsteher allerdings war noch am selben Abend entlassen worden, womit der Affront aus der Welt war. Im Ganzen jedoch hatte François mit fast fünfzig alles erreicht, was das Leben den vom Glück Begünstigten zu bieten hat. Bis ihm eines Abends beim Empfang eines großen Wirtschaftsmagazins die Journalistin und Schriftstellerin Marion Decker begegnete.

Und sein Lebensgebäude explodierte.

3

Wut und politischer Ehrgeiz hatten Osman Diboula zu einem instinktgeleiteten, frühreifen und durchaus gefallsüchtigen Politiker gemacht, aber welche Energie steckte in ihm! Der Präsident hatte ihn in seinen Beraterstab geholt, in einen Kreis also, in den normalerweise erst vordrang, wer seine psychische Belastbarkeit und Treue erwiesen hatte. Osman übte eine unglaubliche Anziehungskraft aus, der sich kaum jemand zu entziehen vermochte, er befand sich stets mitten im Geschehen. Er trug dunkle Anzüge von lässiger Eleganz und kaschierte so die Unerbittlichkeit, mit der er seine Ziele verfolgte, die da lauteten: die Konkurrenz ausschalten, Siege erringen, Kämpfe bestehen, sich immer höherhangeln, auch auf die Gefahr hin abzurutschen, mit aller Macht am Erreichten festhalten, immer die eigenen Trümpfe in den Vordergrund spielen.

Innerhalb weniger Jahre hatte er sich unentbehrlich gemacht, war aus dem Schatten getreten und zu einer festen Größe im engsten Kreis um den Präsidenten geworden, was zu starken Spannungen führte und hartnäckige Vorurteile schürte. Seine Ernennung zum Jugendbeauftragten hatten nicht viele mit Wohlwollen aufgenommen, denn er gehörte nicht zu *ihrer Welt*. Er hatte nicht den klassischen Ausbildungsweg durchlaufen, keine Eliteuniversität besucht, kein Diplom aufzuweisen. Anders als seine Kollegen hatte er sich seine beruflichen Fähigkeiten in der Praxis erworben, im Pariser Vorort Clichy-sous-Bois, und nicht auf Schulbänken renommierter Bildungseinrichtungen oder auf den Fluren irgendwelcher Ministerien. Er hatte den Befähigungsausweis zum Freizeitanimateur und in dieser Funktion in Jugendzentren gearbeitet, wo er sich für bessere Ausbildungschancen und eine städtische Erneuerung einsetzte. Mit seinen Aktionen hatte er auf sich aufmerksam gemacht, denn er war der geborene Politiker, in seinem Wunsch nach Veränderungen wohl auch ein Idealist und nach den Unruhen von 2005 das designierte Sprachrohr der Kommune von Clichy-sous-Bois. Das Chaos einer aufgewühlten, brennenden Stadt, wenige Stunden nach dem Unfalltod zweier Jugendlicher, Bouna Traoré und Zyed Benna, fünfzehn und siebzehn Jahre alt, die auf der Flucht vor der Polizei an einem Transformatorenhäuschen durch Stromschläge starben, war die Geburtsstunde seiner politischen Karriere. Die Regierung hatte den Ausnahmezustand verhängt, die internationale Presse reagierte, indem sie Bilder der Stadtguerilla verbreitete, und Osman Diboula empfahl sich als der optimale Unterhändler: Er kannte die Familien der Opfer und auch die Jugendlichen, die, empört über die offizielle Version der Ereignisse, die Krawalle angezettelt hatten, er war in Clichy-sous-Bois geboren und aufgewachsen und hatte dort gearbeitet. Nachdem die Wogen sich wieder ein wenig geglättet hatten, hatte er ein Kollektiv mit dem Namen »Banlieue 34« gegründet, dessen Slogan sich so las: »Wer glaubt, es ist unmöglich, soll bitte die in Ruhe lassen, die es versuchen.« Er hatte mögliche Wege aus der Krise skizziert, die Problemviertel in einem neuen Licht präsentiert, als Teil der Gesellschaft, und öffentlich die Stigmatisierung ihrer Bewohner angeprangert. Er wandte sich in aller Deutlichkeit gegen Klischees, die Gewalt und mangelndes Verständnis förderten, gegen die überspitzte Berichterstattung in den Medien, gegen Journalisten, die ihre Kameras zückten und durch geschlossene Autofenster die Ausschreitungen filmten, als wären sie auf Safari, gegen das gewaltsame Vorgehen der Polizei, gegen die systematischen Ausweiskontrollen und gegen »Intellektuelle«, die, frisch aus der Maske kommend, in Talkshows über »die Banlieue« schwadronierten, ohne jemals dort gewesen zu sein, und die hinterher begierig fragten: *War ich gut?*

Clichy-sous-Bois war sein Habitat. Sein Universum. Die Umgebung war *nicht ideal, weit davon entfernt*, aber Osman und seine Gesinnungsgenossen erwarteten *politische Lösungen, keine Machtdemonstrationen.* Dieser Ansatz fand viele Anhänger und ein Echo außerhalb der Landesgrenzen. Selbst die Amerikaner schickten einen Abgesandten, der einen Blick auf den »neuen Ghetto-Propheten«, den Spross und künftigen Anführer der »sichtbaren Minderheiten« werfen sollte. An diesem »sichtbar« allerdings stieß sich Osman, seit er denken konnte. War er sichtbar, weil er schwarz war? Ihm selbst kam es eher so vor, als sei er transparent. »Sichtbar« hatte einen negativen Beigeschmack, es bedeutete, dass er auffiel: In einer weißen Landschaft verursachte er eine Irritation. Denn um innerhalb der Norm zu bleiben, musste man unsichtbar sein, das heißt weiß. Damals stützte er sich bei öffentlichen Äußerungen auf seine

Erfahrungen und Gefühle, er hatte nicht viele Bücher gelesen. Erst später tauchten Mentoren in seinem Leben auf, insbesondere eine Frau, älter als er, die ihn unter ihre Fittiche nahm und ihm half, sich die fehlende kulturelle Bildung anzueignen.

Diese Frau, Laurence Corsini, war eine ehemalige Abgeordnete aus dem Mitte-Rechts-Lager, die sich aus der Politik zurückgezogen hatte, um sich ganz auf Unternehmenskommunikation zu verlegen. Sie war eine Person von charismatischer Ausstrahlung, die ebenso sehr Autorität signalisierte wie ein feines Gespür für zwischenmenschliche Beziehungen. Osman lernte sie kurz nach den Unruhen bei einer Fernsehdebatte kennen. Corsini war es, die ihn 2006 dazu überredete, den Präsidentschaftskandidaten der Konservativen zu unterstützen und an den Mittwochstreffen des Teams teilzunehmen, bei denen eine Reflexionsgruppe die anstehende Wahlkampagne vorbereitete. Sie war von den rhetorischen Fähigkeiten und der politischen Vision des jungen Mannes beeindruckt, von der Ernsthaftigkeit, die er an den Tag legte, aber auch von seiner durch Wut genährten Entschiedenheit, die Reflexion und Analyse nicht ausschloss und aus der politischen Landschaft herausragte. Osman war das jüngste Kind seiner Eltern, sie waren Mitte der 1960er Jahre von der Elfenbeinküste nach Frankreich eingewandert und in einem Pariser Vorort gelandet. Sein Vater fand eine Anstellung beim Einwohnermeldeamt der Kommune, seine Mutter betreute zwischen acht Uhr früh und Mitternacht als Tagesmutter bis zu fünf Kleinkinder, man schätzte sie wegen ihrer flexiblen Zeiten, denn viele Frauen in der Banlieue arbeiteten nachts, besonders die Putzfrauen, die ihren Dienst in den großen Büroblocks und Kaufhäusern erst am frühen Abend antraten, wenn alle anderen nach Hause gingen. Osman Diboula hatte die elterliche Wohnung immer mit einem Pulk Kleinkindern geteilt und konnte deshalb mit Fug und Recht behaupten, er habe nicht zu Ende studieren können, weil es die Verhältnisse nicht erlaubten. Nachdem er mit knapper Not das Abitur geschafft und ein Jahr lang an der Universität Paris 13 in Villetaneuse Psychologie belegt hatte, machte er die Sozialarbeit zu seiner Vollzeitbeschäftigung. Er betonte gern, er habe die Sprossen der Karriereleiter eine nach der anderen erklommen, allein durch harte Arbeit und Willenskraft, doch in den Sitzungssälen der Ministerien, unter den Männern und Frauen, deren Lebenslauf nur Prädikatsabschlüsse enthielt, nützte ihm das wenig, dort musste er sich fast täglich hinterhältige Bemerkungen von Kollegen anhören, die in ihm nur ein Instrument der Gleichstellungspolitik sahen. Er wusste, was über ihn geredet wurde, er hatte es gelesen, gehört, erraten, oder jemand hatte es ihm zugesteckt: *Er ist das Faustpfand der Regierung, damit die Banlieue stillhält, er wurde nur berufen, weil er schwarz ist, sie brauchen nun mal einen aus der Reihe der sichtbaren Minderheiten, eindeutig ein Produkt der positiven Diskriminierung, der Schwarze vom Dienst. Was hat Osman Diboula denn aufzuweisen, außer dass er schwarz ist?*«

Sind wir immer noch nicht weiter?, dachte Osman oft. Er hatte Fanon, Césaire, Senghor, Glissant, Baldwin, Wright und Morrison gelesen, spät zwar, aber die Lektüre hatte ihn verändert. Auch Malcolm X hatte er gelesen, die Rede vom 3. April 1964, und sie hatte ihm die Tränen in die Augen getrieben: »Ich werde mich nicht vor einen leeren Teller an euren Tisch setzen, euch dabei zusehen, wie ihr esst, und dann behaupten, ich habe mit euch zu Abend gegessen. An einem Tisch zu sitzen heißt nicht, dass man ein Gast ist, erst wenn man mitisst, kann davon die Rede sein.«

Es wurde stillschweigend angenommen, dass seine Hautfarbe bei der Entscheidung des Präsidenten den Ausschlag gegeben hatte, dass es um *Diversität* gegangen war. Osman weigerte sich nicht nur, dies zu glauben – immerhin hatte er dem Wahlkampfteam des Präsidenten angehört –, sondern entlarvte derlei Argumente auch gleich als rassistische Vorurteile: Warum setzten sich die Eliten immer noch ausschließlich aus Weißen zusammen? Auf Grund von welchem Unterscheidungsmerkmal, welcher Borniertheit sollte er sich auf die Ersatzbank beschränken und darauf warten, dass er – wenn überhaupt jemals – an die Reihe kam, obwohl er so überzeugende Gedanken und Meinungen zu bieten hatte? Wer konnte die verhärteten Fronten in der Banlieue, in die sich kein Politiker ohne kugelsicheren Wagen und Eskorte wagte, besser aufweichen als er?

Er fühlte sich häufig benachteiligt, weil ihm die politische und kulturelle Bildung seiner Kollegen fehlte. Einmal fragte ihn der Präsident, was er von Gramsci halte, denn er beabsichtigte, in einer seiner Reden dessen Satz »Macht gewinnt man mit Ideen« zu zitieren. »Eine ausgezeichnete Wahl«, bestätigte Osman, obwohl er den Namen noch nie gehört hatte. In seinem Büro tippte er sofort »Gramsci« in die Suchmaschine und las in einem

Wikipedia-Artikel: *Italienischer Schriftsteller und Philosoph. Mitbegründer der Kommunistischen Partei Italiens. 1926 Verhaftung durch die Faschisten.*

Der Eintrag weckte sein Interesse. Gramsci hatte während seiner Haft von 1926 bis 1937 über dreißig »Gefängnishefte« gefüllt, die meisten von Osmans Kollegen konnten daraus zitieren. Seine Wissenslücken auf dem Gebiet der Geschichte, Kultur und Politik waren beträchtlich, und in einem Kreis von Menschen, die von der Wiege an eine gute Erziehung genossen hatten, die als Klassenbeste die Geschichte Frankreichs im Schlaf herunterbeten konnten und die algerische Verfassung zumindest auszugsweise im Kopf hatten, fühlte er sich wie ein unbeholfener Fremdkörper. Wenn er den Einladungen der Amerikaner, die ihn nach den Unruhen von 2005 kontaktiert hatten, nicht gefolgt war, war nicht sein vorgeblicher Antiamerikanismus der Grund dafür, sondern dass er kein Englisch sprach. Die anderen Berater sprachen, schrieben und lasen die Sprache fließend, und dass er mehr arbeitete als seine Kollegen, die sich gelegentlich ein paar Stunden Privatleben gönnten, und tatsächlich *rund um die Uhr* verfügbar war, lag daran, dass er seine Kompetenz unter Beweis stellen wollte. Er nahm sich nie frei. Die Feier zum 65. Geburtstag seiner Mutter verließ er frühzeitig, und als er einmal mit 39 Grad Fieber im Bett lag, stand er auf, weil eine Krisensitzung anberaumt worden war … Selbst unter der Dusche suchte er Antworten auf innenpolitische Fragen. Seinen Freunden, die ihn fragten, wie er ein so entfremdetes Leben überhaupt aushielte, gab er zur Antwort, er liebe seine adrenalingesättigte Existenz.

»Man hat das Gefühl, ganz nah dran zu sein an allem, da, wo Entscheidungen fallen, die nicht nur die Gesellschaft, sondern die ganze Welt verändern werden. Sollte ich es einmal satthaben, dass ich von einem Essen mit der Familie aufstehen muss, weil der Präsident mich ruft, werde ich den Job aufgeben.«

Er fühlte sich wie berauscht. War es etwa kein legitimer Ehrgeiz, der Entourage des Präsidenten angehören und sich im Glanz des Élysée sonnen zu wollen, nachdem er jahrelang durch das Niemandsland seiner Banlieue gestapft war? Er erinnerte sich noch genau an das erhabene Gefühl, das in ihm aufgestiegen war, als er zum ersten Mal im Ehrenhof des Élysée-Palasts stand. Er hatte alles gegeben, um Macht ausüben zu können ... Und dann war er auf einmal ausgegrenzt worden. Kaltgestellt, quasi über Nacht.

Zurück auf Start, dachte er, als er sich auf den Weg zum Diner des *Club XXIe Siècle*, des Treffpunkts der *anderen* Eliten, machte. In diesem Club stand die Förderung der Chancengleichheit in den Statuten, es ging darum, den klügsten Köpfen aus ethnischen, religiösen oder nationalen Minderheiten zu mehr Sichtbarkeit in den Sphären der Macht zu verhelfen. Der Name war natürlich ein verstohlener Fingerzeig auf den *Club Le Siècle*, von dem viele der Mitglieder heimlich träumten: »Alle Minister wollen Mitglieder des *Siècle* werden«, hatte einer der Begründer des *Club XXIe Siècle* einmal gesagt, »bei uns dagegen wollen alle Mitglieder Minister werden.«

Osman hatte sich seit zwei Jahren nicht mehr im Club blicken lassen, weil ihn seine Aufgaben im Palast zu sehr in Anspruch nahmen. Nun wollte er versuchen, an alte Kontakte anzuknüpfen und neue herzustellen. Außerdem war ein Exminister eingeladen, der über seine Erfahrungen sprechen und seine Denkmodelle für eine bessere Repräsentation der Minderheiten in der Politik darlegen wollte. Doch als der Mann das Wort ergriff, hatte Osman den Eindruck, einer Wahlkampfrede zu lauschen: Demagogie und Anbiederung, gepaart mit einem etwas anrüchigen Paternalismus. Auch der hoffnungsvollen Rede eines jüngeren Regierungsbeamten nordafrikanischer Herkunft konnte er nichts abgewinnen – der Redner pries die Integration, lobte Frankreich und wiederholte mehrfach, die Anwesenden seien doch alle der Beweis dafür, dass in Frankreich Menschen jeglicher ethnischer Herkunft Erfolg haben könnten. Derselbe Mann klagte im privaten Gespräch jedes Mal über Rassendiskriminierung, wenn er bei einer Beförderung übergangen worden war. Osman hatte nicht wenig Lust, aufzustehen und ihm entgegenzuhalten: *Ja, Erfolg ist möglich, aber nur bis zu einer bestimmten Ebene. Darüber hinaus geht nichts.*

Der junge Beamte erinnerte an den populären Slogan beim zweiten Marsch für Gleichheit und gegen Rassismus im Jahre 1984: »Frankreich ist wie ein Mofa – um vorwärtszukommen, braucht es die richtige Mischung.«

Osman fühlte sich unwohl unter all den Jungunternehmern mit ihren Hochschulabschlüssen, den nordafrikanischen, schwarzafrikanischen und asiatischen Einwanderern oder Söhnen und Töchtern von Einwanderern. Für ihn hatte dieser Zusammenschluss einen üblen Beigeschmack: Hier versammelten sich die von der weißen Machtelite Frankreichs Ausgegrenzten. Oh, sicher, sie hatten große Erfolge aufzuweisen, sie stiegen immer weiter auf, bis in die höchsten Ämter, aber immer mit dem unguten Gefühl von Hochstapelei im Magen, das andere ihnen eingeflößt hatten. Herkunft. Quoten. Die positive Diskriminierung. Osman hörte schweigend zu, bis er es nicht mehr aushielt. Er sprang auf und unterbrach die Rede des jungen Mannes, als das Wort »Beurgeoisie« fiel, das »die neue Elite nordafrikanischer Herkunft« kennzeichne.

»Warum kann man sie nicht Bourgeoisie nennen?«, fragte Osman. »Ist die Bourgeoisie nichts für Araber? Worte haben nun einmal eine Bedeutung. In ›Beurgeoisie‹ steckt das Wort *beur*, das, wie Sie alle wissen, nichts anderes ist als das Wort ›Araber‹, nur rückwärts gelesen. Spricht man etwa *verlan* auf den Fluren der Macht? Nein. In den Stadtrandsiedlungen aber schon. Dorthin schickt uns Ihr Begriff zurück. Ins Ghetto.«

Der Redner ruderte zurück: »Das habe ich damit nicht ausdrücken wollen.«

Eines der Clubmitglieder kam ihm zu Hilfe: »*Beur*, *black*, das sind inzwischen gängige Begriffe, sie haben Eingang in die französische Sprache gefunden …«

Aber Osman ließ sich nicht beirren: »Araber ist kein Schimpfwort. Und ich habe keinerlei Problem damit, zu sagen, dass ich schwarz bin. Ich mag diese Euphemismen nicht. Denken Sie an die Worte von Camus: *Die Dinge falsch zu benennen heißt, das Unglück der Welt zu vergrößern.*« Er merkte, dass seine geschwollene Ausdrucksweise etwas lächerlich wirkte, doch nun war er einmal dabei. »Ich bin schwarz. Ihr könnt gegen Vorurteile und Diskriminierung ankämpfen, soviel ihr wollt, der Stempel, den sie euch aufdrücken, wird euch immer bleiben. Für eine Befreiung aus dem mentalen Ghetto braucht es Mut.«

Auf seine spontane Einlassung folgte ein langes Schweigen. Es wurden noch ein paar artige Fragen gestellt und beantwortet, dann verließ Osman die Veranstaltung sehr schnell. In dieser Meute der Ehrgeizigen fühlte er sich plötzlich nicht mehr zu Hause. Die kulturelle Vielfalt würde sich ohne ihn weiterentwickeln müssen.

4

Es hatte in der ersten Nacht in Paphos begonnen. Die Erinnerung an das Grauen brach über ihn herein, als er sich auf dem Bett ausstreckte, in seinem Hotelzimmer mit Meerblick und idyllischen Malereien an der Wand, die wohl die Nerven der Soldaten beruhigen sollten. Was für ein Kontrast zwischen diesem romantischen Ambiente und den Horrorszenarien, die sich vor Romains geistigem Auge abspielten – furchterregende Bildfolgen jagten durch seinen Kopf, als gäbe es irgendwo einen Diaprojektor, der sich nicht abschalten ließ. Was für ein Kontrast zwischen der nächtlichen Stille und den Geschossen, die sich mit ihrem grellen Pfeifen in sein Hirn bohrten, dem Lärm der Detonationen, den Schreien der Verwundeten, der Druckwelle nach der Explosion, all das zerriss Romain innerlich, obwohl er keine sichtbaren Verletzungen davongetragen hatte. Sein Körper weigerte sich, zur Ruhe zu kommen, sein Geist war in Aufruhr, ein Lichtstrahl war auf sein Gewissen gerichtet, und Romain sah nur noch Abfall und Waffen, Blut und Sand: der Mensch an seinem Tiefpunkt.

Jede Einzelheit des Hinterhalts, in den sie geraten waren, blitzte wieder auf. Er warf sich vor, dass es ihm nicht gelungen war, seine Männer zu beschützen, er konnte kein Auge zutun, gegen die Schlaflosigkeit hatte kein Tranquilizer eine Chance. Und deshalb hörte sich Romain einen Rap an, einen harten Rap, nur damit kam er gegen die Panik an, mit Hilfe der Wut verzweifelter Underdogs, die alles kaputtschlagen wollten. Vielleicht war er seinerzeit genau aus diesem Grund zum Militär gegangen. Abgesehen davon, dass er in die Fußstapfen seines Vaters treten wollte, eines Exfallschirmspringers, der 1983 bei einem Attentat im Libanon umgekommen war und dadurch Romains Mutter, Sophie Roller, mit vierundzwanzig zur Witwe gemacht hatte. Er selbst war damals erst zwei gewesen.

Drei Jahre nach dem Tod ihres Mannes lernte Romains Mutter in der Schule, wo sie als Küchenhilfe in der Kantine arbeitete, einen zehn Jahre älteren Sportlehrer kennen, einen hochgewachsenen dunkelhaarigen Mann mit einem Körper wie einer Eisenstange – Romain brauchte einen Vater, und der hier würde seinen Zweck erfüllen. Der Mann nahm sie bei sich auf, zog Romain anstandslos wie seinen eigenen Sohn auf, zehn Jahre lang, bis er Sophie von einem Tag auf den anderen verließ, wegen einer jüngeren Frau, die er weiß Gott wo kennengelernt hatte, und damit verließ er indirekt auch Romain. Der Weg führte für Mutter und Sohn ins

Chaos, in die Existenzangst, in die Abhängigkeit. Sie bezogen eine Sozialwohnung in Clichy-sous-Bois, irgendwo musste man sie ja hinstecken, sie hätten auch bei den Großeltern mütterlicherseits unterkriechen können, in einem kleinen nordfranzösischen Dorf, doch Sophie hatte gesagt: lieber verrecken. Also verreckten sie beinah am Rand der Hauptstadt, aber seiner Mutter erschien alles besser als die Rückkehr zu ihren Eltern, vor denen sie achtzehn Jahre zuvor geflohen war. Doch welche Perspektiven hatten sie dort? Welche Hoffnung blieb ihnen in ihrer engen Drei-Zimmer-Wohnung mit Blick auf eine geköpfte Eiche? Und all die anderen, die sich im Schatten der Wohntürme herumdrückten, die Dealer, die Kleinkriminellen, was trieb sie an? Doch auch nur die Aussicht auf ein schöneres Leben, auf die Teilhabe am Kapitalismus, auf Kohle und Konsum. Wünschten sie sich etwas? Doch auch nur, so schnell wie möglich von hier abzuhauen.

Nachdem sein Stiefvater sich verdrückt hatte, ging es für Romain weiter bergab, bis hin zum Schulverweis. Aber er hatte Glück, Psychologen und Sozialarbeiter kümmerten sich um ihn, er beruhigte sich, scheinbar, unterschwellig allerdings brodelte die Aggression weiter, und deshalb fasste er den Beschluss, sich mit Beginn der Volljährigkeit bei der Armee zu bewerben, gemeinsam mit drei Freunden, Farid Djitli, Xavier Carel und Issa Touré. Issa wurde jedoch als untauglich für den Militärdienst befunden – Schwein gehabt, dachte Romain inzwischen, er hatte nicht mit ihnen durch die afghanische Hölle gehen müssen. Damals aber hatte es ihn mit Stolz erfüllt, Soldat zu werden, wie sein Vater und sein Großvater vor ihm und gegen den Willen seiner Mutter: Die Vorstellung, der Junge könne wie sein Vater enden, setzte ihr furchtbar zu, und sie verbarg nur schlecht ihre Enttäuschung, dass er die höhere Schule nicht zu Ende brachte.

»Deine Lehrer haben doch alle gesagt, dass du sehr begabt bist, alle! Aber du warst schon immer ein Hitzkopf, ein Draufgänger, völlig unberechenbar, nicht zu bändigen, ich konnte dich nie im Zaum halten.«

Und wer, bitte schön, hat dich darum gebeten?

Kämpfen, Action, Sport, starke Empfindungen, das liebte er. Die bedrückende Regelmäßigkeit eines Schulalltags kotzte ihn an, einem Routinejob nachzugehen, bei dem ein Tag wie der andere ablief, kam für ihn nicht in Frage. Er wollte das Abenteuer, und Abenteuer hieß für ihn, sein Leben aufs Spiel zu setzen. Neun Jahre lang hatte er unerschütterlich seinen Dienst an der Waffe erledigt, und nun stieß er plötzlich an seine Grenzen. Für welche wahnsinnige Utopie waren sie da losgezogen und hätten bereitwillig ihr Leben geopfert? Für den Kampf gegen Obskurantismus? Gegen islamischen Terrorismus? Die Sicherung eroberter Gebiete? Den Wiederaufbau eines von Korruption und Drogenhandel zerfressenen Landes? *Von wegen!* Sie waren losgeschickt worden, um zu *krepieren, zu krepieren und sonst gar nichts*, von Strategen, die hochkomplizierte Zusammenhänge griffig in drei Worten zusammenzufassen wussten, von Spezialisten, die Tocqueville, Sunzi und David Galula gelesen hatten und mindestens drei Sprachen beherrschten, jedoch unfähig waren, sich in eine Situation einzufühlen und sich irgendwo anders als auf der sozialen Leiter einzuordnen.

Nein, mit der Seelenruhe war es vorbei, allein die Aussicht, seinen dreijährigen Sohn Tommy bald in die Arme zu schließen, beschwichtigte Romains inneren Aufruhr ein wenig. Der Gedanke an das Wiedersehen mit seiner Frau Agnès munterte ihn deutlich weniger auf, in den langen Monaten im Ausland war ihm ihre Existenz manchmal fast entfallen. Zu oft war es überlebenswichtig gewesen, den inneren Kontakt zu Frankreich, zur Familie abzubrechen, all das abzuspalten, was mit Gefühlen verbunden war.

Die Hitze, die Angst und die Rückkehr des Schreckens hielten Romain bis drei Uhr früh wach, schließlich stand er auf und verließ sein Hotelzimmer. Er brauchte einen Drink. Nervös näherte er sich der Lobby, schlich vorbei an dem Mann, der hinter dem Rezeptionstresen vor sich hin dämmerte, es war nichts zu befürchten, dennoch schlich Romain weiter, immer auf der Hut – und plötzlich spürte er etwas Lebendiges in seinem Rücken. Sofort zog er sein Messer und fuhr herum.

»Sind Sie verrückt geworden!«, schrie Marion Decker. Die junge Journalistin, sie mochte um die achtundzwanzig sein, hatte die Soldaten eine Woche lang auf ihrer Mission begleitet, um eine Reportage zu schreiben, hauptsächlich war sie mit den Unteroffizieren Farid Djitli und Vincent Debord unterwegs gewesen, Romain selbst hatte nicht ein einziges Mal näher mit ihr zu tun gehabt. Eine schöne, scharfzüngige Frau mit schulterlangem blonden Haar, meerblauen Augen, mittelgroß und zierlich, aber nicht zu dünn, sie hatte einen kurvigen Körper, volle Brüste und eine schmale Taille, und sie strahlte eine ungeheuerliche Präsenz und Intensität aus.

»Sie sind ja vollkommen übergeschnappt! Sie hätten mich beinah umgebracht!«

»Tut mir leid.«

»Es tut Ihnen leid, schönen Dank … Stecken Sie endlich das Messer weg!« Sie hatte einen autoritären Ton an sich, der ihn auf der Stelle faszinierte, etwas Aggressives ging von ihr aus, eine reizvolle Anspannung.

Er bot ihr eine Zigarette an, die sie annahm. Da die Bar bereits geschlossen hatte, verließen sie das Hotel und gingen ans Meer, legten sich in den Sand und redeten. Ein, zwei Stunden lang, über Politik vor allem, aber auch über Filme und Bücher, sie hatte Dutzende von Büchern über den Krieg gelesen und viele Filme gesehen, sprach mit Begeisterung darüber, fast schon übereifrig, so als könnten ihr die Werke helfen, die Realität des Krieges zu erfassen, *obwohl er trotz allem unverständlich bleibt.* Es war eine dieser warmen Nächte, die wie entrückt unter einem sternenklaren Himmel liegen, die Luft war mild, sie rauchten ihre Zigaretten. Das Rätsel der Intimität. Sie kannten sich nicht und waren sich dennoch bereits nah. Sie unterhielten sich ein wenig über den Nutzen der »Dekompressionskammer« Zypern, über die Bilanz des Einsatzes und den Wunsch nach Heimkehr, und dann erwähnte Marion den schrecklichen Vorfall mit Farid Djitli, den sie auf seinem Transport ins Krankenhaus von Kabul begleitet und dessen Rückführung nach Frankreich sie mitorganisiert hatte.

War ihm wirklich danach, mitten in der Nacht darüber zu sprechen? Gab es kein anderes Thema?

»Die weißrussische Wirtschaft, zum Beispiel, oder die politische Zukunft des Sudan?«, erwiderte sie lächelnd, aber es war klar, dass sie nicht dagegen ankam, die Worte mussten heraus, sie hörte ihm nicht mehr zu, sondern erzählte von ihrer Angst, von der Panik, die um sich gegriffen hatte, als die Truppenärzte und Sanitäter versuchten, Farid aus dem Hubschrauber zu schaffen, das Morphium wirkte nicht mehr, es war der reinste Horror, sie mussten Farid in ein künstliches Koma versetzen, und zwar schnell, er war bei Bewusstsein, er hatte Schmerzen und wusste, er würde vielleicht sterben, und das sagte er auch: »Ruft meine Freundin an!« – Marion redete ohne Punkt und Komma.

Romain konnte sich nicht mehr konzentrieren, ihrem Blick aber auch nicht entkommen, er hatte seine Männer sterben sehen, Farid war schwer verwundet, und er war es gewesen, der ihn damals dazu gebracht hatte, zur Armee zu gehen. Panik stieg in ihm auf, und sie spürte das anscheinend, denn auf einmal verstummte sie und nahm seine Hand. Sofort wurde er ruhig, ließ ihre Hand los, fasste sie etwas ruppig am Nacken und küsste sie, als ginge es um Leben oder Tod, dabei riskierten sie in Paphos ja nichts mehr, sie würden sicher nach Hause zurückfliegen und ihr altes Leben wiederbekommen. Es war keine erotische Handlung, die einer sexuellen Regung folgte, sondern eine Verteidigungsreaktion, ja, er verteidigte sich in dieser Nacht gegen sich selbst, das war die einzige Möglichkeit, nicht unterzugehen, entweder dieser Kuss oder die Zwangsjacke oder eine Autoimmunreaktion. Zweifellos deutete Marion den Kuss auch genau so, denn sie stieß Romain nicht zurück, sie erwiderte seinen Kuss und sagte, er solle still sein, als er sich entschuldigen wollte und sich von ihr löste: »Es tut mir so leid, ich weiß nicht, was über mich gekommen ist.« Nur wenige Minuten später lagen sie sich in Marions Hotelzimmer in den Armen und liebten sich.

Sex – und nicht der Tod, nicht die Angst vor dem Tod oder vor einer unheilbaren Wunde. Sex – und nicht die geistige Übereinstimmung, der gesellschaftliche Status, nicht die Gruppenidentität. Es war der Sex mit ihr, der eine solche Macht über ihn hatte, der so intensiv war, dass er sich ergeben wollte. Er wollte bei ihr bleiben, aber sie forderte ihn auf zu gehen, während sie nackt ins Badezimmer verschwand. Sie hatte einen festen, sehr muskulösen Körper, den Körper einer durchtrainierten Spitzensportlerin. Er blieb liegen, rauchte, verspürte zunehmend Schuldgefühle, die gallebitter aus ihm hervorbrechen wollten, und zugleich eine neue Kraft, eine Art Wiederaneignung seiner selbst, eine Distanzierung von allem, was ihn deformierte.

Plötzlich hörte er seltsame Geräusche aus dem Badezimmer, wie unterdrückte Klagelaute. Weinte sie? Er stand auf, zog rasch seine Hose an und stellte sich an die Trennwand. Ja, das war ein Schluchzen. Ohne anzuklopfen, trat er ein. Sie stand mit tränenüberströmtem Gesicht vor dem Waschbecken, aus dem Hahn strömte Wasser, mit dem sie sich die Augen besprengte.

»Was ist passiert?«, fragte er und trat hinter sie. Ihre Blicke trafen sich im Spiegel. Er nahm ihr Gesicht zwischen seine Hände, aber sie wandte sich ab.

»Es ist nichts.«

Er strich ihr über die Wangen und ließ nicht locker: »Was ist los, Marion? Sag's mir …«

»Lass mich und geh.«

Er wollte nicht gehen, noch nicht, nicht jetzt. Er presste sich an sie, schlang einen Arm um ihre Taille, hob ihr Haar hoch und fing an, sie auf den Nacken zu küssen, während er immer wieder *alles wird gut, alles wird gut* flüsterte, er war versucht, an ihrer Haut zu lecken, so sehr reizte ihn ihr Duft, ihr ganzes Wesen, und er begehrte sie schon wieder. Durch die Hose spürte er ihren festen Hintern, sie reagierte auf seine Erregung, alles an ihr schien erotisiert, ein so starkes Verlangen hatte er noch nie erlebt.

»Bereust du, was passiert ist? Ist das der Grund? Wir haben es nicht geplant, es ist beinah gegen unseren Willen passiert.« Seine linke Hand lag auf ihrem Bauch, er spürte, wie sie nachgab, sie begann zu seufzen, während er sich mit seiner Rechten die Hose aufknöpfte und sie nahm, gegen das Waschbecken gedrückt, immer stärker, immer schneller, bis sie leise aufschrie. Sie verharrte ein paar Sekunden in ihrer Position, dann drehte sie sich um. Wimperntusche rann ihr über die Wangen, und in ihren Augen stand eine solche Verzweiflung, dass er ihr Gesicht wegdrehte, um ihrem Blick nicht mehr standhalten zu müssen. Er umfasste ihre Hüften, aber sie entzog sich ihm und sagte, er solle sich besser von ihr fernhalten, sie sei »kein guter Umgang und gefährlich«. Nach einer Weile fügte sie hinzu: »Ich bringe Unglück …« Er nahm ihre Bemerkung nicht ernst, sie jagte ihm keinen Schrecken ein, im Gegenteil: ihre Theatralik, ihre Anspannung, ihr Hang zum Drama wirkten ausgesprochen verführerisch auf ihn. Fünf Minuten später lag er auf ihrem Bett, den Kopf unter dem Kissen vergraben. Zum ersten Mal seit achtundvierzig Stunden fand er Schlaf.

5

Zwei Jahre nach seiner ersten Begegnung mit Marion versuchte François Vély immer noch, sie zu beeindrucken, sie zu verblüffen, sie zu verführen, auch wenn diese Form von emotionaler Bestechung armselig war. Für seinen Überraschungsbesuch auf Zypern bot er alles auf, was nach Macht roch: Er mietete eine Suite in einem Luxushotel und flog in seinem Privatjet ein, den Koffer vollgepackt mit Geschenken – dem goldenen Armreif eines japanischen Designers, Seidendessous aus der schönsten Boutique von Paris und den schwarzen Edelnotizheften, die er sich aus einer venezianischen Buchhandlung schicken ließ, nachdem Marion sie dort voller Begeisterung entdeckt hatte. Ein Aufwand, der den Fortbestand seiner Liebe und seines Verlangens ausdrücken sollte und Teil seiner Strategie der Rückeroberung war. Sicher, Marion hatte ihn erst am Tag zuvor gebeten, nicht zu kommen, sie wolle lieber gemeinsam mit den Soldaten des Regiments nach Frankreich zurückkehren, die Männer weiter befragen, »ihre Arbeit tun«, doch er hatte ihre Einwände ignoriert und bereitete nun in Gedanken seine Verteidigung gegen ihre Anklagen vor.

Er war gekommen, um sie zu beschützen, obwohl nichts sie vor sich selbst beschützen konnte. Der Versuch, einen Menschen durch Zärtlichkeit zu beherrschen, war ihm schrecklich und seine Emotionalität peinlich, normalerweise unterdrückte er derartige Gefühlsaufwallungen – er sah darin einen Ausdruck innerer Schwäche, einen Mittelschichtsaffekt, eine Kleine-Leute-Sentimentalität. Der Drang zur Aufrichtigkeit erschien ihm ordinär und war ihm von jeher erspart geblieben: Nicht ein einziges Mal hatten seine Eltern ihn mit einem liebevollen Kosenamen angesprochen, immer hatten sie ihn beim Vornamen genannt, und er erinnerte sich an keine zärtliche Geste, keinen Kuss, kein sanftes Wort, nur an Blicke, die zwar Vertrauen ausdrückten, vor allem jedoch Strenge. Marion warf ihm seine Zurückhaltung vor, seine Gleichgültigkeit, die allerdings weniger von Gefühlskälte zeugte als von gesellschaftlich bedingter Distanz – eine Haltung, die er nicht bewusst einnahm. Sie war ihm in die Wiege gelegt worden, er war unter privilegierten Menschen aufgewachsen, in einem Milieu, in dem Misserfolge nicht vorgesehen waren.

Allein die Sexualität durchkreuzte seine erlernten sozialen Normen: Ohne die Lockungen der Erotik hätte er Marion, eine junge Frau aus *einfachen Verhältnissen*, die nicht so gebildet war wie er, nicht dieselben Schulen besucht und nicht denselben vorgezeichneten Weg angesteuert hatte, keines Blickes gewürdigt. Was sollte er mit einer Frau, die hemmungslos durchs Leben ging, die impulsiv handelte wie jemand, den die Erziehung keine Schranken gelehrt hatte, die sagte, was sie dachte, ohne auf die sozialverträgliche Tünche zu achten, und die Gespräche über Dinge forderte, die ihn nicht interessierten? Er bevorzugte trügerische Fassaden und das Schweigen von Menschen, die nichts zeigten und alles für sich behielten. Es war eine Frage der Generation, der Erziehung, des Milieus und vielleicht auch des Charakters: Marion war wild, widerspenstig, direkt, unausgeglichen – geradezu unkalkulierbar! –, während er die Ruhe und die Selbstsicherheit eines Menschen ausstrahlte, der noch nie ein Nein gehört hatte. Es kam zu Spannungen zwischen ihnen, die sich in heftigen Auseinandersetzungen entluden, ohne dass Kompromisse gefunden wurden, ein Streit zog immer gleich den nächsten nach sich. Kaum ein Tag verging, ohne dass Marion ihn wütend anfuhr, er hasste das. Warum etwas aussprechen, was man auch andeuten konnte? Doch er ließ sich nichts anmerken, für seinen stahlharten Panzer hätte man eine Axt gebraucht. Er gab sich Mühe: *Ich bin für dich da, ich liebe dich*, Worte, die als Druckmittel verhängnisvoll waren und keine Aussicht auf langfristigen Erfolg hatten, er konnte sich noch so sehr bemühen, damit die Löcher in ihrer Beziehung zu stopfen, sie klafften überall und unbarmherzig.

Begegnet waren sie sich zum ersten Mal bei einer Soirée, zu der ein großes Wirtschaftsmagazin geladen hatte. François war mit seinem engsten Mitarbeiter, Étienne Léger, dort, die beiden kannten sich aus der Schule, dem Pariser Lycée Louis-le-Grand. François unterhielt sich gerade mit dem Redaktionsleiter des Magazins, als Marion zu ihnen trat. Der Journalist zog sich bald zurück, und Marion und François ließen sich den ganzen Abend nicht mehr aus den Augen, ließen ihrer gegenseitigen Anziehung freien Lauf.

»Glauben Sie, dass wir uns wiedersehen werden?«

»Möglicherweise.«

»Was muss ich tun, damit Sie einwilligen?«

Das übliche Kokettieren. Das Begehren braucht einen gesellschaftlichen Rahmen, in dem es ausgelebt werden kann, der es akzeptabel macht und seine Unbändigkeit zügelt. Er sieht sie und will sie haben. Raubtierinstinkt. Ein nie gestillter Hunger nach Besitz.

Geistreiche Menschen kannte er zur Genüge, hochtalentierten Männern und Frauen war er seit Schulzeiten begegnet, später bei diversen Summer Camps an berühmten US-amerikanischen und englischen Universitäten, Kursen zu sechstausend Dollar die Woche, wo sich jedes Jahr die Crème de la Crème der internationalen akademischen Oberschicht einfand, außerdem in Southampton bei seiner Mutter oder im Vallée de Chevreuse bei seinem Vater, in dessen sonnendurchflutetem Garten sie sich alle tummelten: Kreative, Künstler, Originale, Denker, Forscher, Poeten, Avantgardisten, Visionäre, Verrückte, Machtmenschen, Politiker, Geschäftsleute – geniale IT-Entwickler wie Konzernchefs –, Frauen von strahlender oder kalter Schönheit, kurzum: die Einflussreichen dieser Welt, allerdings nur sehr wenige Menschen, die er lieben und begehren konnte.

Marion Decker bezauberte ihn auf der Stelle durch ihre Fremdartigkeit, die weniger ihr Äußeres als ihr Wesen betraf – unnahbar, feindselig. Die meisten Menschen umgarnten François, sie dagegen hatte keine Angst, ihm zu missfallen. Sie lächelte wenig und schmeichelte keinem. Sie verstand sich auf Ausweichmanöver, und auf einen Mann, der so viel umschmeichelt worden war, übten ihre Fluchtbewegungen einen geradezu unwiderstehlichen Reiz aus. Er spürte, dass sie ihm immer wieder entgleiten würde trotz seiner Macht, trotz seines Geldes, trotz seines Könnens, und diese Unerreichbarkeit ergab sich weniger aus der sozialen Kluft zwischen ihnen als aus Marions ureigener Rätselhaftigkeit – die sich teilweise aus ihrer Vergangenheit erklärte, von der er nicht wusste, ob sie der Realität entsprach oder ihrer allzu blühenden Phantasie entsprang. Ihre Lebensgeschichte war schlicht *unglaublich*. Außenseitertum hatte sie schon in ihrer Kindheit und Jugend erfahren, als sie von einer Pflegefamilie zur nächsten weitergereicht wurde und sich mit der Tatsache abfinden musste, dass es keine stabile mütterliche Komponente gab. Sie hatte diese Zeit in ihrem ersten Roman *Noch einmal davongekommen* verarbeitet, einem bitteren Text, der ihr half, ihr Los in einen literarischen Stoff zu verwandeln, indem sie eine Existenz schilderte, die man nur mit viel Pech erklären konnte, und niemand vermochte sich vorzustellen, dass diese Form der Aufarbeitung sie einmal ins Scheinwerferlicht katapultieren würde. Das Buch handelte von Determinismus und Scham über die eigene Herkunft, von sozialer Gewalt und Armut, es war ein subversives Werk, in dem die Fiktion die noch grausamere Wirklichkeit nur schlecht bemäntelte. Was konnte sie noch verbergen? Sie hatte doch alles schon detailliert und höchst präzise beschrieben, mit dem Gleichmut einer Frau, die das Schlimmste überlebt hatte. Diese Transparenz, die keine Tabus kannte, hatte Vély in ihren Bann gezogen.

»Mir ist bewusst, dass ich ein außergewöhnlich brutales Buch geschrieben habe«, sagte Marion zu François, um jede Kritik im Voraus zu entkräften. Sie blickte zurück auf ein unstetes Leben, als Kind herumgeschubst von einer Mutter, die sich in ultralinken anarchistischen

Splittergruppen engagierte, Versammlungen in besetzten Häusern abhielt, ständig wechselnde Notquartiere bezog, wo Besuche von Gerichtsvollziehern an der Tagesordnung und phasenweise weder Wasser noch Strom vorhanden waren, wo politische Aktionen geplant und nächtelange philosophische und spirituelle Diskussionen geführt wurden, die Marion notgedrungen mithörte. Ihr Vater? Ein Arbeiter, verheiratet, Kinder, den Marions Mutter aus der Fabrik kannte, in der sie Ende der 1960er Jahre, zusammen mit anderen Intellektuellen aus einer militanten Gruppierung namens »Werkbank«, angeheuert hatte. Die heimliche Beziehung hielt zwölf Jahre, und aus ihr war Marion hervorgegangen, aber der Vater wollte bei der Geburt sein Kind nicht anerkennen. Erst mit fünfzehn erfuhr Marion, wer ihr Vater wirklich war – als er bei einem Arbeitsunfall ums Leben kam. Von einem Tag auf den anderen verschwand ihre Mutter spurlos. Marion wurde zunächst in verschiedenen Pflegefamilien untergebracht, bis sie in die Obhut eines ehemaligen Lehrers kam, der sich um ihre Bildung kümmerte und sie ermutigte, an der Sorbonne Literatur zu studieren. Ihr Ersatzvater half ihr und unterstützte sie weiter, bis sie ihre Ausbildung abgeschlossen hatte; er hätte es nicht tun müssen, sie war immerhin schon volljährig. Ihre Masterarbeit schrieb sie zum Thema »Elternschaft und Herrschaftsbeziehungen« und arbeitete danach für verschiedene Zeitschriften, hauptsächlich Politikmagazine, für die sie Reportagen aus Kriegsgebieten verfasste. Und schließlich schrieb sie das Buch, von dessen Existenz François erst bei ihrem Kennenlernen erfuhr, das er sich jedoch gleich am nächsten

Tag besorgte. Als Motto hatte Marion einen Satz des Schweizer Schriftstellers Jacques Chessex gewählt: »Literatur ist Krieg.« Sie rechnete mit ihrer Kindheit ab – und dabei floss Blut.

»Wenn ich etwas verstehen will, muss ich darüber schreiben«, hatte Marion François einmal anvertraut. Dem starken Sog von Geschriebenem kann sich niemand entziehen, und François Vély bildete keine Ausnahme. Schriftsteller, überhaupt Künstler hatten ihn schon immer fasziniert. Er war davon überzeugt, dass etwas Dunkles, Perverses in ihnen steckte, etwas Räuberisches, Magisches, das sie hinter einer sozial kompatiblen Fassade versteckten. Diese Doppelnatur, die Kunst erst möglich machte, erschien ihm subversiv, denn im Geschäftsleben hatte man für Abweichler und Unzuverlässige nicht viel übrig, da war es wichtig, Vertrauen einzuflößen. Kaum hatte François den Roman ausgelesen, bat er Marion um ein Treffen, und so hatte ihre Geschichte angefangen.

Sie war gerade erst sechsundzwanzig geworden, er neunundvierzig. Er war verheiratet, sie nicht, und nach zwei Monaten hatte er alles für sie aufgegeben, was ihre Konkurrentinnen, die bei der Eroberung des mächtigen Mannes gescheitert waren, zu der Bemerkung veranlasste: »Sie muss etwas Besonderes an sich haben« – eine Mutmaßung, die auf etwas Verborgenes, aufs Sexuelle zielte und die Phantasie beflügelte. Denn Marion war nicht besonders auffällig, sie besaß nicht die majestätische Schönheit von François' zweiter Ehefrau Katherine, aber sie konnte Menschen verunsichern, und es gelang ihr, allein durch ihre Gegenwart eine erotische Spannung zu erzeugen. Dennoch waren aus ihrem journalistischen und literarischen Umfeld keine Affären bekannt.

François gestand ihr eines Tages lachend: »Du machst mich verrückt, ich bin dir total verfallen, was ist dein Geheimnis, abgesehen von deinen wunderbaren Brüsten?«

Étienne, dem er von Marion erzählte, von der unglaublichen Leidenschaft, die sie in ihm weckte und von der er nicht genau wusste, ob sie erwidert wurde, reagierte voller Argwohn.

»Sie ist jung, das reizt dich, dadurch fühlst du dich selbst verjüngt. Der Blick, mit dem sie dich ansieht, gaukelt dir das vor. Aber du bist zwanzig Jahre älter als sie, vergiss das nie. Was weißt du überhaupt von diesem Mädchen? Sie hat eine sehr schwierige Kindheit und Jugend hinter sich und hat ein halbwegs erfolgreiches Buch geschrieben, dessen Erfolg aus meiner Sicht eher auf ihrem Aussehen beruht und ihrer Fähigkeit, sich in Szene zu setzen, als auf seinen literarischen Qualitäten. Sie ist sexy, geheimnisvoll … Was noch? Sie hat ein paar Reportagen aus Kriegsgebieten geschrieben, nicht gerade Stücke, für die man ihr den Albert-Londres-Preis verleihen würde. In Wahrheit weißt du gar nichts von ihr. Vielleicht will sie sich mit dir auch nur eine der besten Partien Frankreichs an Land ziehen … oder sie ist von der Konkurrenz eingeschleust. Sie wird dich verführen, und dann hat sie dich am Wickel, so wird es sein! Sex ist Macht, und es wird nicht lange dauern, bis du abstürzt, bis du dein wohlgeordnetes Leben gegen die Wand gefahren hast …«

François seufzte. »Du ziehst allen Ernstes in Betracht, dass sie eine Wirtschaftsspionin ist?«

»Du weißt doch, wie so was läuft«, sagte Étienne. »Deine Konkurrenten machen sich schlau über dich, sie überwachen dich: Sie wissen, was du kaufst, was du liest, wer deine Freunde, deine Kontakte, deine Netzwerke sind. Sie wissen, wie man an dich herankommt. Du liebst Bücher? Dunkle Schokolade? Frauen, die rote Kleider tragen? Du sitzt in Paris gern im Hotel Meurice an der Bar, und in New York im Carlyle? Eines Tages triffst du ganz zufällig eine Frau, sie hat dein Lieblingsbuch in der Hand, das macht dich neugierig, es gefällt dir, sie trägt etwas Rotes, du redest mit ihr, sie bringt dich zum Lachen, und du bist total hingerissen. Du wirst ihr nicht widerstehen, und weißt du warum? Weil du seit sechs Monaten mit keiner Frau mehr geschlafen hast, und auch das wissen sie ... So kriegen sie dich. Glaub mir, da draußen laufen Dutzende von Mata Haris herum, sie sind intelligent, schön, und sie kennen die Regeln.«

Als Topmanager in einem großen Wirtschaftsunternehmen wusste François natürlich, dass Misstrauen eine Tugend war. Man bat die Gesprächspartner, vor einer Sitzung die Akkus aus ihren Mobiltelefonen zu nehmen, man verschlüsselte Nachrichten, Wichtiges wurde nur persönlich und an geheim gehaltenen Orten übermittelt. »Du hast Glück«, hatte ihm sein Vater seit seiner Kindheit eingeschärft. »Du bist privilegiert, Geld macht Eindruck, aber es entstellt auch Beziehungen, es verzerrt das Urteil, vergiss das nicht.«

Als François Marion begegnet war, war er es jedoch gewesen, der das Erobern übernommen hatte, er war es, der sie begehrte und ihr gefallen wollte. Ja, gut, sie hatte ein rotes Kleid getragen, sie hatte von Büchern und Gegenwartskunst gesprochen – das machte sie aber noch längst nicht zu einer Verdächtigen.

»Das war keine Zufallsbegegnung«, behauptete Étienne. »Wie kam es eigentlich, dass sie an dieser Veranstaltung teilgenommen hat, hast du den Redaktionsleiter mal danach gefragt?«

Noch am selben Tag zog François seine Erkundigungen ein – tatsächlich tauchte ihr Name auf keiner Gästeliste auf. »Sie ist offenbar als Begleitung von jemandem dort gewesen«, ließ er Étienne wissen.

»Wenn du mich fragst, hat sie nach einer Möglichkeit gesucht, wie sie an dich herankommt. Ich an deiner Stelle würde ihr nicht trauen.«

François traute ihr sogar so wenig, dass er einen Privatdetektiv engagierte, als er merkte, dass er im Begriff war, sich zu verlieben, und der Detektiv lieferte ein paar Wochen später – Wochen, in denen François sie weiter traf und Gefühle entwickelte, die ihm Angst machten – genau die Informationen, die Marion ihm selbst schon gegeben hatte: Sie hatte keinen Kontakt zu ihrer Mutter, sie war in prekären Verhältnissen aufgewachsen, *das ist kein Verbrechen.* Was es über sie zu erfahren gab, stand in ihrem Roman, bis auf ein paar Details war sie ihre eigene getreue Biografin. Und das, was im Schatten lag, beunruhigte ihn keineswegs, ganz im Gegenteil, es erregte ihn. Eine so schwer zu fassende Frau würde er niemals ganz besitzen.

Er hatte alles, doch mit fast fünfzig wollte er mehr, etwas anderes. Er hatte seine zweite Frau geliebt, hatte mit ihr drei wunderbare Kinder gezeugt, aber nun war Schluss damit. Bereits seit mehreren Jahren war ihr Eheleben ein Desaster. Katherine, die große Schauspielerin, ertrug es nicht, dass sie älter wurde und weniger Angebote bekam, dass sie nicht einmal mehr zum Casting eingeladen wurde, sie hasste das Gefühl, nicht mehr begehrenswert zu sein, ins Abseits zu geraten – und das führte dazu, dass sie ihr Gesicht und ihren Körper operieren ließ, gegen François' erklärten Willen, er hätte sie gern davon abgehalten, ihre Haut spannte wie nach einer Verbrennung ersten Grades, sie glänzte, weil sie mit dem Laser abgeschliffen worden war.

Sie hatten immer weniger, schließlich nichts mehr gemeinsam, und vor seiner Begegnung mit Marion hatte François eine langjährige Affäre mit einer seiner engsten Mitarbeiterinnen gehabt – Sophie Kazal war eine attraktive Frau in seinem Alter, unverheiratet, Absolventin der renommierten École Centrale Paris. François hatte sie in den USA kennengelernt, als sein Konzern die Firma Szpilman übernommen hatte. Sophie hoffte insgeheim, dass er eines Tages mit ihr zusammenleben würde, er hatte es ihr versprochen, Katherine ahnte etwas, aber aus Angst, ihn zu verlieren, wagte sie es nicht, darüber zu sprechen. Als Marion auf der Bildfläche auftauchte, verließ er beide Frauen ohne die geringsten Skrupel und reichte die Scheidung ein, als wäre das der natürlichste Vorgang der Welt. In Hinblick auf seine Frau war ohnehin nichts zu retten, in Hinblick auf Sophie fühlte er sich zu nichts verpflichtet. Er war darauf gefasst, dass Katherine es schlecht aufnehmen würde, dass sie ihm drohen und einen Teil seines Vermögens fordern, ihn mit den Kindern erpressen oder die gemeinsamen Freunde auf ihre Seite ziehen würde. Aber es wäre ihm nie in den Sinn gekommen, dass sie zur Selbstfindung, wie sie es nannte, in ihre Heimatstadt Sydney zurückkehren würde – und zwar *ohne* ihre Kinder. Sie sei vierundfünfzig. Sie müsse ihre Haut retten. Oder sei ihm eine schmutzige Scheidung lieber, ein Skandal?

Was hätte er tun können? Er hatte Marion versprochen, ihr Rom und die kleinen Buchten von Korsika, Phuket und Hongkong zu zeigen, doch es blieb ihnen auf einmal nichts anderes übrig, als in Paris in einem vornehmen und kühlen Stadthaus zu wohnen mit drei Kindern, die ihren Vater ihre ganze Wut und Ablehnung spüren ließen, drei verwöhnten Kindern, darunter eine Fünfzehnjährige, die die Schule schwänzte, das Hauspersonal beleidigte und im Badezimmer Joints rauchte, wild entschlossen, die Pläne ihres Vaters und seiner neuen Freundin mit allen Mitteln zu durchkreuzen und ihre Liebe gründlich zu versauen. Eine solche Möglichkeit hatte er nie in Betracht gezogen. Er hatte angenommen, seine Frau werde – zum Preis einer angemessenen finanziellen Entschädigung – in die Trennung einwilligen. Er hatte sich vorgestellt, seine Kinder, deren Freunde zum Großteil selbst Scheidungskinder waren und in Patchworkfamilien aufwuchsen, würden sich, wenn auch nicht ganz problemlos, aber doch einigermaßen unbeschadet mit der neuen Familienkonstellation abfinden. Er hatte geglaubt, *die Liebe sei genug*. Aber nichts war geschehen wie geplant. Die Verheißungen eines von Individualismus und fröhlichem Hedonismus beflügelten Lebens hatten sich nicht erfüllt. Immer, wenn François mit Marion schlief, hatte er das Gefühl, seine Kinder säßen am Bettrand oder machten sich störend zwischen ihnen breit. Es nützte nichts, wenn er Privatlehrer, Haushälterinnen und Assistenten einstellte, niemand bekam sie unter Kontrolle. Dass die Kinder unter seinem Dach lebten, machte alles zunichte. So sah es also aus, wenn Liebe und Erotik in ein bis dahin lückenlos durchorganisiertes Leben eindrangen: Die Intimsphäre löste sich in nichts auf. Und dann rief François eines Tages Katherine an, um ihr mitzuteilen, dass er beabsichtige, seine neue Freundin zu heiraten. Der Termin stehe bereits fest. Ob sie damit einverstanden sei, dass die Kinder bei der Hochzeit dabei wären?

Katherine legte den Hörer auf, und dann sprang sie aus dem Fenster.

6

Flughafen Charles-de-Gaulle, Paris, sieben Uhr morgens. Osman wartete in der Abflughalle – fahle Beleuchtung, leblose Gesichter, eine Szenerie von der Tristesse eines Begräbnisses –, sehr aufmunternd war das alles nicht, musste er sich eingestehen, er würde zwei Tage in Paphos an der Westküste Zyperns verbringen und dort einen Bericht schreiben. Das Thema? »Die Bedeutung einer ›Dekompressionskammer‹ für die psychische Gesundheit der von ihrem Afghanistan-Einsatz zurückkehrenden Soldaten.«

Auf den Tag genau einen Monat war er nun schon getrennt von der Macht. Um sieben Uhr war Osman für gewöhnlich durch die Gärten des Élysée-Palastes gejoggt als einer von wenigen, die mitliefen und das Tempo halten konnten. Osman war nie sehr sportlich gewesen, aber dann hatte er jedes Wochenende trainiert, um in den Genuss des Privilegs zu kommen, zwischen sieben und acht an der Seite des Präsidenten durch die prachtvollen Gärten laufen zu dürfen – eine Stunde der exklusiven Nähe, die ihn mit großem Stolz erfüllte. Hinter der Selbstbeherrschung und dem Misstrauen, das seine hohe Position mit sich brachte, verbarg sich bei ihm der uneingestandene Wunsch nach einer persönlichen Gefühlsbindung zum Präsidenten. Damit gehörte er zu der beflissenen Gefolgschaft, die alle Bemühungen darauf richtete, *ihm* zu gefallen. Schon als Freizeitbetreuer in der Banlieue hatte Osman erkannt, wie wichtig Sport für die Entstehung sozialer Bindungen war, und beim morgendlichen Joggen hatte er mehr als einmal ein berauschendes, wortloses Einverständnis erlebt, oberflächlich und flüchtig, gewiss, aber doch sehr stimulierend. Die gemeinsame körperliche Anstrengung hatte ihn dem Präsidenten näher gebracht als jede geistige Übereinstimmung, die immer etwas aufgesetzt wirkte, bei der kein wirklicher Austausch stattfand und die sich im Allgemeinen darauf beschränkte, den präsidialen Entscheidungen zuzustimmen.

Das war vorbei.

Geblieben war die Endlosschleife – die zwanghafte Überprüfung der Ereignisse, das Bedürfnis, sich die Fakten immer wieder vor Augen zu halten, sie zu analysieren, sie auseinanderzunehmen, um zu begreifen, was sich an jenem Tag im Grünen Salon des Élysées abgespielt hatte.

Einige Wochen zuvor hatte der Präsident einen neuen Berater in seinen engsten Mitarbeiterstab eingeführt, einen Journalisten, studierten Historiker, Politanalysten der extremen Rechten, Exmitarbeiter von *Minute*, Anhänger von Charles Maurras, geprägt von einem radikalen Antikommunismus, Verfechter eines christlichen Populismus ... Keiner konnte ihn leiden. Ein diskreter, fleißiger Mann, recht schlau, mit einem hageren Gesicht, das mit jedem Muskelzucken eine Welle der Aggressivität in die Welt zu schleudern schien. Lange hatte er sich als Berater im Hintergrund halten müssen, hatte weder an den Mittwochsbesprechungen noch an den Sonntagabenden teilgenommen, sein wachsender Einfluss wurde argwöhnisch beäugt, ohne dass man ihn wirklich fürchtete, und dennoch hatte er sich nach wenigen Monaten einen festen Platz im inneren Zirkel verschafft und beeinflusste die Entscheidungen des Präsidenten nachhaltig. Er hegte den Wunsch, alle Rechten, selbst die ganz extremen, zu vereinen, die politische Debatte zu verschärfen, sie bei bestimmten Themen zu radikalisieren, beispielweise bei der illegalen Einwanderung, und rückte die Frage der nationalen Identität in den Mittelpunkt. Osman widersetzte sich dieser Ausrichtung vehement, keinesfalls wollte er in irgendeiner Form mit dem Rechtsextremismus in Verbindung gebracht werden.

Und eines Tages sagte der neue Berater in dem liebenswürdigen Ton, den er sich für die übelsten verbalen Attacken aufsparte, zu ihm: »Aber Osman, bei deiner Abstammung besteht doch nicht die geringste Gefahr, dass man dich damit in Verbindung bringt.«

Der Präsident zuckte nicht mit der Wimper, während alle Augen auf ihn gerichtet waren – man wartete ab, wie *er* reagierte, bevor man sich zu einer eigenen Reaktion hinreißen ließ. Der Berater hatte Osman mit Vornamen angesprochen. Er hatte ihn geduzt, obwohl sie seit seiner Ankunft im Élysée kaum zwei Worte gewechselt hatten.

»Von welcher Abstammung sprechen Sie? Ich bin Franzose, in Frankreich geboren ... wie Sie.«

Der Berater setzte ein gekünsteltes Lächeln auf. »Ich sprach natürlich von Ihrer schwarzen Abstammung.«

»So, es gibt demnach eine schwarze Abstammung? Erklären Sie mir das genauer.« Einige der Anwesenden lächelten. Peinlich berührt. Osman sprang auf, impulsiv und temperamentvoll, wie er nun einmal war. »Diesen Unsinn muss ich mir nicht länger anhören!« Der Präsident forderte ihn kühl auf, sich wieder zu setzen, aber er gehorchte nicht, diesmal nicht. »Ich lasse mich hier doch nicht zum Hampelmann machen!« Damit stürmte er aus dem Sitzungszimmer, angespornt vom Schwung der Demütigung, er fühlte sich im Recht und konnte sich nicht vorstellen, dass sein kurzer Zornesausbruch so verheerende Auswirkungen auf seine Karriere haben würde. Noch am selben Tag wies man ihm ein anderes Büro zu.

Er war nach dem Wortgefecht nach Hause gegangen, und als er am frühen Nachmittag weiterarbeiten wollte, stieß er in seinem Büro auf Männer, die »auf Anordnung von oben«, wie sie lakonisch anmerkten, seine Sachen in das neue Zimmer räumten. Lange Zeit hatte er in unmittelbarer Nähe des Präsidenten gearbeitet, das war nun Geschichte. Man verbannte ihn in den abgelegensten Flügel des Palastes, in ein düsteres Giebelzimmer im dritten Stock, wo es im Sommer zu heiß und im Winter zu kalt war, an einen Ort ohne jede strategische Bedeutung – auf den höheren Etagen der Macht verraten mehr noch als Titel die Orte etwas über den Status eines Mitarbeiters. Dort oben hatte er keine Chance mehr, dem Präsidenten, dem Chef des Kabinetts oder dem Generalsekretär über den Weg zu laufen. Der engste Mitarbeiterkreis des Präsidenten war ihm von nun an verschlossen. Man ließ ihn außerdem wissen, dass seine Anwesenheit frühmorgens in den Gärten des Élysées nicht mehr erwünscht sei. Auch die Besprechung um 8 Uhr 30, zu der sich die zwölf wichtigsten Mitarbeiter einfanden, und die Runde um 18 Uhr 30 waren ihm künftig verwehrt. Die späten privaten Zusammenkünfte in der Wohnung des Präsidenten fanden ohne ihn statt. Der Präsident rief ihn nicht mehr in sein Arbeitszimmer und erbat keinen einzigen Rat mehr von ihm. Schließlich wurde ihm auch noch ein offizieller Gesprächstermin verweigert. Der Generalsekretär erklärte ihm mit einem Blick auf die Agenda des Staatschefs kalt und mit sadistischem Vergnügen, nein, er bedaure, der Präsident könne keine Minute seiner wertvollen Zeit für ihn erübrigen.

In den darauffolgenden Tagen rief keiner der Kollegen an, mit denen er in den Monaten zuvor eng und harmonisch zusammengearbeitet und täglich kommuniziert hatte, keiner seiner Bekannten oder *Freunde* – Menschen, die man gemeinhin definiert als *einander in wohlwollender Wertschätzung verbunden*. Von seinen beruflichen Beziehungen im Zentrum der Macht war ihm nichts geblieben, es schien, als hätten sie nie existiert.

Dagegen hatten ihm viele Mitstreiter aus seiner Zeit als Streetworker in der Banlieue die Treue gehalten. Ob Linke oder Ultralinke, gewerkschaftlich organisierte Idealisten, Choleriker oder Großmäuler – sie hatten sich, auch nachdem er in die Politik gegangen war, stets bei ihm gemeldet. Er war es, der sich damals zurückgezogen hatte und nicht darauf eingegangen war, weil er ihre Freundschaftsbekundungen als Opportunismus interpretierte. Als Berechnung. Dabei steckte vielleicht nichts weiter als der Wunsch nach Nähe dahinter. Doch Osman wollte sich andere, einflussreichere Kreise erschließen, Kreise, die dem näherstanden, was er mit einer gewissen Arroganz sein »politisches Schicksal« nannte. Über mehrere Jahre hatte er seinen Platz im System gehabt, war erfolgreicher gewesen, als er es sich je hätte träumen lassen – doch nun kehrte man ihm den Rücken. Nur Sonia, seine Lebensgefährtin, die ebenfalls im Élysée arbeitete, blieb an seiner Seite, wenngleich auch sie ihm unter die Nase rieb, dass er im Unrecht und sie enttäuscht von ihm sei, dass sie ihm kein uneingeschränktes Vertrauen mehr entgegenbringen könne. Derartige moralische Lektionen von der Person, die er für seine einzige Verbündete hielt, machten Osman schwer zu schaffen.

Sonia Cissé war eine sehr gutaussehende Frau von Anfang dreißig, sie stammte aus Locquirec in der Bretagne, war dort als Kind eines senegalesischen Ingenieurs und einer bretonischen Lateinlehrerin aufgewachsen.

»Wo in Afrika sind Ihre Wurzeln?«, wurde sie oft gefragt.

»Ich bin Bretonin, ich kenne Afrika nicht besser als Sie«, erwiderte sie dann jedes Mal. Afrika bedeutete ihr nichts, sie war nie hingefahren und äußerte ihr Missfallen, wenn ein Gesprächspartner in ihrer Gegenwart erwähnte, dass er von dort stammte. Sonia war immer eine sehr gute Schülerin gewesen, die nur ein Ziel anstrebte: die beste zu sein. Sie gewann den ersten Preis beim landesweiten Latein-Wettbewerb und erhielt aufgrund ihrer hervorragenden Schulnoten bald die Einladung, nach Paris an das anspruchsvolle Lycée Henri IV zu wechseln. Die folgenden zwei Jahre verbrachte sie praktisch ausschließlich mit Pauken, um nach der Vorbereitungsklasse an der Hochschule für Urkundenforschung angenommen zu werden. Sie hatte eine Zeitlang überlegt, Archivarin für Schriftenkunde zu werden, sich letztlich jedoch dagegen entschieden und sich stattdessen an der ENS Rue d'Ulm eingeschrieben, einer der besten Universitäten Europas. Sonia war eine geradlinige, intelligente junge Frau, die fließend Latein sprach – »Das«, witzelte Osman gern, »finde ich besonders sexy« –, mit Geld und hervorragenden Kontakten. Sie und Osman waren sich im Élysée begegnet, als sie an den Reden des Präsidenten mitgearbeitet hatte. Die sehr kleine, zierliche Frau mit den feinen Gesichtszügen, den blondierten geglätteten Haaren und den großen grünen, von dichten Wimpern umrahmten Augen hatte es Osman sofort angetan. Trotz ihrer zarten äußeren Erscheinung strahlte sie Souveränität aus, sie überzeugte durch ihre geistige Beweglichkeit, ihr analytisches Denken, ihre schnelle Auffassungsgabe und vor allem durch ihre außergewöhnliche Sachkenntnis.

Nach dem Vorfall im Élysée-Palast geriet ihre Beziehung in eine schwierige Phase, Sonia missbilligte Osmans Reaktion nicht nur, sie warf ihm darüber hinaus vor, seine Gefühle öffentlich zur Schau gestellt zu haben und das in einer Welt, in der Selbstbeherrschung eine gesellschaftliche Notwendigkeit sei. Er habe sich lächerlich gemacht und eine »Opferreaktion« gezeigt, die sie an seiner Befähigung für eine politische Laufbahn zweifeln ließ. Am Abend vor Osmans Abreise nach Paphos kam es zum Streit.

»Du stehst in dieser Sache nicht hinter mir. Begreifst du nicht, welche Dimension das Ganze hat? Ich habe alles verloren, hältst du das etwa für gerecht?«

Sie seufzte. »Wenn die Welt gerecht wäre, hätte sich das herumgesprochen.«

Ihr Zynismus brachte Osman zur Verzweiflung. »Merkst du nicht, mit welcher Überheblichkeit und Herablassung sie uns behandeln?«, fragte er.

»Wen, bitte, meinst du mit ›uns‹?« Sonia rückte ein Stück von ihm ab. »Hör auf, mit solchen diffusen Zuweisungen zu jonglieren und kollektive Angst zu schüren … Ich beuge mich einer solchen Angst nicht.«

»Wer bin ich? Wer sind wir? Wer sind wir in dieser weißen Welt?«

»Wirst du jetzt zum Dichter?«

»Ein Dialog zwischen Aimé Césaire und Senghor.«

»Ich finde mich in diesem Wir nicht wieder.«

»Du bist das Paradebeispiel einer gespaltenen Persönlichkeit!«

»Ich muss mich nicht von dir belehren lassen!«

»Ein Berater des Präsidenten hat von meiner ›schwarzen Abstammung‹ gesprochen, und das schockiert dich nicht?«

»Deine Identität ist nicht vom Urteil anderer abhängig … Es war eine dumme Bemerkung, mehr nicht. Dieser Typ steht rechts außen, das ist doch bekannt. Der Präsident liebt ihn, irgendwann hört das auch wieder auf. Sei nicht paranoid.«

»Ich glaube nicht, dass ich paranoid bin. Das ist Rassismus, eine andere Bezeichnung gibt es dafür nicht. Erinnerst du dich an deine lange Diskussion mit einem rechten Abgeordneten, damals, für das Politmagazin?«

»Natürlich. Und weiter?«

»Weißt du noch, was der Typ als Allererstes zu dir gesagt hat?«

»Ich habe jetzt keine Lust, darüber zu sprechen …«

»Er hat gesagt: ›Ihre Zöpfchen gefallen mir, Sonia, flechten Sie die selbst? Es muss doch spezielle Läden geben, wo solche Zöpfchen geflochten werden … Sie sind eine schöne Frau, Sonia.‹ Glaubst du, mit Ludivine Duchamp hätte er auch so geredet? Nein! Niemals.«

»Bei derartigen Banalitäten halte ich mich nicht auf. Das sind einfältige Klischees, völlig unerheblich.« Sie machte eine wegwerfende Handbewegung.

»Ach so? Und kennst du den Witz, den ein Mitarbeiter des Premierministers auf deine Kosten gerissen hat? *Der Präsident hat Sonia zu seinem Ghostwriter gemacht, der Mann hat Humor, das muss man ihm lassen, sich eine Schwarze als ›Neger‹ auszusuchen.*«

»Du bist bedauernswert, Osman.«

»Sonia, es ist keine Ausnahme. Sie lassen uns ständig spüren, dass wir nicht dazugehören! Das kannst du doch nicht leugnen!«

»Rede über dich, Osman! Ich fühle mich sehr wohl dazugehörig! Wenn du dich gedemütigt und erniedrigt fühlst, wenn du dir deine Welt unbedingt nach kolonialem Muster zurechtbiegen willst, ist das dein Problem, nicht meines!«

»Das koloniale Muster, wie du es nennst, ist immer noch ganz schön weit verbreitet! Aber manche Leute wollen es nicht wahrhaben, weil sie irrigerweise glauben, ihre gesellschaftliche Stellung schütze sie. Wart's ab, irgendwann attackieren sie auch dich.«

Der Rest des Abends verlief in angespannter Atmosphäre, sie wechselten kaum noch ein Wort, Sonia teilte Osman lediglich mit, dass sie die nächsten Tage beruflich in Abu Dhabi zu tun habe. Er selbst würde nach Paphos fliegen.

In der eiskalten Abflughalle fragte er sich plötzlich, welcher sinnlose Wunsch nach Wiedergutmachung ihn hatte einwilligen lassen, diesen Bericht zu verfassen. »Sie stellen dich aufs Abstellgleis«, meinte Sonia, als er ihr von dem langen Gespräch mit dem Kabinettschef über seine politische Zukunft erzählte. Der Mann hatte ihm versichert, für den Fall, dass er sich bereit erkläre, diesen letzten Bericht zu schreiben, sei ihm der Dank des Präsidenten gewiss.

7

Man glaubt, alles im Griff zu haben, alles planen zu können, aber nein … In Afghanistan war es der Abzug, der ausgerechnet dann blockierte, als der Feind die Waffe auf sie richtete, ein anderes Mal ließ sich die Handgranate im entscheidenden Moment nicht entsichern, und in Paphos war es nun diese junge Unbekannte, mit der Romain gerade geschlafen hatte.

Noch nie hatte er etwas so Intensives erlebt, sein Verstand setzte plötzlich aus, er war seinen Trieben ausgeliefert, sie beherrschten seinen Willen. Er musste Marion wiedersehen. Seit er mit ihr zusammen gewesen war, zitterte er nicht mehr, hatte keine Angstzustände, keine Panikattacken mehr, nichts, dabei war sie nicht einmal besonders zärtlich zu ihm gewesen, was um Himmels willen war da passiert? Vielleicht wäre es angebracht gewesen, misstrauisch zu werden, aber nein, stattdessen stand er auf und verließ sein Zimmer. Er hatte eine Frau kennengelernt, er hatte mit ihr geschlafen, er wollte es wieder tun. Und nun stand er vor der Tür zu ihrem Hotelzimmer, trommelte ungeduldig dagegen, so sehr vermisste er sie, er war selbst erschüttert von der Gewalt des inneren Erdbebens, das die Begegnung mit ihr in ihm ausgelöst hatte – eine Art Wiederbelebung –, aber sie war ganz offenbar nicht da. Er rannte die Feuertreppe hinunter, lief zum Speisesaal, doch nirgends konnte er sie entdecken. Er erkundigte sich überall nach ihr, mochte es auch Verdacht erregen, bis Xavier ihm schließlich sagte, dass sie früh am Morgen das Hotel verlassen habe, um »zu ihrem Mann zu ziehen«, der gerade angekommen war.

»Ihrem Mann?«

»François Vély, sagt dir das nichts? Der Chef von diesem Telekommunikationsunternehmen.«

»Du bist ja gut informiert, woher weißt du das?«

Xavier lächelte. »Das weiß doch jeder! Man fragt sich bloß, was sie mit uns in Afghanistan wollte.«

Romain blieb wie angewurzelt in dem brütend heißen Speisesaal stehen, ein Gefühl der Demütigung machte sich in ihm breit, *das weiß doch jeder*, während hinter ihm ein etwa sechzigjähriger französischer Tourist ungeduldig drängelte: »Nun gehen Sie doch weiter!« Als Romain nicht reagierte, gewann der Ton an Schärfe. »Geben Sie endlich den Durchgang frei, verdammt!«

Das genügte, eine Sekunde später lag der Mann am Boden und Romain auf ihm, die Faust wie eine Waffe erhoben, bereit, ihm den Schädel einzuschlagen. Der Mann zeterte, es gebe »zu viele Soldaten in diesem Hotel«, hätte er das früher gewusst, wäre er mit seiner Frau nicht hergekommen, er habe für »ruhige Ferien« bezahlt, jawohl, er habe bezahlt, im Gegensatz zu »diesen Leuten hier, wie kann der Staat ihnen einen Urlaub finanzieren und das alles mit dem Geld der Steuerzahler«. Die Soldaten lachten, nur Romain nicht, er schlug auf den Mann ein, als wäre er in einem Boxring, er würde ihn fertigmachen, bis er um Gnade flehte und sich entschuldigte. Dem Mann rann bereits ein Faden Blut über die Lippen, doch Romain war in Rage, und die anderen wussten, wozu er imstande war, wenn er in Fahrt kam, sie rückten ein wenig ab, starrten, wetteten, kommentierten. »Zehn zu eins, dass Roller ihn fertigmacht«, brüllte einer. Gerade als Romain zu einem weiteren Schlag ausholen wollte, hörte er eine bekannte Stimme seinen Namen rufen.

»Es reicht, Romain! Hör auf!«

Romain hielt inne, fuhr herum. »Osman Diboula!« Zwölf Jahre war es her, dass er im Büro dieses Mannes in Clichy-sous-Bois gesessen hatte, nachdem er von der Schule geflogen war.

»Wie ich sehe, ist es mit deiner Selbstbeherrschung noch genauso weit her wie früher«, rief Osman. »Lass den Mann in Frieden. Komm, wir gehen an die Luft.« Er zog Romain fort aus der Menge zum Hotelausgang.

»Was machst du hier?«, fragte Romain. »Du hast dich ganz schön verändert! Letztes Mal warst du noch ein Streetworker in Jeans und T-Shirt, heute trägst du Anzug und Krawatte und ein gebügeltes Hemd, wohnst in einem Fünf-Sterne-Hotel am Meer …«

»Ich gehöre zum Beraterstab des Präsidenten.« Osman erzählte kurz, ohne sich bei den Details aufzuhalten, warum er in Paphos war.

»Du hast deinen Platz also gefunden, bravo.«

Deinen Platz – dabei hatte Osman mehr denn je das Gefühl, wie ein Bauer auf dem großen Schachbrett der Gesellschaft herumgeschoben zu werden.

»Ja, so kann's kommen«, bemerkte Osman kühl. »Der Mensch ändert sich.« Rasch wechselte er das Thema. »Was ist mit dir? Ich habe noch mitbekommen, dass etliche von euch zur Armee gegangen sind … Die haben damals ja echt händeringend und überall rekrutiert, mit großen Werbekampagnen, sogar in den Vorstädten.«

»Ja, sie haben uns gekriegt. Gut für deine Statistiken zur sozialen Wiedereingliederung, nicht wahr? Bei den Krawallen damals war dein Name in aller Munde. Osman Diboula, der Retter … Nicht schlecht.«

»Wieso? War ich das etwa nicht?«

»Stimmt schon, immerhin hast du uns aus der Scheiße geholfen, du bist ein wahrer Prophet! Weißt du, dass Farid und Xavier in meiner Einheit gelandet sind?«

»Nein, das wusste ich nicht … Ich habe nie wieder etwas von ihnen gehört.«

»Ich bin Oberleutnant, sie sind Unteroffiziere. Xavier wohnt hier im Hotel. Farid wurde in Afghanistan schwer verwundet …«

»Wo ist er?«

»Im Militärkrankenhaus Percy. Sie haben einen Rücktransport für ihn organisiert, noch während der Einsatz lief.«

»Hat es ihn schlimm erwischt?«

»Ja, ziemlich … Er ist auf eine improvisierte Sprengfalle getreten.«

»Verdammt! Das tut mir leid.«

»Eine Katastrophe … Was aus Issa Touré geworden ist, weiß ich nicht. Er hatte sich zur gleichen Zeit wie wir bei der Armee beworben, aber sie haben ihn abgelehnt. Das hat ihm schwer zugesetzt. Danach habe ich ihn aus den Augen verloren.«

Osman kniff die Augen zusammen. »Es ist gar nicht so lange her, da hat er sich mal bei mir gemeldet. Er ist neuerdings Unternehmer, ihm gehört eine Firma für

Sportartikel, du weißt schon, diese Freizeitkleidung mit dem weißen Wolf als Logo … ›Wild Wolf‹ heißt sie, glaube ich. Er wollte, dass ich seine Marke promote.« Osman erzählte, dass Issa von ihm verlangt habe, bei einer Fotosession für *Paris Match* eines seiner Sweatshirts zu tragen. »Ich habe abgelehnt. Ein schwarzer Politiker aus der Banlieue, der ein Sweatshirt trägt, das war mir dann doch zu klischeehaft. Er war so beleidigt, dass er nie wieder den Kontakt zu mir gesucht hat.«

»Wir könnten uns doch mal alle wieder treffen.«

»Ja, warum nicht?«

Sie ließen noch ein paar gemeinsame Erinnerungen anklingen, brachten sich auf den neusten Stand, was ihre persönliche Lebenssituation anging – und dann waren sie plötzlich beim Krieg. Wer hatte das Thema als Erster angeschnitten? Vielleicht Osman, der sich erkundigte, wie ihr Einsatz in Afghanistan abgelaufen war. Romain hatte ein paar Sekunden gezögert, bevor er reagierte. Seit Afghanistan traute er keinem mehr. Er hatte den Befehl erhalten, kein Wort über das zu verlieren, was sich auf dem Operationsfeld zugetragen hatte, und deshalb antwortete er ausweichend.

»Es war ein sehr schwieriger Einsatz. Ich habe im Moment keine Lust, darüber zu reden.« Er sagte nicht, dass die Operation, die sie in den Hinterhalt geführt hatte, nach seiner Ansicht miserabel vorbereitet gewesen war. Dass nicht alles zum Schutz der Soldaten getan worden war. Nein, er konnte Osman nicht anvertrauen, dass er den Tod seiner Männer für vollkommen sinnlos hielt und dass diejenigen, die mit dem Leben davongekommen waren, zum Schweigen verdammt waren. Aus Gründen der Staatsräson. Dass man eine Untersuchung anberaumt hatte, um festzustellen, welche Verantwortung jeder Einzelne trug. Die Familien der Opfer erwogen offenbar, wegen der Gefährdung von Menschenleben Anzeige gegen Unbekannt zu erstatten.

Aber es gab etwas anderes, das Romain keine Ruhe ließ, und darüber wollte er unbedingt mit Osman sprechen: Den afghanischen Übersetzer, der für ihn gearbeitet hatte, hatte man schutzlos zurückgelassen und damit den Taliban ausgeliefert, die drohten, ihn zu töten.

»Wenn keiner ihn nach Frankreich holt, ist sein Leben in großer Gefahr.«

»Der Staat stellt einige Visa aus, damit besonders exponierten Menschen politisches Asyl gewährt werden kann, aber manche stehen möglicherweise im Sold der Taliban, wir müssen vorsichtig sein, wir können sie nicht alle aufnehmen«, sagte Osman.

»Er hat einem meiner Männer das Leben gerettet.«

»Ich verstehe, aber es ist sehr kompliziert.« Osman holte eine Visitenkarte aus der Tasche hervor. »Hör zu, ich bin nur vierundzwanzig Stunden hier. Ruf mich an, wenn du wieder in Frankreich bist, ich werde sehen, was ich tun kann.« Er würde nichts tun. Es stand gar nicht mehr in seiner Macht, etwas zu tun. Seine Intervention wäre vermutlich sogar kontraproduktiv.

Nachdem er sich von Osman verabschiedet hatte, ging Romain nicht zu den anderen Soldaten an den Pool, sondern setzte sich im Internetraum des Hotels an einen Computer. Er tippte den Namen »Vély« in die Suchmaschine, und sofort erschien ein Foto von François auf dem Bildschirm. Auf Wikipedia las er:

François Vély, geboren am 15. Juni 1957 in New York, ist Generaldirektor des franko-amerikanischen Konzerns Vély, eines der größten Telekommunikationsunternehmen in Frankreich. Auf der Liste der 124 bestbezahlten Wirtschaftsbosse stand er 2008 mit sechs Millionen Euro Jahreseinkommen auf dem 25. Platz.

Die biografische Notiz verwies auf zwei ausführliche Berichte im *Wall Street Journal* und in der *New York Times*. Unter »Privatleben« entdeckte Romain die folgende Information:

François Vély hat drei Kinder mit seiner geschiedenen Frau Katherine Kramer; er lebt in Paris und New York. 2008 heiratete er die Journalistin und Schriftstellerin Marion Decker, Autorin des vielbeachteten Romans *Noch einmal davongekommen*.

Neben dem Namen Kramer fiel ihm ein Sternchen auf, das auf eine Fußnote hindeutete, die wiederum einen Link enthielt, der zu einem Presseartikel mit einem dramatischen Titel führte:

EHEFRAU DES UNTERNEHMERS FRANÇOIS VÉLY NIMMT SICH DAS LEBEN
Die australische Schauspielerin Katherine Kramer, Ehefrau von François Vély, Generaldirektor des gleichnamigen Telekommunikationsunternehmens, hat sich in Sydney durch einen Sprung aus dem 48. Stockwerk des Gebäudes, in dem sie seit der

Trennung von ihrem Mann wohnte, das Leben genommen. Sie war in erster Ehe mit dem Unternehmenschef Martin Penn verheiratet. Die Sechsundfünfzigjährige hinterlässt drei Kinder aus ihrer Ehe mit François Vély. Von ihr nahestehenden Personen war zu erfahren, dass sie seit der Trennung vom Vater ihrer Kinder unter Depressionen litt.

8

Sein differenziertes Denkvermögen, sein Scharfsinn, sein Verhandlungsgeschick – die Qualitäten, die François auszeichneten – nützten ihm nicht das Geringste, als sein Leben im Chaos versank. Angesichts des entsetzlichen Vorfalls rettete er sich in Selbstbeherrschung und das Bemühen, den Schein zu wahren, denn in seinem Alltag galt die strikte Anwendung der Prinzipien, die er von seinen Eltern gelernt hatte:

Du wirst keine Schwächen zeigen.
Du wirst über jeden Vorwurf erhaben sein.
Du wirst den Wunsch nach Normalität zum Ausdruck bringen, dabei jedoch außergewöhnlich sein.

Seine Exfrau hatte sich unter schrecklichen Umständen das Leben genommen, doch François weigerte sich, seine Hochzeit mit Marion abzusagen, er wollte weder auf die zivile Trauung im Rathaus des 16. Arrondissements verzichten noch auf die kleine Feier im privaten Kreis, für die er das Pariser Restaurant Maison Blanche vorgesehen hatte. Seine Begründung? *Suizid ist eine Form von Erpressung, der ich mich nicht beuge, ich ändere meine Pläne nicht.* Die Kinder? Sie waren wie versteinert und sprachen über ihre seelische Verfassung nur mit den renommierten Jugendpsychologen, zu denen man sie schickte. Vielleicht war Katherines Selbstmord der Preis, den er für die Umgestaltung seines Lebens zahlen musste. Und so gab Marion kaum zwei Monate nach Katherines Tod seinem Drängen nach. Am Tag der Trauung dröhnte sie sich mit Kokain zu, so dass sie sich später an nichts erinnern konnte. Auf den Fotos wirkte sie geistesabwesend, sie starrte ins Leere, und ihr Gesicht wirkte trotz der Schminke wächsern. Wie ein Gespenst stand sie da in ihrem weißen Hochzeitskleid, das lose an ihr herunterhing, weil sie so stark abgenommen hatte. Am Ende waren die Kinder dann doch nicht zur Hochzeit gekommen, sicher auf Druck von Katherines Eltern, die François bitter anklagten. *Er ist pervers, er ist krank, er hat einfach zu viel Geld und zu viel Ehrgeiz, er ist berechnend, er hat sich Katherine vom Hals geschafft wie einen nutzlosen Gegenstand und wozu? Für wen? Für dieses junge Ding.* Man hätte die Sache *anständig* hinter sich bringen müssen. Die Form wahren. Sie machten eine *moralische Verfehlung* geltend. Ein solcher Todeswunsch musste doch irgendwo herkommen, kein Mensch stand morgens mit der Absicht auf, sich aus dem Fenster zu stürzen. Also bitte! Welche allem Anschein nach erfolgreiche Frau sprang aus einem Fenster im 48. Stock – noch dazu vor den Augen ihres Sohnes, der die Ferien bei ihr verbrachte –, sprang ohne ein Wort des Abschieds ins Leere, als würde sie von einem wütenden Tornado mitgerissen. Eine Frau, die das tat, musste depressiv sein, jemand musste sie schlecht behandelt, vielleicht sogar zum Äußersten getrieben haben, und der Schuldige, so behaupteten sie, sei in diesem Fall François, der nur wenige Minuten zuvor mit ihr telefoniert hatte, der Sohn hatte gesehen, wie sich das Gesicht seiner Mutter während des Gesprächs verzerrte und Tränen aus ihren Augen quollen, er hatte sie sagen hören: »Das kannst du mir nicht antun, das kannst du nicht, ich bitte dich«, und dann war sie in den Tod gesprungen. Thibault hatte sie nicht zurückhalten können, bevor er bei ihr am Fenster war, taumelte ihr Körper schon ins Leere, er rief den Rettungswagen, weinte tagelang, dann holten sie ihn nach Frankreich zurück, zusammen mit dem Leichnam seiner Mutter, vollgestopft mit Beruhigungsmitteln, nahm er an der Beerdigung teil. »Er muss vergessen«, sagte sein Vater.

Wie konnte man danach wieder eine Liebesbeziehung führen? Wie das Begehren wiederfinden, die Freude an der Erotik? Das Paar, das François mit Marion gebildet hatte, war gestorben, doch der Leichnam zuckte noch, hatte noch einen Funken Leben in sich, das zumindest glaubte François, und aus diesem Grund hatte er nun auf Zypern diese Nobelsuite reserviert, obwohl in Paris viel Arbeit auf ihn wartete. Als er Marion anrief und verkündete, dass er auf der Insel sei und sie gern sehen würde, dass er bereits einen Chauffeur zu ihrem Hotel geschickt habe, nahm sie die Nachricht erwartungsgemäß frostig auf. Dennoch fuhr sie zu ihm, nachdem sie die zuständigen Militärs darüber informiert hatte, dass sie aufbrechen würde, zu ihrem Mann, auf Wiedersehen und bis bald.

Und plötzlich stand sie vor ihm in dem Hotelzimmer, das er gebucht hatte, mit eingefallenem Gesicht, ausgezehrt, sonnenverbrannt und ungeschminkt. An ihren geschwollenen Lidern erkannte François, dass sie während der Fahrt geweint haben musste, was ihm später der Chauffeur bestätigte, der sie abgesetzt hatte. Früher hatte sie ständig über alles und jedes gelacht, das hatte er an ihr geliebt, ebenso wie ihre Phantasie, ihren Humor, ihre Schlagfertigkeit und ihr außergewöhnliches Talent, noch den alltäglichsten Verrichtungen einen poetischen Glanz zu verleihen.

Vom Balkon aus, wo er eine Zigarette rauchte, sah er sie hereinkommen, sofort eilte er auf sie zu, um sie zu küssen, aber sie stieß ihn zurück und sagte, sie wisse nicht, warum sie überhaupt gekommen sei, vermutlich weil er ihr keine Wahl gelassen habe, jedenfalls sei sie gegen ihren Willen hier, er hätte nicht herkommen sollen, sie sei mitten in einer Reportage, sie habe zu arbeiten. Ein anderer wäre aus dem Zimmer gegangen oder hätte sie hinausgeworfen – so viel Aggression war vernichtend –, doch das tat François nicht, im Gegenteil, er entschuldigte sich. Er habe sie nur beschützen wollen. Dann stand er eine Weile stumm vor ihr, ein wenig lächerlich anzusehen, und wartete auf ein Wort oder eine Geste, wie ein gebannter Beobachter des unerträglichen Zustands, den man unerwiderte Liebe nennt. Der Mann, der im Geschäftsleben knallhart agierte und mit allen Wassern gewaschen war, der aus jedem beruflichen

Kräftemessen als Sieger hervorging, dem überall seine natürliche Autorität und innere Stärke, seine Standhaftigkeit und sein diplomatisches Geschick bescheinigt wurden, war in Gegenwart seiner Frau zu keinem klaren Urteil mehr imstande. Lag es am Altersunterschied? An dem tragischen Ereignis? An den Schuldgefühlen, deren Last er unterschätzt hatte? Oder an dem Mitgefühl, das er Marion entgegenbrachte – an die Stelle des Begehrens war Empathie getreten. Hatte er wirklich geglaubt, ein Paar könne ein solches Drama überstehen, ohne davon berührt, entzweit, vielleicht sogar zerstört zu werden?

Die Liebe ist nicht gemacht für derartige Zerreißproben. Sie ist gemacht für Leichtigkeit, Lebensfreude, uneingeschränkte Nähe, das Regiment der Gefühle. Die Liebe ist ein gnadenlos geselliges Wesen, eine Lady, die gern lacht und sich amüsiert – Trauer zehrt sie auf, Krankheit greift den Teil von ihr an, der die sexuelle Lust steigert, Konflikte ermüden sie, sie wendet sich ab.

François wusste das, schließlich hatte er alle Risiken in Kauf genommen, um seine zweite Frau zu erobern, Katherine war damals noch mit einem anderen verheiratet gewesen, und ein paar Jahre später hatte er unter der Bürde des Alltags festgestellt, dass er sie nicht mehr liebte. Bei Marion hatte er dieselben Fehler wieder gemacht, er hatte Opfer gebracht für sie, er hatte ihre Beziehung auf ein Podest gestellt – und was hatte er damit erreicht? Diesen Blick ohne Begehren und Liebe. Diese körperliche und geistige Distanz. Dieses Zurückweichen, als wollte sie sich nach und nach aus seinem Leben herauslösen.

In jeder Liebesgeschichte kommt einmal der Moment,

in dem einer von beiden sich entzieht, er begehrt weniger, liebt ohne Leidenschaft und entfernt sich von dem anderen, und das ist das Ende: Man kann weinen, protestieren, bitten, alles verlorene Liebesmüh, man muss sich damit abfinden.

Marion stand hochaufgerichtet im Türrahmen, eiskalt, sie konnte sich zu keiner zärtlichen Geste aufraffen.

»Was hast du, Marion? Was willst du? Ich habe mein ganzes Leben für dich auf den Kopf gestellt, ist das nicht genug?«

Sie rührte sich nicht, stellte ihre Handtasche neben sich ab, sie war nicht gekommen, um ihn aufzumuntern, sondern aus Pflichtgefühl, lieber wäre sie bei den Soldaten in Paphos geblieben, und das sagte sie ihm ganz unverblümt, warum auch nicht, was gab es noch zu retten? Ja, er hatte ihretwegen seine Frau verlassen, na und? Verpflichtete sie das zu etwas? Als das Schicksal damals über sie hereingebrochen war, hatte er sich von seiner harten Seite gezeigt, und das hatte ihr gar nicht gefallen. Er hatte sie gezwungen, ihn zu heiraten, obwohl es richtiger gewesen wäre, die Hochzeit abzusagen.

Sie rührte sich immer noch nicht, stand wie aus Blei gegossen da, gepanzert mit Gleichgültigkeit. Er entfernte sich von ihr in Richtung Terrasse. Welches neue Kräfteverhältnis zeichnete sich ab? Sie konnten nicht so tun, als bemerkten sie den Graben nicht, der von Anfang an zwischen ihnen geklafft hatte. Er entstammte einer großbürgerlichen Familie, sie nicht, das war eine Tatsache, die bei einem Paar rasch politische Dimensionen annehmen konnte. Er hätte sie gern zum Nachgeben bewegt, doch es war aussichtslos. Schon oft hatte sie zu ihm gesagt: *Ich bin nicht deine Angestellte, ich arbeite nicht für dich, du zahlst mir am Monatsende keinen Lohn, du hast keinerlei Druckmittel.* Wenn sie ihn verließ, büßte sie natürlich einen gewissen Lebensstandard ein, ihren materiellen Wohlstand, eine außergewöhnliche finanzielle Sicherheit – all das, was ihr einen sicheren Rahmen zum Schreiben bot. Doch es änderte nichts. Ihre Mutter hatte es ihr beigebracht: Sei arm, wenn es sein muss, arm, aber frei.

Es vergingen zehn Minuten, bis François sich gesammelt hatte und wieder hereinkam. Marion war nicht mehr im Wohnzimmer, sie hatte sich im Schlafzimmer aufs Bett gelegt und starrte an die Decke. Er setzte sich zu ihr auf den Bettrand.

»Was sollen wir machen, wenn wir wieder in Paris sind? Hast du darüber nachgedacht?«, fragte sie.

»Diese Geschichte vergessen. Bei null anfangen.«

»Unmöglich.«

»Hast du eine andere Lösung?«

Nein, das hatte sie nicht. In den Wochen vor ihrer Abreise nach Afghanistan war sie vor lauter Schuldgefühlen nicht mehr aus dem Haus gegangen, und sie wäre womöglich ganz in Trübsal versunken, hätte ihr nicht ein Freund, Redaktionsleiter eines Nachrichtenmagazins, die Reportage angeboten. François beugte sich über sie, wollte sie in den Arm nehmen, doch sie riss sich vehement los.

»Fass mich nicht an!«

Es war schwer, ihre Nähe in diesem Moment zu ertragen, jedes Gespräch artete in einen Streit aus, jedes Wort war eine Abrechnung. Er verließ das Zimmer, erledigte einige Telefonate, und als er zu ihr zurückkehrte, war sie eingeschlafen. Sie sah schön aus, friedlich. Der Anblick erinnerte ihn an den Tag, an dem er ihr mitgeteilt hatte, dass er beabsichtige, seine Frau zu verlassen, sie strahlte vor Glück, lächelte ihn selig an, wie sehr sehnte er sich nach diesem Augenblick zurück, nach dieser Zeit vor der Krise. Er streckte sich neben ihr aus, strich ihr übers Haar, sie sah aus wie ein Kind, er hatte ihr doch versprochen, sie zu beschützen, und jetzt das, er hatte sie alleingelassen. Sie wachte auf, rückte demonstrativ auf die andere Bettseite, floh vor seiner Berührung. Stumm nahm er ihre Vermeidungsstrategie zur Kenntnis. Er war niedergeschmettert.

Er hatte ein Boot gechartert, weil er hoffte – ohne wirklich daran zu glauben –, dass ein paar gemeinsame Stunden auf dem Meer sie einander näherbringen könnten. Während der Ausfahrt sprach Marion zunächst kein Wort, so dass er sie schließlich bat, ihm von Afghanistan zu erzählen, und endlich entspannte sie sich, wurde lebhaft, berichtete Einzelheiten, vertraute ihm Ängste an, er war überrascht, mit einem Mal hielt er eine Annäherung doch wieder für möglich, legte sich auf dem Vordeck neben sie.

»Ich liebe dich, ich liebe dich, Marion. Es ist eine schwierige Zeit, aber wir werden sie überstehen.«

Sie legte den Kopf an seine Schulter, schien zu den vertrauten, innigen Gesten zurückzufinden, doch nur für wenige Minuten, denn François fing plötzlich von einem anderen Thema an, von seiner Wirklichkeit, seiner gesellschaftlichen Position, von dem, was er im Grunde war – ein Mann, der das Scheinwerferlicht liebte.

»Ich habe auf dich gehört und die Fotos für das Magazin machen lassen, von dem ich dir erzählt habe«, sagte er mit einer Stimme, der man die Angst anhörte, sie zu verärgern. Marion reagierte nicht. »Es ist sehr gut gelaufen. Wir haben die Fotos bei Pierre Vaneau gemacht, meinem Freund, du weißt doch, dem Kunstsammler. Der Fotograf wusste, was er wollte, er hat sehr schnell gearbeitet, deshalb konnte ich auch zu dir fliegen.« Er legte den Arm um sie, sie schwieg.

Zwei Wochen zuvor hatte ein Journalist François vorgeschlagen, einen vierseitigen Beitrag über ihn zu publizieren, ein Porträt mit einer Fotostrecke, auf den Selbstmord seiner Exfrau würde er nicht eingehen. François hatte mit dem Gedanken gespielt, den Vorschlag abzulehnen – nicht, weil ihm die Medienpräsenz nicht gefallen hätte, im Gegenteil, sie war der Kern seiner Kommunikationsstrategie, aber die jüngsten tragischen Ereignisse hatten ihm jede öffentliche Zurschaustellung verleidet. Und dann hatte er doch eingewilligt. Er erzählte Marion nicht, dass die Organisation des Fotoshootings zu Konflikten mit der Redaktion geführt hatte. Über jedes Detail hatten sie erbittert und lautstark gestritten, was den Projektverantwortlichen zu der Bemerkung veranlasste: »Nicht mal George Clooney ist so kompliziert.« François bestand darauf, im Vorfeld Arbeiten des Fotografen zu sehen, den das Magazin ausgesucht hatte, und als ihm dessen Aufnahmen nicht gefielen, forderte er einen anderen an, eine Koryphäe, den ihm eine Freundin empfohlen hatte, einen der ganz Großen seines Fachs, der schon Clinton, Blair und Eastwood fotografiert hatte, aber unerschwingliche Honorare verlangte. Außerdem machte er seine eigene Stylistin zur Bedingung, weil er keine Lust auf eine Modejournalistin hatte, die ihn in ein *Vogue*-Männermodel verwandeln würde. Das Shooting dauerte mehrere Stunden, der Fotograf hatte die Idee, ihn vor einer Reihe von Kunstwerken posieren zu lassen, der Ort inspirierte ihn ganz offensichtlich.

»Ich glaube, es war wirklich eine gute Idee, die Fotos bei Vaneau zu machen … Das wird ein gelungener Medienauftritt. Das Porträt soll in zwei, drei Wochen erscheinen, das Interview gebe ich, sobald ich zurück bin.«

Marion hatte den Beginn seiner Geschichte teilnahmslos über sich ergehen lassen, doch auf einmal wurde sie munter: »Moment mal«, sagte sie beunruhigt. »Der Journalist wird Nachforschungen in deiner Umgebung anstellen … Er wird deine Freunde und Feinde anrufen.«

François lächelte. »Ja und wenn schon.« Seine beruflichen Anfänge in der Erotikindustrie waren allseits bekannt. »Und außerdem gibt es keine belastenden Unterlagen über mich, ich habe nichts zu verbergen.«

»Du nicht.«

Sie wirkte nervös. Er sah sie aufmerksam an.

»Es gibt da etwas, wovon ich dir bisher nichts erzählt habe.«

9

Ein sozialer Wandel – nichts war geblieben von dem Mann, der Osman einmal gewesen war, dem aufsässigen Streetworker, dem Agitator, der sich bei seinen Aktionen an den Ideen von Saul Alinsky orientiert hatte – aber wer kannte den überhaupt noch? Alinsky, Verfasser der *Rules for Radicals*, 1909 im Ghetto von Chicago geboren, Sohn jüdischer Einwanderer, die vor den Pogromen aus Russland geflohen waren, hatte sein Leben dem Kampf für die diskriminierten Minderheiten, die Armen, die Einwanderer geweiht, und er hatte Methoden angewandt, die man durchaus als skandalös bezeichnen konnte. Vor dem Rathaus von Chicago hatte er beispielsweise im Ghetto gefangene Ratten freigelassen, um auf die dortigen miserablen hygienischen Zustände hinzuweisen, er hatte Hauseigentümer bedroht, damit die Bruchbuden, die sie für viel Geld vermieteten, instand gesetzt wurden, er hatte den Protest der Bürger *organisiert* – sein Lieblingswort. Alinsky rühmte den harten Konfrontationskurs als Mittel der Rebellion gegen gesellschaftliche Missstände. Einer der Bewohner eines Altenheims, in dem Osman eine Zeitlang als Betreuer beschäftigt war, hatte ihm die Ideen des Revolutionärs nahegebracht. Ein Satz, den Alinsky 1971 in einem Gespräch mit *Le Monde* äußerte, hatte sich Osman besonders eingeprägt: »Die jungen Leute wollen keine

Revolution, sondern eine Offenbarung.« Alinsky war in Osmans Augen ein Visionär, dessen Thesen ihm verständlich machten, was hinter dem allmählichen Wandel der besonders benachteiligten städtischen Randgebiete steckte: Die starke Fixierung auf die ethnische Herkunft und auf die strenge Auslegung des Islam schenkte den Enttäuschten, die nicht mehr an eine Revolution glaubten, ein verlockendes Gemeinschaftsgefühl, es wirkte wie eine Offenbarung.

Alinsky hatte stets Beziehungen zu Al Capone, Frank Nitti und allen möglichen kleinen und großen Mafiosi unterhalten. Was Osman begreifen ließ, dass man die Probleme in den Banlieues nur dann lösen konnte, wenn man die Drahtzieher auf seine Seite brachte und die ungeschriebenen Codes beherrschte. Daraufhin suchte er Kontakt zu den Bandenchefs, den Kleinkriminellen und Drogendealern. Die Grenzen zur Legalität? Durchlässig. Hauchdünn. Aber mit Naivität oder systematischen Sanktionen war die Bevölkerung der Stadtrandgebiete nicht zu integrieren. Wie hätte er ohne diese Kontakte in die Unruhen eingreifen und sie eindämmen sollen? Er ging hin und sagte: »Bringt eure Jungs unter Kontrolle. Ihr habt nichts davon, wenn ihr sie Autos abfackeln lasst und das Viertel im Chaos versinkt. Die Polizei wird keinen Finger rühren. Und irgendwann rückt die Armee an. Dann steckt ihr in der Scheiße.« Die Dealer verstanden, dass sie ihr Ding nicht mehr durchziehen und ihren Stoff nicht mehr an den Mann bringen würden, wenn die Polizei sich erst einmal auf ihrem Territorium breitgemacht hatte. Sie riefen ihre Leute zur Ordnung, und Osman präsentierte sich als der große Mediator. Er war auf der Straße, nahe an den Menschen dran, hörte ihnen zu, half ihnen, Lösungen zu finden, ihre Beschwerden zu formulieren und wirkungsvoll zu agieren. Er brachte die jungen Leute mit politischen Themen in Berührung und veranlasste sie, sich in die Wählerlisten einzutragen. »Wenn ihr wollt, dass sich etwas verändert, müsst ihr wählen«, schärfte er ihnen ein. »Für die Politiker seid ihr bloß potentielle Wählerstimmen, also geht den Tauschhandel ein: Eine Hand wäscht die andere – das heißt, ich gebe dir meine Stimme, und du gibst mir dafür auch irgendetwas.«

Er erinnerte sich noch genau daran, wie Romain, Issa, Xavier und Farid zum ersten Mal in seinem Büro aufgetaucht waren. Romain war damals schon ein wandelndes Pulverfass. Osman sah ihn vor sich, den fünfzehnjährigen Muskelprotz mit dem nervösen Gang und dem Gangstergehabe: »Ich habe Ihnen nichts zu sagen.« Darauf hatte er geantwortet: »Auch gut, dann sag eben nichts.« Es brauchte viele Monate und stundenlange Gespräche, bis er endlich das Vertrauen des Jungen gewann. Kurz darauf lernte Osman auch Issa, Xavier und Farid kennen. Issa stammte aus Mali. Seine Eltern waren nach Frankreich ausgewandert, als er zwei war. Sein Vater starb mit vierzig an einem Schlaganfall, seine Mutter brachte ihre sechs Kinder allein durch. Issa stand in der Banlieue Schmiere, fünfzig Euro pro Tag, das war rentabler als die Schule, wie er Osman erklärte. Er war von allen Jugendlichen, mit denen es Osman zu tun bekam, der weichste und unreifste. Farid war in Frankreich geboren, als Sohn einer französischen Mutter aus Montfermeil und eines marokkanischen Vaters, die zusammen auf dem Markt von Rungis Blumen verkauften. Xaviers Vater war Soldat, seine Mutter Hausfrau. Die Familie wohnte in einem Fachwerkhaus in einer ruhigen Wohngegend. Alle vier Jungs mussten zu Osman, weil sie Cannabis geraucht hatten.

Osmans Stärke bestand darin, dass er nicht versuchte, eine Autoritätsperson zu mimen. Auf wessen Seite stand er? *Auf der Seite der Gerechtigkeit*, antwortete er, wenn er danach gefragt wurde, *auf der Seite der Gleichheit und Legalität*. Er ging psychologisch geschickt und direkt vor, mit einer Freimütigkeit, die Brutalität nicht ausschloss und es ihm erlaubte, seinen Gesprächspartnern schnell nahezukommen. In seinem Wunsch nach Veränderung und in politischen Fragen neigte er zu Militanz, im Rahmen seines Engagements für ein Stadterneuerungsprogramm drängte er darauf, dass man sogenannte situative Perspektiven erstellte, die empfahlen, bei der Beurteilung des Wohnumfelds Risiken wie Verwahrlosung und Isolation zu berücksichtigen. Das verschaffte ihm Respekt und Vertrauen, vor allem bei jungen Leuten, die wie Romain, Farid, Xavier oder Issa ziellos durchs Leben irrten.

Inzwischen hatte Osman seine Schützlinge von einst aus den Augen verloren. Er distanzierte sich zwar nie ganz von der Person, die er einmal gewesen war, doch er hatte den Eindruck, auf eine höhere Ebene gewechselt zu haben, von der aus er auf sein altes Universum hinabblickte – durchaus mit leiser Wehmut, aber auch mit großem Abstand. Auf der Ebene der Staatslenker hatte er keinen direkten Zugang mehr zur Basis – und wer will schon dahin zurück, wo er hergekommen ist?

Immer wieder von seinen Erinnerungen abgelenkt, saß er nun in seinem Hotelzimmer in Paphos und machte sich Notizen. Er hatte einen Teil des Vormittags im Gespräch mit den Psychologen verbracht, die die Soldaten nach ihrem sechsmonatigen Afghanistan-Einsatz in Empfang genommen hatten, und anschließend die Soldaten und Offiziere selbst befragt. Während sie von traumatischen Verlusten, Kampfhandlungen und Konflikten mit internationalen Verästelungen erzählten, tobte in seinem Inneren ein völlig anderer Krieg.

10

Angst. Schon wieder nahm sie Romain die Sicht, umgab ihn wie ein diffuser Nebel, blockierte seine Atemwege, behinderte seinen Gedankenfluss, sein Gehirn trübte sich ein, die Konzentration sank rapide, er zitterte, der Versuch, Arme und Beine unter Kontrolle zu halten, scheiterte, verborgene Wunden brachen auf – es war wie eine fortschreitende Auszehrung, der Krieg hatte ihn verbrannt. Der Gedanke an das Wiedersehen mit seiner Familie, der ihn so lange aufrecht gehalten hatte, flößte ihm zunehmend Unbehagen ein.

Er stand auf dem Balkon seines Hotelzimmers und zog mit starrem Blick an der Zigarette: vor ihm das Meer, über ihm ein azurblauer, von kleinen Wölkchen gesprenkelter Himmel, die leuchtende Sonne – in seinem Kopf nichts als Finsternis. Überall sah er Kriegsszenen, roch scharfen Pulvergeruch, hörte Schreie, witterte Gefahr. *Denk an etwas anderes, verdammt, erinnere dich an früher.* Farid, Xavier, Issa und er in Osmans Büro – ein Gefühl wie unter Brüdern. Nein, er sehnte sich nicht nach dieser Zeit zurück, sein Stiefvater war gerade abgehauen, seine Mutter schlug sich irgendwie allein durch, er versuchte vielmehr, an eine Lebensphase verhältnismäßiger Unbekümmertheit anzuknüpfen, ein Gefühl, das er für immer verloren zu haben glaubte und das durch die Begegnung mit Diboula für wenige Augenblicke wieder in greifbare Nähe gerückt war.

Das Telefon klingelte, seine Frau Agnès war am Apparat. Sie bat ihn, sich bei Skype einzuloggen, sie wollte ihn sehen. Mechanisch ging Romain hinunter in den Internetraum und schaltete einen Computer ein. Auf dem Bildschirm erschien Agnès' Gesicht: bleich, mit tief eingesunkenen Augen. Sie hatte ihr blondes Haar zu einem Knoten gedreht – streng sah sie aus. Sie sprach hektisch, im Hintergrund weinte sein Sohn.

»Er hat heute schlechte Laune, komm bald nach Hause, ich kann es kaum erwarten.« Ihre Stimme drang seltsam gedämpft zu ihm, wie durch einen Wattebausch. Er hörte sich selbst wie von fern »Bis morgen!« rufen. Seit seinem Abenteuer mit Marion Decker hatte er keine Lust mehr auf zu Hause. Sofort traf ihn ein Schuldgefühl, weil er den Erwartungen seiner Frau nicht entsprach. Sie nicht mehr begehrte. Dabei war Agnès die Art Frau, der man *nichts* vorwerfen konnte: sanftmütig, aber nicht sentimental, präsent, aber nicht aufdringlich. Immer die Erste am Schultor, wenn es galt, ihren Sohn Tommy mit einem selbstgemachten Pausenbrot abzuholen, die Erste in der Parfümerie, wo sie in der Warenannahme arbeitete und bereits die Regale bestückte, wenn die anderen Verkäuferinnen abgehetzt in den Laden stürmten, immer die Erste beim Organisieren von Kleidersammlungen für die Bedürftigen, beim Anhören der Klagen ihrer Freundinnen und die Einzige, die in Krisensituationen die Nerven behielt. Eine Heilige. Sie tröstete Romains Mutter in bangen Momenten, und während der Abwesenheit ihres Mannes hatte sie das ganze Ausmaß ihrer seelischen Stärke unter Beweis gestellt, hatte sich unerschütterlich gezeigt und einen verblüffenden Gleichmut an den Tag gelegt. Nie griff sie, wie so viele andere, zu Schlaftabletten, um zur Ruhe zu kommen, nie breitete sie ihre Ängste und Befürchtungen am Telefon oder auf Facebook aus: *Und wenn er verwundet wird? Und wenn er nicht wiederkommt?* Sie ließ sich zu keinem einzigen Wort der Klage und zu keinem Vorwurf hinreißen, nicht einmal während der Trainingseinheiten, die Romain für mehrere Wochen von ihr fernhielten, stellte keine emotionalen Ansprüche: *Liebst du mich? Versprich mir, dass du nie wieder weggehst!* Wenige Tage nach ihrer Hochzeit – sie waren beide einundzwanzig – hatte ihn die Armee für sechs Monate ins Ausland geschickt, eine beliebte Taktik, mit der die Armeeführung die Soldatenfrauen auf die Probe stellte: *Wenn sie jetzt bei der Stange bleiben, tun sie es auch später.* Agnès hatte stoisch durchgehalten, ohne jede Ungeduld. *Ich habe ihn mir ausgesucht, ich habe gewusst, was mich erwartet*, hatte sie einmal zu einer Freundin gesagt, die wissen wollte, wie sie *ein solches Leben* aushielt.

Agnès hatte vorgeschlagen, für das kommende Wochenende ein Ferienhaus in den Center Parcs zu buchen, damit sie sich in aller Ruhe wieder aneinander gewöhnen könnten. Sie hatte das mit einem betont freudigen Unterton gesagt, und er war, um sie nicht zu enttäuschen, darauf eingestiegen: »Wunderbar, ja, gern, in die Natur, toll, sogar mit Hallenbad.«

Es war schrecklich. Vor seinem inneren Auge liefen hundertmal, tausendmal dieselben Szenen ab. Die Taliban im Hinterhalt, und seine Männer an vorderster Front, unter Beschuss. Er spürte wieder das schwere Gepäck auf dem Rücken, die enge Schlinge um seine Brust, die Angst, die in Wellen kam und ging und der er irgendwie standhalten musste. Und den Blick seines Übersetzers beim Abschied.

Bei der Gruppensitzung mit dem Psychologen, an der die Rückkehrer teilnehmen mussten, hatte er nichts von alledem preisgegeben, er hatte die Frage, ob er Angstzustände habe, beiseitegewischt, er war doch nicht hier, um seinen Gemütszustand zu offenbaren, und zu einem seiner Vorgesetzten, der von ihm wissen wollte, was er von dieser Schleuse nach dem Einsatz halte, sagte er:

»Es ist doch offensichtlich, warum sie uns nach Paphos geschickt haben und nicht gleich nach Frankreich. Man will die Fehler, die man gemacht hat, nicht bei sich zu Hause zur Schau stellen! Die Botschaft lautet: Unsere Soldaten sind weder krank noch angeschlagen. Sie wollen uns ein bisschen Urlaubsstimmung einimpfen. Einer der Ausbilder meinte doch allen Ernstes: ›Hier geht's ein bisschen zu wie im Club Med.‹ Dass ich nicht lache!«

Sie waren hier, um sich auf den Sprung ins Leere vorzubereiten, um sich an die Schlaflosigkeit, die Langeweile, die große Angst vor der Untätigkeit zu gewöhnen. Bevor er wieder auf sein Zimmer ging, machte Romain halt bei Xavier, sie unterhielten sich darüber, was ihnen wohl nach ihrer Rückkehr bevorstünde. Man würde ihnen Fragen zu ihrem Einsatz stellen. Und sie würden die Regeln befolgen, die man ihnen eingetrichtert hatte: das Gespräch mit den Journalisten nicht verweigern, aber vorsichtig sein, sich klar ausdrücken, keine vertraulichen Informationen weitergeben. Der Alltag würde weiterhin nur mehr darin bestehen, Anweisungen zu befolgen.

11

Marion war mit einem Mal in Schweigen verfallen. Ihre Rätselhaftigkeit, die auf François stets einen unwiderstehlichen Reiz ausgeübt hatte, wirkte auf ihn neuerdings wie eine stumme Verurteilung.

»Nun sag schon!«

»Es geht um deinen Sohn, Thibault.« Mit diesen wenigen Worten zerstörte sie jede Zuversicht und Gelassenheit, die François bis hierher trotz allem noch aufgebracht hatte. Thibault, der Unkontrollierbare. Seit seine Mutter sich vor seinen Augen umgebracht hatte, führte er Krieg gegen seinen Vater und dessen neue Frau und zog seine Schwestern in sein Projekt der Zerstörung der Familie hinein. *Es geht um Thibault* ... Was war es diesmal? Sein Sohn hatte sie mit allen erdenklichen spätpubertären Exzessen gequält, bis François ihm eine eigene Wohnung an der Place Vauban im Zentrum des 7. Pariser Arrondissements mit Blick auf den Invalidendom besorgt hatte. Inzwischen war er zwanzig, hatte sein Philosophiestudium im zweiten Jahr abgebrochen, dennoch überwies François ihm weiterhin monatlich zweitausend Euro für den Lebensunterhalt und zahlte eine Putzfrau, die täglich kam, aufräumte und die Wäsche wusch, aber nicht selten verlangte Thibault noch mehr.

»Hat er eine Minderjährige geschwängert? Beim Poker Geld verloren?«

Thibault spielte im großen Stil, er hatte mit kleinen Partien im Freundeskreis angefangen, neuerdings flog er dafür mal eben nach Las Vegas oder New York. Immer ging es um *die wichtigste Partie seines Lebens*. Regelmäßig traf er sich in Paris oder in den USA mit Freunden zu Runden, bei denen Tausende von Dollars eingesetzt wurden und die bis zum Morgengrauen dauerten – legal oder nicht, *so what?* Im vorigen Jahr hatte er sogar an der Turnierserie *World Poker Tour* teilgenommen, wo er sich »Lovely« nannte. Ausgerechnet! Keiner aus der Familie vermochte regulierend einzugreifen, keiner wagte es, den moralischen Zeigefinger zu heben. Alle waren gefasst auf seinen endgültigen Absturz, er zockte und verpulverte sein Geld, er war ein zwanghafter Hasardeur, führte ein Leben der Exzesse – mit seinem neuerdings zur Schau getragenen Widerwillen gegen gesellschaftliche Zwänge zog Thibault sein gesamtes Umfeld in Mitleidenschaft. Andere Bürgersöhne wurden

Anarchisten, Thibault lebte seine Ablehnung jeglicher Autorität als Spieler aus. All diese Rebellen, diese Versehrten mussten sich nach ihrer überbehüteten Kindheit das Leiden selbst erschaffen, sie waren Vätersöhne, die glaubten, sie könnten ihrem vorgezeichneten Weg entgehen, indem sie in den besetzten Häusern von Belleville oder Barbès Joints rauchten, die sie aus der Kasse ihrer Väter oder Mütter bezahlten. Dank des Einfallsreichtums seiner Mutter und der Strenge seiner Lehrer war Thibault ein zwar unkalkulierbares, aber letztlich doch zivilisiertes Gesellschaftstier geblieben, wenn auch nicht vergleichbar mit seinem Vater, *dem makellosen Gott*.

»Nein, mit der Spielsucht hat es nichts zu tun«, sagte Marion. »Es ist etwas anderes. Eine Art Neuerschaffung oder Wiedergutmachung ... Er hat eine Geschichte hervorgekramt, die wir für erledigt hielten. Möglicherweise ist es einfach eine psychische Krise, die sich irgendwann wieder legt.«

François begriff nicht, worauf sie hinauswollte.

»Er hat nach der besten Methode gesucht, seinen Vater zu töten, und ich glaube, er hat sie gefunden.«

Bestürzt sah François sie an. »Sag mir, was los ist. Du brauchst mich nicht zu schonen. Ich bin auf alles gefasst.« Er wusste, wozu sein Sohn imstande war. Er kannte die Bedrohung, die von seinem eigenen Kind ausging, und zwar nicht unbedingt die physische, sondern vor allem die Bedrohung seines gesellschaftlichen Ansehens.

»Dein Sohn hat die Religion wiederentdeckt.«

»Das ist alles? Das war zu erwarten.«

Thibault hatte seine gesamte Schulzeit in katholischen Einrichtungen verbracht, wo man sich auf die Fahnen geschrieben hatte, »dass das Evangelium eine Kraft des Heils für jeden Menschen ist und ihn zu seiner Vervollkommnung in Christus führt«. Geistliches Leben und Katechese hatten im Unterricht einen nicht geringen Stellenwert eingenommen: Kirchengeschichte, Glaubensfragen, christliche Tugenden. Ein derartiger Lehrplan hinterließ zwangsläufig Spuren, und diese Vorstellung widerstrebte François nicht einmal.

»Kurz vor dem Abitur hat Thibault sogar an einem spirituellen Retreat teilgenommen, vier Tage in einem Kloster, um Abstand zu bekommen und über seine Zukunft nachzudenken«, erklärte er Marion. »Er hat damals schon überlegt, in einen Orden einzutreten.«

»In einen Orden?«, fragte Marion erstaunt. »Nein, François, du hast mich nicht richtig verstanden. Thibault hat sich nicht dem Katholizismus zugewandt, sondern dem Judentum. Dein Sohn ist ein ultraorthodoxer Jude geworden.«

Was redete sie da? Sein Sohn war kein Jude, Thibaults Mutter war keine Jüdin, er war keinesfalls … Ein orthodoxer Jude? Unmöglich!

»Das bildest du dir ein, das ist doch lächerlich.«

»Keineswegs! Er hat mich kurz vor meiner Abreise nach Afghanistan angerufen. Am Telefon sagte er nur, er wolle sich entschuldigen, und ich habe seine Entschuldigung angenommen. Aber dann bestand er darauf, dass wir uns treffen. Wir haben uns in einem Café bei ihm in der Nähe verabredet. Als er reinkam, in einem schwarzen Anzug und mit breitkrempigem Hut, habe ich ihn kaum wiedererkannt. Er trägt jetzt einen langen schwarzen Bart. Übers Wochenende war er bei deinem Vater gewesen, und danach hatte er eine ›Erleuchtung‹, wie er sich ausdrückte. Offenbar hat Paul ihm erklärt, er habe als Christ gelebt und wolle als Jude sterben.« Marion hielt kurz inne. »Ja, genau so hat er es gesagt, ›als Jude‹.«

Paul hatte seinem Enkel von seinem eigenen Vater, Mordechai Lévy, erzählt und sich lange mit Thibault über das Judentum unterhalten, das mit dem Alter plötzlich wieder stärker in den Vordergrund trete. Thibault war nach dem Besuch auf direktem Weg in die kleine Synagoge in der Rue Pavée gegangen und hatte dort besagte Erleuchtung erlebt.

»Er behauptet, ihn habe schon immer das Gefühl geplagt, anders zu sein. Und nach seinem Abstecher in die Synagoge hat er angefangen, Schriften über das Judentum zu lesen, und sich für religiöse Unterweisungen angemeldet. Was wiederum dazu geführt hat, dass er die Religion nun praktiziert und sich mit dir aussöhnen will. ›Du sollst deinen Vater und deine Mutter ehren‹ – ständig hat er das fünfte Gebot zitiert. Er wolle alles wieder in Ordnung bringen. Sich entschuldigen. Verzeihen. Er sprach von Umkehr, *Teschuwa*. Seine Stimme zitterte dabei.«

François hörte Marion mit verständnisloser Miene zu. Er fühlte sich brüskiert, das war eine Kampfansage an seinen Hedonismus. Sein Sohn war ihm seit einiger Zeit schon wie eine Zeitbombe vorgekommen. Und nun war sie explodiert. Thibault war ein hellwaches, frühreifes Kind gewesen, ein wenig übersensibel, aber ein Sohn, den man seinen Freunden gern vorführte: *Schaut ihn euch an. Er ist hübsch, intelligent, feinfühlig. Er verschlingt Bücher, während andere Gleichaltrige ihre Zeit mit Videospielen verbringen.* Ein echter Vély. Bis sich seine Mutter aus dem Fenster stürzte.

»Warum hast du mir das nicht früher erzählt?«

»Ich sagte doch, ich habe es erst kurz vor meiner Abreise erfahren. Ist dir denn nicht aufgefallen, dass er einen Bart und eine Mütze trägt?«

»Als ich ihn vor Wochen das letzte Mal gesehen habe, hielt ich das für einen Modetrend.«

»Nein. Er trägt sie, weil das jüdische Gesetz es so vorschreibt.«

Ungläubig schüttelte François den Kopf. Doch Marion war noch nicht fertig. Sie berichtete, dass die Kontaktaufnahme einen weiteren Zweck gehabt hatte: Thibault wollte sie bitten, einen Blog verbieten zu lassen, in dem seine Schwester Domitille ihre depressiven Gefühle ausbreitete. Sie hatte Kafkas *Brief an den Vater* für sich entdeckt, ihr Großvater Paul hatte ihr den Band geschenkt, und Domitille hatte darin anscheinend die Gebrauchsanweisung gefunden, wie man den eigenen Vater hasst. Ihre Antwort auf das Auseinanderbrechen der Familie.

»Thibault will nicht, dass das online bleibt. Das sei eine Sünde … Immer wieder hat er das gesagt, François: ›Es ist eine Sünde.‹ Er ist wirklich kaum wiederzuerkennen.«

François konnte sich nicht entsinnen, jemals Kafkas *Brief an den Vater* gelesen zu haben. *Das Tagebuch*, ja, *Die Verwandlung. Der Prozess. Das Schloss. Briefe an Milena*. Aber nicht den *Brief an den Vater*.

»Ich rekapituliere. Du erzählst mir, dass mein Sohn ein frommer Jude geworden ist, vielleicht sogar ein Fundamentalist – eine Horrorvorstellung. Dass meine Tochter mich hasst und das in aller Öffentlichkeit verkündet. Was noch? Dass du mich verlässt, Marion? Kommt das jetzt auch?«

Marion beobachtete ihn kühl und schwieg. Sie wolle zurück ins Hotel, erklärte sie knapp. Kaum dort angekommen, klappte François seinen Rechner auf und suchte nach dem Blog seiner Tochter. Er fand mehrere Auszüge aus Tagebüchern, in denen von Suizid und Depression die Rede war, aber auch Einträge, die »die Gewalt und die umfassende Auflehnung gegen die Gesellschaft« verherrlichten: eine pubertäre Minikrise, eine Art Kinderkrankheit, drei Wochen maximal, mehr gab er der Sache nicht. Ein Link zum Clip einer Heavy-Metal-Band, den *Skinny Puppy*. Er klickte darauf, und dröhnender Lärm bohrte sich in sein Gehirn. Bilder vom Krieg, von Insekten und Waffen huschten über den Bildschirm.

Marion blickte ihm über die Schulter. »Mit solchen Geräuschen foltert man die Gefangenen von Guantanamo.«

François drückte auf ›Pause‹ und überflog die Texte seiner Tochter. Er drehte sich zu Marion um: »Was weiß sie denn von Gewalt? Sie kennt außer der Villa Montmorency doch nur Hotelzimmer zu tausend Euro die Nacht …« Schließlich las er den offenen Brief, der an ihn gerichtet war.

Als Einleitung hatte Domitille geschrieben: »Hier meine Version von Kafkas *Brief an den Vater*.«

Lieber Vater,
ich kann nicht länger ein Geheimnis wahren, das mich innerlich verzehrt, es ist höchste Zeit, mich seiner zu entledigen, indem ich es Dir wie ein Geschenk darbringe. Vater, ich liebe Dich nicht. Wenn Du von Deinen Kindern sprichst, erklärst Du unablässig, Du seist nicht zufrieden mit uns, ich sei nicht die Tochter, die Du Dir gewünscht hast. Als Reaktion darauf bin ich Dir aus dem Weg gegangen, habe es vorgezogen, mich in mein Zimmer zu flüchten. Du findest mich allzu extrovertiert, seltsam und eigenartig. Vor anderen Leuten sagst Du, ich redete zu laut. Unsere Beziehung hat etwas Ungesundes. Gewiss, ich muss mein Leben auf mich nehmen und darf Dir nicht all meine Fehler anlasten. Und selbst wenn Du mich nicht erzogen hättest, wäre ich diejenige geworden, die ich bin, nämlich ein trauriges, eigensinniges, ängstliches Mädchen. Du zehrst meine Kraft auf, Du demütigst mich … Deine Kälte war mir schon immer unerträglich. Wie hätte ich darauf reagieren sollen?
Wer kann so viel Kälte und Egoismus überleben? Du hast Dich Mama und mir gegenüber mies verhalten. Ich empfinde für Dich den ganzen Hass der Welt, und alle dunklen Wolken der Menschheit mögen sich über Deinem Haupte ballen. Manchmal denke ich an die armen Menschen, die in Deinem Sold stehen, ich könnte auch sagen, unter Deiner Knute, denn Du behandelst sie wie Sklaven.

Er hatte genug gelesen, schaltete den Computer aus und zündete sich eine Zigarette an. *Das* sollte Domitille geschrieben haben? Die Domitille, die er im vergangenen Jahr zum Debütantinnenball begleitet hatte, wo sie strahlend und mondän in einem extravaganten Abendkleid von Élie Saab über die Tanzfläche geschwebt war? Domitille, sein kleines Mädchen … Marion legte ihm die Hand auf die Schulter: »Es ist nicht in Ordnung, wenn deine Kinder dir wehtun.« Ihre unerwartete Fürsorge ging ihm nahe. Die Geste konnte fast als Zärtlichkeit durchgehen, und er hätte sie gern genossen, wenn Marion nicht gleich darauf präzisiert hätte: »Ich möchte nur nicht, dass du mir deshalb Vorwürfe machen kannst.«

»Du glaubst, ich habe Angst vor meiner Tochter? Und dass ich schlaflose Nächte verbringe, weil mein Sohn gerade seine mystische Phase durchmacht? Nein. Es ist ihr Leben.« Mit diesen Worten drückte er heftig seine Zigarette im Aschenbecher aus und fasste den Entschluss, früher als geplant nach Paris zurückzufliegen. Sein Überraschungsbesuch bei Marion hatte sich als ein komplettes Fiasko erwiesen.

12

Alles, was sich vor Osmans Ankunft in Paris abgespielt hatte, war bedeutungslos: die Turbulenzen während des Rückflugs von Zypern, seine Panikattacke, als er in einer Zeitschrift las, dass ein von ihm geschätzter Minister ihn als »Casting-Fehler« bezeichnete, der Verlust seines Koffers am Flughafen, das endlose Warten auf ein Taxi im strömenden Regen. Es war nichts im Vergleich zu dem Schock, den er erlebte, als er nach Hause kam: Sonia war nicht da. Er vermutete sofort das Schlimmste – sie hatte ihn verlassen oder plante es zumindest. Er stürzte ins Schlafzimmer und fand alle ihre Sachen am angestammten Platz. Doch wie lange noch? Er hatte Wochen damit zugebracht, ihr gemeinsames Zimmer einzurichten, unter anderem hatte er eine möglichst bequeme Matratze ausgesucht und sich dazu extra mit Sonia für ein paar Tage in einem Luxushotel einquartiert, wo sie die Größe der Kopfkissen und die Qualität der Daunendecke testen konnten (dass es einen solchen Service überhaupt gab, hätte sich Osman früher nicht träumen lassen, zu Hause schliefen sie auf Matratzen, die sie als Schnäppchen in Discountern kauften, oder auf Schlafsofas, deren Lattenroste nach wenigen Wochen auseinanderbrachen, oder in fleckigen Secondhand-Betten von Freunden), für ihn war das Luxus in Reinkultur.

An der Schlafzimmerwand blinkte das Wort *Paradise* in Neonschrift. Wie lange hatten sie sich nicht mehr geliebt? Osman schaltete die Leuchtröhre aus und schloss die Tür hinter sich. Im Wohnzimmer ließ er sich auf das Sofa fallen und starrte auf sein Smartphone. Sonia hatte ihm keine Nachricht hinterlassen, und er konnte sie nicht erreichen. Er rief seine Fotos auf und ließ die Bilder ihres gemeinsamen Lebens an sich vorüberziehen. Sonia und er auf einem Empfang. Auf einer Romreise. Im Restaurant. Er hatte das Gefühl, dass diese Schnappschüsse ihres Liebesglücks bereits der Vergangenheit angehörten. Innerhalb kürzester Zeit hatte er verloren, was aufzubauen so mühsam gewesen war. Er versank in einem Gefühl grenzenloser Leere.

Seit seinem Eintritt in die Politik, genauer gesagt, seit er der Entourage des Präsidenten angehörte, hatte er sich den ungewollten Abschied, den er nun verkraften musste, häufig ausgemalt. Es passierte nicht selten, dass jemand in Ungnade fiel und gefeuert wurde: »Hier geht es zu wie im Harem«, hatte ein Vertrauter des Präsidenten einmal gesagt, »gestern ist man noch der Favorit, und heute muss man feststellen, dass man ersetzt wurde.« Zumal er bereits nach wenigen Tagen im Élysée-Palast begriffen hatte, dass jederzeit ein Hindernis auf seinem Weg auftauchen konnte, allenthalben spürte man latente Rivalität und Spannungen. Ein Wort, eine Bemerkung, eine Demütigung, ein Übergangenwerden, und die Dynamik der Gewalt wurde ausgelöst. Auf der Ebene der Machteliten war sie ebenso eingespielt, wenngleich in anderer Form, wie in dem als schwierig bezeichneten Umfeld, in dem er sich jahrelang bewegt hatte. Vergeltung, Verrat, Schläge unter die Gürtellinie, Machtkämpfe, das gab es hier wie dort. In der Öffentlichkeit wussten sich die Politprofis zu benehmen, hinter den Kulissen jedoch kämpften sie mit harten Bandagen. Seit er in Ungnade gefallen war, fühlte sich Osman Diboula wie von der politischen Landkarte getilgt, als wäre er durch die Tatsache, dass er nicht mehr zur Umgebung des Präsidenten gehörte, in der gesellschaftlichen Arena unsichtbar geworden. Er hatte geglaubt, sich durch Vorsicht und eine klare Linie vor der Aggressivität der Macht schützen zu können, er war stets auf der Hut gewesen, denn er traute jedem zu, dass er ihn zu Fall bringen wollte. Sein Posten hatte ihn extrem misstrauisch gemacht. Und nun war er trotz seines Argwohns in die Falle getappt, die sie ihm gestellt hatten. Denn davon war er überzeugt: Sein Abgang war kein Zufall. Sein sozialer Aufstieg war nur eine Art Rassel gewesen, mit der man Lärm erzeugt hatte, um die Menschen abzulenken. Sie hatten ihm die Leiter gehalten, sie hatten ihm beim Hochklettern geholfen, und als er oben war, hatten sie sie blitzschnell weggezogen, um sich seiner zu entledigen.

Ihm kam Laurence Corsini in den Sinn, sie gehörte zu den wenigen Menschen, die ihm zumindest eine freundliche SMS geschickt hatten, nachdem sein Stern gesunken war. Er rief sie an.

»Ich bin sicher, der Verrat geht auf das Konto meiner engsten Kollegen«, beklagte er sich bitter.

Er hörte sie durch den Hörer verächtlich auflachen. »Weißt du, was François Mitterand im Sommer 1988 zu seinem Büroleiter Jean Glavany gesagt hat, als der bei den Parlamentswahlen in den Hautes-Pyrénées verloren hatte? ›Glauben Sie nicht, in der Politik sei die Loyalität die Regel. Sie ist die Ausnahme. Die Regel ist der Verrat.‹ Für ihn bestand die Kunst eines Politikers darin, Machtverhältnisse zu schaffen, die ihn vor Verrat schützen. Du hast es nicht geschafft, solche Verhältnisse zu schaffen, das ist alles.«

Sie sprach von Machtverhältnissen, wogegen er bei seiner Arbeit als Streetworker immer versucht hatte, Vertrauensverhältnisse zu schaffen. Zwischen den Mächtigen und dem realen Leben klaffte ein schier unüberbrückbarer Abgrund, die Elite hatte den Bezug zur

Basis verloren. Auch Osman fuhr inzwischen nie mehr mit der Metro, reiste nur zu ganz bestimmten, klar umrissenen Anlässen in die Provinz und immer unter Polizeischutz. Die Regierungsmitglieder, die in einem privilegierten Umfeld aufgewachsen waren und Eliteschulen besucht hatten, verstanden die Welt nicht, in der sie agierten. Woher sollten sie sie auch kennen? Osmans doppelte Zugehörigkeit war seine Chance, er war empfänglich für die Sorgen der Menschen, die er in Clichy gekannt hatte. Was noch lange nicht bedeutete, dass er auch darauf einging. Lange war er voll damit beschäftigt gewesen, sich an seinem Platz zu halten und Tiefschläge abzuwehren. Der eigentliche Kampf – der Kampf des Ego, der Kampf um die Eroberung oder Bewahrung der eigenen gesellschaftliche Stellung – spielte sich in den getäfelten Räumen des Élysée ab und nicht mehr auf der Straße, wo es keine Revolutionen geben würde. Er hätte die Banlieues länger brennen lassen sollen. Er hätte die Revolte schüren sollen. Stattdessen hatte er sich für den sozialen Frieden eingesetzt und als Belohnung den Posten eines Beraters bekommen – ein wohlfeiles Geschenk, das sie ihm ganz schnell wieder weggenommen hatten. Jetzt war er allein. Sobald man nicht mehr an der Macht war, büßte man die Anziehungskraft ein, die das Amt einem verlieh – eine Tatsache: Man war weniger begehrenswert.

Osman verspürte den Drang, unter die Menschen zu gehen, bei denen er sich wohlgefühlt hatte und als fähiger Mann galt. Er könnte sich zum Beispiel mit Issa verabreden, er hatte seine Telefonnummer immer noch gespeichert. Kurzentschlossen tippte er eine SMS: »Ich habe Roller, Carel und Djitli getroffen. Sie waren in Afghanistan. Lust auf ein Wiedersehen? Ich würde mich freuen.« Er legte den Apparat auf den Wohnzimmertisch und ging in die Küche. Als er zurückkam, las er Issas Antwort, die aus zwei Worten bestand: »Fick dich.«

13

In der Maschine, die sie nach Frankreich zurückbrachte, schlief Romain. Den ganzen Flug über. Eine Flucht. Nach der Landung stiegen sie in einen Bus, und Romain schlief gleich wieder ein, bis Xavier ihn weckte. »He, deine Frau ist da.« Romain schlug die Augen auf, und da stand sie, seinen Sohn auf dem Arm, daneben seine Mutter mit ein paar weiteren Verwandten. Sie waren bei Tagesanbruch mit Taschen voller Proviant angereist – genug für eine ganze Armee. Romain stieg aus und ging auf seine Frau zu, aber er hatte nicht das geringste Bedürfnis, sie zu küssen oder an sich zu drücken. Teilnahmslos und verlegen blieb er vor ihr stehen. Dann beugte er sich über Tommy, der sofort zu schreien und zu zappeln anfing. »Er ist nur müde«, erklärte Agnès. Müde? Wirklich? Nein. Er war seinem Sohn fremd geworden. Romain musste schlucken, ließ den Kleinen in Ruhe und umarmte seine weinende Mutter. Manche Soldaten kehrten zurück, andere nicht. Mit grausamer Klarheit nahm er wahr, wie wenig das Bild, das er von sich hatte – ein Loser, der seine Männer nicht zu beschützen wusste –, dem Empfang entsprach, den seine Familie ihm, dem Helden, bereitete. Seine Verwandten weinten vor Rührung und stürzten sich auf ihn, um ihn zu berühren, als müssten sie sich vergewissern, dass er tatsächlich unversehrt vor ihnen stand. Er lächelte verkrampft und spielte den tapferen Soldaten, *es geht mir gut, alles in Ordnung*. Während der Fahrt gab er sich einsilbig: *ja, nein, darüber kann ich nicht sprechen*. Und als er an der Wohnungstür das Spruchband »Willkommen zu Hause« sah und dahinter die wartenden Freunde und Nachbarn entdeckte, hatte er nur noch den einen Wunsch: fort von hier. Es fiel ihm schwer, sich auf den Beinen zu halten. All die Menschen, die Geräusche, das Kindergeschrei, die Gesprächsfetzen, das Gläserklirren … Plötzlich legte ihm jemand von hinten die Hand auf die Schulter. Sofort fuhr er herum: »Fassen Sie mich nicht an!«

Er musste raus, ins Freie. Er drängte sich an den Gästen vorbei, murmelte im Vorübergehen: »Ich geh eine rauchen«, schlug die Tür hinter sich zu und lief zur Garage. Er flüchtete sich in sein Auto, lehnte sich mit geschlossenen Augen zurück. Der Schweiß stand ihm auf der Stirn. Er hatte seine Männer nicht beschützen können. Sie waren tot, und er lebte. Auf seinem Handy suchte er nach Fotos von Marion Decker. Sie fehlte ihm, sie fehlte ihm körperlich, er wollte mit ihr reden, mit ihr schlafen, es war wie ein Zwang – wie hatte sie es geschafft, ihn in eine derartige Abhängigkeit zu manövrieren? Dass er zu Hause war, verschlimmerte alles, die Entfernung und auch die Gewissheit, dass er sie nicht wiedersehen würde, steigerten sein Verlangen nur noch. Deshalb tippte er ohne das geringste Zögern ihre Nummer, wartete die Ansage der Mailbox ab und sagte: »Ich bin's, Romain. Marion, du fehlst mir, ich möchte dich wiedersehen.« Er wartete zwanzig Minuten auf einen Rückruf, der nicht kam, dann kehrte er zurück in die Wohnung. Niemand wagte eine Bemerkung über seine Abwesenheit zu machen. Sein Martyrium hatte ihn unangreifbar gemacht.

Nachdem die Gäste sich verabschiedet hatten, wollte er ein wenig mit seinem Sohn spielen, doch seine Frau lehnte kategorisch ab: »Es ist schon spät.« Lange hatte Romain gerade ihre Strenge, Festigkeit und innere Stärke geliebt, er fühlte sich darin aufgehoben, doch in diesem Augenblick war sie ihm zuwider. Er wandte sich ab, er hatte nicht mehr die Kraft, zu kämpfen, nicht auch noch in der Familie, also legte er sich aufs Sofa, das Handy auf dem Bauch, und zappte von einem Fernsehkanal zum anderen. Marion rief nicht zurück. Was wohl seine Männer gerade machten? Aßen sie zu Abend? Tanzten sie? Schliefen sie mit ihren Frauen?

»Kommst du, Romain?« Seufzend erhob er sich und ging ins Schlafzimmer. Agnès lag ausgestreckt auf dem Bett, stark geschminkt und in einem enganliegenden fuchsiaroten Unterrock, gar nicht sein Fall. Er ließ sich auf seine Seite des Bettes fallen.

»Tut mir leid, ich bin sehr erschöpft, jetzt nicht.«

Doch Agnès schmiegte sich an ihn, streichelte ihn, ihre Hand glitt in seine Unterhose, er bat sie, damit aufzuhören, einmal, zweimal, er spürte eine unbekannte Wut in sich aufsteigen und hatte Angst vor seiner eigenen Reaktion, falls sie nicht von ihm abließ. Er stand auf, aber sie folgte ihm.

»Was hast du denn?«

»Nichts, lass mich.«

»Nun rede doch!«

»Keine Lust.«

»Ich erkenne dich nicht wieder, Romain.«

Er ging ins Badezimmer und ließ ausgiebig Wasser über seine Hände laufen.

»Wir müssen miteinander reden, Romain!«

Er kam heraus, das Telefon in der Hand.

»Kannst du mich nicht mal zwei Minuten allein lassen?«

Sie lief ihm immer noch hinterher.

»Es gibt keinen Grund für Tränen, Agnès! Wirklich nicht … Ich bin müde, ich brauche Ruhe.«

In diesem Moment fing ihr Sohn an zu weinen, sein Geschrei erfüllte die ganze Wohnung.

»Gehst du nicht zu ihm?«, fragte Romain.

»Nein, ich gehe nicht! Seit sechs Monaten kümmere ich mich rund um die Uhr um ihn, jetzt bist du mal dran! Ich gehe schlafen!«

»Glaubst du vielleicht, dass ich in den vergangenen sechs Monaten schlafen konnte?«

»Ach was, du hast gerade drei Tage Urlaub hinter dir!«

»Urlaub?« Er schnaubte verächtlich, ging ins Kinderzimmer und nahm seinen Sohn auf den Arm, strich ihm übers Haar und küsste ihn auf die Stirn. »Ich bin da, Tommy, ich bin wieder da.« Aber sein Sohn wehrte sich nach Kräften gegen ihn, als fühlte er sich bedroht. Romain rief nach seiner Frau: »Ich schaffe es nicht, nimm du ihn.«

Sie nahm ihm das Kind ab, schlagartig herrschte Ruhe.

Sie legte den Kleinen wieder in sein Bettchen und verzog sich ins Schlafzimmer, ohne Romain eines Blickes zu würdigen. Als er später nachkam, saß sie ernst und abgespannt auf dem Bettrand, den Kopf in die Hände gestützt.

»Erzähl mir davon«, bat sie, während er sich auszog. »Ich will wissen, was da unten passiert ist.«

»Nein.«

»Ich will es wissen!«

»Du kannst es nicht verstehen. Ich könnte dir noch so viel erzählen, du würdest es trotzdem nicht verstehen, deshalb ist es mir lieber, wenn wir es gar nicht erst versuchen. Reden wir über unseren Sohn, über die nächsten Ferien, über das Wetter, das sind Themen, über die wir uns verständigen können, aber Afghanistan, nein, vergiss es.«

Sie brach in Tränen aus. »Seit sechs Monaten warte ich auf dich, und jetzt, wo du endlich da bist, gehst du mir aus dem Weg und willst nicht mit mir reden!«

»Du hast keinen Grund zu weinen«, sagte er. »Keinen!«

Von nun an würden sie ihren Seelenschmerz nie mehr mit demselben Maß messen.

»Keiner erkennt dich mehr, nicht mal dein Sohn!«

»Sei still, ich bitte dich, hör auf.«

»Darauf war ich nicht gefasst! Dein Einsatz ist doch zu Ende, du bist zu Hause!«

Aber er hörte ihr nicht mehr zu, sein Telefon hatte lautlos vibriert.

14

Bei seiner Ankunft in Paris erwartete François eine Flut von Nachrichten und Terminen, er arbeitete bis zwei, drei Uhr nachts, und was er außerdem begriff, als er sein Smartphone anschaltete, war, dass der Alptraum, den die Identitätssuche seines Sohnes ihm bescherte, gerade erst begann. Er hatte den Augenblick der Konfrontation mit Thibault hinausschieben wollen, aber nun zwang ihn eine Mitteilung der Wohnungseigentümergemeinschaft des Hauses, in dem sein Sohn wohnte, zum Handeln: Die Nachbarn hatten eine Petition gegen Thibault unterschrieben. Zwölf Eigentümer, zwölf Unterschriften.

Er rief den Vorsitzenden der Gemeinschaft an und erfuhr die Einzelheiten. Die Eigentümer beklagten sich darüber, dass Thibault samstags die Eingangstür offen stehen ließ und am Freitagabend ebenfalls. Sie hätten die Sache zunächst gütlich regeln wollen und Thibault auf ein Glas Wein eingeladen, das er nicht anrührte – »kein Alkohol, kein Schweinefleisch«. Als sie ihm »ohne jede Feindseligkeit« – darauf legten sie Wert, sie wollten auf keinen Fall des Antisemitismus bezichtigt werden – erklärten, dass er die Tür »aus Sicherheitsgründen« schließen müsse, habe er entgegnet, dass sie in diesem Fall das alte Türschloss nicht durch ein elektronisches hätten ersetzen dürfen, denn am Sabbat sei es ihm verboten, auf die Taste einer elektronischen Anlage zu drücken. »Inzwischen hat Ihr Sohn außerdem an den Bewegungsmeldern im Haus herumgebastelt, für deren Installation sich die Gemeinschaft aus wirtschaftlichen und ökologischen Gründen seinerzeit entschieden hatte. Er behauptet, er könne unter diesen Umständen nicht mehr nach Hause kommen, deshalb hat er die Anlage beschädigt. Er leugnet, dass dies mit Absicht passiert sei, aber wir haben den Beweis. Im Eingangsbereich ist eine kleine Überwachungskamera angebracht.«

Als Thibault darauf verwiesen hatte, dass seine Religion es ihm verbot, am Sabbat Lampen anzuschalten, hatte die Hausgemeinschaft auf das Prinzip der Laizität gepocht.

»Laizität?«, rief Thibault. »Das Wort führen alle ständig im Munde, aber was soll es denn bedeuten? Jedes Jahr bezahlt die Eigentümergemeinschaft einen Christbaum mitsamt Girlanden und Leuchtkugeln und stellt ihn in der Eingangshalle auf. Keine Ausnahmeregelung für den Sabbat, keine Ausnahmeregelung für Weihnachten.«

Der Vorsitzende war entrüstet. »Können Sie sich das vorstellen? Wir werden die Anlage reparieren lassen. Auf Ihre Kosten. Wenn das Ihrem Sohn nicht passt, muss er sich eine andere Wohnung suchen.«

Wie peinlich. Sein Junge war drauf und dran, den guten Ruf und die Ehre der Familie zu beschmutzen.

»Und das ist noch nicht alles, Monsieur Vély.«

Was hatte Thibault noch angestellt?, fragte sich François beunruhigt. Bis morgens früh um fünf Bar Mizwa gefeiert? Im Hauseingang einen Gottesdienst zelebriert?

»Ihr Sohn hat so eine kleine Schachtel an seinen

Türrahmen genagelt, ich habe vergessen, wie man das nennt … Ein jüdischer Gegenstand, so viel steht fest, für alle sichtbar auf dem Gemeinschaftseigentum angebracht, nicht etwa in seiner Wohnung. Das ist ein klarer Verstoß gegen Artikel 23 des Wohnungseigentumsgesetzes. Auch in diesem Fall hat er behauptet, die jüdische Religion verlange es von ihm, und ich kann dazu nur sagen, dass es Orte auf der Welt gibt, wo ein Jude seine Religion ausüben kann, ohne andere zu stören.«

François entschuldigte sich höflich: Ein Missverständnis, er werde das Problem beheben und alle Kosten übernehmen, es täte ihm sehr leid. Ein Alptraum. Umgehend rief er Thibault an und bestellte ihn zu sich. Und als der Junge eine Stunde später vor der Tür stand, verstand er sofort, was die Stunde geschlagen hatte: Es ging um eine neue Machtverteilung zwischen Vater und Sohn, in der Abstammung, Überlieferung, Familienidentität und Selbstbehauptung eine Rolle spielten. Aber Thibault hatte nicht die Absicht, dem väterlichen Ideal zu entsprechen, und ihm war klar, dass sein Vater ihm eine bewusste Provokation unterstellte. François war hell entsetzt, als er ihn sah, und rang um Fassung. Thibault trug einen Bart, hatte ein Käppchen auf dem Kopf, und unter seiner Jacke hingen Schnüre hervor. Er setzte sich seinem Vater gegenüber und gestand, dass er erleichtert war.

»Mir wäre es lieber gewesen, du hättest es auf andere Weise erfahren, aber ich hatte nicht den Mut, es dir zu erzählen, und ich habe es satt, mich zu verstecken.«

Er aß kein Schweinefleisch mehr. Er besuchte nur noch koschere Restaurants. Er verrichtete vor dem Essen seine Gebete. Wenn er eine Flasche Wein aufmachte, dann musste sie koscher sein, und nur er allein durfte sie öffnen. Er wollte die Thora studieren.

»Willst du mich auf den Arm nehmen? Was ist mit deinem Studium?«, fragte François.

»Wer ist schon Platon im Vergleich zu Rabbi Akiva?«

François brachte die Klagen der Wohnungseigentümer zur Sprache, aber Thibault winkte ab, das Problem habe sich ohnehin so gut wie erledigt. Er wolle nach New York gehen, nach Brooklyn, und sich dort an einer Jeschiwa dem Talmud-Studium widmen, in dem jüdischen Viertel, in dem auch sein neuer geistlicher Lehrer Rav Schreiber wohnte.

»Und wer soll das bezahlen?«, fragte François.

»Das übernimmt die Jeschiwa.«

»So eine Erpressung mache ich nicht mit. Du bleibst und wirst dein Studium hier zu Ende bringen. Das wird vorübergehen, Thibault.«

»Du hast mich nicht verstanden, Papa. Thibault ist mit Mama gestorben. Ich bin jetzt Mordechai, Mordechai Lévy.«

15

Da er schon nicht mehr mit ihr gerechnet hatte, verschlug es Osman die Sprache, als Sonia plötzlich nach zwei Tagen wieder auftauchte. Wie er an ihr habe zweifeln können, sie habe einfach kein WLAN gehabt, sie liebe ihn, sie bleibe bei ihm ungeachtet aller Risiken,

Sanktionen, Ärgernisse – und die wird es geben, dachte sie insgeheim, man hatte sie gewarnt: »Du musst dich entscheiden: er oder dein Posten.«

So lief es nun mal in der Politik: War die eine Hälfte eines Paares von einer Affäre betroffen oder geschwächt, betraf dies die andere wie durch Ansteckung auch – eine gnadenlose Strafmaßnahme, die hauptsächlich die Frauen traf – und zwar irreversibel. Und selbstverständlich hatte Sonia das Für und Wider ihrer Loyalität sorgfältig abgewogen, war unschlüssig gewesen, ob sie alle Konsequenzen ertragen könnte, denn sie genoss es sehr, im Zentrum der Macht mitzumischen. Aber, kaum zu glauben, niemand hatte den Versuch unternommen, sie ins Abseits zu drängen, niemand hatte auch nur die winzigste Bemerkung über Osman gemacht, das Gegenteil war eingetreten: Man vertraute ihr noch wichtigere Reden an, und ihr wurde Osmans ehemaliges Büro zugeteilt.

»Um mich noch mehr zu demütigen«, behauptete Osman.

Sonia verkniff sich eine Antwort, sie hatte nicht vor, sich ihre Freude verderben zu lassen, denn diese Beförderung war *die* Chance ihres Lebens. Sie interpretierte sie weder als Kränkung für Osman noch als Gunstbeweis für sich selbst. Unter den Frauen im Stab des Präsidenten war sie einfach die beste und gescheiteste. Genau diese furchterregende Intelligenz hatte Osman immer fasziniert, auch wenn er sie neuerdings herunterspielte, so als fürchtete er, durch die Strahlkraft seiner Freundin in den Schatten zu geraten – in dem er sich, wenn er ehrlich war, stets befunden hatte. Niemand machte Anstalten, auf ihn zuzugehen, niemand hatte sich auch nur nach seinem Bericht aus Zypern erkundigt, der Auftrag war womöglich nur eine Finte gewesen, um ihn aus Paris zu entfernen. An seine neue Bedeutungslosigkeit und das tiefe Gefühl von Versagen und Ohnmacht musste er sich erst gewöhnen, es ging ihm dabei wie den Soldaten, die er in Paphos kennengelernt hatte. Auch sie berichteten von dem schrecklichen Gefühl, außerhalb der Kampfzone ein Nichts zu sein.

Osman dachte an den Tag nach den Krawallen in Clichy-sous-Bois, als er im Trubel der sozialen Unruhen öffentlich an die Politiker appelliert hatte, er war damals der Mann, auf den man baute, der Versöhnung und Verantwortungsbewusstsein beschwor, die französische Version des *Empowerment*, der von allen Parteien umworben wurde und keiner angehörte, der sich seine Freiheit bewahrte – er war der König der Welt. Exakt an jenem Tag hatte ihm der Präsident bei einem Essen im Élysée einen Beraterposten angeboten – wie wohlwollend er damals geklungen hatte! Wie aufrichtig! Wie konsequent! »Ich brauche Männer wie Sie, Osman«, hatte er gesagt. Die Worte »wie Sie«, die Osman lange als Unterpfand für seine eigene Unersetzbarkeit gedeutet hatte, bekamen nach der Bemerkung des rechtsextremen Beraters einen ganz neuen Sinn. *Wie Sie* … Multikultimänner, hörte er jetzt heraus, Handlanger, die als Gegenleistung für eine Beförderung das Bild der Vorstädte aufpolierten, so dass ein falscher Eindruck entstand, der den Erfordernissen der politischen und sozialen Imagepflege entsprach: *Sieh an, dort gibt es tatsächlich auch gute, anständige Menschen!* In Wahrheit war er manipuliert und instrumentalisiert worden.

Das versuchte er Sonia zu erklären, sie widersprach ihm, machte sich sogar lustig über ihn: »Du wärmst wieder die alte Verschwörungstheorie auf, das hatte ich ja schon fast vermisst. Du hast dich einfach reinlegen lassen, Ende, aus, mehr steckt nicht dahinter.« Sie verstand ihn nicht, betrachtete diese Geschichte von außen, war voll und ganz beschäftigt mit ihrem beruflichen Aufstieg. Und wenn sie ihn auch bisweilen um Rat bat – weniger weil sie Rat benötigte, sondern weil sie Osman einbeziehen wollte –, konnte sie ihre Genugtuung über die Tatsache, dass sie ihren eigenen Lebenstraum verwirklicht hatte, doch nur mit Mühe unterdrücken.

Sonia war wieder da, doch in ihre Liebesbeziehung drängte sich seit dem Tag ihrer Beförderung etwas Neues und brachte das friedliche Miteinander aus dem Gleichgewicht: die Eifersucht. Keine erotisch gefärbte Eifersucht, nicht die Angst des Mannes, seine Partnerin könnte sich von einem anderen Mann verführen lassen, nein, diese Angst hatte Osman zu beherrschen gelernt. Die neue Eifersucht war von Konkurrenzdenken geprägt, von einer beruflich bedingten Rivalität, die es, solange er einen höheren Posten als sie bekleidet hatte, zwischen ihnen nicht gegeben hatte. Jede Aufwertung von Sonias Fähigkeiten empfand Osman mit einem Mal als zusätzliche Demütigung; dadurch, dass der Präsident sie erhöhte, erniedrigte er ihn.

Sonia dagegen erkannte in ihrem Aufstieg den Beweis dafür, dass es endlich kein Hindernis mehr darstellte, eine Frau zu sein. Wie oft hatte sie sich gegen alle möglichen sexistischen Bemerkungen zur Wehr setzen müssen, gegen Bemerkungen über ihr Aussehen (»Sonia hat ihre Vorzüge ausgespielt, um diesen Posten zu bekommen«; »Sonia, meine Liebe, Sie haben sich Ihren Erfolg mit viel Körpereinsatz erarbeitet«), über ihren Gang (»Sie scheint zu glauben, sie laufe für Dior über den Laufsteg«; »Mit ihren langen Beinen ist sie den anderen weit voraus«), über ihre Fähigkeiten (»Sonia ist vollkommen abhängig vom Präsidenten, sie hat nicht genügend politisches Eigengewicht«; »Wenn Sonia Cissé mit einem spricht, schaltet sie automatisch in den Verführungsmodus, und paff, fallen die Männer um wie die Fliegen«). Und nicht zuletzt gegen offen rassistische Bemerkungen: »Sonia ist die Opportunistin schlechthin: schwarz unter Schwarzen, weiß unter Weißen.«

Die Eifersucht – eine Obsession. Osman sah zu, wie Sonia bei Tagesanbruch aufstand, ihre Dessous wählte, sich ankleidete – Kostüm, Seidenbluse, hohe Absätze –, und konnte sich eines giftigen Kommentars nicht enthalten.

»Du übertreibst es, suchst du einen Typ? So wie du rumläufst, musst du dich nicht wundern, wenn man an deiner Glaubwürdigkeit zweifelt.«

»Was willst du?«, zischte sie zurück. »Dass ich mich verschleiere? Eine Frau, die sich hübsch macht, ist also intellektuell nicht glaubwürdig? Willkommen in der Steinzeit, das ist Sexismus von vorgestern.« Der jahrzehntelange Kampf des Feminismus kam gegen die hartnäckigen Klischees offenbar nicht an, doch Sonia ließ sich davon nicht beirren. Sie kannte sich in der Geschichte der Institutionen besser aus als sonst jemand, sie las Heraklit im Original. Sie fühlte sich unangreifbar, und ihre Stärke beruhte nicht auf irgendeiner präsidialen Protektion, sondern auf einem Selbstvertrauen, das sie sich, im Gegensatz zu Osman, um den Preis vieler intensiver Studienjahre und schlafloser Nächte erworben hatte.

Bei Einbruch der Nacht wartete er gewöhnlich im dunklen Wohnzimmer auf Sonia, eine Flasche Hochprozentigen vor sich auf dem Couchtisch, den Kopf voller unausgesprochener Vorwürfe. Aber dann kam sie nach Hause, schmiegte sich in seine Arme, und jedes Mal schlief er dann mit ihr – das Einzige, wozu er sich noch imstande fühlte. Der Sex gab ihm das Gefühl, ein Mann zu sein, gab ihm seinen Platz in der Gesellschaft zurück. Im Bett mit der Frau, die er liebte, wurde er wieder ein temperamentvoller, starker Mann. Wie lange würde das noch gutgehen?

In den vergangenen Jahren war Osman immer in Aktion gewesen, war frühmorgens aus dem Haus und nie vor zwei Uhr nachts ins Bett gegangen. Diese Hyperaktivität fehlte ihm jetzt. Lange hatten ihn der Druck und die Angst vor Fehlern in Atem gehalten, und plötzlich herrschte in ihm eine absolute Leere, als stünde er in einem Saal, eben noch voller Menschen, die mit einem Mal alle verschwunden waren.

Die konkrete Auswirkung seines Rauswurfs war die Stille. In der Sphäre der Macht wurden Beziehungen nur in Hinblick auf Rentabilität, gegenseitigen Nutzen, Effizienz und Gewinnbeteiligung geführt. Wer etwas zu bieten hatte, bekam etwas zurück. Man erhielt Angebote, wenn man Rendite erbrachte. Je höher man auf der Karriereleiter stand, desto begehrter war man. Kaum stieg man eine Stufe herunter, verflüchtigten sich alle. Als Osman das System noch von innen erlebt hatte, war ihm dieses Hofstaatphänomen nicht aufgefallen, er spielte auf der Gewinnerseite, als Schachfigur vielleicht, aber als eine Schachfigur, die vorankam und Punkte holte. Er war einer von ihnen gewesen, ein Karrierist, und stolz darauf, er hatte sich seinen Platz schließlich nicht widerrechtlich angeeignet. Aber auch er war nur mit Menschen befreundet gewesen, die ihn voranbringen konnten. Von den anderen hatte er sich mit der Zeit befreit. Und nun gehörte er auf einmal zu den Exkommunizierten.

Am Vormittag hatte er einen Termin im Élysée-Palast. Als er sein Büro betrat, erschrak er: Jemand hatte alle seine Sachen ausgeräumt und in Kartons verstaut, auf denen sein Name stand, mit Filzstift aufgemalt, falsch noch dazu. Zum zweiten Mal innerhalb eines Monats war seine persönliche Habe einfach weggeräumt worden, ohne dass man ihn benachrichtigt hatte.

»Wer hat die Genehmigung erteilt, mein Büro leerzuräumen?«, fragte Osman eine der zuständigen Sekretärinnen. Sie deutete mit dem Zeigefinger nach oben. Osman seufzte. Er versuchte sich mit dem Gedanken zu trösten, dass er in dem engen Raum, in den er nach dem Vorfall verbannt worden war, sowieso nicht gut hätte arbeiten können.

Auf dem Flur begegnete er dem jungen Politiker, der seinen Platz im Mitarbeiterstab des Präsidenten eingenommen hatte. Der Spross einer großbürgerlichen Familie, »ein Weißer«, schoss es Osman durch den Kopf. Er fühlte sich wie eine alte Mätresse, die eines Morgens entsetzt feststellen muss, dass sie durch eine andere, attraktivere und gesellschaftsfähigere ersetzt worden ist.

Gerade als er das Gebäude verlassen wollte, rief ihn jemand zurück. In der Tür zu seinem Büro stand Philippe Wojakowski, einer der Kollegen, die er mochte und mit dem er viel zusammengearbeitet hatte.

»Komm zwei Minuten rein«, forderte Philippe ihn auf. Osman folgte ihm.

Wojakowskis Eltern waren polnische Geschäftsleute jüdischer Abstammung, die im 4. Pariser Arrondissement ein kleines Restaurant führten, das sich auf osteuropäische Speisen spezialisiert hatte. Der Sohn hatte seine gesamte Schulzeit an einer staatlichen Einrichtung in der Nachbarschaft verbracht, erst zum Studium war er auf eine Eliteuniversität gewechselt. In seinem politischen Umfeld polarisierte Wojakowski, von den einen wurde er vergöttert, von den anderen beargwöhnt. Osman setzte sich ihm gegenüber an den Schreibtisch. Wojakowski kam seinen Klagen zuvor.

»Erwarte von mir kein Verständnis.«

»Danke für dein Mitgefühl … Hast du mich in dein Büro gerufen, um mir das zu sagen?«

»Sachte, sachte … Ich bin nicht dein Feind.«

»Ich kann mich nicht erinnern, im letzten Monat einen Anruf von dir erhalten zu haben.«

»Meine Situation war nicht gerade einfach.«

Osman stand abrupt auf. »Auf Wiedersehen, ich habe hier nichts verloren.«

»Genau das ist dein Problem – du bist zu impulsiv, Osman! Du hättest nicht einfach weggehen dürfen, als der Präsident dich zum Bleiben aufgefordert hat.«

»Ach ja? Hätte ich deiner Meinung nach bleiben sollen, nachdem dieser Rechtsradikale von meiner ›schwarzen Abstammung‹ gefaselt hat?«

»Kaltblütigkeit ist die wichtigste Fähigkeit eines jeden echten Politikers.«

»Wie hättest du denn reagiert, wenn er dir vor allen anderen deine ›jüdischen Abstammung‹ an den Kopf geworfen hätte?« Osman setzte sich wieder.

»Ich hätte nicht mit der Wimper gezuckt. Es hätte mich sehr getroffen, aber ich hätte die Zähne zusammengebissen. Eine Frage der Selbstbeherrschung. Du kennst den Chef, er sitzt immer am längeren Hebel. Du hast ihn auf seinem eigenen Terrain herausgefordert, er hatte keine andere Wahl, als dich zu eliminieren.«

»Ich verstehe nicht, wie er eine Person mit so tendenziösen Ansichten in seinem engsten Kreis dulden kann. Dieser Mann steht für die schlimmsten Auswüchse des nationalistischen Populismus!«

Wojakowski fing an zu lachen. »Du bist zu empfindlich. Ihr Schwarzen seid wie wir Juden, viel zu empfindlich!«

»Jetzt kommst du auch noch mit diesem Schubladendenken an … ›Ihr Schwarzen‹ … Ich weiß nicht, wen du damit meinst. Was haben ein Afroamerikaner, ein Schwarzer aus Martinique, aus Hawaii oder aus Liberia, ein Franzose senegalesischer Herkunft und ich miteinander zu tun? Nichts!«

»Hör auf damit! Du weißt genau, was ich meine. Ich spreche von der Wut und dem gemeinsamen Schmerz. Sobald man solche Themen anschneidet, werden alle paranoid! Wir sind extrem reizbar, das kannst du nicht leugnen.«

»Ich glaube nicht, dass du als Jude mit denselben Hindernissen konfrontiert bist wie ich ...« Und da Wojakowski nicht gleich antwortete, fügte er hinzu: »Dir sind auf dem Weg zum Erfolg keine Steine in den Weg gelegt worden, im Gegenteil ... Du wirst wohl kaum bestreiten, dass die Juden untereinander solidarisch sind.«

»Das ist ein Mythos, ein Klischee: Die Juden helfen sich gegenseitig, die Juden sind einflussreich, sie haben Geld ... Lächerlich! Als würde ich zu dir sagen, die Schwarzen tanzen gut oder sind die besseren Liebhaber.«

Osman grinste. »Nicht unbedingt falsch ...«

»Ich will gar nicht behaupten, dass unter Juden nicht eine gewisse Vertrautheit herrschen kann, eine Art spontane Verbundenheit ... Aber von einer regelrechten Solidarität kann nicht die Rede sein. Auf einer bestimmten Ebene der Macht besteht die größte Angst ja genau darin, dass man verdächtigt wird, unter dem Einfluss einer bestimmten Gruppe zu stehen oder ein Mitläufer zu sein.«

Osman musste daran denken, wie Sonia ihm ohne Umschweife gestanden hatte, dass sie eine Zeitlang gezögert hatte, sich mit ihm zusammenzutun, denn eigentlich hätte sie sich lieber in einen Weißen verliebt. Um den Eindruck zu vermeiden, sie sei Teil eines Clans, bei dem man unter sich bleibt, weil man sich ähnlich ist.

»Wenn du nicht so hitzig reagiert hättest, hätte der Präsident deine Partei ergriffen, glaub mir. Du bist zu schnell in die Luft gegangen, das darf man nicht. Niemals. Dünnhäutigkeit ist eine schlechte Ratgeberin.«

»Ich glaube nicht, dass ich dünnhäutiger bin als andere ... Aber gut, ich habe mich wegen meiner Hautfarbe oft abgestempelt oder diskriminiert gefühlt, zumindest unterschwellig.«

»Was hast du denn gedacht? Dass sie dich einfach so akzeptieren? Diesen Leuten bist du scheißegal. Die Elite steht auf Weiße. Selbst wenn du dir eine Machtposition eroberst und eine Tochter aus höheren Kreisen heiratest, wirst du nie wirklich Teil ihrer Welt sein! Das alte Kolonialdenken ist noch lange nicht ausgestorben … *Der Mensch hegt ein natürliches Vorurteil denjenigen gegenüber, die lange Zeit niedriger gestellt waren als er, bevor sie ihm gleichgestellt wurden.* Tocqueville … Erinnerst du dich an eine der ersten Sitzungen im Grünen Salon? Der Präsident stellte dich vor und legte dir dabei die Hand auf den Kopf …«

»Eine Geste, aus der eine gewisse Zuneigung sprach.«

»Nein. Es war paternalistisch! Der Weiße, der dem Schwarzen den Kopf tätschelt. Für mich ist so etwas herablassend und rassistisch.«

Osman saß da wie erstarrt.

»Ich weiß, du würdest es lieber nicht hören, Osman, aber sie haben dir den Posten gegeben, weil es ihnen in den Kram passte! Mit deinem hübschen schwarzen Gesicht bringst du einen Kontrast ins Familienfoto, und genau darauf sind sie heutzutage scharf, auf Diversität!«

»Und du«, fragte Osman trocken zurück, »bist in den Beraterstab aufgenommen worden, weil du Jude bist?«

Wojakowski lächelte spöttisch. »O nein, ich bin auf der oberen Etage angelangt, *obwohl* ich Jude bin! Du wirst mir widersprechen, ich weiß, aber man hat gerade beinah bessere Chancen, ein Regierungsamt zu bekommen, wenn man ein Schwarzer oder ein Araber ist.«

»Na, dann nenn mir doch mal ein paar schwarze Politiker!«

»Gaston Monnerville, zum Beispiel, er war Senatspräsident und Verfassungsrichter.«

»Das ist ein Weilchen her … Und glaubst du, so etwas wäre auf lokaler Ebene möglich? Glaubst du, die Franzosen sind bereit für einen schwarzen Bürgermeister?«, fragte Osman.

»Denk an Raphaël Elizé.«

»Ja, aber in welchem Jahr war das? Und wer wurde seitdem gewählt?«

»Es war Ende der 1920er Jahre, glaube ich. Du hast recht, auf lokaler Ebene ist es ein Handicap, aber auf Regierungsebene kann es ein Vorteil sein, und das weißt du …«

Osman machte eine wegwerfende Handbewegung. »Sie verschaffen sich ein gutes Gewissen.«

»Auf jeden Fall ist Frankreich nicht bereit für eine multikulturelle Gesellschaft oder allenfalls für eine Scheinvielfalt, eine Fassade, eine Bauernfängerei. Es wird in Frankreich nie einen jüdischen Präsidenten geben. Und einen Schwarzen …«

»Einen jüdischen Präsidenten könnte es schneller geben, als du glaubst«, wandte Osman ein.

»Nein, niemals. Darf ich dich daran erinnern, was Xavier Vallat bei der Ernennung von Léon Blum zum Ratspräsidenten im Ton des Bedauerns gesagt hat? Ein *altes gallo-romanisches Land* werde hinfort *von einem Juden gelenkt*. Und Pierre Mendès France wurde auch oft genug vorgeworfen, an seinen Schuhsohlen klebe nicht genug französischer Boden.«

»Das war eine andere Zeit …«

»Ach was, gar nichts hat sich verändert! Erinnerst du dich an das Interview, das Dominique Strauss-Kahn vor einigen Jahren zu dem Thema gegeben hat? Er sei lange der Ansicht gewesen, Jude zu sein stelle ein *unüberwindliches Hindernis* dar. So denke ich auch. Hast du vergessen, was Tanner beiläufig fallenließ, als mein Name für das Landwirtschaftsministerium ins Spiel kam? Ich verkörpere nicht das ländliche Frankreich, hat er gesagt, die traditionellen französischen Landschaften, das Frankreich, das er liebe! Sei nicht naiv, Osman. Ich bitte dich! Die Typen, mit denen du im Élysée zu tun hattest, fanden dich zweifellos intelligent und sympathisch, aber keiner von ihnen hätte dir eine seiner Töchter zur Frau gegeben. Glaubst du, Bernard, mit dem du fast jede Mittagspause verbracht hast, hätte dir seine Schwester Mathilde vorgestellt, die in der Lazard-Bank arbeitet? Auf keinen Fall! Du weißt nicht mal, dass sie existiert! Er hat für sie und fünf Mitglieder unseres Teams mal ein Abendessen gegeben, aber du und ich, wir waren nicht eingeladen. Das Problem in unserer Gesellschaft ist, dass man seiner Identität auf immer und ewig unterworfen ist. Vor einiger Zeit hatte ich eine Anfrage von einem deutschen Sender, der ein Porträt von mir bringen wollte, und sie haben vorgeschlagen, mich in der Synagoge zu filmen. In der Synagoge! Und als ich abgelehnt habe, weißt du, was Sie dann vorgeschlagen haben: ›Und wie wäre es mit dem Marais?‹ Das ist wahr, ich schwör's dir!«

Osman entspannte sich und lächelte.

»Wir sitzen alle auf einem Schleudersitz«, sagte Wojakowski. »An dem Tag, an dem der Minister, dem wir zugeordnet sind, sein Ressort verliert, werden auch wir unseren Schreibtisch räumen müssen. Das politische Leben ist unbeständig und unerbittlich.«

»Und was rätst du mir?«

»Lass ein wenig Zeit vergehen. Du wirst schon wieder zum Zuge kommen.«

Im Innenhof des Élysée ließ Osman ein letztes Mal den Blick über den Palast schweifen. Im Gehen grüßte er das Wachpersonal an der Pforte und wurde dabei von Gefühlen überwältigt, wie er sie nicht einmal an seinem ersten Arbeitstag empfunden hatte. Er ging zu Fuß durch die Rue du Faubourg Saint-Honoré und weiter zu den Tuilerien. Dort setzte er sich auf eine Bank vor den großen Jahrmarktkarussells und sank immer tiefer in sich zusammen. Ihm war, als zöge ihn ein mächtiges Seeungeheuer auf den Grund des Meeres. Er konnte kaum noch atmen, ein gewaltiger Druck lastete auf seiner Brust, und gleichzeitig nahm er in sich etwas völlig Ungewohntes wahr: eine absolute Klarheit. Zum ersten Mal sah er die Welt ungefiltert, verdichtet durch seinen eigenen Schmerz.

16

Welche Bedeutung diese Geschichte auf einmal bekommen hatte, dachte Romain, als er zu der Verabredung mit Marion fuhr, zu der sie sich am Tag nach seinem Anruf bereitgefunden hatte. Sie hatten das beide weder gewollt noch geplant. Worte, die er sich im Stillen immer wieder vorsagte, um sich selbst davon zu überzeugen und vielleicht auch um sich reinzuwaschen und die Ungeduld zu rechtfertigen, die ihn zu ihr trieb, zu dieser Frau, die er kaum kannte. *Mit ihr schlafen*, der Gedanke wurde allmählich zwanghaft, er kam nicht mehr von ihm los, er hielt ihn am Leben und seinen Kopf über Wasser, das Begehren war stärker als die Angst, die sich in ihm während des sechsmonatigen Einsatzes eingenistet hatte. Nur durch Marion fand er Ruhe – durch ihre Gegenwart, ihren Duft, ihre Persönlichkeit. Am Steuer seines Wagens dachte er an nichts anderes, als sie zu küssen und zu besitzen, nur dieses eine Ziel zählte noch, alles andere war vergessen – so auch der Termin beim Militärpsychologen, ein Versprechen, das er seiner Frau gegeben hatte. Doch Agnès existierte nicht mehr, das Versprechen existierte nicht mehr, auch seine Mutter, die sicher seit Stunden neben dem Telefon saß, hatte er vergessen. Das alles war bedeutungslos geworden neben seinem übermächtigen Verlangen. Und als er Marion endlich sah, als sie am Metroausgang Bastille auf ihn zukam, glaubte er zu wissen, dass hier und jetzt die Entscheidung über sein künftiges Schicksal fiel.

Was aus ihm werden würde, entschied sich bei dieser Frau.

Sie blieben stehen und blickten sich ein paar Sekunden stumm an, dann ging Romain auf Marion zu, legte ihr die Hand auf die Schulter und küsste sie auf die Wange: »Ich freue mich sehr, dich zu sehen.« Sie wirkte bedrückt. Ihr Gesicht war sehr blass, und sie hatte dunkle Ringe unter den Augen. Sie strahlte eine große Trauer aus, die jedoch ihre umwerfende Sinnlichkeit nur betonte.

»Wie ist es bei dir gelaufen, als du nach Hause gekommen bist?«, fragte sie in neutralem Ton.

»Gut, und bei dir?«

»Geht so …«

»Dein Mann hat dich abgeholt?«

Sie antwortete nicht.

»Du hättest mir sagen können, dass du mit François Vély verheiratet bist.«

»Ändert das etwas?«

Er lachte. »Das schmälert meine Chancen.«

»Du hast keine Chance.«

»Ich bin fürs Hochgebirge und für Extremsituationen ausgebildet.«

Sie lächelte, aber ein Schleier der Wehmut schob sich vor ihren Blick. Er schloss sie fest in seine Arme. Die Wärme ihres Körpers war wie eine thermische Welle, die ihn auf der Stelle elektrisierte. Am Morgen hatte er im Internet ein Zimmer in einem kleinen Hotel in der Nähe der Metrostation reserviert. Als sie vor dem Eingang standen, spürte er Marions Verlegenheit und zog sie entschlossen ins Foyer. Im Aufzug berührten sie sich nicht, doch kaum hatten sie das Hotelzimmer betreten, fielen sie leidenschaftlich übereinander her und fanden das wortlose Einverständnis des ersten Mals wieder.

»Komm, komm her zu mir«, flüsterte er. Er drückte sie aufs Bett und küsste sie lange. Sie liebten sich, ohne ein Wort zu wechseln, in einer Art schweigendem Gleichklang. Danach blieben sie noch eine Weile ineinander verschlungen liegen, bis sich Marion, wie beim ersten Mal in Paphos, unvermittelt aufrichtete und sagte, sie wolle ihn nicht wiedersehen. Rückkehr zur Konfrontation, zum Konflikt, zu dem, was seine Lust immer weiter anfachte. Marion gab nicht nach: »Hast du mich verstanden? Ich will dich nicht wiedersehen.«

»Ich dich auch nicht.«

»Ich meine es ernst.«

»Ja, ich auch.«

»Ich verbiete dir, mich anzurufen.«

»Ich hatte nicht die Absicht.«

Sie wirkte kurz verunsichert, fasste sich jedoch schnell: »Ich wollte dich trotzdem warnen, falls du doch in Versuchung geraten solltest …«

»Weißt du, dass du ein guter General wärst?«

Sie beugte sich lächelnd über ihn. »Norman Mailer sagte mal, ein Schriftsteller sei wie der General einer Armee, die aus einer einzigen Person besteht … Und dieser General könne die Armee problemlos in eine Sackgasse führen!«

Er ergriff ihre Hand und zog sich zu sich herunter. »Ich werde dir ein paar Dinge beibringen.« Und als sie ihn neugierig ansah, fügte er hinzu: »Es hat nichts mit Sex zu tun.«

Sie streckte sich auf dem Bauch aus, das Gesicht auf eine fast kindliche Art in seine Hand geschmiegt.

»Du weißt, was das für eine Haltung ist?«

»Ich liege auf dem Bauch.«

»Das ist die Position der vergifteten Kakerlake.«

»Aha. Nicht schlecht.«

»Und weißt du, was Adrenalinis sind? Fallschirmspringer.«

Seine Lippen näherten sich ihrem Mund. »Hast du schon mal von einem *kiss landing* gehört?«

»Ein Soldat, der sich in sein Ziel verliebt?«

»Nein, eine ganz sanfte Landung. Und im Café Caro, was macht man da?«

»Kaffee trinken?«

Er lachte. »Nein, das ist eine Arrestzelle.« Er nahm ihr Gesicht zwischen die Hände und küsste sie innig. »Ich bin verrückt nach dir.« Als er sich von ihr löste, bemerkte er eine neue Wärme in ihrem Blick.

»Hast du keine Angst, wenn du im Feld bist?«, fragte sie.

»Davor, ja, aber während des Gefechts nicht, nein, niemals.«

»Aber bei diesem Hinterhalt hattest du Angst?«

Er ließ sich Zeit mit seiner Antwort. »Wir waren nicht darauf gefasst. Wir sind am Morgen ganz normal zu einer simplen Patrouille aufgebrochen und wurden plötzlich von Taliban umzingelt.«

»Wie ist das passiert?«

»Du bist Journalistin, oder? Wie käme ich dazu, ausgerechnet mit dir offen darüber zu sprechen? Wir haben eine ganze Liste mit Empfehlungen bekommen, welche Antworten wir den Journalisten nach einem Einsatz geben sollen.«

»Ich will einen Artikel über Farid und Vincent schreiben, keine Ermittlungen über den Hinterhalt anstellen. Aber bitte, dann sag eben nichts …« Sie drehte sich von ihm weg.

Er fasste sie an der Schulter. »He, tut mir leid.« Er küsste ihr Haar, ihren Nacken, streichelte sie, überall, drehte sie zu sich und nahm sie noch einmal, diesmal fast brutal. Sie stöhnte so laut auf, dass er ihr eine Hand über den Mund legte. Danach schliefen sie ein. Als er erwachte, lag sie eng an ihn geschmiegt. Ihr blondes Haar fiel auf seine Brust. Sanft strich er ihr über das blasse Gesicht. Als sie die Augen aufschlug, drückte er sie an sich. Dann zündete er sich eine Zigarette an.

»Der Hinterhalt ... Vor so etwas haben wir uns alle gefürchtet. Wir waren am Morgen aufgebrochen, an die hundert Mann, darunter eine Einheit der afghanischen Armee und zwölf Männer der amerikanischen Special Forces. Es war eine einfache operative Aufklärung, wie sie jeden Tag stattfindet. Unser Alltag in Afghanistan war nämlich in Wirklichkeit öde, wir waren schon seit Monaten da unten, und passiert war noch nichts. Unsere Aufgabe war eher eine logistische: Wir waren nicht als Kämpfer da, sondern zur Verhinderung bewaffneter Aufstände. Der Krieg fand hinter uns statt, es gab keine wirkliche Konfrontation mit dem Feind, hin und wieder vereinzelte Schusswechsel. Ein paar meiner Männer beklagten sich sogar darüber, sie wollten Action ... Einmal kam es zu einem Zwischenfall, bei dem ein Kanadier starb, das passierte bei einem Treffen mit afghanischen Stammesältesten, danach waren einige von uns ziemlich traumatisiert ... Ansonsten eben Wiederaufbau oder Aufklärung. Weißt du, dass es heißt, der Krieg bestehe aus fünfundneunzig Prozent Warten und fünf Prozent Adrenalin? Da unten gibt es beides im Überfluss, glaub mir...

Na ja, jedenfalls mussten wir mittags irgendwann aus den Fahrzeugen aussteigen, weil die Straße unpassierbar geworden war. Zwei Dutzend von uns machten sich zu Fuß auf den Weg, wir mussten einen 1750 Meter hohen Gebirgspass hoch, keine zehn Kilometer vom Stützpunkt entfernt, reine Routine, keine besonderen Risiken. Gegen 15 Uhr, als wir fast am Ziel waren, wurden wir plötzlich unter Beschuss genommen. Sie haben uns eingekreist und abgeknallt wie die Hasen. Die Einheit, die sich zu unserer Unterstützung bereithalten sollte, kam uns zwar zu Hilfe, aber auch sie wurde von den Aufständischen beschossen, und unsere Leute konnten die Mörser nicht einsetzen. Wir saßen in der Falle.«

»Was war denn mit den Mörsern?«

»Ich weiß nicht, was genau los war ... Manche behaupten, sie hätten die Schlagbolzen vergessen! Ich kann es nicht recht glauben. Das wäre wie mit nackten Füßen über vermintes Gelände laufen.«

»Hattet ihr keine Unterstützung aus der Luft?«

»Doch, amerikanische Flugzeuge flogen über uns, aber wir waren zu dicht an den Taliban dran, sie hätten auch uns treffen können! Es war fast wie ein Nahkampf, wir hätten Handgranaten gebraucht, um sie auf Distanz zu halten und uns mehr Spielraum zu verschaffen. Etwas später traf dann die Verstärkung ein, und auch sie wurde von den Taliban beschossen. Irgendwann kamen die US-Flugzeuge zurück und griffen an ... Wir waren immer noch eingekesselt, ein paar von uns waren praktisch isoliert und hatten kaum noch Munition. Gegen 20 Uhr kam Verstärkung aus Kabul mit funktionstüchtigen Mörsern, die ersten Verwundeten wurden abtransportiert, darunter Farid. Später stiegen dann einige bis ganz nach oben auf die Passhöhe, um die fehlenden

Männer zu suchen. In der Nacht haben wir ihre Leichen gefunden …«

»Keiner der Soldaten, die ich befragen wollte, konnte damals mit mir darüber sprechen.«

»Ich bin mir nicht sicher, ob sie überhaupt je mit dir darüber reden werden, die Nerven liegen überall blank.«

Marion legte Romain die Hand auf den Arm. »Was haben die Taliban mit den Soldaten gemacht?«

»Einer war wohl schon tot, dem anderen haben sie die Kehle durchgeschnitten. Das wird nur nicht gern erwähnt.«

»Meinst du, sie haben euch zu weit weg vom Stützpunkt beordert?«

Romain zögerte. »Wenn man die fehlenden Informationen und die fehlende Luftunterstützung der Bodenstreitkräfte berücksichtigt, ja.«

»Aber es gibt eine Untersuchung, oder?«

»Sie haben uns die Gendarmerie geschickt. Die Kerle haben uns ausgefragt, als hätten wir etwas verbrochen. Ich war fix und fertig danach, ich hatte gerade Männer verloren … Die Ergebnisse der Untersuchung haben wir nie zu Gesicht gekriegt. Sie seien vertraulich, hieß es, angeblich damit der Gegner nicht davon profitieren kann. Ich persönlich glaube, dass sie uns ohne Sicherheitsnetz in diesen Schlamassel reinrasseln ließen. Völlig unvorbereitet. Wir saßen stundenlang unter feindlichem Beschuss fest. Erst drei Stunden nach den ersten Schüssen kam Verstärkung! Drei Stunden, weißt du, wie lange die sein können? Die Taliban haben ununterbrochen auf uns geschossen. Ich habe dem Tod ins Auge gesehen.«

Marion nahm sein Gesicht in ihre Hände und küsste

ihn. Dann stand sie auf, sagte, sie müsse bald gehen, und schloss sich im Badezimmer ein. Romain blieb liegen, sein Blick fiel auf ihre Handtasche, die am Fußende des Bettes lag. Der Verschluss bestand nur aus einer Lederlasche – er konnte nicht anders, er musste die Tasche an sich nehmen, ein Automatismus. In seiner Ausbildung hatte das Sammeln von Informationen eine wichtige Rolle gespielt. Er erinnerte sich an eine Zusammenkunft mit einem seiner Vorgesetzten, er war damals neunzehn gewesen. Sie saßen in einem Büro und erörterten die Ergebnisse der letzten Expedition ins Hochgebirge. Während des Gesprächs erhielt der Vorgesetzte einen Anruf und ging aus dem Zimmer – für fünf Minuten, höchstens. Romain nutzte seine Abwesenheit, um die Schreibtischschubladen zu inspizieren, den Terminkalender zu lesen und die schwarze Wandtafel zu studieren, ohne zu ahnen, dass er dabei gefilmt wurde. Er war der Einzige, der sich so verhielt, und wurde prompt in eine Eliteeinheit aufgenommen.

Romain griff in Marions Handtasche und stieß auf ein buntes Sammelsurium: einen Schlüsselbund, eine Brieftasche, Dutzende von Kunstpostkarten. In einer Seitentasche entdeckte er mehrere lose Blätter, die er in der Eile nicht lesen konnte. Noch mehr interessierte ihn ein Tütchen mit weißem Pulver, das in der schmalen Innentasche steckte. Er leckte an seinem Finger und probierte: Kokain. Dann fiel ihm auf, dass sie ihr Smartphone auf dem Nachttisch liegengelassen hatte. Er öffnete den Suchverlauf und stellte fest, dass sie seinen Namen eingegeben hatte. Im Ordner »Fotos« fand er sogar ein Bild von sich, und in ihren Memos entdeckte er den Eintrag: »Roller, 27, verheiratet, dreijähriger Sohn.« Zwei Zeilen darunter drei Worte: »Kosovo, Elfenbeinküste, Afghanistan.«

17

Ein weibliches Geschlecht in Großformat – nein, nicht *Der Ursprung der Welt* von Courbet. Dieses Werk war erotisch wesentlich stärker aufgeladen, es roch förmlich nach schnellem, flüchtigem Sex, man erkannte darin etwas Enthemmtes, Angebot und Nachfrage, vielleicht sogar eine Form von Gewalt, eine drastische Art der Stimulierung. François Vély hatte die Schwarzweißaufnahme des Fotografen Irving Penn für fünfunddreißigtausend Euro erworben. Das Werk hing im Flur seines Hauses, direkt gegenüber der Eingangstür, so dass der Blick eines jeden Besuchers sofort darauf fiel, aber es wurde nie kommentiert, Prüderie war out, *wir sind doch alle Kenner, das ist Kunst.* Ein Stück weiter, vor der Küche, hatte François Fotografien des japanischen Künstlers Araki angebracht: Mädchen, die ihren Minirock hoben, Bondage-Szenen, gefesselte Körper – kühl, frech.

Ob seinen Kindern der Anblick eventuell unangenehm war? Diese Frage stellte sich François nicht, für ihn hatte Kunst nichts mit Moral zu tun, sie musste auch nicht schön sein, Kunst hatte ihre eigenen Gesetze. Neben der Tür zu einem der Kinderzimmer hingen vier weitere Werke: eine Fotografie von Mapplethorpe, auf der ein stehender schwarzer Mann eine weiße Frau an den Beinen hält – eine sexuelle Botschaft, keine Frage, ein Machtverhältnis, eine Machtergreifung. Daneben ein Teufelskopf von Cindy Sherman, der François' Kindern immer Angst eingejagt hatte, aber François wollte ihn dennoch nie abhängen: In den Märchen, die man ihnen vorlas, ginge es doch viel furchterregender zu. Vor Thibaults ehemaligem Zimmer hingen zwei Fotos, eines von Molinier, das einen sitzenden Mann im Korsett zeigt, und eines von seinem Lieblingskünstler Hans Bellmer, eine Porzellanpuppe mit ausgerenkten Gliedmaßen und einem mit schwarzen Fäden zugenähten Geschlecht. Garn? Schnürsenkel? Stacheldraht? Bevor Thibault aus dem elterlichen Haus aus- und in die Wohnung an der Place Vauban eingezogen war, hatte er von seinem Vater verlangt, er solle die Fotos entfernen – ein erstes Anzeichen für seine unerwartete Bekehrung? François hatte alles so belassen, wie es war.

Dieses Verhalten war der einzige Normverstoß, zu dem François imstande war. Er manifestierte sich in dem Geschick, mit dem er Werke, die eindeutig sexuell konnotiert waren, aussuchte, kaufte und ausstellte. Er liebte es, sich als *ganz normaler Mann* zu geben, ohne genau zu wissen, worin diese Normalität eigentlich bestand. Er reiste im Privatjet, fuhr in einem Wagen mit Chauffeur, aß in Sternerestaurants, sammelte Immobilien und Werke angesehener Künstler – normal war das allenfalls in seiner Welt, der Welt der Superreichen.

Die Konstellation der Macht. Geld schüchtert ein. François Vély war sich dessen bewusst, und deshalb lud er selten Gäste zu sich nach Hause ein. Nur wenigen engen Freunden war es vergönnt, die riesige Villa mit Garten zu betreten – Sammlern zumeist, vor denen er seinen Besitz gern zur Schau stellte. Freunde seiner Kinder durften nur zu Besuch kommen, wenn sie aus wohlhabenden Verhältnissen stammten und es gewohnt waren, sich in so weitläufigen Räumen zu bewegen, wenn es sie nicht schockierte, dass jemand eine Armee von Dienstboten beschäftigte und eine Limousine mit Chauffeur besaß.

»Ich habe es anders versucht«, hatte er Marion erklärt, »aber es war immer dasselbe. Die Leute treten durch die Tür, und die Sache ist gelaufen. Sie sind wie versteinert, oder sie überschlagen sich vor Höflichkeit, ein Mittelding gibt es nicht. Höchstens noch die Opportunisten, die einen nicht mehr aus den Klauen lassen. Sie tauchen ein paar Monate später mit einer *genialen* Idee auf und haben auch gleich die Lösung parat: *Ich kümmere mich um das Projekt, und du gibst das Geld*. So läuft es jedes Mal, und deshalb schütze ich mich. Ich könnte mir natürlich eine weniger luxuriöse Bleibe suchen, aber das Haus gehört der Familie, es ist der Ort meiner Kindheitserinnerungen, ich kann es nicht einfach verkaufen.«

François und Marion lebten also in diesem riesigen kalten Gemäuer, in einem Flügel, den früher seine Eltern bewohnt hatten, wenn sie sich nicht in den USA aufhielten. Marion hatte zunächst abgelehnt, sich dann aber seiner Beharrlichkeit und Überzeugungskraft, die durchaus etwas Tyrannisches hatten, gebeugt. François war es gewohnt, Macht über andere auszuüben, er erteilte jedem Anordnungen, seinen Angestellten wie seinen Kindern – und auch seiner Frau. Doch Marion war eigensinnig und widerspenstig. Zwar liebte sie das Leben an seiner Seite, ein Leben, in dem alles möglich war, in dem es nie an Geld mangelte, nach Jahren der emotionalen und wirtschaftlichen Unsicherheit war dieser Zustand sehr entspannend. Aber sie ließ sich ungern herumkommandieren, und so war ihr Zusammenleben mit François von Anfang an von einem zehrenden Kräftemessen bestimmt.

An jenem Abend – das Gespräch zwischen François und seinem Sohn lag noch in der Luft ebenso wie Marions Begegnung mit Romain in dem Hotel – waren sie bei einem bedeutenden Pariser Galeristen eingeladen, der regelmäßig Sammler und Kunstscouts um seinen Tisch scharte. An den fünf Meter hohen Wänden seiner vierhundert Quadratmeter großen Erdgeschosswohnung mitten im 6. Arrondissement konnte man Werke von Warhol, Jeff Koons, Basquiat und Richard Prince bewundern, nur die Crème de la Crème wurde hier ausgestellt.

François hatte früh mit dem Sammeln von Kunst angefangen. Er war neunzehn, als er, dem Rat eines Freundes folgend, eine Ausstellung von Rauschenberg besuchte. Sein Fazit: »Ich habe nichts verstanden und nichts gekauft, aber es hat mich gepackt.« Von da an ging er häufig in die Bibliothek im Centre Beaubourg. Seine kunsthistorischen Kenntnisse hatte er sich als Autodidakt angeeignet. Er klapperte Museen und Galerien ab, fuhr zu Kunstmessen und Biennalen, entwickelte ein Gespür für neue Trends und für Künstler, die die

Zeichen der Zeit zu deuten wussten, kurzum – er entdeckte eine Parallelwelt. Manchmal dachte er wehmütig an die Zeit zurück, in der Kunst noch eine Frage des Geschmacks gewesen war; innerhalb weniger Jahre hatte das Geld alles zerstört, der Kunstmarkt hatte mittlerweile mehr Bedeutung als die Kunst selbst, für die neue Generation von Sammlern stellten Kunstwerke reine Spekulationsobjekte dar. Nicht für ihn, er hatte nur wenige der für relativ geringe Summen erworbenen Werke weiterverkauft. Auch Marion konnte sich der Wirkung von Kunst nicht entziehen. Sie war erst durch François in diese neue Welt eingetaucht, er hatte ihr beigebracht, Kunst anzuschauen und zu begreifen.

Beim Abendessen unterhielt man sich mit dem Champagnerkelch in der Hand über Neuerwerbungen. *Dieser Käufer hat überhaupt keinen Geschmack, aber Geld hat er … – Wir hatten Picasso, wir hatten Warhol, nun warten wir auf das neue Genie … – Er setzt seine eigenen Vorlieben durch und wertet die Künstler auf, die er gefördert hat, pure Berechnung … – Die Künstler sind doch heutzutage nur noch Geschäftsleute! – Ich bitte dich, ein Mann, der seinen Wein mit Wasser verdünnt und noch einen Eiswürfel dazuwirft, kann doch nicht normal sein!*

Anekdoten, Klatsch, Bonmots. Beim Dessert leerten sich die Tische ein wenig, nicht etwa weil die Gäste den Heimweg antraten, nein, jetzt fing der Abend erst richtig an. Sie verzogen sich nur auf die Toilette, nicht zum Sex, sondern zum Koksen, zu sechst, zu siebt, Schnee in rauen Mengen machte die Runde. François sah sich unruhig um, Marion war seit einer Viertelstunde verschwunden. Er stand vom Tisch auf und ging zur Toilette, um sie zu suchen. Sie lehnte mit glasigem Blick und weißem Puder unter der Nase an einem Waschbecken, umringt von Männern und Frauen, die aufgeregt um die Wette quatschten. Er packte sie am Arm und zog sie mit sich. Sie wehrte sich.

»Lass los, du tust mir weh!«

»Sieh dich nur an! Man könnte dich für einen Junkie halten!«

»Ich mache, was ich will.«

»Nein, du machst nicht, was du willst. Du machst dich zum Gespött der Leute.«

»Du hast mich zu dem gemacht, was ich bin!«

François spürte, wie kalte Wut in ihm aufstieg. Er hätte sie geohrfeigt, wenn nicht in diesem Augenblick einer der Gäste den Flur entlanggekommen wäre. Marion befreite sich aus seinem Griff und lief in den Salon. Er ging ihr nicht nach, sondern zurück zu den Toiletten. Als ein befreundeter Kunsthändler die Tür öffnete und ihn fragte: »Willst du Koks, François?«, antwortete er grob: »Lass mich mit dieser Scheiße in Ruhe.« Er schloss sich in die frei gewordene Kabine ein und zerrte schwitzend an seinem Krawattenknoten, griff in seine Jackentasche, zog ein Tütchen hervor und legte sich eine Line.

Als er wieder in den Salon trat, fand er Marion in ein Gespräch vertieft.

»Alles in Ordnung, François?«, erkundigte sie sich. »Du siehst blass aus.«

Er lächelte. »Ja, alles bestens.«

Zehn Minuten später saßen sie in ihrem Wagen, der Chauffeur trat aufs Gaspedal, während sie die schlafende Stadt an sich vorüberziehen ließen, jeder auf seiner

Seite, in der verzweifelten Hoffnung auf einen Anblick, der sie von der trostlosen Einöde ablenkte, zu der ihr gemeinsames Leben geworden war.

18

Zwei Tage lag er nun schon im Bett, alle Lampen aus, rabenschwarze Finsternis, die Vorhänge zugezogen, er aß nichts, trank nur wenig, hauptsächlich Alkohol, den sich Osman von seiner Putzfrau mitbringen ließ, die sich an seiner Stelle schämen musste, welch ein Absturz. Schwitzend und allein lag er in seiner Calvin-Klein-Bettwäsche, in dem großen Apartment mitten im 7. Arrondissement, das er sich mit viel Mühe und nur mit einem Untermietvertrag an Land gezogen hatte (sein Vermieter war ein Weißer, ein Anwalt). Manche Nachbarn grüßten ihn nicht, und eines Morgens hatte er im Vorübergehen aufgeschnappt, wie zwei andere sich über ihn ausließen: »Es gibt Tage, da meint man glatt, man wäre in Barbès.« Ein Satz, der ihn an ein Erlebnis erinnerte, das sich ihm besonders eingeprägt hatte: Einmal war er mit der Metro von der Station Duroc in die Banlieue zur Université Saint-Denis gefahren, zugestiegen war er in einer Welt, die fast nur aus Weißen bestand, aufgetaucht in einem komplett farbigen Universum. In Clichy-sous-Bois, wo er aufgewachsen war, wohnten Afrikaner, Maghrebiner und ein paar Antillaner; in dem schönen Viertel im Herzen von Paris war er der einzige Schwarze, wie es ihm schien.

Sonia hatte ihm angeboten, bis er einen neuen Job habe, die Mietkosten zu übernehmen – aber sich von einer Frau aushalten lassen? Das kam nicht in Frage! Dass er einmal so tief fallen würde, um überhaupt darüber nachzudenken. Osman hatte seinen Kampfgeist verloren.

Zusammengerollt kauerte er vor dem laufenden Fernseher, als sich plötzlich sein Smartphone durch einen Piepton bemerkbar machte, eine SMS – die erste seit Wochen. Auf dem Display leuchtete der Name Issa Touré auf. Issa schlug ihm ein Treffen in einem der angesagtesten Clubs vor. »Fick dich«, schoss es ihm durch den Kopf. Andererseits … Es würde ihm guttun, mal wieder unter Leute zu kommen, zumal er nicht mehr unter dem Zwang stand, sein Image zu pflegen, endlich könnte er mal wieder aus sich herausgehen: trinken, sich amüsieren, laut lachen, hemmungslos dem Genuss frönen. Sonia würde sowieso erst am nächsten Abend zurückkommen, sie war in Hamburg auf einem Kongress über Bioethik, und bisher hatte sie ihm keine einzige Nachricht geschickt. Aber was erwartete er von einem Abend mit Issa Touré? Intellektuell hatte der Mann nicht viel zu bieten, und eine echte Bindung existierte zwischen ihnen auch nicht. Im Prinzip war es Zeitvergeudung. Er sagte dennoch zu, die Aussicht auf ein paar unbekümmerte Stunden, Nacht, Lärm, Musik weckte seinen Überlebensimpuls. Rasch zog er eine Jeans und ein Hemd mit hellblauen Streifen an, darüber einen marineblauen Blazer. Er wollte gut aussehen, etwas hermachen, er musste darauf gefasst sein, dass die Leute nach einer Veränderung an ihm suchten, sie würden urteilen und kommentieren.

Nostalgie ist der Nährboden für die größten Enttäuschungen. Warum habe ich mich nur auf ein Treffen mit ihm eingelassen?, fragte sich Osman, als er den Club betrat, wo ihn eine Hostess an den Tisch von »Monsieur Touré« führte. Es herrschte Dämmerlicht, nur wenige schummrige Lampen beleuchteten die Tische und Sofas. Issa saß da, im weißen Hemd mit italienischem Kragen, umringt von blutjungen Frauen, die ihre Körper in zu kurze Kleider gezwängt hatten. Neben ihm zwei Männer um die dreißig. Freunde? Bodyguards? Sie nahmen nicht am Gespräch teil. Als Osman zu ihnen trat, erhob sich Issa, begrüßte ihn überschwänglich mit einer Umarmung.

»Du hast dich verändert, Alter! Was ist das für ein Look?« Er klopfte Osman lachend auf die Schulter und orderte bei der Hostess ein Glas Champagner für den Neuankömmling. »Wie du siehst, musste ich meinen Laden nicht dichtmachen, nur weil du dich geweigert hast, eins meiner Sweatshirts zu tragen … Aber als Wiedergutmachung wirst du mir einen kleinen Gefallen tun.«

Da haben wir's, dachte Osman, er redet zumindest nicht lange um den heißen Brei herum. Opportunisten gab es nicht nur im Élysée, wo ihn beinah täglich Anfragen mit der Bitte um Empfehlungsschreiben, Aufhebung von Bußgeldern, Telefonnummern prominenter Personen erreichten.

»Ich fürchte, ich werde nicht viel für dich unternehmen können.«

»Mann, Bruder, wie du redest! ›Ich fürchte, ich werde …‹« Er äffte Osmans gepflegten Tonfall nach.

»Ich habe mich offiziell aus der Politik zurückgezogen.«

»Ach ja? Klingst aber immer noch wie ein Wahlkämpfer … He, Mädels, guckt euch den hier an, ich sag euch, ein Spitzentyp! … Also, warum hast du aufgehört? Keinen Bock mehr auf Geschwafel?«

»So könnte man es ausdrücken.«

»Was ist passiert? Schieß los!«

»Nein, dazu bin ich nicht hergekommen.«

»Los schon. Gib mir die Kurzfassung.«

»Sagen wir mal so: In den Etagen der Macht geht es zu wie in diesem Club hier – nicht jeder kommt rein …«

»Abgesehen von mir, ich bin nämlich Teilhaber des Ladens!« Issa lachte dröhnend.

Osman leerte sein Glas Champagner in einem Zug. Was zum Teufel hatte er hier verloren? Er musste einen Vorwand finden, um möglichst bald aufbrechen zu können. Er warf einen Blick auf sein Handy, Sonia hatte immer noch nicht geschrieben.

»Du wirst schon wieder irgendwo unterkommen. Du kennst schließlich einen Haufen Leute …«

Osman nickte. Er fühlte sich unwohl, mit Issa konnte man nicht normal reden, wie sollte der auch verstehen, was ihn bewegte. Sein Blick schweifte zu der Rothaarigen, die ihm schräg gegenübersaß. Sie lächelte ihm zu.

»Rassismus, du sagst es«, meinte Issa, nun plötzlich ernst. »Den kriege ich tagtäglich zu spüren. Wenn einer wie ich ein Geschäft eröffnen will, hat er erst mal nur Probleme. Die Banker sehen dein Gesicht, hören deinen Namen, lesen deine Adresse – und sagen nein. Den Juden, denen geben sie Kredite ohne Ende und ohne jede Garantie! Wenn du in Paris eine Wohnung mieten willst, dieselbe Scheiße … Liegt auf der Hand, dass sie dich an die Luft gesetzt haben, weil ihnen deine Fresse nicht gefallen hat.«

»Ich versuche, nicht paranoid zu werden.«

»Paranoid? Quatsch, du hast einfach gecheckt, wie es läuft! Mir haben die Banken schließlich doch noch Geld gegeben, weil ich mich mit einem reichen Typ zusammengetan habe, einem aus Paris, einem echten Gallier. Hab den beim Boxen kennengelernt und ihm von meinem Plan mit diesem Club erzählt. Die Idee hat ihm gefallen, er ist miteingestiegen, und glaub mir, er wird es nicht bereuen … Aber davor? Keine Kohle, nichts.«

Osman hatte Kopfschmerzen. Issas Gerede ging ihm auf die Nerven. Nur die Nähe der Rothaarigen hielt ihn noch zurück.

»Was glaubst du, warum die mich bei der Armee abgelehnt und die anderen genommen haben?«, fragte Issa.

»Weil du die Tests nicht bestanden hast, nehme ich an.«

»Nicht dein Ernst! Denkst du, ich wäre zu blöd für ihren beschissenen Lehrgang?«

»Was willst du andeuten? Dass du ein Diskriminierungsopfer bist? Das ist absurd … Farid haben sie genommen, da hast du deinen Gegenbeweis!«

»Farid? Bist du blind, Alter? Er ist blond und hat blaue Augen.«

»Aber er heißt Farid Djitli.«

»Ja und? Dem Waschlappen traue ich zu, dass er seinen Vornamen geändert hat, um durchzukommen.« Osman schwieg und ließ Issa einfach weiterreden. »Soll ich dir sagen, was ich wirklich denke?«, fuhr Issa fort. »Als Schwarzer hast du in Frankreich nichts zu melden.« Er sah Osman an und grinste. »Und wenn einer schwarz und noch dazu Muslim ist, so wie du – dann steht er eben auf der Blacklist!« Issa klopfte sich auf die Schenkel.

Osman blickte auf die Uhr.

»Schon gut, entspann dich«, sagte Issa. »Im Ernst, warum haben sie dich rausgeworfen?«

»Ich habe keine Lust, darüber zu sprechen.«

»Komm schon, raus damit.«

Osman seufzte. »Ich wollte einen Schwenk in Richtung Rechtsextremismus nicht mitmachen.«

»Und dann?«

»Einer der Drahtzieher hat zu mir gesagt, bei meiner ›schwarzen Abstammung‹ bestünde keine Gefahr, dass man mich missversteht … Ich habe mich aufgeregt, bin aufgestanden und gegangen, obwohl der Präsident mich aufgefordert hatte, zu bleiben. Das hätte ich wohl besser nicht getan.«

»Doch, es war richtig.«

»Das kann man so oder so sehen.«

»Nein, es war richtig! Sie wollen, dass du buckelst! Dass du die Klappe hältst! Sie glauben, wir leben noch im Kolonialzeitalter! Sie haben unsere Eltern hergeholt und sie zur Drecksarbeit gezwungen, und jetzt meinen sie, mit uns könnten sie das auch machen, aber so läuft das nicht …! Es war richtig von dir, abzuhauen. Du hast ihnen gezeigt, dass du kein Schlappschwanz bist! Wir haben unseren Stolz! Du bist nicht paranoid, glaub mir, diese Typen hassen uns, sie halten sich für überlegen.

Sie werfen uns ihre Krümel hin, weil sie hoffen, dass wir gierig auf dem Boden herumkriechen … Aber wir krepieren lieber vor Hunger, wir haben unsere Würde. Sieh dir doch an, was sie mit unseren Eltern gemacht haben!«

Osman bemühte sich, seine Gefühle im Zaum zu halten. Etwas an Issas unbedarftem Sermon, den er eigentlich nicht ernst nehmen konnte, berührte ihn dennoch. Zum ersten Mal seit dem Vorfall gab ihm jemand recht, bestärkte ihn in seiner Haltung, erklärte ihn nicht für verrückt. Die Rothaarige setzt sich neben ihn.

Issa kam jetzt in Fahrt. »Wir leben in einer Welt der Weißen, die von Weißen für Weiße gemacht wurde. Die niedrigen Jobs dürfen wir gern für sie erledigen, aber siehst du hier in den Schlüsselpositionen irgendwo einen Schwarzen oder Araber? In den großen Redaktionen arbeiten keine Schwarzen. In der Politik und im Fernsehen ganz wenige. Im Kino siehst du einen einzigen Schwarzen, der es zu etwas gebracht hat, und der darf den Vorstadtgangster, den Bankräuber, das Sklavenkind oder den Illegalen spielen. Er ist immer der sympathische Typ, immer gut drauf, er kann sich gut bewegen, ziemlich erbärmlich. Hast du im französischen Kino schon mal einen schwarzen Intellektuellen gesehen? Einen schwarzen Banker kenne ich übrigens auch nicht. Ich sage dir, was ich davon halte: Das Ghetto ist ihre Erfindung! Sie grenzen uns aus, stecken uns in Schubladen, meiden uns, schieben uns ab. Soziale Vielfalt? Ich lach mich tot! Nicht mal in ihren Schulen wollen sie uns, wir könnten ja das Niveau ihrer Sprösslinge senken! Sie wollen uns einfach nicht hier haben. Und da sollen wir die Klappe halten? Nein. Schreien müssen wir!«

»Komm mal wieder runter … Das ist eine sehr einseitige Sicht der Dinge, die ich überhaupt nicht teile. Die Sache ist komplexer. Und gerade die Schulen haben eine Menge getan, um die Vielfalt zu fördern, aber es gab eben auch Leute, die sich nicht ins System integrieren wollten. Manche haben die Chancen, die ihnen geboten wurden, systematisch ausgeschlagen.«

Issa schnaubte verächtlich. »Ja, so redet man, wenn man es doch zufällig geschafft hat, oben anzukommen. Dann will man mit denen ganz unten auf der Leiter nichts zu tun haben, weil sie ein negatives Bild von einem selbst spiegeln. Aber geh mal in die großen Kaufhäuser und schau dir an, wer da beim Sicherheitsdienst arbeitet, geh in die Krankenhäuser und sag mir, wer den Scheuerlappen schwingt. Und wenn du aus dem Flugzeug steigst, wer putzt dann die Maschine oder holt deine Koffer aus dem Gepäckraum?«

»Du verallgemeinerst, so etwas kannst du nicht behaupten. Ich leugne nicht, dass es Diskriminierung gibt, aber du stellst die Situation völlig überspitzt dar!«

»Ich sage dir, wir erleben eine moderne Form von Sklaverei, nichts weiter. Sie bezahlen unseren Leuten 1200 Euro, damit sie die Scheiße der Weißen wegwischen oder sich an ihrer Stelle abknallen lassen, und wenn sie sich beklagen, Pech gehabt, dann werden sie durch andere ersetzt, die das Maul halten.«

Ein junger Mann trat an ihren Tisch, vom Typ her Nordafrikaner. Er flüsterte Issa etwas zu. Osman hörte nicht hin, denn die Rothaarige lehnte sich an ihn, und das gefiel ihm. Er hatte zu viel getrunken, zu viel geraucht, und so fiel sein Widerstand butterweich aus, als sie vorschlug, sich in einen halbdunklen Nebenraum zurückzuziehen. Sie ließ nicht locker, und er folgte ihr. Issa zwinkerte ihm vielsagend zu. Zwei Minuten später saß er bequem zurückgelehnt auf einem Sofa, die junge Frau auf den Knien.

An das, was dann folgte, konnte er sich später nur bruchstückhaft erinnern. Er erwachte in einem schwarzen Porsche, der mitten in Clichy-sous-Bois auf einem öffentlichen Parkplatz stand. Im Hintergrund hämmerte ein Rap der Band Mafia K'1 Fry:

Wir haben nie darum gebeten, wir haben's nicht gewollt.
Erst hat man uns geplündert, dann weiter überrollt.
Sozial diskriminiert, rassistisch angeschmiert.
Das Recht wollt ihr verbiegen, bis wir am Boden liegen.
Wir werden aufbegehren und uns dagegen wehren.
Unsere Freiheit wollen wir retten und nicht im Knast verrecken.
Ab jetzt ist Krieg!

Osman saß mit heruntergelassenen Hosen auf der Rückbank, die Rothaarige lag quer über seinen Schenkeln und schlief. Vorsichtig schob er sie zur Seite. Zu seinen Füßen lag ein benutztes Kondom, vor ihm baute sich grinsend Issa auf und filmte ihn mit seiner Handykamera. Osman hob schützend die Hand vors Gesicht.

»Lass den Scheiß, lösch das sofort!« Und als Issa weitermachte, setzte er noch einmal aggressiver nach: »Lösch das wieder, oder du kannst was erleben!«

»Schon gut, schon gut, was glaubst du denn? Dass ich es auf Facebook oder YouTube poste?« Issa lachte.

Osman zog sich an und öffnete das Fenster, so dass ein eisiger Luftstrom ins Wageninnere strömte. Er sah die großen Quader mit den Sozialwohnungen, die glatten, von winzigen Fenstern durchbrochenen Fassaden, vor denen Antennenschüsseln, Handtücher, Bettlaken hingen, Häuser, so vollgestopft mit Menschen, dass sie fast explodierten. Vorn, auf dem Beifahrersitz, drehte ein blasses junges Mädchen mit hochgezogenem Rock die Lautstärke hoch:

Wir haben's nicht gewollt, doch jetzt ist Krieg!
Als Kind in der Banlieue, auch das ist Krieg!
Ohne Chancen leben, Bruder, das ist Krieg!
Frankreich will uns linken, und das heißt Krieg!
Wir wollen Zukunft, Schwester, und deshalb Krieg!
Unsre Zukunft sichern, und dafür Krieg!
Wir kämpfen für die Eltern, das ist Krieg!

Osman bat sie, das Radio leiser zu stellen. Er wollte nur noch nach Hause. Issa war einverstanden, strich sich die Haare glatt und betrachtete sich im Rückspiegel. »Geht gleich los, Alter.« Den beiden Frauen befahl er auszusteigen.

»Du lässt uns doch nicht hier?«, fragte die Rothaarige mit zittriger Stimme.

»Was ist? Dachtet ihr, ich stell euch meiner Mutter vor, oder was?«

Das Mädchen fing an zu weinen, sie habe Angst, vergewaltigt zu werden, schluchzte sie.

»Ja, klar«, erwiderte Issa verächtlich, »wir sind hier alle Vergewaltiger, du armselige Fotze! Sonst noch was?«

»Ruf ihnen ein Taxi«, sagte Osman.

»Ein Taxi? Wir sind hier nicht auf den Champs-Élysées!«

»Dann setz sie an einem RER-Bahnhof ab, sonst mache ich das.«

»Lass gut sein, Osman, mach kein Drama draus, die sind bloß Nutten.«

Osman packt ihn am Kragen. »Sag das noch einmal, und ich …«

»Reg dich ab, war nur ein Spaß, kein Grund, gleich auszurasten! Ich lass die schon nicht hier, bin doch kein Unmensch.«

Auf der Fahrt zum Bahnhof schwiegen alle, nur die Musik plärrte. Als sie ankamen, stiegen die Mädchen leicht schwankend aus. Der Bahnhof war menschenleer.

»Ist es nicht zu gefährlich, sie hier allein zu lassen?«, fragte Osman.

»Soll ich hier auf dem Bahnhof rumstehen und mir 'ne Grippe holen? Jetzt mach mal einen Punkt …«

Osman begleitete die Mädchen bis zum Bahnsteig. Als er zurückkam, klopfte ihm Issa freundschaftlich auf die Schulter.

»Findest du nicht, dass du's übertreibst? Willst du vielleicht noch eine von denen heiraten?«

Osman biss die Zähne zusammen.

»Wir fahren kurz bei meiner Mutter vorbei«, kündigte Issa an, »trinken einen Kaffee, und dann bringe ich dich nach Paris zurück.«

Sie fuhren etwa zehn Minuten, und die ganze Zeit

über sang Issa mit der Musik mit: *»An die Familie denken und für sie sorgen / Zum Sterben bereit, wenn nicht heute, dann morgen / Wir führen Krieg! / Für Bouna und Zyed! / Palästina, Dschihad, Hidschab: K-R-I-E-G!«*

Issa brüllte die Worte voller Inbrunst, Osman schloss unterdessen die Augen und verfiel in einen Halbschlaf. Als er sie wieder öffnete, parkte Issas Auto vor einem kleinen Einfamilienhaus aus braunen Steinquadern.

»Wir stehen vor dem Palast, den ich meiner Mutter geschenkt habe.«

Osman folgte ihm ins Haus. Alles war makellos aufgeräumt. Sie nahmen Platz in einem Wohnzimmer, das in gedeckten Farben eingerichtet war.

»Meine Mutter wird uns etwas servieren«, sagte Issa und verschwand in einem Nebenzimmer. Er kehrte zurück mit einer Waffe in der Hand.

Osman starrte ihn an: »Du bist irre!«

»Sie ist nicht geladen, keine Sorge«, grinste Issa und zeigte ihm das leere Magazin. »Weißt du, was Al Capone gesagt hat? *Mit einer Waffe und einem Lächeln erreicht man mehr als mit einem Lächeln allein.*«

Eine etwa fünfzigjährige Frau betrat das Zimmer, sie trug einen langen blauen Rock und eine gelbe Bluse, die sich von ihrer schwarzen Haut abhob.

»Meine Mutter«, stellte Issa vor. Osman sah die Frau zum ersten Mal. Wenn Issa in Clichy zu ihm ins Büro gekommen war, hatte ihn immer sein Großvater begleitet. Osman stand auf, um sie zu begrüßen.

»Du hast mich angerufen, weil du mir von Farid, Xavier und Romain erzählen wolltest«, sagte Issa, als seine Mutter hinausgegangen war.

»Ja, sie waren alle drei in Afghanistan im Einsatz, Farid liegt im Krankenhaus, er ist auf eine Mine getreten.«

»Was für Idioten!«

»Warum sagst du so was?«

»Sie waren doch nur Kanonenfutter. Der Krieg war völlig unnütz, er wurde nach dem 11. September von Bush ferngesteuert. Dieser Bekloppte hat Europa in die Scheiße geritten.«

»Hätten die Europäer nach deiner Ansicht tatenlos zusehen und die terroristische Bedrohung durch die Taliban einfach hinnehmen sollen? Oder gehörst du etwa zu denen, die die Attentate rechtfertigen?«

»An den 11. September habe ich nie geglaubt!«

»Allmählich reicht's mir, ich habe keine Lust, mir deinen Stuss länger anzuhören …«

»Es ist ein abgekartetes Spiel der Amerikaner und der Zionistenhunde.«

»Ich sagte, es reicht!«

»Du willst die Wahrheit nicht hören! Ihr seid doch alle vom Westen manipuliert … Hast du mich nur angerufen, um ein Treffen mit den drei Wichsern zu organisieren? Ich will sie nicht mehr sehen! Soll ich ihnen auch noch applaudieren? Sie sind nach Afghanistan gegangen, um Muslime umzubringen, krepieren sollen sie!«

Schon wieder. *Krepieren sollen sie!* Osman war das fundamentalistische Gerede auf einmal unheimlich.

»Ich muss los«, sagte Osman kühl. »Ich nehme den Zug.«

»Nein, ich fahre dich. Ich will dir nur noch kurz etwas zeigen … Hier, sieh mal.« Issa hielt ihm ein dickes Buch hin, es trug den Titel: *Schwarzer Gotha Frankreich. Vorurteile entkräften durch Beispiele.*

Osman fing an, darin zu blättern, während Issa in einem Karton kramte. Es handelte sich um eine Art *Who's Who*, alle aufgeführten Personen waren schwarz. Beim Buchstaben T entdeckte er einen Eintrag zu Issa.

> Issa Touré
> Unternehmer, Gründer der Marke Wild Wolf.
> Der 1982 in Clichy-sous-Bois geborene Issa Touré ist ein französischer Unternehmer mit malischen Wurzeln, der Anfang der 2000er Jahre für die Sportmarke Wild Wolf Markenschutz beantragte.
> Heute beschäftigt sein Unternehmen etwa sechzig Angestellte.
> Touré engagiert sich in besonderer Weise im Kampf gegen die Rassendiskriminierung.

»Ich habe nie darum gebeten, dass sie mich aufnehmen«, witzelte Issa. Er reichte Osman ein graues Sweatshirt mit einem aufgeprägten Wolf. »Hier, für dich. Wo sie dich jetzt kaltgestellt haben, kannst du es sicher brauchen.«

19

Romain hatte hochgradig vertrauliche Informationen an eine mehr oder weniger Unbekannte weitergegeben. Und offenbar hatte sie Recherchen über ihn angestellt. Wer war diese Frau? War sie wirklich Journalistin? Bereitete sie eine Untersuchung vor? Arbeitete sie für das Verteidigungsministerium? Blitzartig schossen Romain mehrere Hypothesen durch den Kopf, bis er überzeugt war, dass sie im Auftrag handelte, und als sie das Hotel verließ, folgte er ihr heimlich.

Sie nahm die Metrolinie, die zur Station Mairie des Lilas führte. Er beobachtete sie vom Nebenwaggon aus, sie saß aufrecht da, starrte auf das Display ihre Smartphones. Ein Mann spielte Akkordeon, und Romain wurde immer nervöser, je länger er darüber nachdachte, was er ihr alles erzählt hatte. An der Porte des Lilas im 20. Arrondissement stieg sie aus. Er fragte sich, was sie in diesem Viertel wollte, das von ihrer Wohnung aus gesehen am anderen Ende der Stadt lag. Auf dem Weg ins Freie telefonierte sie, dann steuerte sie ein Café an der Ecke eines großen Boulevards an. Im Schutz eines Lieferwagens behielt Romain die Tür im Auge. Nach einigen Minuten verließ Marion das Lokal wieder, aber er konnte sich nicht sofort an ihre Fersen heften, die Straßen waren menschenleer, sie hätte ihn sofort bemerkt. Als sie sich ein Stück von ihm entfernt hatte, ging er ihr nach bis zu einem langgestreckten, u-förmigen Gebäude, das einem Gefängnis ähnelte. Auf einem Schild war zu lesen: »Militärisches Sperrgebiet. Filmen und Fotografieren verboten.« Sein Puls raste, hier war der Sitz der DGSE, des französischen Auslandsnachrichtendienstes. War Marion tatsächlich eine Geheimagentin? Der Gedanke, dass sie ihm etwas vorgespielt haben könnte, setzte ihm maßlos zu. Er blieb mitten auf der Straße stehen, unfähig, sich zu rühren oder einen klaren Gedanken zu fassen. Als sich ein Taxi näherte, winkte er es heran. »Zum Militärkrankenhaus, bitte.«

Während der Fahrt dachte er ununterbrochen daran, was seine Entdeckung zu bedeuten hatte. Am einleuchtendsten erschien ihm, dass er offenbar eine Bedrohung darstellte, weil er als Einziger genau wusste, was sich am Tag des Hinterhalts abgespielt hatte, und als Einziger die Fehlplanung seiner Vorgesetzten öffentlich anprangern konnte. Doch viel mehr als die Tatsache, dass er sich wie ein Anfänger hatte übertölpeln lassen, nagte an ihm die Einsicht, dass Marion ihn nie so begehrt hatte wie er sie. Er musste notgedrungen folgern, dass sie nur einem vagen sexuellen Impuls gefolgt war – mit ihm persönlich hatte das wenig zu tun.

Zwanzig Minuten später stand er im Militärhospital am Bett von Farid. Dessen Körper war durch unzählige Schläuche mit einer lärmenden Maschine verbunden, ein scharfer Geruch hing in der Luft. Wie selbstverständlich legte Romain seine Hand auf Farids Arm, bis er begriff, dass sein Freund sie nicht spürte. Er war vom Hals abwärts gelähmt.

»Wie geht's unserem Nationalhelden?«

»Ich kann die Arme nicht bewegen und auch nicht das, was mir von den Beinen geblieben ist, meine Freundin weint den ganzen Tag, meine Mutter nimmt Beruhigungsmittel … Läuft also.«

Als Romain ihn umständlich umarmte, brach es aus Farid hervor: »Ich bin aufgewacht und habe meine Arme und Beine nicht mehr gespürt … Dann wurde mir klar, dass ich keine Beine mehr habe, Scheiße, dachte ich, mich hat's erwischt! Das Letzte, woran ich mich erinnere, ist, dass wir auf diesen Berg steigen, wir marschieren … Und auf einmal knallt es, die Taliban sind vor uns und schießen, wir haben keine Deckung, stehen voll in der Schusslinie, sie schießen von allen Seiten, ich finde ein Versteck hinter einem Felsen, Vincent rennt zu mir, dann fällt er, er ist verwundet, ich will zu ihm laufen, und dabei trete ich auf … ich weiß gar nicht was. Steine am Boden? Harte Erde? Und peng!, es zerfetzt mir die Beine, ein lauter Pfeifton zerreißt mir das Trommelfell, dann – nichts mehr. Als Nächstes liege ich im Krankenhaus, in diesem Bett hier, und überall stecken Schläuche in mir drin. Sie sagen mir, dass Vincent tot ist und sie mir die Beine amputieren mussten … Dass ich gelähmt bin.«

Romain wandte den Blick ab.

»Und keiner von den Chefs hat sich blicken lassen.«

»Sie kommen noch, ganz bestimmt.«

»Nein, sie werden nicht kommen, das weißt du so gut wie ich … Warum verteidigst du sie?«

»Sie haben getan, was sie konnten, der Einsatz ist schiefgegangen …«

»Schiefgegangen?« Farid lachte bitter auf. »Nein, Romain. Er war schlecht vorbereitet.«

»Woher hätten sie wissen sollen, dass die Taliban einen Hinterhalt planten?«

»Es ist ihr Job, das vorauszusehen, oder nicht?«

Romain trat ans Fenster. Im Hof sah er einen Mann im Rollstuhl, der von einer jungen Frau geschoben wurde. Der Mann trug ein Sweatshirt mit dem Emblem des Gebirgsjägerbataillons.

»Hörst du mir überhaupt zu?«, fragte Farid.

Romain drehte sich zu ihm um. »Ja, sicher.«

»Wie erklärst du dir, dass das Gelände nicht gesichert war? Am Vortag sind sie mit einem der afghanischen Übersetzer auf Patrouille gegangen … Das ist doch völlig hirnrissig, oder? Genauso gut hätten sie alle Informationen auch gleich an die Taliban geben können …«

Romain starrte schweigend den Tropf an.

»Und findest du es normal, dass sie uns an die vorderste Linie geschickt haben, während die afghanischen Soldaten hinter uns Däumchen drehten? Scheiße, für die waren wir doch da, wir wollten sie von den Taliban befreien, sie ausbilden, ihnen helfen, und dann hauen diese Versager ab, sobald es ungemütlich wird!«

»Sie haben versucht, ihre Haut zu retten. Das ist menschlich.«

»Ah ja? Und wir sind ihre kugelsicheren Westen, oder was?«

»Zu unserer Mission gehörte, dass wir ihnen beibringen, wie man kämpft, wie sie sich verteidigen können, wenn wir einmal nicht mehr da sind.«

»Aber sie waren ununterbrochen zugedröhnt! An dem

Tag allein hatten sie mehr Shit geraucht als wir in unserem ganzen Leben! Wären die Amerikaner nicht gewesen, wären wir alle abgekratzt!«

»Wir werden nie genau erfahren, was passiert ist.«

»Sieh mich an – *das* ist passiert! Wir haben uns verarschen lassen!« Farid musste schlucken. »Wir sind mitten im Sommer losgezogen, um uns abknallen zu lassen, während alle anderen gemütlich am Meer lagen: *Wie sieht's aus, gehen wir gleich an den Strand oder erst nach dem Mittagsschläfchen? Was wollt ihr heute als Aperitif?* Wir haben unsere Haut riskiert, damit sie nicht einem Terrorakt zum Opfer fallen, und wo ist ihre Dankbarkeit? Wer kümmert sich um uns? Niemand!«

»Das ist nun mal unserer Rolle, dafür werden wir bezahlt. Mehr dürfen wir nicht erwarten. Wir wissen selbst, was unser Handeln für einen Nutzen und Sinn hat.«

»Du hast gut reden, du bist gesund, du bist ganz, du hast eine Zukunft. Für mich ist alles zu Ende.«

Romain reagierte nicht, er war an den Adjektiven ›gesund‹ und ›ganz‹ hängen geblieben, die so gar nicht seine innere Verfassung spiegelten, er fühlte sich zerbrochen, zerrissen, auch er glaubte, dass er sich nie wieder von diesem Einsatz erholen würde, dass er nie wieder aufstehen würde, ohne zu zittern, nie wieder ohne Angst einschlafen könnte. Er hätte Farid gern gesagt, dass er nichts dagegen hätte, mit ihm zu tauschen. Wäre er amputiert und gelähmt, sähe man die Wunden wenigstens. Seine waren unsichtbar.

»Du wirst mir nicht ausreden, dass unsere Kameraden umsonst gestorben sind«, fuhr Farid fort. »Vincents Vater wird gegen die Armee klagen.«

»Das wird nichts nützen. Dafür wird die Militärhierarchie schon sorgen.«

»Die Hierarchie sitzt ja auch schön zu Hause, während wir uns in die Luft jagen lassen. Und vielleicht taucht tatsächlich irgendwann mal einer vom Verteidigungsministerium hier auf, um seine Floskeln abzuspulen: *Die Nation ist stolz auf Sie, Sie machen unserem Land Ehre*, und so weiter.«

Romain schwieg betreten.

»Wie war Paphos?«, fragte Farid nach einer Weile in deutlich milderem Ton.

»Du errätst nie, wen ich da unten getroffen habe … Osman Diboula.«

»Osman? Hat er dort Urlaub gemacht?«

»Nein, er ist inzwischen Berater im Élysée. Er sollte einen Bericht über diesen Aufenthalt am Ende der Mission schreiben.«

»Wie? Bist du sicher, dass du unseren Osman meinst?«

»Ja. Osman ist jetzt bei den Rechten.«

»So ein Opportunist!«

»Du würdest ihn nicht wiedererkennen! Er hat sich nach dir erkundigt, auch nach Xavier und Issa. Ich dachte, wir könnten uns mal alle treffen, wenn du draußen bist.«

Farid wandte den Blick ab. »Wozu? Damit sie mich in diesem Zustand sehen?« Er verstummte und sprach erst nach einer langen Pause weiter: »Ich bin bis ans Ende meiner Tage in diesen Körper eingesperrt«, sagte er mit heiserer Stimme, er konnte seine Tränen nicht mehr zurückhalten. »Ich kann mir nicht mal übers Gesicht wischen, verstehst du?«

Romain zog ein Papiertaschentuch aus der Schachtel, die auf dem Tisch stand, und trocknete die Tränen seines Freundes. Er legte ihm die Hand auf die Schulter. Verlegenheit auf beiden Seiten. Romain wagte es nicht, die Hand zurückzuziehen. So verharrten sie, beide unfähig, die Erstarrung zu durchbrechen, eine Szene wie an einem Totenbett, Farids Schluchzen schien das einzig Lebendige in diesem Moment. Vor Romains geistigem Auge tauchte eine andere Szene auf: Es war der Abend vor ihrer Abreise, sie saßen alle zusammen in einem Stripteaselokal, tranken und hörten Musik, während junge Frauen um leuchtende Stangen tanzten. Hochstimmung. Leben.

Eine Krankenschwester betrat das Zimmer. Romain richtete sich auf, er musste gehen und Farid seinem Schmerz überlassen. Im Flur spürte er, wie sich in ihm eine Masse bildete, die den ganzen Brustraum ausfüllte, alles in ihm zusammendrückte. Mit trockenem Mund hastete er an den Krankenzimmern vorbei, als er am Ende des Ganges Farids Mutter entdeckte, eine hübsche blonde, rundliche Frau mit blaugrünen Augen. Sie kam ihm entgegen, ihr Gesicht war von Kummer und Schlafmangel gezeichnet. Romain hatte sich vor diesem Augenblick gefürchtet. Er blieb stehen, um sie zu begrüßen und zu umarmen, aber sie stieß ihn heftig zurück: »Du hast meinen Sohn nicht beschützt!« Ohne eine Antwort abzuwarten, ging sie weiter, zum Zimmer ihres Jungen. Romain überfiel ein Schwindel. Um ihn herum lief das Krankenhauspersonal geschäftig hin und her, Patienten schlurften mit langsamen Schritten an ihm vorbei, Tragen versperrten ihm den Weg, während er nach Luft rang. Eine ähnliche Beklemmung hatte er bisher nur in Afghanistan erlebt, als er auf dem großen Markt auf einmal befürchtet hatte, die Menschenmenge werde ihn unter sich begraben. Er atmete schwer und wusste nicht mehr, wo er war: Paris? Kabul? Er stürzte blindlings zur Toilette und stieß dabei gegen eine Krankenschwester, die ihn fragte, ob er Hilfe brauche. »Nein, nein, geht schon.« Romain drehte den Hahn auf, besprengte sich das Gesicht mit reichlich Wasser, sein Herz hämmerte schmerzhaft, sein Puls raste. Seine Knie zitterten so sehr, dass er sich kaum mehr auf den Beinen halten konnte. *Du hast meinen Sohn nicht beschützt.* Wie hätte er ihn beschützen können? Er konnte sich doch nicht einmal vor sich selbst schützen.

20

Sein Sinn für Publicity und sein Kontrollzwang hatten auch ihre Schattenseiten. Für François Vély zählte jedes Detail, weil er mit jedem Detail an seiner Legende bastelte. Nichts überließ er dem Zufall, ein Text über ihn musste schmeichelhaft, das Bild vorteilhaft sein. Für gewöhnlich verabredete er sich zu Interviews in den Bars der Hotels, wo er das ganze Jahr über einen Tisch reserviert hatte, im Meurice oder im Royal Monceau, doch zu dem Gespräch, das für die Beilage eines Nachrichtenmagazins geplant war, traf er sich mit dem Journalisten in einem kleinen Bistro in der Rue de Rome.

»Für die Bilder ist es besser«, hatte Étienne geraten. »Hotelbars sind eine Falle: Wenn du den Journalisten einlädst, ist das eine Art Rollentausch, Bars sind sein Revier, und er nimmt es unter Umständen schlecht auf. Lässt du ihn aber fünfzehn Euro für einen Gin Tonic bezahlen, könntest du ihn in Schwierigkeiten bringen, weil du nicht weißt, ob er Spesen abrechnen kann, und falls nicht, hasst er dich. Such dir ein kleines, ruhiges Café in einem nicht zu teuren Viertel.«

Kurz gesagt: die Initiative ergreifen und damit Macht ausüben, ohne sie übertrieben zur Schau zu stellen. Das Risiko einer solchen Konfrontation bestand immer in der Diskrepanz zwischen der eigenen Wahrheit und derjenigen der Person, die das Interview führte. Im Alltag eines Unternehmenschefs wie François war alles darauf ausgerichtet, ihm alles abzunehmen, was ihn davon abhielt, sich auf das Wesentliche zu konzentrieren – deshalb war für Menschen wie ihn Realitätsferne eine echte Gefahr.

François erschien pünktlich in dem Café, das zu dieser nachmittäglichen Stunde kaum besetzt war. Er blätterte in einer Zeitung, als er einen jungen Mann um die zwanzig auf sich zukommen sah, in Jeans, Pullover und Sportschuhen, der sich kurz darauf etwas linkisch als der Journalist vorstellte, der das Gespräch mit ihm führen würde – der leitende Redakteur des Wirtschaftsteils sei verhindert, ein Notfall, weshalb er »in letzter Sekunde« eingesprungen sei. Bei dieser Formulierung hatte François große Lust, das Interview abzusagen. Er war verärgert. Sie haben mir einen Volontär geschickt, dachte er missmutig und war unwillkürlich voreingenommen.

Der junge Journalist hatte ziemlich banale Themen auf dem Zettel, bat ihn, von seiner Kindheit und seinem Werdegang zu erzählen, wollte wissen, worin seine Arbeit bestand, und beendete das Interview mit dem Proust'schen Fragebogen. Alles nicht sehr originell. François fühlte sich weder in die Ecke gedrängt noch unter Druck, den wenigen privaten Punkten wich er souverän aus. Der Journalist erwähnte weder Katherines Selbstmord noch François' Anfänge in der Sexindustrie, keine Erwähnung seines Spitznamens »Porno-König«, den ihm die Presse verpasst hatte. Stattdessen mehrere Fragen, die seine Einflussnahme auf die Tageszeitung betrafen, zu deren Aktionären er gehörte. François war besänftigt und hatte den Eindruck, dass dem Journalisten daran gelegen war, ihn glaubwürdig erscheinen zu lassen, im Nimbus einer Respektsperson. Es gelang François, alle vorbereiteten Statements unterzubringen: »Ich bin ein einflussreicher, aber kein machtbewusster Mensch.« – »Ich suche nicht das mondäne Vergnügen, ich gehe wenig aus, ich pflege vorrangig internationale Kontakte.« – »Es ist meine innere Ruhe, die mir Kraft verleiht.« – »Der Ort, an dem ich mich am wohlsten fühle? Kirchen.«

Der Journalist schien es zu keiner Zeit auf Konfrontation oder Widerspruch anzulegen – war er vielleicht zu glatt? Am Ende des Interviews kamen sie auf das Finanzielle zu sprechen, und François betonte, wie sehr er seine Arbeit liebe, das Geld sei keineswegs seine Hauptmotivation. Er schloss mit den Worten, die sein Vater häufig zitiert hatte: »Ich habe nicht vor, der reichste Mann auf dem Friedhof zu sein.«

Zum Schluss fragte der junge Mann, ob er Menschen aus François' Umfeld kontaktieren dürfe, und François nannte ihm drei Personen: seinen Mitarbeiter Étienne Léger, einen Galeriebesitzer, den er seit seiner Kindheit kannte, und den Chef eines Nachrichtensenders. Sie verabschiedeten sich mit Handschlag, und der Journalist versicherte, der Artikel werde in der folgenden Woche erscheinen. »Ich habe vierundzwanzig Stunden, um ihn zu schreiben«, sagte er augenzwinkernd.

Als er weg war, rief François die drei genannten Gewährsmänner an, um sie vorzuwarnen. Er besprach mit ihnen, wie sie sich dem Journalisten gegenüber verhalten sollten: Zunächst positive Aussagen, dann den einen oder anderen kleinen Seitenhieb, um den Verdacht der Liebedienerei auszuräumen: »Ich werde sagen, dass du ein außergewöhnlicher Mensch bist, aber ein wenig rigide.« – »Darf ich ihm verraten, dass du ein Psychopath mit einer narzisstischen Persönlichkeitsstörung bist?« – »Ich werde ihm die Höhe deines letzten Bonus verraten!« Sie lachten herzlich. Zuletzt rief François Marion an und sprach die Worte aus, an die er sich später noch lange erinnern sollte: »Wenn ein Interview nur immer so verlaufen würde!«

Am nächsten Tag jedoch kamen ihm Zweifel. War der Journalist nicht zu jung und unerfahren? War er selbst nicht zu sehr ins Plaudern geraten, vor allem über Berufliches? Er hatte Einzelheiten der Fusion erwähnt, die er mit der amerikanischen Szpilman-Gruppe vorbereitete, und dabei zugestanden, dass bei derartigen Transaktionen auch immer Bluff und Strategie im Spiel waren. Mehrfach versuchte er, den Redaktionsleiter zu erreichen, der ein guter Bekannter war. Er hoffte, Informationen zu erhalten und den Artikel vor seiner Veröffentlichung lesen zu können.

Er hatte überall seine Kontakte. Männer und Frauen in wichtigen Positionen, mit denen ihn berufliche Interessen, vor allem aber großes Wohlwollen verband. Er mochte sie, er half ihnen. Sie wussten, was sie ihm verdankten und im Gegenzug schuldig waren. Er merkte sich jedes Detail, jede Sympathiebekundung und jeden Verrat, er verzieh nichts, am wenigsten eine schlechte Presse. Einen Journalisten kaufen? Ein solcher Gedanke empörte François nicht, in seiner Welt kultivierte jeder seine Netzwerke. Und so sah er überhaupt keinen Widerspruch darin, dass er als Aktionär einer Zeitung von ebendieser Zeitung verlangte, einen Artikel über ihn zu drucken, der ihn in einem günstigen Licht darstellte. Nicht immer wurde ihm dieser Gefallen getan.

Der Redaktionsleiter reagierte ausweichend, als er ihn endlich an die Strippe bekam. Alles bestens, die Bildstrecke von Vaneau sei phantastisch und der Artikel gut, sehr gut sogar, es bestünde nicht der geringste Anlass zur Sorge. Doch François ließ nicht locker, und sein Gesprächspartner wurde zunehmend gereizter: »Es tut mir leid, selbst wenn ich dich den Artikel lesen ließe, könntest du keine Zeile daran ändern. Ich habe dir gesagt, er ist gut, also, lass uns unsere Arbeit machen.«

François legte auf. Doch ein diffuses Unbehagen ließ sich nicht abschütteln. Bis zum Abend konnte er sich, ohne recht zu wissen warum, nicht auf seine Arbeit konzentrieren.

21

Zu dem Geburtstagsdiner für die Gattin des Präsidenten war ein auserwählter Kreis in ein Pariser Restaurant am Seine-Ufer geladen, wo das Präsidentenpaar des Öfteren speiste. Osman fieberte dem Ereignis entgegen, als sei es keine Frage, dass ihn der Präsident in Anwesenheit der etwa fünfzig privilegierten Gäste rehabilitieren würde. Er wusste, dass die Frau des Präsidenten ihn mochte, und er erhoffte sich eine Rückkehr in den Zirkel der Erlauchten, vielleicht sogar eine menschliche Annäherung, irgendetwas, was seine Isolation aufhob. Nachdem die gedruckte Einladung eingetroffen war, hatten Sonia und er gleich ein Geschenk besorgt, ein Notizbüchlein aus gekörntem Leder von Smythson in London, in das sie die Initialen der First Lady prägen ließen: Gold auf kräftigem Hellblau.

Osman hatte Sonia im Verdacht, bei offiziellen Anlässen nur ungern in seiner Begleitung zu erscheinen. Sie bestand darauf, nicht gleich zu Anfang hinzugehen, was ihm lieber gewesen wäre, vielleicht hätte sich so die Gelegenheit ergeben, ein paar private Worte mit dem Präsidenten zu wechseln, bevor andere ihn für sich beanspruchten. Als Osman eine seiner ehemaligen Mitarbeiterinnen am Eingang zum Restaurant entdeckte, entspannte er sich. Sie stand rauchend vor der Tür, und er grüßte sie mit einer Handbewegung, auf die sie kurz reagierte. Das Täschchen mit dem Geschenk umklammernd, steuerte er mit Sonia auf die Empfangstheke zu und nannte ihre beiden Namen. Die Empfangsdame, eine bildschöne Frau mit dunkelbraunem Pagenschnitt, hieß sie lächelnd willkommen und blätterte in einer Liste. Sie strich Sonias Namen aus und suchte dann den von Osman, allmählich erlosch ihr Lächeln. Er machte sich auf die unvermeidliche Demütigung gefasst, und sie ließ nicht auf sich warten.

»Es tut mir sehr leid, Sie stehen nicht auf der Liste.«

»Das ist unmöglich, sehen Sie noch einmal nach«, bat er und zeigte ihr die Einladungskarte.

»Ihr Name steht nicht auf der Karte«, lautete die Antwort. Verärgert erwiderte er, der Name stehe aber auf dem Umschlag. Die Empfangsdame entfernte sich kurz, um sich beim Protokollchef zu erkundigen. Als sie wiederkam, war von ihrer zuvorkommenden Art nichts mehr zu spüren: »Es tut mir leid, ich kann Sie nicht reinlassen.«

Osman hatte als einer der Ersten die Einladung erhalten, noch vor der Auseinandersetzung mit dem neuen Berater und seiner nachfolgenden Entlassung. Da jedoch keiner der anderen Gäste den Versuch unternahm, ihm in seiner misslichen Lage zu helfen – keiner bestätigte seine Identität –, musste er sich wohl oder übel verabschieden.

Scham – der Nährboden für überschäumende Wut, brennenden Ehrgeiz und Rachegelüste. Das Trauma der verschlossenen Tür. Minuten, die Osman wie eine Ewigkeit vorkamen, standen Sonia und er stumm und ratlos vor dem Saal, bis Osman sie aufforderte, ohne ihn hineinzugehen.

»Nein, ohne dich gehe ich nicht.«

»Doch, geh, ich bestehe darauf.«

Sonia zögerte, und Osman ermutigte sie: »Nachdem dich schon alle gesehen haben, wird man einen Rückzug als Affront werten. Du musst reingehen.«

Nach einigem Sträuben gab sie nach. »Ich bleibe höchstens eine Stunde.« Osman sah zu, wie sie sich von ihm entfernte und den Saal betrat, zu dem ihm der Zutritt soeben verwehrt worden war. Erst jetzt wurde ihm bewusst, dass er das Geschenk noch in der Hand hielt. Aber weder wollte er Sonia zurückrufen noch das Päckchen der Empfangsdame überlassen, also drehte er sich um und verließ das Restaurant. Die Scheinwerfer, die am Eingang aufgestellt worden waren, warfen ihre Strahlen in den dunklen, wolkenschweren Himmel. Mit schnellen Schritten lief Osman über das nasse Straßenpflaster an der Seine entlang. Die Lichter der Touristenschiffe spiegelten sich im Wasser und in den hoch aufragenden Häuserfassaden. Auf dem Pont des Arts fragte er sich, warum er nicht gleich ins Wasser sprang. Er war zutiefst deprimiert, und hatte er nicht jedes Recht dazu? Er erinnerte sich an einen Satz, den der Präsident einmal bei einem Weihnachtsempfang geäußert hatte: »Ich will glückliche Menschen um mich haben.«

Osman konnte sich nicht erinnern, je so unglücklich gewesen zu sein. Er musste mit jemandem sprechen. In diesem Moment klingelte sein Telefon, und Issas Nummer leuchtete auf. Er zögerte, nahm den Anruf schließlich aber entgegen. Als Issa vorschlug, sich irgendwo auf ein Glas zu treffen, spürte er jedoch Widerwillen in sich aufsteigen und lehnte ab. Issa gab nicht nach: »Geht's dir nicht gut, Osman? Du hast so eine komische Stimme … Ich bin gleich bei dir, wenn du willst. Ich lass dich nicht allein, Bruder.«

Alles in Ordnung, versicherte ihm Osman, er wolle lieber nach Hause.

Issas Anruf rührte ihn dennoch. Eine uneigennützige Geste, eine Freundschaftsbekundung, die ihm Mut machte, allerdings nicht genug, denn Minuten später stand er immer noch auf der Brücke und überlegte, endgültig Schluss zu machen. Wie von selbst tippten seine Finger die Nummer von Laurence Corsini – er wollte ein letztes Mal mit ihr sprechen, sie hatte ihn schließlich in die Politik eingeführt –, und als sie abnahm, kündigte er an, er werde gleich eine »Dummheit« begehen. Corsini blieb erstaunlich ruhig.

»Unternimm nichts. Rühre dich nicht von der Stelle. Ich bin gleich da.« Zehn Minuten später hielt ein großer schwarzer Mercedes neben ihm, auf der fahlgelben Lederrückbank erkannte er sie, sie trug einen engen Bleistiftrock und eine Halskette aus edlen Türkisen. »Steig ein.«

Er ließ sich neben sie auf das Leder gleiten. »Ich kann nicht mehr«, klagte er, es sei alles *zu schwer, zu schmerzhaft*.

»Ich verstehe das«, gab sie zurück. »Dein Aufstieg war rasant, dein Rauswurf brutal.«

»Ich habe alles verloren, Laurence. Ich habe keine Chance, wieder nach oben zu kommen.«

»Es ist schwierig, aber nicht unmöglich. Das Problem ist, dass keiner von denen, die dem Präsidenten nahestehen, dich einstellen würde. Und wenn du ins Lager seiner Feinde überläufst, giltst du als Opportunist, und das ist heikel in der Politik, es wird dir immer anhängen.«

Der Wagen fuhr mit hoher Geschwindigkeit durch Paris. Nach einer langen Gesprächspause schlug sie ihm vor, bei ihr zu übernachten, sie habe in ihrer Wohnung ein Gästezimmer, er sei willkommen. Osman lehnte ab. Er suche keinen Trost und keine Nähe. Er wolle sterben, nur sterben, einfach Schluss machen.

»Die Straße der Politik ist mit Selbstmordgedanken gepflastert«, entgegnete Corsini, »und manche setzen ihre Gedanken sogar in die Tat um. Denk an Pierre Bérégovoy und François de Grossouvre, sie sind der Versuchung erlegen. Und glaubst du, Richard Nixon hatte nie den Wunsch, sich eine Kugel in den Kopf zu jagen, als sie 1974 seinen Rücktritt gefordert haben? De Gaulle ging es anscheinend ähnlich, denn in seinen Memoiren schreibt er, nach dem ersten Wahlgang der Präsidentschaftswahl von 1965 hätte ihn beinahe ›eine Woge von Traurigkeit in die Ferne‹ getragen.«

»Danke, ich weiß es zu schätzen, dass du mich mit Staatschefs vergleichst«, sagte Osman ironisch.

»Ich will dir nur begreiflich machen, dass so etwas selbst auf höchster Ebene vorkommt. Manche haben düstere Gedanken, ohne sie in die Tat umzusetzen, andere haben irgendwann tatsächlich Schluss gemacht, weil sie glaubten, dass dann der Schmerz und die Scham vorbei wären, aber du bist jung, du hast die Zukunft vor dir.«

Osman wurde von einer Welle der Verzweiflung ergriffen und brach in Tränen aus.

»Du hast eine Depression, Osman. Wein dich aus, nimm eine Beruhigungstablette und geh zum Arzt.

Die Politik ist ein hartes Geschäft, da braucht man gute Nerven.« Sie ergriff seine Hand und drückte sie. »In der Politik hat man keine Gefühle, Osman. Ich sage dir eins: Wenn du dich umbringst, bekommst du eine mickrige Kleinanzeige in der Rubrik Todesfälle, mehr nicht.«

22

Ein Luxushotel in Paris – ein so raffiniertes, ästhetisch gelungenes Ambiente kannte Romain bisher nicht. Er war noch nie in einem Gebäude gewesen, in dem sich andere Menschen ohne jede Verlegenheit bewegten, während er völlig fehl am Platze fühlte. Ausgerechnet an diesem Ort hatte sich Marion mit ihm verabredet, und so irrte er auf der Suche nach dem richtigen Zimmer durch lange, mit dicken Teppichen ausgelegte Gänge. Er wollte sie zur Rede stellen, denn er war überzeugt, dass sie ein doppeltes Spiel spielte.

Er klopfte leise an ihre Zimmertür, und als sie öffnete und er sie vor sich sah, lösten sich alle seine Vorsätze in Luft auf. Er war nicht mehr Herr der Lage. Er hätte ihr misstrauen müssen, aber nein, kaum atmete er ihren Duft, ergab er sich.

»Bleib nicht da stehen, komm rein«, sagte sie.

»Du hast mir so gefehlt.« Er zog sie an sich, hob ihre Haare, küsste sie in den Nacken. »Ich musste ständig an dich denken. Ich bin verrückt nach dir.«

Und sie antwortete: »Ich habe mich in dich verliebt.«

Sie sank aufs Bett und ließ sich von ihm ausziehen. Es folgte, was immer folgte: Sie liebten sich, ihre Umgebung existierte nicht mehr, während alles um sie her tot war und glanzlos, pulsierte in ihrem Bett das Leben, der Genuss.

»Ich liebe dich«, sagte Marion, ihr Kopf ruhte auf seinem Oberkörper.

Nachdenklich strich ihr Romain über das Haar. »Du bist verheiratet.«

»Du auch, das gleicht sich aus.«

Er streichelte ihre Wange, ihren Hals, ihre Brust, fuhr mit den Fingern an der Innenseite ihrer Arme entlang, folgte der Verästelung ihrer Adern, ihre Haut war an dieser Stelle fast durchsichtig. Dann presste er sie heftig an sich.

»Du erdrückst mich noch!«, rief sie lachend.

»Ich kann nicht mehr ohne dich sein.«

»Wir müssen damit aufhören.«

Was er dann sagte, in diesem Moment, da er neben ihr lag, meinte er ernst: Wenn er bei ihr war, wusste er, dass er zu ihr gehörte, alle Zweifel waren verflogen, die Zukunft hell. Er wollte mit ihr zusammenleben. Er würde das Besuchsrecht für seinen Sohn erwirken, er würde sie seinen Freunden vorstellen (»sie werden dich lieben«), mit ihr ausgehen, sie auf offener Straße küssen (»die Leute werden verrückt sein vor Eifersucht«), Hand in Hand mit ihr durch den Wald spazieren (»mein größter Traum«), sie ins Kino, ins Restaurant, in die Berge einladen (»wir werden am Ufer eines Sees einschlafen«), sie im Meer lieben (»ich werde dir Korsika zeigen«) – all diese Phantasien breitete er vor ihr aus.

Überrascht stellte Marion fest, dass auch sie sich eine Zukunft mit Romain wünschte. Sie wollte in seinen Armen einschlafen und neben ihm aufwachen, sie würden sich *ununterbrochen* lieben, denn zwischen ihnen herrschte eine ganz natürliche erotische Spannung, ein müheloses Einverständnis, eine verrückte Liebe, die ihnen unverhofft geschenkt worden war, eine solche Leidenschaft existierte also doch, es gab ein solches Geben und Nehmen, es war tatsächlich möglich, zu begehren und gleichzeitig glücklich zu sein.

Sie wussten, dass sich eine solche Chance nur einmal im Leben bot, so etwas gab es kein zweites Mal, daran bestand kein Zweifel.

Marions Handy klingelte – François. Sie legte es zur Seite. Romain kam der Gedanke, dass es an der Zeit wäre, sie auf die Probe zu stellen. Unter dem Vorwand, selbst telefonieren zu müssen, stand er auf und ging ins Bad. Er ließ ein paar Minuten verstreichen, und als er zurückkam, hielt sie ein Heft in der Hand, das sie hastig wegzustecken versuchte.

»Was ist das?«

»Wieso willst du das wissen?«

»Was versteckst du da?«

Sie antwortete nicht. Er riss ihr das Heft aus der Hand und schlug es bei ihrem letzten Eintrag auf. Was er las, waren Notizen, Charaktereigenschaften fiktiver Figuren, einzelne Sätze – die Genese eines Buches, mehr nicht.

»Gib es mir zurück, das ist meine Arbeit!«, fauchte sie.

Er stotterte eine Rechtfertigung: Er habe ihr beim letzten Mal vertrauliche Einzelheiten offenbart. »Du könntest sie gegen mich verwenden … Ich weiß, dass du neulich beim Auslandsnachrichtendienst warst … Vielleicht bist du eine Agentin.«

Sie sah ihn verblüfft an, dann lachte sie. »Ich war da, stimmt, um mich schlauzumachen … Du weißt doch, dass die Phantasie von Schriftstellern Blüten treibt.«

Als er gestand, dass er ihre Sachen durchsucht und herausgefunden hatte, dass sie Recherchen über ihn anstellte, wurde sie schlagartig ernst. Sie wisse nicht, ob sie mit einem Mann zusammen sein könne, der ihr nachspioniere. Sie habe einfach mehr über ihn erfahren wollen, sich auf Facebook Fotos von ihm angesehen. Eine alberne Idee.

Er entspannte sich. »Du spionierst mir nach, also bist du verliebt.«

Sie schob ihn von sich weg. Er wollte sie in den Arme nehmen, aber diesmal leistete sie Widerstand. Er spürte, dass sie ihm entglitt, und umarmte sie umso fester, küsste sie, verlor sich in ihr. Sie klammerte sich stöhnend an ihn, und am Ende lagen sie vollkommen erschöpft nebeneinander.

»Ich kann nicht mehr ohne dich leben, Marion.«

»Aber du hast kein Vertrauen zu mir. Du bist mir gefolgt!«

»Eine Berufskrankheit …«

»Ich könnte gar keine Agentin sein«, unterbrach sie ihn, »ich bin das furchtsamste Mädchen auf der ganzen Welt.«

»Meine Männer in Afghanistan behaupten das Gegenteil.«

Marion richtete sich auf. »Nein. Ich habe noch nie etwas Heldenhaftes getan. Du täuschst dich in mir. In

Afghanistan habe ich meinen Job erledigt, mehr nicht. Ich habe es gern bequem, ich liebe mein Wohlstandsdasein. Ich mag weder Gefahren noch Ortswechsel.« Wieder klingelte ihr Telefon. Wieder war es François. Sie ignorierte es. »Willst du die Wahrheit wissen? Ich bin mitgefahren, um mir das Unglück von Nahem anzusehen. Ich bin mitgefahren, weil ich mir ansehen wollte, wie Zwanzigjährige im Kampf fallen, weil ich das Schicksal der Frauen beklagen wollte, die alles verloren haben. Ich wollte meinen Schmerz gegen den der anderen in die Waagschale werfen, und ich dachte, ich würde gewinnen, verstehst du? Ich dachte, mit dem, was ich erlebt habe, gewinne ich den ersten Preis. Aber da unten habe ich erkannt, dass man alles verlieren und trotzdem aufrecht weiterleben kann, und das hat mir Frieden gegeben. Das Leiden der anderen hat meines betäubt. Nur deshalb war ich dort ... ich wollte mich selbst retten.« Sie schwieg eine Weile, dann fuhr sie fort: »Vor sieben Monaten hat sich die Exfrau meines Mannes aus dem Fenster gestürzt.«

»Ja«, sagte Romain, »ich weiß.«

Marion starrte vor sich hin. »Was weißt du?«

»Ich habe einen Zeitungsartikel...« Er konnte den Satz nicht zu Ende bringen, Marion fuhr gereizt dazwischen: »Was in der Zeitung steht, ist nicht die Wahrheit.«

Erneut klingelte ihr Telefon. »Es ist François, ich weiß nicht, was er will, aber er lässt nicht locker, ich muss rangehen.«

Romain hörte eine Männerstimme, laut, panisch, so klang das Ende der Unschuld – so klang es, wenn etwas Dramatisches über ein Leben hereinbrach.

DIE AFFÄRE

1

Der Skandal ereignete sich zu einem Zeitpunkt, als das Leben von François Vély bereits so tief im Chaos versunken war, dass ein noch tieferer Fall kaum mehr möglich schien: Was konnte ihm Schlimmeres passieren als das, was ihm in den vergangenen Monaten widerfahren war? Seine Exfrau hatte sich aus dem Fenster gestürzt, und die Frau, die er jüngst geheiratet hatte, interessierte sich nicht mehr für ihn. Seinen Kindern ging es schlecht, durch sein Verschulden. Alles schien ihm zu entgleiten. Doch das Unglück lehrte ihn nicht, die Dinge zu relativieren – er war nie der Ansicht gewesen, dass ein seelischer Schmerz die eigene Weltsicht zu verändern vermochte, er fügte demjenigen, der ihn erlitt, lediglich Schaden zu. In seinem Fall bewirkte die Krise einzig, dass er in sich die Ressourcen sammelte, die für sein eigenes Überleben erforderlich waren, im Grunde eine Art zynischer Distanz: *Ich werde nie wieder glücklich sein.* Nichts, glaubte er, würde ihm jemals mehr dauerhaft nahegehen. Er sollte sich täuschen.

François hatte schon viele Angriffe und Schläge unter die Gürtellinie erlebt, er hatte nie Angst vor Konflikten gehabt, denn er gehörte zu den Menschen, die an Widerstand wachsen. In seinem Umfeld führte man *gesellschaftliche* Beziehungen und die mit formvollendeter Herzlichkeit, man lernte von Kindesbeinen an, seine Aggressionen hinter einer Maske zu verstecken. Diesen neuen Schlag jedoch hatte er nicht kommen sehen. *Jemand* hatte es auf ihn abgesehen. *Jemand* wollte seinen Kopf rollen sehen. Die öffentliche Hinrichtung eines Geschäftsmannes war ein Spektakel, das an die niederen Instinkte appellierte, die Medien lechzten nach Dramen dieser Art. Von der Zeitschrift mit der Beilage, in der man den Artikel über Vély lesen konnte, waren inzwischen hunderttausende Exemplare über den Ladentisch gegangen.

Der Artikel trug die Überschrift *Die Leben des François Vély/Lévy* und verbreitete sich über seine »außergewöhnlichen Fähigkeit, mehrere Leben zu führen«, konstatierte »ein überdimensionales Ego«, »ein Leben wie ein Roman«. François war entsetzt, bei der ersten Lektüre brach ihm am ganzen Körper der Schweiß aus. Dass sein Narzissmus und seine früheren Aktivitäten im lukrativen Pornogeschäft zur Sprache kamen, störte ihn nicht, ebenso wenig die billige Bemerkung, er sei nur deshalb Aktionär einer großen Tageszeitung geworden, weil er verzweifelt versucht habe, den Spermafleck auf seiner weißen Weste zu tilgen. Nein, was ihn schwer erschütterte und aus der Fassung brachte, war die Erwähnung des Namens »Lévy«, der nicht der seine war, sondern der seines Vaters *vor dem Krieg*. Er schickte umgehend eine empörte SMS an den Redaktionsleiter: »Warum hat dein Volontär den Namen Lévy erwähnt? Ich heiße Vély.« Das Gespräch mit seinem Sohn kam François in den Sinn, Thibault hatte gesagt: »Ich bin Mordechai Lévy, Papa«, die Erinnerung daran löste eine unbeschreibliche Beklemmung in ihm aus.

Der Redaktionsleiter meldete sich umgehend zurück.

Ein Kontakt habe mit dem Journalisten über François' Familie gesprochen und glaubwürdig dargelegt, dass sein Vater ein geborener Lévy sei. Ein Kontakt? Welcher Kontakt denn, bitte schön? »Ein alter Schulfreund.« Der Redaktionsleiter nannte einen Namen, der François nichts sagte. François verlangte den Wortlaut zu erfahren, der Volontär habe sich doch sicher Notizen gemacht, das Gespräch vielleicht sogar aufgezeichnet. Fünfzehn Minuten später rief der Redaktionsleiter zurück: »Ich tue das wirklich nur dir zuliebe.«

Was hatte dieser Kerl also gesagt, der sich François' Gedächtnis nicht gerade unauslöschlich eingeprägt hatte? Das Folgende: »Ich habe da eine kleine Anekdote zum Thema François. Bevor er als einer der Ersten im Netz Sexdienste anbot und sich auf dem Pornomarkt tummelte, war er lammfromm, als Kind wollte er sogar Priester werden. Ein amüsanter Berufswunsch, wenn man bedenkt, was dann aus ihm wurde, zumal seine Vorfahren, die Lévys, tatsächlich Priester in ihren Reihen zählten, allerdings jüdische.«

»Richtig ist, dass mein Vater mit dem Namen Lévy auf die Welt gekommen ist, aber er hat ihn abgeändert.«

»Dann hat es also eine Zeit gegeben, in der er Lévy hieß. Du siehst, wir erfinden nichts.«

Warum – wo doch nichts mehr zu ändern war, der Artikel war gedruckt – legte sich François mit dem Redaktionsleiter an und wollte ihm Widersprüche und eine mangelnde Logik in der Argumentation nachweisen? »Und kannst du mir erklären, warum ihr den Namen in die Überschrift genommen habt, als würdet ihr was weiß ich für ein Täuschungsmanöver entlarven?«

Der Ton zwischen den zwei Männern verschärfte sich, sie hatten die Ebene der freundschaftlichen Plauderei verlassen und beinahe auch den Boden der konventionellen Höflichkeit. Der Zeitungsmacher geriet in Zorn: »Wir haben nicht die Absicht, irgendetwas zu entlarven, du phantasierst, François.«

»Ich phantasiere keineswegs, ich bin außer mir vor Zorn! Der Familienname wurde vor langer Zeit amtlich geändert, nach reiflicher Überlegung, um zu überleben. Davon abgesehen: Ich bin Katholik.«

»Ich weiß wirklich nicht, wo das Problem liegt, François … Ist es dir unangenehm, jüdische Vorfahren zu haben?«

François schwieg. Der Redaktionsleiter war Jude, und er gehörte zu den Juden, denen ihre Identität wichtig war, die sie demonstrativ lebten. Zweifellos waren konvertierte Juden oder solche, die ihre Zugehörigkeit zum Judentum verschleierten, in seinen Augen wie Homosexuelle, die ihre sexuelle Orientierung verschwiegen. Womöglich steckte in der Überschrift doch der Wunsch nach Enthüllung, nach einem erzwungenen Comingout. François war empört, dass ihm Selbsthass unterstellt wurde. Er begnügte sich mit einem knappen »Auf Wiederhören« und legte auf. Wieso ging es überhaupt auf einmal um seine jüdischen Wurzeln? Im Interview war davon mit keiner Silbe die Rede gewesen, François sprach nie darüber, er hatte Thibaults radikalen Gesinnungswandel keinem Menschen anvertraut und gehörte auch nicht zu denen, die ihre Reden mit jüdischem Humor würzten. Seine Mutter war Katholikin, seine Exfrau ebenfalls, seine Kinder hatten dieselbe katholische

Privatschule besucht wie er. Er war in Versuchung, den Journalisten noch einmal anzurufen, aber er hielt sich zurück, denn er wusste, was er riskierte, wenn er keine Ruhe gab.

Letztlich schlug die Enthüllung seiner jüdischen Abstammung keine großen Wellen, doch in seiner Fixierung darauf kam François gar nicht in den Sinn, dass etwas völlig anderes einen Skandal auslösen könnte. Nicht der Artikel brachte Probleme mit sich sondern das Foto! Die schlichte, ästhetisch sehr gelungene großformatige Aufnahme von Pierre Vaneau nahm eine ganze Seite ein. Gelassen blickte François, elegant gekleidet mit schwarzer Hose, weißem Hemd und glänzenden Schuhen, in die Kamera, er strahlte Sanftmut, Vertrauenswürdigkeit und eine stille Kraft aus. Er saß in einem minimalistisch ausgestatteten Raum – weißes Parkett, gekalkte Wände – auf einem Stuhl. Ein puristisches Arrangement, nichts Provokantes, nichts Aufregendes, hätte es sich bei dem Stuhl, auf dem er posierte, nicht um ein sehr eigenwilliges Kunstwerk gehandelt, eine Skulptur des norwegischen Künstlers Bjarne Melgaard mit dem schlichten Titel *The Black Woman Chair*. Der Name besagte alles: Der Stuhl hatte die Form einer schlanken schwarzen Frau, die, nur in Slip und hochhackigen Lederstiefeln, mit dem Rücken auf dem Boden liegt, die Knie bis zu den Schultern hochgezogen, eine obszöne Haltung. Beine und Rumpf waren mit einem Ledergürtel zusammengezurrt, die Oberschenkel drückten auf die üppigen geölten Brüste, über dem Geschlecht lag das Sitzkissen – eine Aufforderung: *Herrsche über sie. Unterdrücke sie.* Unbehagen. Derselbe Melgaard, das Enfant terrible der

Kunst, hatte in der Serie *Table, Chair, Hatstand, Table* Werke von Allen Jones aus den 1960er Jahren neu interpretiert: Puppen in Gestalt weißer Frauen mit Korsetts aus Leder und schwarzem Latex, die als Einrichtungsgegenstände benutzt werden konnten – eben als Stuhl, Tisch oder Hutständer. Es war eine Form von Kunst, die sich systemkritisch und feministisch gab. Doch mit seinem *Black Woman Chair* hatte sich Melgaard noch weiter vorgewagt: Durch die schwarze Hautfarbe seiner Puppe führte er zusätzlich das Thema Rassismus in seine Protestkunst ein.

Es war der Fotograf, der François vorgeschlagen hatte, auf dem Kunstwerk zu posieren, und François hatte nach kurzem Zögern seinem Wunsch entsprochen. Vaneaus Bilder waren berühmt für ihre phänomenale Aussagekraft, und er hatte ihm versichert, der Respekt vor seinem Modell sei ihm oberstes Gebot. »Wenn Ihnen etwas unangenehm ist, sagen Sie es mir, aber meines Erachtens muss man für jedes gute Bild ein wenig loslassen.«

François hatte sich einen ganzen Vormittag lang in einem Raum mit über vierzig Kunstwerken dem Kameraobjektiv ausgesetzt, und dann hatten sie sich zuletzt für ein Bild entschieden, an das er sich hinterher kaum noch erinnern konnte – ausgerechnet dieses Bild löste einen Sturm der Entrüstung aus. François hatte die politische Brisanz der Skulptur nicht erkannt, Kunstwerke waren ein Teil seines Lebens, er war immun gegen Schockelemente. Wie hätte er da ahnen können, dass bereits am Erscheinungstag der Zeitschrift die Leser ihre Empörung auf allen verfügbaren Kanälen und mit überwältigender Heftigkeit zum Ausdruck bringen würden? *Skandalös! Rassistisch! Niederträchtig!*

Begonnen hatte alles mit der entrüsteten Reaktion eines Journalisten, der auf Facebook sehr aktiv war. In einem Kommentar zu dem Foto schrieb er: »Der hemmungslose Rassismus eines französischen Wirtschaftsführers.« Mehrere User teilten den Post, die Empörung schaukelte sich hoch, die Nachricht wurde überall aufgegriffen, das Foto über die sozialen Netzwerke auf der ganzen Welt verbreitet. Die Verurteilung war einhellig. Nicht mehr nur die Person François Vély stand im Visier, auch das Image seines Unternehmens litt, auf ihm lastete nun der Verdacht des Rassismus und der Diskriminierung. Als François die ersten alarmierenden Rückmeldungen erhielt, traute er seinen Augen nicht. Binnen weniger Stunden wurde er in zahllosen SMS und E-Mails attackiert, und ihm dämmerte, dass die Printmedien bald nachziehen würden. Er verschanzte sich in seinem Büro, wartete dort auf Marion, sie hatte versprochen zu kommen. Nur kurz verließ er den Raum, als er, in der Hoffnung auf ein paar tröstliche Worte, zu Étienne in den Konferenzsaal hinüberschlich. Doch kaum hatte er die Schwelle übertreten, stürzte sich sein Mitarbeiter voller Vorwürfe auf ihn.

»Du bist verantwortungslos, François! Weißt du, was du getan hast? Wer hat dich so schlecht beraten? Erzähl mir nicht, es war Marion!«

»Nein, sie war es nicht.«

»Wer dann? Ich kann nicht glauben, dass du aus freien Stücken zu diesem Foto bereit warst. Gib zu, Marion steckt dahinter, nicht wahr?«

»Wenn ich es dir doch sage, sie hat nichts damit zu tun!«

Étienne wedelte aufgebracht mit der Zeitschrift, während François mechanisch wiederholte, er verstehe die ganze Aufregung nicht.

»Wie bitte? Hast du das Foto nicht gesehen?«

»Was willst du, das ist Kunst.«

»Mal einen Blick in die sozialen Netzwerke geworfen? Weißt du, wie viele entsetzte und aufgebrachte Kunden heute schon angerufen haben? Das Unternehmen ist in Misskredit geraten. Du wirst dich auf Strafanzeigen wegen Diffamierung gefasst machen müssen!«

»Lächerlich.«

»Nein, ist es nicht.«

»Schön, feiern wir also die Rückkehr der Zensoren, der Konformisten, der *political correctness* … Die Sache ist nur, dass die Kunst sich weder um Gesetze noch um Regeln schert!«

»Soll ich dir verraten, wie ich darüber denke? Sie haben recht! Es ist ein schreckliches Bild. Obszön!«

»Ganz im Gegenteil! Der Künstler prangert gerade an, dass die Frau als Objekt gesehen wird, als Sexsklavin … Es ist ein großartiges Werk!«

»Mit dieser Ansicht stehst du leider ziemlich allein da«, widersprach Étienne entrüstet. »Jeder sieht hier einen reichen, mächtigen Weißen, der seinen Hintern auf eine unterwürfige schwarze Nutte platziert!«

»Die postkolonialen Schuldgefühle haben euch alle blind gemacht! Anders kann ich mir die Schlichtheit deiner Worte nicht erklären.«

»Red keinen Unsinn! Erinnert dich der Gürtel um

ihren Bauch nicht an die Fesseln, mit denen die Sklaven ruhiggestellt wurden?«

»Du bist nicht ganz bei Trost …«

»Nein, du bist es, der nichts begriffen hat oder begreifen will. Es mag ja noch angehen, dass du dich neben dieses Werk stellst, aber dich darauf zu setzen, das hat doch eine Symbolkraft! Muss ich es dir wirklich erklären? Du lebst in deiner Welt, deine Freunde sind Liebhaber zeitgenössischer Kunst, bereit, für Geschlechtsteile in Großformat Millionen von Dollars auszugeben … Anscheinend hast du inzwischen jede Bodenhaftung verloren, wenn du nicht mehr ermessen kannst, was für eine politische und gesellschaftliche Sprengkraft in dieser Fotografie steckt. Sie symbolisiert die Beherrschung der Dritten Welt durch die Weißen! *Das* sehen die Leute darin!«

»Es ist Porno-Pop, sonst nichts.«

»Durch deine Pose hast du es zu etwas anderem gemacht!«

»Ich verstehe nicht, was daran so verwerflich sein soll. Kennst du die Skulptur *Dog* von Rona Pondick, die eine Frau mit einem Hundekörper zeigt? Ein starkes Werk: Du siehst das Frauengesicht, menschliche Hände und Arme und den Körper einer Hündin, und du hast die Botschaft verstanden. Schockiert dich das auch?«

»Ich kenne die Skulptur nicht, zeitgenössische Kunst ist nicht mein Steckenpferd, ich habe einen klassischeren Geschmack. Ich liebe den Impressionismus, die Renaissance, vor einem Turner kommen mir die Tränen, und mir ist ein Hummer auf dem Teller lieber, als wenn er in Versailles von der Decke hängt … Mir geht es hier um die Wirkung deiner Inszenierung. Und du kannst mir glauben, wenn du dich auf diese Hundefrau gesetzt hättest, wären dir die Feministinnen auf den Fersen!«

François sah auf sein Telefon, unablässig trafen neue Nachrichten ein.

»Wir müssen eine Gegendarstellung bringen«, seufzte Étienne. »Sonst gefährden wir womöglich nicht nur die Fusion mit Szpilman, sondern verlieren mehrere Großkunden. Du erinnerst dich, dass wir mit Afrika kooperieren, ja? Ich kann mir nicht vorstellen, dass deine künstlerischen Extravaganzen bei unseren Partnern dort besonders gut ankommen.«

Nervös lief François auf und ab. »Hör zu, ich habe mich nicht in der Suite eines Luxushotels in Szene gesetzt – ich saß auf einem Kunstwerk! Einem Kunstwerk, verdammt noch mal! Und außerdem habe ich den Kopf derzeit nicht frei für solche Spitzfindigkeiten ... Seit Katherines Selbstmord habe ich wirklich andere Sorgen.«

»Ich weiß, François, und es tut mir aufrichtig leid. Aber das ist auch der einzige mildernde Umstand, den du ins Feld führen kannst.«

Die Treibjagd war eröffnet. Auf den Nachrichtenportalen wimmelte es von aufwieglerischen Artikeln und Schlagzeilen: »Neuerdings ist im Namen der Kreativität offenbar alles erlaubt bis hin zum krassesten Rassismus!« – »Ein Kunstwerk ist kein Einrichtungsgegenstand.« Intellektuelle und Künstler äußerten sich öffentlich zu dem Vorfall, und ihr Urteil fiel praktisch einhellig gegen François aus. Lediglich ein befreundeter Galerist verwies darauf, dass Kunst nun einmal dämonisch und tendenziös sei, dass sie beunruhige und hinterfrage und dass Vély außerdem Kunstwerke besitze, die durchaus für seine Integrität sprächen, insbesondere die berühmte Fotografie von Irving Penn, auf der ein stehender schwarzer Mann eine weiße Frau nahm.

Nicht einmal Marion verschonte ihn mit üblen Vorwürfen: »Ich verstehe nicht, wie dir ein solcher Fehler unterlaufen konnte! Mit diesem Foto drückst du Geringschätzung für Frauen und für Schwarze aus. Letztlich leistest du damit haargenau dem Bestreben unserer Gesellschaft Vorschub, die Schwächsten zu vernichten.«

François konnte nicht fassen, dass er nicht nur seinen engsten Mitarbeiter, sondern auch seine Frau gegen sich hatte, und setzte zur Verteidigung an: »Man kann heute offenbar nicht mehr mit den Codes von Rasse, Religion und Herkunft spielen, ohne gleich des Rassismus verdächtigt zu werden, man kann Sexualität und Erotik nicht mehr darstellen, ohne die Moral der Selbstgerechten auf den Plan zu rufen. Das ist intellektueller Totalitarismus!«

Étienne erhob sich und setzte dem Streitgespräch ein abruptes Ende: »Verlieren wir keine Zeit. Wir müssen eine Gegendarstellung verfassen, François, und zwar schleunigst, bevor diese Sache verheerende Folgen für das Unternehmen hat.«

Eine Krisensitzung wurde anberaumt. François rief seine Anwälte und seinen Kommunikationsberater an. Gemeinsam verfassten sie ein Papier, in dem François darlegte, dass er niemanden vor den Kopf stoßen oder beleidigen wolle. Er hege keinesfalls rassistische Ansichten, habe nie welche gehegt. Sein bisheriger Werdegang beweise das. Er entschuldigte sich »von ganzem Herzen, falls sich einzelne Personen gekränkt fühlen sollten«, und zitierte am Schluss Maurice Blanchot: »In jedem Leben wird es einen Moment geben, in dem man sich zu etwas Unentschuldbarem hinreißen lässt und das Unbegreifliche Aufmerksamkeit heischt.«

Der Kommunikationsberater riet, man solle nun abwarten, bis sich die allgemeine Hysterie gelegt habe. Auf Zeit setzen, Nachrichten seien kurzlebig. Leider hatten sie in der Eile einen weiteren Fehler begangen. Auf der Internetseite der Zeitschrift war das Foto über dem Entschuldigungstext abgebildet, allerdings nur ein Ausschnitt mit dem Oberkörper von François, der Stuhl selbst war nicht zu sehen. Daraufhin tauchten im Diskussionsforum der Zeitung neue hasserfüllte Beiträge auf: »Sie haben die schwarze Frau aus dem Bild gelöscht, so wie sie es in der Gesellschaft tun. Die schwarze Frau existiert nicht. Sie ist unsichtbar.«

François wandte sich abermals an seine Berater. Hatte die Welt den Verstand verloren, was ging da vor sich?

»Sie müssen etwas Karitatives tun«, lautete der Rat. »Vielleicht eine Spende an einen Antidiskriminierungsverband. Gleichzeitig müssen wir herausfinden, wer ein Interesse daran hat, Sie zu stürzen.« Jemand versuche, ihn zu destabilisieren und auf diesem Umweg die Fusion mit Szpilman zu torpedieren.

François wusste, er würde für diesen »Imagefehler« bezahlen müssen – aber welchen Preis?

2

Als Sonia um zwei Uhr früh von dem Geburtstagsfest der Präsidentengattin zurückkam, erwartete Osman sie, auf dem Sofa liegend, vor dem Fernseher. Sie rechtfertigte sich hastig, obwohl er gar keinen Vorwurf formuliert hatte: Sie habe nicht gesehen, wie spät es geworden sei, der Präsident habe darauf bestanden, dass sie bleibe, da habe sie nicht einfach gehen können – *das gehörte sich nicht*. Die Macht der Konvention. Osman akzeptierte ihre Entschuldigungen, aber irgendetwas hielt ihn an jenem Abend von Sonia fern. Er hatte sich zum ersten Mal in seinem Leben nach dem Tod gesehnt und fürchtete, sich nie wieder davon zu erholen. Sonia setzte sich neben ihn und küsste ihn, aber er schob sie von sich. »Ich gehe schlafen.«

Als er ihr bei Sonnenaufgang beim Ankleiden zusah, begriff er, dass ihre Beziehung dem Ende entgegensteuerte. Sonia würde immer weiter von ihm abrücken, sie würde bald seiner überdrüssig sein, das war unvermeidlich. Er hatte den Eindruck, dass sie ihn nicht mehr brauchte, weder für einen Rat noch für eine Bestätigung. Glaubte sie, der Machtverlust habe ihn seiner Denkfähigkeit beraubt?

Dabei meinte er, ganz im Gegenteil, zu spüren, dass er eine gewisse Hellsichtigkeit erlangt hatte – er erkannte seine Fehler, auch die politischen. Anscheinend zählte das jedoch für Sonia nicht mehr, genauso wenig wie für seine früheren Freunde. Er war schlicht nicht mehr interessant für sie. Mehr noch als das, unsichtbar. Ab einem bestimmten Alter, ab etwa vierzig, ist Ausstrahlung an gesellschaftliche Macht geknüpft, Versagen schmälert die Attraktivität. Nur Menschen, die sich im Erfolg sonnen, haben das Recht, geliebt zu werden.

Und sehr genau registrierte er, dass sich Sonia, als sie am nächsten Abend nebeneinander im Bett lagen, zu keiner zärtlichen Geste durchringen konnte. Sie schlief fast sofort ein.

3

Ein Bild hatte Romain nie aus seinem Gedächtnis löschen können, es hatte ihn in Afghanistan verfolgt und ließ ihm auch jetzt noch keine Ruhe. Es war das Bild der von dunklen Tüchern bedeckten Särge auf der Bagram Air Base, dem Hauptquartier der US-Streitkräfte in Afghanistan, auf dem alle ISAF-Soldaten landeten, bevor sie zu ihren eigenen Stützpunkten gebracht wurden. Romain und seine Männer waren aus dem Flugzeug gestiegen und hatten als Erstes die länglichen schwarzen Kisten und die amerikanischen Flaggen gesehen, so als sollten sie daran erinnert werden, dass der Tod nie weit weg war: *Willkommen in Afghanistan.*

Farid hatte an jenem Tag noch gewitzelt: »Ich habe keine Lust, in einer Kiste zurückzufliegen.« In Afghanistan herrschten Zufall und Glück. Zufall und Glück waren die Prinzipien, nach denen sich alles richtete und die man in keinen Aktionsplan einbeziehen konnte. Ein schwerbewaffneter Soldat in einem Panzer konnte in wenigen Sekunden pulverisiert werden, während ein anderer inmitten von tausend Gefahren unbeschadet davonkam.

Die Trauerfeier zu Ehren der in Afghanistan gefallenen französischen Soldaten fand in der Kathedrale Saint-Louis-des-Invalides in Paris statt. Anwesend waren die Kameraden, die unversehrt heimgekehrt waren, und die Familien der Toten, der französische Präsident und seine wichtigsten Minister, ein ehemaliger Staatschef, Amtsträger, Regierungsmitglieder, Fotografen, Journalisten. Marion war ebenfalls da, kühl und distanziert. Romain beobachtete sie von weitem und versuchte, ihren Blick aufzufangen. Seit ihrem überstürzten Aufbruch hatte er nichts mehr von ihr gehört, aber wie alle Welt hatte er den Medienskandal verfolgt, in den ihr Mann verwickelt war, und hatte sie mehrfach vergeblich zu erreichen versucht. Romain hielt sich in der Nähe seiner Soldaten auf, die als Sargträger für die toten Frontsoldaten ausgewählt worden waren. Keine hundert Meter mussten sie zurücklegen, aber die Härte dieser Prüfung konnte man an ihren Mienen ablesen. Die sechs von der Trikolore bedeckten Särge waren nebeneinander aufgebahrt, auf jedem stand ein Porträtfoto des Opfers – grausame Abbilder einer für immer zerstörten Unschuld. José Vilars Frau weinte in den Armen einer anderen Frau, ihrer Schwester vielleicht. Die Freundin von Vincent Debord saß mit schmerzverzerrtem Gesicht aufrecht und starr da, als fürchtete sie, bei der geringsten Bewegung in Ohnmacht zu fallen. Der Priester hielt eine kurze bewegende Ansprache, in der er der toten Soldaten und ihrer vorbildlichen Pflichterfüllung gedachte und an ihren »schlichten, großen Stolz« gemahnte.

Dann ergriff José Vilars Mutter das Wort. Vor dem Sarg ihres Sohnes hielt sie sich kerzengerade und verlas würdevoll ihre handschriftlich verfasste Rede.

»In der Nacht von Sonntag auf Montag, um zehn Minuten vor vier, klingelte es an unserer Tür, und ein Offizier meldete sich über die Sprechanlage. Als ich öffnete, wusste ich: Nun ist es so weit, das Leben ist zu Ende. Der Offizier fragte uns, ob wir die Eltern von Sergent José Vilar seien, und wir antworteten: ›Ja, das sind wir.‹ Zu Josés Einschulung hatte sein Lehrer ein Treffen mit den Eltern der Schüler organisiert und uns dieselbe Frage gestellt: ›Sind sie die Eltern von José Vilar?‹ Wie stolz wir damals aufgestanden sind und geantwortet haben: ›Ja, das sind wir!‹ Dieselben Worte, mit denen wir uns nun dem auslieferten, was alle Soldateneltern fürchten: dem Tod ihres Kindes. Was uns so lange glücklich gemacht hat – dass wir José Vilars Eltern sind –, versetzte uns plötzlich den Todesstoß. Was der Offizier uns mitteilte, war ein Schlusspunkt, eine Verstümmelung, eine Amputation, der Verlust von etwas Unwiederbringlichem. Denn ein Offizier macht sich nicht mitten in der Nacht auf den Weg, um den Eltern eines Kameraden mitzuteilen, dass ihr Sohn leicht verwundet ist, nein, er weckt sie nur, wenn etwas Grauenhafte passiert ist.« Sie verstummte, wischte sich die Tränen aus den Augen und fuhr dann fort: »Unser Offizier war ein junger Mann, er sprach leise, als wäre dadurch der Schlag weniger heftig. Er hätte unter Narkose stehen müssen, um nicht zu spüren, dass uns seine Nachricht durchbohrte wie ein Messer und einen Schmerz verursachte, für den ich auf der Skala der Schmerzen immer noch einen passenden Wert suche. Es müsste eine eigene Markierung für den Verlust eines Kindes geben, zehn reicht nicht. Es ist unmenschlich, etwas in uns ging verloren. Nicht die Unschuld – denn an die glaubten wir schon längst nicht mehr –, nein, es war die Unbekümmertheit, die uns der Offizier mitten in der Nacht in unserem Wohnzimmer für immer nahm. Er sprach die üblichen Formeln aus, die das wilde Tier in uns besänftigen sollten, das alles, was noch an Glück, Ruhe und Lebensfreude in uns war, erbarmungslos zerbiss und zerriss. Er hatte seine Worte möglicherweise vorbereitet, im Voraus aufgeschrieben, geübt, er spielte die Rolle, die die Militärhierarchie ihm zuwies – *wenn Sie die Eltern des Opfers aufsuchen, tun Sie dies und jenes* –, aber ich unterbrach ihn und bat ihn, still zu sein und sich an die Fakten zu halten. Ich glaube nicht, dass Worte trösten können. Also hat er uns über den Tod unseres Sohnes informiert und ist gegangen. Die Tür ist hinter ihm ins Schloss gefallen. Wir werden unser Kind nie mehr wiedersehen. Ich habe verstanden, dass unser Leben *wirklich* zu Ende ist.«

Unter dem Eindruck ihres unerträglichen Leids blieben die Versammelten schweigend sitzen, zuweilen hörte man ein Schluchzen, sah Umarmungen. Alle Anwesenden waren tief betroffen. Nach der kirchlichen Trauerfeier verharrte der Präsident allein vor den Särgen, während sich im großen Ehrenhof des Hôtel des Invalides Dutzende von Menschen drängten, die an der offiziellen Zeremonie für die Gefallenen teilnehmen wollten. Sie alle wirkten mitgenommen vom Ernst der Stunde, der aufkommende Wind fuhr über erstarrte Gesichter. Schließlich trat der Präsident in den Hof. Vor den schnurgerade aufgereihten Särge begann er mit seiner Hommage an die Opfer.

»Ihr seid nicht umsonst gestorben. Ihr seid gefallen für eine große Sache, für die freien Völker, die für ihre Freiheit mit dem Blut ihrer Soldaten bezahlt haben.« Nach diesen Worten nahm er die Parade ab und ging über zu einer Trauerrede. »Soldaten! Der gesamten Nation möchte ich hier und heute die innere Kraft und Charakterstärke in Erinnerung rufen, die jeder von euch aufbringt, der bald wieder in den Kampf zieht, nachdem er erlebt hat, wie ein Kamerad neben ihm gefallen ist oder verwundet wurde. Soldaten! Euer Opfermut, eure Tapferkeit, eure Entschlossenheit, den euch gegebenen Auftrag zu erfüllen, sie ehren euch!« Es folgten einige an die Familien gerichtete Sätze, denen er Unterstützung und Trost versprach. Anschließend schritt er die Reihe der Särge ab und befestigte an jedem der violetten Kissen eine Medaille, die den Gefallenen in den Stand eines Ritters der Ehrenlegion erhob. Ein Trompetensignal erklang und übertönte das laute Weinen der trauernden Eltern.

Nach der Zeremonie zerstreute sich die Menge rasch. Romain hielt nach Marion Ausschau, aber sie war verschwunden. Gedankenschwer blieb er vor den Särgen seiner Kameraden stehen. Männer in der Blüte ihrer Jahre. Gefallen für Frankreich. Wer würde sich an sie erinnern?

4

Gift. Das Gift des Rassismusverdachts sickerte ins Herz der öffentlichen Meinung, zersetzte die Vernunft und den gesunden Menschenverstand, störte die Beziehung zu den engsten Freunden, Zweifel nistete sich ein. François Vély hatte nie einen rassistischen Gedanken geäußert, aber es ließ sich nicht leugnen, dass es in seinem Pariser Bekannten- und Freundeskreis keinen Schwarzen gab. Keiner seiner direkten Mitarbeiter war schwarz. Er lebte in einer Welt, die fast ausschließlich aus Weißen bestand, noch dazu aus einer bestimmten Kategorie von Weißen: den wohlhabenden. In seiner Zeit im Pornogeschäft hatte er zwar auch weniger betuchte Menschen und einige zwielichtige Gestalten des Pariser Nachtlebens kennengelernt, aber auch sie waren weiß gewesen. Er hatte beruflich mit ein paar schwarzen Bankern, Anwälten und Geschäftsleuten zu tun gehabt, aber nicht in Paris, sondern in den USA, genauer gesagt, in New York. Zu ihnen gehörte Daniel Dean, afroamerikanischer Harvard-Absolvent, er war sein Vorgesetzter bei Szpilman gewesen, und ausgerechnet mit diesem Unternehmen, das Daniel immer noch als Generaldirektor leitete, strebte François eine Fusion an.

Étienne raufte sich die Haare. »Willst du mir sagen, dass der einzige Schwarze, den du kennst, der Chef des Unternehmens ist, mit dem wir einen Milliarden-Dollar-

Deal planen? Nach der Riesenwelle der Empörung wird Dean den Zusammenschluss abblasen. Er kann sich doch nicht guten Gewissens geschäftlich mit einem Mann zusammentun, der des Rassismus verdächtigt wird!«

François widersprach: »Immerhin ist Cindy, seine Frau, Gutachterin in der Fotografie-Abteilung von Christie's, sie hat mir den Fotografen empfohlen. Daniel Dean bewegt sich im Kunstmilieu, er kann differenzieren.«

»Die Fakten liegen auf dem Tisch, François. Du hast uns ganz schön reingeritten.«

»Allmählich platzt mir der Kragen, Étienne«, rief François aufgebracht. »Ich habe keine Lust mehr, mich ständig von jemandem belehren zu lassen, der sich jede Woche einen pakistanischen Schuhputzer ins Büro bestellt, damit der ihm seine 1000-Euro-Treter blankwienert!«

Wenig später ließ sich François mit Daniel Dean in New York verbinden, um die Angelegenheit mit ihm zu erörtern. Er entschuldigte sich für die misslungene Publicity, die eine höchst unerfreuliche Form annehme, er sei jedoch zuversichtlich, dass sich die Wogen bald glätten würden. Dean reagierte frostig.

»Ganz so einfach ist die Sache nicht, François. Das Thema Identität spielt hierzulande eine immer größere Rolle, und die Fronten verhärten sich zunehmend. Daran wird auch die Wahl von Barack Obama nichts ändern ... Du hast keine glückliche Figur in dieser Angelegenheit gemacht, und ich will dir nicht verhehlen, dass Cindy außer sich ist.«

»Cindy? Aber sie hat mir doch den Fotografen empfohlen!«

»Den Fotografen vielleicht, aber nicht dieses groteske

Setting. Deine Überheblichkeit und dein Mangel an Sensibilität sind beispiellos, aber keine Sorge, ich werde das nicht thematisieren. In dieser Angelegenheit habe ich übergeordnete Interessen.«

Tatsächlich gab er François öffentlich Rückendeckung. Im Vorfeld des geplanten Zusammenschlusses der Telekommunikationsunternehmen Vély und Szpilman ließ er wissen, dass er seit langen Jahren mit François Vély zusammenarbeite und ihn gut genug kenne, um ihn vom Vorwurf des Rassismus freizusprechen. Die Fotografie sei ein Fauxpas. Abschließend verkündete er, dass die Vorbereitungen zur Verschmelzung der Unternehmen gemäß den vertraglich vereinbarten Fristen voranschritten.

Öffentlich wahrte Daniel Dean den Schein, privat allerdings verschärfte sich sein Ton deutlich. Er nahm François übel, ihn und seine Frau in eine so missliche Lage gebracht zu haben. Er musste sich allenthalben rechtfertigen, ihre Glaubwürdigkeit stand auf dem Spiel. Cindy, von Beruf Expertin für zeitgenössische Kunst, war bekannt für ihr politisches Engagement und ihren militanten Aktivismus. Sie war Feministin – und sie war vor allem die Tochter ihres Vaters, des amerikanischen Anwalts Allan Barnes, der Rosa Parks nahestand, der Ikone des Million Man March, zu dem 1995 über eine Million Afroamerikaner auf die Straßen von Washington gegangen waren!

In einem weiteren Telefonat dankte François Dean für seine Unterstützung und zeigte sich zerknirscht.

»Seien wir mal ehrlich, François«, gab Dean kühl zurück. »Du riskierst nicht viel, diese Geschichte ist bald vergessen. Wenn ich meinen Hintern auf das Original von Allen Jones platziert hätte, du weißt schon, diese weiße Frau mit dem blonden Pagenkopf und den himmelblauen Wimpern, dann hätte ich teurer dafür bezahlen müssen. Ich wäre auf der Stelle gefeuert worden, mir säßen sämtliche nationalistischen weißen Vereinigungen der USA im Nacken, ich würde Morddrohungen erhalten und nicht nur ich, meine Frau und meine Kinder auch! Vielleicht würden sie mich am Ende sogar umbringen. Aber du bist weiß, sie werden dich eine Weile der Form halber abkanzeln, aber letztlich werden sie dich verschonen.«

François war nicht in der Position, Daniel zu widersprechen. Er fand sich mit einem Mal in einer Parallelwelt wieder, in der die Rassenfrage alles dominierte, und jeder Mensch zwischen dem Wunsch nach Zugehörigkeit und dem Protest gegen gesellschaftliche Zuschreibungen schwankte. Allen, die ihn auf das Thema ansprachen, beteuerte er unablässig: Nein, er habe keine Vorurteile und nie welche gehabt, er habe sich seine Freunde nie nach der Hautfarbe, sondern immer nach ähnlich gelagerten Interessen ausgesucht. Eine gewisse Inzucht ließ sich indes nicht abstreiten – aber machte ihn das zu einem Täter? Musste er sich gefallen lassen, dass man ihn mit Schmutz bewarf und verhöhnte? Er, der Humanist, dessen Vater nach Buchenwald deportiert worden war, sollte ein Rassist sein?

»Das ist die absurdeste Anschuldigung, die ich in meinem ganzen Leben gehört habe! Nein, ich bin kein Rassist! Ich war nie einer! Ich fordere alle auf, mir das Gegenteil zu beweisen!«

Er, der aufgrund seiner Herkunft bisher stets höchstes Ansehen genossen hatte, musste nun erleben, was das Wort Schande bedeutete, und machte die bittere Erfahrung, die der amerikanische Geschäftsmann Warren Buffett einmal so beschrieben hatte: »Es dauert zwanzig Jahre, sich einen guten Ruf zu schaffen, und fünf Minuten, ihn zu zerstören.«

5

Sonia hatte keine Lust, Osman zu seinen Eltern zu begleiten, und schob ein Arbeitsessen im Élysée vor. Sie hatte nie versucht, einen engeren Kontakt zu Osmans Familie zu knüpfen, die Tatsache, dass ihr Freund einem prekären sozialen Milieu entstammte, war ihr schon immer peinlich gewesen. Doch diesmal traf es Osman. Es gab seiner Angst, dass sie ihn eines nahen Tages verlassen würde, neues Futter. Die ungewohnte Rollenverteilung tat ihr Übriges, um sein Selbstbewusstsein zu untergraben. Er war an einem Punkt angelangt, an dem er ihre Anrufe zählte und genau überlegte, bevor er sich bei ihr meldete. Sklavisch hielt er sich an die banalsten Beziehungsregeln: der Geliebten nicht zu oft sagen, dass man sie liebt, so tun, als wäre man gern allein. In Wirklichkeit fühlte er sich emotional von ihr abhängiger denn je.

Als Sonia fort war, ging Osman zur Metro. Gedankenvoll trieb er in der unterirdischen Menschenflut, bis er die Station Porte-de-Choisy erreichte. Über den Boulevard Masséna ging er weiter, vorbei an einer Gruppe junger Männer in bunten Boubous, vorbei an Menschen in langen Qamis. Seine Eltern lebten in einem hohen Wohnturm mit fast zwanzig Etagen, Osman hatte die Wohnung für sie gefunden und zahlte jeden Monat die Miete, die Stromrechnung und den Telefonanschluss. Er fragte sich, wie er diese Summen weiterhin aufbringen sollte, denn seine Eltern zum Umzug in eine billige Wohnung aufzufordern kam nicht in Frage, ebenso wenig wie das Problem bei Sonia anzusprechen. Ihm fiel ein, was seine Eltern gesagt hatten, als sie die Wohnung zum ersten Mal sahen: »Wie schön und so groß! Aber hier wohnen zu viele Chinesen.«

Das Haus war einer der phantasielosen Einheitsbauten aus den 1970er Jahren: niedrige Decken, weißer Verputz, rostbraunes Linoleum, zu dünne Sperrholzwände, ein enges Badezimmer mit billigen Armaturen und Fliesen. Osman hatte eigentlich vorgehabt, die Wohnung wenigstens teilweise zu renovieren, aber seine Eltern versicherten ihm, wie gut ihnen alles gefiel. Und am Ende störten auch die Chinesen gar nicht weiter, sie waren diskret und verkauften gute Ware.

Osman klingelte, er war ungewohnt pünktlich – er wurde ja auch nicht mehr durch endlose Sitzungen aufgehalten. Als er in die Wohnung trat, fiel sein Blick auf die große Kiefernholzkommode, die mit Dutzenden Bildern dekoriert war, Fotos, die ihn neben bekannten Politikern zeigten, auch mit dem Präsidenten. Ein Museum der sozialen Revanche. Osman hatte die Zurschaustellung schon immer recht pathetisch gefunden, in diesem Moment aber war er regelrecht bestürzt darüber. Ihn überkam das Gefühl, durch seinen beruflichen Abstieg seine Eltern verraten zu haben.

In der Wohnung duftete es süßlich nach Essen. »Ich habe dir dein Lieblingsgericht gekocht«, lächelte Osmans Mutter auf dem Weg zur Küche, »es wird dir schmecken. Geh nur zu deinem Vater, er erwartet dich schon.«

Er wagte nicht zu erwidern, dass ihm nicht nach essen zumute war, und ließ sich neben seinem Vater auf das ockerfarbene Samtsofa fallen. Er bemühte sich, einen lockeren Plauderton anzuschlagen, setzte an, die neuesten Nachrichten zu kommentieren – alles, nur nicht über die Serie der Rückschläge sprechen, über die er seine Eltern nur in aller Kürze und Beiläufigkeit informiert hatte.

»Und was wirst du jetzt machen?«, unterbrach ihn der Vater unvermittelt. Osman fuhr sich mit der Hand übers Gesicht und rieb sich missmutig das Kinn.

»Das weiß ich noch nicht genau.«

»Du musst ein neues Kapitel aufschlagen, mein Sohn. Du bist fünfunddreißig, du hast dein Leben noch vor dir …«

»Mach dir keine Sorgen meinetwegen. Ich werde eine Lösung finden.«

»Doch, wir machen uns Sorgen«, erwiderte seine Mutter, einen dampfenden Teller in der Hand. »Wir machen uns sogar große Sorgen. Schau dich nur an, wie mager du geworden bist! Und gemeldet hast du dich auch nicht mehr. Vorher hattest du tatsächlich keine Zeit, aber jetzt …« Sie biss sich auf die Lippen.

Der Vater legte ihm die Hand auf die Schulter. »Es ist kein Vorwurf, mein Junge.«

Osman musste schlucken. Er schämte sich plötzlich vor seinen Eltern. Sie waren stolz darauf gewesen, dass ihr Sohn ein *vielbeschäftigter* Mann war. Ein *wichtiger* Mann. Der *Verantwortung* trug.

»Ich weiß, was ihr denkt. Dass es falsch von mir war, in Anwesenheit des Präsidenten aufzustehen und wegzugehen, aber ich wurde gedemütigt, versteht ihr?«

»Wir respektieren deine Entscheidung. Wir lieben dich so, wie du bist.«

»Ich konnte es nicht ertragen. Der Berater hatte nicht das Recht, mich vor allen Leuten zu erniedrigen!«

»Die Wunden der Demütigung sind die schlimmsten«, sagte sein Vater leise. »Aber man stirbt nicht daran. Sieh mich an, ich bin immer noch da ...«

Osman blickte auf, schlaglichtartig sah er den Alltag seiner Eltern vor sich. Sie standen bei Sonnenaufgang auf, Tag für Tag, um am Ende des Monats einen erbärmlichen Lohn nach Hause zu bringen, von dem sie sich nicht einmal diese Wohnung leisten konnten. Osman musste daran denken, wie sein Vater ihn eines Nachts um drei angerufen hatte, weil seine Mutter nicht nach Hause gekommen war. Sie hatte einen Putzjob bei einem Anwalt in Paris angenommen, der an jenem Abend ein großes Fest veranstaltete. Als sie endlich gegen vier eintraf, erzählte sie, dass sie laufen musste, weil sie die letzte Metro verpasst habe. Ihr Arbeitgeber hatte verlangt, dass sie, nachdem die letzten Gäste gegangen waren, noch das ganze Haus aufräumte. Und warum hätte er ihr auch noch ein Taxi bezahlen sollen? Osman gingen all die Schikanen durch den Kopf, die seine Eltern erdulden mussten, sie trafen ihn mit einer ungeahnten Wucht. *Gedemütigt.* Osman kamen die Tränen. Er verlor völlig die Fassung. Laurence Corsini hatte recht, er litt unter einer Depression. Er löste sich auf, jeden Tag ein bisschen mehr. Seine Mutter ergriff seine Hand und streichelte sie. »Weine nur, Osman, weine nur«, ermunterte sie ihn. »Weißt du, was ein Sprichwort besagt? Manches sieht man besser mit Augen, die geweint haben.«

6

Die Fahrt zu den Center Parcs, sagte Romain am Morgen zu Agnès, sei keine gute Idee, er habe nicht die Kraft dazu, die Trauerfeier habe ihn zu sehr mitgenommen. Doch seine Frau war durch nichts von ihrem Plan abzubringen.

»Der Wald, die Natur, die Ruhe, unser Zusammensein, das wird dir guttun«, beschwor sie ihn, aus Angst, dass er in Sphären abglitt, in die sie ihm nicht folgen konnte. Romain benahm sich seltsam seit seiner Rückkehr, er wirkte häufig geistesabwesend und apathisch, interessierte sich für nichts mehr, wurde unvermittelt aggressiv, starrte stundenlang stumm auf sein Handy, das er nicht mehr aus der Hand legte.

Romain hatte den Moment hinausgezögert, da er die Koffer einladen und seinen widerspenstigen Sohn auf dem Kindersitz festschnallen musste. Als er sich schließlich ans Steuer setzte, begann sein Sohn zu schreien, seine Frau blickte ihn erwartungsvoll von der Seite an, und er wünschte sich weit weg. *Es geht über meine Kraft.* Er spürte das Verlangen, Marion anzurufen, war wie besessen davon. Er würde ihr sagen, dass er unterwegs zu ihr sei, dass er mit ihr fliehen wolle. Die Flucht war zu einer Zwangsvorstellung geworden. Was war los mit ihm? Er fragte sich, ob er verrückt wurde. Nur in Marions Anwesenheit zog sich das Gespenst des Krieges zurück, ihr Körper, ihr Duft, ihr Gesicht gaben ihm Frieden, wo war sie bloß?

Agnès störte seine Gedankenflut: »Fahren wir los?«

Er biss die Zähne zusammen und startete den Motor. Die Fahrt lief besser als befürchtet. Sie hörten Kinderlieder, Agnès sang mit, Tommy juchzte, die Atmosphäre war fröhlich und unbeschwert. Zum ersten Mal seit seiner Rückkehr entspannte sich Romain. Doch kaum setzte der Wagen hinter ihm zum Überholen an, kehrte der Druck schlagartig zurück. Romain umklammerte das Lenkrad. Spannte die Beinmuskeln. Seine Zunge fühlte sich pelzig an. Plötzlich riss er das Steuer herum, machte eine Vollbremsung, und der Wagen kam quietschend auf dem Seitenstreifen zum Stehen. Der Schreck war größer als der Schaden. Agnès weinte.

»Verdammt, er wollte uns umbringen!«, schrie Romain.

»Wer, *er*?«

»Der Fahrer, hast du ihn nicht gesehen?«

Sie fuhren weiter und wechselten während der gesamten Fahrt kein Wort mehr. Nach der Ankunft kümmerte sich Romain um die Anmeldung, und kaum hatten sie das Ferienhaus bezogen, legte er sich im Schlafzimmer aufs Bett. Er machte sich nicht einmal die Mühe, die Schuhe auszuziehen.

Agnès kam herein und machte ihm Vorwürfe. »Du kapselst dich ab, du kümmerst dich nicht um Tommy … Ich verstehe das nicht.«

Sie hatte recht, er war nicht imstande, sich mit seinem Sohn zu beschäftigen, er hatte Angst – vor sich selbst und davor, was passieren könnte, wenn Tommy ihm nicht gehorchte. Statt einer Antwort schlug er halbherzig vor, schwimmen zu gehen. Einen Moment lang kam Fröhlichkeit auf, als sie in ihre Badesachen schlüpften, doch kaum erreichten sie das Spaßbad, erfasste ihn Panik. In der Menge der unzähligen im Wasser plantschenden und kreischenden Menschen, die ihn anrempelten und nassspritzten, rastete er plötzlich aus. Schreiend rannte er Richtung Ausgang, als hätte ihm jemand Säure in die Augen gespritzt. *Ich muss raus! Lassen Sie mich durch!*

Später fand ihn Agnès in einer Zimmerecke kauernd. Sie setzte sich neben ihn.

»Du musst dich behandeln lassen, Romain, so kann das nicht weitergehen.«

»Es geht mir gut. Ich brauche keinen Arzt.«

»Red keinen Unsinn. Es geht dir sehr schlecht.«

»Nur mit dir geht es mir schlecht.«

Er hatte die Worte brutal hervorgestoßen. Agnès stand auf und ging ins Wohnzimmer. Er folgte ihr, sie saß mit ihrem Telefon in der Hand auf einem Stuhl.

»Tut mir leid«, flüsterte er.

»Ich erkenne dich nicht wieder, Romain. Ich bitte dich, erzähl mir, was da unten passiert ist …«

Er schwieg.

»Du solltest mit einem Militärpsychologen sprechen, das wird dir guttun.«

»Du willst, dass ich einem Militärpsychologen erzähle, dass es mir schlecht geht? Damit er mich für dienstunfähig erklärt und ich demnächst in einem Zwölf-Quadratmeter-Büro hocke, um Berichte zu tippen?« Er lachte bitter auf.

»Er kann dich vielleicht verstehen.«

»Niemand, hörst du, niemand kann mich verstehen.«

Romain verbrachte den Tag im Bett, und als sich Agnès zu ihm legte, nachdem Tommy eingeschlafen war, spürte er, wie es ihm gleich wieder schlechter ging. Sie zog sich aus, schmiegte sich an ihn, fing an, ihn zu streicheln, und versuchte ihn zu küssen. Romain drehte sich zur Seite, er hörte sie leise weinen.

»Es tut mich leid, ich kann nicht …«

In den nächsten Stunden lagen sie feindselig schweigend nebeneinander, sie beschäftigte sich mit ihrem Smartphone, er dämmerte vor seinem Computer. In den frühen Morgenstunden erwachte Romain von einem schrillen Pfeifton. Panisch sprang er auf und schrie: »In Deckung!«

Agnès lief bestürzt aus der Küche herbei, wo sie sich einen Tee gekocht hatte. Als sie dem flackernden Blick ihres Mannes begegnete, rannte sie in das Zimmer ihres Sohnes und verbarrikadierte sich dort, bis Romain sich beruhigt zu haben schien. Vorsichtig öffnete sie die Tür. Romain lag in Tränen aufgelöst auf dem Sofa. Ohne ein Wort mit ihm zu wechseln, rief sie beim Sanitätsdienst der französischen Streitkräfte an, der sie an die psychiatrische Abteilung des Hôpital Percy verwies. Zwei Minuten später war sie mit einem freundlichen Mann verbunden, der sie bat, ihm Romains Symptome möglichst präzise zu schildern. Sie erzählte von seiner Aggressivität, seinen Stimmungsschwankungen, dem Vorfall mit dem Teekessel.

Der Psychologe räusperte sich. »Sie müssen wissen«, erklärte er dann, »dass bestimmte Geräusche oder Situationen Ihren Mann in das Kampfgeschehen zurückkatapultieren können: Da reicht es, wenn ihn ein Auto überholen will oder der Teekessel pfeift, als wäre Bombenalarm. Ist Ihr Mann zu sprechen?« Romain lehnte ab, und Agnès vereinbarte einen Termin für ihn.

Später teilte sie ihm mit, sie werde mit Tommy bei ihrer Mutter wohnen, bis er den Arzt aufgesucht habe. Romain sagte nichts. Er wollte keine Tabletten schlucken, er hatte keine Lust, medikamentenabhängig, dick und apathisch zu werden, er hatte die Veränderung bei Freunden erlebt: aus ehemals dynamischen, kräftigen Soldaten waren schlaffe, träge Fettwänste geworden. Über ein paar Energiereserven verfügte er noch, er würde allein damit zurechtkommen.

»Bitte geh hin. Tu es wenigstens für mich«, bat Agnès.

Er seufzte. »Okay. Ich fahre nach Paris zurück.«

»Und ich bleibe mit Tommy hier«, erwiderte sie.

Auf einmal wirkte sie stark und entschieden. Während er sich verletzlicher fühlte denn je.

7

Ein innerer Zusammenbruch, ausgelöst durch das Bewusstsein, das eigene Image auf Dauer beschädigt zu haben. Aus Nachlässigkeit. Unachtsamkeit. Obwohl François' Kommunikationsberater alle Hebel in Bewegung gesetzt hatte, würde in den Suchmaschinen sein Name künftig immer mit dem Adjektiv »rassistisch« verknüpft sein. Denn inzwischen belasteten ihn neue Aufnahmen, die der ursprünglich vorgesehene und von Vély abgelehnte Fotograf aus einem Bildarchiv ausgegraben hatte. Sie waren an François' fünfundvierzigstem Geburtstag in Kenia entstanden und später in der *Vogue* veröffentlich worden. Sie boten Stoff für einen neuen handfesten Skandal und lieferten, nach Einschätzung des Fotografen, den Beweis für eine Form von Rassismus, die auf den primitivsten Denkschablonen beruhte: *Wir mögen die Schwarzen, aber nur in Afrika.* Auf den Bildern erkannte man François mit ein paar Freunden, darunter seine ehemalige Geliebte Sophie Kazal, allesamt in bunter Volkstracht. Sie applaudierten einer Gruppe stämmiger schwarzer Frauen, die vor ihnen tanzten. Ein anderes Foto zeigte François und seine damalige Frau Katherine auf der Jagd, zu ihren Füßen ein toter Löwe. Die Jagd nach exotischen Reizen, die ihnen zur Zerstreuung gedient hatte – nun wurde sie als Ausdruck einer beispiellosen rassistischen Arroganz interpretiert.

Verzweiflung. Einsamkeit. Bloßstellung. François durchlebte die gesamte Palette negativer Emotionen. Er fühlte sich wehrlos. Jede Begegnung in seinem bisherigen Leben, alle Entscheidungen, die er je getroffen hatte, schienen von Leichtsinn, politischer Unreife und unzulänglichem sozialen Gewissen zu zeugen. Nichts schien ihn im Gegenzug zu entlasten. Er versuchte sich bei Étienne in ein gutes Licht zu rücken, indem er ihm sagte: »Aber bei der Auswahl meiner früheren Freundinnen habe ich immer eine Vorliebe für Schwarze an den Tag gelegt.«

Étienne sah ihn entgeistert an. »Ich glaube, du schnappst allmählich über. Sag den Leuten doch am besten gleich: ›Hört her, ich bin gar kein Rassist, ich habe sogar schon schwarze Frauen gefickt!‹«

Jede Einzelheit seiner Biografie wurde mit Blick auf ein mögliches Fehlverhalten analysiert. Unter anderem wurde ihm vorgeworfen, dass er seine Heirat mit Marion Decker nicht abgesagt hatte, obwohl seine Frau gerade aus dem Fenster gesprungen war, und dass er als einer der Ersten pornografische Bilder im Internet verbreitet hatte. Er wurde systematisch demontiert. Rückhalt gab es selten und nur im Verborgenen. Niemals öffentlich. Ein paar sorgsam formulierte Nachrichten von seinen treuesten Freunden. Sie ließen ihn nicht abrupt fallen, sie lösten die Verbindung behutsam.

Alles, was er sich geduldig aufgebaut hatte, wurde von der negativen Wirkung eines einzelnen Bildes aufgezehrt.

8

Die kleine Feier war Osmans Idee gewesen, Sonia hatte ohne große Begeisterung zugestimmt und nur deshalb, weil er ihr zugesichert hatte, er werde keine ehemaligen Kollegen einladen.

»Niemanden von denen will ich hier sehen, die Politik kann mir gestohlen bleiben. Ich lade nur Freunde von früher ein, meine Familie, die Menschen, die zu mir gehalten haben, als ich sie brauchte …«

Die Alternative wären Antidepressiva.

Sonia bemühte sich, Verständnis für Osman aufzubringen, da sie manchmal das mulmige Gefühl beschlich, er könnte sich etwas antun. Sie war mit der Brutalität der Macht vertraut, sie wusste um die emotionale Achterbahn, in die man schnell geraten konnte. Und vor allem wusste sie, dass Osman ohne eine fachliche Qualifikation keinerlei Chancen hatte, einen höheren Verwaltungsposten zu ergattern.

Osman registrierte Sonias verhaltene Reaktion und unterstellte ihr, dass sie seine Herkunft und Vergangenheit als Deklassierung empfand. Die Gesellschaft seiner Familie und seiner alten Freunde brachte ihr nichts. Und was hatten diese Leute, davon abgesehen, intellektuell zu bieten? Leute, die keine Zeitungen lasen und nie ein Buch aufgeschlagen hatten?

»Wenn ich ihnen erzähle, dass ich auf der École des

Chartes war und dort promoviert habe, werden sie mich mit großen Augen anschauen und fragen: ›Was ist denn das? Ach so, du bist in Chartres zur Schule gegangen‹«, scherzte sie überheblich.

»Urteile nicht über sie, ohne sie zu kennen«, gab Osman gereizt zurück. »Sie haben nicht studiert, und? Das habe ich auch nicht, wie du weißt. Aber sie sind doppelt so wach wie all die Akademikertypen, die sich im Élysée tummeln. Dort kennt man doch nur den Unterschied zwischen denen, die Eliteschulen besucht haben, und dem Rest, der weniger gilt. Reaktionsschnelligkeit, Pragmatismus oder Führungsstärke, all das, was man auch fürs Regieren braucht, ist unwichtig ... Willst du dieses lächerliche Denken etwa auf den Mann anwenden, mit dem du zusammenlebst?«

»Ich bin auch nur das Produkt meiner Schicht«, lachte Sonia.

Osman war verärgert und fasziniert zugleich. Sie war so selbstsicher. So brillant.

Sonia ging nicht weiter auf das heikle Thema ein. Sie sagte ihm nicht, dass die Akademiker, mit denen sie zusammenarbeitete, sie mehr überzeugten als sein Schwarz-Weiß-Denken, sie sagte ihm nicht, dass die Intelligenz oder, anders gesagt, die Fähigkeit, sich »auf zwei widersprüchliche Ideen zu konzentrieren, ohne die Handlungsfähigkeit zu verlieren«, wie es Francis Scott Fitzgerald einmal ausgedrückt hatte, eine Qualität war, die man selbst besitzen musste, um sie bei anderen zu erkennen. Sie spürte wenig Verlangen, Osmans Komplexe zu schüren, denn das würde sie damit unweigerlich tun. Dabei brannte ihr die Frage auf der Zunge, ob er sich durch die mangelnde Bildung seines einstigen Umfelds aufgewertet fühle, nachdem er sein Selbstvertrauen eingebüßt hatte? Fühlte er sich womöglich männlicher, wenn er wieder der Chef sein durfte? Sie spekulierte und schwieg.

Unterdessen feilte Osman an seiner Einladungsliste. Wer war geblieben? Romain sagte ab. Zwei ehemalige Sozialarbeiter sagten zu. Sollte er Issa fragen? Osman war unschlüssig, denn der letzte gemeinsame Abend war ihm nicht nur in guter Erinnerung geblieben, andererseits … Issa hinterließ ihm regelmäßig aufmunternde Nachrichten auf der Mailbox und hatte ihm einen Korb mit Obst und Kuchen geschickt, den seine Mutter zusammengestellt hatte. Osmans Bruder Driss, vierzig Jahre alt, kaufmännischer Angestellter in einer Import-Export-Firma, und seine Schwester Aline, dreißig, Kosmetikerin, wären ebenfalls dabei, und die Eltern würden sicherlich noch Cousins mitbringen, die Familie wäre praktisch unter sich. Osman lud weder Wojakowski noch Laurence Corsini ein, er wollte sich vor der Enttäuschung einer Absage schützen. Distanz war die einzig wirksame Gegenmaßnahme, die er ergreifen konnte: die Mächtigen von sich fernhalten. Sonia hatte vorgeschlagen, das Essen bei einem Caterer zu bestellen, aber Osmans Mutter bot an, Spezialitäten von der Elfenbeinküste zu kochen. »Ihr Essen ist immer so mächtig«, gab Sonia zu bedenken, »wir sollten noch bei Dalloyau vorbeigehen.«

Am Nachmittag vor dem geplanten Essen waren sie in ihrem metallicgrauen BMW unterwegs, um noch ein paar Einkäufe für den Abend zu erledigen, als sie von der Polizei angehalten wurden. Eine simple Führerscheinkontrolle. Ob der Wagen ihnen gehöre, wollte der Polizist wissen. Fast hätte Osman geantwortet: »Nein, ich habe ihn gestohlen«, aber im letzten Augenblick verzichtete er darauf, weil Sonia ihn warnend in den Arm kniff. Die beiden Beamten durchsuchten den Kofferraum auffallend gründlich. Während sie in ihrem Dienstwagen die Ausweise überprüften, trommelte Osman nervös auf dem Lenkrad herum.

»Sie haben uns angehalten, weil wir schwarz sind«, empörte er sich. »Zwei Schwarze in einem BMW – das ist zwangsläufig verdächtig.«

Doch Sonia widersprach: »Unsinn. Reine Routine.«

Osman schnaubte. »Hast du nicht gesehen, wie misstrauisch der geguckt hat? Um ein Haar hätte er mich aufgefordert auszusteigen und mich abgetastet, Hände hoch, Beine breit!«

»Du bist völlig paranoid …« Sonia blickte genervt aus dem Fenster. »Er hat sich völlig korrekt verhalten, er hat nur seinen Job gemacht.«

Der Polizist gab ihnen ihre Papiere zurück und ließ sie weiterfahren. Damit war die Sache erledigt. Doch am Abend, vor seinen Freunden, gab Osman den Zwischenfall zum Besten.

»Normal. Ich werde alle naselang angehalten«, berichtete Issa. »Wenn ich meinen Porsche nehme, weiß ich genau, was kommt, und ich liege nie falsch. ›Woher haben Sie dieses Fahrzeug? Ihre Papiere bitte‹, als wär's total abwegig, dass die Karre mir gehört.«

Osmans Eltern hatten sich in eine Zimmerecke zurückgezogen und aßen schweigend. In ihrer Nähe saßen zwei ältere Verwandte, ein Mann und eine Frau, und unterhielten sich mit ernster Miene über ein krankes Familienmitglied. Doch Aline griff das Thema eifrig auf. »Genauso ist es! Wenn du schwarz bist, kommt es zumindest häufiger vor, dass du kontrolliert wirst, und wenn noch andere Schwarze dabei sind, kontrollieren sie dich auf jeden Fall.«

»Willst du deine Ruhe in diesem Land haben, solltest du besser ein weißer, christlicher Europäer sein … Als Schwarzer, Araber oder Muslim – keine Chance. Sie behandeln dich wie einen Drittweltler, so wie sie anderswo die Ureinwohner behandeln.«

Sonia hatte sich bisher zurückgehalten, doch nun platzte ihr der Kragen. »Ihr habt sie ja nicht mehr alle.« Alle Blicke richteten sich auf sie. »Hört auf, eure Hautfarbe als ein Problem zu betrachten, dann wird sie aufhören, eins zu sein.«

»Ach, was du nicht sagst«, rief Aline. »Hast du von dem Mann gehört, der sich auf eine schwarze Frau gesetzt hat?«

»François Vély, ja, ein Unternehmer. Und es war übrigens keine Frau, sondern eine Plastik.«

»Eine Plastik, meinetwegen, aber auf jeden Fall ein Sexobjekt«, warf Driss ein.

Doch seine Schwester war noch nicht fertig. »Wir machen uns nicht zu Opfern, wenn wir so etwas widerlich finden! Ich weigere mich, zwanghaft nachzuplappern, dass es für Leute wie uns in Frankreich einfach super läuft. Ich höre fast jeden Tag eine rassistische Bemerkung! Erst gestern hat eine Kundin angerufen, die einen Termin vereinbaren wollte, und gefragt: ›Sind Sie die Schwarze oder die andere?‹ Und dann meinte sie, sie wolle lieber von der Schwarzen bedient werden, weil die ihr ›beim letzten Mal die Fingernägel so toll modelliert hat‹. Manche Kundinnen fragen mich auch, ob ich mich denn inzwischen an das Klima hier gewöhnt habe, wenn ich eine Bemerkung über die Kälte mache. Und dann diese ewigen Klischees über die *Leute aus eurem Land, die so familienbewusst sind*, die so *scharf kochen*, oder über die *mütterlichen* Afrikanerinnen oder die afrikanischen Männer, mit denen es schwierig sei, eine Beziehung zu führen, weil sie *polygam* sind. Ich sage euch, es ist ätzend!«

Sonia schüttelte den Kopf. »Immer dieses Wir … Man kann sich auch entscheiden, kein Opfer zu sein.«

Osman verzog das Gesicht. »Ach, ich hatte ganz vergessen, du bist ja nur zur Hälfte schwarz …«

Sonia presste die Lippen aufeinander.

»Das Foto von dem Wirtschaftsboss, diesem Vély«, fuhr Osman fort, »ist doch ein Ausdruck absoluter Arroganz.«

»Der Typ glaubt, dass er sich alles erlauben kann«, sagte Issa. »Scheffelt eine Menge Kohle, wie alle Juden. Die schwimmen doch im Geld. Sollen die alles haben, und wir sind die Deppen, die ihnen den Hintern abwischen?«

Sonias blickte zu Osman hinüber, in der Hoffnung, er würde eingreifen. Doch er sagte nichts, lediglich Driss warf Issa Verallgemeinerung vor.

»Für mich ist so ein Kerl ein Rassist«, sagte Aline. »Er findet es ganz natürlich, dass er seinen weißen Hintern auf eine schwarze Frau pflanzt, als wäre sie seine Sklavin.«

Issa blieb bei seinem Lieblingsthema. »Die Juden sind

alle Schinder. Sie haben sich auf unsere Kosten bereichert. Und wer hat heute in der Finanzwelt das Sagen? Wem gehören die Banken?«

»Übertreibst du nicht ein bisschen?«, versuchte Driss abzuwiegeln. »Du scherst alle über einen Kamm.«

»Es ist die Wahrheit!«

Sonia warf Osman einen wütenden Blick zu. »Wie kannst du zulassen, dass er so etwas behauptet?«, zischte sie.

Aber schon mischte sich Aline ein: »Wir leben doch in einer Demokratie, oder nicht? Man kann ja wohl sagen, dass die Juden unangreifbar sind, deshalb ist man noch lange kein Antisemit.«

»Ja, aber so etwas gerät schnell außer Kontrolle, verstehst du«, erwiderte Driss halbherzig.

»Antisemitismus ist ein Delikt«, fuhr Sonia scharf dazwischen.

»Ach, hör doch auf«, meinte Issa. »Wir haben die Nase voll vom Antisemitismus. Womit traktieren sie uns in der Schule? Mit dem Holocaust! Das ist die permanente Show! Die armen Juden … Darüber darf geredet werden. Aber über die Sklaverei, den Kolonialismus, nichts, kein Wort.«

»Die Shoah ist der größte Völkermord der Geschichte!«, rief Sonia empört.

»Der Völkermord, wie du ihn nennst, ist von Europäern begangen worden, und weißt du warum? Weil die Kolonialisten andere Völker immer nur als Untermenschen behandelt haben.«

»Und deshalb soll darüber nicht mehr gesprochen werden?«, fragte Sonia.

»Dazu sage ich nur eins: Es wird mit zweierlei Maß gemessen. Die Weißen schreiben die Geschichte, und sie unterschlagen dabei das Leid der Schwarzen. Sie instrumentalisieren die Shoah, um sich ein gutes Gewissen zu verschaffen.«

»Ich habe die Herablassung der Weißen selbst erleben dürfen«, bestätigte Osman. »Diese Haltung existiert. Warum sie verschweigen? Und was Vély betrifft: Es handelt sich hier eben nicht mehr nur um Kunst. Umso schlimmer, wenn der Mann keine Ahnung hat, wie symbolträchtig das Bild ist! Das zeugt von beschämend wenig Geschichtsbewusstsein … Ich hatte schon überlegt, einen Artikel zu schreiben, in dem ich diese verdeckte Form des Rassismus kritisiere, und ihn der Presse anzubieten. Aber ich habe es dann gelassen.«

»Das hattest du vor?«, fragte Sonia verblüfft.

»Du hättest ihn schreiben sollen«, sagte Osmans Schwester mit ungewohnter Vehemenz. »Ja, wirklich, du bist Politiker, das hätte etwas bewirkt!«

Die Zustimmung tat Osman gut, seine Laune hob sich zusehends.

»Typen wie den kenne ich zur Genüge«, seufzte er großspurig. »Ihre Geringschätzung und ihre falsche Jovialität, wenn sie mit dir reden, als wärst du minderbemittelt … Sie merken nicht mal, dass wir sie durchschauen und sie uns vor den Kopf stoßen.«

Sonia baute sich vor Osman auf. »Sie stoßen dich vor den Kopf, ja? Interessant, wie schnell du die Seite wechselst … Du solltest dich in einer Organisation für die Rechte der Schwarzen engagieren, dann könntest du deinen Frust wenigstens nutzbringend einsetzen.«

»So wie ich«, sagte Issa. »Unsere Truppe macht sich für die Rassentrennung stark. Wir verstehen uns als Anwälte des Volkes der Schwarzen zur Verteidigung gegen die Weißen, die Juden und alle Mischformen.«

»Das klingt ziemlich nach Ghetto«, kommentierte Driss.

»Klar, es ist ja auch eine rassistische Organisation«, bemerkte Sonia spitz.

Issa widersprach. »Wir wollen nur nicht vom politischen und gesellschaftlichen Leben ausgeschlossen werden. Dagegen leisten wir Widerstand. Und wir lehnen die zunehmende Verwestlichung ab, die man uns aufdrücken will, indem wir für Gesetze stimmen, die die Verschleierung von Musliminnen unterstützen.«

»Ihr habt doch überhaupt keine politische Vertretung!«

»Die demographischen Gegebenheiten sind ein politischer Machtfaktor, liebe Sonia.« Issa lächelte süffisant und ließ ein paar Sekunden verstreichen, bevor er verkündete: »Eines Tages wird Frankreich mehrheitlich schwarz, arabisch und muslimisch sein!«

»Und ich wüsste nicht, warum das ein Problem sein sollte«, pflichtete Aline bei.

»Frankreich ist ein laizistisches Land, und das gemeinsame Ziel sollte bleiben, die Durchsetzung von Partikularinteressen zu verhindern und das Zusammenleben zu stärken«, gab Osman zu bedenken.

»Zusammenleben? Dass ich nicht lache! Wer lebt denn hier mit wem zusammen? Die Reichen bleiben unter sich! Und die Armen auch.« Issa stopfte sich eine ivorische Köstlichkeit in den Mund.

»Und der soziale Aufstieg durch den Beruf? Wo ordnest du einen Mann wie Osman ein?«, fragte Driss.

Issa stieß ein nervöses Lachen aus.

»Die Befürworter der Integration werden eines Tages auch zu Opfern des Systems werden, das sie erzwungen haben und das sie nicht will.«

»Mir wäre es recht, wenn ihr jetzt gehen würdet«, sagte Sonia kühl.

»Wir lassen uns von dir doch nicht verbieten, zu sagen, was wir denken«, rief Aline aufgeregt.

Osman versuchte zu vermitteln. »Sonia, weißt du nicht mehr, was Sartre in seinem Vorwort zur *Anthologie de la nouvelle poésie nègre et malgache* von Senghor geschrieben hat? Ich kann es immer noch auswendig: *Was habt ihr denn erwartet, als ihr den Knebel wegnahmt, der die schwarzen Münder verschlossen hielt? Dass sie euer Lob anstimmen würden? Habt ihr denn geglaubt, in diesen Köpfen, die unsere Väter bis zum Boden niederdrückten, in ihren Augen eure Anbetung zu lesen, wenn sie sich einmal aufrichten würden?«*

»Du siehst überall nur die Entwürdigung durch die Weißen«, fauchte Sonia. »Vielleicht solltest du deinen Horizont mal wieder etwas weiten. Glaubst du denn, dass ich als Frau in der Politik nicht auch mit Vorurteilen konfrontiert bin? Als Frau musst du immer um die Anerkennung deiner Kompetenzen kämpfen. Wer hat denn heute für gewöhnlich die Macht? Männer zwischen sechzig und fünfundsechzig! Wenn eine Frau in der Politik Erfolg hat, verdächtigt man sie, sich durch Hinterlist, Opportunismus oder sogar Sex Protektion erschlichen zu haben. Du hast dir eine Bemerkung anhören müssen, weil du schwarz bist – ich höre den ganzen Tag sexistische Kommentare und stelle mich trotzdem nicht als Opfer dar. Ich habe ein für alle Mal entschieden, dass ich den Männern ebenbürtig bin und ihnen standhalten kann, und seitdem habe ich keine Probleme mehr damit.«

Sonia verließ den Raum. Osman blickte grimmig in die Runde.

»Ich werde den Artikel gegen diesen weißen Scheißkerl schreiben, das verspreche ich euch.«

Alle lachten. Erst nach einer Weile wurde Osman unruhig, als Sonia nicht wieder auftauchte. Suchend sah er sich in der Wohnung um, sie war verschwunden.

9

Jede Nacht dasselbe grelle Pfeifen. Jede Nacht explodierte der Körper von Farid aufs Neue vor seinen Augen. Er war am Ende. Er wagte sich nicht mehr unter Menschen, sah sich nicht einmal in der Lage, Osmans Einladung zum Essen anzunehmen. Apathisch saß er an jenem Abend zu Hause und wusste, dass es so nicht mehr lange weitergehen konnte.

Er durchforstete das Internet auf der Suche nach Erfahrungsberichten von Menschen, die eine vergleichbare Krise erlebt hatten, und stieß auf einen Dokumentarfilm, den John Huston 1946 gedreht hatte: *Let There Be Light*. Der Titel sprach Romain sofort an. Der Film war ein Volltreffer, er zeigte traumatisierte Soldaten nach ihrer Rückkehr aus dem Krieg, ihre Gespräche mit Militärpsychologen und den mühsamen Weg der Genesung. Nach der Produktion war der Streifen konfisziert und erst 1981 beim Filmfestival von Cannes öffentlich gezeigt worden. Ein Tabu.

Noch am selben Tag suchte Romain den Psychologen auf, den Agnès in ihrer Not aus den Center Parcs angerufen hatte. Der Arzt, ein großer, schlanker Mann um die vierzig, erwartete ihn am Ende eines langen Flurs hinter einem großen Schreibtisch, auf dem sich Psychologiebücher und Fachzeitschriften stapelten. Er hielt sich nicht lange mit Formalitäten auf, und schon seine erste Frage traf Romain ins Mark.

»Was ist Ihnen von Ihrem Einsatz geblieben?«

»Das Gefühl, versagt zu haben.« Romain musste schlucken.

»Wem gegenüber? Ihren Vorgesetzten?«

»Allen. Der Armee, dem Leben.« Das Fenster ging hinaus auf einen Garten, durch den ein Vogel schwirrte.

»Haben Sie das Gefühl, dass Sie sich verändert haben?«

»Völlig verwandelt trifft es wohl besser.« Der Vogel hatte sich inzwischen auf einem Ast niedergelassen, dessen Blätter das Fensterglas streiften. »Man entkommt einer Begegnung mit dem Tod nicht unbeschadet.«

»Was meinen Sie damit?«

»Es gibt die Lebenden und die Toten und dazwischen die lebenden Toten. Sie stehen vor einem, sie reden mit einem, sie essen, sie machen ihre Arbeit, aber sie gehören nicht mehr ganz in diese Welt, sie waren auf der anderen Seite und sind wiedergekommen, sie haben etwas gesehen und gehört, das andere nie sehen und hören werden.«

»Und das glauben Sie zu sein, ein lebender Toter?«

»Ja.«

Das Gespräch dauerte fast eine Stunde, und zum Schluss hatte Romain das erste Mal seit seiner Rückkehr aus Afghanistan den Eindruck, um eine zentnerschwere Last leichter zu sein. Bevor er das Klinikgebäude verließ, ging er in die Cafeteria und setzte sich mit seiner Tasse Kaffee an einen der Tische. Sein Blick fiel auf einen jungen Mann mit Unterschenkelprothesen, sofort spürte er wieder einen Knoten in seinem Magen. Im selben Moment piepte sein Handy, eine Nachricht von Marion: »Ich will dich sehen. Café Parc Monceau.«

Eilig machte er sich auf den Weg, raste mit hoher Geschwindigkeit durch den Regen, spürte die Energie. Als er gerade einen Parkplatz suchte, klingelte sein Telefon. Ihre Stimme: »Wo bist du? Ich komme raus« – er liebte ihre Stimme!

Er sah sie aus dem Café treten, in einem kurzen Wildlederblouson, mit braunen Stiefeln, sie wirkte verloren, wie auf der Flucht. Sie öffnete die Beifahrertür und ließ sich auf den Sitz neben ihn fallen. Romain drückte sie fest an sich.

»Du bist noch schöner als beim letzten Mal«, flüsterte er.

»Nicht hier, fahr los.«

»Wohin willst du?«

»Nur fahren«, sagte sie, »nur fahren.«

Er saß am Steuer, ohne zu zittern, sollten die anderen

ihn nur überholen, ihn mit der Lichthupe anblinken, nichts brachte ihn aus der Fassung, er war bei ihr.

»Wie viel Zeit hast du?«

Sie zuckte mit den Schultern. »Zwei, drei Tage?«

»Dann fahren wir in die Berge.«

Sie sprachen nicht viel, hörten Musik, während die Straße unter ihnen dahinflog. Spät in der Nacht parkte Romain den Wagen auf einem Rastplatz. Engumschlungen schliefen sie auf der Rückbank ein, und als Marion erwachte, sah sie ringsumher Berge. Sie fuhren weiter ins nächste Dorf und mieteten in einem Chalet ein Mansardenzimmer mit Blick auf die schneebedeckten Gipfel.

Am Abend, als sie aneinandergeschmiegt im Bett lagen, fragte sie ihn, wie man sie eigentlich auf ihren Einsatz in Afghanistan vorbereitet habe. »Man muss doch sicher auch körperlich irrsinnig trainiert sein.«

Romain schilderte ihr die vielen Nächte vor dem Abflug nach Afghanistan, die er auf umzäunten Übungsplätzen verbracht hatte. Unzählige simulierte Angriffe aus dem Hinterhalt und Scheineinsätze, immer im Stockdunkeln, an geheim gehaltenen Orten. Er wusste nicht, wohin er lief, er konnte nichts erkennen, das Gelände war unübersichtlich, kläffende Hunde waren ihm auf den Fersen, und so ging es über Wochen. Die physischen Herausforderungen waren extrem.

»Wir mussten im schnellen Lauf auf bewegliche Ziele schießen, mit gefesselten Händen und Füßen in einem Becken voll eiskaltem Wasser schwimmen. Aus viertausend Meter Höhe mit dem Fallschirm abspringen. Uns mehrere Stunden in absoluter Dunkelheit im Meer über Wasser halten, nur mit einem Kompass ausgerüstet.

Drei, vier Stunden mit Tarnbemalung im dichten Unterholz liegen, ohne uns zu rühren, kaltblütig auf psychische Gewalt oder Folter reagieren, uns durch List, Manipulation oder Gewalt Informationen beschaffen … Hast du schon einmal eine Waffe in der Hand gehalten?«, wollte er wissen.

»Nein, nie.«

»Erzähl mir von deinem Beruf.«

»Von meiner Arbeit als Reporterin? Man könnte sagen, es ist eine Art, mit der Welt umzugehen.«

»Aber hast du keine Angst?«

»Doch, sicher. Aber meine Angst ist anders. Indirekter. Ich habe Angst davor, dass ich entführt oder vergewaltigt werde … Da unten wird so ein Gedanke schnell zwanghaft. Ist mein Verbindungsmann ein vertrauenswürdiger Typ? Du erinnerst dich daran, was sie dem amerikanischen Journalisten Daniel Pearl vor ein paar Jahren angetan haben? Das hat mir eine wahnsinnige Angst eingejagt. Aber trotzdem fahre ich immer wieder hin … Wenn ich einen Roman schreibe, bin ich übrigens auch nicht unbedingt entspannter.«

»Sag mir, wie du arbeitest.«

»Ich kreise das Thema ein. Ich taste mich vor, als wollte ich ein Gelände in Besitz nehmen, das ich noch nicht kenne, ich schleiche im Dunkeln voran …«

»Fragst du dich manchmal, warum du schreibst?«

»Ich schreibe, weil das Leben unbegreiflich ist.«

Zwei Tage lang blieben sie im Bett. Nur einmal unternahmen sie einen längeren Spaziergang in die Berge, es war ein besonders strahlender Tag, überall lag hoher Schnee, die Berggipfel glänzten in der Sonne, ein weißes

Paradies. Marion ängstigte das Übermaß an Glück, das sie empfand – konnte so etwas von Dauer sein?

Romain deutete auf zwei Bergsteiger, kleine Farbtupfer in der weißen Unendlichkeit: »Siehst du die beiden da drüben? Stell dir vor, wir wären da oben, du vor mir am Seil, als Erste, du bahnst den Weg. Ich gehe hinter dir und sichere dich. Wenn du schwach wirst, wenn du Angst hast, bin ich bei dir. Wir haben dasselbe Ziel: den Gipfel. Beim Bergsteigen, in einer Seilschaft, nennt man das Verantwortung.«

Marion deutete seine Worte als ein Versprechen. Doch am Morgen des dritten Tages wurde sie unruhig.

»Ich muss zurück. Mein Mann hat eine Menge Ärger. Wir haben uns gestritten, und ich … Ich fühle mich schuldig.«

»Ja, ich weiß ….« Da erst rückte Romain damit heraus, dass seine Frau aus der gemeinsame Wohnung ausgezogen war.

Marion erschrak. »Ich habe nichts von dir verlangt.«

»Ich bin verrückt nach dir, ich will mit dir zusammenleben, Marion.« Und mit fester Stimme fügte er hinzu: »Ich habe so etwas noch nie für einen Menschen empfunden.«

Marion kamen die Tränen. »Aber … Aber deine Frau, ich will nicht …«

Romain drückte sie an sich. »Ich weiß, was du befürchtest. So etwas wird nicht noch einmal passieren.«

10

François war allein in Paris zurückgeblieben. Marion hatte gesagt, sie müsse »Bilanz ziehen«. Sie wollte die Trennung einleiten, vermutete er. Ausgerechnet jetzt, wo er am Boden lag. Das öffentliche Statement von Daniel Dean hatte der Polemik die Spitze genommen, doch nur für wenige Tage, denn seine auf Grund übergeordneter Interessen klug lancierten Äußerungen weckten den Groll einer dritten Partei.

Seit Jahren verfolgte Sophie Kazal voller Rachsucht von London aus François Vélys Werdegang. Sie hatte viele Jahre mit ihm zusammengearbeitet und als seine heimliche Geliebte auf eine Partnerschaft mit einem anderen Mann und auf ein Kind verzichtet. Während ihrer langjährigen Liaison waren Berufliches und Privates nahtlos ineinander übergegangen, und er hatte ihr mehrfach versprochen, er werde seine Frau verlassen. Was er eines Tages tatsächlich tat – allerdings nicht ihretwegen. Einer anderen war binnen kürzester Zeit gelungen, woran sie in fast zehn Jahren gescheitert war.

Sophie Kazal war hübsch, intelligent, begehrenswert. Niemals hatte sie sich in ihrer Zeit mit François gehenlassen, hatte sich bis zum letzten Tag Mühe gegeben, ihn zu überraschen, die erotische Spannung zwischen ihnen aufrechtzuerhalten. Ein beträchtlicher Anteil ihres Gehalts war in elegante Dessous geflossen. Sie hatte bei der Auswahl ihrer Wäsche besonders viel Wert auf die Namen gelegt: Höschen aus der Kollektion *Minette Forever*, ein Nachtkleid *Mon Amour*, als *Rosenpüppchen* ausgezeichnete Strapse – François liebte die Kombination aus Poesie und Sinnenfreude. Doch nachdem er Marion kennengelernt hatte, war er Sophie aus dem Weg gegangen. Von einem Tag auf den anderen servierte er sie ab, erklärte kühl, er zöge es vor, wenn sich ihre Beziehung künftig auf das Berufliche beschränke. Ein ganz gewöhnlicher Ehebruch, abgewickelt nach dem klassischen Schema: sexuelle Leidenschaft – Überdruss – Kontaktabbruch. Nur arbeitete sie damals noch für ihn, und zwar nicht nur als einfache Sachbearbeiterin. Nein, sie gehörte zu den Vordenkerinnen des Unternehmens, kannte die Firmengeheimnisse, hatte Zugang zu vertraulichen Unterlagen – kurzum, sie war eine potentiell gefährliche Geliebte.

Doch in Liebesdingen verhielt sie sich, die Fachfrau für Finanzanalysen, die vor männlich dominierten Verwaltungsräten komplexe Argumentationsketten abspulen konnte, nicht viel klüger als eine Arztroman-Leserin aus den 1980er Jahren. Sie liebte François abgöttisch, benahm sich wie ein Teenager und tappte in alle Fallen: Sie hoffte und wartete, war genügsam und hingebungsvoll und suchte im Internet nach den besten Methoden, »wie man einen Mann hält«. Stundenlang surfte sie in Diskussionsforen unter dem Namen Tizi41 – Tizi wie Tizian, ihr Lieblingsmaler, und 41 für ihr Alter – und suchte Tipps bei anderen ratlosen Geliebten. Ihre emotionale Abhängigkeit von François war so groß, dass ihre Selbstachtung und ihr Realitätssinn dabei auf der Strecke blieben. Sobald es um ihn ging, entwickelte sie sich in null Komma nichts zum kleinen gefügigen Frauchen, das Wahrsagerinnen und Horoskope befragte, sich mit Beruhigungsmitteln benebelte und im Netz Seiten anklickte wie: »Liebeskummer überwinden in fünf Kapiteln«. Liebe bedeutete für die beruflich so brillante Sophie Kazal ein Zustand der Schwäche, der sie der Lächerlichkeit preisgab.

Nach der Trennung ließ sie sich einige Zeit im Amerikanischen Krankenhaus behandeln, offiziell wegen Burn-out – das lag im Trend und passte in ein geschäftliches Umfeld, in dem Fünfzehn-Stunden-Tage keine Seltenheit waren. Aus Liebeskummer meldete sich niemand krank, man lebte doch nicht mehr im 18. Jahrhundert! François besuchte sie in dieser Zeit ganze zweimal, beim zweiten Mal mit einer überdimensionalen Pralinenschachtel. Sie war außer sich gewesen über dieses unpersönliche Geschenk, hatte haltlos geweint und sich bis aufs Blut gekratzt, so dass der Arzt François bat, nicht wiederzukommen. Und so blieb ihr am Ende nur eins: Sie musste erkennen, dass François das psychologische Profil eines »narzisstischen Perversen« aufwies. Diese Zuordnung erlaubte ihr zumindest, sich als Beute zu betrachten und ihn als Psychopathen, der sie zerstören wollte.

Sie erholte sich nur allmählich, erst mit Katherines Selbstmord nahm die Genesung an Fahrt auf. Aus diesem dramatischen Tod schöpfte sie neue Kraft, sagte sich immer wieder, dass sie keinesfalls so enden wolle: als zerschmetterter Kadaver auf dem Gehweg, als Opfer eines Manipulators, der nur sich selbst liebte.

Sie bewarb sich bei François' direktem Konkurrenten Martin Penn, Katherines erstem Ehemann, weil sie glaubte, François werde alles tun, um sie als Mitarbeiterin zu halten – doch auch diese Hoffnung erfüllte sich nicht. Er unternahm nicht nur keinen Versuch, sie zu halten, sondern setzte überdies noch ein Gerücht in die Welt, wonach sie auf Grund einer »äußerst gravierenden finanziellen Fehleinschätzung« entlassen worden sei. Diesen erneuten Tiefschlag verkraftete sie nur mit Hilfe von Psychopharmaka und einer monatelangen Therapie.

Und nun musste sie auf einmal feststellen, dass die Zeitungen über sie herzogen. François trat sie mit Füßen. In dem Artikel über ihn las sie sibyllinische und diffamierende Zeilen, die andeuteten, dass sie eine Art Mata Hari der Wirtschaftswelt sei. Dabei war es François gewesen, der sie nur wenige Wochen nach ihrem Eintritt in sein Unternehmen mit seinen sexuellen Wünschen bedrängt hatte. Der öffentliche Schulterschluss zwischen Dean und Vély, diese Männerbündelei gab ihr den Rest. Es war höchste Zeit, dass sie den Mund aufmachte. Wann, wenn nicht jetzt. Sie würde ihre Version der Ereignisse schildern.

11

Osmans schlimmste Befürchtung bewahrheitete sich: Noch am selben Abend, nachdem der Besuch gegangen war, packte Sonia definitiv ihre Koffer. Sie warf ihm vor, »sich gehenzulassen« und zu »regredieren«. Sie hatte keine Lust mehr, sich mit diesen »mittelalterlichen Typen« abzugeben und ihre »Opfergespräche« über sich ergehen zu lassen.

»Du redest von meinen Freunden und meiner Familie!«

»Ja und? Ich will mir in meiner Wohnung keine antisemitischen Sprüche anhören.«

»Das verstehe ich, und es tut mir leid, ich fand Issas Bemerkungen auch daneben. Ich hätte ihn rauswerfen sollen.«

»Genau, aber du hast es nicht getan. Ich glaube, wir haben keine Zukunft mehr, Osman. Den Rest meiner Sachen hole ich ab, wenn du nicht da bist.«

Ein Schock. *Sie verlässt mich.* Sekundenlang war der Schmerz massiv körperlich spürbar, es war, als wühlte eine Hand in seinem Brustkorb und presste ihm das Herz zusammen, und er war dieser Hand hilflos ausgeliefert. Von jetzt an war er allein. Im Grunde überraschte es ihn nicht. Seit dem Tag, an dem er der schönen, intelligenten Sonia begegnet war, hatte er gewusst, dass sie irgendwann gehen würde. Eine gewisse Anspannung, deren Wurzeln in ihrer unterschiedlichen Ausbildung und Herkunft lagen, hatte von Anfang an zwischen ihnen geherrscht. Solange Osman im Élysée als Protegé des Präsidenten galt, hatte sie darüber hinwegsehen können, aber seitdem er dem Beraterstab nicht mehr angehörte, verfügte er nicht mehr über die nötigen Trümpfe, mit denen man eine geistig anspruchsvolle Frau wie sie an sich binden und halten konnte. Doch noch etwas anderes spielte eine Rolle. Osman war der festen Überzeugung – die er ihr gegenüber nie auszusprechen wagte –, dass sie lieber mit einem Weißen zusammen wäre. Mit einem Weißen aus guter Familie, der erst stundenlang über Deleuze referierte, bevor er mit ihr ins Bett ging. Sicher, Osman brachte sie zum Lachen, er hatte einen Sinn für Humor und Provokation und hob sich dadurch vorteilhaft von der Welt der Konventionen ab, in der sie sich bewegte. Deswegen hatte sie sich in ihn verliebt, und auch das war neu für sie, denn auf eine gefühlsmäßige Bindung hatte sie sich bis dahin nie eingelassen. Aber ihr war immer klar gewesen, dass die Beziehung mit einem Schwarzen ihre beruflichen Chancen schmälerte; eine schwarze Frau hatte es allein schon schwer genug, und wenn man dann auch noch als Paar auftrat …

Sonia hatte lange nach psychologischen Erklärungen für die Anziehungskraft gesucht, die Osman auf sie ausübte. Eine ihrer engsten Freundinnen, die von den Antillen stammte, hatte sie einmal direkt gefragt: »Du kannst jeden haben, warum ausgerechnet ihn?« Viele schwarze Frauen aus ihrem Bekanntenkreis suchten sich ganz bewusst weiße Freunde – welche Mechanismen griffen eigentlich bei diesem Spiel von Anziehung und Abstoßung?

»Ich hatte gedacht, wir würden unsere Unterschiede überwinden«, warf Sonia Osman beim Abschied hin. »Ich habe mich getäuscht.«

Er versuchte sie zurückzuhalten. Vergebens. Er sah ihr hinterher und brachte nur zwei Worte heraus: »Bis bald.« Doch wenn er ehrlich war, empfand er neben der Traurigkeit eine Art Erleichterung, als hätte ihr Weggehen ihn von einer Last befreit.

Er wollte sie vergessen, und deshalb folgte er am Tag nach der Trennung Issas Einladung zum Essen. Am späten Vormittag fuhr Issa mit seinem Porsche bei ihm vor. Im Auto lief laute Musik. Osman stieg ein und merkte, dass er, vom Korsett der beruflichen Verpflichtungen befreit, zu einer neuen Lockerheit fähig war.

Sie hatten die Innenstadt hinter sich gelassen, Häuserblocks rauschten vorbei, Fensterreihe um Fensterreihe, alle gleich. Aus einem von Brombeerhecken überwucherten Niemandsland ragten ein paar dürre, rindenlose Bäume. Überall auf den Bürgersteigen lag Gerümpel. Seit den Aufständen von 2005 hatte sich offenbar nichts geändert, es sah eher noch trister aus als damals. Osman fielen die vielen verschleierten Frauen auf, Heranwachsende lungerten gruppenweise herum.

»Immer noch Shit?«, fragte Osman.

»Shit?« Issa lachte laut auf. »Seine-Saint-Denis dröhnt sich nicht zu! Das überlassen wir den Parisern. Die hier sind nur Straßenhändler.« Und mit theatralischer Geste zu den grauen Gebäuden, die wie riesige Grabmäler in die Höhe ragten, rief er: »Bitte sehr: das verlorene Paradies!«

Der Anblick bedrückte Osman, aber er fühlte sich

zugleich von ihm angezogen. Eine Mischung aus Anziehung und Ekel. Sein alter Streetworker-Reflex wurde wieder wach, er spürte den Drang, den Bewohnern dieser grauen Gegend zu einem weniger grauen Alltag zu verhelfen. An einem Ort zu sein, wo die Bruchstellen der Gesellschaft sichtbar wurden.

»Ich komme zurück«, sagte er plötzlich.

Issas Mutter hatte ein warmes Essen mit Brot und Salaten zubereitet.

»Ich werde ihr einen großen Strauß Blumen schicken lassen«, sagte Osman gönnerhaft, als er mit Issa am Tisch saß.

»Alter, merk dir eins: Wenn man unseren Frauen oder Müttern Blumen schenken will, muss man sie schon selbst vorbeibringen.«

Osman steckte den Seitenhieb ein und lenkte das Thema auf Issas Firma, die potentiellen Geschäftspartner, mit denen er Verträge abzuschließen hoffte.

»Ich setze auf dich, mein Freund.«

Osman seufzte. »Ich würde dir gern helfen, aber ich habe keine Beziehungen mehr … Ich habe die Pest.«

»Ach, du bist bald wieder kuriert. Die Leute hier in der Siedlung haben sie ihr Leben lang.«

»In den letzten Jahren hat sich nichts verändert?«

»Gar nichts. Du lebst in Paris, offenbar kriegst du nicht mehr mit, was in Clichy-sous-Bois so läuft.«

»Ich lese Zeitung.«

»Die Presse und ihre Klischees«, schnaubte Issa verächtlich. »Die schreiben ihr Zeug, ohne je einen Fuß in diese Gegend gesetzt zu haben!«

»Gibt es interessante Aktionen im Bereich der Sozialmediation?«

»Träum weiter … Die Politiker versprechen das Blaue vom Himmel, und nichts passiert. Sie streichen die Wohnsilos neu und denken, damit sind die Probleme gelöst. Aber solange es hier keine Arbeit gibt und du mit öffentlichen Verkehrsmitteln zwei Stunden bis nach Paris brauchst, ist hier gar nichts gelöst.«

»Du hast es geschafft, hier rauszukommen …«

Issa warf sich in die Brust. »So sieht's aus.«

Osman schwelgte in alten Zeiten. »Issa, wenn du das nächste Mal nach Paris kommst, sag Bescheid. Dann organisiere ich ein Treffen mit Romain, wir könnten Farid im Krankenhaus besuchen.«

»Ich hab dir doch gesagt, ich will die beiden nicht mehr sehen.«

»Nicht mal Farid? Ihr wart doch mal gut befreundet.«

»Ein Muslim, der nach Afghanistan geht, tötet seine Brüder und ist ein dreckiger Mörder.«

»Soviel ich weiß, bist du kein Muslim …«

»Ich überlege, ob ich nicht konvertiere. Und dann werde ich ein richtiger Muslim sein, nicht so ein Weichei wie Farid oder du.«

»Was soll das? Wir haben dir nichts getan.«

»Ich habe bloß gesagt, dass du als echter Muslim nicht gegen deine Brüder kämpfst.«

»Die Taliban sind also deine Brüder, ja?«

»Wenn die Amerikaner ihre Drohnen mit Billigung der Franzosen losschicken, wer geht dabei drauf? Das afghanische Volk. Männer, Frauen, Kinder.«

»Kollateralschäden gibt es leider immer in einem Krieg.«

»Blablabla ... Und in den Irak sind die Amerikaner auch aus Liebe zur Demokratie einmarschiert. Ich bin froh, dass die Armee mich nicht mit diesem Propagandascheiß gekriegt hat, ich hätte mich nie nach Afghanistan oder in den Irak schicken lassen, um Gläubige zu töten.«

»Du wärst ein miserabler Soldat gewesen.« Osman stieß diese Worte mit einer gewissen Grausamkeit hervor, und er wusste, dass sie ihre Wirkung nicht verfehlen würden.

»Einigen wir uns darauf, dass ich das Militär hasse«, zischte Issa. »Die Soldaten, die Bullen und die Zionisten.«

Osman überlief es kalt. Issas Mutter stand im Türrahmen und lächelte schweigend.

»Haben Sie eine Ehefrau?«, fragte die Mutter.

Issa ließ Osman keine Zeit für eine Antwort. »Wenn du seine Freundin sehen könntest, Mama! Eine Neureiche, die ihn herumkommandiert. Ist sich zu fein für uns, sie arbeitet schließlich für den Präsidenten!«

»Sie hat mich verlassen«, sagte Osman.

»Wir werden eine andere für dich finden«, erklärte die Mutter.

Osman lächelte traurig. »Das wird schwierig, ich bin immer noch verliebt in sie.«

Issa prustete los. »Sich verlieben, das hast du auch von deiner Luxusschnecke, was?«

»Man sollte eine Frau aus dem eigenen Umfeld heiraten, am besten aus derselben Straße oder sogar aus demselben Haus«, ergänzte die Mutter.

Osman durchzuckte es schmerzhaft. Sonia fehlte ihm.

Die Gespräche mit ihr bis tief in die Nacht, ihr Lachen, ihre schnelle Auffassungsgabe, ihre Schönheit.

»Warum ist die Frau weggegangen?«, fragte Issas Mutter.

»Ich weiß es nicht«, erwiderte Osman. Er verspürte nicht die geringste Lust, in der Gesellschaft von Issa und seiner Mutter zu diskutieren, welchem tragischen Gesetz nach seiner Meinung jede öffentliche Person früher oder später unterworfen ist: Wenn man nicht mehr im Scheinwerferlicht steht, gibt es keinen Grund mehr zu bleiben.

12

Eine Liebesgeschichte. Sie rechtfertigte, dass sie alles aufs Spiel setzten und alle Regeln sprengten, dass sie Konflikte heraufbeschworen, wo Ruhe geherrscht hatte. Wie sollten sie auch den Verlockungen der erotischen Anziehungskraft widerstehen, die sie das Leben spüren ließ in einem Moment, da sie mit der eigenen Vergänglichkeit konfrontiert waren?

Romain beschwor es immer wieder: »Ich bin mir ganz sicher, dass wir eines Tages zusammen sein werden.« Es war keine romantische Verblendung, er wusste, was er wollte und was er anstrebte, er sah die Welt nicht durch eine rosarote Brille, er konnte durchaus differenzieren und Hindernisse objektiv wahrnehmen. Sie würden Krisen durchstehen müssen, und er würde sich seinem Sohn entfremden, keine Frage; aber die Alternative, ohne Marion zu leben, war für ihn nicht denkbar. Es wäre vernünftiger, auf sie zu verzichten, zu bewahren, was er sich geduldig Jahr für Jahr aufgebaut hatte – eine Ehe, eine Familie, ein stabiles soziales Umfeld. Doch er zog der Sicherheit das Risiko vor, er entschied sich für ein Gefühl von Lebendigkeit, wie es nur die Alchimie der Sexualität verschaffte.

»Ich liebe dich, ich begehre dich, ich will mit dir zusammenleben.« Das sagte er Marion, er schrieb es ihr, damit sie nie mehr daran zweifelte. Doch ihre Antwort lautete jedes Mal, es sei unmöglich.

Katherine Vélys Selbstmord hatte sie traumatisiert. Ihr Glück auf dem Unglück eines anderen Menschen aufbauen? Nein, nicht noch einmal, nicht auf diese Weise. *Ich weiß, wie verwundbar die Verlassenen sind.* Konnte sie François ausgerechnet in einer für ihn so heiklen Situation im Stich lassen? Ihn, dem sie so häufig vorgeworfen hatte, eine Tragödie provoziert zu haben, nachdem er damals ihretwegen seine Frau verlassen hatte … eine Tragödie, die sie immer noch verfolgte. »Ich will mich nicht von meinen sexuellen Wünschen tyrannisieren lassen.«

Romain sagte, er werde warten. *Du bist für mich geschaffen, du bist alles, was ich liebe.* Und als sie dann miteinander schliefen, spürte er, dass Marion kurz davor war, ihren Widerstand aufzugeben, er begleitete sie nach Hause, selbstbewusst, gelassen.

Als er sich zwei Stunden später in einem kleinen Bistro mit Xavier traf, überfiel ihn der unbändige Wunsch, von seiner Amour fou zu erzählen. Xavier saß blass und bedrückt vor ihm.

»Ich fühle mich wie ein Fußballspieler, der am Spieltag auf die Ersatzbank verbannt wird. Ich saß bequem auf der Basis, während die anderen sich abknallen ließen.«

Romain versuchte Verständnis aufzubringen, aber im Grunde fand er Xaviers Selbstanklagen unangemessen. Immerhin hatte er seine Haut gerettet, während Farid an ein Krankenhausbett gefesselt war, das er so schnell nicht verlassen würde. Er wechselte brüsk das Thema.

»Xavier, ich muss dir etwas sagen. Ich habe mich verliebt, in Marion, die Journalistin, du weißt schon ... Ich bin verrückt nach ihr und habe vor, meine Frau zu verlassen.«

Xavier bestellte erst ein Bier, dann ein zweites. Eine Weile hörte er ohne jede erkennbare Gemütsbewegung schweigend zu, bis er auf einmal kategorisch meinte: »Das kannst du deiner Frau nicht antun.«

»Was soll das heißen?«

»Du darfst sie nicht verlassen! Es wäre nicht nur aus moralischer Sicht verwerflich, sondern geradezu niederträchtig! Sie hat sechs Monate auf dich gewartet. Sie ist dir treu geblieben. Sie hat sich um deinen Sohn gekümmert. Sie ist eine liebenswürdige, verlässliche Frau, wie kannst du überhaupt darüber nachdenken, sie zu verlassen? Sie war immer für dich da. Von Anfang an. Ohne sie hättest du keine Karriere machen können. Und du willst ihr Leben zerstören, indem du ihr sagst, dass du eine Neue hast? Du willst sie kaputtmachen wegen einer Bettgeschichte?«

Romain widersprach heftig. »Was ich mit Marion erlebe, ist etwas anderes. Ich habe noch nie eine so starke Nähe und ein solches Vertrauen erlebt.«

»Du redest von Vertrauen? Und dabei betrügst du deine Frau!«

Romain hatte nicht das Gefühl, irgendwen zu betrügen, er hatte dieses Abenteuer nicht gesucht. »Es ist uns passiert.«

Xavier schwieg eine Weile, dann fragte er: »Du hast deine Frau geliebt, oder?«

Ja, das hatte er. Er hatte sie geliebt, aber ohne Leidenschaft. Er fühlte sich ihr verbunden, er achtete sie, sie hatten sich zusammen ein Leben aufgebaut, sie hatten eine gemeinsame Aufgabe, nämlich ihren Sohn großzuziehen. Er bewunderte sie als Mutter. Hatte er sie je von ganzem Herzen geliebt? Nein.

»Du sagst, dass du dich gut mit Agnès verstehst. Das ist doch schon viel.«

»Mit Marion ist es anders. Bei ihr fühle ich mich lebendig, verstehst du? Meine Hände zittern nicht. Ich brauche sie. Agnès ist für mich wie eine Freundin. Ich kenne sie, seit ich fünfzehn bin, wir haben die Schulbank zusammen gedrückt. Bei Marion möchte ich die ganze Zeit lachen, ich bin glücklich.«

»Hör auf damit. Es widert mich an. Wegen Männern wie dir geht die Familie als kleinste Zelle der Gesellschaft zugrunde. Wenn du starke Gefühle brauchst, nimm dein Gewehr und geh jagen, aber zerstör nicht deine Familie.«

Die Familie – Xaviers großes Thema. Er war seit zehn Jahren mit einer netten, hübschen Frau verheiratet, die er über gemeinsame soziale Aktivitäten kennengelernt hatte, sie führten eine nette, hübsche Ehe und zogen fünf Kinder groß.

»Erspar mir bitte deine Moralpredigten und deine pétainistischen Wertvorstellungen …«

»Du bist egoistisch, unfair, du denkst nur an dein Vergnügen.«

»Man soll sich also mit einem Leben begnügen, in dem die eigenen Wünsche keine Rolle spielen? Ein Leben voller Verzicht? Nein, Xavier, ich will mehr. Geliebt werden, zum Beispiel. Ist das unfair? Mag sein. Aber das ganze Leben ist unfair, und dagegen rebelliert niemand. Ein Zwanzigjähriger verliert in einem fremden Land durch eine Sprengfalle seine Beine, für nichts und wieder nichts, Pech gehabt, und keiner schert sich darum. Ein anderer verlässt seine Frau, und alle regen sich darüber auf.«

»Ich sage ja nur, dass es höhere Werte gibt. Du meinst, man hätte das Recht, alles zu zerstören, nur weil man sich eine erfüllte Sexualität verspricht? Du schläfst ein-, zweimal mit dieser Frau, es ist eine Offenbarung, so etwas hast du noch nie erlebt, meinetwegen. Aber rechtfertigt ein Glück, das vielleicht nicht mal von Dauer ist, dass alles andere auf der Strecke bleibt? Am wichtigsten ist es, die Familie zu erhalten.«

»Bist du jetzt fertig?«, fragte Romain genervt. »Dann sage ich dir nämlich etwas, was dich richtig schockieren wird: Ich habe nur noch einen Wunsch im Leben – mit dieser Frau zu schlafen.«

Xavier trank ein paar Schluck Bier, er ließ sich Zeit mit seiner Antwort.

»Und du glaubst, die Kleine wird deinetwegen ihren Mann verlassen, einen der reichsten Männer Frankreichs? Du träumst wohl, Romain! Überleg doch mal, allein wie du wohnst! In einem mickrigen Einfamilienhaus am Stadtrand, das du selbst hergerichtet hast und noch zwanzig Jahre lang abbezahlen musst. Deine Möbel sind von Bricorama oder Ikea, du hast ein winziges Gärtchen mit einem Minipool, weil du kein Geld für einen größeren hast. Du bist wirklich naiv! Deine Kleine ist an schöne Dinge gewöhnt, in ihrem Milieu ist Ästhetik das oberste Gebot, und du willst, dass sie das alles aufgibt? Denk mal nach, Romain, sei ein bisschen realistisch!«

Doch Romain hatte keine Lust, realistisch zu sein. Die Realität, das waren Krieg, Verlust, Tod, Apathie. Die Realität bestand aus Langeweile und Routine. Vielleicht machte er sich etwas vor, aber Marion stand auf der Seite des Lebens, während sich in ihm alles dem Tod zuneigte.

»Du kannst das nicht verstehen«, sagte er zu Xavier.

Doch, entgegnete Xavier, auch er kenne die Begierde, die Versuchung. Aber man habe die Pflicht, seinen primitiven Instinkten zu widerstehen, um das Glück der Ehe, der Familie nicht zu gefährden.

»Das ist für mich nicht mehr relevant«, sagte Romain. »Für mich geht es inzwischen um Leben und Tod.«

»Dann rede mit einem Psychologen darüber, so wirst du weniger Schaden anrichten. Und zerstör vor allem nicht dein Leben und das deines Sohnes wegen einer Affäre, die vielleicht kein halbes Jahr dauert. Man verliebt sich immer in die Person, die man nicht haben kann und die nicht frei ist. Solche Gefühlsverirrungen gehören zum Leben wie Krankheit und Trauer. Sie werfen einen aus der Bahn, aber man kommt darüber hinweg.«

»Aber ich bekomme keine Luft mehr in meinem Leben, kapierst du das nicht?«

»Verlass die Armee, wenn du es nicht mehr aushältst. Aber nicht deine Frau, sie ist dein Halt.«

»Die Armee verlassen? Warum sollte ich?«

»Nenn mir ein paar gute Gründe, warum du dabeibleiben willst.«

»Freude am Kämpfen. Die Verteidigung unserer Werte.«

»Ich habe die Nase voll davon, mein Leben für Leute zu riskieren, denen es scheißegal ist, was wir machen. Wir wollen sie verteidigen, und sie werfen uns Einmischung vor!«

»Das kannst du so nicht sagen …«

»Sie haben uns verarscht, das weißt du so gut wie ich. Wir wissen es doch alle! Wir haben unser Leben riskiert, ein paar von uns sind in Einzelteilen wieder zurückgekommen, und was ist der Dank? Sie verlangen, dass wir die Klappe halten! Sieh dir doch an, was aus uns geworden ist! Du wirst deine Auszeichnung bekommen, sie werden dir den Verdienstorden anstecken, aber ich …«

»Orden sind mir egal.«

»Oh, sie sind nicht zu verachten … Aber ich war auf der Basis, das zählt nicht. Sogar Farid wird einen kriegen. Womit hat er ihn verdient? Damit, dass er auf einen Sprengsatz getreten ist? Er hat Glück gehabt, er hätte sterben können, wie José und Vincent.

Romain fuhr auf. »Das ist infam!«

»Farid wollte nicht mit auf diese Patrouille. Angeblich hatte er eine Art Vorahnung. Ich glaube eher, dass er Angst hatte, auf Muslime schießen zu müssen.«

»So was hör ich mir nicht an!«

»Du willst die Wahrheit nicht hören!«

»Du warst an dem besagten Tag auch nicht vorn mit dabei, wenn ich dich daran erinnern darf ...«

Xavier beugte sich vor. »Weil ich krank war! Aber glaub mir, Farid hätte sich am liebsten gedrückt! So sieht die französische Armee aus! Ein beschissener Multikultihaufen! Egal, mich geht das nichts mehr an. Ich bin weg.«

»Und was willst du machen?«

»Ich arbeite in Zukunft für eine Sicherheitsfirma. Man schützt Personen oder Objekte, zum Beispiel Botschaften oder Unternehmensfilialen im Irak, in Libyen oder Afghanistan, oder Leute, die in Risikozonen tätig sind und als potentielle Ziele für die Aufständischen gelten, Journalisten, Ingenieure und so weiter. Viele Soldaten verlegen sich neuerdings darauf, es ist sehr lukrativ, du verdienst eine Menge Kohle ... Okay, es ist auch nicht gerade ungefährlich, aber daran sind wir ja gewöhnt, oder? Und wenn du stirbst, ist die Familie wenigstens abgesichert.«

»Und deine Überzeugungen? Die Gründe, warum du Soldat geworden bist?«

»Du hast doch selbst gesehen, wie es in Afghanistan zugeht! Schon den Kanadier vergessen, den sie mit einem Beil erschlagen haben? Bei der Trauerfeier haben die afghanischen Stammesfürsten die ganze Zeit untereinander getuschelt und gelacht. Unfassbar! Seitdem hasse ich sie.«

»Wo ist da der Zusammenhang.«

»Du siehst keinen Zusammenhang? Warum sollte ich

mich in Gefahr begeben und vielleicht sogar krepieren, wenn die Leute, für die ich das tue, mich nicht leiden können, den Westen und die Demokratie hassen, uns für degeneriert halten und am liebsten begraben würden? Sie werfen uns vor, dass wir aus Geldgier bei ihnen sind! Kerle, die ihre Kinder losschicken, damit sie sich vor uns in die Luft sprengen! Männer, die keine Angst vor dem Tod haben! Sind wir denn psychisch überhaupt auf solche Situationen vorbereitet? Wir können die da unten ganz gut sich selbst überlassen.«

»Nein, weil in unserem Land Attentate verübt werden. Wir sind verpflichtet, uns gegen den Terrorismus zu wehren. Es hat immerhin den 11. September gegeben ...«

»Na klar, der 11. September«, rief Xavier hitzig. »Der ideale Anlass für den Einmarsch in Afghanistan! In Wahrheit hätten wir unser eigenes Land sichern müssen, wir hätten ganz einfach die Grenzen schließen und die da unten in ihrer Scheiße sitzenlassen sollen! Der Westen engagiert sich, aber nur nach Lust und Laune ... und wozu hat das geführt?«

»Wir haben keine andere Wahl, Xavier.«

»Doch. Man hat immer die Wahl, feige zu sein.«

13

Sophie Kazal hatte beschlossen, sich mit Worten Genugtuung zu verschaffen. Sie wandte sich an die Presse: Nein, man könne ihren ehemaligen Arbeitgeber nicht des Rassismus beschuldigen.

»François Vély ist manipulativ, kokainsüchtig, pervers, opportunistisch, berechnend, frauenfeindlich, ein Schürzenjäger – aber ein Rassist ist er nicht.« Und sie legte nach: »Ich kenne ihn gut, ich war seine heimliche Geliebte. Aber ich habe einen hohen Preis dafür bezahlt.« Nach ihrer Version der Ereignisse hatte François Vély zehn Jahre zuvor dafür gesorgt, dass sie zu einer Party der New Yorker Firma Szpilman eingeladen wurde, einer Feier im kleinen Kreis, wie sie jeden Abend in den angesagten Bars des Big Apple stattfand. Im Laufe des Abends, an dem reichlich gekokst und gebechert wurde, habe François ihr nahegelegt, sich mit seinem damaligen Chef Daniel Dean einzulassen. »Er hat mir zu verstehen gegeben, dass es ihm recht wäre, wenn ich mit Dean schlafen würde.« Sei locker, hatte er zu ihr gesagt, du gefällst ihm, ich sehe doch, dass du ihm gefällst.

Sophie Kazal schilderte Einzelheiten, erzählte von Drogenkonsum nach dem Selbstbedienungsprinzip, von Sexorgien, von jungen Frauen, die den anwesenden Juniorchefs und Bankiers zur Verfügung gestellt wurden.

»Nutten, aber nicht nur, auch junge Mitarbeiterinnen

wurden dazu angehalten. Manchmal sogar gezwungen.« Sie berichtete, dass es schwer gewesen sei, sich dem zu entziehen: »Sie haben das als Ausdruck persönlicher Freiheit verkauft, als aufregend tabulose, grenzenlose Sexualität, und ich kann Ihnen versichern, dass es keinen Unterschied machte, ob eine Frau schwarz oder weiß war.« Sie habe es wie alle gemacht: den Mund gehalten.

Ihre Enthüllung sprach sich in Windeseile herum. François Vély leugnete alles. Hatte er sich zunächst um ein reines Imageproblem gesorgt, das sich zu einem Rassismusvorwurf ausgewachsen hatte, drohte ihm nun gar eine Anzeige wegen sexueller Belästigung – der absolute GAU.

Zumal für einen amerikanischen Geschäftsmann. Daniel Dean musste befürchten, alles zu verlieren, seine Arbeitsstelle, seine Frau, seinen guten Ruf. Und er wusste, dass er die klassische Verteidigungsstrategie – das Opfer in Misskredit bringen, um von der eigenen Schuld abzulenken – in diesem Fall nicht anwenden konnte, denn wenn er Sophie Kazal frontal angriff, brachte er die Feministinnen gegen sich auf. Also wich er aus und äußerte sich nicht zu ihrer Behauptung. Er gab nicht zu, dass er an jenem Abend mit so vielen Frauen Sex gehabt hatte, dass er keine davon wiedererkennen würde, sondern spielte seine Trumpfkarte über einen perfiden Umweg aus: »Glauben Sie, eine Frau vom Format einer Sophie Kazal wäre nicht imstande, einem Mann nein zu sagen? Sie ist mir als Verhandlungsführerin ebenbürtig, sie ist nicht weniger erfahren und professionell als ich. Wieso ist es undenkbar, dass wir einvernehmlich Sex hatten? Weil ich schwarz bin und sie weiß ist? Wollen Sie andeuten, dass ich es nötig habe, auf eine Weiße Druck auszuüben, damit sie mit mir schläft?«

Dass Dean die Rassismuskarte ziehen würde, damit hatte Sophie Kazal nicht gerechnet. Sie konnte es sich aus Karrieregründen nicht leisten, auch nur in diesen Ruch zu kommen, also beharrte sie nicht auf ihrer Aussage, ruderte zurück, erklärte, sie sei sich ihrer Sache nicht mehr sicher, wie gesagt, an jenem Abend sei viel Alkohol geflossen. Die Angst hatte das Lager gewechselt, und Deans Strategie ging auf.

Bei Szpilman herrschte dennoch helle Aufregung. Die Beschwerden der Aktionäre häuften sich, Krisensitzungen wurden anberaumt, die Zeit drängte. Verschiedene Alternativen wurden durchgespielt: Wenn die Aktionäre Dean nicht entthronten, verscherzten sie es sich mit den Frauen, denn damit suggerierten sie, dass mächtige Männer das Recht hatten, abhängige Angestellte zu missbrauchen, doch wenn sie Dean in die Wüste schickten, ließen sie damit einen CEO fallen, der dreißig Jahre ohne den geringsten Skandal untadelig gearbeitet und dem Unternehmen zu Weltgeltung verholfen hatte. Konnten sie Dean überhaupt taktvoll die Kündigung nahelegen, ohne selbst in den Verdacht von Rassismus zu geraten?

Nicht ein einziger Mitarbeiter bei Szpilman zweifelte daran, dass Dean mit Kazal geschlafen hatte, an solchen Abenden schlief praktisch jeder mit jedem, aber sie hätte ablehnen können, oder? Viel plausibler erschien, dass Vély sie aus beruflichen Gründen dazu angestiftet hatte und sie am Ende aus Opportunismus nachgegeben hatte – auch Feuertreppen führen schließlich nach oben.

Am Ende behielt Daniel Dean seinen Posten, die Fusion mit Vély würde stattfinden, und Kazal äußerte sich nicht mehr in der Öffentlichkeit. Es wurde gemunkelt, dass sie sich ihr Schweigen teuer hatte bezahlen lassen. Die Affäre war zu Ende. Das Spiel war aus.

François jedoch war schwer angeschlagen. Identitätskonflikte waren ihm neu, er hatte derlei Infragestellungen nie eine Bedeutung beigemessen. Und auch als der Höhepunkt der Krise überwunden schien, klagte er unablässig, er habe alles verloren, und ließ sich in seinem Umfeld zu nebulösen Andeutungen hinreißen. Langjährige Weggefährten mieden ihn, sein Hofstaat zog sich zurück, er büßte an Einfluss ein. Seine Tochter Domitille verweigerte das Gespräch mit ihm, Thibault hatte er seit dem letzten Treffen nicht mehr gesehen. Nur seine jüngste Tochter Alicia war an seiner Seite. Ab und zu riefen seine Eltern an.

Seine Macht war im Begriff, sich aufzulösen, und die Einsamkeit brach mit aller Gewalt über ihn herein.

14

Osman war nicht mehr der Junge aus Clichy-sous-Bois und auch nicht der Mann, den Sonia auf dem Höhepunkt seiner Macht geliebt hatte. Sein Sturz hatte ihn hellsichtiger und kämpferischer werden lassen. Nachdenklich nahm er Frantz Fanons *Die Verdammten dieser Erde* zur Hand, und die Lektüre erschütterte ihn. Er gelangte zu der Überzeugung, dass alles, was ihm zugestoßen war, auf Rassismus und gesellschaftlichen Vorurteilen beruhte. Seine Eltern hatten sich noch geduckt und das Verhaltensmuster der Kolonialvölker übernommen – unauffällig bleiben, nur keine Wellen schlagen –, doch ihre Kinder wollten sich nicht mehr unterordnen, sie waren Franzosen, in Frankreich geboren. Und dennoch behandelte eine Regierung nach der anderen sie wie Fremde, pferchte sie, wie einst ihre Eltern, in Stadtrandsiedlungen, denen zu entkommen fast unmöglich war. Sie blieben Unterdrückte.

Die von den Kolonisierten bewohnte Zone ist der von den Kolonialherren bewohnten Zone nicht komplementär. Die beiden Zonen stehen im Gegensatz zueinander (…), sie gehorchen dem Prinzip des gegenseitigen Sich-Ausschließens. Mit diesen Worten Fanons im Kopf schritt Osman durch die Straßen seines Viertels, des 7. Pariser Arrondissements, dieser großbürgerlichen Enklave – *die Stadt des Kolonialherrn ist eine Stadt von Weißen, von Ausländern* –, und dachte an seinen Besuch bei Issa in der Banlieue – *die Stadt des Kolonisierten ist eine Stadt auf Knien (…). Eine Stadt von Negern, eine Stadt von Bicots.* Ihm ging die Haltung seiner Kollegen durch den Kopf, als er damals mit dem Berater aneinandergeraten war, die kühle Zurechtweisung durch den Präsidenten – *als Erstes lernt der Eingeborene, auf seinem Platz zu bleiben, die Grenzen nicht zu überschreiten.* Und er erinnerte sich an seinen innigsten Wunsch danach: den Posten im Élysée zurückzubekommen, wieder im engsten Kreis des Präsidenten mitspielen zu dürfen – *die Welt des Kolonialherrn ist eine feindliche Welt, die ihn zurückstößt, aber gleichzeitig ist sie eine Welt, die seinen Neid erregt.*

Er hörte Wojakowskis Worte wieder: »Du bist zu empfindlich.« *Das affektive Vermögen des Kolonisierten konzentriert sich auf der Oberfläche der Haut; sie ist empfindlich wie eine offene Wunde gegen ätzende Stoffe.*

An diesem Punkt wurde seine Lektüre von seinem Vater unterbrochen, der mit einem Trolley voller Lebensmittel unangekündigt auftauchte. »Ich war für dich einkaufen«, erklärte er, während er den Trolley hinter sich in die lichtdurchflutete Wohnung zog.

»Wieso hast du dir die Mühe gemacht? Hier im Viertel gibt es alles.«

»Ich habe die Preise gesehen, die sie verlangen. Alles kostet dreimal so viel wie bei den Chinesen.«

Osman kochte Kaffee, und sein Vater setzte sich an den Küchentisch. Er sei gekommen, sagte er, um seinen Sohn zu beruhigen. Wenn er ihre Wohnung nicht mehr zahlen könne, würden sie eben wieder in ihre alte Bleibe in der Banlieue ziehen.

Da gestand Osman seinem Vater, dass er sich eine Tätigkeit im sozialen Bereich suchen werde. Er wolle nicht in der Politik bleiben. Dass er dort nichts verändern könne, habe er nun begriffen, und zu einer Politikerclique würde er nie gehören können. Er beabsichtige, seine Bewegung »Banlieue 34« zu reaktivieren und aus der teuren Wohnung auszuziehen, die er auf Sonias Betreiben gemietet hatte. Zu groß, zu kostspielig. Außerdem habe er sich in der Gegend nie wohlgefühlt. Die breiten bürgerlichen Prachtstraßen, in denen sich Tag und Nacht kaum etwas regte, waren nichts für ihn. Vielleicht würde er zunächst bei ihnen Unterschlupf suchen. Dann würde er weitersehen.

Sein Vater räumte die Einkäufe stumm in den Kühlschrank und verabschiedete sich. Osman griff wieder nach dem Buch von Fanon: *Der Kolonialismus ist die Gewalt im Naturzustand und kann sich nur einer noch größeren Gewalt beugen.*

15

Die kleinen Freuden eines harmonischen Familienlebens, das feste Band der Ehe, berufliche Anerkennung, Geld und die damit verbundenen Freiheiten, der Reiz des Reisens, stabile, altbewährte Freundschaften – all das, was die Gesellschaft als wesentliche Elemente der Selbstverwirklichung definiert und was den Mythos des moralisch einwandfreien, »gelungenen Lebens« ausmacht, war machtlos gegenüber der subversiven Kraft der Erotik. Romain war ihrem Ansturm schutzlos ausgeliefert. Wenn er Marion nicht haben konnte, würde er durchdrehen oder langsam verrecken, davon war er überzeugt. Er konnte sich eine Zukunft ohne sie nicht mehr vorstellen und ordnete im Geist sein Leben neu. Er würde eine Wohnung mieten. Mit ihr zusammenleben, neben ihr aufwachen. Xavier hatte ihm zu verstehen gegeben, dass es unmöglich sei, eine Utopie. Was scherte ihn das! Er wusste, was er sich wünschte und was er zu investieren bereit war, um es zu bekommen.

Intimität macht blind, sexuelle Lust korrumpiert. Im Bett sagten sie sich Dinge, an die sie draußen, in der

Metro oder auf der Straße, wenn sie ihre Bankauszüge holten oder im Internet nach Wohnungen suchten, nicht mehr glaubten. Und immer war es Marion, die zu Romain sagte:

»Ich glaube nicht, dass wir je zusammenleben werden. Sieh die Sache mal objektiv. Mein Mann steht in der Schusslinie, ich kann ihn jetzt nicht verlassen.«

»Sag das nicht, du bringst mich um.«

»Glaubst *du* denn an uns?«

»Ja, ich bin mir sicher, dass wir es schaffen werden, eines Tages.«

Marion torpedierte ihre eigenen Interessen mit Dutzenden von Gegenargumenten, sie glaubte sich dadurch gegen die Verunsicherung schützen zu können, die ihre Kindheit vergiftet hatte, aber Romain ließ sich nicht beirren. Sobald er spürte, dass sie sich entfernte, rief er sie an: »Du fehlst mir. Es tut schrecklich weh, wenn du so weit weg bist.« Und sie lenkte ein: »Du fehlst mir auch. Ich liebe dich.«

Ihre Liebe war wie ein Hochfrequenzgerät, dessen Regler sich nicht bedienen ließ. In Marions Nähe schien sich jede Empfindung zu verzehnfachen, ins Unendliche auszudehnen. Romain konnte sich nicht erinnern, für seine Frau je etwas Ähnliches empfunden zu haben. Er würde sie verlassen, er hatte keine Angst mehr, vor nichts mehr, die sexuelle Lust besaß die Macht, alle Ängste schwinden zu lassen und alle Projektionen zu vervielfachen, alles erschien ihm einfach und offenkundig. Er lebte nur noch in der Vorfreude auf das nächste Zusammensein mit Marion, schwor ihr im Rausch der körperlichen Begegnung ewige Liebe und ewiges Begehren.

Als Romain eines Abends vor seiner Wohnung stand, entdeckte er Licht im Wohnzimmer. Im ersten Augenblick war er alarmiert und duckte sich kampfbereit, doch dann erkannte er die Silhouetten seiner Frau und seines Sohnes und beruhigte sich. Agnès war nach dem desaströsen Wochenendausflug mit Tommy bei ihren Eltern untergekommen. Sie hatte ihm ihre Rückkehr nicht angekündigt, und nun waren sie beide da, und ihre Schatten bewegten sich hinter der welligen Gardine.

Überrascht stellte er fest, dass er sich freute, ihr Anblick erfüllte ihn mit Wärme. Ihm war auf einmal zumute wie einem Schiffbrüchigen, der Land sieht. Ohne jegliches Zögern überschritt er die Schwelle seines Hauses, vergessen waren die harten Worte und die Entfremdung, vor ihm standen seine Frau und sein Sohn, und der Tisch hinter ihnen war gedeckt. »Überraschung!«, riefen sie, und er nahm sie in den Arm und küsste sie. »Ihr habt mir gefehlt«, sagte er und dachte: Hier ist mein Platz. Das ist meine Familie.

Agnès umarmte ihn fest, und Tommy klammerte sich an seine Beine. Die unerwartete Harmonie rührte Romain, er konnte es kaum fassen, so fühlte sich Geborgenheit an, und als er ein paar Minuten später eine SMS von Marion erhielt, antwortete er nicht. Was ihm selbstverständlich erschienen war, als er mit ihr im Bett lag – dass er mit ihr zusammenleben und seine Frau verlassen würde –, verblasste im warmen Lichtschein seines Wohnzimmers. Schlagartig wurde ihm bewusst, wie flüchtig und vergänglich, leidenschaftlich und unbeherrschbar die Welt war, die er mit Marion teilte, dabei verlangte es ihn vor allem nach Stabilität. Zufrieden lag er neben Agnès auf dem Sofa, umhüllt von gemeinsamen Erinnerungen, getragen von ihrer langjährigen Beziehung, den Problemen, die sie zusammen gemeistert hatten, den erfolgreich verwirklichten Plänen. Sie war seine Frau, seine Freundin, sie schenkte ihm Ausgeglichenheit. Er spürte, wie sehr er dieses kameradschaftliche Eheleben brauchte, die Liebe machte ihn verletzlich, wie sehr ihn die fast schon krankhafte Abhängigkeit von Marion zerriss, ihre Intensität ging über seine Kraft. Was die Liebe verlangte – Beweise, totalen Einsatz, eine beinah hysterische Form von Energie, immer neu entfacht durch das sexuelle Begehren –, er konnte es nicht geben. Von der Leidenschaft mitgerissen, hatte er sich dazu imstande geglaubt. Doch plötzlich zweifelte er daran und fragte sich, ob er seine kleine Familie tatsächlich zerstören wollte wegen einer Affäre, die gerade erst begonnen hatte, wegen einer Frau, die er nur ab und zu sehen durfte. Nein. Er konnte eine solche Entscheidung, die sie alle erschüttern und in ein heilloses Chaos stürzen würde, nicht treffen. Er war immer der Zuverlässige, der Mutige, der Robuste, der Unerschütterliche gewesen, der Mann, auf den man zählen konnte. Und dieser Mann wollte er auch in Zukunft sein. Mit dieser Erkenntnis wechselte er in diesem Moment ins Lager der Integren und Redlichen über, in das Lager der Menschen, die nie ihren Trieben nachgeben, die nie aufs Gaspedal treten, die den Weg der ehelichen Bequemlichkeit, Sicherheit und Rechtschaffenheit beschreiten. Aufrecht, beherrscht und verantwortungsbewusst lebt es sich besser, dachte er.

Sie bestellten Pizza und Limonade, schauten mit ihrem Sohn einen lustigen Zeichentrickfilm an, und als der Kleine am Abend im Bett lag, schliefen sie im Dunkeln miteinander, ein wenig mechanisch und auf Initiative von Agnès, aber es war richtig, Romain verstand, dass sein Platz an ihrer Seite war. Ihre Versöhnung war der Beginn eines Heilungsprozesses, der Schmerz ließ nach. Eng aneinandergeschmiegt, sanken Romain und seine Frau in Schlaf, alles war friedlich. Doch der Friede hielt nicht lange an, mitten in der Nacht wurden sie von Tommy geweckt, er weinte und schrie laut auf. Sie liefen in sein Zimmer hinüber, beugten sich über sein Bett: *Wir sind da, Papa und Mama sind bei dir.* Tommy hielt sich mit geröteten Wangen und dicken Tränen in den Augen an der Bettumrandung fest und konnte sich gar nicht mehr beruhigen, schrie nur noch lauter, und so beschlossen sie, die Notfallambulanz aufzusuchen. Es war zwei Uhr morgens, sie mussten lange warten, erst drei Stunden später fand sich ein Arzt, der den Jungen untersuchte. Der Mann vermutete ein Virus, nichts Ernstes, alles im grünen Bereich, und als Romain zu Hause erschöpft sein Handy einschaltete, sah er, dass Marion ihm mehrere Nachrichten geschickt hatte. Eine las er besonders aufmerksam: »Du hast gesagt, dass wir zusammen sein werden, sobald ich mich dazu bereit fühle – ich bin so weit.«

Aber nun war er es nicht mehr, die Dinge hatten sich in den letzten Stunden grundlegend geändert. Er war dabei, zu seiner Frau zurückzufinden, er hatte Angst um seinen Sohn gehabt, hatte es kaum ausgehalten, den Kleinen so leiden zu sehen. Deshalb tat er in den frühen Morgenstunden das, was er für das einzig Mögliche hielt: Er schickte Marion eine äußerst distanzierte und sehr frostige Antwort. Als er aufwachte, erwartete ihn eine neue SMS von ihr. Sie verstand nicht, was passiert war, gestern noch ewige Liebe und heute ein gleichgültiger Rückzug, dieses Umschalten von heiß auf kalt verwirrte sie. Er flüchtete sich in Schweigen, die einzige Ausdrucksmöglichkeit, die ihm geblieben war. In der nächsten SMS ließ sie ihn wissen, dass sie ihn nie wiedersehen wolle, er solle jeden Kontaktversuch unterlassen. Und endlich fand er den Mut, ihr zu antworten: »Ja, das wird wohl das Beste für alle Beteiligten sein, unsere Liebe ist unmöglich, das macht mich zwar traurig, aber du hast recht, wir sollten getrennte Wege gehen.«

16

Der Dominoeffekt. Ein Stein war bewegt worden, und nach und nach stürzte das gesamte soziale Gefüge um François ein, ohne dass er den Zusammenbruch aufhalten konnte. Die in Afrika aufgenommenen Fotos hatten die afrikanischen Geschäftspartner brüskiert, wichtige Verhandlungen lagen nun auf Eis. Ein Informationsportal deckte auf, dass mehrere Subunternehmer – Call-Center, die an verschiedenen Orten auf der ganzen Welt für Vélys Unternehmen arbeiteten – unter Verdacht standen, Arbeiter aus Drittweltländern auszubeuten. Eine NGO, die sich auf den Schutz von Opfern der aktuellen Wirtschaftskrisen spezialisiert hatte, kündigte eine Anklage wegen moderner Sklaverei und eklatanter

Menschenrechtsverletzungen an. Den Beschäftigten, so die NGO, würden unwürdige Arbeitsbedingungen und Unterkünfte zugemutet, und der lächerlich geringe Lohn entspräche nicht im Mindesten der geleisteten Arbeit. Ein weiterer Vorwurf lautete, das Unternehmen habe die Pässe bestimmter Angestellter einbehalten, um sie am Ausreisen zu hindern.

Wieder wurde eine Krisensitzung anberaumt. Die Anschuldigungen wogen schwer, man musste sie Punkt für Punkt entkräftigen, und François wurde angehalten, sich im Interview mit einer renommierten Tageszeitung dezidiert dazu zu äußern. Und so ließ er die Welt wissen, dass er den Angriff als infam und aggressiv empfinde, er bedauere die Stigmatisierung seines Unternehmens sowie die politisch motivierte Instrumentalisierung, als deren Gegenstand er sich sah, und kündigte eine Strafanzeige wegen Diffamierung an. Die Angelegenheit werde »vollumfänglich aufgeklärt« werden, um den hervorragenden Ruf, den sich sein Unternehmen im Laufe der Jahre erworben hatte, nicht zu schädigen. »Unsere Subunternehmer sind durch Verträge an unsere Regeln gebunden«, verkündete er öffentlich. »Diese Verträge enthalten strenge Sozialklauseln, und wir fordern regelmäßige Einsicht in die Bücher.«

Doch schon am nächsten Morgen veröffentlichte ein investigativer Journalist in einer anderen bekannten Tageszeitung einen geharnischten Artikel mit Zitaten aus dem »Brief an den Vater«, den Domitille Vély in ihrer Version im Internet verbreitete: *Wer kann so viel Kälte und Egoismus überleben? Du hast dich Mama und mir gegenüber gemein verhalten. Ich empfinde für dich den gan-*

zen Hass der Welt, und alle dunklen Wolken der Menschheit mögen sich über deinem Haupte ballen. Manchmal denke ich an die armen Menschen, die in deinem Sold stehen, ich könnte auch sagen, unter deiner Knute, denn du behandelst sie wie Sklaven.

Du behandelst sie wie Sklaven – überall wurde dieser Satz aufgegriffen und zusammen mit dem Foto abgedruckt, das François auf dem »rassistischen Stuhl« zeigte. Domitille konnte noch so sehr weinen – das Unheil war geschehen, ihr Vater war ein für alle Mal gebrandmarkt.

Das ist mein Ende.

Und was nun? Sich umbringen? Nein, Selbstmord kam nicht in Frage, seine Exfrau hatte ihm indirekt jedes Recht auf einen selbstbestimmten Tod genommen, ein Elternpaar hat nur eine Fahrkarte ins Jenseits. Alkohol und Drogen boten sich als Zuflucht eher an, sich vergraben und zerstören, ja. Sterben? Nein. War das seine Form der Sühne?

Fassungslos beobachtete François, was vor dem Pariser Sitz seines Unternehmens vor sich ging. Etwa vierzig vorwiegend schwarze Frauen hatten sich versammelt und skandierten seinen Namen. Wer zettelte diese Proteste an und gegen wen richteten sie sich? Gegen was? François war sich keiner Schuld bewusst.

»Ich bin kein Rassist!«, brüllte er hinter dem sicherheitsverglasten Fenster seines Büros. »Das ist eine vollkommen absurde und unhaltbare Anschuldigung! Und zu den Arbeitsbedingungen, die meine Subunternehmer zu verantworten haben, wurde eine interne Ermittlung in die Wege geleitet.«

»Vély, Vély!«, riefen die Frauen und schwenkten

Spruchbänder, auf denen in großen Lettern geschrieben stand: »Wir sind nicht Ihre Sklavinnen.« Es wurden auch Porträts von François in die Höhe gehalten, deren Überschrift »Moderner Sklavenhalter« lauteten.

François verschanzte sich den ganzen Tag im Büro, während auf der Straße der Tumult noch ein Weile anhielt.

»Vély, Vély! Wir sind nicht Ihre Sklavinnen.«

17

Den Kampf noch einmal aufnehmen. Die Hindernisse links liegenlassen. Auf anderen Wegen in die höheren Regionen der Politik zurückkehren. Osman würde lieber darauf verzichten, aber es gab Menschen, die an ihn glaubten und ihn dazu drängten. Ihnen zuliebe nahm er die Einladung für den Galaabend einer Organisation an, die sich aus der schwarzen Elite rekrutierte und deren vorrangiges Ziel es war, »die afrofranzösische Erfolgsstory« zu präsentieren und ein »aus der ethnischen Vielfalt entstandenes Elitenetzwerk« zu schaffen. An der Veranstaltung nahmen Geschäftsleute und Wirtschaftsführer teil, Männer und Frauen mit außergewöhnlichen Karrieren, denen eine größere Sichtbarkeit der Schwarzen auf den Etagen der Macht am Herzen lag und die weniger Privilegierten mit Hilfe von Leistungsstipendien unter die Arme griffen.

Osman hatte gemischte Gefühle, was diesen Abend

anging. Andererseits konnte er auch nicht weiterhin seine Tage damit verbringen, rastlos in seiner Wohnung auf und ab zu gehen und auf Anfragen zu warten, die nicht kamen. Mit dem Hinweis auf das Wählerpotential bei solchen Zusammenkünften hatte er immerhin Wojakowski zum Mitkommen bewegen können.

Um halb zehn Uhr abends parkten sie ihren Wagen in der Nähe des vornehmen Pariser Hotels, in dem die Soirée stattfinden sollte. Osman zögerte bewusst den Moment hinaus, der ihn auf das politische Spielfeld zurückführte, das seinen Aufstieg und Fall miterlebt hatte. Und kaum hatten sie den großen, festlich dekorierten Saal betreten, da gestand er Wojakowski auch schon, er bedauere es, gekommen zu sein. Sein ehemaliger Kollege antwortete lachend: »Ist das die schwarze Version des Diners, das der Dachverband jüdischer Organisationen immer veranstaltet?«

»Ja«, erwiderte Osman gallig. »Nur wirst du hier kein Regierungsmitglied entdecken.«

»Du kannst es nicht lassen, nicht wahr?«

Die Gäste waren fast alle dunkelhäutig, und Osman fühlte sich unbehaglich. Er hatte Verständnis für die Notwendigkeit und Legitimität einer solchen Organisation – versammelten sich andere Communities nicht auch zu Arbeitskreisen und Aktionsgruppen? –, doch zog er die Einsamkeit der Herde vor und spürte einen tiefen Widerwillen, sich ernsthaft auf die anderen Gäste einzulassen. Er hielt sich ungern ausschließlich unter Weißen auf, aber dasselbe galt auch für Schwarze. Jede Zuordnung auf Grund der Hautfarbe war ihm zuwider. *Ich will nicht dazugehören.*

Am Tisch wurde über die Wirtschaftsabkommen mit Afrika gesprochen. Osman hörte, wie einige die »afrofranzösische Diaspora« beschworen, dabei fühlte er sich als Franzose, einer mit afrikanischen Wurzeln, ja, aber Franzose. Er war in Frankreich geboren und überhaupt nur dreimal im Leben mit seinen Eltern in den Ferien an die Elfenbeinküste gefahren, er fühlte sich Afrika emotional nicht besonders verbunden. Das Land interessierte ihn als Tourist. Nicht als Anker. Nicht als Bezugspunkt.

Als das Dessert gebracht wurde, trat eine junge Frau – eine Schönheit, groß, schlank, mit langen, zu goldenen Zöpfchen geflochtenen Haaren – an den Tisch und begrüßte einen Bekannten. Wojakowski lud sie ein, sich zu ihnen zu setzen. Sie war Unternehmerin, spezialisiert auf Produkte der Schönheitspflege für die schwarze Frau. Von Osman und seinem Begleiter wollte sie wissen, ob sie schon häufiger an den Galaabenden der Organisation teilgenommen hätten, sie habe sie bisher nie bemerkt. Was ihn beträfe, erwiderte Osman, so sei er zum ersten und vermutlich letzten Mal dabei.

»Sie mögen die Zielsetzung nicht?«

»Sie beruht auf dem Prinzip der Abgrenzung, nicht?«

»Nein, das finde ich nicht. Es geht lediglich darum, alle Kräfte zu mobilisieren und sich zusammenzuschließen, damit man die gläserne Decke durchstoßen kann, die bestimmte Menschen daran hindert, auf höhere Posten zu gelangen.«

»Sie sind eine Idealistin«, lächelte Wojakowski.

»Glauben Sie nicht daran?« Und als er lachte, fragte sie: »Was machen Sie beide denn so im Leben?«

»Ich arbeite im Élysée«, antwortete Wojakowski.

»Dasselbe, nur im Imperfekt«, ergänzte Osman.

Wojakowski verwickelte die Frau in ein Gespräch über privatere Themen, an dem sich Osman nicht beteiligte. Er war verdrossen und müde, er werde ein Taxi rufen, kündigte er an, und nach Hause fahren. Wojakowski wollte noch bleiben, die junge Frau faszinierte ihn. Er beugte sich vor und flüsterte Osman ins Ohr:

»Weißt du, was weiße Männer über schwarze Frauen sagen, wenn sie unter sich sind? *Once you go black, you never come back.*«

Osman fand den Satz und seine unterschwellige Botschaft abgeschmackt. Weiße Stereotype, dachte er. Er verabschiedete sich, stand auf und ging. Nach dem Essen schlug Wojakowski seiner neuen Bekannten vor, noch woandershin zu gehen, sie lehnte die Einladung mit einem Lächeln ab und verschwand. Nicht einmal ihre Visitenkarte ließ sie zurück.

18

Das geheimnisvolle Wirken der Ratio, die sich Verzicht zum Ziel gesetzt hatte. Romain wusste nicht mehr, worauf er sich stützen sollte, was er wirklich wollte. Er hatte den Kontakt zu Marion abgebrochen. Ihre Geschichte war an ihre Grenzen gelangt, sie war zu sehr mit Konflikten belastet. Er war nicht frei, er fühlte sich schuldig, und seine Schuldgefühle hatten sein Begehren zersetzt und seine Liebe aufgezehrt: Er hatte Schluss machen *müssen*. Es war die beste Lösung gewesen.

Am Tag danach hatte er sich innerlich ausgeglichen gefühlt, war beinah im Reinen mit sich. Die Trennung von Marion erschien ihm akzeptabel: *Ich habe getan, was für meinen Sohn richtig war*. Er fing wieder an, Sport zu treiben, und nahm an einem Langstreckenlauf teil, der ihn auslaugte, aber auch psychisch stärkte. Der besonnene Fatalist, der gute Vater, der liebenswürdige Ehemann. Er gefiel sich in dieser Rolle. Die Tatsache, dass er der Versuchung widerstanden hatte, alles zu verwüsten, erfüllte ihn in gewisser Weise mit Stolz, die sexuelle Leidenschaft ähnelte einer geistigen Umnachtung, und er war sich mittlerweile sicher, dass sie ihn in den Wahnsinn getrieben hätte.

Die Tage, die auf diese erste, friedliche Phase folgten, waren eine einzige Aneinanderreihung qualvoller Stunden. Nachdem die Selbstzufriedenheit gewichen war, wog die Moral weniger schwer und die Sehnsucht wieder stärker, die Entfernung verschärfte den Verlust, und diese rätselhafte Liebe, die ihm eine Zeitlang sinnlos und entbehrlich vorgekommen war, nahm von Neuem eine lebenswichtige Bedeutung an. Seine Beziehung zu Marion lief wie ein Film in einer Endlosschleife vor seinem inneren Auge ab: ihre erste Begegnung, ihr Ausflug in die Berge, Marions kindliches Lachen, ihr zuweilen sehr ernstes Gesicht, ihre leidenschaftlichen Küsse, ihr Körper, der sich ihm hingab. Er war loyal, seriös, treu, vernünftig – und er litt. Das Zittern kehrte zurück. Seine Nächte waren unruhig, von Alpträumen getrübt. Er erwachte schweißgebadet, mit klopfendem Herzen, voller Reue. Die Angst war wieder da. Er hatte die Liebe verschmäht. Nun musste er sich mit der Zuneigung seiner Familie begnügen, dem Trostpreis.

19

Dreckiger Jude! Angefangen hatte es mit Beschimpfungen in den sozialen Netzwerken, doch wie die Situation derart eskalieren konnte, war François unbegreiflich. *Dreckiger Jude!* Das Schimpfwort verbreitete sich wie ein Lauffeuer. Es gab Varianten wie »Rassist«, »Sklavenhalter« oder auch »Lévy, der jüdische Sklavenhändler« – der Name Vély existierte nicht mehr. Und wenn, dann nur im Zusammenhang mit der Namensänderung: »einer von diesen verschämten Juden oder Neuchristen«. François wusste nicht, was ihn mehr erschütterte: dass er als Rassist und Sklavenhalter bezeichnet wurde oder dass »Jude« in dieser beleidigenden Form auf ihn angewandt wurde. Soweit er sich erinnerte, hatte er an keinem einzigen jüdischen Fest teilgenommen und die Synagoge nur anlässlich der Hochzeitszeremonie eines Mitarbeiters betreten. Wenn sie von »Lévy« sprachen, hatte er das Gefühl, nicht gemeint zu sein. Und das Wort »Jude« klebte an seiner Haut wie nasse Kleidung in großer Kälte.

Was sollte er tun? Sich empört beschweren, dass er sich verletzt fühlte, oder öffentlich darauf hinweisen, dass er kein Jude war? So wie der amerikanische Schauspieler, den man als »dreckige Schwuchtel« beschimpft hatte und der, anstatt sich zu wehren, eiligst versichert hatte, er sei nicht homosexuell?

»Sag am besten gar nichts«, riet Étienne. »Lass es vorübergehen. Wenn du einfach nicht reagierst, laufen die Provokationen ins Leere.«

Doch nichts ging vorüber. Die Sache nahm sehr schnell ungeahnte Ausmaße an, die schlimmsten antisemitischen Vorurteile fanden ihre Niederschlag in Karikaturen, er erhielt anonyme Drohbriefe, die Wände seines Hauses wurden beschmiert. Man unterstellte ihm einen engen Kontakt zu dem amerikanischen Politiker Rahm Emanuel, Barack Obamas Stabschef, dessen Vater Mitglied der zionistischen Irgun gewesen war – »Ich bin ihm nur einmal bei gemeinsamen Freunden begegnet«. Es hieß, er äße kein Schweinefleisch – »Ich bin Vegetarier«. Er nähme, wie alle praktizierenden Juden, keine Einladung für den Freitagabend an – »Freitags bin ich beim Yoga«. Er überweise kolossale Summen an einen Verband, der die israelische Armee unterstützte – »Falsch. Werfen Sie einen Blick auf meine Kontoauszüge. Ich habe Israel nie unterstützt, ich habe noch keinen Fuß in dieses Land gesetzt.« Als sich die Vorwürfe häuften, beschloss er, alle Spendenzahlungen an karitative Einrichtungen einzustellen, die er in den letzten Jahren geleistet hatte, etwa an die Organisation »Aktion gegen den Hunger« oder die Mukoviszidose-Hilfe. Er zeigte die Liste seinem Vater, der kopfschüttelnd sagte: »Du hast überhaupt keinen Grund, dich zu rechtfertigen!«

Wie konnte man das Erreichte bewahren – das Selbstvertrauen, das Selbstwertgefühl, die innere Ruhe –, wenn alles ins Wanken geriet, wenn die eigenen Irrtümer und Brüche erbarmungslos ans Licht gezerrt wurden, wenn man spürte, dass die Vergangenheit sich herrisch vor die Gegenwart schob, und man Gefahr lief, aus dem System herauszufallen? Zwanzig Jahre lang hatte man bis zu zwanzig Stunden täglich gearbeitet, war mehrmals pro Woche quer durch die Welt gereist, um Kunden zu treffen, hatte Milliardengeschäfte abgeschlossen und damit das eigene Leben ausgefüllt. Und dann war in wenigen Tagen alles vernichtet, was man sich geduldig aufgebaut hatte.

François war schwer getroffen, aber er ließ sich nicht in die Karten schauen. Er setzte auf Selbstbeherrschung. Angriffen und Herausforderungen standhalten – das war die Devise, der er sich seit seiner Kindheit verpflichtet fühlte.

Wenn er abends nach Hause kam und Marion mit hochgezogenen Knien und leerem Blick auf dem Sofa saß, schwieg er seine Demütigung nieder.

»Geht es dir nicht gut, Marion?«, erkundigte er sich stattdessen. Nein, es ging ihr nicht gut, das sah er ihr an, aber sie wich ihm aus. Vermutlich belastete der Skandal sie ebenfalls, dachte er und verzichtete auf weitere Nachfragen. Meistens schlief sie im Wohnzimmer ein. Wenn er dann ihr Gesicht betrachtete, sah er, dass sie geweint hatte. Er nahm sie auf die Arme und trug sie in das gemeinsame Bett. Sie liebte ihn nicht mehr, darüber konnte er sich nicht hinwegtäuschen. Ihretwegen hatte er seine Familie zertrümmert. Eine neue Tragödie, die ihn so sehr bedrückte, dass sie ihm jeden Kampfgeist nahm.

Sein Anwalt, ein untersetzter, unfassbar intelligenter und schwerbeschäftigter Mann, versuchte ebenjenen verlorenen Kampfgeist in ihm wieder zum Leben zu erwecken. Er legte François seine Vermutung dar: »Du sollst als Jude abgestempelt werden, damit man dich leichter beruflich ruinieren kann. Und zu diesem Zweck bürdet man dir gewissermaßen eine ›todbringende Identität‹ auf.«

Seine These überzeugte François. Er hatte einen Fehler gemacht, sicher, aber für die Hetze und die antisemitischen Tiraden musste es einen anderen Grund geben, sie waren durch nichts zu rechtfertigen.

»Es ist eine niederträchtige Strategie, und ich glaube, dass die ganze Diffamierungskampagne von einer Einzelperson inszeniert wurde«, sagte der Anwalt. »Wer könnte ein Interesse daran haben, dass die Fusion platzt?«

»Viele.«

»Du bist ein Opfer des Antisemitismus, François!«, rief der Anwalt aufgebracht. »Das musst du bei deinen Aktionären geltend machen.«

»Aber ich bin kein Jude.«

»Egal, du musst dich verteidigen. Denk an die vielen antisemitischen E-Mails, die dich Tag für Tag erreichen. Inzwischen sprechen alle nur noch von der ›Affäre Lévy‹. Ich weiß, du willst davon nichts hören, aber du kannst nicht leugnen, dass deine jüdische Abstammung in dieser Sache eine große Bedeutung angenommen hat, was ich höchst beunruhigend finde.«

François musste an seinen ersten Reflex nach der Veröffentlichung des Interviews denken, auch ihn hatte es beunruhigt, dass es um seine jüdischen Wurzeln ging, wo er sie doch mit keiner Silbe erwähnt hatte. Dennoch wollte er auf keinen Fall eine Identität annehmen, zu der er keinen Bezug hatte. »Das wäre so, als würde ich mich selbst verleugnen, das, was ich in meinem tiefsten Inneren bin, verstehst du? Ich würde mir ein Etikett aufkleben lassen. In diese Falle will ich nicht tappen. Ich habe immer daran geglaubt, dass der Mensch sein Leben gestalten kann. Ich gehöre gerade nicht zu denen, die es für unveränderlich und determiniert halten. Mein Vater ist dafür das beste Beispiel.«

Der Anwalt erhob sich und bot François eine Zigarette an, dann steckte er sich selbst eine zwischen die Lippen. »Denk nach, François. Wenn du deine jüdischen Wurzeln ins Feld führst, kannst du dich damit schützen. Jude sein ist dein einziger Ausweg.«

20

Osman lag schläfrig auf dem Sofa, das laute Klingeln seines Handys schreckte ihn aus seiner Lethargie. Es war Laurence Corsini.

»Schläfst du?«

Er antwortete einsilbig. Um Höflichkeit bemühte er sich schon lange nicht mehr.

»Es ist vier Uhr nachmittags, Osman. Ich muss dich sehen. Sofort.« Sie legte auf. Ihre entschiedene Art und ihre Fähigkeit, Anweisungen zu geben, ohne ihr Gegenüber vor den Kopf zu stoßen, imponierte ihm auch diesmal. Er tat, was von ihm erwartet wurde, stellte sich unter die Dusche und zog hastig Leinenhose, Hemd und Lederblouson über. Vor dem Haus schwang er sich auf seinen Motorroller und stand dreißig Minuten später vor Corsinis Büro in einer Stadtvilla mitten im 8. Pariser Arrondissement, unweit des Grand Palais.

Als er mit dem Motorradhelm in der Hand durch die Eingangstür trat, stand die Dame am Empfang auf und hielt ihm ein Päckchen entgegen. Er erklärte, er sei mit Laurence Corsini verabredet, einer Freundin. Die Empfangsdame legte das Päckchen wieder weg und versuchte verlegen, die Verwechslung zu überspielen. Ohne darauf zu warten, dass sie sein Kommen ankündigte, ging er auf die breite Marmortreppe zu, die in die Büroetage führte, und stieg ins Obergeschoss hinauf. *Was für eine eine Blamage.*

Laurence Corsini stand in ihrem schwarzen Hosenanzug mit einem Stapel Dokumenten unter dem Arm im Flur. Als sie Osman sah, kam sie auf ihn zu, umarmte ihn und forderte ihn auf, ihr zu folgen.

»Wie geht es dir?«

»Die Frau am Empfang hat mich für einen Kurier gehalten …«

Corsini lächelte. »Ich werde sie wegen groben Fehlverhaltens feuern.« Sie öffnete das große Fenster in ihrem Arbeitszimmer und holte ein Päckchen Zigaretten aus der Jackentasche.

»Willst du eine?«

Osman zog eine Zigarette aus der Schachtel und steckte sie sich zwischen die Lippen. Laurence reichte ihm Streichhölzer mit dem Logo ihres Kommunikationsunternehmens.

»Rasierst du dich nicht mehr?«, fragte sie.

Er gab keine Antwort.

»Reiß dich zusammen, Osman. Demnächst halten sie dich noch für einen radikalen Islamisten. Hast du etwas aus dem Élysée gehört?«

»Nein, nichts.«

Sie nahmen Platz auf den mit graubraunem Leinen bezogenen Sofas, auf denen buntbestickte Kissen verteilt waren. Der Kaffee wurde in Porzellantassen serviert. Auf dem niedrigen Tischchen lagen Macarons in verschiedenen Farben und Pralinen aus dunkler Schokolade. Corsini forderte ihn auf, sich zu bedienen, Osman lehnte ab, und zu seiner Verblüffung fragte sie ihn unvermittelt, was er von dem Skandal um Vély halte. Osman runzelte die Stirn. Hatte sie ihn so eilig zu sich beordert, um mit ihm die Tagespresse durchzuarbeiten? Corsinis Blick wurde hart. Es handele sich keineswegs um Trivialitäten, da irre er sich gewaltig, sondern um eine hochpolitische Angelegenheit.

»Liest du noch Zeitung, oder stehst du gar nicht mehr auf? Was hältst du von der Sache?«

»Dasselbe wie alle … Dass er einer von diesen total abgehobenen Wirtschaftsbossen ist, der nicht merkt, was er anrichtet, wenn er sich auf eine Plastik setzt, die eine schwarze Frau zum Sexobjekt macht. Er ist ein Sohn aus reichem Hause, ein weißes Alphatier, einer, dem jedes soziale Gewissen abgeht, ich kenne einige von der Sorte … Nichts Neues unter der Sonne.«

»Hältst du ihn für rassistisch?«

»Nein, nicht unbedingt. Ich kann nicht einschätzen, ob es Absicht war. Aber wenn nicht, wäre es sogar noch schlimmer…«

»Warum?«

»Weil es bedeuten würde, dass er immer noch völlig unbefangen in Kategorien wie ›Herr‹ und ›Sklave‹ denkt. Dass sein Bild vom unterwürfigen Schwarzen intakt geblieben ist. Und du, was glaubst du? Ist er ein Kunde von dir?«

»Nein, aber die Sache lässt mir keine Ruhe. Ein Mann, der auf einem Kunstwerk sitzt – das mag ungeschickt sein, aber es handelt sich doch um Kunst, und Kunst ist von Natur aus provokativ und verstörend. Und warum hacken sie alle auf seiner jüdischen Herkunft herum? Inwiefern ist die Tatsache, dass er Jude ist, hier überhaupt von Bedeutung? In unserer Gesellschaft ist etwas sehr Ungesundes im Gange, alles wird durch den Blickwinkel der Identität betrachtet. Jeder wird auf seine Herkunft festgelegt, egal, was er tut. Versuchst du, aus diesem Muster auszubrechen, halten sie dir vor, dass du dein wahres Ich verleugnest, und stehst du dazu, wirst du als rückgratloser Mitläufer verunglimpft.«

»Ja, das stimmt, aber er hat einen Fehler begangen …«

»Keinen sehr gravierenden.«

»Wie kannst du das behaupten? Dieses Foto hat Menschen verletzt. Mich hat es auch schockiert! Dass ein weißer Geldsack sich auf eine Skulptur setzt, die eine schwarze Frau darstellt, eine Hure oder eine Sklavin, völlig egal, und sich dabei nicht klarmacht, dass er damit die Gefühle anderer verletzen könnte, finde ich widerwärtig … Vély ist einer von den Typen, die daran gewöhnt sind, dass alle vor ihnen auf die Knie fallen. Zum Kotzen, ehrlich!«

»Ich will, dass du ihn öffentlich verteidigst.«

Osman starrte sie entgeistert an. »Du willst mich auf den Arm nehmen!«

»Keineswegs. Ich will, dass du öffentlich für ihn eintrittst … Moment, hör mir zu!« Sie machte eine beschwichtigende Handbewegung. »Was hat Vély getan, außer sich auf ein Kunstwerk zu setzen? Nichts. Sie haben ihm gesagt, er soll sich daraufsetzen, und er hat gehorcht. Das ist ein PR-Problem, ein Ausrutscher, eine Dummheit, wenn du so willst, allen Unternehmern passiert irgendwann etwas in der Art, und dann engagieren sie mich, damit ich es wieder in Ordnung bringe. Aber man kann darin keinen rassistischen Akt sehen. Was da gerade vor sich geht, ist primitiver Antisemitismus. Vély wird gelyncht und weshalb? Wegen einer Fotografie in einer Zeitschriftenbeilage. Glaub mir, wenn du dich für ihn starkmachst, kannst du nur gewinnen.«

»Mich für ihn starkmachen? Ist dir klar, was du von mir verlangst, Laurence?«

»Lass mich ausreden! Du tust Folgendes: Du gewährst ihm öffentlich deine Unterstützung, indem du eine Stellungnahme für die Presse verfasst. Das ist gut für deine intellektuelle Statur, du positionierst dich …«

»Ja, genau, ich schreibe das *J'accuse* des 21. Jahrhunderts. Bist du noch bei Trost?«

»Wenn du ihn verteidigst, verhältst du dich wie Gaston Monnerville, wie ein Staatsmann. Erinnerst du dich an seine Rede ›Das jüdische Drama‹ von 1933? Es gab einmal eine Zeit, in der ein bekannter schwarzer Politiker den bedrohten Juden zu Hilfe gekommen ist, das haben die Menschen heute anscheinend vergessen. Monnerville hat damit eine außergewöhnliche Menschlichkeit und Solidarität bewiesen. Vély wird in den sozialen Netzwerken als ›dreckiger Jude‹ beschimpft, du solltest reagieren.«

»Er hat sich nie zu seinem Jüdischsein bekannt! Er ist nicht mal Jude, wie er unentwegt betont.«

»Das spielt keine Rolle, er wird als Jude betrachtet, und du solltest den Juden Vély unterstützen.«

Was hatte Laurence Corsini vor, warum diese Haarspalterei? Osman kam der Verdacht, dass sie sich an Vély heranmachen wollte, weil sie es auf einen Beratervertrag mit seiner Firma abgesehen hatte.

»Du wirst einen umwerfenden Text schreiben! Mein Team wird dir helfen, wir werden Blut und Wasser schwitzen, aber er wird Furore machen, glaub mir, und du wirst wieder in den Ring steigen.«

»Ich werde es nicht tun, vergiss es …«

»Du musst nicht gleich antworten. Denk nach. Denk an deine Zukunft.«

»Meine Zukunft? Was soll denn das heißen?«

Laurence Corsini warf einen Blick auf ihre Armbanduhr. Osman verstand und erhob sich. »Warum tust du das, Laurence?«, wollte er wissen, doch sie schwieg. An der Tür drehte er sich zu ihr um. »Wenn ich gegen meine Überzeugungen eine solche Verteidigungsschrift verfassen würde, hätte ich das Gefühl, mich selbst zu verraten.

Corsini lächelte. »Die Moral ist immer eine variable Größe, Osman. Besonders in der Politik. François Mitterand hat den Menschen, die ihm seine Widersprüche vorwarfen, gerne entgegengehalten, das Leben sei weder schwarz noch weiß, sondern grau.«

21

Ohne Marion breitete sich in Romain eine grenzenlose Leere aus. Sie fehlte ihm, von früh bis spät, ohne Unterlass, es war die Hölle. In der Hierarchie der Prüfungen, die er über die Jahre durchgestanden hatte, verdiente eine unglückliche Liebesgeschichte nur einen untergeordneten Platz, und dennoch zog sie ihm den Boden unter den Füßen weg. Eine bisher unbekannte Traurigkeit überwältigte ihn. Er war der Frau seines Lebens begegnet, hatte ihr eine gemeinsame Zukunft versprochen und alles getan, damit sie ihm glaubte. Im entscheidenden Moment aber hatte er ängstlich kapituliert, hatte sich den sozialen Normen gebeugt, weil er seiner Familie kein Leid zufügen wollte, er hatte der Moral gehorcht und getan, was von ihm erwartet wurde.

Irgendwann hielt er es nicht mehr aus. Er fing an, Marion mit Textnachrichten zu bombardieren, auf die sie nicht antwortete. Es machte ihn wahnsinnig, und er beschloss, sie abzupassen. Er parkte sein Auto in der Nähe ihrer Wohnung und wartete, bis sie nach Stunden endlich in der Ferne auftauchte. In Jeans und einer leuchtend grünen kurzen Jacke kam sie mit schnellen Schritten die Straße entlang. Romain ließ den Motor an und lenkte den Wagen direkt vor ihren Hauseingang. Er kurbelte das Fenster herunter und bat sie einzusteigen. Sie wich zurück und schüttelte den Kopf. Er redete auf sie ein. Sie winkte ab. Daraufhin hupte er anhaltend. Inzwischen war der Hausmeister auf den Lärm aufmerksam geworden, und da Marion in ihrer Nachbarschaft, in der man sich seine Ruhe teuer erkaufte, keine Szene provozieren wollte, stieg sie ein.

»Fahr nach Hause und lass mich in Ruhe«, zischte sie, kaum dass sie saß.

Romain fuhr schweigend ein paar Straßen weiter und parkte in der Nähe des Parc Monceau. »Marion«, sagte er schließlich. »Ich weiß nicht, was mich geritten hat, es tut mir so leid. Ich kann ohne dich nicht leben, ich habe es versucht, es geht nicht.«

Marion reagierte nicht, sie saß mit versteinerter Miene neben ihm, die Hand am Türgriff. Er wollte sie küssen, sie stieß ihn zurück und herrschte ihn an: »Es ist aus zwischen uns, und jetzt will ich nach Hause.«

»Ich liebe dich, ich bin verrückt nach dir.«

Sie schwieg.

»Hast du gehört, was ich sage? Ich liebe dich!«

»Du willst mit mir schlafen, das ist alles.«

»Für dich lasse ich alles hinter mir.«

»Das will ich nicht mehr, ich vertraue dir nicht mehr. Und außerdem habe ich selbst gerade zu viele private Probleme.«

»Ich werde mich trennen.«

Und noch am selben Abend setzte er sein Vorhaben in die Tat um. Er sagte Agnès, er wisse nicht mehr, wo er stehe, er brauche Zeit und Abstand, er müsse wieder zu sich finden und das könne er nur allein.

Agnès war sprachlos. Sie hatte geglaubt, ihr Leben wieder im Griff zu haben. Was war passiert in so kurzer Zeit? Einer Intuition folgend, fragte sie: »Gibt es eine andere Frau?« Ihre Frage traf ihn unvorbereitet, er hätte lügen können, um sie zu schonen, aber dann überlegte er nicht lange: »Ja. Ich habe in Paphos jemanden kennengelernt.« Agnès wollte den Namen wissen, und er nannte ihn ihr. Sie fing an zu weinen, er tröstete sie, eine Stunde verging, vielleicht auch mehr. Was er jetzt tun werde, wollte Agnès wissen. Er antwortete spontan, ohne einen Gedanken daran, wie sehr er seine Frau damit verletzte: »Ich werde mir eine eigene Wohnung suchen.«

Agnès weinte bitterlich, flehte ihn an, zu bleiben. Er redete beruhigend auf sie ein, und nach ein paar Minuten fasste sie sich tatsächlich wieder, trocknete sich energisch die Tränen und sagte: »Ich brauche jetzt Ruhe, ich muss nachdenken.«

Romain sah ihr nach, bis sie im Schlafzimmer verschwunden war und die Tür hinter sich schloss. Er ging in den Garten hinaus, tippte Marions Nummer ein, sie nahm sofort ab. »Ich habe meine Frau verlassen.«

»Was geht mich das noch an?« Sie blieb kühl und beendete das Gespräch rasch. Er schickte ihr eine SMS hinterher, er werde sie am nächsten Vormittag abholen und mit ihr in die Berge fahren. »Ich liebe dich.«, lautete ihre Antwort.

Als er ins Haus zurückkam, war alles still, leise öffnete er die Tür zum Schlafzimmer. Agnès lag auf dem Bauch und schlief fest. Er nahm ein paar Kleidungsstücke aus dem Schrank und schlich zurück ins Wohnzimmer, packte seinen kleinen Koffer und stellte ihn neben die Eingangstür. Dann legte er sich auf das Sofa und schrieb eine letzte SMS an Marion: »Bis morgen, meine Liebste.«

22

Er wollte verstehen, und deshalb beschloss François, seinen Vater aufzusuchen. Die schöne Wohnung, die der alte Herr im 17. Arrondissement von Paris nahe der Place Wagram besaß, hatte eine beruhigende Wirkung auf sein aufgewühltes Gemüt. Sanftes Licht fiel durch die leicht geöffneten hölzernen Jalousien und warf Streifen an die Decke. Durch die persischen Teppiche und die schweren dunkelroten Vorhänge entstand eine angenehm gedämpfte Atmosphäre. Auf einem runden Tischchen am Eingang empfingen den Besucher Familienfotos: der Vater als Kämpfer der Résistance, die Mutter im Brautkleid, ein Foto von François in Schuluniform neben seinem Vater.

»Ich bin im Salon, François!«

Sein Vater saß in einem eleganten Morgenmantel auf seinem blassvioletten Samtsessel. François trat auf ihn zu und küsste ihn auf die Wange, er liebte den Duft von Vetiver, von dem sein außergewöhnlich stilsicherer Vater sein Leben lang nicht abgewichen war.

»Setz dich zu mir.«

François nahm seinem Vater gegenüber Platz, stützte die Ellbogen auf die Knie und rieb sich die Augen. »Fühlst du dich als Jude, Vater?«, fragte er. »Ich höre überall nur noch ›dreckiger Jude‹! Sie haben es sogar an die Wände meiner Firma geschmiert!«

»Ach, Junge, es musste ja früher oder später passieren …« Paul Vély fielen auf Anhieb Beispiele aus der Literatur ein: Albert Cohen, der sich an die erste Beleidigung erinnerte, Derrida, der auf einer Straße in Algier als ›dreckiger Jude‹ beschimpft wurde. Und nun war François an der Reihe.

»Aber ich bin nun mal kein Jude.«

»Für manche Leute bist du einer.«

»Sag doch, fühlst du dich als Jude?«

»Ich würde es so formulieren: Es war mir nie ein zentrales Anliegen.«

»Es ist wie ein Alptraum, aus dem es kein Erwachen gibt. Und stell dir vor, Ironie des Schicksals: Mein Sohn ist im Begriff, zum Judentum zu konvertieren.«

Paul Vély nickte. »Das hat er mir erzählt. Ich glaube, er hat auf meine Zustimmung gehofft.«

»Hast du ihm diese Idee in den Kopf gesetzt?«

»Nein.«

»Ich vermute, dass ihn Katherines Selbstmord aus der Bahn geworfen hat.«

»Mag sein, dass seine neue Religiosität auch damit zu tun hat. Wie könnte man ihm daraus einen Vorwurf machen?«

»Aber was hat das alles mit mir zu tun? Ich bin kein Jude, und trotzdem vergeht inzwischen kein Tag, an dem ich mich nicht dieser vermeintlichen Identität stellen muss.«

»Ich hätte nie geglaubt, dass ich das Wiedererstarken des Antisemitismus noch einmal erlebe. Nach der Shoah, nach all der intensiven Erinnerungsarbeit …«

»Und alles nur wegen einer Fotografie, die vielleicht etwas unglücklich platziert war …«

»Sie war ausgesprochen geschmacklos, François«, bemerkte sein Vater streng.

»Das ist Ansichtssache.«

»Junge, begreifst du denn nicht, dass du wunde Punkte damit berührt hast? Du hast die Konkurrenz zwischen den Opfern entfacht, den Mythos von der jüdischen Weltherrschaft, hier mächtige Juden, dort ausgebeutete Schwarze, Kapitalismus kontra Solidarität mit der Dritten Welt, Reste von Kolonialdenken … Du bist zwischen die Fronten geraten, weil es eine ungesunde Rivalität gibt, die ich den Wettbewerb des Leidens nenne: Manche sind der Ansicht, die Juden seien für das ihnen zugefügte Leid ausreichend entschädigt worden, die Opfer der Sklaverei dagegen noch nicht. Auf der Skala des menschlichen Leidens wird angeblich das Leben eines Juden höher angesetzt … Du hast einen Fehler gemacht, als du dich auf diese Plastik gesetzt hast. Aber du hast dich dafür entschuldigt, mehr kannst du im Augenblick nicht tun.«

»Sie verteufeln mich, als wäre ich ein Sklavenhalter, verstehst du? Sie bedrohen mich … und mit welcher Aggressivität!«

»Es hat sich eben nichts geändert.«

François ärgerte sich über den abgeklärten Tonfall seines Vaters. »Ja und? Macht das irgendwas besser?«

»Nein, natürlich nicht. Aber dieses Gerede mitsamt

seinem ökonomischen und sozialen Überbau folgt immer demselben rhetorischen Muster – der zwanghaften Beschäftigung mit einer angeblichen jüdischen Weltherrschaft. Es ist erbärmlich, was soll man sonst dazu sagen?«

»Es ist ... entwürdigend.« François versagte beinah die Stimme.

Paul Vélys Miene verdüsterte sich. »Entwürdigung ist etwas anderes, François. Entwürdigung ist, wenn ein Unschuldiger wie Hauptmann Dreyfus unter Beleidigungen und Buhrufen über den Kasernenhof gehen muss.«

»Ja, du hast recht. Aber wir befinden uns in Frankreich, wir leben im 21. Jahrhundert. Seit der Shoah sind über sechzig Jahre vergangen.«

»Ich hatte vor dem Krieg einen Freund, einen vielversprechenden Anwalt, der später für die Résistance tätig war. Léon-Maurice Nordmann. Er gehörte zur Gruppe *Musée de l'Homme* und wurde im Februar 1942 auf dem Mont Valérien erschossen. Weißt du, was er 1941 zu seiner Kollegin Lucienne Scheid gesagt hat, die später René Bousquet verteidigte? *Zwischen den Juden und Frankreich existiert eine große Liebe, die eine böse Wendung nimmt.*«

23

Osman würde das Plädoyer für François Vély schreiben. Eine von Laurence Corsinis Mitarbeiterinnen, eine erfahrene Redenschreiberin, erstellte eine erste Fassung – gut strukturiert, nüchtern, tiefsinnig, vielleicht ein wenig zu literarisch. Laurence Corsini fügte ein paar Bemerkungen über die zersetzende Wirkung der Kommentare in den sozialen Netzwerken hinzu. Als Osman den Entwurf in den Händen hielt, verwarf er ihn in Bausch und Bogen. »Was soll das? Mit diesem lyrisch angehauchten Fachchinesisch kann ich mich nicht identifizieren, man erkennt sofort die Handschrift eines Profis.« Er wollte etwas Wütendes, etwas Direktes, das seiner Persönlichkeit entsprach, keine zahme Verlautbarung, nichts Glattes, nichts *politisch Korrektes.*

Die Mitarbeiterin erarbeitete eine neue, hitzigere Version – vergebens. Osman hatte eine sehr genaue Vorstellung von dem, was er ausdrücken wollte, und fand in ihren Formulierungen nicht die gewünschte Intensität – *es muss die Leute mitreißen.* Laurence Corsini schlug ihm vor, selbst einen Text zu entwerfen, den sie als Grundlage nehmen könnten, denn er und nur er allein müsse letzten Endes den Inhalt seiner Stellungnahme verantworten. Ihr Vertrauen gab ihm Auftrieb.

Er nahm ein Dossier aus ihrem Büro mit, dass die Mitarbeiterinnen zusammengestellt hatten: Texte über Antisemitismus, Rassismus und Humanismus, Auszüge aus Reden, Zeitungsartikel. Abends setzte er sich hin, las bis tief in die Nacht und machte sich Notizen. Dann schrieb er, angetrieben von seinem eigenen Zorn, einen Text herunter, den er anschließend kaum noch veränderte. Er wandte sich gegen die Art und Weise, wie Vély an den Pranger gestellt wurde. Und dabei hatte er nicht mehr das Gefühl, irgendetwas zu verraten, was ihm wichtig war. Im Gegenteil, sein Pamphlet entsprang einer persönlichen Betroffenheit. Er verteidigte einen Mann, den er nicht kannte und dessen Medienauftritt ihm missfiel, aber es ging um etwas Grundsätzliches. Er verhielt sich wie ein Politiker, der langfristig dachte und plante, und dieses Umschwenken verdankte er Laurence Corsini. Spät in der Nacht hielt er todmüde eine Fassung in der Hand, die ihn zufriedenstellte: ernst, kraftvoll, scharfzüngig. Er hätte den Text gern an Sonia geschickt und ihren Rat eingeholt.

Nachdem er vier Stunden geschlafen hatte, schickte Osman sein Werk an Laurence Corsini. Ihre Antwort ließ nicht auf sich warten. Sie rief ihn umgehend an, beglückwünschte ihn und kündigte einige wenige Korrekturen an. Sie würde den Text von zwei Mitarbeiterinnen redigieren lassen: »Er ist noch ein bisschen zu exaltiert, die Einleitung ist schwülstig, du schlägst genau den lyrischen Ton an, den du ablehnst. Hin und wieder neigst du zu Schwarz-Weiß-Malerei, und dann sind da ein paar Grammatikfehler.«

Es blieb nicht bei zwei Überarbeitungen. Nach immer neuen Korrekturen einigten sie sich schließlich auf eine Endfassung. Osman las sie sich mehrmals laut vor, suchte den besten Rhythmus, verschob noch einen Punkt oder ein Komma. Am Ende war ein gelungenes Patchwork aus den Ideen und Anregungen aller beteiligten Personen entstanden, in dem Osman sich voll und ganz wiederfand, eine neue, eine gute Erfahrung. Er bot den Artikel der Zeitung *Le Monde* an, die ihn zum Abdruck akzeptierte. Der Artikel endete mit einem Satz von Frantz Fanon, der Osman selbst eingefallen war. Fanon zitierte darin seinen Philosophieprofessor: »Wenn ihr hört, dass man schlecht über die Juden redet, dann spitzt die Ohren, denn sie reden über euch.«

24

Das Drama ereignete sich in der Nacht. Gegen fünf Uhr früh standen drei Polizeibeamte vor der Tür, nachdem ein alarmierender Anruf eingegangen war. Eine zittrige Frauenstimme hatte sie angefleht, sofort zu kommen: »Wir haben bei unseren Nachbarn Schüsse gehört!«

Die Polizei war an derartige nächtliche Anrufe gewöhnt, aber diesmal kam der Notruf – und das war ungewöhnlich – aus einer kleinen Wohnsiedlung in Épinay-sur-Seine, einer ruhigen Straße mit bescheidenen Einfamilienhäusern, vorn ein betonierter Vorgarten und hinten Blumenbeete, genügend Platz, um bei schönem Wetter draußen zu essen oder zu grillen, die Nachbarn waren verständnisvoll, es lebte sich gut dort, die Stadt lag in erreichbarer Nähe, die Mittelschicht war unter sich, Menschen, denen ökologische Belange, soziale Gerechtigkeit und das Wohlergehen ihrer Kinder am Herzen lagen, die häufig Sätze sagten wie: »In Paris erstickt man, hier kann man durchatmen«, und die in ihren Kellern Spielzimmer für ihren Nachwuchs einrichten ließen: *Da unten können sie Krach machen, da hört man sie nicht.*

Aufgestört vom Heulen der Sirenen, strömten die Nachbarn aus ihren Häusern und sahen zu, wie Polizei und Feuerwehr heranrasten. Erregt kommentierten sie das Geschehen und spekulierten, was wohl passiert sein mochte. Ein medizinischer Notfall? Ein Ehedrama? Dabei lebten hier doch *anständige Leute. Monsieur und Madame Roller, ein unauffälliges Paar. Nie ein Streit. Er ist Oberleutnant in der Armee, sie arbeitet in einer Parfümerie, ein gemeinsames Kind.*

Als die Polizisten sich Zutritt zu dem unbeleuchteten Haus verschaffen wollten, erwartete Agnès Roller sie bereits an der Tür. Sie hatte sich nicht hingesetzt oder versteckt, sondern stand aufrecht und hellwach vor ihnen und berichtete, dass ihr Ehemann irgendwo im Haus sei, »er ist bewaffnet«, sagte sie, »mit einem Revolver«. Sofort wurde die Einsatzgruppe der Nationalgendarmerie gerufen. Das Gerücht, dass einer der Bewohner dieser freundlichen Wohnsiedlung offenbar eine Waffe besaß, sprach sich herum, die allgemeine Aufregung steigerte sich mit jeder Minute, die Information sickerte durch, schon trafen die ersten Journalisten ein. Sie hörten: »Ein bewaffneter Mann hat sich im Haus verbarrikadiert.«

Agnès verfolgte das Geschehen von der Straße aus,

ihr Mann hatte sie nicht direkt bedroht, der Sohn war nicht da, er hatte bei den Großeltern übernachtet. Dem Einsatzleiter erzählte Agnès, ihr Mann sei gerade erst aus Afghanistan zurückgekehrt und leide unter einer posttraumatischen Belastungsstörung, er sei bei einem Armeepsychologen in Behandlung und derzeit krankgeschrieben, aber sie habe den Verdacht, dass er seine Medikamente nicht nehme.

»Gegen zwei Uhr früh bin ich in die Küche hinuntergegangen, weil ich nicht schlafen konnte. Wenn er da ist, bin ich immer auf der Hut, ich habe Angst, dass etwas passiert. Ich wollte mir einen Tee machen, und als der Wasserkessel pfiff, kam mein Mann mit der Waffe in der Hand in die Küche gestürzt und brüllte: ›Runter! Auf den Boden!‹ Er hat mich auf die Erde gedrückt und ist dann durch das Haus geirrt.« Sie schluckte und fuhr dann mit brüchiger Stimme fort: »Dann habe ich drei Schüsse gehört.«

Der Polizist fragte, ob so etwas zum ersten Mal vorgefallen sei.

»Ja«, log Agnès. »Ja.« Sie habe große Angst, dass er sie im Schlaf umbringen könnte. Sie fürchte um das Leben ihres Sohnes, der nicht da sei, Gott sei Dank. Vermutlich habe ihr Mann noch weitere Waffen im Haus.

Einer der Polizisten versuchte, telefonisch Kontakt zu Romain aufzunehmen, vergeblich. Daraufhin griff er zu einem Megaphon, und wenig später erschien Romain im Vorgarten, behauptete, das Haus sei von Taliban umstellt, und wollte fliehen, aber nach wenigen Schritten wurde er von der Einsatzgruppe überwältigt und in Handschellen gelegt.

Die Beamten schoben ihn in einen Streifenwagen. Bevor Agnès sich ins Auto setzte, um den Polizisten zu folgen, holte sie den Koffer, den Romain für seine Reise mit Marion an die Tür gestellt hatte. Während der Fahrt überprüfte sie Romains Handy, es waren drei SMS während der Nacht eingegangen. Sie stammten alle von Marion. Sie liebte ihn, sie begehrte ihn, sie erwartete ihn. »Schläfst du schon, mein Liebster?«

Agnès löschte die Nachrichten und schickte eine knappe Antwort zurück: »Schreib mir nicht mehr. Verschwinde aus meinem Leben.«

Nach der ärztlichen Untersuchung, bei der eine akute posttraumatische Belastungssituation bestätigt und eine schwere Depression diagnostiziert wurde, unterzeichnete Agnès alle erforderlichen Formulare, die besagten, dass ihr Mann seine geistige Zurechnungsfähigkeit verloren hatte.

Um fünf Uhr früh wurde Romain in die psychiatrische Abteilung des Armeekrankenhauses eingewiesen. Agnès erhielt die Erlaubnis, seine Kleidung in Fächer einzuräumen. Sie leerte den Koffer und fand unter dem Waschbeutel ein kleines rotes Schächtelchen. Sie öffnete es und entdeckte ein Paar Ohrringe aus Weißgold in Form von kleinen Blättchen, auf denen Diamanten funkelten. Mit Tränen in den Augen klappte sie die Schachtel zu. Traurig blickte sie auf ihren ruhiggestellten Mann. Dann suchte sie in ihrer Handtasche nach dem Familienfoto, das sie auf dem Nachttisch aufstellte, und holte ein Buch von Sunzi hervor, das sie ein paar Tage zuvor zufällig unter Romains Habseligkeiten gefunden hatte: Es trug den Titel *Die Kunst des Krieges*. Das Buch hatte sie sofort in den Bann geschlagen. Sie setzte sich auf den Bettrand und las noch einmal den Absatz, den sie mit Bleistift unterstrichen hatte: *Wer auf alles vorbereitet ist und wartet, bis der Feind unvorbereitet ist, wird siegen.*

25

François ließ Marion in Ruhe. Er fragte nicht mehr, ob es ihr bessergehe, er hatte nicht die Kraft, sie zu trösten. Was steckte hinter ihrer traurigen Miene? Er wollte es nicht wissen. Und er war beinah erleichtert, dass er nach dem Besuch bei seinem Vater nicht gleich nach Hause fuhr. Er hatte sich noch mit seinem Sohn verabredet.

Im strömenden Regen setzte der Chauffeur François vor dem Café ab, in dem Thibault ihn bereits erwartete. Warum gerade *das*?, dachte er, als er seinen Sohn entdeckte. War das wirklich Thibault, der mit diesem schwarzen Käppi auf dem Kopf dort saß, in diesem altmodischen Aufzug, in dem er aussah wie einem polnischen Shtetl entsprungen, mit den weißen Fäden, die ihm über die Hose hingen? Was sollte das?

Thibault erklärte ihm, dass es sich um *Zizijot*, Schaufäden, handelte, die an die sechshundertdreizehn Gebote Gottes erinnern sollten. Sie mussten sichtbar für den Träger sein, denn sie appellierten an seine sittliche Grundhaltung, die er mit jedem Schritt, den er tat, einzuhalten hatte. Thibaults neuentdecktes Judentum bedrückte François, er ertrug es kaum, doch er sah sich nicht imstande, seinen Sohn nach allem, was geschehen war, zurückzuweisen.

»Erklär es mir, Thibault, ich verstehe es nicht.«

»Thibault? *Mordechai*, Papa.«

War das wirklich sein Sohn, dieser grimmig um sich blickende Mann mit dem ungepflegten schwarzen Bart? Er strahlte einen fremd anmutenden Ernst aus.

Thibault war gekommen, um mit seinem Vater zu reden, bevor er nach New York aufbrach, um im jüdisch-orthodoxen Viertel von Brooklyn bei der Bewegung Chabad Lubawitsch die Thora zu studieren.

»Lu…, was?«, fragte François gereizt.

»Lubawitsch. Hast du noch nie davon gehört? Es ist Russisch und bedeutet so viel wie ›Stadt der brüderlichen Liebe‹. Chabat ist das Akronym für die drei intellektuellen Fähigkeiten: *Chochma, Bina* und *Da'at* – Weisheit, Verstehen und Wissen«, erklärte Thibault und verkündete dann: »Ich will mit den Mitgliedern der Bewegung zusammenleben.«

Das hatte er schon einmal gesagt, aber auch beim zweiten Mal war es für François ein harter Schlag. Er verstand nicht, was seinen Sohn dazu veranlasste, sich den Regeln einer Bewegung zu unterwerfen, die vor zweihundertfünfzig Jahren in Russland gegründet worden war. Ebenso wenig verstand er, was einen jungen Mann in Thibaults Alter dazu brachte, sein Studium abzubrechen und auf alle Annehmlichkeiten des modernen Lebens zu verzichten, um sich mit fremden Leuten, die aus einem völlig anderen Milieu stammten, in einen dreitausend Jahre alten Text zu vertiefen. Handelte es sich um eine mystische Verblendung? Ja, in gewisser

Weise, doch je länger er Thibault zuhörte, desto mehr offenbarte sich François auch das Bemühen seines Sohnes, dem Chaos, der Vernichtung, der Todesnähe zu entkommen. Er hatte den spektakulären Selbstmord seiner Mutter miterlebt – wie hätte er danach ungerührt weiterleben können? Arbeiten, lieben, lachen, ausgehen, schwimmen, diskutieren? Ins Kino gehen und sich über die Vision des Regisseurs austauschen? Nein. Sein Alltag beschränkte sich auf das Notwendigste: essen, schlafen, guten Tag, auf Wiedersehen. Mit der Tragödie war von einem Tag auf den anderen der Schrecken in sein wohlbehütetes friedliches Leben eingebrochen, die Dunkelheit hatte sich vor das Licht geschoben. In privilegierten Familien wie der seinen starb man nicht auf dem Straßenpflaster einer fremden Stadt, sondern zu Hause, eingehüllt in eine Kaschmirdecke. An Katastrophen war Thibault nicht gewöhnt. Er hatte seine Kindheit unter einer Glasglocke verbracht. Seine Mutter hatte ihn mit Sonnenmilch, Schutzfaktor 50, eingecremt, bis er alt genug war, es selbst zu tun. Sie hatte ihm mit fünf das Schwimmen beigebracht. Sie hatte nie vergessen, ihn im Auto anzuschnallen. Sie hatte ihm seine heiße Schokolade ans Bett gebracht, bis er vierzehn war. Seine Schulferien verbrachte er in Fünf-Sterne-Hotels, wo lächelndes Personal über sein Wohlergehen wachte und er auf seinem täglich frischbezogenen Bett einen Bademantel, flauschige Pantoffeln und ein niedliches Kuscheltier vorfand. Er mochte lieber extradicke Pommes frites statt der streichholzdünnen? Gar kein Problem, der Chefkoch bereitete sie extra für ihn zu. Thibault hatte nie etwas anderes als Bio-Baumwolle, Leinen, Kaschmir und

Hemden mit Initialen getragen. Seine Mutter hatte ihn nur sorgsam ausgewählten, psychologisch geschulten Babysitterinnen anvertraut, die jeden seiner Wünsche erfüllten. Sanftmütigen, freundlichen, zärtlichen. Er war nie geschlagen oder gedemütigt worden. Das Böse kannte er nur aus dem Fernsehen oder aus der Zeitung, gelegentlich aus Filmen, aber nicht aus eigener Erfahrung. Er erlebte die Welt in Schwarz-Weiß: Es gab das Gute, es gab das Böse, und er gehörte zur Kaste der vom Glück Begünstigten.

Und dann entdeckte er eines Tages, dass man ihn belogen hatte. Die Welt war nicht der warme, sichere Kokon, in dem die Menschen einem lächelnd gefüllte Teller reichten. Seine Kindheit war ein Betrug, dessen unselige Auswirkungen er erst im Erwachsenenalter durchschaute. Er war manipuliert worden, und nun sollte er die Suppe auslöffeln, als hätte er nichts gesehen? Er hatte alles gesehen, er war wütend auf die ganze Welt.

Also suchte er nach Erklärungen. Er forschte nach seinen Ursprüngen. Das Judentum bot ihm keine Antworten, aber es bot Fragen – alle Fragen. Und Kommentare, Millionen von Kommentaren. Das reichte aus, um ihm einen Teil seiner Ängste zu nehmen. Er las *Das Buch Hiob* und stellte fest, dass er nicht allein war. Ein anderer vor ihm hatte auch schon *so sehr* gelitten. Sollten ihn die Leute ruhig für einen Träumer halten, er wusste, dass er seinen Weg gefunden hatte.

»Dein Problem ist, Papa, dass du nicht hören willst, was sie über dich sagen, seitdem dieser Zeitungsartikel erschienen ist … Sie sagen: ›Das ist François Lévy.‹ Und ich bin der Sohn von Lévy. Du kannst daran Anstoß nehmen, trotzdem ist es wahr, und ich sehe nicht ein, warum ich mich wegen meiner Herkunft schämen sollte.«

François verteidigte sich. »Es geht hier nicht um Scham oder Ablehnung, Thibault. Ich habe mein Jüdischsein nie abgelehnt, da ich es nie für mich in Anspruch genommen habe, ich bin Christ.«

»Wir sind Juden«, widersprach Thibault. »Dachtest du, du kannst dem entkommen? Es geht nicht. Du siehst doch, sie lassen nicht locker. Sie haben den Juden in dir gesucht, und am Ende haben sie ihn gefunden, sogar noch nach mehreren Generationen.«

Schließlich sagte François, er wolle Thibault nach New York begleiten und ihm helfen, sich einzurichten. Er werde seine Vaterpflichten erfüllen, sein Sohn sei ein freier Mensch und volljährig, seine Entscheidung sei ein herber Schlag für ihn, den er zwar nicht verstehe, aber respektiere.

Mehr verlangte Thibault nicht. Er umarmte seinen Vater und ging.

26

Am Tag, der auf die Veröffentlichung seines Artikels folgte, gratulierten Osman Dutzende Personen aus Politik und Medien zu seinem Mut und seinem Engagement. Auf die begeisterten Reaktionen folgten zahlreiche Interviewanfragen: Radio, Fernsehen, Tagespresse – eine mediale Sintflut überschwemmte ihn. Er suchte sich die besten Anfragen aus, denn er hatte die Wahl. Nach Wochen im Fegefeuer stand er nun wieder im Brennpunkt. Er war aufgeregt. Was war geschehen? Er hatte mit einer gewissen Anerkennung gerechnet, mit verhaltenem Beifall, doch dieser Überschwang war ihm beinah ein wenig verdächtig.

Laurence Corsini schien nicht überrascht: »Ein Schwarzer, der einen Juden verteidigt, das macht Eindruck, es ist ein Zeichen von Versöhnung und Zusammenhalt. Genau so etwas wünschen sie sich doch, eine Entspannung, wenn auch nur zum Schein.«

Wer »sie« waren, definierte sie nicht näher. Osman behagte diese Einschätzung nicht, und der Gedanke, dass die Bedeutung seines Textes auf Partikularinteressen reduziert wurde, deprimierte ihn ein wenig. Doch er widersprach Corsini nicht, er wusste, was er ihr verdankte. Sie hatte seine triumphale Rückkehr orchestriert – aber warum? Aus Freundschaft? Nein, daran glaubte er nicht mehr. In den Gefilden der Macht durfte man sich nicht auf Gefühlsbindungen verlassen. Sie waren lediglich ein Mittel zum Zweck – er hatte lange gebraucht, das zu verstehen. War er zum Zyniker geworden?

»Du wirst sehen, das ist erst der Anfang«, versicherte ihm Corsini. »Du siehst gut aus, du bist jung, du hast etwas zu bieten. Und du hast Glück, denn gerade ist ein schwarzer Präsident ins Weiße Haus gewählt worden, und deine Freundin ist eine begabte Politikerin, sie werden in dir bald einen zweiten Obama erkennen. Du machst dir keine Vorstellung, wie sehr die Medien auf Ähnlichkeiten fliegen! Die öffentliche Meinung braucht

Bezugspunkte und Vorbilder, die sie bewundern und kopieren kann.«

Als Osman entgegnete, dass er nicht mehr mit Sonia zusammen war, antwortete Laurence wie aus der Pistole geschossen: »Hol sie zurück, heutzutage hat man als Paar bessere Chancen. Mit ihr zusammen hast du zehn Jahre Vorsprung.«

Sie hatte recht, das wusste er. Überall, wo es nach Macht roch, sah man Paare gesellschaftlich aufsteigen – die Schönen, Klugen, Wichtigen schlossen sich paarweise zusammen, verbunden durch einen ähnlichen Werdegang, durch intellektuelle oder sexuelle Affinitäten, vielleicht auch durch Liebe. Doch es widerstrebte ihm, Sonia anzurufen. Sie hatte ihn verlassen, als er ins Taumeln geraten war, und seither hatte er nichts mehr von ihr gehört. Sie würde nicht zu ihm zurückkehren, so gut glaubte er sie zu kennen, es war eine Frage der Selbstachtung und Würde. Was erhoffte er sich überhaupt? Wieder einen hohen Posten zu bekleiden? Die Rückkehr in ein Milieu, das ihn auf der ganzen Linie enttäuscht hatte? Er spürte, wie sich Widerspruch in ihm regte. Er hatte seinen Stolz, pflegte den Hochmut der Unterprivilegierten, einen Dünkel, der die gesellschaftliche Benachteiligung eher verriet als kaschierte.

»In der Politik braucht man ein dickes Fell, da ist kein Platz für Befindlichkeiten«, gab Corsini recht kühl zu bedenken.

Und so willigte Osman gleich am ersten Tag in mehrere Interviews ein, die Gespräche verliefen gut, er konnte seine Argumente vorbringen. Corsini hatte ihm nützliche Ratschläge mit auf den Weg gegeben, er agierte nach allen Regeln der Kunst, und dass man ihm endlich wieder zuhörte, verschaffte ihm Auftrieb. Auch als eine linksgerichtete Zeitung ihn kontaktierte, weil sie ein großes Porträt über ihn bringen wollte, sagte er zu, das verstand sich von selbst.

Ein solches Porträt konnte ihm, wenn es positiv ausfiel, zu höheren Weihen verhelfen. Seine Vergangenheit als Streetworker sprach für ihn, die Mitarbeit in einer rechten Regierung weniger, das wusste er. Ein Mann, der sich in sozialen Bewegungen engagiert hatte und dann in den Beraterstab eines rechten Präsidenten eintrat, galt bestenfalls als Ehrgeizling, schlimmstenfalls als Opportunist. Er war auf Kritik gefasst und sortierte seine Antworten: Er hatte sich engagieren lassen mit dem einzigen Ziel, sich einzubringen. Er notierte sich Schlüsselbegriffe: Gemeinwohl, Anpassungsfähigkeit. Das Gespräch mit dem Journalisten stand vor ihm wie eine wichtige mündliche Prüfung, die er nie gehabt hatte.

Corsini beruhigte ihn: »Du riskierst nicht viel. Sie werden dir ordentlich zusetzen, und das ist gut so, nichts ist so kontraproduktiv wie Lobhudelei. Aber sie werden dich nicht durch den Schmutz ziehen. Du bist in diesen Tagen ein Symbol. Du hast den Finger in eine der größten Wunden Frankreichs gelegt: den Antisemitismus. Morgen werden wir weitersehen.«

Osman legte Profile auf Twitter und Facebook an, stellte kurze Statements und Bilder ein, es war wie ein Rausch. Ja, mit einem Mal glaubte auch er daran, dass sich etwas Neues abzeichnete, sein Telefon klingelte ununterbrochen. Menschen, die er schätzte oder sogar bewunderte, bekundeten ihm ihre Anerkennung, ein Ritterschlag. Zum ersten Mal seit seinem Rauswurf war er mit sich im Reinen, nahm wieder am Leben teil und glaubte an eine strahlende Zukunft. Er beantwortete die Nachrichten ehemaliger Kollegen, die sich von ihm abgewandt hatten, und er tat es mit einer Selbstverständlichkeit, als wäre er nie ein Paria gewesen. Sein Image war so positiv wie nie. Er schien alle Rachegedanken aufgegeben zu haben, eingedenk eines Ratschlags von Laurence Corsini.

Lächeln! Immer nur lächeln!

27

Romain erwachte in einem kargen Klinikzimmer, im Bett neben ihm ein junger Mann, ein Broker aus London, mit schwerer Depression, wie er erfuhr, der nie aufstand. Die chemische Keule, die sie Romain verabreichten, sorgte oft für Verwirrtheit, Halluzinationen, krisenartige Zustände, aber es gab auch Momente, in denen er seine Situation sehr klarsichtig einzuschätzen vermochte.

Er wusste, dass er in die geschlossene Abteilung der Psychiatrie geraten war. Und dass seine Frau den Schlüssel für seine Freilassung in der Hand hielt. Womöglich würden ihn die Ärzte fortan für untauglich zum Dienst an der Waffe erklären. Vor allem aber würde er Marion nie wiedersehen. Er würde sein Leben lang versuchen, diese Wunde zu schließen, dabei lag es auf der Hand, dass der Schaden irreparabel war: Die einzige Möglichkeit einer Heilung bestand darin, das neue Ich zu akzeptieren, das durch Leiden deformiert, verkrüppelt, auf ewig verformt war.

Mit der Unterzeichnung der Einweisungspapiere hatte Agnès ihn ins Gefängnis gesperrt. Nicht mal telefonieren durfte Romain, das Personal hatte sein Handy gleich konfisziert. Doch was hätte er Marion auch sagen sollen? *Ich bin in einer Anstalt, Liebling.* Sie hatte zweifellos lange auf ihn gewartet, bis ihr dämmerte, dass er nicht kommen würde.

Die Struktur seiner Tage war bestimmt von Arztgesprächen, den Behandlungen der Pfleger, Übelkeit und Brechanfällen sowie Agnès' Besuchen. Sie erschien, sobald das Krankenhaus seine Pforten öffnete, und ließ Romain erst am Abend allein. Ihm klopfte das Herz bis zum Hals, wenn sie sich morgens an sein Bett setzte. Über den Flur hörte er andere Patienten schreien – niemals wollte er so enden, in einer Gummizelle mit doppelt verschlossener Tür. Als Gefahr für die Menschheit. Im Feld hatte er immer selbstsicher agiert, unerschütterlich, zuversichtlich. In dem stumpfen, kraftlosen Gebilde, das er mit sich herumschleppte, erkannte er seinen Körper nicht wieder.

»Ich werde mich nie an den Mann gewöhnen, zu dem ich geworden bin«, sagte er zu dem Psychiater. Niemals würde er Agnès verzeihen, dass sie ihm das angetan hatte. Er hasste sie.

28

François las die Kolumne ein zweites Mal. Sie stammte aus der Feder eines ihm gänzlich unbekannten politischen Beraters. Wer war dieser Osman Diboula? Ein einsamer Rächer, der es nicht für geboten hielt, ihn über sein Vorhaben zu informieren? Ein Freidenker, der auf sich aufmerksam machen wollte? François recherchierte ein wenig, fand jedoch nichts, was ihn beeindruckt hätte.

Aber der Text war gut, verdammt gut. Authentisch, mitreißend – und genau deshalb niederschmetternd für François. Er fühlte sich verraten, an den Pranger gestellt, denn Diboulas Pamphlet verleitete zu genau einem Schluss: Er war der Jude, den es zu retten galt.

»Ich will eine Gegendarstellung!«, herrschte er Étienne an. »Ich muss mich gegen die Stigmatisierung meiner Person zur Wehr setzen.«

»Falsch«, entgegnete Étienne. »Du musst darüberstehen. Dieser Artikel ist deine Chance. Das öffentliche Interesse gilt jetzt dem Verfasser, in ein paar Tagen wird keiner mehr über dich reden.«

Davon war Étienne ehrlich überzeugt und seine Laune so gut wie schon lange nicht mehr. Doch François teilte seine Zuversicht nicht, mit düsterer Miene zog er sich in sein Büro zurück. Kurz darauf klingelte das Telefon, ein Anruf aus New York.

»François, wie gut, dass ich dich erwische«, hörte er

Daniel Dean sagen. »Wir müssen über die Fusion sprechen. Es läuft nicht ganz so reibungslos, wie ich es mir vorstelle … Siehst du eine Möglichkeit zu kommen?«

François gab sich konziliant, kein Problem, er wolle ohnehin seinen Sohn bei dessen Umzug nach New York helfen. Eine Frage konnte er sich dennoch nicht verkneifen: »Du hast aber nicht beschlossen, die Sache zu canceln?«

Daniel Dean antwortete ausweichend: »Das sollten wir nicht am Telefon besprechen.«

29

Der Dämpfer ließ nach so viel Zuspruch nicht lange auf sich warten. Osman tippte gerade eine Antwort auf eine Glückwunsch-SMS in sein Smartphone, als es klingelte. Issas Name leuchtete auf.

»Ich habe deinen Artikel gelesen«, sagte Issa zur Begrüßung. »Sie reden von nichts anderem mehr.« Osman reagierte zurückhaltend, und Issa fuhr wutschnaubend fort: »Hast du keinen anderen gefunden, den du verteidigen konntest, musste es ausgerechnet ein rassistischer Jude sein? Du bist ein Verräter, ein karrieregeiler, blöder Wichser!«

Osman zuckte zusammen. Doch Issa war noch nicht fertig.

»Du stellst dich vor einen beschissenen Juden! Alter, der Typ ist ein Rassist! Ein Sklavenhalter! Ein zionistischer Kapitalist, der die Schwarzen unterdrückt! Es reicht ihnen nicht, wenn sie die Palästinenser massakrieren, sie müssen sich auch noch mit ihrem fetten Arsch auf unsere Frauen setzen!«

Osman brachte kein Wort hervor.

»Hast du vergessen, was du an dem Abend bei dir gesagt hast? ›Ich mach diesen Scheißkerl fertig‹, das waren deine Worte. Oder hab ich das geträumt? Du bist ein widerlicher Arschkriecher, Diboula. Hängst dein Fähnchen immer schön in den Wind! Was haben sie dir dafür versprochen? Eine Beförderung? Kohle? Du hast dich von der zionistischen Lobby kaufen lassen … Du kotzt mich so was von an!«

Osman sagte nichts. Ja, es stimmte, zunächst hatte er Vély angreifen wollen, aber nicht weil er Jude war, nicht wegen seiner Abstammung. Ihn ärgerten die Gedankenlosigkeit und die Arroganz eines Mannes aus der weißen Oberschicht, seine Fahrlässigkeit, die Unausgewogenheit im Spiel der gesellschaftlichen Kräfte. Nichts rechtfertigte Issas antisemitische Ausfälle, es ging hier nicht um Osmans private Meinung. Issa tat, als sei die Person François Vély der Kristallisationspunkt eines jahrelangen Konflikts, seine exzessiven Hassgefühle grenzten ans Wahnhafte.

»So hinterfotzige Wirtschaftsbosse wie er, diese ganze internationale jüdische Mafia sorgen dafür, dass meine Firma vor der Liquidierung steht, verstehst du? Sie helfen sich alle gegenseitig! Die Banken gehören den Juden und geben jüdischen Unternehmern Kredite. Sie bereichern sich auf unsere Kosten. Die anderen lassen sie krepieren. Ich werde alles verlieren, kapierst du?«

Eine neue Information. Issas Wohlstand war Fassade. Mit seinem Luxusschlitten, seinem Club, seinem Leben auf großem Fuß hatte er alle nur geblendet.

»Ja, so ist es, die Juden haben die besten Posten, und uns halten sie wie Lakaien! Aber das reicht ihnen noch nicht, wir sollen ihnen auch noch in den Hintern kriechen! Du bist wie all die Speichellecker, die unter dem Tisch der Weißen sitzen und auf Abfälle warten, aber mit mir nicht, hörst du! Sie wollen nichts mit uns zu tun haben, und wir wollen nichts mit ihnen zu tun haben. Eines Tages werden wir Integrationsschwaflern wie dir und Zionistenhunden wie François Lévy das Fell über die Ohren ziehen!«

Osman legte auf. Er konnte das Zittern in seinem linken Bein nur mit Mühe unter Kontrolle bringen. Erst nach zehn Minuten beruhigte sich sein Puls allmählich. Sein Telefon klingelte erneut, und er wollte den Anruf gerade wegdrücken, als er auf dem Display den Namen der Anruferin las: Es war Sonia. Unentschlossen ließ er es ein paar Mal klingeln, dann schaltete er das Smartphone aus. Er konnte jetzt nicht mit ihr sprechen, und er war sich nicht sicher, ob er es überhaupt je wieder wollte. Issas Vorwürfe kreisten in seinem Kopf, er fühlte sich besudelt.

Abrupt stand er auf. Er ging ins Bad, riss sich die Kleider vom Leib, als würden sie brennen, stellte sich in die Duschkabine und ließ sich minutenlang warmes Wasser über Kopf und Körper rinnen, um sich von den Anwürfen einer Welt reinzuwaschen, die er hasste.

30

»Irgendwie musste ich mit dieser Gewalterfahrung umgehen, also habe ich angefangen zu trinken. Ziemlich genau nach meiner Rückkehr aus Afghanistan. Ich habe getrunken, weil ich es nicht mehr aushielt. Weil es das Naheliegendste war. Ich wollte nicht mehr leben, nur noch überleben.« Romain saß in einem Sessel im Büro des Klinikpsychiaters und rang nach Worten, er hatte eine trockene Kehle, das musste an den Medikamenten liegen. Von Zeit zu Zeit sah er sein Gegenüber an, aber nur flüchtig, lange konnte er den Blick nicht halten.

»Sie sind hier, weil Sie sich entschlossen haben, damit aufzuhören …«

»Ich bin hier, weil ich ausgerastet bin, oder? Es hätte auch in Afghanistan passieren können, aber nein, ich habe damit gewartet, bis ich wieder in Frankreich war.«

»Wie haben Sie die Rückkehr erlebt?«

»Es war kein besonders erhebendes Gefühl. Mein Sohn hat mich nicht mehr erkannt.«

»Und Ihre Frau?«

Romain dachte lange nach, bevor er antwortete. »Es ist, als hätte der Krieg die Risse deutlich gemacht, die Kleinigkeiten, auf die man vorher nicht geachtet hat. Und ich habe meine Frau im Verdacht, dass sie meine Einweisung eingefädelt hat. Sie wusste genau, was der pfeifende Teekessel in mir auslösen würde. Aber wenn ich so etwas sage, unterstellt man mir bestimmt Wahnvorstellungen.«

»Wenn Sie wollen, kann ich Ihre Frau zu einer Sitzung dazubitten, und wir können gemeinsam darüber sprechen.«

»Nein, darauf lege ich keinen Wert.«

»Lieben Sie sie?«

Romain bewegte den Kopf von links nach rechts und klopfte mit der Fußspitze auf den Boden. »Ich weiß, welche Frage Ihnen auf den Lippen brennt. Sie wollen wissen, ob ich noch Sex mit ihr habe, nicht wahr? Die Antwort ist nein. Es ist einmal passiert, aber ohne rechte Lust.« Sein Blick wanderte in eine unbestimmte Ferne. »Meine Frau hat mich an dem Abend einweisen lassen, an dem ich ihr gesagt habe, dass ich sie verlassen will.«

»Hatten Sie tatsächlich die Absicht, sie zu verlassen?«

»Ich habe in Paphos eine Frau kennengelernt. Ich wollte zu ihr.«

»Das war vielleicht voreilig.«

»Waren Sie noch nie verliebt?« Romains Stimme brach. In seinen Augen sammelten sich Tränen. Er trocknete sie hektisch mit dem Hemdärmel. »Tut mir leid. Das sind die Nebenwirkungen der Medikamente. Ich plärre wie ein Kleinkind.«

»Sie sind verletzt worden, und ich bin da, um Ihnen zu helfen.«

»Nein, verdammt«, rief Romain aufgebracht. »Im Gegensatz zu einigen meiner Männer, die tot sind, bin ich unverletzt geblieben. Ich lebe, und ich muss mit dieser Ungerechtigkeit weiterleben. Ich habe sie nicht beschützen können.«

»Sie haben getan, was Sie konnten.«

»Woher wollen Sie das wissen?« Romain holte tief Luft. »Ich habe sie nicht retten können. Ich habe kein Recht weiterzuleben.«

»Die eigentliche Frage lautet: Bis zu welchem Punkt kann man sich oder andere schützen? Wenn Sie im Einsatz sind, versuchen Sie natürlich, die Risiken abzuschätzen, aber ein Null-Risiko gibt es nicht … Der Krieg konfrontiert Sie mit Ihrer eigenen Verletzlichkeit.«

»Ich dachte, wir wären darauf vorbereitet. Aber natürlich ist kein Zwanzigjähriger darauf vorbereitet, seinen Letzten Willen niederzuschreiben: sich zwischen Erdbestattung und Einäscherung zu entscheiden, die Form des Grabsteins auszusuchen und welche Musik bei der Beerdigung gespielt werden soll, welche persönlichen Gegenstände man im eigenen Sarg haben will. Niemand ist darauf vorbereitet, sich von den Eltern, der Frau, den Freunden zu verabschieden und dabei zu denken, dass es möglicherweise ein Abschied für immer ist. Niemand ist darauf vorbereitet, den zerfetzten Körper seines besten Freundes zu sehen. Auf so eine Begegnung mit dem Tod ist niemand vorbereitet.«

»Aber Sie sind lebendig zurückgekommen.«

»Nein, ein Teil von mir ist dort unten gestorben, ich werde nie mehr der Mann sein, der ich einmal war.«

»Sie müssen lernen, genau damit zu leben.«

»Wollen Sie damit sagen, dass ich meinen Beruf an den Nagel hängen soll?«

»Vorläufig ja.«

»Das würde bedeuten, dass ich das aufgebe, wofür ich geschaffen bin.«

Der Arzt sah Romain an und ließ mehrere Minuten verstreichen, bis er sich räusperte. »Ich möchte Ihnen eine Frage stellen, eine einzige. Könnten Sie an die Front zurück, heute, sofort?«

Romain wandte den Blick ab und antwortete mit flacher Stimme: »Wenn Sie mir eine geladene Waffe in die Hand drücken würden, würde ich mir eine Kugel in den Kopf jagen.«

31

Niedergeschlagen saß François in seinem Arbeitszimmer. Sein einigen Tagen schon richtete Marion das Wort nicht mehr an ihn, irrte mit eingefallenem Gesicht und erloschenem Blick in zerrissenen Jeans und T-Shirt durch die Wohnung. Er hatte versucht, mit ihr zu sprechen, sie in den Arm zu nehmen, aber sie hatte ihn schroff abgewiesen, ihn mit banalen Allgemeinplätzen abgespeist: Das seien die psychischen Spätfolgen ihrer Reise nach Afghanistan, weiter nichts. Er seufzte und sah auf die Uhr. Allmählich musste er zu seinem Treffen mit Osman Diboula aufbrechen, sie hatten sich in der Bar des Hôtel Le Meurice verabredet.

Als François die Bar betrat, erhob sich ein junger Schwarzer in marineblauen Jeans, weißem Hemd und grauer Leinenjacke von einem der Tische und stellte sich ihm mit festem Händedruck vor. François war beeindruckt von der eleganten Erscheinung Diboulas, der Mann strahlte großes Selbstvertrauen aus. Er setzte sich ihm gegenüber an den Tisch, ein wenig verstimmt, dass sein Stammplatz an andere Gäste vergeben worden war. Wirkte sich der Medienskandal nun schon in einer neuen Sitzordnung aus?

Doch er konnte diesem Gedanken nicht lange nachhängen, da Diboula ihn in ein äußerst anregendes Gespräch verwickelte. Es ging sehr allgemein um Machtstrukturen und Erfolg, um Unternehmenskultur, etwa in einem Konzern wie dem von Vély. Sie kamen von Anfang an gut miteinander aus, beide wussten, wie man andere für sich einnahm, nur am Rande handelten sie den eigentlichen Grund ihres Treffens ab, als François Osman dafür dankte, sich öffentlich für ihn eingesetzt zu haben.

Allerdings habe er ihn mit seinem Artikel auf eine Identität festgelegt, in der er sich nicht wiedererkenne: »Ich bin kein Jude, aber anscheinend muss ich mich damit abfinden, dass man seine Herkunft nicht so leicht ignorieren kann.«

Eine Bemerkung, die Osman an die Auseinandersetzung mit dem Berater des Präsidenten denken ließ, der vor versammelter Runde seine »schwarze Abstammung« thematisiert hatte. Die Tragödie der Abstammung.

François wollte wissen, wieso Osman diese Kolumne geschrieben habe.

»Weil die antisemitischen Ausfälle mich schockiert haben«, gab Osman zurück.

»Und was erwarten Sie von mir, Osman?«

»Nichts.«

»Wenn ich Ihnen irgendwie behilflich sein kann …«, sagte François und reichte ihm seine Visitenkarte.

»Sie gehören zum *Siècle*?«

»Ja«, sagte François verwundert. Worauf wollte Diboula hinaus?

»Ich möchte Mitglied werden«, sagte Osman.

»Sicher, ja … In diesem Fall stelle ich mich natürlich gern als Pate zur Verfügung«, erwiderte François. »Ich werde sehen, was ich tun kann.« Er warf einen Blick auf seine Armbanduhr. »Ich muss los.«

Er stand auf, gab Osman die Hand und verließ die Bar. Als Osman den Kellner zu sich winkte, war die Rechnung bereits beglichen.

32

Die Schwelle überschreiten, von einem Raum in den anderen gehen, Leichtigkeit gegen Schmerz eintauschen, Oberflächlichkeit gegen Tiefe, Leben gegen einen kleinen Tod – eine universell menschliche, oft aufrüttelnde Erfahrung. Im Anschluss an sein Treffen mit Vély in der Bar des Hôtel Le Meurice besuchte Osman das Militärkrankenhaus. In einem lichten, von einem gewaltigen Glasdach überwölbten Saal empfingen junge versehrte Männer ihre Familien. Osman spürte einen Kloß im Hals, als er seinen Blick schweifen ließ: Paraplegiker, Tetraplegiker, Amputierte, Mütter, die Rollstühle schoben, in denen ihre Söhne, deformiert und mit leeren Blicken, saßen.

Er erkundigte sich nach der Nummer des Zimmers, in

dem Farid lag. Und mit jedem Schritt, der die Distanz zwischen ihm und seinem einstigen Schützling verkürzte, wurde ihm unbehaglicher zumute. Doch er hatte Romain sein Wort gegeben. Er atmete tief durch, bevor er das Krankenzimmer betrat – und erschrak. Von dem Jugendlichen, den er einmal gekannt hatte, war nichts mehr übrig, erloschen war seine sprühende Vitalität. Osman trat an das Bett und ergriff Farids Hand.

»Na, du Tier? Wolltest Eindruck schinden, was? Bravo! Du bist ein wahrer Held! Bei der Glanzleistung werden sie dir mindestens die Militärmedaille verleihen!«

Farid war gerührt über den Besuch. Und nach ein paar Minuten Smalltalk sprudelten die Worte nur so aus ihm heraus, wie früher in Osmans Büro, er erzählte vom Krieg, von den langen Wochen, in denen nichts passierte.

»Wir haben uns gefragt: Wo ist denn der Krieg? Es war überhaupt nichts los! Wir wollten unbedingt Feindkontakt, wir waren echt scharf aufs Kämpfen, und dann eines Tages, als wir überhaupt nicht mehr darauf gefasst waren, sind wir in diesen verflixten Hinterhalt geraten … Tja, und jetzt liege ich hier.«

Osman flüchtete sich in Worthülsen, lobte Farids bewundernswerten Mut, sein Pflichtgefühl, geradezu »vorbildlich« sei sein Verhalten gewesen, mehrmals fiel das Wort »Held«.

»Was quatschst du da?«, rief Farid plötzlich aufgebracht. »Wo ist hier ein Held? Ich bin nur noch ein nasser Lappen, sieh mich doch an! Und selbst ein Lappen taugt noch zu was, ich nicht.«

Osman hatte Mühe, seine Bestürzung zu verbergen.

Vor ihm lag ein junger gebrochener Mann. Ein Mann in der Blüte seines Lebens, über dessen rasierten Schädel sich eine wulstige Narbe zog. Dessen Blick flackerte. Der keine Ziele, keine Wünsche mehr hatte, nur noch panische Angst vor dem Leben, das ihn erwartete. Der den Tod nicht mehr fürchtete, weil er bereits starb, an Verzweiflung und Wut.

»Sieh dir diese Flickschusterei doch an! Ich bin ein Invalide!« Seine dunkle, raue Stimme war immer noch dieselbe. »Erinnerst du dich an meine Beine? Weißt du noch, beim Fußball? Ich habe euch alle stehenlassen. Dann die Armee, der Krieg, der Einsatz und wozu das alles? Wer wird sich an uns erinnern, an das, was wir gemacht haben?« Ein Schluchzen schüttelte ihn. »Es waren Typen wie du, Politiker, die uns aufs Schlachtfeld geschickt haben. Wo wart ihr die ganze Zeit?« Er machte eine Pause, um Atem zu schöpfen. »Entschuldige, ich bin hart, du kannst nichts dafür ... Ich freue mich wirklich total, dass du gekommen bist. Aber sag du es mir, welche Chance habe ich überhaupt noch in diesem Leben? Keine, es ist einfach alles im Arsch ...«

Doch Osman war nicht mehr bei der Sache, sein Telefon klingelte, unauffällig sah er auf das Display – eine Nummer aus dem Élysée-Palast. Der Generalsekretär. Unglaublich! Farid, das Krankenzimmer, alles um ihn herum verschwamm. Er musste diesen Anruf entgegennehmen, nur das zählte noch. Mit mühsam unterdrückter Befriedigung nannte er seinen Namen. Gesellschaftskomödie, zweiter Akt.

»Ja, ich bin's. Nein, Sie stören mich überhaupt nicht.« Unvermittelt brach die Verbindung ab, und Osman lief wie ein Roboter im Zimmer auf und ab, das Handy ans Ohr gepresst. »Hallo? Hallo?« Nur das Gespräch nicht abreißen lassen, auch wenn ein Schild an der Wand darauf hinwies, dass Mobiltelefone in den Klinikräumen nicht erlaubt waren. Wie konnte er das launische Funknetz überlisten? Mit einer entschuldigenden Geste in Richtung Farid verließ er eilig das Zimmer.

Der Generalsekretär teilte ihm mit, dass ihn der Präsident in einer halben Stunde zu sehen wünsche, es sei dringend, und Osman erwiderte: »Ja, ja, ich komme. Ich bin gleich da.«

Als er auflegte, raste sein Puls. Es war so weit. Aus dem Taxi, das ihn zum Élysée brachte, rief er seine Eltern an und verkündete aufgeregt die Neuigkeiten. Sie ließen keine besondere Freude erkennen: »Sei vorsichtig, Junge.« Ein paar Minuten später riet ihm Laurence Corsini: »Stell Forderungen.«

Erst jetzt fiel ihm auf, dass er Jeans und ein einfaches Leinenjackett trug. So konnte er sich unmöglich präsentieren, er kannte das strenge Protokoll. Für einen Umweg über seine Wohnung reichte die Zeit jedoch nicht, Panik überfiel ihn. Es gab nur eine Lösung, hektisch tippte er Wojakowskis Nummer.

»Am Ende geht doch nichts über feines jüdisches Tuch«, spottete Wojakowski. »Wir treffen uns in fünf Minuten im Café an der Ecke, ich bringe dir einen Anzug und ein Hemd mit.«

»Ich wusste, dass du Kleider zum Wechseln hast, du rettest mir das Leben!«, rief Osman atemlos, als er das Café betrat. Wojakowski erwartete ihn mit einem voluminösen Kleidersack. »Es heißt, der Präsident bereite eine kleine Regierungsumbildung vor …« Er hob den Kleidersack vom Stuhl und lief damit zur Toilette. Als er wiederkam, musterte ihn Wojakowski grinsend von Kopf bis Fuß: »Damit wirst du mindestens Außenminister.«

Osman spürte die Veränderung sofort, kaum dass er das Regierungsgebäude betreten hatte. Man grüßte ihn, man lächelte, man führte ihn sogleich zum Präsidenten.

»Ah, Osman, ich freue mich, dich zu sehen! Gratulation zu deinem großartigen Text! Ein Glanzstück, sehr beeindruckend. Von dir hätte ich mir meine großen Reden schreiben lassen sollen!«

Osman hätte zu gern erwidert: »Die Rede von Dakar zum Beispiel?«, aber er biss sich auf die Zunge. Es war bekannt, dass der Präsident Ironie nicht schätzte, nicht wenn er selbst aufs Korn genommen wurde. Er folgte der Einladung, Platz zu nehmen, und hörte, was ihm der Präsident zu sagen hatte. Fakten, nichts als Fakten. Er dürfe der Presse gegenüber nicht durchblicken lassen, dass er entlassen worden sei. Er sei ein wichtiger Trumpf, man brauche ihn hier im Élysée, der Vorfall sei vergessen. Vergessen. Der Präsident verwendete das Wort großzügig. Vergessen für wen? Osman konnte die Wochen der Erniedrigung und Isolation nicht einfach auslöschen. Doch der Präsident war noch nicht fertig.

»Es gibt da noch etwas anderes, was ich mit dir besprechen wollte«, fuhr er fort. »Ich habe Größeres mit dir vor, du hast etwas Besseres verdient.«

Osman bekam Herzklopfen. Konnte eines der Schlüsselministerien gemeint sein?

»Ich dachte an das Amt des Staatssekretärs für den Außenhandel, zur Förderung des Tourismus in Frankreich und im Ausland. Du wärst dem Außenministerium zugeordnet, was meinst du?«

Der Präsident wandte sich ab und tippte auf seinem Smartphone herum, ohne Osman weiter Beachtung zu schenken. Lange Minuten verstrichen. Osman spürte den Stich, den ihm diese Missachtung versetzte. Wenn *er* mit einem sprach, wenn *er* einen wahrnahm, dann fühlte man sich wichtig, nein, einzigartig …

Der Präsident drehte sich abrupt zu ihm um. »Es ist ein sehr schöner Posten, und du wirst Hilfestellung bekommen.«

Der Begriff »Hilfestellung« ließ Osman aufhorchen, dahinter steckte mangelndes Vertrauen, Paternalismus, er war gekränkt, zwang sich jedoch zu einem Lächeln, als der Präsident ihm zum Abschied jovial auf die Schulter klopfte. »Denk darüber nach.«

33

Romain war bald nur noch von einem Gedanken besessen: die Klinik verlassen. Er nahm seine Medikamente, verpasste kein einziges Gespräch mit dem Psychiater und war freundlich zu den Krankenpflegern. Er wollte seine Freiheit wiederhaben, und wider Erwarten erklärte sich der Psychiater einverstanden, ihn künftig ambulant zu behandeln – unter strikter ärztlicher Kontrolle. Er überzeugte Agnès davon, dass Romain zu Hause besser aufgehoben wäre, sie widersetzte sich nicht.

Kaum zu Hause, versuchte Romain vergeblich, Marion zu erreichen. Er wagte es nicht, noch einmal überraschend bei ihr aufzutauchen, und schrieb ihr stattdessen eine lange SMS, in der er ihr ausführlich erläuterte, was vorgefallen war, und sie inständig um ein Treffen bat. Ihre Antwort war knapp, er solle sie in Ruhe lassen. Wie sollte sie auch Hoffnung schöpfen nach dem dramatischen Hin und Her, Vertrauen fassen nach dem Verlassenwerden, Sehnsucht empfinden nach der langen Trennung, wiederfinden, was sich mit der Zeit verflüchtigt hatte, die Angst ablegen, nicht mehr geliebt zu werden, den Schmerz überwinden, die zweite Wahl zu sein? Ihre Liebe war von Anfang an zum Scheitern verurteilt gewesen, und Romains unerwarteter Annäherungsversuch reichte nicht aus, um den Schaden wiedergutzumachen.

Von Beginn an hatte Marion sich bemüht, eine gewisse Distanz zu wahren, um destruktiven Gefühlen und Verletzungen zu entgehen, die eine allzu große Nähe mit sich bringt. Es war ihr nicht gelungen. Romain glaubte an einen Neuanfang, Marion nicht. Denn in der Zwischenzeit hatte sich etwas ergeben, was sie nicht vorausgesehen, nicht für möglich gehalten hatte. Sie hatte geglaubt, ihre Kindheitserfahrungen als Tochter einer militanten Anarchistin hätten sie wie selbstverständlich gegen ein Denken in gesellschaftlichen Normen und gegen Vorurteile immunisiert. Dass sie die Welt aus einer humanistischen Überzeugung heraus prinzipiell fair und wohlwollend betrachten könnte. Es wäre ihr nicht in den Sinn gekommen, dass ausgerechnet sie anderen je Geringschätzung entgegenbringen könnte, sie wusste, wie sich Verachtung anfühlte, und hatte diese Erfahrung in einem zornigen Buch verarbeitet.

Als sie nun Romains Nachricht erhielt, war sie über ihre eigene Reaktion erstaunt und beunruhigt. Die Vorstellung, an jemanden gebunden zu sein, der ihr keinerlei materielle Sicherheit bieten konnte und sich nicht in einem intellektuellen Milieu bewegte, bereitete ihr Unbehagen. Möglicherweise bliebe nach dem ersten Rausch der Zweisamkeit nur die Einsicht, einen schrecklichen Fehler begangen zu haben. Und wenn diese Geschichte nichts weiter war als ein simpler Beweis für die Übermacht der Sexualität, ein Beweis für ihre eigene Unreife? Sie dachte mit einem Mal in Kategorien spießiger Lebensführung, an Pflichten und Aufgaben, an François' Kinder, für die sie sich mitverantwortlich fühlte – der Reflex zu Rückzug und Verzicht.

Sie hatte Romain geschrieben, dass sie ihm nicht mehr vertraute. Das war falsch. In Wirklichkeit hatte sie Angst, sich an einen schwachen Mann zu binden. Sie hatte geglaubt, sie stünde über den gesellschaftlichen Normen, doch das stimmte nicht. Sie hing an ihrer Komfortzone. Dass die Liebe zu Romain verboten war, hatte ihr einen besonderen Reiz verliehen, plötzlich aber war sie möglich und lebbar geworden. Romain war frei, er hatte die Klinik verlassen, und Marion war sich ihrer Sache nicht mehr sicher. Sie sehnte sich nach ihm, aber genügte das, um darauf ein Leben aufzubauen, eine stabile Existenz, die Art Leben, die sie unbewusst immer angestrebt hatte? Er hatte kein Vermögen, konnte ihr keine Sicherheit bieten, ihre eigene berufliche Zukunft, die sie dem Schreiben widmen wollte, stand auf wackligen

Füßen, sie würde wie ihre Mutter enden, eine ganz und gar grauenhafte Vorstellung. Und da sollte sie sich auf ein solches Glücksspiel einlassen? Sie hätte sich gern ein Happy End mit Romain ausgemalt und sich zu der Hoffnung durchgerungen, dass die Liebe und die Aussicht auf sexuelle Erfüllung für ihr Glück ausreichten, aber sie konnte es nicht. Es war romantisch. Aber unrealistisch. In jeder Liebesbeziehung kommt ein Moment, in dem die Vernunft über das Gefühl triumphiert, das war bei Romain so gewesen, und nun war Marion an der Reihe. Die Macht der Illusion verblasst, man bleibt allein zurück und betrauert den Verfall einer Liebe, auf deren Unerschütterlichkeit man gewettet hätte.

Marion sagte sich also: Er ist immer noch verheiratet, er hat keine Arbeit mehr, er kommt gerade aus der Psychiatrie. Sie war neunundzwanzig, ihr stand der Sinn nach etwas anderem. Eine Beziehung mit Romain käme einem Selbstmord gleich. So war es doch: Die Gesellschaft pickte die Besten und Widerstandsfähigsten heraus, die anderen zermalmte sie, und sie wollte auf der Seite des Lebens stehen. Deshalb zog sie sich zurück, obwohl sie überzeugt davon war, nie wieder eine so außergewöhnliche Nähe und Offenheit zu erleben. Mit niemandem.

Ihre Geschichte würde unvollendet bleiben. Sie würden ihr Leben mit dem Wissen weiterführen, dass sie dem, was ihnen geschenkt worden war und was sich nie mehr oder nur auf sehr begrenzte, karge, bruchstückhafte Weise wiederholen würde, nicht gerecht geworden waren. Sie würden nicht nur auf das verzichten, was die Liebe in ihrer verschwenderischsten Form zu bieten hat – vollkommenes Glück, wahre Leidenschaft –, sondern auch auf alle Projektionen dieser Art, die sich am Ende doch als absurde Lügen entpuppten und die dadurch, dass man sie leugnete, mit der Zeit erstarben.

Es war zu Ende. Und eine Trennung ist umso schrecklicher, wenn sie nicht von dem Ende der Gefühle bestimmt wird, sondern von moralischen Erwägungen, der gesellschaftlichen Konditionierung oder ganz einfach durch einen Sinneswandel, wie ihn Menschen vollziehen in einem Moment, da sie sich nicht mehr imstande sehen, ein unerträglich gewordenes Leben in eine neue Richtung zu lenken.

34

Mit einem Mal dominierte das Irrationale. Das vernunftbetonte Denken, das François bislang gute Dienste geleistet hatte, geriet ins Abseits. In einer besonders verzweifelten Stunde fragte er sich sogar, ob nicht seit jenem verhängnisvollen Telefonat, in dem er Katherine über seine Hochzeitspläne mit Marion informiert hatte, okkulte Kräfte gegen ihn am Werk waren. Er hatte das Gefühl, in einem unbarmherzigen Räderwerk festzustecken, jeder Tag brachte ihm neue, blutige Wunden bei. Es wird vorübergehen, versuchte er sich zu beschwichtigen, doch es wurde schlimmer. Kein Tag verging ohne antisemitische Angriffe, ohne Briefe mit Beschimpfungen oder gar Todesdrohungen. Jeden Morgen brach krankhafter Hass wie eine Welle über ihn herein.

Je näher sein Abflug nach New York rückte, desto mehr setzte ihn der Gedanke, Daniel Dean gegenübertreten zu müssen, unter Druck. Stundenlang saß er apathisch zu Hause, sagte alle Termine ab, ging nicht mehr ans Telefon. Er hatte das Gefühl, sich von innen heraus aufzulösen. »Du wirst untergehen, wenn du dich isolierst«, warnte Étienne. Na und?, dachte François. Nach fünfzig Jahren ohne Schmerz und Unglück war es jetzt offenbar an der Zeit, die dunklen Tiefen auszuloten.

In New York hatte François zwei Suiten im Carlyle reserviert, eine für Marion und ihn, eine für seine Kinder. Doch Thibault schlug die Einladung aus und bezog ein Zimmer in einem jüdisch-orthodoxen Studienhaus. Seinem Vater erklärte er, es sei ihm wichtig, in seiner »Gemeinschaft« anzukommen, an den Gottesdiensten teilzunehmen, Beziehungen zu den anderen Studierenden zu knüpfen. François ließ ihn ziehen. »Die Gemeinschaft« – ein Reizwort für François, der sein Leben lang acht darauf gegeben hatte, sich nicht von einer Gruppierung vereinnahmen zu lassen.

Für den Abend war ein Essen mit François' Mutter Susan geplant, doch auch hier stellte Thibault Bedingungen: kein Fleisch, keine Meeresfrüchte, die Fische mussten Flossen und Schuppen haben, der Wein musste koscher sein und durfte nur von ihm, dem strenggläubigen Juden, der den Sabbat achtete, geöffnet werden, keinesfalls von einem Goi. Susan zeigte sich erst befremdet, dann besorgt, schließlich alarmiert. Waren Jakobsmuscheln in Ordnung? Nein, keine Meeresfrüchte, wie gesagt. Waren Seeteufel koscher? Nein. Heringe? Seezungen? Ja. Und der Petersfisch, der hatte doch Schuppen, oder? Dieser Fisch war umstritten, über ihn wurde noch debattiert.

Umstritten? Mein Gott, wie konnte man einer Religion trauen, die einen Fisch in den Mittelpunkt metaphysischer Diskussionen stellte? Susan machte aus ihrer Betroffenheit keinen Hehl: »Eine Entscheidung kann man anzweifeln, eine politische Maßnahme auch, aber die Reinheit eines Fisches, also wirklich ...!« Sie hatte nicht die Absicht, ihre Gewohnheiten abzulegen, sie war empört und sogar abgestoßen. Sollten sie doch mit ihren Bärten und Schläfenlocken herumlaufen, diese Juden, aber nicht unter ihrem Dach, und wenn ihrem Enkelsohn das nicht passte, dann sollte er zu Hause bleiben und sich von Räucherhering ernähren.

Marion versuchte zu vermitteln. »Es spricht doch nichts dagegen, in einem koscheren Restaurant zu essen, wenn es Thibault so wichtig ist.« Sie schlug ein Deli vor, aber François' Mutter schaltete auf stur. »Ausgeschlossen. So weit kommt es noch, dass ich mir vorschreiben lasse, nur noch Salami zu essen.« Die Diskussion nahm einen immer schärferen Ton an, und nachdem Thibault seinen Rabbiner angerufen hatte, um sich zu erkundigen, wie in einem solchen Fall zu verfahren sei, fiel die Entscheidung: Thibault würde in der Jeschiwa essen.

Daraufhin wollte François einen Tisch bei Cipriani reservieren, Großmutter und Enkelinnen konnten sich jedoch eine Viertelstunde lang nicht einigen, ob es das Cipriani uptown oder das Cipriani downtown in Soho sein sollte. Schließlich gab Susan nach mit dem Ergebnis, dass sie den ganzen Abend schmollte, ihren Bellini nicht anrührte und die »viel zu weich gekochte« Pasta verschmähte. Marion schob den Jetlag vor und sagte kaum etwas, während François seinem ganzen Ärger der letzten Wochen wortreich Luft verschaffte. Seine Mutter riet ihm daraufhin, nach New York zu ziehen – die Idee, wieder in den Staaten zu leben, gefiel ihm ausgesprochen gut. So könnte er sich elegant den Pariser Umtrieben entziehen und einer Welt entkommen, die seinen Niedergang miterlebt hatte.

Später im Hotelzimmer fragte er Marion, ob sie sich einen solchen Ortswechsel vorstellen könne. Er erwartete Ablehnung, nahm an, dass sie ihre Arbeit und ihre Kontakte in Paris ins Feld führen würde, aber nein. Sie wandte lediglich ein, sie sei sich nicht sicher, ob sie in der Welt leben könne, die seine Mutter für ihn geschaffen hatte – »in dieser blasierten, sicherheitsfixierten Gesellschaft, diesem New York der Reichen«.

François rang um Fassung. Wie konnte sie es wagen, ihm eine Moralpredigt zu halten, sie, die von dem System nur profitierte, das sie anprangerte! Thibault hatte recht, niemand konnte seine Herkunft verleugnen, auch Marion nicht. Er wurde laut.

»Du bist so hart, so kategorisch, so aggressiv … Ich habe mich schon oft gefragt, woher die Wut in deinem Buch eigentlich stammt. Hattest du eine so beschissene Kindheit, dass …«

»Gut«, fuhr sie ihm dazwischen, »reden wir also über sozialen Determinismus. Du hast nie um irgendetwas kämpfen müssen. Du hast studiert, okay, aber natürlich an Elitehochschulen, und ich möchte nicht wissen, wie viele Nachhilfelehrer dich auf die Uni gehievt haben. Du musstest nie um einen Platz oder einen Termin ringen.

Du hast nie Hunger gehabt – und ich meine das nicht im wörtlichen Sinne, sondern Hunger als Notwendigkeit, sich durchzuschlagen, damit man etwas erreicht. Du hast alles bekommen, bevor du es wolltest, und ich sage das ohne Groll, man kann sich nicht aussuchen, wo man geboren wird.«

»Du bist immer auf dem Kriegspfad, Marion«, sagte François müde.

»Ja, genau«, erwiderte sie schroff. »Überall herrscht Krieg, die ganze Zeit, in jedem von uns. Aber du wirst nie wissen, was sozialer Krieg tatsächlich bedeutet … Du sitzt bei deinen Wohltätigkeitsdiners, selbstverständlich neben einem Star oder Sternchen, weil das gut für dein Image ist, und dann zeigen sie dir ein Filmchen, das auf die Tränendrüse drückt, damit du dein Scheckbuch zückst. Du unterschreibst Petitionen für humanitäre Ziele, aber du hast nie erfahren, wie es ist, wenn man sich in der Gesellschaft seinen Platz erkämpfen muss! Du lebst in deiner eigenen Welt, François, und die beschränkt sich auf ein paar Straßen in drei Pariser Arrondissements und auf ein paar Avenues in New York – und deshalb hast du im Übrigen immer noch nicht begriffen, dass du Menschen mit deinem Foto verletzt hast.«

Der Todesstoß. Keiner sagte mehr ein Wort. Als Marion eingeschlafen war, folgte er einem Instinkt und griff in ihre Handtasche. Er holte ihr Handy hervor und las sämtliche nicht gelöschten Nachrichten, die sie an Romain geschickt hatte. Besonders überrascht war er nicht. Er schob das Telefon in die Handtasche zurück und stahl sich hinaus. Vom Flur aus rief er einen Freund in Paris an und bat ihn, Genaueres über Romain Roller in Erfahrung zu bringen. Dann ging er ins Zimmer zurück und recherchierte selbst im Internet. Vergeblich – er stieß lediglich auf ein Facebook-Profil ohne Bild. Er versuchte, sich das Gesicht des Mannes vorzustellen, der seine Frau verführt hatte. Das berufliche Drama war vergessen, in seinem Kopf kreisten nur mehr Gedanken an Roller. Nach einer Weile verließ er das Hotel und lief stundenlang kreuz und quer durch die Stadt. Nur einmal blieb er kurz stehen, um sich einen Becher Kaffee zu kaufen. Bei seiner Rückkehr ins Hotel schlief Marion immer noch. Er wollte nicht, dass sie sich von ihm trennte. Nach allem, was sie gemeinsam durchgestanden hatten, mussten sie ihre Ehe retten, das waren sie sich schuldig. Er zog sich aus und rückte dicht an sie heran. Sie würden es halten wie die meisten Ehepaare: so tun, als liebten und begehrten sie sich. Was hatte das schon zu bedeuten? Die Ehe war nur eines der vielen Gesichter der großen Gesellschaftslüge.

35

»Du siehst den Staatssekretär für den Außenhandel vor dir« – mit diesen Worten begrüßte er Sonia aufgekratzt, als er das Café in der Nähe des Invalidendoms betrat. Sie hatte ein halbes Dutzend Mal vergeblich versucht, ihn zu erreichen, bevor er endlich ans Telefon gegangen war. Und wie sie da auf der Bank mit den weinroten Lederpolstern saß, die Haare zurückgebunden, in einer strengen, bis zum Hals zugeknöpften weißen Bluse, wirkte sie fast ein wenig verloren. Ihr war nicht wohl bei diesem Treffen, das spürte Osman sofort, und er konnte nicht leugnen, dass er es genoss, sich zum ersten Mal seit Wochen ihr gegenüber als Herr der Lage zu fühlen. Er war gekommen, weil sie ihn darum gebeten hatte. Er küsste sie flüchtig auf beide Wangen, wie eine entfernte Bekannte, und setzte sich neben sie.

»Freut mich, dich zu sehen«, sagte er leichthin. »Lass uns meine Rückkehr an die Macht feiern.« Sie verzog die Mundwinkel zu einem traurigen Lächeln, er fuhr dennoch ungebremst fort: »Wer hätte gedacht, dass sich die Dinge so schnell entwickeln … Ich werde heute mein neues Büro beziehen und einrichten. Die können sich auf was gefasst machen, ich werde sie endlos nerven, als Erstes fliegt das gesamte Mobiliar raus! Hast du eine Idee, was ich mir bei Mobilier National aussuchen könnte?« Er lachte. »Nach all diesen Wochen, diesem Frust … Laurence Corsini hat mich sehr unterstützt. Und du glaubst nicht, wie die Medien sich seit der Veröffentlichung meines Artikels auf mich stürzen – verrückt, was?« Sein Selbstvertrauen war zurückgekehrt, er war wie berauscht, und erst nach einem viertelstündigen, von mehreren Anrufen unterbrochenen Monolog erkundigte er sich, wie es ihr ginge.

»Ich bin müde«, antwortete sie.

Er bemühte sich, interessiert zu wirken, war im Grunde jedoch mit seinen Gedanken woanders, er hatte neue Pflichten, wichtige Aufgaben zu erledigen. Und überhaupt, hatte sie ihn nicht verlassen, als er sie am meisten brauchte? Was verband sie denn noch? Nichts, allenfalls eine rein oberflächliche, gekünstelte Beziehung mit kurzem Verfallsdatum. Aus bloßer Höflichkeit hakte er nach: »Was ist los?«

Und sie erwiderte: »Ich bin schwanger.«

Ein Schlag. Die Möglichkeit, ein Kind zu bekommen, hatten sie nie ins Auge gefasst – Sonia hatte vorgegeben, vor ihrem vierzigsten Lebensjahr keines zu wollen, um ihre Karriere nicht zu gefährden, und Osman war davon ausgegangen, dass sie die Pille nahm. Ja, das tat sie auch, aber bei einer beruflich bedingten Auslandsreise hatte sie die Einnahme vergessen.

Er legte seine Hand auf ihre. »Es tut mir sehr leid, ich weiß, wie schwierig das für dich ist. Ich übernehme natürlich alle Kosten für den Abbruch und werde dich in die Klinik deiner Wahl begleiten.«

Sie sah ihn an. »Osman, ich bin nicht sicher, wie ich mich entscheiden werde.«

»Wie? Du willst es doch nicht behalten?«

»Und warum nicht?«

»Aber deine Karriere? Du bist gerade befördert worden …«

»Kann man nicht arbeiten und Kinder haben?«

»Ausgerechnet dir muss ich wohl nicht erklären, wie unvernünftig eine solche Option ist.«

»Ich muss meine Entscheidung heute treffen.«

»Du kannst es nicht behalten, Sonia. Das geht nicht!«

»Nenn mir einen guten Grund!«

»Weil ich es nicht will.«

Anstelle einer Antwort griff Sonia nach Mantel und Tasche und verließ das Café. Osman hielt sie nicht zurück. Er blieb eine Weile reglos sitzen. Ein Kind, das konnte sie doch nicht ernst meinen! Sie waren kein Paar mehr, und ihm stand ganz und gar nicht der Sinn danach, Vater zu werden. Er überlegte, ob er Sonia gleich noch mal anrufen sollte, befand dann aber, dass es wohl besser sei, ein paar Stunden verstreichen zu lassen, die ihm die Zeit gäben, über stichhaltigere Argumente für einen Abbruch nachzudenken. Während er die Rechnung beglich, rief Issa an. Grimmig drückte er den Anruf weg, zwei Minuten später traf eine SMS ein. Issa bat ihn, ans Telefon zu gehen, er wolle sich entschuldigen. Als das Handy zum zweiten Mal klingelte, meldete sich Osman kurz angebunden.

»Ich weiß, das war nicht die feine Art, neulich«, gab Issa zerknirscht zu. »Ich hätte nicht so einen Aufstand machen sollen. Tut mir leid.«

»Nicht der Rede wert«, sagte Osman kühl. »Ich habe gerade andere Probleme.«

Issa wurde hellhörig und fragte interessiert nach. Und wie so oft folgte Osman seinem Impuls, er ließ sich dazu hinreißen, einem Menschen, mit dem er nichts mehr zu tun haben wollte, von Sonias unerwünschter Schwangerschaft zu erzählen.

»Ich bin verzweifelt«, sagte er. »Ich weiß nicht, wie ich sie davon überzeugen soll, dieses Kind nicht zu behalten.«

Am anderen Ende der Leitung war es still. Issa schien verblüfft. Dann widersprach er: »Du musst das Kind anerkennen und zu deiner Verantwortung stehen!«

»Wieso sollte ich? Es war ein Unfall! Wir sind nicht mehr zusammen, und ich will kein Kind. Ich will, dass sie abtreibt!«, rief Osman empört.

»Aber der Islam verbietet es, Abtreibung ist ein Verbrechen! Tu das auf keinen Fall. Du wirst verflucht sein!«

Was sollte man dazu sagen? Schließlich gab er sich einen Ruck. »Issa, ruf mich bitte nie wieder an, verstehst du, nie wieder. Wir haben uns nichts mehr zu sagen.« Dann legte er auf.

36

Romain suchte das Militärhospital nicht wieder auf. Der Armeepsychologe versuchte mehrmals, ihn zu erreichen, aber Romain ging nicht ans Telefon. Nach ein paar Tagen eröffnete er Agnès, er wolle weg, in den Irak diesmal, und zwar für eine Sicherheitsfirma. Er wolle sich nicht länger von ihr einsperren lassen und habe auch nicht die Absicht, sich ihren Drohungen zu beugen. Er fühle sich eingeengt. Der Krieg fehlte ihm. Das Gelände. Das Adrenalin. Sollte er sich etwa mit diesem langweiligen, beklemmenden Dasein zufriedengeben? Diesem kleinen Tod? Unmöglich.

Agnès machte ihm Vorwürfe. Wollte er ihr schon wieder die tägliche Angst zumuten, die Angst davor, ihn zu verlieren? Die ewige Warterei? Dazu hatte sie nicht mehr die Kraft. »Willst du wie Farid enden? Dann geh, nur zu, geh in dieses Land, aber auf mich kannst du nicht mehr zählen.«

Sie verstand nicht, dass ihn das tägliche Einerlei umbrachte und nicht die Gefahr, nicht der Kampf. Mit jedem seiner Einsätze hatte sich ihre innere Distanz zu ihm vergrößert. Der Freundeskreis schlug sich auf ihre Seite – *er ist krank.*

Romain versuchte pragmatische Überlegungen dagegenzuhalten: »Ich könnte das Zehnfache von meinem jetzigen Lohn kriegen. Da unten macht man einen Haufen Kohle«, versicherte er ihr mit den Worten Xaviers.

Agnès sah ihn stumm an.

»Was hast du? Ist was nicht in Ordnung?«, fragte er gereizt.

»Nichts ist in Ordnung. Wenn du diesmal gehst, kommst du nicht zurück, das spüre ich.«

37

Ein Wochenende in Southampton, Massachusetts, auf dem Familiensitz an der begehrten Gin Lane, einem riesigen Anwesen direkt am Meer mit einem imposanten Dach aus grauen Schieferplatten. Das Haus hatte François' Großeltern gehört und sollte demnächst verkauft werden, *es kommt doch sowieso keiner mehr her, wozu soll man es erhalten, es steht seit Monaten leer.*

François, Marion und die Mädchen trafen am Vormittag ein – ohne Thibault, er fühlte sich als Persona non grata in ihrer Gesellschaft –, Susan war am Tag zuvor angereist. François und Marion zogen sich in das Mansardenzimmer zurück, der in Grautönen gestaltete Raum spiegelte die Atmosphäre: Kühl, ohne ein Wort zu wechseln, richteten sie sich ein, jeder in seiner Zimmerhälfte. Später beim Mittagessen erklärte François seiner Mutter, warum er das belebtere, modernere East Hampton vorzog. Er komme nicht mehr nach Southampton, weil er sich dort langweile – »zu viele Republikaner«, sagte er scherzhaft, um die Stimmung aufzulockern. »Verstehe«, meinte seine Mutter spitz, »die Republikaner und die Demokraten verkehren nicht mehr miteinander.«

Sie waren gerade beim Dessert angelangt, als François eine SMS erhielt – Absender war jener Freund, den er damit beauftragt hatte, Informationen über Romain Roller zu beschaffen. Er schob einen dringenden Anruf vor und verließ das Zimmer. Roller, las er, war Oberleutnant in der französischen Armee. Er war verheiratet und hatte einen Sohn. Es existierte sogar ein Foto von ihm in Uniform, auf dem er François sehr jung erschien, deutlich jünger jedenfalls als er selbst. Als er an den Tisch zurückkehrte, konnte er den Blick nicht von Marion wenden. Er stellte sie sich beim Sex mit dem Soldaten vor: ihren Mund, ihre Hände, ihre Brüste, ihre Haut, die dieser fremde Mann berührt hatte. Sie unterhielt sich mit seiner Mutter und lachte dabei, ihre unechte Zugewandtheit, ihre gespielte Fröhlichkeit waren ihm plötzlich zuwider.

»Rede nicht so laut!«, fuhr er sie an. Sie biss sich auf die Zunge, lächelte den Angriff nieder, doch er ließ nicht von ihr ab. »Ich habe Kopfschmerzen, könntest du bitte so freundlich sein, leiser zu sprechen.«

Marion sagte nichts, legte nur sehr langsam ihre Serviette zur Seite, stand auf und verschwand in Richtung Schlafzimmer.

»Wie kannst du deine Frau in meiner Gegenwart so

angehen?«, zischte Susan. »Du hast ein Talent dazu, mir die Laune zu verderben. Brauchst du unbedingt Zeugen für deine Ehekrise?«

»Sie geht mir seit Tagen aus dem Weg, Mutter«, verteidigte sich François. »Und außerdem glaube ich, dass sie eine Affäre hat. Überleg dir also, wen du hier gegen wen in Schutz nimmst.«

»Du warst noch nie in der Lage, eine Frau zu halten, François«, sagte seine Mutter tonlos. »Immer wieder müssen sie deinetwegen leiden. Denk daran, wozu dein Verhalten die letzte getrieben hat.«

Die Worte verfehlten ihre Wirkung nicht. »Dass ich mir so etwas von dir anhören muss!«, rief François außer sich. »Ich hatte auf Trost und mütterlichen Beistand gehofft nach allem, was ich durchgemacht habe. Aber warum eigentlich … Du hast zeit deines Lebens nur deine persönliche Selbstverwirklichung im Sinn gehabt. Hast du dich jemals wirklich für mich interessiert?«

»Ich hatte mir dieses Wochenende auch anders vorgestellt. Harmonischer. Stattdessen muss ich mir ansehen, wie deine Familie auseinanderfällt, und das Schauspiel deines ehelichen Desasters hättest du mir wirklich ersparen können!«

François sprang auf. »Warum? Hast du mich etwa jemals geschont?« Er sah seine Mutter an, sie blieb mit unbewegter Miene am Tisch sitzen. »Es tut mir leid, wir hätten nicht herkommen sollen«, sagte er dann matt. Sie widersprach ihm nicht. Missmutig wandte er sich ab und ging die Treppe hinauf ins Schlafzimmer. Ohne Marion eines Blickes zu würdigen, zog er seinen Sportdress an und lief aus dem Haus hinunter zum Strand.

Wie beginnt man ein neues Leben?, fragte er sich.

Er spürte den Wind und die Sonne auf seinem Gesicht, hörte das Rauschen der Wellen, die anbrandeten, sah die Lichtreflexe auf dem Wasser, nahm den feinen Sand unter seinen Füßen wahr, und mit einem Mal keimte Zuversicht in ihm auf. Die Hoffnung auf eine Umkehr.

38

Sonia wollte nicht abtreiben. Sie war fünfunddreißig, und wenn sie überhaupt noch ein Kind wollte, dann jetzt oder nie, sie würde es behalten, die Entscheidung war gefallen. »Ich bitte dich nicht, das Kind anzuerkennen. Du kannst jetzt gehen.«

Osman ging nicht. Sein Sinneswandel vollzog sich blitzschnell. Er werde zu dem Kind stehen, ihrer Beziehung eine neue Chance geben. Dachte er dabei an Laurence Corsini und ihre Worte, an den Vorteil, den es brachte, sich mit einer mächtigen Frau zusammenzutun? Immerhin hatte Sonia viel Einfluss, sie gehörte zum engsten Kreis des Präsidenten und war an der Entstehung der entscheidenden Reden beteiligt. Er wirkte jedenfalls überzeugend, als er sagte, was sie hören wollte: »Ich will mit dir zusammenleben. Ich will, dass du meine Frau wirst. Die Geburt dieses Kindes ist ein Zeichen.«

Kurz darauf zogen sie gemeinsam nach Les Pavillons-sous-Bois, eine kleine Gemeinde von zweiundzwanzigtausend Einwohnern im Departement Seine-Saint-Denis. Osman wusste, dass er seine Glaubwürdigkeit verspielte, wenn er die große Wohnung im 7. Arrondissement behielt, die Journalisten würden über ihn herfallen. Und so mietete er, wenngleich widerstrebend, ein kleines Einfamilienhaus mit Garten in einem ruhigen Wohnviertel. In der Woche nach dem Umzug gaben sie eine große Einweihungsparty, sie wollten voller Stolz vorführen, dass sie den Verlockungen des Hauptstadtlebens widerstanden. Doch nicht wenige ihrer Freunde aus Paris lehnten die Einladung ab: Seine-Saint-Denis bei Nacht – zu gefährlich: *Sie werden uns den Wagen aufbrechen.* Unbeirrt stellte Osman regelmäßig Bilder ihrer neuen Vorortidylle ins Netz – seht her, hier die Obstbäume, da üppige Grünstreifen mit Margeriten und Mohnblumen. Es waren Fotos von einem sonnenüberstrahlten ländlichen Ambiente, Fotos, die ein tolerantes, vorurteilsfreies Miteinander suggerierten, und darunter schrieb er »Das wahre Seine-Saint-Denis« oder »Es macht Spaß, hier zu wohnen«. Wenn er gefragt wurde, behauptete er: »Ich wohne unter ganz normalen Leuten, ich bekomme viel mit, ich höre den Menschen zu. Es stimmt nicht, was manche Leute sagen. Auch in der Banlieue lässt es sich friedlich leben.« Er hatte sich zum Ziel gesetzt, bei den nächsten Wahlen siegreich in den Gemeinderat einzuziehen. Unterdessen erschien Sonia der Preis für Osmans neue Authentizität sehr hoch. Sie dachte in Kategorien von Elite und Leistung und betrachtete die kulturelle Durchmischung, die Osman pries, als eine Bedrohung für die intellektuelle Entwicklung ihres ungeborenen Babys.

»Und was machen wir, wenn unser Kind in die Schule kommt?«, fragte sie gereizt.

»Es ist noch nicht mal geboren, Sonia.«

»In manchen Privatschulen muss man die Kinder schon bei der Geburt anmelden, sonst bekommt man keinen Platz mehr.«

Sie fing immer wieder damit an. Sie war besessen von diesem Thema und sparte nicht mit Seitenhieben, wenn Osman widersprach. Doch er blieb ruhig, er hatte dazugelernt und beherzigte Corsinis Rat: »Heutzutage hat man als Paar bessere Chancen.«

Er zeigte sich mit Sonia in der Öffentlichkeit, wo immer sich die Gelegenheit ergab, und bald setzte sich eine auflagenstarke Wochenzeitung mit ihnen in Verbindung. Sie bereiteten eine Serie über Powerpaare vor, erläuterte der Journalist: »Minister, Staatssekretäre, Redenschreiber, Berater, im Scheinwerferlicht oder im Hintergrund, Menschen, die auf der höchsten Staatsebene agieren, sollen zu Wort kommen. Wer sind die Paare, die Frankreich lenken?« Fünf Politikerpaare waren ausgewählt worden, und Osman und Sonia gehörten dazu.

Osman bat um Bedenkzeit, da Sonia zunächst zögerte. »Wenn die öffentliche Meinung auf unserer Seite ist, werden wir unsere Posten nicht so schnell wieder verlieren.« Dieses Argument ließ Sonia nicht kalt: Sie sagten zu.

Die Fotosession fand in Sonias Büro statt. Sie standen nebeneinander, Osman umfasste Sonias Taille, sie trug ein schlichtes schwarzes Kleid, das ihren kaum gewölbten Bauch betonte. Er hatte sich für einen schwarzen

Anzug und ein weißes Hemd mit einer dunkelblauen Häkelkrawatte entschieden. Ihr Foto schmückte später die Titelseite der Zeitschrift, die Schlagzeile lautete: POWERPAARE AN DER SPITZE FRANKREICHS. Der Artikel, der sie betraf, war mit »Die französischen Obamas« überschrieben. Die Verkaufszahlen des Magazins schnellten in die Höhe.

»Die folgende Anekdote hat einen mehr als bitteren Beigeschmack«, erfuhr der interessierte Leser. »Als Osman Diboula, der junge Staatssekretär für Außenhandel, Tourismusförderung und Auslandsfranzosen, vom neuen Präsidenten als Jugendbeauftragter in den Élysée-Palast geholt wurde, sagte einer der altgedienten Berater eines Tages zu ihm: *Ich werde dich mit Sonia bekannt machen, sie ist wie du.* Osman erwartete, nach eigenen Aussagen, eine Politikerin mit einer ähnlichen Biografie kennenzulernen, die möglicherweise ebenfalls aus Seine-Saint-Denis stammte, doch als er Sonia Cissé sah, begriff er, dass der Berater nicht ihr politisches Profil gemeint hatte, sondern ihre Hautfarbe. *Ich war entsetzt, dass man selbst auf einer so hohen Regierungsebene derartig stigmatisiert wird, denn als ich mit ihr sprach, stellte sich sehr schnell heraus, dass wir, abgesehen von unserer Begeisterung für die Politik, nichts Gemeinsames hatten. Sie hatte Eliteschulen besucht, danach gleich verschiedene Staatsämter bekleidet und arbeitete seit fünf Jahren für den Präsidenten. Außerdem war sie in der Bretagne in einer kleinbürgerlichen katholischen Familie aufgewachsen. In punkto Lebenslauf und sozialer Herkunft verband uns wirklich rein gar nichts.* Aber, so führt Diboula aus, *ich habe mich auf der Stelle in sie verliebt.* Er, der Wunderknabe, dem Boden der ethnischen Vielfalt entsprossen, Ansprechpartner der Randalierer bei den großen Unruhen von 2005 in Clichy-sous-Bois, und sie, eine aufstrebende Redenschreiberin des Präsidenten, Absolventin der École des Chartes – ein brisanter Beziehungscocktail in der gesitteten Monotonie des französischen Verwaltungsapparats.

Sonia Cissé erzählt lächelnd: *Ich bin bei uns die Technokratin, Osman ist ein Mann der Praxis, er folgt seinem Instinkt und hat eine interessante Einstellung zur Politik, die wir berücksichtigen sollten. Er ist weniger festgelegt im Denken als die meisten anderen Berater oder Minister, die mehrheitlich eine exklusive Ausbildung genossen und sich als Verwaltungsbeamte ihre Meriten verdient haben.*

Zwei Menschen, bei denen man sofort spürt, wie sehr sie einander schätzen und lieben. Osman schwärmt: *Sonia spielt ihr Können und ihren Einfluss herunter, weil sie taktvoll ist, aber sie ist die geistreichste Frau, der ich je begegnet bin.* Und wie gelang es ihnen, ohne Rivalität ihre jeweiligen beruflichen Ziele zu verfolgen? Sie antworten ausweichend: *Wir sind glücklich, wenn einer von uns einen Erfolg verbuchen kann.* Auf die Frage, wer sich um ihr Kind kümmern werde, reagieren sie sehr deutlich: *Wir beide!* Obwohl sie es bestreiten, darf man annehmen, dass der Vergleich mit dem Ehepaar Obama ihnen nicht missfällt. Doch Sonia Cissé sagt: *Michelle Obama ist eine starke Frau, die die geheimen Schachzüge der Politik kennt und sich im Weißen Haus ihren festen Platz erobert hat, aber sie mischt sich nicht in die Politik ein.*

Die nächste Station? Das Präsidentenamt? Sie lachen.

Weiterhin meinem Land dienen und meine Schwangerschaft zu einem guten Ende bringen, meint sie, und er ergänzt: *Mein neues Büro einrichten.*«

39

Ein Restaurant im Pigalle-Viertel, in einer der weniger belebten Nebenstraßen. Rote Samtsofas, Sitzkissen, schwere Baldachine, gedämpftes Licht, ein komplettes Menü zu zehn Euro und zu späterer Stunde sogar eine Bauchtänzerin. An diesem Abend war das Lokal für eine geschlossene Gesellschaft reserviert. Dutzende Männer hatten sich eingefunden, weil sie hofften, einen Vertrag als Sicherheitsmitarbeiter für Auslandseinsätze zu erhalten – zumeist Exmilitärs, wild entschlossen, sich volllaufen zu lassen, zu kiffen, Wasserpfeife zu rauchen und ihr Glück in der Ferne zu suchen, im Irak, in Afghanistan, *da, wo es abgeht.* Junge, kräftige Kerle, ungeeignet für das bürgerliche Leben, Männer, die Nervenkitzel brauchten, die ihre Ängste gern auf den großen Bühnen der internationalen Konflikte ausagierten. Auch ehemalige Söldner waren gekommen, kleine Fische, die sich in allen Konfliktzonen dieser Erde herumgetrieben hatten, aber auch härtere Kaliber, die für Geheimdienste an Staatsstreichen und Geiselbefreiungen teilgenommen hatten. Zur zweiten Sorte gehörten nicht wenige nationalistische Patrioten, die der verlorenen Größe Frankreichs nachtrauerten. Polizisten waren da, die gern *eine M4, eine AK*

47 in den Händen halten wollten, keine Flash-Balls mehr, endlich mal richtig schießen; außerdem eine große Anzahl freudloser Gestalten aus zerstörten Familien, die nichts mehr zu verlieren hatten und ganz sicher die Ausbildung durchlaufen würden, viele kamen aus Texas, Russland, Kasachstan oder Polen, wo sich das größte europäische Ausbildungslager befand – drei Wochen Intensivtraining auf geheimen, streng abgeschirmten Trainingsbasen unter dem Kommando ehemaliger Elitesoldaten oder Geheimdienstler, die den lukrativen Wirtschaftszweig der privaten Sicherheitsunternehmen für sich entdeckt hatten. Terrorismusbekämpfung, Entfernung von Zielpersonen, Kampfmittelbeseitigung, physische und psychische Konditionierung, Nahkampf – eine Schulung für dreitausend Euro, die den Absolventen dazu befähigte, sich bei privaten Sicherheitsunternehmen zu bewerben, die durch die weltweite Eskalation der Konflikte überall wie Pilze aus dem Boden schossen. Allein im Irak waren viele Milliarden Dollar zu holen – ein Geschenk des Himmels, dieser Krieg. Seit Ende 2003 hatte man im privaten Sicherheitssektor und im Umfeld der Söldner mit offensiven Strategien begonnen.

Als Romain und Xavier das Lokal betraten, war der Raum schon gut gefüllt. Männer jeden Alters tauschten sich bei Bier und Feigenschnaps über ihre Großtaten aus. Eine Mischung aus alten Hasen und Neulingen. Xavier begrüßte einige der Anwesenden, während Romain sich umsah. Er fühlte sich fehl am Platz, das war nicht seine Welt, das war nicht mehr die Armee mit ihren klaren Strukturen, hier herrschte das Gesetz des Dschungels. Man wusste nicht, wen man vor sich hatte, alle wirkten zwar sehr umgänglich, aber die Kameradschaft, die ihn mit seinen Waffenbrüdern verbunden hatte, reduzierte sich hier auf eine Art Interessengemeinschaft.

Sie kamen ins Gespräch mit zwei Männern, die sich ihnen als Tony und Loïc vorstellten. Tony war Anfang vierzig, er arbeitete für eine französische Firma, die ihn seit 2004 regelmäßig in Afghanistan und im Irak einsetzte. Loïc war jünger und hatte gerade ein dreiwöchiges Training für Spezialeinheiten in Russland absolviert: »Sie bringen dir vor allem Methoden für den Personen- und Objektschutz in Kriegs- und Krisengebieten bei. Aber als Soldaten kennt ihr das ja. Dann reichst du deine Bewerbung ein, es kann sehr schnell gehen, wenn sie dich akzeptieren, wirst du eingesetzt, sobald du dein Visum hast.«

»Man kann in sehr kurzer Zeit eine enorme Menge Geld verdienen«, ergänzte Tony. »Andererseits ist nie sicher, ob du lebend wiederkommst, denn da unten hat ein Menschenleben weniger Wert als eine Hundertzwanzigtausend-Dollar-Karre. Trotzdem ist die Sache weniger riskant als früher. Ende 2003, als die ersten Franzosen im Auftrag der Amerikaner hingegangen sind, war es wirklich gefährlich, das könnt ihr mir glauben. Regeln gab es keine. So funktioniert eben das System. Der Kapitalismus des Krieges. Man muss nehmen, was man kriegen kann, und sich dann so schnell wie möglich verdrücken, ohne sich noch mal umzudrehen.«

Ohne sich umzudrehen, was genau bedeutete das in ihrem Jargon? Tony grinste. »Keine Patzer machen. Aber die werden euch im Irak jeden Tag passieren.«

»Es lag noch nie so viel Geld auf der Straße wie heute«,

meinte Xavier. »Anscheinend kriegt man bei einer Sicherheitsfirma fast zehnmal so viel Kohle wie als Soldat.«

Loïc winkte ab. »Klingt in der Theorie alles super, aber die Sache hat einen Haken: Wenn du Pech hast, arbeitest du mit Psychopathen zusammen, mit Kriegsverbrechern oder skrupellosen Versagern. Auch das nennt man Globalisierung. Die Sicherheitsunternehmen rekrutieren überall und manchmal ziemlich wahllos. Keiner hat Lust, sich im Irak über den Haufen schießen zu lassen, schon gar nicht die Soldaten der regulären Armeen. Man muss hungrig sein oder sich austoben wollen. Macht euch jedenfalls darauf gefasst, dass ihr Angst vor eurem eigenen Team haben werdet. Das haben sie uns dort auch beigebracht.«

Das gelte aber auch für die Armee, wandte Xavier ein. »Die Hälfte der Soldaten in der US-Army sind Contractors privater Sicherheitsfirmen. Gelegentlich rekrutieren die Amerikaner sogar in ihren eigenen Gefängnissen … Der Vorteil ist, dass die Toten dann in keiner offiziellen Statistik auftauchen, sie haben quasi nie existiert. Wenn einer jemanden umbringt, schreibt das Unternehmen, das dich beschäftigt, vielleicht einen Bericht, die irakischen Behörden fordern möglicherweise Schadensersatz, aber das Risiko ist ziemlich überschaubar.«

Loïc nahm seinen eigenen Faden wieder auf. »Manchmal bist du auch mit Typen zusammen, die nur eingestellt wurden, weil sie Muslime hassen und Erfahrung im städtischen Guerillakampf haben. Sie schießen ohne Grund, einfach nur, weil das Töten ihnen Spaß macht … Die heißen bei uns ›die Durchgeknallten‹.«

»Das ist das Stichwort, ich hätte nichts dagegen, wenn's bei mir ein bisschen knallt«, rief Xavier und erhob sich.

»Soll ich euch ein Bier mitbringen?«

Tony sah ihm nach und sagte dann zu Romain: »Hier wimmelt es von Nationalisten … In unserem Beruf sind die Rechtsextremisten deutlich überrepräsentiert. Ich denke nicht wie sie, ich brauche bloß das Geld, ich möchte so schnell wie möglich eine eigene Bäckerei aufmachen, meine Frau ist Konditorin. Noch sechs Monate, dann höre ich auf. Es ist echt hart, du wirst mich verstehen, wenn du erst da unten bist. Wenn du siehst, wie besoffene Contractors auf das erstbeste Auto schießen, das ihnen vors Visier kommt, scheißegal, ob Zivilisten drinsitzen. Man fragt sich, was man da eigentlich macht … In letzter Zeit ist es ruhiger geworden, General Petraeus hat aufgeräumt, aber vor fünf Jahren, als ich angefangen habe, gab es unzählige Skandale. Manche Typen haben sich mit den Leichen von Irakern oder nackten Aufständischen in obszönen Posen fotografieren lassen, andere haben auf alles geschossen, was sich bewegte. Bei der Ausbildung haben sie uns gesagt, dass jede Menge Agenten eingeschleust wurden, die für die CIA arbeiten, angeblich wegen geheimer Überwachungsmaßnahmen, aber in Wirklichkeit sollten sie führende Terroristen umbringen.«

»Woran erkennt man sie?«

»Redet nicht über das, was ihr seht, haltet den Mund, macht eure Arbeit, dann wird alles gutgehen.«

Xavier kehrte mit zwei Bierflaschen zurück, begleitet von einem massigen Mann mit teigiger Haut und einer

Narbe quer über dem Kinn. Er war Sicherheitsagent im Irak und stellte sich ihnen als Pac-Man vor: »Wir tragen hier alle Codenamen.«

»Und warum Pac-Man?«, fragte Loïc.

»Weil ich so viele Aufständische wie möglich umlegen muss, genau wie die Figur in dem Videospiel, nur dass die Gespenster frisst.« Er sei von einer franko-britischen Firma beauftragt, Kandidaten zu rekrutieren, erzählte Pac-Man. »Normalerweise stellen die Amerikaner und die Briten vor allem Landsleute ein, aber es gibt auch ein paar Plätze für Franzosen mit besonderen Fähigkeiten, wenn sie zum Beispiel Englisch oder Arabisch sprechen, oder für besonders gut ausgebildete Soldaten. Solche Firmen zahlen gut und sind die professionellsten.« Er blickte in die Runde. »Und? Seid ihr bereit?« Pac-Man lachte herablassend. »Na klar seid ihr bereit … Das sagen ja alle, bevor es losgeht. Aber wie bereit seid ihr wirklich? Im Irak müsst ihr weit über eure Grenzen gehen. Müsst Hitze aushalten, fünfundvierzig Grad im Schatten, Sandstürme, nächtliche Angriffe. Ihr seid permanente Zielscheiben, ihr seid nirgendwo in Sicherheit, und wenn ihr verwundet werdet, könnt ihr nicht damit rechnen, dass eure Kameraden euch bergen, da unten ist jeder sich selbst der Nächste. Um dort zu überleben, müsst ihr bereit sein, jeden Dreck zu essen, Wasser aus Tümpeln zu schlürfen, in denen Leichen treiben … Und wenn euch die Aufständischen schnappen, sie lauern überall, massakrieren sie euch oder stecken euch für den Rest eurer Tage in ein Zwei-Quadratmeter-Loch, damit ihr ganz langsam krepiert … Ihr werdet in keiner Statistik auftauchen, ihr seid ein Nichts,

Männer ohne Identität, nicht mal Nummern, ihr seid die Unsichtbaren. Es kann euch an jeder Straßenecke erwischen.«

Und wenn schon, dachte Romain. Ein Teil von ihm war ohnehin schon gestorben.

40

François hatte sein Treffen mit Daniel Dean telefonisch vorverlegt und fuhr nach New York zurück. Er würde die beruflichen Dinge jetzt in Ordnung bringen und verabschiedete sich mit einem vagen »auf Wiedersehen« von seiner Mutter. Marion begleitete ihn zwar, die Mädchen sollten sich keine Sorgen machen, doch sie wechselten kein Wort miteinander. Im Carlyle schloss sich François in der Toilette ein und zog eine Line, er musste sich unbedingt im Griff haben und Daniel Dean davon überzeugen, dass er die Fusion nicht verschieben durfte. Noch am Morgen hatte er am Telefon lange mit Étienne und seinen Anwälten diskutiert, das bevorstehende Treffen war seine letzte Hoffnung, Deans Vertrauen zurückzugewinnen.

Er kleidete sich sorgfältig an und kaufte Geschenke für Daniels Kinder, doch beim Betreten des Szpilman-Gebäudes überfiel ihn eine plötzliche Schwäche. Ein Blutdruckabfall, nichts Ernstes, und nachdem er sich reichlich Wasser ins Gesicht gespritzt hatte, fühlte er sich schon wieder besser. Als er endlich Deans Büro betrat, war er dennoch angespannt und offenbar so blass, dass Dean ihm eine Verschiebung des Termins anbot.

»Nein, auf keinen Fall«, sagte François. »Ich bin gekommen, damit wir die Fusion endlich unter Dach und Fach bringen, und ich freue mich, hier zu sein.«

Dean runzelte die Stirn. Hatte François ihn nicht verstanden? »Es tut mir leid, aber die Gesellschafter haben sich gegen eine Fusion ausgesprochen.«

François starrte ihn fassungslos an. »Vorübergehend, nicht wahr?«

»Nein, ich glaube nicht. Nein. Die Klage der NGO wegen moderner Formen der Sklaverei hat dein Unternehmen in Misskredit gebracht.«

François stand auf und begann unruhig auf und ab zu gehen. »Du weißt so gut wie ich, dass dieser Vorwurf eine Verleumdung ist! Die unterbezahlten Arbeiter wurden von Subunternehmern angestellt, das konnte ich nicht wissen. Dir ist sicher bekannt, dass ein Gesetzesentwurf eingebracht werden soll, der international agierenden Unternehmen eine menschenrechtliche Sorgfaltspflicht auferlegt. Das alles hat einen politischen Hintergrund!«

Daniel Dean verzog keine Miene. »Die Entscheidung wurde auf höchster Ebene getroffen, in Abstimmung übrigens mit der gesamten Belegschaft und sogar mit den Unternehmensgründern.«

François zerrte am Knoten seiner Krawatte. »Du weißt, was hier alles auf dem Spiel steht. Diese Fusion muss stattfinden, Daniel!«

»Ich glaube, du hast den Ernst der Lage nicht begriffen. Zuerst der Verdacht des Rassismus, dann die zweifelhaften Praktiken deiner Subunternehmer. Du hast dich selbst in diese Situation hineinmanövriert. Im Moment ist eine Fusion schlicht unmöglich.«

Seine deutlichen Worte brachten François aus dem Gleichgewicht, und auf einmal hörte er sich selbst sagen: »Steckt Cindy hinter deiner Entscheidung?«

»Meine Frau? Das ist doch lächerlich …«

»Du hast selbst gesagt, sie sei wütend auf mich.«

»Und was soll das heißen? Was für einen Handlungsspielraum hätte sie denn? Keinen.«

»Sie rächt sich für das, was Sophie Kazal uns vorgeworfen hat. Sie lässt uns bluten. Sie hat dich erpresst. Sie hat dich wählen lassen – *er oder ich*, gib's zu.«

»Das ist absurd, François, wir sprechen hier über eine Transaktion mit einem Volumen von mehreren Milliarden Dollar, da …«

»Ich kann es mir nicht anders erklären.«

»Suche nicht nach privaten Gründe für einen rein geschäftlichen Vorgang. Dir ist ein PR-Fehler unterlaufen, der dramatische Folgen hatte. Vielleicht ist die Geschichte in ein paar Monaten vergessen, und wir können noch einmal neu verhandeln, aber vorläufig heißt die Antwort nein.«

François sagte nichts. Sein Schweigen zog sich hin, bis er – unter der Wirkung des Kokains? aus Wut? – auf einmal explodierte.

»Wahrscheinlich geht es um etwas ganz anderes. Cindy will es mir nach zwanzig Jahren heimzahlen.«

»Wovon redest du?«

»Ach, hör auf. Das weißt du ganz genau«, sagte er heftig. »Seit der Affäre mit dem Stuhl scheinen sich die

Erben des postkolonialen Denkens auf mich als Sündenbock geeinigt zu haben. Allmählich reicht es mir! Ich werde mich deutlicher zur Wehr setzen, denn ich war nie im Leben ein Rassist! Ich kann es beweisen, du kennst die Geschichte …«

»Welche Geschichte?«

»Die von Cindy und mir.«

»Ich sehe da keinen Zusammenhang.«

»Sie hat immer behauptet, dass unsere Trennung in Princeton von mir ausging, dabei hat *sie mich* verlassen! Sie hat mich verlassen, weil sie lieber mit einem Mann zusammen sein wollte, der eine große Zukunft vor sich hatte, einem Harvard-Absolventen – und noch dazu schwarz wie sie!«

Daniel Dean gab keine Antwort. Sein Unmut war ihm deutlich anzusehen. Während ihres Studiums in Princeton hatten François und Cindy eine kurze Affäre gehabt, einen bedeutungslosen Flirt von drei Monaten. Dass François diese alte Geschichte nun aufwärmte, ärgerte ihn maßlos.

»Cindy hat mir zu dem Fotografen geraten, auf dessen Konto die Idee geht, mich auf diesem Stuhl abzulichten. Sie wollte mich vernichten und die Fusion platzen lassen!«

»Du bist vollkommen irre, François, ich weiß nicht, was ich dazu sagen soll. Mir fehlen die Worte!«

François redete sich immer mehr in Rage. »Dir fehlen die Worte? Ja, die Wirklichkeit macht einen sprachlos, was? In Wahrheit sind wir viel konventioneller, als wir es zugeben wollen. Die Abneigung gegen Rassenmischung, sagt dir das was? Der Wunsch, sich mit ihresgleichen zusammenzutun, ist doch ein sehr löbliches Motiv für eine Aktivistin, die die Identität ins Zentrum ihres Kampfes gestellt hat. Wie ihr Vater. Cindy ist die Tochter von Allan Barnes! Welchen Einfluss könnte eine solche Frau auf dich haben?«

»Du gehst zu weit. Es reicht.«

Doch François war noch nicht fertig. In den 1990er Jahren hatte Allan Barnes gemeinsam mit Anwaltskollegen einen jungen Schwarzen verteidigt, dem vorgeworfen wurde, in Brooklyn einen orthodoxen Juden erstochen zu haben. Einige Tage vor dem Mord auf offener Straße hatte ein Wagen aus der Eskorte des Konvois Rabbi Schneersons, des berühmten Lubawitscher Rebbe, versehentlich zwei siebenjährige schwarze Kinder überfahren. Eines der Kinder erlag seinen Verletzungen. Die genauen Umstände der Tragödie blieben im Dunkeln, aber die Vergeltungsmaßnahmen ließen nicht auf sich warten. In Crown Heights, einem Viertel, in dem Schwarze und orthodoxe Juden immer wieder aneinandergerieten, kam es zu antisemitischen Ausschreitungen und Gewaltausbrüchen, die in dem Mord an dem jüdischen Studenten gipfelten.

»Wer wollte denn den Mörder des jungen Mannes so dringend verteidigen? Allan Barnes. Die Barnes sind eine Familie, in der man sich nicht mit Weißen verheiratet. Man geht nicht das Risiko ein, den guten Ruf zu beflecken. Man steht zu dem, was man ist. Man bemüht sich nicht, den Weißen zu gefallen. Man will ihnen nicht einmal ähnlich sein. Man betont seine Freiheit. Seine Einzigartigkeit. Das ist die offizielle Version, aber in Wirklichkeit ist es ein einziges Geklüngel, eine ganz bewusste gesellschaftliche Abschottung. Cindy hat unter dem Einfluss ihres Vaters den gut gebahnten Weg der Intoleranz eingeschlagen, und heute versucht sie, mich für das Scheitern ihrer Ehe büßen zu lassen!«

»Ich muss mir das nicht länger anhören, François. Lass Cindy und ihren Vater aus dieser Sache raus, es ist unerträglich, wie du die Dinge nach Belieben in einen Zusammenhang stellst.«

»Du weißt sehr gut, was Cindy vorhat – sie will sich rächen, indem sie dich zwingt, die Fusion zu kippen. Sie ist wütend auf mich, weil ich ihrem Vater damals Vorhaltungen gemacht habe.«

Daniel Dean richtete sich abrupt auf. »Du hast ihm Antisemitismus vorgeworfen, ja, das fand sie unzumutbar! Du hast ihm Antisemitismus vorgeworfen, weil er den Mörder eines jüdischen Studenten verteidigt hat, und dabei nicht bedacht, dass jeder Mensch ein Recht auf einen Verteidiger hat. Nicht das geringste Mitleid hattest du mit den beiden schwarzen Jungen, die vom Konvoi des Rabbi rücksichtslos überfahren wurden!«

»Das stimmt nicht!«

»Du hast Cindys Vater Antisemitismus vorgeworfen, leugne das nicht!«

»Und sie stellt mich als Rassisten hin, wir sind quitt.«

»Ich glaube, du gehst jetzt besser.«

»Ja, das glaube ich auch.«

Am nächsten Tag wurde offiziell bekanntgegeben, dass der Zusammenschluss der Unternehmen Vély und Szpilman nicht stattfinden würde.

41

Osman hatte einen Traum: Er wollte der Prototyp des modernen Demokraten werden, die Symbolfigur einer gelungenen ethnokulturellen Vielfalt, ein großer Politiker, der seine Spuren in der Geschichte hinterlässt, ein Mann, der im großen nationalen Narrativ vorkommt. Bald schon musste er allerdings feststellen, dass sein neuer Posten nicht nur wohlwollendes Interesse weckte. Er wurde umschmeichelt, ja, und er war entschlossen, diese Tatsache für seine Zwecke zu nutzen. Doch er spürte auch Misstrauen, das ihn bisweilen zur Zielscheibe für Angriffe jeder Art machte: »Wohin kommen wir, wenn Fußballspieler Politik machen wollen?« – »Man kann darauf wetten, dass Diboula ein Strafregister hat.« – »Sonia ist Osman Diboulas Gehirn. Ohne sie wäre er nichts.«

Er war allein. Er gehörte keinem Netzwerk und keinem Berufsverband an, im Gegensatz zu den meisten seiner Kollegen, die zum Berater oder Minister berufen worden waren, ohne dass sie jemals eine Gemeindewahl gewonnen hätten, und die von ihren Zeugnissen in der Hierarchie nach oben befördert worden waren. Osman erfüllte seine Aufgaben und Verpflichtungen mit Begeisterungsfähigkeit, Energie und persönlichem Einsatz, doch was bedeutete das schon angesichts des Hochmuts seiner Kontrahenten, die ihre Intellektualität ausspielten? Vorläufig kaschierte er seine Selbstzweifel, so gut er konnte, hinter einer aufgesetzten Selbstherrlichkeit, gab sich barsch und kurz angebunden, ging schnell in die Luft und verschreckte damit regelmäßig seine Mitarbeiter. Er galt als unbeherrscht und jähzornig. Und wieder einmal spürte er einen gewaltigen Druck auf sich lasten, hatte das Gefühl, sich permanent beweisen zu müssen, um nicht gefeuert zu werden.

Bald nach seinem Amtsantritt wurde ihm eine schwierige Aufgabe anvertraut. Er sollte die Reise einer illustren Delegation französischer Unternehmer zu einer Messe in Bagdad organisieren, im Interesse einer verstärkten wirtschaftlichen Zusammenarbeit beider Länder. Bereits Anfang 2009 war der französische Präsident in Begleitung seines Verteidigungs- und seines Außenministers nach Bagdad gereist, um die Kontakte zur irakischen Regierung zu konsolidieren und sich über künftige gemeinsame Projekte auf dem Wirtschaftssektor sowie die Sanierung der im Krieg komplett zerstörten Infrastruktur zu verständigen. Der Irak brauchte Aufbauhilfe, und zahlreiche französische Geschäftsleute wollten sich trotz der beträchtlichen Risiken daran beteiligen. Es gab Projekte wie den Ausbau von Wärmekraftwerken und Eisenbahnlinien, die Erweiterung des Flughafens und der existierenden Produktionsstätten, den Verkauf von Lastkraftwagen. Die neue französische Regierung hatte den Unternehmern versprochen, ihre internationalen Aktivitäten zu unterstützen, und es bestand Aussicht auf Verträge über mehrere Milliarden Dollar. Aus Sicherheitsgründen war die Reise des Präsidenten seinerzeit geheim gehalten worden, denn nach der amerikanischen

Intervention von 2003 gegen das Regime von Saddam Hussein war es der erste Besuch eines westlichen Regierungschefs, der nicht der internationalen Koalition angehörte.

Die Unternehmerdelegation hingegen sollte im großen Stil medial begleitet werden. Auf der mehrtätigen Messe wurden 396 ausländische Aussteller aus 32 Staaten erwartet – Frankreich war mit 35 Ausstellern vertreten. Und da es die erste Reise war, die Osman als Staatssekretär für den Außenhandel betreute, achtete er penibel auf eine erstklassige Organisation. In letzter Sekunde kam er auf die Idee, François Vély zur Teilnahme einzuladen. Der Telekommunikationssektor war besonders heiß umkämpft, und François, der sich gerade in New York aufhielt, äußerte sich grundsätzlich interessiert, erbat aber Bedenkzeit.

Um zehn Uhr vormittags verließ Osman nach einer Sitzung, bei der die letzten Details für die Exkursion geklärt worden waren, mit zwei Kollegen das Außenministerium, als er auf der Straße hörte, wie jemand seinen Vornamen rief. Er wandte sich um und sah Issa Touré an der Bushaltestelle stehen – die letzte Person, der er in Anwesenheit zweier hochrangiger Mitarbeiter des Außenministeriums begegnen wollte. Er erkannte Issa sofort, trotz des schwarzen Vollbarts und des dunkelgrauen Umhangs, der ihn umwehte. Doch er ging weiter, als hätte er nichts gehört und gesehen, bis einer der Berater ihn auf Issa aufmerksam machte, indem er verächtlich mit dem Kinn in seine Richtung deutete.

Osman tat erstaunt. »Ich kenne den Mann nicht, aber ich kümmere mich darum. Bis gleich.«

»Sei vorsichtig!« Er hörte die Kollegen hinter seinem Rücken lachen.

Als er Issa erreichte, fasste er ihn am Arm und zog ihn fort. »Was machst du hier?«

»Sachte, Bruder. Freust du dich nicht, mich zu sehen? Ich muss mit dir reden.«

Verärgert lotste Osman ihn zu einem kleinen, wenig besuchten Hotel in einer Seitenstraße. Beim Betreten des Foyers trafen ihn argwöhnische Blicke, er steuerte dennoch unbeirrt die Bar an. Sie suchten sich eine ruhige Ecke und bestellten jeder einen Kaffee. Osman wollte wissen, »und zwar schnell«, was Issa um zehn Uhr morgens vor dem Außenministerium zu suchen habe.

»Ich möchte, dass du mir hilfst, eine Wohnung zu finden. Und eine Arbeit. Du hast doch jetzt Kontakte.«

Osman schwieg. Er hatte in der Nacht zuvor kein Auge zugetan und war müde. Issa redete weiter auf ihn ein.

»Nach den Unruhen hast du dir dein Pöstchen gesichert, und jetzt hast du es wieder geschafft. Und ich? Warum sollte ich nicht auch ein Recht darauf haben?«

»Du hältst mich für zu einflussreich, das ist das Problem.«

Issa atmete vernehmlich aus und fuhr sich mit der Hand übers Gesicht. Osman sah im Geist schon die Pressenotiz vor sich, falls jemand sie hier überraschte: *Die dubiosen Freunde des Osman Diboula.*

»Ich will nur eine bescheidene Sozialwohnung in Paris, drei Zimmer, ich bitte dich nicht um einen Palast. Und einen Job in der Verwaltung.«

»Mit welcher Berechtigung?«

»Weil wir Freunde sind? Und vielleicht wegen der

sozialen Gerechtigkeit? Aber du hast sicher schon vergessen, was das bedeutet.«

»Es geht dir nicht um Gerechtigkeit, du verlangst eine Sonderbehandlung.«

»Nach den Unruhen haben viele Leute eine Anstellung gekriegt – Marina ist Stadträtin geworden, nicht zu glauben ... Die kann doch kaum bis Zehn zählen.«

»Du bist immer noch genauso sexistisch wie früher. Marina war lange Jahre eine Politaktivistin.«

»Karim leitet ein Sportzentrum und bekommt ein Gehalt, ohne dass er sich je dort blicken lässt, nur weil er mit den Drogendealern unter einer Decke steckt, warum soll ich also nicht auch meinen Teil vom Kuchen abbekommen? Ich habe gehört, dass du für Firmenchefs eine Reise in den Irak organisierst ...«

»Worauf willst du hinaus?«

»Gib mir eine Chance, lass mich dabei sein.«

»Sie ist für Unternehmer gedacht, die im Baugewerbe unterwegs sind.«

»Und Lévy? Den haben sie in der Presse auch genannt.«

»Ich kann nichts für dich tun, tut mir leid.«

»Bitte! Mehr verlange ich nicht von dir.«

Osman blickte auf seine Armbanduhr, seufzte und sagte, er müsse los.

»Du lässt diesen Juden in den Irak mitfahren, und mich lässt du in der Scheiße sitzen? Du bist ein Verräter, Osman. Diese widerlichen Zionisten haben dich in der Hand, gib's zu!«

»Du bist krank. Lass mich einfach in Ruhe, ja?« Osman bezahlte die Rechnung und ging.

Am Abend, als er im Badezimmer war, klingelte in kurzen Abständen sein Handy. Issa. Er ignorierte die Anrufe. Erst im Bett las er widerstrebend die SMS, die Issa ihm hinterhergeschickt hatte:

»Ich hoffe, du hilfst mir. Es wäre doch ein Jammer, wenn ich gezwungen wäre, das Video an die Presse zu schicken, in dem man dich in meinem Auto beim Sex mit der Rothaarigen sieht.«

42

Romain brach in aller Frühe nach London auf, er war zum Bewerbungsgespräch bei einem privaten Securitydienst eingeladen worden, der eine Niederlassung im Irak hatte. Nach seiner Gründung im Jahr 2003 stellte das Unternehmen seine Dienste verschiedenen Öl- und Gaskonzernen zur Verfügung und sorgte für den Schutz von NGO-Mitarbeitern, Ministern (vor allem irakischen), ausländischen Botschaften und zahlreichen Handelsgesellschaften. Die Firma war beim irakischen Innen- und Handelsministerium registriert, was eine wesentliche Voraussetzung für die Arbeit darstellte. »Wenn ihr für ein Unternehmen arbeitet, das nicht registriert ist«, hatte Pac-Man gewarnt, »ist das so, als ob ihr nicht existiert. Bei Problemen kann euch niemand aus der Patsche helfen.«

Romain konnte sich gut vorstellen, welche Horden sich um die Vergabe von Aufträgen rissen, alle wollten absahnen, und der Irak war zerfressen von Korruption. Die Entwicklung einer regelrechten Kriegsindustrie hatte die Lage nur noch verschärft. Doch Romain war zuversichtlich, er hatte die nötige Erfahrung, um sich als Sicherheitsagent zu qualifizieren.

Er wartete zwanzig Minuten zusammen mit anderen Elitesoldaten und Fallschirmjägern, die wie er auf das schnelle Geld aus waren – zehntausend Euro brutto für einen Einsatz von fünfundvierzig Tagen –, bevor ihn ein Exoffizier der französischen Infanterie in Empfang nahm. Nach dem Gespräch hatte er ein gutes Gefühl. Im Hotel recherchierte er eine Weile im Internet, er wusste nicht viel über die irakische Geschichte, und am Abend traf er sich mit Xavier und Pac-Man, die am Tag zuvor nach London geflogen waren und sich in einem billigen Hotel am Stadtrand einquartiert hatten. Die beiden saßen in einem Pub, Pac-Man hatte schon einige Glas Bier intus. Xavier wirkte nervös, er hatte erfahren, dass er mit Irakern zusammenarbeiten sollte.

»In Afghanistan haben uns die Afghanen mehr als einmal reingelegt. Sie haben behauptet, sie wären auf unserer Seite, und haben dann unsere Informationen an die Taliban weitergegeben – wenn sie nicht gleich auf uns geschossen haben.«

»Das war die Ausnahme«, widersprach Romain. »Es kam ein- oder zweimal in sechs Monaten vor. Verräter gibt es überall, aber man muss auch mal Vertrauen haben.«

Pac-Man fing an zu lachen. »Vertrauen ist ein Wort, das du im Irak definitiv vergessen kannst. Die Iraker sind immer ein Risiko, aber man hat keine andere Wahl, als mit ihnen zusammenzuarbeiten. Du kennst die Sprache nicht, du kannst dich in der Stadt nicht allein orientieren. Und außerdem ist es doch kein Wunder, wenn sie durchdrehen. Sie kennen nichts anderes als den Krieg. Für sie gibt es nur Unterdrückung oder Kampf. Sie sind ein kaputtes Volk, du kannst von ihnen nicht erwarten, dass sie so reagieren wie du.«

»Wenn ich mich bedroht fühle, schieße ich«, tönte Xavier, der Alkohol stieg ihm zu Kopf. »Ist mir scheißegal.«

»Halt die Klappe, Xavier«, fuhr Romain ihn an.

Pac-Man kam wieder auf sein Thema zurück. »Denkt immer nur an die Kohle. Ihr fliegt in ein Land, in dem sich alle bedienen, die Sicherheitsunternehmen genauso wie die Ölkonzerne oder die Baufirmen. Alle machen's nur des Geldes wegen.« Er lächelte schief und wölbte die Brust vor. »Aber wenn sie euch fragen, warum ihr hinwollt, müsst ihr sagen, zur Verteidigung von Demokratie und Freiheit, das kommt immer gut an.«

43

Er sagte Marion nicht, dass er ihr Verhältnis mit Romain Roller entdeckt hatte, vielleicht um so die letzten Überreste ihrer Beziehung zu retten. Der Gedanke, sich ein drittes Mal scheiden zu lassen, war ihm zuwider. Er fühlte sich erschöpft und kraftlos. Von seinem Gewährsmann hatte er erfahren, dass Romain demnächst als Sicherheitsagent in den Irak fliegen würde. Er fragte sich, ob Marion darüber im Bilde war. Er hatte noch einmal ihre Nachrichten lesen wollen, aber sie hatte alle gelöscht. Folglich beherrschte er sich und sprach das Thema nicht an, zumal er am letzten Abend mit seinem Sohn das Gesicht wahren wollte.

Thibault hatte sich bereit erklärt, bei ihnen im Carlyle zu übernachten. Für das Dinner hatte François einen Tisch in einem koscheren chinesischen Restaurant reserviert. Als Thibault Marion und seine Schwestern bat, Kleidung zu tragen, die Arme und Beine bedeckte, kippte die Stimmung. Die Mädchen weigerten sich: »Lieber laufen wir nackt rum und lassen den Room Service kommen.« Um zu vermeiden, dass die Situation abermals eskalierte, blieben Marion und die Mädchen im Hotel, und François machte sich bereits am Nachmittag allein auf den Weg zu der Verabredung mit seinem Sohn.

Vor dem Essen wollte Thibault seinem Vater noch das jüdisch-orthodoxe Viertel von Brooklyn zeigen. François beschlich ein merkwürdiges Gefühl, als sie durch die belebten Straßen gingen. Hier war es achtzehn Jahre zuvor zu den Auseinandersetzungen zwischen der jüdischen und der schwarzen Bevölkerung gekommen, die er Daniel Dean gegenüber erwähnt und die mehrere Todesopfer gekostet hatten. Eine Kulisse wie in einem Roman von Isaac Bashevis Singer, man fühlte sich in ein polnisches Shtetl versetzt, überall liefen Männer in altmodischen dunklen Anzügen und hohen schwarzen Hüten herum. Sie gingen in ein kleines Café, das auf seiner Speisekarte osteuropäische Spezialitäten anbot. In den engen Räumen, deren Wände mit frommen Bildern behängt waren, saßen nur Männer, zumeist junge. Draußen hasteten Frauen mit Kopftüchern und langen Röcken vorbei, im Schlepptau Kinder wie die Orgelpfeifen. Eine andere Welt. Zum ersten Mal sprach Thibault über den Tod seiner Mutter, er schlug einen versöhnlichen Ton an: »Du bist nicht verantwortlich für das, was passiert ist.«

Sie streiften weiter. Jeder Schritt ein Kulturschock für François. Einmal wurden sie angesprochen, ob sie ihre »Phylakterien« angelegt hätten. François sah verständnislos zu Thibault. »Sie meinen die Tefillin. Jeder Jude muss sie einmal am Tag anlegen, vorzugsweise am Morgen, und ein Gebet zu Gott sprechen. Eine rituelle Handlung … Komm, ich zeige es dir.« François zögerte einen Moment, aber Thibault ließ ihm keine Wahl. Er musste einen Ärmel aufkrempeln, seinen nackten Unterarm mit Lederriemen umwickeln und ein schwarzes Schächtelchen an der Stirn festbinden. Thibault nickte zufrieden und machte mit dem Smartphone seines Vaters ein Foto. »Genial, das ist Kult!«

Dann besuchten sie das Zentrum, in dem Thibault die Thora studieren würde. In den Räumen herrschte eine eifrige Atmosphäre, man sah Männer, die über Bücher gebeugt saßen, andere, die miteinander diskutierte zuweilen in hitzigem Ton.

»Womit beschäftigen sie sich?«, erkundigte sich François.

»Mit absolut allen Menschheitsfragen.«

Und noch ein weiterer irritierender Umstand erwartete François, als sie am frühen Abend zurück nach Manhattan fuhren: Das chinesische Restaurant, in dem er einen

Tisch reserviert hatte, war ganz in Blau und Weiß eingerichtet, die Wände mit israelischen Flaggen geschmückt.

»Heute ist Jom haAtzma'ut, der Tag, an dem Israel seine Unabhängigkeit feiert«, klärte Thibault seinen Vater auf.

»Aber in der Jeschiwa war davon nichts zu bemerken«, erwiderte François.

»Die Lubawitsch-Bewegung ist zwar nicht antizionistisch, aber sie tritt auch nicht offen für den Staat Israel ein, den sie nicht als gottgegeben ansieht, sondern als reine Willensdurchsetzung von Menschen.«

Wie sehr Thibault von der Religion durchdrungen war! Es gab kein anderes Thema als das Judentum, nichts anderes mehr fand Raum in ihm. Er sprach über Rabbiner, deren Namen François nie gehört hatte, erzählte biblische Geschichten, beschwor Könige und Propheten herauf und führte religiöse Gebote an, die man nicht missachten durfte. Wie hatte es dazu kommen können, fragte sich François erschüttert, dass ausgerechnet sein Sohn in aller Stille zu einem religiösen Eiferer geworden war und nun eine Strenge an den Tag legte, die nicht zu seiner Persönlichkeit passte? Beim Dessert sagte François, er wolle ins Hotel zurück. Er bezahlte die Rechnung und entrollte den kleinen Papierstreifen aus seinem chinesischen Glückskeks. Mit lauter Stimme las er vor: »Wer von lauter Gefahren umgeben ist, muss sich vor keiner fürchten.«

In der Suite, die er mit Thibault teilte, ließ sich François erschöpft aufs Bett fallen und schlief beinah auf der Stelle ein. Gegen zwei Uhr morgens schreckte er hoch. Thibault saß in einem Sessel, ein großes Buch mit einem prachtvollen Einband auf dem Schoß. Schlaftrunken richtete sich François auf.

»Willst du nicht allmählich auch mal schlafen?«

»Nicht gleich, ich studiere noch ein wenig.«

»Was studierst du denn um diese Zeit?«

»Die Propheten. Das Buch Samuel … Kennst du die Geschichte von König David und Bathseba?«

»Nein.«

»König David schickte seine Offiziere nach Rabba, sie sollten die Stadt belagern und die Ammoniter töten, während er in Jerusalem zurückblieb. Eines Abends beobachtete er von seiner Terrasse aus eine Frau beim Baden. Sie war außerordentlich schön, ihr Anblick ließ ihm keine Ruhe mehr … Er verliebte sich maßlos und schickte seine Leute los, die sollten sie holen und zu ihm bringen. Wie du dir vorstellen kannst, schlief er mit dieser wunderbaren Frau, die Bathseba hieß.«

»Wollte sie das auch?«

»Das ist nicht überliefert. Es ist lediglich bekannt, dass sie schwanger wurde. Es gab allerdings einen Haken: Sie war bereits verheiratet, und zwar nicht mit irgendwem, sondern mit Urias, dem Hethiter, einem der besten Krieger Davids, einem bedeutenden Offizier, der für seinen Mut und seine Ergebenheit bekannt war.«

François lachte müde.

»Warte, die Geschichte ist noch nicht zu Ende. König David kann also nicht mehr auf diese Frau verzichten, er begehrt sie, er ist in sie verliebt und beschließt nun, sich seines Rivalen zu entledigen, aber er weiß auch, dass er seinen Konkurrenten nicht unterschätzen darf. Urias ist ein großer Kämpfer und wird von seinen

Männern geachtet, er kann ihn nicht direkt angreifen. Deshalb denkt er sich eine List aus, die ihm später als moralisches Vergehen angekreidet wird. Der Kampf um Rabba tobt, und er befiehlt, Urias an vorderster Front einzusetzen.«

»Auch eine Art Mord.«

»Richtig. Er setzt ihn absichtlich der Gefahr aus. So steht es in der Schrift: *Stellt Uria nach vorn, wo der Kampf am heftigsten ist, dann zieht euch von ihm zurück, so dass er getroffen wird und den Tod findet.*«

Fünf Minuten später teilte François Osman Diboula per SMS mit, dass er ihn in den Irak begleiten werde.

44

Osman war am Boden zerstört. Er wusste, was ihm blühte, wenn das Video, das ihn zusammen mit Issa und zwei jungen Frauen nackt in einem parkenden Porsche zeigte, an die Öffentlichkeit gelangte. Mit Sonia konnte er darüber nicht sprechen, sie würde ihm auf der Stelle den Laufpass geben. Also rief er Laurence Corsini an und bat um ein Treffen. Eine Stunde später saß er in ihrer großen Wohnung in der Rue Jacob im 6. Arrondissement, gleich neben der Kirche Saint-Germain-des-Prés.

Er beschönigte die Sache zunächst, behauptete, es müsse sich um eine Fotomontage handeln, doch Laurence Corsini schnitt ihm das Wort ab.

»Weißt du, was ich zu meinen Klienten sage, wenn sie mein Büro betreten? Erzählen Sie mir am besten gleich die ganze Wahrheit, dann sparen wir Zeit.«

Zerknirscht gestand Osman, was tatsächlich vorgefallen war: der Abend im Club mit Issa, sein Filmriss, wie er mit heruntergelassener Hose neben der hübschen Rothaarigen aufwachte, an deren Gesicht er sich kaum erinnerte, Issa, der sein Handy auf ihn und die nackte Frau gerichtet hielt.

»Hast du genauere Informationen über Issa Touré?«, fragte Corsini.

»Ja, ich habe natürlich ein wenig recherchiert. Ziemlich erschreckend, was dabei rauskam …« Issa Touré, so hatten seine Nachforschungen ergeben, war in den Akten unter »S« registriert – das hieß, er stand unter Beobachtung, weil er eine potentielle Gefahr für die innere Sicherheit Frankreichs darstellte.

»Ich wusste, dass er einer ultraradikalen Gruppierung angehört, die für die Rassentrennung zwischen Weißen und Schwarzen eintritt. Sie nennt sich *Tribu 10*, was sich auf die Anzahl ihrer Gründungsmitglieder bezieht. Aber offenbar soll in der Zahl 10, ›dix‹, auch ›is‹ wie Islam anklingen. Sie definiert sich in erster Linie als antizionistisch und antikolonialistisch und ist der Polizei wegen antisemitischer Übergriffe und Verbindungen zu radikalen islamistischen Kreisen bekannt.«

»Da kommt einiges zusammen …«

»Du wirst mir nicht glauben, aber er ist eigentlich ein ganz netter und rühriger Kerl. Vor einigen Jahren hat er ziemlich erfolgreich eine neue Marke eingeführt, Freizeitkleidung, aber dann musste er Konkurs anmelden.

Das war wohl der Moment, in dem er abgedriftet ist. In seiner Akte steht, er hätte sich nach der Begegnung mit einem Imam radikalisiert, der in einer Pariser Moschee die Ideen des Hasspredigers Khalid Abdul Muhammad verbreitet.«

»Wer ist das?«

»Ein Afroamerikaner. Er war das Sprachrohr der *Nation of Islam*, einer der wichtigsten schwarzen Muslimorganisationen, von der er später ausgeschlossen wurde. Danach hat er sich für einen schwarzen Nationalismus eingesetzt. Er hat mit seinen Reden gegen Weiße, Juden und Homosexuelle viel Aufsehen erregt, und er hasst die angepassten Schwarzen. Issa hat sich darin offenbar wiedergefunden, ich habe entsprechende Worte auch aus seinem Mund gehört. Es heißt, dass er auch einer radikalen Splittergruppe der französischen Rechtsextremen nahesteht.«

»Was genau verbindet sie?«

»Sie treffen sich in ihrer Einstellung zur Rassentrennung und im Hass auf die Juden.« Osman reichte ihr einige Papiere, die er mitgebracht hatte. »Das sind Interviews, die Issa Touré kürzlich online gestellt hat.«

Laurence Corsini überflog die Ausdrucke. Es war von der »Aufwertung der schwarzen Rasse« die Rede, dem »Stolz auf die eigene Identität« und der »Ablehnung des Systems«. An manchen Stellen blieb sie hängen: *Wir sind gegen Integration … Unsere Identität ist unser Stolz! Wir haben die Aufgabe, in die Vororte zu gehen und den jungen Leuten zu sagen: Senkt euren Blick nicht mehr! Seid stolz auf euch! Ihr seid Frankreich nichts schuldig, das Land verdankt euch alles! Die Heimat eurer Väter wurde ausgeplündert … Wir werden zu den Waffen greifen und den Zionismus, dieses Krebsgeschwür, ausmerzen …*

»Er soll sich innerhalb weniger Monate radikalisiert haben«, sagte Osman. »Was kann ich tun?«

»Bist du sicher, dass er das Video noch hat?«

»Nein. Ich habe ihn damals gebeten, es zu löschen.«

»Warum willst du dann auf seine Erpressung eingehen? Warte, bis du das Video siehst. Lass dich nicht einschüchtern.«

»Er würde mich nicht erpressen, wenn er nichts gegen mich in der Hand hätte.«

»Das kannst du nicht wissen.«

»Und wenn er es doch hat?«

»Dann musst du mitspielen. Etwas anderes bleibt dir nicht übrig.«

»Aber er wird nicht damit aufhören!«

»Doch, er wird dich in Ruhe lassen. Er will ein gutes Leben, einen Platz in der Gesellschaft und dass er als Individuum anerkannt wird. Sobald du ihm gegeben hast, was er fordert, wirst du nichts mehr von ihm hören. Aber vielleicht blufft er auch nur.«

Osman legte sein Telefon den ganzen Abend nicht aus der Hand, er wartete auf eine Nachricht von Issa. Um Mitternacht entspannte er sich endlich. Offenbar hatte er nichts zu befürchten. Doch am nächsten Morgen las er auf dem Display: »Du und deine Frau, ihr verkörpert alles, was ich hasse – nämlich dass man die eigene Herkunft als Makel empfindet.«

Auf der Stelle rief er Laurence Corsini an und las ihr die SMS vor.

»Siehst du«, meinte sie, »kein Grund zur Beunruhigung, es waren nur leere Drohungen. Sei in Zukunft einfach vorsichtiger.«

Kleinlaut setzte Osman dazu an, seinen Leichtsinn zu rechtfertigen: Er kenne Issa schon so lange, er habe ihn damals unter seine Fittiche genommen, er habe nicht ahnen können, dass er sich so verändern würde. »Er war einfach nur ein Freund, Laurence.«

»In der Politik, Osman, hat man Freunde, um die eigenen Ziele zu verwirklichen.«

IRAK

1

Der Irak, eine Art Vexierbild der Gewalt, man tötete, man wurde getötet, aber diesmal nicht als Teil einer regulären Armee, einer Gemeinschaft. Mit Romain waren fünf andere Sicherheitsagenten im Einsatz. Bevor sie in den Irak reisten, war ein Zwischenstopp in Jordanien geplant, wo man sie auf ihre Mission vorbereiten würde. Romain konnte es kaum erwarten, in Bagdad anzukommen, während Xavier von Nervosität gepackt wurde. Während des Fluges unterhielten sie sich mit ihren Kollegen, einer war bereits zweimal vor Ort gewesen, er kannte das Terrain.

»Selbst wenn ihr das Kürzel des Nachrichtendienstes auf der Kleidung tragt – macht euch darauf gefasst, dass ihr, sobald ihr im Irak seid, zu Verdächtigen werdet oder eben zu potentiellen Doppelagenten. Es kann sein, dass euch jemand an Ort und Stelle anspricht und auf die gegnerische Seite ziehen will oder dass ihr gleich nach eurer Rückkehr verhört werdet, das ist gängige Praxis. Sie werden euch fragen, was ihr gesehen, mit wem ihr zusammengearbeitet habt …«

In Jordanien blieben sie nur zwei Tage. Sie waren mit weiteren Sicherheitsagenten aus aller Welt in einer Villa untergebracht und erhielten erste Anweisungen. Dann brachen sie zur Weiterreise in den Irak auf. Nachdem sie bei ihrer Ankunft in Bagdad eine Unzahl von Sicherheitsschleusen passiert hatten, wurden sie am Flughafen von Vertretern ihrer Agentur empfangen. Auf der Fahrt zu ihren Quartieren fasste einer der Verantwortlichen noch einmal die wichtigsten Verhaltensregeln zusammen: nie die kugelsichere Weste ablegen, immer auf der Hut sein, sich nie allein im Freien aufhalten. »Wenn ihr hier überleben wollt, müsst ihr diese drei Dinge immer im Kopf haben.«

Der erste Schock: die Hitze. Sie alle hatten bereits in wüstenartigen Regionen gekämpft, aber sich noch niemals dem Ersticken so nahe gefühlt. Als säßen sie in einem sonnendurchglühten Treibhaus. Die Kleidung klebte ihnen an der Haut. Sie fuhren sich mit der Hand übers Gesicht, versuchten vergeblich, den Schweiß abzuwischen, den ihre Haut aus allen Poren ausdünstete. Durch die getönten Scheiben zog die Stadt an ihnen vorüber: große Gebäude, nur mehr Ruinen, kleinere, mit dunklen Flecken gesprenkelte Wohnblocks. Die Räder der Panzerfahrzeuge wirbelten Staubwolken auf, feine ockerfarbene Partikel schwebten in der Luft. Die sandige Landschaft, das Rauschen der Palmen am Straßenrand vermittelten den Eindruck trügerischer Ruhe.

»Auf dieser Strecke haben sich in den letzten Jahren unzählige Dramen abgespielt«, sagte der Fahrer. »Feinde gibt es genug: schiitische Milizen, Sunniten, mafiöse Banden, sie sind überall. Im Moment gibt es aber vergleichsweise wenig Ärger. Außerdem haben wir keine andere Wahl, es gibt nur diesen Weg.«

In der Ferne hörten sie ein paar Detonationen, die Anspannung nahm zu. Nach dreißig Minuten erreichten sie endlich eine gesicherte Zone, verborgen hinter mächtigen, mit Stacheldraht bewehrten Betonmauern. Ihr Führer deutete auf die Baracken ringsum. »Da wohnt ihr. Nicht unbedingt luxuriös, aber sicherer als die Hotels im Zentrum. Jemand wird euch eure Zimmer zuweisen, dann könnt ihr auspacken. Danach gibt es Mittagessen und eine Lagebesprechung. Also bis später.«

Romain und Xavier nahmen ihre Quartiere in Besitz. Der Komfort war in der Tat minimal: Die Waschräume waren abbruchreif, von den löchrigen Decken baumelten nackte Kabel. Sie packten ihre Sachen aus, stellten Fotos der Familie auf, legten Briefe und Andenken an eine vertraute Umgebung neben sich ans Bett, nahmen rasch eine Dusche und gingen zum Speiseraum hinüber. Dort machten sie Bekanntschaft mit den aus anderen Ländern angeheuerten Männern, in der Mehrzahl Engländer und Südafrikaner, aber auch Nepalesen – ehemalige Gurkhas der britischen Armee –, Fidschianer, Peruaner und Kolumbianer, die allerdings unter sich blieben. »Die verdienen deutlich weniger als wir«, bemerkte einer der Briten mit schiefem Grinsen. »Kanonenfutter, wie die Iraker. Um die müssen wir uns nicht kümmern.«

»Hör einfach nicht hin«, sagte ein Franzose leise zu Romain. »Sie haben einfach nur andere Aufgaben. Wir kümmern uns um den Personenschutz, sie um das Lager. Die bewachen hier die Gebäude, machen Klarschiff, ein Job wie jeder andere.«

Als sie das Lager verlassen wollten, fiel Romain auf, dass die Südamerikaner zusammengerufen und zu einem Minibus geführt wurden, während die Europäer in gepanzerte Pick-ups stiegen.

»Warum lässt man sie in einem ungeschützten Bus fahren?«, wollte er wissen. »Eine Kugel und sie sind sofort tot.«

Ihr Führer lachte verächtlich. »He, Jungs, wir haben einen Menschenrechtsbeauftragten unter uns!«, rief er so laut, dass ihn alle hören konnten. Die anderen stimmten in sein Gelächter ein, und er fuhr fort: »Du hast dich in der Organisation geirrt, Kumpel. Das hier ist nicht das Rote Kreuz oder die UNO. Willst du lieber mit den Typen im Minibus fahren? Tu dir keinen Zwang an, es ist genug Platz für alle.«

Romain schwieg. Ein Soldat trat an ihn heran und sagte leise: »Mach dir um die mal keine Sorgen, die fallen in ihrem Minibus doch viel weniger auf als wir. In unserem hypermodernen Panzerwagen bist du wie eine Nutte in der Kaserne: Die Heckenschützen haben nur Augen für dich.«

Als er weg war, fuhr Xavier Romain an: »Musst du hier gleich so einen Aufstand machen? Was kümmert es dich, ob die weniger verdienen als wir und in ungeschützten Bussen fahren? Die sind auch nur fürs Geld hier. Oder was glaubst du? Die wollen genau wie wir möglichst viel Kohle scheffeln, sich damit zu Hause ihr Eigenheim bauen und dort glücklich und zufrieden bis ans Ende ihrer beschissenen Tage leben.«

Sie stiegen in den ihnen zugewiesenen Panzerwagen. Ein Iraker war für das Maschinengewehr zuständig. Das Gesicht hatte er zur Hälfte mit einem großen Tuch verhüllt, um sich vor Wind und Sand zu schützen, aber auch, um von der einheimischen Bevölkerung nicht erkannt zu werden. Iraker, die für westliche Organisationen arbeiteten, fielen meist als Erste den Rebellen zum Opfer.

»Wie könnt ihr diesem Kerl trauen?«, nörgelte Xavier.

»Kein anderer will den Posten übernehmen«, sagte einer ihrer Mitstreiter. »Außerdem werden die Iraker einer extrem strengen Sicherheitsprüfung unterzogen. Über die ist absolut alles bekannt. Wo sie wohnen, wer ihre Angehörigen sind. Mit denen kann man bedenkenlos zusammenarbeiten.«

Der Fahrer bretterte in rasendem Tempo durch Bagdad. Er trug eine Mütze und verbarg sein Gesicht hinter einer großen Sonnenbrille. »Ich schwöre euch, das ist mein letztes Jahr im Irak«, sagte er. »Ich bringe diese Mission zu Ende und mach mich vom Acker. Irgendwann erträgt man den Stress nicht mehr. Seht euch das an!« Draußen herrschte das reinste Chaos: Autos, Passanten, die mitten über die Straße liefen, uniformierte Polizisten, Tiere, die in aller Seelenruhe auf der Fahrbahn flanierten, Hunde, Katzen, Ziegen, Dromedare. Überall am Straßenrand lagen Trümmer aus Holz und Metall, mit denen Kinder spielten, um die sich niemand kümmerte. »Sogar die Kinder sind hier Feinde!«

Romain schloss die Augen. Da war sie wieder, die Hölle von Afghanistan: Du darfst keinem über den Weg trauen und musst die Augen überall haben. Ein kleiner Junge könnte mit einem Sprengstoffgürtel um den Bauch auf dich zulaufen. Ein Selbstmordattentäter könnte plötzlich aus dem Nichts auftauchen und sich vor deiner Karre in die Luft sprengen. Die Rebellen könnten dir jederzeit den Weg versperren und auf dich zielen. In so einem Fall muss man immer zurückfeuern, man kann sie nicht in die Flucht schlagen, sie schießen, bis ihre Munition aufgebraucht ist, es ist ihnen egal, ob sie sterben, sie wollen einfach nur, dass du von hier verschwindest und nie mehr wiederkommst.

»Neuerdings setzen sie magnetische Bomben ein«, hörte er den Fahrer sagen. »Die Schweine packen dir die Dinger ans Auto, und du merkst nichts, null. Zwei Minuten später verbrutzelst du in deinem Panzerwagen. Wenn eine Bombe auf der Strecke explodiert, fahr weiter, du darfst auf keinen Fall anhalten. Und wenn du aus irgendeinem Grund liegenbleibst, kriech raus und entfern dich so schnell wie möglich vom Wagen, bring dich in Sicherheit. Wenn du keine andere Wahl hast, spring in ein irakisches Auto und steuere die nächste gesicherte Zone an. Wenn ein Typ am Straßenrand rumflennt, dass er eine Panne hat, seine Frau gerade ein Kind kriegt oder seine Tochter todkrank ist, halt auf keinen Fall an, die Chancen stehen fifty-fifty, dass er ein Rebell ist. Aber am wichtigsten, Regel Nummer eins: Wenn du mit einem Kunden unterwegs bist, musst du ihn mit allen Mitteln schützen, du musst bereit sein, *dein* Leben für *ihn* zu opfern, selbst wenn er ein Hurensohn ist, kapiert?«

Im Wagen herrschte plötzlich eine angespannte Stille. Romain beobachtete einen Mann, der mit seiner Viehherde in der Nähe eines Checkpoints der irakischen Polizei stand und seinen Tieren die Fliegen vom Fell wedelte.

»Seht ihr den da?«, stöhnte der Fahrer. »Das ist eine Kontrolle, könnte aber auch ein gut getarnter Rebell sein. Woher weiß man, dass er nicht losballert, sobald du deinen Pass aus der Tasche ziehst? … Ich hab mich wohl klar genug ausgedrückt: Hier ist jeder euer Feind, sogar ihr selbst.«

Die Fahrt verlief ohne Zwischenfälle, und sie erreichten bald eine im Niemandsland gelegene Basis, eine Brache, umgeben von vereinzelten ärmlichen Hütten und Sonne und Wind unbarmherzig ausgesetzt. Hier würde man sie innerhalb der nächsten achtundvierzig Stunden auf die Probe stellen und bewerten.

Kurz darauf hatte Romain seinen ersten Einsatz: Ein randvoll beladener Tanklaster musste eskortiert werden. Er war nicht allein, weitere Sicherheitsleute mit mehr Erfahrung trugen die Verantwortung für die Fahrt, und er saß auch nicht im vordersten Fahrzeug, wo man Angreifern am schutzlosesten ausgeliefert war. Dennoch lagen seine Nerven blank, erst als sie ihr Ziel pünktlich und wohlbehalten erreicht hatten, lockerte sich seine Anspannung. Am Abend tranken sie, um den Erfolg zu feiern. Sie hatten den Tag überlebt.

2

Nach seiner Rückkehr aus New York besuchte François seinen Vater. Paul Vély empfing ihn wie gewohnt, im Morgenrock in seinem Armsessel sitzend, Hände und Gesicht mit Rasierwasser parfümiert. François wollte mit ihm über Thibault sprechen. Etwas an der Rückbesinnung seines Sohnes auf die Religion ließ ihm keine Ruhe, obwohl er es nicht recht in Worte fassen konnte.

»Thibault ist nicht wiederzuerkennen«, sagte François. »Ein echter Rabbiner. Ich begreife diesen Sinneswandel einfach nicht, es macht mich völlig fertig.«

»Juden sind schon erstaunlich.« Paul Vély lächelte nachdenklich. »Ich muss immer wieder daran denken, was Marcel Proust zu Emmanuel Berl gesagt hat: *Alle Welt hat vergessen, dass ich Jude bin, nur ich selbst nicht.*«

»In meinem Fall ist es eher umgekehrt: Alle Welt scheint sich plötzlich daran zu erinnern, dass wir Juden sind.« François seufzte. Er wirkte erschöpft, sein Gesicht war eingefallen, der Rücken leicht gebeugt. »Warum hast du dein Jüdischsein abgelegt?«, wollte er von seinem Vater wissen. »Du hast es mir nie genau erklärt.«

»Geht das überhaupt, sein Jüdischsein ablegen?«

»Du hast dich nie dazu bekannt, du hast mich katholisch erzogen.«

»Deine Mutter war Katholikin ... Ich ziehe die religiöse Durchmischung einer strikten Trennung vor. Dennoch verurteile ich niemanden, der es für sich anders entscheidet. Meine Jugendfreunde haben ausnahmslos jüdische Frauen geheiratet, für sie war es ein wesentliches Kriterium. Sie waren darauf programmiert, eine Frau zu finden, die ihre Eigenheiten verstand, ihre Kämpfe und ihre Ängste teilte, eine Frau, die ihre Traditionen weitergeben konnte, ihre genetischen Merkmale. Ja, ich kannte tatsächlich Männer, die bewahren wollten, was sie die jüdische Besonderheit nannten. Mich haben solche Dinge nicht über die Maßen beschäftigt. Deinen Sohn offenbar schon. Und? Aber ich nehme an, du bist nicht nur gekommen, um mit mir über Thibault zu sprechen.«

»Nein …« Es folgte ein langes Schweigen, dann eröffnete François seinem Vater, dass Marion und er sich aller Voraussicht nach trennen würden.

»Das tut mir leid. Ich mochte sie immer gern, sie ist weniger konventionell als deine früheren Frauen. Und außerdem hat mir ihr Buch gefallen.«

»Ich weiß nicht, ob ich um sie kämpfen soll. Ob es überhaupt noch etwas zu retten gibt.«

»Die Antwort kennst nur du.«

»Eine Trennung wäre wahrscheinlich das Vernünftigste.« François musste schlucken. »Ich glaube, ich liebe sie noch.«

Paul Vély sah seinen Sohn an. »Die Liebe ist doch nichts anderes als eine Entschädigung, die uns das Leben manchmal zum Ausgleich für seine Brutalität gewährt.«

»Du sagst das so ungerührt.«

»Ich habe immer geahnt, dass Liebe in die Katastrophe mündet. Die Gefühle verblassen mit der Zeit, die Beziehung wird vielleicht durch gemeinsame Kinder, gemeinsame Interessen und eine gemeinsame Vergangenheit noch ein bisschen am Leben erhalten, aber bald schon wird einem bewusst, dass man nur nicht weiß, wie man sie beenden soll. Ich selbst wollte mich nie an eine Person binden. Natürlich habe ich geliebt, aber mit Zurückhaltung. Nach dem Krieg war ich allein, meine ganze Familie war umgekommen. Ich hatte nicht das Recht, mich derart in etwas zu verlieren.« Paul Vély richtete sich auf, er wirkte mit einem Mal betrübt. »Die einzige Lektion, die mir das Leben erteilt hat, ist die, dass man in den entscheidenden Momenten allein ist, und das gilt besonders im Alter.« Er stand auf und ging auf unsicheren Beinen zum Fenster. »Das Alter ist die härteste Bewährungsprobe von allen. Der Mensch wird entwurzelt wie ein abgestorbener Baum.«

François sagte nichts. Er fürchtete sich vor dem Tod seines Vaters, dieses Pfeilers der Familie, des verlässlichen Ankers in seiner chaotischen Existenz. Er trat neben ihn ans Fenster.

»In meinem Leben gab es einige intensive Liebesgeschichten, das weißt du, aber bei Marion hatte ich zum ersten Mal das Gefühl, dass ich auf alle anderen verzichten könnte.«

Paul Vély seufzte. »Es läuft doch immer auf dasselbe hinaus. Die Liebe beginnt, wie der Mensch zur Welt kommt: in Unschuld und Erregung. Danach wenden sich die Dinge schnell ins Tragische – was immer wir tun, wir scheitern. Manche versuchen sich davor zu schützen, aber es ist unausweichlich, auch sie werden am Ende leiden. Es scheint, dass wir früher oder später alle einen hohen Preis für erlebtes Glück bezahlen müssen. Man schwört sich, nie wieder in diese Falle aus Nähe und Vertrauen zu tappen, und fällt doch immer wieder sehenden Auges darauf herein. Man sollte niemals vergessen, dass die einzige Konstante im Leben die Enttäuschung ist.«

3

Jeder Mensch liebt Trüffel, darauf können wir uns immerhin einigen: Trüffelrisotto ist göttlich, Trüffeltarama köstlich – die aus der großen Feinkostabteilung von Bon Marché ganz besonders. Und haben Sie schon mal Trüffelbrie probiert? Den gibt es nicht überall. Aber in der Maison de la Truffe natürlich schon. Der pure Genuss. Ich könnte niemals eine Frau heiraten, die keine Trüffel mag.

Die unerlässlichen Pflichten eines Karrieristen: ein geselliger Abend, beinah informell, in dem schönen Haus des Großunternehmers Rémi Fallois und seiner Frau Sandrine, das in einer ruhigen Sackgasse im 14. Pariser Arrondissement lag. Osman und Sonia trafen pünktlich ein, aber sie waren nicht die ersten Gäste. François Vély war bereits da, ohne Begleitung, außerdem ein Anwaltspaar und der Schriftsteller Vadim Mouret, ein linker Intellektueller, der für seine pointierten Kolumnen bekannt war und gerade einen Literaturpreis erhalten hatte. Am Vormittag hatte Osman der Gastgeberin sehr seltene rosafarbene Kamelien aus einem exquisiten Blumenladen in der Rue Royale liefern lassen. Er entdeckte sie gleich bei der Begrüßung, sie schwammen, für jedermann gut sichtbar, in einer edlen Kristallschale, und die Dame des Hauses bedankte sich überschwänglich bei ihm dafür. Drei weitere Sträuße schmückten den Raum, ein winziges Gebinde war in eine Ecke verbannt worden. Die soziale Rangordnung drückte sich auch in solchen Kleinigkeiten aus.

Sandrine Fallois war eine blonde Frau um die fünfzig, sie stammte aus einer Familie, die ihr Vermögen mit der Herstellung von Champagner gemacht hatte. Sie präsentierte den Gästen einen äußerst wohlerzogenen zwölfjährigen Jungen, der jeden Gast mit übertriebener Höflichkeit begrüßte: »Unser Sohn Balthazar.« Osman pries das Haus, »mitten in Paris einen Garten zu haben, einfach herrlich«, und Rémi Fallois antwortete geübt: »Ja, es ist nicht übel hier, auch wenn das 14. Arrondissement natürlich nur der schmuddelige Hinterhof des sechsten ist.«

»Erzählen Sie uns vom Premierminister«, bat der Anwalt. »Wie man hört, ist er ein Mann, auf den die Frauen fliegen.«

An den Tratsch über die Affären von Politikern war Sonia gewöhnt, mit kühlem Lächeln gab sie zur Antwort: »Nein. Er interessiert sich weder für Frauen, noch achtet er sie. Wenn er mit dem Präsidenten spricht, hat man den Eindruck, der Kilimandscharo trifft auf den Himalaja.«

»Er ist selbstverliebt, sozusagen autosexuell und vollkommen egozentrisch«, ergänzte Osman scherzend. »Er redet am liebsten mit seinem eigenen Spiegelbild! Tja, so verändert die Macht den Menschen.«

Sonia widersprach prompt: »Nein. Die Macht verändert nur den, der sich auch verändern will.«

»Also, was ist, wollen wir allmählich zum Aperitif übergehen? Ich verdurste noch!«, rief Fallois und ergriff sanft den Arm seiner Gattin. »Man sollte nicht meinen, dass ich mit der Geschäftsführerin eines Champagner-Imperiums verheiratet bin.«

»Ich glaube, da kommt er schon«, sagte seine Frau.

Man vernahm Schritte im Flur. Eine dunkelhäutige Angestellte betrat den Raum, ein Tablett in Händen.

»Arbeitet Darina nicht mehr für Sie?«, fragte der Anwalt. »Sie war doch eine gute Kraft.«

Sandrine Fallois setzte eine bekümmerte Miene auf: »Sie ist vor zwei Monaten an einem Schlaganfall gestorben. War gerade dabei, die Badezimmerfliesen zu wischen, als es passiert ist. Sehr unangenehm, zumal sie damals schwarz bei mir gearbeitet hat – auf eigenen Wunsch, natürlich. Wir gerieten wirklich kurz in Panik, als wir den Notarzt rufen mussten.«

»Aber Sie haben es doch getan?«

»Wir konnten ihre Leiche ja schlecht im Garten vergraben«, sagte Sandrine glucksend. Dann fuhr sie in ernstem Ton fort: »Zwei Tage später wurde sie auf dem Friedhof von Thiais am anderen Ende von Paris begraben. Nur fünf Leute sind zur Bestattung gekommen. Es war furchtbar traurig.«

»Ach was«, rief Rémi Fallois dazwischen, »bei Stendhals Beerdigung waren es nur drei!«

»Jedenfalls musste ich eine neue Haushälterin einstellen, aber die will nun dreizehn Euro die Stunde, Darina hatte sich mit zehn zufriedengegeben. Ich bin wirklich großzügig, unsere Zugehfrauen dürfen an den Kühlschrank und mit den Kindern nach der Schule zusammen essen, aber irgendwann ist auch mal Schluss.«

»Ich habe eine Philippina eingestellt«, meinte Sonia. »Die Philippinas sind sehr zu empfehlen, sie sind diskret, machen ihre Arbeit ohne Murren, und sie sprechen Englisch. Das ist wichtig für die Kinder. Heutzutage muss man zweisprachig aufwachsen, sonst kann man den Doppelabschluss an der Uni gleich vergessen.« Bei diesen Worten streichelte sie ihren kugelrunden Bauch.

»Schämen Sie sich nicht, wegen drei Euro zu feilschen?«, empörte sich Vadim Mouret. »Wo die meisten hier im Raum siebenhundert Euro Stundenhonorar einstreichen?«

Auf seine Worte folgte frostige Stille. Osman fühlte sich unwohl. Die Hausangestellte trat auf ihn zu: »Ein Glas Champagner, Monsieur? Ich kann Ihnen Rosé oder Weißen anbieten.« Sie sprach sehr leise. Er beobachtete sie, wie sie an die Gäste herantrat und jedem das Tablett hinhielt. Alle bedienten sich, ohne sie eines Blickes zu würdigen, ohne ein Dankeschön, sie fuhren in ihren Gesprächen fort, als wäre sie Luft. Nur Sonia deutete ein Lächeln an, als sie das angebotene Glas ablehnte. Rémi Fallois hob seines, um einen Toast auf Osman auszusprechen: »Auf Osman und Sonia, die neuen Obamas!« In selben Augenblick hörte man ein Geräusch von splitterndem Glas. Die Hausangestellte hatte einen Champagnerkelch fallen lassen.

»So passen Sie doch auf!«, fuhr Sandrine sie an. »Wenn sie mir meine 50-Euro-Gläser zerschlägt, kommt sie mich auf jeden Fall teurer als Darina.« Alle lachten. Die Angestellte konnte nur mit Mühe die Tränen zurückhalten.

Sonia erhob sich abrupt und entfernte sich in Richtung Toilette. Nach einigen Minuten folgte ihr Osman, klopfte und erkundigte sich, ob alles in Ordnung sei. »Ja, es geht schon«, versicherte sie durch die geschlossene Tür und trat kurze Zeit später wieder in den Salon. Fallois führte sie und Osman in den Garten hinaus, um »ein wenig Luft zu schnappen«. Er zündete sich eine Zigarette an.

»Dieser Mouret ist wirklich ein Idiot!«, sagte er aufgebracht. »Macht mir Vorhaltungen und verlangt selber zweitausend Euro für einen zweistündigen Vortrag.« Er drückte seine Zigarette aus. »Seit er diesen Preis bekommen hat, ist er unausstehlich. Und den hat er nur gekriegt, weil sein Gesellschaftsroman auf die Tränendrüse drückt. Das Buch von Patrice du Chardonnay ist seinem weit überlegen ... Lassen Sie uns wieder reingehen, die anderen warten sicher schon.«

Bei Tisch wurde über Außenpolitik gesprochen, und Osman erzählte, dass er für einige Tage in den Irak reisen werde, zur Bagdad-Messe.

»Sie leben aber gefährlich!«, staunte Sandrine Fallois.

»François und einige andere Konzernchefs reisen ebenfalls mit. Es ist eine hervorragende Gelegenheit für uns, geschäftliche Kontakte mit dem Irak zu knüpfen.«

Vadim Mouret unterbrach ihn: »Das Land ist vollkommen ausgeblutet, und Sie wollen da Geschäfte machen? Bush hat doch alles plattgewalzt. Und wozu? Um sich zu bereichern, das Erdöl abzuschöpfen. Und wer greift jetzt nach der Macht? Die Islamisten.«

»Der Krieg war definitiv ein Fehler, aber es ist nun mal, wie es ist. Alles muss neu aufgebaut werden, und ich wüsste nicht, warum Europa diese Märkte den Amerikanern überlassen sollte.«

»Besonders in der Telekommunikation sehe ich große Chancen«, bekräftigte François.

»Aber können Sie dort überhaupt hinfahren?«, fragte Mouret.

»Warum denn nicht?«

»Ich dachte, die irakische Regierung hätte sämtliche Geschäfte mit Unternehmen untersagt, die Verbindungen zu Israel unterhalten.«

Am Tisch breitete sich eine angespannte Stille aus, schließlich ergriff Osman an François' Stelle das Wort. »Die Europäische Union wird diese Bestimmung aushebeln, das ist Anstiftung zum Boykott.«

»Das ist wirklich nicht das Problem«, widersprach François scharf. »Ich weiß nicht, wie Sie zu der Behauptung kommen, Vadim, dass mein Unternehmen Verbindungen zu Israel unterhält.«

»Ich meine es in einem Zeitungsartikel gelesen zu haben. Darin stand, dass Ihr Unternehmen von einer Firma beliefert wird, die ihren Sitz in den israelischen Siedlungen hat.«

»Das ist nicht wahr. Und außerdem gefällt mir Ihr argwöhnischer Unterton überhaupt nicht. Ich glaube nicht, dass ich irgendwem in irgendeiner Form Rechenschaft schuldig bin.«

Osman versuchte zu vermitteln. »Es ist zum Teil meine Schuld, ich habe Monsieur Vély aufgrund eines irreführenden Dokuments als Juden bezeichnet, daraufhin ist eine fürchterliche Verleumdungskampagne ins Rollen gekommen. Einen solch massiven Ausbruch von Antisemitismus habe ich noch nie erlebt.«

Fallois lächelte ironisch. »Osman Diboula hat ihn zu einem Juden gemacht. Bei Sartre war dafür noch der Antisemit zuständig, jetzt übernimmt es der Philosemit!«

Seine Frau servierte einen Reigen edler Desserts, man scherzte über Cholesterinspiegel und Diätvorschriften, und der Zwischenfall war vergessen.

Auf der Heimfahrt sagte Sonia, dass sie entsetzt gewesen sei, wie Sandrine Fallois die junge Serviererin behandelt habe. Osman schwieg. Sollte er Sonia ihre eigenen Worte entgegenhalten? So funktionierte die gesellschaftliche Ordnung nun einmal, und sie alle unterwarfen sich ihren Regeln. Kurz dachte er an die Demütigungen, die seine Mutter hatte erfahren müssen.

Als sie zu Hause ankamen, legte er den Mantel ab und schloss sich im Badezimmer ein. Er hatte eine neue Nachricht von Issa erhalten: »Weißt du, was ein Lipizzaner ist, Osman? Das ist eine besondere Pferderasse. Die Tiere sind bei der Geburt schwarz und werden mit der Zeit immer heller. So wie du.«

4

Die Mordtaten von Falludscha. Sie konnten sich noch so abgebrüht geben, die Bilder saßen in ihren Köpfen fest, die ganze Zeit über: das Fahrzeug mit vier Mitarbeitern des amerikanischen Sicherheitsunternehmens Blackwater, umringt von einer rasenden Menschenmenge. Sie hatten die Iraker vor Augen, die, außer sich vor Hass, das Auto mit einem in den Benzintank geschnipsten Streichholz in die Luft jagten, um das lodernde

Wrack tanzten und sich an den Qualen der Amerikaner ergötzten, die bei lebendigem Leib darin verbrannten. Sie hatten gesehen, wie sie die Männer aus dem Wagen zerrten, sie mit Füßen traten, mit Metallstangen, Holzknüppeln, Eisenstäben traktierten, mit allem, was ihnen in die Hände fiel. Auch Kinder machten mit. Dann schleiften sie die verkohlten Kadaver zu einer Brücke, banden sie dort fest und ließen sie immer wieder auf und ab schnellen. Bei jedem Ruck regneten Fleischklumpen und Knochenstücke auf die Menge nieder – Bilder des Grauens, die man auf YouTube hochladen konnte. Das war 2004 gewesen.

Die vier Amerikaner, alle um die zwanzig, waren damals vom Weg abgekommen. Ihr GPS hatte gestreikt, und sie waren plötzlich in eine der gefährlichsten Zonen geraten. Bis sie begriffen hatten, dass sie sich auf feindlichem Terrain befanden, hatte man sie bereits umzingelt und niedergemetzelt.

Romain hatte sich freiwillig in dieses Land begeben, dabei hatte ihm fast jeder davon abgeraten. Die warnenden Worte ehemaliger Agenten überschlugen sich in seinem Kopf: »Solche Missionen übernimmt niemand gern. Nachts ist man noch ungeschützter. Du erkennst nichts wieder, und wenn dich dein GPS im Stich lässt, bist du in einer Stunde tot. Der Feind denkt nicht so wie du und kämpft nicht so wie du. Er tötet nicht mal wie du. Er ist ein Jäger. Er verfolgt seine Beute wie Wild. Für ihn sind Vertreter der Westmächte keine menschlichen Ziele, sondern unreine Tiere, deren Kadaver er nicht berühren kann, ohne sich zu besudeln. Das darfst du nicht vergessen, wenn du den Leichnam eines deiner Männer völlig zerstückelt in einem Sumpfgebiet, auf einer Straße oder einer Müllkippe wiederfindest. Du musst immer auf der Hut sein. Das Schlimmste, was dir passieren kann, ist eine Geiselnahme, weil dein Leben rein gar nichts wert ist. Dein Arbeitgeber wird nicht einen Cent springen lassen, um deine Haut zu retten. Du bist kein Soldat in einem gewöhnlichen Heer, du dienst keinem Staat, sondern einem Unternehmen, das darf man keinesfalls verwechseln. Wenn dir etwas zustößt, wenn du verletzt wirst oder gefangen genommen, setzen die Bosse für deinen Arsch garantiert nicht Himmel und Erde in Bewegung. Sie haben sogar ein Interesse daran, dich still und heimlich vom Ort des Geschehens verschwinden zu lassen oder dich den Rebellen zu überlassen.«

5

François verkündete Marion, dass er für einige Tage in den Irak reisen werde. Sie wollte wissen, was er in einer solchen Region suche, noch dazu in einer für ihn so kritischen beruflichen Phase.

»In Bagdad findet eine internationale Messe statt, und Osman Diboula hat mir angeboten, mich in die Delegation der französischen Unternehmer aufzunehmen. Da die Fusion mit den New Yorkern vermutlich nie stattfinden wird, muss ich mich dringend darum kümmern, das Einflussgebiet meines Unternehmens zu erweitern, und der Irak bietet da eine außergewöhnliche Gelegenheit.

Die amerikanischen Streitkräfte ziehen sich allmählich zurück, die Lage hat sich entspannt. Natürlich gibt es Risiken, aber im Vergleich zu den ausgezeichneten Perspektiven sind sie zu vernachlässigen. Man kann mit Vertragsabschlüssen in Millionenhöhe rechnen, die irakische Telekommunikationsbranche ist am Boden, alles muss neu aufgebaut werden. Glaubst du wirklich, ich überlasse eine solche Chance meinen Konkurrenten?«

Marion hörte erst unbewegt zu, dann sagte sie knapp: »Ich komme mit.«

François rang um Fassung, er mühte sich vergeblich, ihr die Idee auszureden – das Gebiet sei gefährlich, er reise nur des Geschäfts wegen dorthin –, doch sie war nicht mehr von ihrem Entschluss abzubringen. Und so informierte er Osman, dass seine Frau ihn auf der Reise begleiten werde. François war sich sicher, dass ihr Umschwenken etwas mit Roller zu tun hatte. Wusste sie, dass er in Bagdad war, wollte sie mitkommen, um ihn wiederzusehen? Na schön. *Wenn es das ist, was du willst.* Er würde Roller im Irak gegenübertreten, von Mann zu Mann. Ein etwas kindisches Rivalitätsgehabe, und wenn schon, Liebe bedeutete Regression. Dort unten, in einer unwirtlichen Region, wo nichts vertraut und jede sexuelle Regung nur die Antwort auf Freudlosigkeit ist, würde er Marion wählen lassen – er oder ich. Dort unten würde sie möglicherweise die Geruhsamkeit ihres Ehelebens mit François und ihre abgesicherte Existenz der Ungewissheit einer komplizierten Affäre vorziehen. Einer Affäre, die zudem auf ein moralisches Debakel zusteuerte. Der Mann hatte ihr nichts zu bieten, nichts als eine prekäre Verliebtheit – und Marion versetzte schon das Wort »prekär« in helle Panik. Verlangen? Erotik? Das ging vorüber. Er wollte sie nicht verlieren, zumindest redete er sich das ein, und am Ende war er selbst davon überzeugt, obwohl seine Besessenheit weniger Ausdruck seiner Liebe zu ihr als seines Besitzstrebens war. Faszinierte sie ihn wirklich immer noch, diese junge Schriftstellerin, die nach ihrem ersten Erfolgsroman keine einzige Zeile mehr geschrieben hatte? Diese zwar sinnliche, aber doch widerspenstige junge Frau mit ihrer zu direkten Art? Er war sich mittlerweile nicht mehr so sicher. Und doch musste er siegreich aus diesem Kampf hervorgehen. Er musste wieder zum Helden einer Geschichte werden, die bisher von seiner Niederlage und seinem Sturz handelte.

6

Der Besuch der Unternehmer auf der Bagdad-Messe war bestens vorbereitet und durchdacht. Dennoch quälten Osman innere Unruhe und Zweifel. Die OECD ordnete den Irak, was politische Risiken anging, auf einer Skala von 1 bis 7 bei Stufe 6 ein, bezüglich geschäftlicher Risiken bei C, der kritischsten Stufe. Als der Druck überhandnahm, den die Aussicht auf diese Reise ausübte, suchte Osman einen Arzt auf und ließ sich Beruhigungsmittel verschreiben. Seine Befürchtungen waren irrational, denn er würde sich lediglich auf hermetisch abgeriegeltem, gesichertem Terrain aufhalten.

Tagsüber gelang es ihm auch, die Angst in Schach zu halten, abends jedoch setzte er sich an den Computer und suchte bis tief in die Nacht Informationen zusammen. Er sah sich Videos an und tippte unweigerlich immer wieder die gleichen Wörter ein: Irak, Risiken. Der Außenminister riet auf der Website seines Ministeriums von Reisen in den Irak ab: »Lediglich zwingende private oder berufliche Gründe sollten Anlass für eine Reise französischer Staatsbürger in den Irak sein. Die Situation im Land ist instabil und extrem gefährlich für alle Reisenden. Das Risiko, Attentaten oder Bandenkriminalität zum Opfer zu fallen, ist sehr hoch.« Drei Wochen zuvor hatte es einen Doppelanschlag auf das Justizministerium und den Regierungssitz in Bagdad mit über hundertfünfzig Toten gegeben.

Osman sprach nicht über seine Sorgen – niemand bekennt sich gern zur eigenen Feigheit –, er versuchte seine Ängste durch maximale Informationsbeschaffung in den Griff zu bekommen. Leider erfolglos, denn jede Onlinesuche verstärkte nur seine Furcht. Auf den Websites anderer westlicher Regierungen sprangen ihm bedrohliche Worte ins Auge wie »selbstgebaute Sprengsätze entlang der Verkehrswege, Granatwerfer, Raketengeschütze, Handfeuerwaffen«. Die Warnhinweise waren zahlreich und ausführlich: »Angriffe dieser Art finden häufig an öffentlichen Plätzen statt, in Cafés, auf Märkten, an Versammlungsorten jeder Art.« Auch gegenüber den Mitgliedern seines Teams thematisierte Osman seine Bedenken nicht. Gewitzelt wurde trotzdem: *Hoffentlich kommst du in einem Stück wieder zurück!* oder *Vorsicht, schau genau hin, bevor du in Bagdad einen Fuß vor den anderen setzt!* In der Öffentlichkeit lächelte er gelassen und tat entspannt. Doch innerlich zitterte er. Er dachte sogar daran, Sonias Gesundheitszustand vorzuschieben und seine Teilnahme an der Reise abzusagen. Zwei Tage zuvor war ihr vom Gynäkologen wegen leichter Vorwehen absolute Ruhe verordnet worden.

Wenige Tage vor der Abreise rang sich Osman schließlich dazu durch, sich seiner Schwester am Telefon anzuvertrauen. Sie praktizierte seit einigen Jahren Astrologie und hatte ihm schon öfter ein Horoskop erstellt. Sie nahm seine Sorgen sehr ernst, fühlte sich zweifellos auch ein wenig geschmeichelt, dass er damit ausgerechnet zu ihr kam, und analysierte gewissenhaft seine Konstellation.

»Dein Horoskop ist hervorragend«, versicherte sie ihm. »Du kannst dich zurzeit auf dein Glück verlassen. Was immer du dir vornimmst, wird von Erfolg gekrönt sein.«

Beruhigt legte Osman auf und wiederholte im Stillen die positiven Voraussagen, doch nur eine Stunde später war er wieder online: »Höchste Vorsicht ist geboten. Zahlreiche Rebellengruppen sind weiterhin aktiv. Terrorismus und Gewalt bestehen in vielen Landesteilen fort. Westliche Interessen werden weiterhin bekämpft.«

7

Viermal die Woche rief Romain in Frankreich an, um ein paar Worte mit Tommy zu wechseln. Agnès unterbrach die Telefonate regelmäßig, sie kontrollierte die Beziehung zwischen Vater und Sohn mit all der Eigenmächtigkeit, die ihr die Situation erlaubte. Sie gab jetzt den Takt an, und sie war fest entschlossen, ihre neue Stärke auszuspielen. Sie hatte Romain in die Psychiatrie einweisen lassen, um ihre Beziehung zu retten und ihn zu schützen, aber auch, um ihn verwundbarer zu machen. Im Falle einer Trennung würde sie problemlos das alleinige Sorgerecht für Tommy erhalten, sie wäre sogar in der Lage, Romains Besuchsrecht einzuschränken, indem sie das Kindeswohl anführte. Es war ein perverses Spiel, das die Bande einer langjährigen Liebe zu den Fesseln eines ungleichen Kräfteverhältnisses verkommen ließ. Romain hatte weder die körperliche noch die geistige Widerstandskraft, etwas dagegenzuhalten. Agnès dominierte ihn und hielt ihn unter ihrem Einfluss, gleichzeitig zog sie insgeheim eine niederschmetternde Bilanz ihrer Ehe, der Ehe mit einem Mann, mit dem sie seit längerem eine freudlose Beziehung führte, für die sie ihrer Meinung nach *alles* gegeben hatte.

Bei jedem Anruf schossen die Aggressionen an die Oberfläche, ihre Worte wirkten wie Brennstoff, der sich in Sekundenschnelle entzündete. Der Krieg schien sich auf ihr Privatleben auszudehnen. Sie habe einen »alten Freund« wiedergesehen, berichtete sie Romain am Telefon. Es sei nichts passiert, aber sie habe gespürt, dass sie sich auch an »jemand anderen« als ihn binden könne. Romain nahm die Neuigkeit mit Gleichmut auf. Er verspürte keinerlei Verlangen, Agnès zurückzugewinnen, wie sollte er das im Augenblick auch anstellen? Er konzentrierte sich mit Haut und Haar auf seine Einsätze. Im Irak wurde sein Verstand auf eine harte Probe gestellt und permanent gefordert. Die Gefahr lauerte in der Panik, im Irrtum, im Exzess. »Eure einzige echte Grenze ist eure eigene Moral«, hatte ein Kollege einmal zu Romain und Xavier gesagt.

Xavier war dazu übergegangen, sich morgens mit Red Bull aufzuputschen und später mit Alkohol volllaufen zu lassen, er befand sich in einer geradezu manischen Verfassung. Romain hatte ein Auge auf ihn und sorgte dafür, dass ihm lediglich Routinemissionen anvertraut wurden.

»Sobald jemand auf uns zielt«, riet Xavier neuen Rekruten, »schießen wir, bloß nicht lange fackeln!«

Romain hielt dagegen: »Wir sind hier nicht in einem Western. Es gibt Regeln. Wir schießen nur, wenn wir tatsächlich angegriffen werden.« Er hatte gerade den Auftrag erhalten, für den Schutz einer Gruppe von Wirtschaftsbossen zu sorgen, die anlässlich einer Messe nach Bagdad reisten. Explosionen und Angriffe waren im Stadtzentrum an der Tagesordnung, und vom Erfolg dieser speziellen Mission hingen Fortkommen und Ansehen der Organisation ab, für die Romain arbeitete. Osman hatte darum gebeten, unter seinen persönlichen Schutz gestellt zu werden, er traue sonst niemandem –

Romain hatte eingewilligt. Jeder Agent würde für die Sicherheit von drei Personen verantwortlich sein.

Als Romain die Liste der Mitreisenden erhielt, setzte sein Herz einen Schlag lang aus. Er las den Namen François Vély, daneben hatte jemand in Klammern vermerkt: »in Begleitung seiner Frau, der Schriftstellerin und Journalistin Marion Decker-Vély«.

8

Die französische Delegation aus Managern und Journalisten traf im Morgengrauen ein und wurde von ein paar lokalen Größen und dem zuständigen Sicherheitspersonal am Flughafen in Empfang genommen. Man ging professionell und freundlich miteinander um. Den französischen Unternehmern merkte man nicht die geringste Nervosität an, und die heitere Stimmung wäre wohl nicht getrübt worden, wenn nicht einer der für ihren Schutz Verantwortlichen mit beängstigender Strenge die Sicherheitsregeln aufgezählt hätte. Allein die Journalisten schienen sich der politischen und strategischen Risiken bewusst zu sein, einige hatten den Irak bereits in gefährlicheren Zeiten bereist. Sobald jeder sein Gepäck hatte, wurden mehrere Grüppchen gebildet und auf Fahrzeuge aufgeteilt. Keiner der Reisenden durfte ein anderes Fahrzeug als das ihm zugeteilte benutzen, jeder musste bei seiner Gruppe bleiben. Das größte Risiko bestand darin, jemanden aus Versehen zurückzulassen.

Vom Irak hatten die meisten Mitglieder der Delegation nur eine vage Vorstellung, sie kannten weder die Geschichte des Landes noch die Gegebenheiten vor Ort. Doch es bereitete ihnen kein Kopfzerbrechen, sie blieben nur fünf Tage und waren gekommen, um Geschäfte zu machen, um regionale Partner zu finden und sich auf einem Markt zu etablieren, der als zukunftsträchtig galt. Sie waren sich einig, dass George Bush die USA bewusst und aus wirtschaftlichen Motiven in diesen Konflikt verwickelt hatte und dass die verbündeten Staaten einen Fehler begangen hatten, als sie seinem tödlichen Pfad folgten. Das war im Jahr 2003 noch anders gewesen, damals hatten sie fast alle eine militärische Intervention im Irak befürwortet: *Stürzt den blutrünstigen Diktator! Nieder mit Saddam Hussein, es lebe die Demokratie! Für die Menschenrechte!* Die erschütternde Bilanz des Krieges hatte ihre Überzeugungen ins Wanken gebracht.

François und Marion saßen in einem Fahrzeug mit dem Pariser Journalisten Louis Vanier, einem freundlichen Mann um die fünfzig, der eingeladen war, für ein Wirtschaftsmagazin eine Reportage über die Messe zu schreiben. »Fast wie Urlaub«, bemerkte er trocken. Durch die Scheiben des gepanzerten Wagens bekam François nur einen schemenhaften Eindruck von den großen ockerfarbenen Gebäuden, Häusern mit zerborstenen Fassaden, hinter denen sich hin und wieder, so erklärte Vanier, Heckenschützen versteckten. »Hier ist jeder Westler ein potentielles Ziel.« Um diese Tageszeit erschien Bagdad, staubig und von dunstigem Sonnenlicht überwölbt, wie ein aus Goldfäden gewebtes Tuch. Nichts Bedrohliches lag in der lichten Szenerie, der trockenen, rissigen Erde, den vielen Silhouetten, die gebückt und vor Hitze niedergedrückt an ihnen vorüberzogen. Marion war tief beeindruckt von der Landschaft, die sich vor ihren Augen entfaltete, und sagte nichts.

»Wir sind hier auf der gefährlichsten Route, oder?«, fragte François tonlos.

»Der Straße des Todes«, bestätigte der Journalist.

»Der berüchtigten *Route Irish*«, schaltete sich der zuständige Sicherheitsagent ein. »Sie riskieren aber hier nichts, heutzutage ist die Straße gesichert.« Er gab sich Mühe, beruhigend zu klingen, doch der Journalist funkte ihm dazwischen.

»Nichts ist hier sicher, das wissen Sie so gut wie ich«, sagte Vanier. »Erst recht nicht, wenn gerade eine amerikanische Wagenkolonne vorbeigefahren ist. Natürlich ist es nicht zu vergleichen mit der Situation im Jahr 2003 oder 2004. Da hat es ununterbrochen geknallt, aus allen Richtungen haben sie geschossen, da war Krieg. Wenn man das Haus verließ, wusste man nicht, ob man lebend zurückkommen würde.« Vanier war schon einige Male zu Recherchezwecken im Irak gewesen, er kannte die Gegend gut. »Nie ist mir der Ausdruck *von einem Tag auf den nächsten leben* treffender vorgekommen als damals. Es gab nur Unsicherheit und Chaos.«

Der vergiftete Reiz des Krieges. Seine verführerische Komplexität. Als sie sich dem Stadtzentrum näherten, beobachtete Marion neugierig das Kommen und Gehen der Einwohner Bagdads, fasziniert vom Rhythmus der lebhaften Stadt und ihren bunten Märkten. Kinder kamen lachend auf das Auto zugerannt. Sofort drehte der

Fahrer das Lenkrad zur Seite und steuerte den Pick-up wortlos auf eine andere Spur.

»Trauen Sie der scheinbaren Herzlichkeit dieser Stadt nicht«, sagte Vanier. »Auch wenn die Amerikaner ihre Truppen abziehen, bleibt sie eine tickende Zeitbombe.«

»Wie haben Sie sich auf die Gefahren vorbereitet?«, fragte François.

»Darauf kann man sich nicht wirklich vorbereiten … Aber vor meiner ersten Reise habe ich immerhin einen paramilitärischen Lehrgang besucht, im Nationalen Ausbildungszentrum für Sondereinsätze. Eine Art physisches und mentales Training.«

»Sicherheit ist hier oberstes Gebot«, erklärte ihr Fahrer. »Alles braucht seine Zeit. Manchmal schafft man in einer Stunde nur zwei Kilometer, so viele Kontrollen und Checkpoints gibt es.«

Und an einem dieser Checkpoints blieben sie nun stehen. Das Fahrzeug bremste vor einem Schild mit der Aufschrift: »Stehen bleiben. Bewegen Sie sich keinen Meter weiter. ANHALTEN oder wir gehen mit Waffengewalt GEGEN SIE vor.«

»Das ist reine Abschreckung. Ein Rebell könnte sich hier vor dem Checkpoint ohne weiteres in die Luft sprengen«, meinte Louis Vanier und erzählte dann, dass er in einem sogenannten *Compound* wohne, einer von den Amerikanern errichteten, bewachten Siedlung in der riesigen Grünen Zone – einer Stadt in der Stadt mit eigenen Gesetzen und Verhaltensregeln, Geschäften und Restaurants. Einem von gewaltigen Stahlbetonmauern umgebenen Gelände, von Stacheldraht gesäumt und gespickt mit Überwachungskameras, ganze zehn Quadratkilometer im Herzen von Bagdad. Einer Festung, in der sich verschiedene öffentliche Einrichtungen befanden, darunter die amerikanische Botschaft. »Das Gebiet steht seit ein paar Monaten unter irakischer Aufsicht. Nicht gerade beruhigend, wenn Sie mich fragen, aber es war klar, dass die Amerikaner sich früher oder später aus dem Irak zurückziehen würden.«

Marion und François waren in einem Apartment im französischen Geschäftszentrum unweit der französischen Botschaft untergebracht, das zwar innerhalb der weniger sicheren Roten Zone lag, jedoch abgeriegelt war und von Mitgliedern der Antiterroreinheit der französischen Gendarmerie bewacht wurde. Das Geschäftszentrum stellte einige seiner Zimmer und Büros Managern zur Verfügung, die sich auf der Durchreise befanden. Man bezahlte zwischen zweihundert und dreihundert Dollar pro Übernachtung, ein Angebot, das die Franzosen gern in Anspruch nahmen, nur wenige wagten sich in die örtlichen Hotels.

Als sie endlich ihr Ziel erreicht hatten, blieben ihnen noch ein paar Stunden bis zum offiziellen Abendessen. François nutzte sie zur Lektüre von Unterlagen über Telekommunikationsunternehmen, die sich im Irak niedergelassen hatten. Marion lag schweigsam auf dem Bett und ging Notizen durch, die sie für ihr neues Buch sammelte. Als François später seine Mailbox checkte, hatte er schon wieder drei E-Mails mit Beschimpfungen erhalten, zwei davon mit antisemitischem Inhalt: »Tod den Juden« und »Tod den zionistischen Sklaventreibern«.

Hört das denn nie auf.

Das Essen mit den anderen Wirtschaftsführern sollte im Hotel Al-Rasheed in der Grünen Zone stattfinden. In letzter Minute schützte Marion Müdigkeit vor, sie wolle im Hotel bleiben. Ihr Wunsch durchkreuzte François' Pläne, sie mit Roller zu konfrontieren. Andererseits beruhigte es ihn, dass es sie offenbar nicht allzu sehr nach einem Wiedersehen verlangte. Er versprach, zeitig zurückzukommen.

Bei ihrer Ankunft an der Grünen Zone wurden die Mitglieder der französischen Delegation gründlich durchsucht. Für einen kurzen Augenblick sah es so aus, als müssten sie kehrtmachen, die Wachleute wollten niemanden durchlassen. Die Formalitäten zogen sich über eine Stunde hin, Unmut machte sich breit, einige Unternehmer drohten bereits damit, nach Frankreich zurückzufliegen. Schließlich wurde ihnen der Einlass jedoch gewährt, man geleitete sie durch einen unterirdischen Gang, der zum Hotel führte. Dort traf François Osman wieder. Und dort begegnete er auch Roller zum ersten Mal. Er erkannte ihn sofort, er sah genauso aus wie auf dem Foto, und François war beinahe erleichtert: Wegen dieses Mannes wollte seine Frau ihn sitzenlassen? Sollte das ein Witz sein? Der Typ war die Karikatur eines Wachsoldaten, ein Muskelprotz mit kurzgeschorenen Haaren, dessen Blick unruhig umherschweifte. Er wirkte verletzlich, aber seine Bewegungen kamen François grob vor. Ein faszinierender Mann, schon möglich, aber keineswegs schön. Auf der Straße hätte sich kein Mensch nach ihm umgedreht. Schlagartig besserte sich François' Stimmung, beinah heiter nahm er an seinem

Tisch Platz. Doch die gute Stimmung hielt nicht an, der Kerl ging François nicht aus dem Kopf. Während die anderen Unternehmer den Abend nutzten, um Kontakte zu irakischen Geschäftsleuten zu knüpfen, war François nicht bei der Sache. Warum dieser Mann?, fragte er sich. Es war lächerlich, der Typ konnte ihm doch das Wasser nicht reichen.

Als der Abend gerade richtig in Gang gekommen war, bat er den für seine Sicherheit zuständigen Agenten, ihn in sein Quartier zurückzubringen. Zu so später Stunde wirkte die Stadt geradezu friedlich, vollkommen anders als tagsüber. Es war eine milde Nacht, der Himmel sternenübersät, durchzogen von einer sanften Brise. Als er das Zimmer im französischen Geschäftszentrum betrat, saß Marion tränenüberströmt im Schneidersitz auf dem Bett. Er trat zu ihr und schloss sie wortlos in die Arme. Sie war verzweifelt, nicht eine Zeile des Romans über Wirtschaftsspionage, an dem sie gerade schrieb, habe sie überarbeiten können. Immer wieder käme sie auf *ihre Geschichte* zurück. Sie müsse über das schreiben, was ihnen beiden zugestoßen sei.

François merkte, wie Ärger in ihm aufstieg. Er hatte es von Anfang an befürchtet. Sie hatte versprochen, es nicht zu tun, aber was war das Versprechen einer Schriftstellerin schon wert, sobald sich ein passender Stoff bot? Die Bedrohung durch das geschriebene Wort, durch einen veröffentlichten Text, der berichtete, enthüllte, wertete. Er hatte diese Rücksichtslosigkeit immer gespürt, sie lag in Marions Wesen. Ihre Aggressivität, die zu Beginn ihrer Beziehung einen erotischen Reiz auf ihn ausgeübt hatte, machte ihm plötzlich Angst. Er glaubte nicht, dass er sich schlecht verhalten hatte, aber das Leben hatte ihn auf die Probe gestellt, und jeder besaß seine eigene Schmerzgrenze, über die er nicht hinauskam – machte ihn das zu einem Feigling?

Was ihm wichtig war? Ruhe. Die Annehmlichkeiten und die Freiheit, die ein beneidenswert großes Vermögen mit sich brachte. Sein Vater hatte nie über seinen Schmerz gesprochen, er war der unterhaltsamste und geistreichste Mensch, den François kannte. Er konterte Tragik stets mit Komik, Ernst mit Leichtigkeit. Er hatte ihn mit einem behaglichen Lebensstil vertraut gemacht, bei dem man mit einem Glas Tequila in der Hand über die Bedeutung de Sades stritt und über die Gemütsverfassung der Proust'schen Charaktere besser Bescheid wusste als über die der eigenen Familie. Dramatische Ereignisse traten in diesem Setting allenfalls unvermutet auf und waren nur von kurzer Dauer. Ein Roman würde die beiläufigsten und erbärmlichsten Kapitel ihrer Geschichte für immer in eine Form gießen, ein Roman würde seine Kinder verletzen und ihr Leben zerstören.

An jenem Abend versuchte er, Marion das alles zu erklären, doch sie blieb stur: »Ich kann über nichts anderes schreiben, nur über das, wovon du nicht willst, dass ich darüber schreibe.«

9

Eine unkontrollierbare Angst, die ihre Tentakel nach ihm ausstreckte und seine Organe zu umschlingen schien, ließ Osman nicht zur Ruhe kommen. In knapp vierundzwanzig Stunden hatte er zwei Nachrichten von Issa erhalten. In der ersten wünschte Issa ihm ironisch eine »gute Reise in den Irak«. Die zweite bestand aus einer Bildmontage: Issa hatte das Foto von François auf dem Stuhl von Melgaard bearbeitet und das Gesicht der Frau durch das von Osman ersetzt.

Es war der Tag, an dem sich die französischen Unternehmer auf dem Messegelände mit ihren irakischen Geschäftspartnern trafen, und obwohl Romain stets an seiner Seite war, bekam Osman sich nicht in den Griff. Seine Furcht ließ sich nicht zügeln, sie überwältigte ihn, quälte ihn ohne Unterlass. Er sagte fast alle seine Termine ab, jede Entschuldigung war ihm recht, um sich in seinem Zimmer einschließen zu können. Seine Willenskraft kam ihm abhanden, und diese Einsicht war für einen Mann wie ihn, der immer als stark und verlässlich galt, ein kaum erträgliches Versagen. Er fühlte sich wie ein Raubtier, das gerade sein letztes Opfer ausgeweidet hat. Und nun kreisten die Aasgeier über ihm, sie waren überall, er war umgeben von den Aasgeiern des Krieges. Der Kapitalismus trumpfte im Irak völlig ungeniert auf, dafür war man schließlich hergekommen: Jeder wollte auf den Trümmern eines verwüsteten Landes so viel Geld wie nur möglich verdienen. Alle wollten ihr Stück vom Kuchen abhaben – Westler, Iraker, Mafiabanden, Terrormilizen, Islamisten –, und er befand sich mitten unter ihnen, erdrückt von der Verantwortung, die seine Anwesenheit in diesem Land mit sich brachte.

François war nicht weniger skeptisch. Osman hatte ihn am Vormittag zu ein paar Treffen begleitet und schnell begriffen, dass Vély hier nicht einen einzigen Vertrag abschließen würde. Die Region war instabil, die Wirtschaft stand auf wackligen Füßen, und die Korruption vergiftete das durch den Krieg ohnehin schon geschwächte System. Rebellen verlangten Schutzgelder von den Betreibern der Mobilfunknetze, im Gegenzug schonten sie die Infrastruktur der Unternehmen, griffen deren Beschäftigte nicht an und entführten keine Ingenieure. François konnte das Risiko nicht eingehen, sich im Irak niederzulassen. Am Nachmittag entschieden sie gemeinsam, ins Zentrum zurückzukehren.

Osman schloss sich in seinem Zimmer ein und rief Sonia an. Zitternd berichtete er ihr von Issas jüngster Nachricht und sagte, dass er Sorge habe, diese Reise nicht zu überleben. Er musste darüber sprechen, doch war er danach nicht erleichtert, sondern steigerte sich, im Gegenteil, nur noch mehr in seine Ängste hinein. Er redete sich ein, dass seine Worte das drohende Unheil erst recht heraufbeschworen, er sah sich als Propheten des eigenen Unglücks. Sonia zeigte sich nicht sehr empfänglich für seine Qualen. Seine Egozentrik nervte sie, er war immerhin in einem fremden Land, erlebte dort Aufregendes, während sie sich in ihrem Vororthaus, »so weit weg von Paris«, zu Tode langweilte und dazu verdammt war, das Bett zu hüten. Sie fühlte sich elend, ihr war schlecht, ihre Beine waren geschwollen, sie erkannte sich selbst nicht wieder. In diesem Moment wäre sie viel lieber an seiner Stelle gewesen, im Irak, mitten unter all den Firmenchefs, oder auch im Élysée, bei der Arbeit an einer wichtigen Rede. Diese fiebrige Hektik fehlte ihr. Sie vermisste die täglichen Sitzungen. Ihre Schwangerschaft verbannte sie auf die Ersatzbank. Osman hatte Angst um sein Leben? Da war er nicht der Einzige. Sie fürchtete sich ebenfalls. Davor, nicht wieder arbeiten zu können, für immer in diesem lethargischen Zustand zu verharren. Bis auf Weiteres ans Bett gefesselt zu sein. In einem Viertel, wo niemand sie besuchen kam. Ja, sie nahm es ihm übel, dass er sich ständig beklagte, dass er dem Egoismus der Einflussreichen verfiel, die meinten, die Welt drehe sich nur um sie.

»Ich habe ein ungutes Gefühl, Sonia.« Doch er bekam keine Antwort mehr, sie hatte bereits aufgelegt.

10

Das Terrain ihrer Vertrautheit zurückerobern. Die Spontaneität wiederfinden, die eine intime, sexuelle Beziehung erlaubt. Marion ist im Irak, sagte sich Romain immer wieder, seit er ihren Namen auf der Liste der Franzosen entdeckt hatte. Und immer schloss sich der Gedanke an: Sie ist *meinetwegen* hier. Er zog nicht eine

Sekunde in Betracht, dass ihre Anwesenheit nichts mit dem Wunsch nach einem Wiedersehen mit ihm zu tun haben könnte. Beim abendlichen Diner des französischen Botschafters war er bereits vor Ort, in Begleitung eines hektischen, schreckhaften Osman, als Marion und François Vély eintrafen. Sie trug einen schwarzen Hosenanzug und Pumps, es war das erste Mal, dass Romain sie so zurechtgemacht sah. Ihr verführerischer Auftritt bezauberte ihn, im hellen Licht war sie noch schöner als sonst. Er wäre am liebsten gleich zu ihr gegangen, um ihre Hand zu nehmen und mit ihr davonzulaufen. Erleichtert sah er, dass sie einen gewissen Abstand zu ihrem Ehemann wahrte. Hier im Irak, in diesem offiziellen Rahmen, verhielten sie sich wie zwei Fremde.

Romain starrte Marion aus einiger Entfernung an, als sie sich in seine Richtung drehte und ihn entdeckte. Rasch wandte sie den Blick ab. Osman eilte auf François zu, und Romain hatte keine andere Wahl, als ihm zu folgen. Sein Körper diente als menschlicher Schutzschild, er war ein Gegenstand, eine Mauer, das war seine Funktion. Er war kein geladener Gast, von dem Gedanken oder Worte erwartet wurden, niemand bat ihn um seine Meinung, sein Part war klar definiert. Doch an diesem Abend musste er sich ständig in Erinnerung rufen, worin seine Aufgabe bestand, wo er hingehörte. Er hatte dieses Aufeinandertreffen gefürchtet, eine Art Lampenfieber überkam ihn, er war sich seiner schwachen Position bewusst. Die ihm zugewiesene Rolle des kompetenten Sicherheitsagenten füllte er schlecht aus. Er kam sich lächerlich vor, besonders als François ihn fragte, ob Agenten dazu bereit sein müssten, für ihre

Kunden zu sterben. Romain bejahte, diese Frage war eine der ersten gewesen, die man ihnen vor Dienstantritt gestellt hatte. Lachend schlug Osman vor, François solle die Probe aufs Exempel machen und Romains Dienste in Anspruch nehmen, woraufhin Romain sein Gesicht für alle sichtbar zu einem schiefen Lächeln verzog. Er würde François sterben lassen, vermittelte seine Mimik wie seine ganze Körpersprache, doch laut sagte er, dass er ausnahmslos alle seine Kunden mit seinem Leben schützen würde. François musterte ihn eingehend und erwiderte mit einer gewissen Geringschätzung: »Dafür werden Sie schließlich auch bezahlt.« Marion wohnte der Situation mit feuerrotem Kopf bei. Sie wirkte fahrig, unentwegt strich sie sich durchs Haar, schließlich wandte sie sich ab und steuerte eilig das Buffet an, als sei Flucht der einzige Ausweg. Romain sah ihr wie gebannt hinterher. Das Haar fiel ihr sanft über die Schultern, ihr fester Po zeichnete sich deutlich unter dem Stoff der Hose ab: ein Bild betörender Sinnlichkeit. Osman unterhielt sich gerade mit François, und so trat Romain ein kleines Stück zur Seite, um Marion auf ihrem Gang zum Buffet beobachten zu können. In diesem Augenblick erschütterte eine Detonation den Saal. Ein Knall, so laut, dass sich alle zu Boden warfen. Doch die Druckwelle blieb aus, es gab keine nennenswerten Schäden, auch keine Verletzten. Vermutlich hatte draußen jemand versucht, ein Fahrzeug in die Luft zu jagen, oder einen Sprengsatz geworfen. Osman hatte sich mit einem Satz hinter den nächsten Tisch geflüchtet. François war nicht von der Stelle gewichen und hielt sich lediglich die Arme vors Gesicht, um sich vor möglichen Splittern zu schützen. Romain aber war auf Marion zugestürzt, hatte sie zu Boden geworfen und schirmte sie mit seinem Körper ab. Sie starrte ihn erschrocken an, ihr Herz pochte wie wild. Er blieb ein paar Sekunden ausgestreckt auf ihr liegen, dann löste er seine Umklammerung und richtete sich auf. In nicht einmal drei Minuten hatten alle ihre Plätze wieder eingenommen. Alles schien wie zuvor. Und doch hatte sich alles verändert.

11

Eine der schmerzhaftesten Prüfungen des Lebens besteht darin, den Augenblick zu erkennen, in dem der andere einen nicht mehr liebt. Zwischen François und Marion gab es nichts mehr zu sagen. In ihrem Zimmer im französischen Geschäftszentrum rollte sich jeder auf seiner Seite des Bettes zusammen. Die Klimaanlage lief, und dennoch war die Hitze erdrückend, die Nerven brannten. Marion war wach und starrte die Wand an. Sie hätte gern die Kraft gehabt, aufzustehen, ihre Sachen zu packen und zu Romain zu gehen, aber sie tat weiter nichts, als François' Bewegungen mit den Augen zu folgen, wie er aufstand, ins Bad ging und zurückkam. François wusste nicht, was er zu dem Vorgefallenen sagen sollte, und so sprach sie schließlich die Worte aus, vor denen er sich schon so lange fürchtete: »Ich will, dass wir uns trennen.«

Er antwortete nicht sofort. In diesem Augenblick der Anspannung und der Verzweiflung fielen ihm – ein erstaunliches Paradox, das seine Trauer noch verstärkte – die schönen Momente zu Beginn ihrer Beziehung ein. Sie waren so glücklich gewesen, so verliebt. Er erinnerte sich an geradezu mystische Stunden des Zusammenseins, in denen jede Regung von Liebe kündete und alles in einer mit Watte gepolsterten Blase zu schweben schien. Er könnte Marion widersprechen, versuchen, sie umzustimmen – *wir verdienen noch eine Chance* –, doch wollte er sich mit dem begnügen, was sie ihm künftig zugestehen würde? Ein paar Streicheleinheiten, die das Ende ihrer sexuellen Beziehung einläuteten.

Vielleicht ist es besser so, Marion, wir sind zu unterschiedlich. Wir können vielleicht glücklicher sein, jeder für sich, mit einem anderen Menschen, der uns zu lieben imstande ist.

Immer dieser weit verbreitete Glaube, diese lächerliche Hoffnung, dass auf jeden Liebeskummer schon bald ein neues, anderes, besseres Glück folgt. Dass man einen Seelenverwandten findet, der so denkt und lebt wie man selbst, eine ideale Liebe von Gleich zu Gleich.

Nach unserer Rückkehr informieren wir unsere Anwälte, sie werden sich um die nötigen Scheidungsformalitäten kümmern. Wenn du willst, kannst du so lange in der Wohnung an der Place Vauban wohnen.

Bestes Einvernehmen, reine Fassade. Die Liebe würde der Freundschaft weichen, die Leidenschaft der Zuneigung, das jedenfalls hoffte François. Dabei wusste er doch, dass jetzt die Schlacht eröffnet, der Krieg erklärt war. Über die Trennung waren sie sich einig, offen blieb nur das Wann und Wie. Warum also offenbarte er ihr ausgerechnet in diesem Moment, dass er von ihrer Affäre in Paphos wusste und auch ihren Liebhaber kannte? Er ließ keine Antwort zu, wurde vom Strom seiner Verbitterung hinweggeschwemmt. Alles, was er schon viel zu lange für sich behalten hatte, brach nun gewaltsam aus ihm hervor: Sie sei doch nur wegen dieses Soldaten, wegen Roller, mit in den Irak gekommen, eines Typen, der sich vor aller Augen auf sie gestürzt hatte. Er sei enttäuscht gewesen, als er ihn zum ersten Mal gesehen habe: Seinetwegen will sie mich verlassen?

»Glaubst du wirklich, du wirst dich mit dem armseligen Dasein begnügen, das er dir bieten kann? Komm schon, Marion, ich kenne dich. Du hast dich an unseren luxuriösen Lebensstil gewöhnt, du bist inzwischen die Erste, die sich über den schlechten Service in einem Fünf-Sterne-Hotel beschwert, du verschwendest keinen Gedanken mehr an den Preis, bevor du etwas kaufst. Meinst du etwa, dass du mit einem Mann glücklich werden kannst, der kaum mehr als den Mindestlohn verdient?«

Seine Herablassung widerte sie an. Sicher, in dem, was er sagte, steckte ein Kern Wahrheit und Menschenkenntnis, doch in diesem Augenblick hörte sie nur die für seine Kaste typische Anspruchshaltung, die Einordnung der Menschen nach ihrem Vermögen. Auch wenn die Rückkehr zu einem einfacheren und weniger abgesicherten Leben, in dem Sorgen die Lebensfreude trübten, ihr schwerfallen würde, so weigerte sie sich doch, ihre Existenz als reines Vehikel für einen sozialen Aufstieg zu betrachten. Sie würde nicht auf einen Mann verzichten, den sie liebte und der sie liebte, nur um bei demjenigen zu bleiben, der aus ihr ein schwächliches Wesen gemacht hatte, das viel zu sehr vom materiellen Wohlstand abhängig war.

Ich will so nicht mehr weitermachen, es ist vorbei.

Ja, es ist vorbei.

12

Gleich nach dem Zwischenfall in der Botschaft rief Osman Sonia an und berichtete von der lauten Explosion, dem Schrecken, dem falschen Alarm: »Ich dachte wirklich, ich muss dran glauben.« Er gestand ihr, dass er mit den Nerven am Ende war, dass er die Vorstellung kaum aushielt, noch einen Tag länger in diesem »Land voller Irrer« zu bleiben. Und dass Issa wieder zwei Nachrichten geschickt hatte, machte die Sache nicht besser.

»Sperr ihn auf deinem Handy.«

»Habe ich schon, er schreibt jetzt immer unter einer anderen Nummer. Ich glaube, er ist verrückt geworden. Vielleicht sogar gefährlich.«

Sonia seufzte. »Dann komm nach Hause.«

Doch Osman konnte eine solche Entscheidung nicht fällen, da sie die gesamte Delegation betroffen hätte. Nach dem falschen Alarm, den viele als fehlgeschlagenes Attentat deuteten, wollten einige Unternehmenschefs ohnehin vorzeitig abreisen, und der französische Botschafter hatte Osman in deutlichen Worten dargelegt, dass die Auswirkungen eines solchen Rückzugs katastrophal wären: Die Zukunft der Messe stünde auf dem Spiel, man dürfe der Angst nicht das Feld überlassen, Explosionen ohne größere Schäden seien an der Tagesordnung. Die Leute aus dem Westen sollten dadurch verschreckt werden, nichts weiter, die Gefahr habe nicht zugenommen, die Gebiete, in denen sich die Delegation aufhielt, seien hervorragend gesichert. Osman müsse nun mit gutem Beispiel vorangehen.

»Und was steht heute auf dem Programm?«

»Ich darf am Telefon nichts darüber sagen, das Gespräch wird vielleicht abgehört.«

»Du übertreibst es ein bisschen.«

»Nein, ich bin nur vorsichtig.«

Nach dem Telefonat ging Osman die Treppe hinunter ins Foyer des Geschäftszentrums – den Aufzug mied er, ihm graute bei dem Gedanken, mit einem Fremden in der Kabine zu stehen. Er sah sich um und merkte sich jeden Ausgang. Er wurde das Gefühl nicht los, dass das Zentrum nicht ausreichend gesichert war. Es lag mitten in der Roten Zone! Nachdem er mit zwei Agenten gesprochen hatte, die sich für die Sicherheit der Anlage verbürgten, kehrte er in sein Zimmer zurück, schloss die Tür ab, vergewisserte sich, dass alle Riegel an den Fenstern von innen vorgeschoben waren, und rückte einen großen Sessel vor den Eingang, damit sich niemand Zutritt verschaffen konnte. Dennoch fand er in der Nacht keinen Schlaf und schreckte beim leisesten Geräusch hoch. Um zwei Uhr morgens schließlich sah er keinen anderen Ausweg mehr aus seinen Nöten, als Romain anzurufen und herzubitten.

Eine halbe Stunde später stand Roller mit dunklen

Augenringen vor seiner Tür. Osman hatte zwei Stühle in die Mitte des Zimmers gerückt, kopfschüttelnd nahm Romain Platz und versuchte nach Kräften, Osman von den geringen Risiken seines Irakaufenthalts zu überzeugen.

»Ein Restrisiko bleibt immer, aber du bekommst hier den bestmöglichen Schutz.«

»Das lässt mich kein bisschen besser schlafen.«

»Man muss halt ein bisschen aufpassen, dann passiert schon nichts.«

»Was heißt denn das konkret?«

»Du gehst nicht allein raus, du bleibst immer bei der Gruppe, und wenn du jemanden siehst, der dir nicht geheuer ist, entfernst du dich von ihm. Das sind die wesentlichen Grundregeln.«

»Mach ich ja alles, aber sicher fühle ich mich trotzdem nicht.«

Romain zog die Augenbrauen hoch. »Kein Mensch ist sicher, egal, wo er sich aufhält.«

Aber es wollte Osman einfach nicht gelingen, seine Ängste abzuschütteln. Romain drückte ihm freundschaftlich die Schulter.

»He, du riskierst hier nichts, okay?«

»Kann ich dich um einen Gefallen bitten?«

»Klar, sag schon.«

»Neben meinem Zimmer steht eins leer, es würde mich beruhigen, wenn du heute Nacht hier schläfst.«

»Gott sei Dank regierst du nicht unser Land«, sagte Romain und willigte ein.

Osman wurde mit einem Mal sehr ernst. »Vor dieser Reise hatte ich nie Angst. Ich kenne schwierige Situationen, ich war auch schon in Gefahr, aber an Mut hat es mir nie gefehlt. Ich erkenne mich selbst nicht wieder.«

»Man ist nicht jeder Situation gewachsen, das habe ich im Laufe meiner Einsätze lernen müssen. Man kann nie voraussehen, wie man in einer fremden Umgebung reagieren wird. Mach dir keine Sorgen, es wird schon alles gut laufen.«

13

Nachdem die Manager und Journalisten am Morgen zur Messe aufgebrochen waren, war das französische Geschäftszentrum praktisch leer. Romain vergewisserte sich, dass auch Vély fort war, und zwar ohne seine Frau, dann bat er unter dem Vorwand einer Sicherheitsmaßnahme Xavier, für ihn einzuspringen, und ließ sich die Zimmernummer von Marion geben. Ungesehen gelangte er dorthin, er verspürte keinerlei Unruhe, das Ereignis des gestrigen Tages hatte ihm neue Kraft gegeben. Er hatte das Bedürfnis, ihr nahe zu sein, und war allenfalls ein wenig aufgeregt, weil er nicht wusste, ob Marion sich ebenso danach sehnte wie er. Er klopfte mehrere Male, bis er schließlich Schritte hörte. »Ich bin's, Romain«, flüsterte er durch die Tür. Nichts geschah. »Bitte, ich muss mit dir reden.«

Marion öffnete, sie war blass, ihr Gesicht sah müde aus. Am Vortag war ihm nicht aufgefallen, wie schmal sie geworden war. Sie trug ein langes T-Shirt, in dem sie so zerbrechlich wirkte, dass er sie am liebsten fest an sich gedrückt hätte. Er blieb im Türrahmen stehen und sagte, er wolle mit ihr reden. Sie schüttelte den Kopf, aber er ließ sich nicht abweisen – er werde nicht lange bleiben. Sie sahen sich kurz in die Augen, dann ließ sie ihn eintreten, und er schloss die Tür hinter sich.

»Ich muss dir etwas sagen, und ich möchte, dass du mir zuhörst.« Sie verzog das Gesicht, er hatte die falschen Worte gewählt, das merkte er sofort. Also setzte er einfach alles auf eine Karte. »Ich vermisse dich so sehr.« Er schloss sie in die Arme, sie ließ es geschehen. »Es ist so schön, wieder bei dir zu sein. Ich liebe dich. Ich liebe dich so sehr.«

Als er sie küssen wollte, schob sie ihn sanft zurück. »Ich weiß nicht, ob das hier der richtige Ort ist.«

Er löste sich von ihr und schlug vor, in das Zimmer zu gehen, in dem er die letzte Nacht verbracht hatte. Rasch schlüpfte sie in ihre Jeans und folgte ihm bis an das andere Ende des Flurs. Der Raum lag im Halbschatten, die Jalousien waren heruntergelassen, das Bett nicht gemacht. Romain legte seine kugelsichere Weste ab, verstaute die Waffen. Er setzte sich auf den Rand des Bettes und zog Marion zu sich heran. Sie stand aufrecht zwischen seinen Beinen. Er fuhr mit den Händen an ihren Schenkeln entlang und küsste ihren Bauch.

Sie versteifte sich. »Ich habe Angst.« Er drückte sie heftig an sich, und sie lachte: »He, ich krieg keine Luft mehr!« Er fing an, sie auszuziehen – »ich sterbe vor Verlangen«. Dann warf er sie unvermittelt aufs Bett, streifte seine Hose ab und drang stöhnend in sie ein. Er liebte ihren Gesichtsausdruck, wenn sie sich ihm hingab, das Leuchten, das in diesem Moment von ihr ausging.

Ich will nie mehr ohne dich sein. Nie mehr, hörst du?

Sie lächelte und schlang sich um seinen Körper.

»Ich mag die Fältchen um deine Augen, wenn du lachst. Ich liebe dich.« Er ließ sich hinter sie gleiten, wickelte ihr Haar um seine Finger, biss sie in die Schulter, umfasste ihre Hüften, nahm sie noch einmal. Erschöpft ließen sie schließlich voneinander ab, ihr Kopf ruhte an seiner Brust, und als Romain die kleinen Löckchen betrachtete, die sich auf ihrer verschwitzten Stirn kringelten, dachte er, dass er noch nie so glücklich gewesen war.

Nach einer Weile wollte sie gehen. Er hielt sie zurück: »Bleib bei mir.«

»Unmöglich. Wir werden nie ein richtiges Paar sein … Oder glaubst du etwa daran?«

»Ja, ich glaube daran.« Romain wusste, dass ihre Liebe diese Zusicherung brauchte. Immer wieder. Er bedeckte ihr Gesicht mit Küssen und hielt mit einem Mal inne. Sein Handy hatte vibriert. Er stand auf, las die Nachricht, sagte, dass er auf dem Messegelände gebraucht werde, um die Mitglieder der Delegation zurückzubegleiten. »Es dauert nicht lange, höchstens eine Stunde. Versprich mir, dass du hierbleibst.«

Sie antwortete nicht und zog ihn wieder zu sich ins Bett.

»Ich muss los«, sagte Romain zwischen zwei Küssen, »sonst komme ich zu spät.« Doch sie hielt ihn fest, liebkoste ihn, wollte ihn nicht gehen lassen. Als er sich schließlich von ihr löste und anzog, stand sie ebenfalls auf.

»Du bleibst hier, hörst du?«

»Wieso sollte ich?«

»Weil ich dich darum bitte.«

Sie lachte. »Das mit uns beiden hat wirklich keine Zukunft.«

»Du bist so pessimistisch … Aber selbst das liebe ich an dir.«

»Es ist nie verkehrt, die Dinge schwarzzusehen«, erwiderte sie, ohne sich über die Tragweite ihrer Worte Gedanken zu machen. »Früher oder später beweist einem das Leben, dass man recht damit hatte.«

14

Es geschah am Nachmittag, um 16 Uhr 22 Ortszeit, so stand es später in dem Bericht, der den zuständigen Behörden vorgelegt wurde. Mehrere Zeugen hatten die Uhrzeit bestätigt. Dass die Zeit ein wesentlicher Faktor ist, brachte man bei der Armee den Soldaten gleich zu Anfang bei, denn die erste Stunde nach einer schweren Verwundung war ausschlaggebend. Und auch in diesem Fall spielte die Zeit eine wichtige Rolle, sie hatte gegen alle Beteiligten gearbeitet: Um 16 Uhr 22, nach dem Mittagessen, war die Wachsamkeit aller auf dem Tiefpunkt gewesen, die Angst hatte nachgelassen, man war unaufmerksam geworden. Dabei wusste jeder, der im Irak lebte und arbeitete: Der Nachmittag und die Nacht waren die zwei kritischsten Phasen.

»Sie haben Westler entführt, nur ein paar hundert Meter vor dem Eingang zur Messe. Einer ist tot, sein Leichnam liegt mitten auf der Straße!« Der Straßenhändler hatte Mühe, in die abgeriegelte Zone zu gelangen, um zu berichten, was er gesehen hatte. Es kostete ihn etwa zehn Minuten, die Wachleute vom Wahrheitsgehalt seiner Worte zu überzeugen. Als er endlich vor den irakischen Polizisten stand, stotterte er nervös immer wieder dieselben Worte: »Sie haben sie entführt, sie haben sie entführt, einen haben sie getötet.« Die Entführer konnte er nicht beschreiben, sie hatten schwarze Strumpfmasken getragen. Nicht einmal die Geiseln hatte er richtig gesehen, weil man sie, mit den Köpfen voran, in ein Fahrzeug stieß, als er auf den Vorfall aufmerksam wurde.

Wer waren die entführten Männer? Wo genau lag die Leiche des Ermordeten? Während sich eine erste Einsatztruppe zum Tatort aufmachte, rief eine andere auf der Messe die ausländischen Delegationen zusammen. Jeder suchte hektisch nach seinen Mitfahrern. Die Nerven waren aufs Äußerste angespannt. Nach einer guten halben Stunde wurde schließlich in Anwesenheit der irakischen Polizei und einiger Vertreter der französischen Behörden bekanntgegeben, was vorerst vertraulich behandelt werden sollte: Sicherheitsagent Xavier Carel war tot, sein Leichnam war, von Kugeln durchsiebt, etwa einen Kilometer vom Messegelände entfernt auf der Straße gefunden worden. Drei weitere Franzosen wurden vermisst: der Staatssekretär Osman Diboula, der Geschäftsmann François Vély und der Journalist Louis Vanier.

15

Romain war darauf konzentriert, den Wagen möglichst genau in der Mitte der gewundenen Straße zu halten, in sicherem Abstand zu den Händlern, die am Fahrbahnrand ihr Obst verkauften, als er einen Anruf von einem der Geschäftsführer seiner Agentur erhielt. In knappen Worten klärte der Mann ihn über die dramatischen Ereignisse der letzten Stunde auf und informierte ihn über Xaviers Tod. Romain bremste abrupt, ihm war, als prallte er frontal gegen eine Wand. Er wollte Einzelheiten wissen, doch sein Chef wollte sich am Telefon nicht länger als nötig darüber auslassen. Die drei Männer waren in der Stadt entführt worden, Xavier hatte offenbar versucht, sich den Geiselnehmern in den Weg zu stellen. Die ungefähre Uhrzeit war bekannt und auch die Farbe des Wagens der Entführer, aber das war schon alles. Bisher hatten die Kidnapper keinerlei Forderungen gestellt, noch nicht einmal Kontakt aufgenommen, und im Augenblick bestand die dringlichste Aufgabe darin, François Vélys Ehefrau zu informieren. Mit der Lebensgefährtin von Osman Diboula hatte man bereits gesprochen, und zu Xaviers Frau in Frankreich war auch schon jemand geschickt worden. Mit dumpfer Stimme sagte Romain, er wisse, wo Marion sich aufhalte, dann legte er auf. Er blieb eine ganze Weile reglos im Wagen sitzen, das Gesicht in den Händen vergraben. Xavier war tot. Dabei hätte er, Romain, an seiner Stelle sterben sollen, denn er war Osmans Fahrer, er hätte unter den Geiseln sein müssen. Marion hatte ihm das Leben gerettet, indem sie ihn zurückhielt, als er gerade gehen wollte. Er hatte Farid nicht beschützen können, er hatte den Tod von Xavier zu verantworten, er war ein Versager. Es zerriss ihn schier, laute Schreie brachen aus ihm hervor. Schließlich fuhr er ins Geschäftszentrum zurück. Jeder Schritt auf dem Weg zu seinem Zimmer glich einer Tortur. Wie sollte er Marion die schreckliche Neuigkeit beibringen? Als er bei ihr war, setzte er sich auf den Rand des Bettes, in dem sie sich gerade noch geliebt hatten, und sackte in sich zusammen.

Es tut mir leid, es tut mir so leid.

Sie hörte sich die brutalen Fakten wortlos an, setzte ihre Stummheit den Tränen und ihren Fallstricken entgegen. Dann zog sie sich hastig an und lief auf ihr Zimmer. Er sah sie erst wieder, als sie mit verschlossener Miene und in einem langen dunklen Rock die Treppe herunter ins Foyer kam, das sich inzwischen mit Sicherheitsagenten, Polizisten und Geheimdienstmitarbeitern gefüllt hatte, die sie sogleich in Beschlag nahmen. Romain konnte nicht hören, was sie zu Marion sagten, er sah nur, wie sie immer mehr in sich zusammenfiel. Und er konnte nichts tun, um sie zu trösten.

16

Osman tauchte noch am selben Abend unversehrt und in Begleitung eines etwa sechzigjährigen Irakers wieder auf. Er zitterte am ganzen Leib und rang nach Luft. Die Sanitäter vor Ort verabreichten ihm ein Beruhigungsmittel, dann brachten sie ihn auf die Polizeistation, wo er schilderte, was passiert war.

Er hatte sich am Nachmittag nicht gut gefühlt und entschieden, die Messe früher zu verlassen. Per SMS hatte er seinen Sicherheitsagenten Romain Roller gebeten, ihn abzuholen und zu seiner Unterkunft im Geschäftszentrum zu bringen. Als er schon im Aufbruch war, hatten ihn François Vély und der Journalist Louis Vanier gefragt, ob sie mitfahren könnten, und Osman hatte keine Einwände gehabt – was hätte er dagegen haben sollen? Roller schien jedoch aufgehalten worden sein, jedenfalls kam er nicht, und so hatte Osman mit Xavier Carel gesprochen, ob er die Fahrt übernehmen könne.

Im Wagen hatte Osman vorn neben Xavier gesessen, Vély und Vanier waren hinten eingestiegen. Sie hatten etwa einen Kilometer ohne Zwischenfälle zurückgelegt, als plötzlich ein Kleintransporter aus dem Nichts auftauchte und ihnen den Weg versperrte. Xavier hatte den Ernst der Lage sofort erfasst und gebrüllt: »Wir müssen hier weg!« Als dann fünf vermummte, schwerbewaffnete

Gestalten aus dem Transporter sprangen, hatte Osman instinktiv die Wagentür aufgerissen und war losgerannt, ohne sich noch einmal umzusehen. Er hatte Schüsse und Schreie gehört, dann nichts mehr. Ein grauenhaftes Intermezzo von wenigen Sekunden. Die Passanten auf der Straße hatten nicht eingegriffen, vielleicht aus Angst vor einer möglichen Vergeltung, vielleicht weil sie mit den Geiselnehmern unter einer Decke steckten.

Die irakische Polizei war den Entführern auf den Fersen, besaß bisher allerdings keine Anhaltspunkte, wo man die Geiseln hingebracht haben könnte.

Osman bat darum, seine Eltern und seine Frau anrufen zu dürfen. Auch ihnen schilderte er den Ablauf der Geiselnahme in allen Einzelheiten, immer wieder, wie unter Zwang, fassungslos, welch ein Glück er gehabt habe. Es war um Sekunden gegangen, seine Angst hatte ihm das Leben gerettet, er war auf der Fahrt so angespannt gewesen, dass er geradezu aus dem Sitz katapultiert worden war, als er die bewaffneten Männer auf sich hatte zukommen sehen.

Die französischen und die amerikanischen Behörden – François besaß die doppelte Staatsbürgerschaft – wurden umgehend verständigt. Die erste mögliche Erklärung, eine Entführung aus wirtschaftlichen Motiven, war die optimistischste und klang für die Familien zunächst am beruhigendsten, auch wenn die Amerikaner ihre französischen Kollegen daran erinnerten, dass sie niemals auf die Forderungen der Erpresser eingingen. Ihre Strategie, kein Lösegeld zu zahlen, um mögliche Nachahmer nicht zu ermutigen und den Terrorismus nicht indirekt mitzufinanzieren, war äußerst umstritten, gefährdete sie doch das Leben der Geiseln. Die Vélys signalisierten prompt, dass sie den Entführern jeden Preis zahlen würden, wenn François nur wohlbehalten freikäme. Die Geiselnahme eines Geschäftsmannes und eines Journalisten konnte jedoch genauso gut als Warnung an ausländische Unternehmen verstanden werden, sich im Irak niederzulassen. Wenn Letzteres zutraf, befanden sich François Vély und Louis Vanier höchstwahrscheinlich in den Händen von Terroristen.

17

Ihre Köpfe steckten in Kapuzen, ihre Arme und Beine waren mit dicker, grober Kordel gefesselt. Jede Bewegung scheuerte auf der Haut. Klebeband hinderte sie am Sprechen, Handys und Brieftaschen waren ihnen abgenommen worden. Zwei der Geiselnehmer sprachen in gebrochenem Englisch mit ihnen. Sie befahlen ihnen mehrfach, sich hinzulegen und nicht zu schreien. Eine Bewegung, wenn sie einen Checkpoint erreichten, und sie wären auf der Stelle tot. Der schwarze Kunstfaserstoff, der auf ihren Gesichtern lag, stank nach Schweiß. Louis Vanier stöhnte und gab unverständliche Laute von sich, er bekam kaum noch Luft, musste würgen. Als einer der Männer den Klebestreifen abzog, erbrach sich Vanier sofort. Die Geiselnehmer beschimpften ihn und versetzten ihm Schläge gegen den Kopf. Vély blieb schwer atmend liegen und rührte sich nicht, gelähmt vor Angst, ihn könnte das gleiche Los ereilen. Er hatte zusehen müssen, mit welcher Rohheit die Entführer Xavier Carel ermordet hatten, als dieser versucht hatte, sich ihnen in den Weg zu stellen.

Die Fahrt dauerte eine gefühlte Ewigkeit – mindestens eine Stunde, vielleicht auch zwei. Vanier lag zusammengekrümmt hinten im Wagen. François triefte vor Schweiß, wagte keinen Laut von sich zu geben und versuchte sich darauf zu konzentrieren, etwas über die Geiselnehmer herauszufinden. Einer hatte die Strumpfmaske abgenommen. Er war dunkelhaarig, hatte eine Stoppelfrisur, einen schwarzen Bart und ein Muttermal auf der Stirn.

Reifen knirschten, man hörte Hundegebell. Vanier kam zu sich. Die Männer zerrten sie aus dem Fahrzeug, feiner Sand wirbelte auf. Sie liefen einige Schritte und betraten ein feuchtes Gebäude. Am Eingang nahmen die Entführer ihnen die Kapuzen ab und lösten ihre Fesseln. Das Licht blendete sie, die Entführer befahlen ihnen, sich auszuziehen und sämtliche persönlichen Gegenstände abzulegen. Sie bekamen orangefarbene Overalls, wie sie die Insassen von Guantanamo trugen. Anschließend wurden ihnen Handschellen angelegt. Zusammen mit einem Komplizen führte sie der Mann mit dem Stirnmal in einen Kellerraum und stieß sie zu Boden. Dann zog er um ihre Knöchel Schlaufen, die so eng an einem in der Wand eingelassenen Schraubstock befestigt waren, dass nicht die kleinste Bewegung möglich war. Die Mauern verströmten einen Geruch nach Brühkessel, Blut und frischem Fleisch, so mussten ausgeweidete Tierkadaver riechen. Vanier und Vély saßen mit bloßen Füßen auf den nassen, verdreckten Kacheln. Später schliefen sie erschöpft auf dem nackten Boden ein.

18

Am Tag nach der Entführung erfuhren die französischen, amerikanischen und irakischen Behörden, dass François Vély und Louis Vanier vom Islamischen Staat im Irak als Geiseln genommen worden waren. Drei Jahre zuvor, 2006, war die von Osama bin Laden gegründete irakische al-Qaida im Islamischen Staat aufgegangen, als ihr Chef dem Emir des IS Treue geschworen hatte. Die Forderungen lagen nun auf dem Tisch: fünfzehn Millionen Dollar Lösegeld und die Freilassung von sechs namentlich benannten Männern, die in einem der amerikanischen Gefängnisse im Irak festgehalten wurden.

Die Delegation der Firmenchefs mit Osman an der Spitze sollte unverzüglich nach Frankreich ausgeflogen werden. Bei seinem Abschied riet Osman Romain, so schnell wie möglich nachzukommen, und Marion versicherte er, von Paris aus werde er alles tun, damit ihr Mann freikäme.

Als die Maschine abhob, machte Osman keinen Hehl aus seiner Erleichterung, und allen, die seinen unglaublichen Mut rühmten, entgegnete er, dass seine Flucht reine Glückssache gewesen sei. Bei der Ankunft in Paris erwarteten ihn Sonia und der Außenminister. Auch seine Eltern wären gekommen, wenn er ihnen nicht höflich erklärt hätte, sie sollten sich keine Umstände machen. Er wollte sie vom Scheinwerferlicht fernhalten. Vom Flughafen fuhren sie direkt zum Élysée-Palast, wo der Präsident Osman sein Vertrauen und seine Bewunderung aussprach.

19

Die Angst nahm kein Ende, die Fragen drehten sich quälend und endlos im Kreis, vor allem die Frage nach der Schuld.

»Was habt ihr bloß im Irak gemacht?« Das war das Erste, was François' Mutter Marion am Telefon vorwarf. »Wie konntet ihr dieses absurde Risiko eingehen, in eine solche Krisenregion zu reisen, erst recht François als Franko-Amerikaner?«

Marion konnte nichts zu ihrer Verteidigung vorbringen, sie sagte lediglich, François habe neue Geschäftsideen entwickeln wollen. Ihre Augen füllten sich mit Tränen, doch jetzt war keine Zeit, sich gehenzulassen, sie musste handeln, die Dinge in die Hand nehmen. Sie bat François' Mutter, Thibault die Nachricht zu überbringen, Paul Vély hatte ihr versprochen, sich um die Mädchen zu kümmern.

Thibault zeigte sich gefasst, mit Gottes Hilfe, so meinte er, werde François gesund und wohlbehalten zurückkehren, er bete für ihn. Domitille und Alicia weinten und wollten in den Irak fliegen, um ihren Vater zu suchen, was Paul ihnen nur mühsam ausreden konnte. Er beschloss, zu seinen Enkelinnen zu ziehen, bis François freikam.

Am Telefon mit seiner Exfrau ließ Paul Vély sich den Schmerz nicht anmerken, während sie ihrer Verzweiflung freien Lauf ließ. Eines allerdings verschwieg sie Paul: wie kühl der Abschied zwischen François und ihr bei seinem letzten Besuch in New York ausgefallen war. Und wie schuldig sie sich deshalb jetzt fühlte.

Am nächsten Tag flogen Thibault und sie nach Frankreich.

20

François fühlte sich verlassen, wie ausgelöscht, die Spirale drehte sich in atemberaubender Geschwindigkeit abwärts. Er befand sich nun allein in der feuchten Drei-Quadratmeter-Höhle, ohne jede Verbindung zur Außenwelt, ohne Anhaltspunkte, was Zeit und Raum betraf. Louis Vanier hatten sie in der Nacht fortgebracht.

François machte sich innerlich auf alles gefasst, und als seine Kerkermeister zum Verhör erschienen, klammerte er sich an die Worte seines Vaters: *Was du nicht sagst, gehört dir. Was du sagst, gehört deinem Feind.* Die Fragen, die sie ihm auf Englisch stellten, beantwortete er mit Ja und Nein: War er in den Irak gekommen, um Geschäfte zu machen? Besaß er Kontakte vor Ort? Kannte er Iraker? Seit Stunden hatte er weder etwas getrunken noch etwas gegessen, er war müde, schwach, erschöpft. Dennoch hielt er stand. Er durfte nicht sterben. Seine Kinder hatten keine Mutter mehr, er musste lebendig hier rauskommen. Das sagte er auch zu seinen Peinigern.

Ich darf nicht sterben.

Hatte er geglaubt, dass er sie damit rühren könnte? Sie lachten nur und schlugen ihm ins Gesicht. François brach zusammen. Als er die Augen blinzelnd wieder öffnete, brannte sein ganzer Körper vor Schmerz. Er versuchte sich ein wenig zu strecken und dabei seine Wunden mit den Händen zu schützen. Wie hatte es nur so weit kommen können?

Um sich abzulenken, erschuf er sich in Gedanken eine Parallelwelt, erfand ein Lexikon des Überlebens, das aus Lieblingswörtern bestand, aus glücklichen Augenblicken und Kunstwerken, die ihm etwas bedeuteten.

Sie misshandelten ihn jeden Tag, wie eine Rinderhaut gerbten sie seinen Rücken. Sie wollten ihn zum Tier herabwürdigen, das war ihr Ziel. Und da erinnerte er sich an die einzige Geschichte, die ihm sein Vater aus dem Konzentrationslager erzählt hatte. Der wichtigste Gegenstand in Buchenwald war für ihn ein Löffel gewesen.

»Ohne Löffel hätte ich die Suppe, die sie uns vorsetzten, aus dem Napf schlabbern müssen. Ohne Löffel wäre ich zum Tier geworden. Der Löffel hat mir erlaubt, meinen Status als menschliches Wesen zu wahren.«

21

Der französische Geheimdienst versuchte, in Zusammenarbeit mit der amerikanischen Botschaft in Bagdad, mit den Entführern zu verhandeln. Aber die sechs Männer, deren Freilassung sie im Austausch für die französischen Geiseln verlangten, waren 2003 an Terrorakten beteiligt gewesen, die sich gegen die USA richteten. Bei dem Angriff auf einen Konvoi an einem Checkpoint in Bagdad waren damals drei amerikanische Soldaten getötet und vier weitere schwer verletzt worden. Die Familien der Opfer hatten nun Petitionen in Umlauf gebracht, in denen sie von der amerikanischen Regierung Härte verlangten, die Urheber der Verbrechen dürften nicht auf freien Fuß gesetzt werden.

Marion befand sich in einem Quartier des Geheimdienstes und wartete, wie alle anderen, auf ein positives Zeichen. Die Geiselnehmer hatten ein Video mit einer Nachricht auf Arabisch ins Internet gestellt. Sie wirkten aggressiv und entschlossen, und sie beherrschten die Sprache der Medien, drückten sich klar aus, ohne jede Emotionalität. Sie hatten es nicht mit Anfängern zu tun. Alle warteten auf die Übersetzung: Was sagten die Männer?

»Sie bestätigen, dass sie einen französischen Journalisten, Louis Vanier, in ihrer Gewalt haben, außerdem sagen sie …« Der Dolmetscher hielt inne und warf einen bestürzten Blick zu einem der führenden Geheimdienstmitarbeiter, der ihn mit einer Kopfbewegung aufforderte, weiterzusprechen. »Sie sagen: Wir haben den Juden Lévy.«

22

François saß apathisch auf dem feuchten Boden, mit gefesselten Händen und Füßen, er bat um nichts und versuchte nicht zu verhandeln. In der Nachbarzelle weinte ein Mann und flehte seine Entführer auf Arabisch an. Was war wohl aus Vanier geworden? Mit geschlossenen Augen stellte sich François das Meer vor, Southampton, ein Spaziergang am Strand, das Schreien der Vögel, Kinderlachen. Er klammerte sich an diese Erinnerungen, als konzentrierte sich sein ganzes Leben am Ort seiner Kindheit. Vielleicht bewahrte ihn das vor dem Wahnsinn. Er sah die Ereignisse, die sein Leben geprägt hatten, durch einen neuen Filter, befreit von allen Schichten aus Eitelkeit, Begehren und Stolz. Aber er musste auch immer aufs Neue die Kraft in sich finden, nicht vollständig in Verzweiflung zu versinken. Er zwang sich dazu, sich zu strecken und zu dehnen, seine Füße zu bewegen, und aus einem alten Strumpf, den er in der Zelle gefunden hatte, bastelte er sich einen kleinen Ball.

Wenn seine Bewacher auftauchten und ihn fragten, warum er in den Irak gekommen sei, wiederholte er das, was er schon hundertmal gesagt hatte: »Ich bin Unternehmer, ich wollte an der Bagdad-Messe teilnehmen.«

Du bist Jude.

Natürlich, sie hatten im Internet recherchiert. Es genügte ja, seinen Namen in eine Suchmaschine einzugeben, und sofort erschien neuerdings das Adjektiv »jüdisch«. Der Artikel, der in der Zeitschriftenbeilage erschienen war, und auch Osman Diboulas Kolumne waren abrufbar – beide hatten François' jüdische Identität hervorgehoben. Und in einer Region, in der es zu allen Zeiten Antisemitismus gegeben hatte, war es lebensgefährlich, Jude zu sein. Es gab keine Juden mehr im Irak, obwohl dieses Gebiet einst als bedeutendes Zentrum des Judentums galt. François konnte nicht wissen, dass sein Vater mit Hilfe des französischen Innenministeriums versucht hatte, möglichst viele Informationen über die jüdischen Wurzeln der Familie im Internet zu tilgen. Sämtliche Freunde von François waren kontaktiert worden. Die Zeitschrift, die den kompromittierenden Bericht und die Fotos abgedruckt hatte, war sofort bereit gewesen, beides aus dem Netz zu nehmen. Aber es war immer noch genügend Material übrig, das den Entführern in die Hände spielte.

Du bist ein Pornograf und willst den Irak pervertieren. Du bist degeneriert.

Sie zeigten François einen Ausdruck des Fotos, das ihn auf dem Melgaard-Stuhl zeigte. Dann wedelten sie mit seinem Smartphone und klickten die Bilder aus dem jüdischen Viertel von Brooklyn an. Es waren Dutzende. Eines hielten sie ihm direkt vor die Nase. Darauf sah man ihn mit Thibault in dem New Yorker China-Restaurant. Im Hintergrund erkannte man deutlich die israelischen Fahnen an der Wand.

Du bist ein Spion des Mossad. Ein zionistischer Unterdrücker.

Sie schlugen mit Eisenstangen auf ihn ein.

23

Osman war froh, dass er dem Schlimmsten entgangen war. Er lebte. Beinah rund um die Uhr trat er jetzt in den Medien auf und sprach über seine Einschätzung der Lage, er organisierte eine große Solidaritätskampagne von Künstlern für die Freilassung von François Vély und schlug nicht eine Interviewanfrage aus. In der französischen und internationalen Presse erschienen große Artikel über ihn. Seine Eltern schnitten sämtliche Berichte über die ruhmreichen Taten ihres Sohnes aus, und ein Porträt rahmten sie sogar ein, es hing im Wohnzimmer an der Wand: Osman im Anzug, schön und elegant, ein Farbfoto mit der Überschrift »Held der Nation«. Der Medienrummel um seine vermeintlich heldenhafte Flucht löste zwiespältige Gefühle in ihm aus. Doch er spielte das Spiel mit, ließ sich vereinnahmen und war immer seltener zu Hause. Es half nichts, dass Sonia ihn bat, bei ihr zu bleiben, dass sie sagte, sie brauche seine Nähe. In den Wochen vor der Geburt war sie allein, in einem ihr unbekannten Zustand emotionaler Abhängigkeit, und wartete auf ein Wort oder eine Geste von ihm.

Dabei wusste sie doch, dass eine Frau, die einen mächtigen Mann liebte, früher oder später seinen Ambitionen zum Opfer fiel.

Als Osman an jenem Abend nach Hause kam, lasteten besonders viele Sorgen auf ihm. Die Entführer drohten, die Geiseln hinzurichten, wenn ihre Forderungen nicht erfüllt würden. Sonias Vorwürfe gingen ihm auf die Nerven, er konnte sie nicht mehr hören: *Du kümmerst dich nicht mehr um mich, du hast dich aus unserer Beziehung zurückgezogen, du bist nie da, wir machen nichts mehr gemeinsam, ich habe es satt.* Er hatte Kopfschmerzen und fühlte sich von der Last der Verantwortung erdrückt. In diesem Augenblick klingelte auch noch sein Telefon, der Premierminister verlangte nach seiner Anwesenheit.

»Jetzt gleich? Ich bin gerade erst heimgekommen.« Ja, jetzt gleich.

»Ich muss wieder los, Sonia, es tut mir leid.«

Sie starrte ihn ungläubig an und schlang die Arme um den Bauch. »Du hast mich nur für deine Zwecke instrumentalisiert.«

Nein, er hatte sie geliebt. Aber nun hatte er keine Zeit mehr für sie. »Ich wäre jetzt gern bei dir, glaub mir, aber die Arbeit nimmt mich völlig in Beschlag.«

Sonia funkelte ihn wütend an: »Die Macht äußert sich als Erstes in Form von Desinteresse an allem, was nichts mit ihr zu tun hat.«

Was sollte er darauf sagen? Sie hatte recht. Wenn man an der Macht war, wandte man die Regeln der Kriegskunst an. Man griff zu den Waffen, wenn man erobern wollte, und tat dies auch, um sich seinen Platz zu sichern. Man ließ geliebte Menschen fallen. Man verriet, man verletzte. Man tötete, auch das. Unser Leben gegen euren Tod.

24

Zwei Wochen nach den dramatischen Ereignissen kehrte Marion nach Paris zurück, weil sie überzeugt davon war, dass sie in Frankreich, wo sie sich frei bewegen konnte, mehr ausrichten konnte als im Irak, wo sie notgedrungen in ihren vier Wänden saß und nur verzweifelt auf Nachrichten wartete.

Von Paris aus wurden die Familie Vély und François' Mitarbeiter Étienne Léger aktiv. In New York mobilisierten Daniel Dean und seine Frau die Öffentlichkeit, unterstützt von zahlreichen amerikanischen Freunden. Fünfhunderttausend Flugblätter wurden in den Straßen von Bagdad unter das Volk gebracht:

Ein Familienvater namens François Vély wird irgendwo in der Nähe gefangen gehalten. Seine Eltern, seine Frau und seine Kinder warten verzweifelt auf seine Rückkehr. Helfen Sie mit, ihn wiederzufinden!

François' Mutter ließ auf eigene Faust eine Videobotschaft aufzeichnen, in der sie sich an die Entführer wandte: »Haben Sie Mitleid mit meinem Sohn!«, rief sie mit tränenerstickter Stimme. »Er ist ein Mensch, der helfen wollte, den Irak wiederaufzubauen. Ich flehe Sie an, fügen Sie ihm kein Leid zu!«

Kurz darauf versammelte Paul Vély die Familie bei sich: »Was für eine Ironie des Schicksals! Ausgerechnet im Irak erinnert man ihn an sein Jüdischsein, wo es nur noch eine Handvoll Juden gibt, die noch dazu vermutlich steinalt sind und sich nicht mehr aus dem Haus wagen!«

»Aber das war nicht immer so«, gab Thibault zu bedenken. »Früher existierte eine sehr große jüdische Gemeinde im Irak, der Babylonische Talmud wurde im Irak geschrieben. Stellt euch das vor, einer der bedeutendsten Texte der jüdischen Tradition!«

Paul Vély spann den Faden weiter. »Die Juden machten im Ersten Weltkrieg sogar ein Drittel der Bevölkerung von Bagdad aus, aber sie wurden durch Pogrome und antijüdische Maßnahmen wie Enteignungen und das Einfrieren ihrer Bankkonten dezimiert. Sie hatten spezielle Ausweise, gelb wie der Judenstern. Wer weiß denn noch, dass die Juden 1968 im Irak massiv verfolgt wurden? Achtzehn Juden wurden damals der zionistischen Verschwörung beschuldigt und öffentlich gehenkt. Zu Tausenden haben Männer, Frauen und Kinder zwei Tage lang um ihre Leichname herum gesungen und getanzt und ›Tod Israel!‹ gerufen.«

François' Mutter weinte. Welche Aussichten hatte ihr Sohn, mit dem Leben davonzukommen? »Wir müssen alles versuchen. Alles.« Und dann forderte sie Marion kategorisch auf: »Du musst öffentlich erklären, dass du deinen Mann unterstützt und ihn liebst!«

Seine Mutter hatte die Spannungen zwischen François und Marion miterlebt, sein Vater wusste, dass sie vor ihrer Abreise in den Irak kurz vor der Trennung gestanden hatten. Doch niemand wusste, dass sie die Trennung tatsächlich ausgesprochen hatten. Nun bestand François' Mutter darauf, dass Marion nicht nur ihre Liebe erklären, sondern auch noch behaupten sollte, sie sei schwanger. Vielleicht würde das die Entführer erweichen? Die Idee wurde jedoch von Paul Vély sofort verworfen: »Sie wären imstande, Beweise zu verlangen.« Marion zögerte nicht, ein Video aufzunehmen, den Text verfasste die Familie in Zusammenarbeit mit dem Geheimdienst. Den Blick in die Kamera gerichtet, flehte Marion die Entführer an, ihren Ehemann freizulassen.

Ich liebe meinen Mann, ich bitte Sie, tun Sie ihm nichts an.

25

François versuchte zu errechnen, wie lange er sich schon in Gefangenschaft befand. Es mussten ungefähr sechzig Tage sein. Für seine Familie in New York und Paris war das Leben vermutlich inzwischen weitergegangen. Mehrmals hatte er die Entführer gebeten, mit seinen Kindern telefonieren zu dürfen – vergeblich. Er hatte um einen Stift und Papier gebeten, was man ihm gewährte, hatte zwei kurze Briefe geschrieben und den Entführern übergeben, ohne zu wissen, ob sie an seine Familie weitergeleitet wurden. Er hatte gehört, dass man ihn an einen anderen Ort bringen wollte, und überlegte fieberhaft, wie er den Moment zu einer Flucht nutzen könnte.

Wäre er imstande, einen Mann mit bloßen Händen zu töten?

Ein Mann betrat seine Zelle und ließ ihn vor laufender Kamera einen Text vorlesen: »Ich heiße François Lévy, ich bin Franko-Amerikaner, ich bin Unternehmer. Seit mehr als zwei Monaten befinde ich mich in Gefangenschaft. Es geht mir körperlich und psychisch sehr schlecht. Helfen Sie mir, bitte, ich flehe Sie an! Unterstützen Sie meine Freilassung!« Ein zweiter Mann kam mit einem grünen Kanister in der Hand herein. Er näherte sich François, öffnete den Kanister und übergoss ihn ungerührt mit einer Flüssigkeit. »Was machen Sie da?«, schrie François, während die Kamera weiterlief. »Wollen sie mich lebendig verbrennen?« Er wimmerte. »Nein, bitte nicht!« Der Mann mit dem Kanister lächelte und schwieg. Dann verließ er gemeinsam mit dem anderen Peiniger den Raum, laut lachend.

26

Osman konnte sich beim besten Willen nicht an den Namen des jungen Mädchens erinnern, dabei trafen sie sich schon zum dritten Mal, und es war ihm peinlich, sie danach zu fragen. Sie war blond, klein und drahtig, hatte üppige Brüste und gehörte zu den Hilfskräften im Élysée-Palast. Sie war für das Abtrocknen der Teller in der Küche zuständig, Sèvres-Porzellan, gestempelt und datiert, wortreich konnte sie von dem Service mit dem

Vogeldekor aus dem Jahr 1858 schwärmen und von der Sorgfalt, die sie jedem einzelnen Stück widmete. Wenige Tage zuvor hatte er die extrovertierte junge Frau, die so gar nicht in dieses kalte Umfeld passte, bei einer Besichtigung der Küche kennengelernt. Ob sie sein Büro im Innenministerium sehen wolle, hatte er sie gefragt, und sie war ohne große Umstände mitgekommen, alles geschah einfach und wie selbstverständlich, Osman liebte die Spontaneität, vor allem die Spontaneität, mit der sie sich ihm hingab. Sonia verweigerte ihm, seit sie schwanger war, derartige Zärtlichkeiten.

Nun saß die junge Frau, deren Namen ihm entfallen war, vor seinem Schreibtisch und wirkte unruhig, sie wollte ihn küssen, er drückte sie sanft zurück auf ihren Platz: »Tut mir leid, ich muss arbeiten.« Sie verwechselte da etwas. Sie erwartete offensichtlich, dass er sie jetzt in den Arme nahm und ihr beteuerte, dass er dabei sei, sich zu verlieben. Aber es war vier Uhr morgens, in der Nacht hatte sie eine Nachricht der Entführer erreicht, und eine Krisensitzung war anberaumt worden. Osman stand nicht der Sinn nach einem Stelldichein: Sie ließ nicht locker, sie wollte ihn wiedersehen. Er wich aus: »Ich rufe dich an.«

»Was ist los?«, fragte er ungeduldig, als sie ihn mit bekümmerter Miene ansah.

»Du sagst dauernd, dass du mich anrufst, aber am Ende bin immer ich diejenige, die sich meldet.«

»Ich verspreche dir, morgen früh rufe ich dich an.«

»Du schläfst mit mir, wenn du zwischendurch mal fünf Minuten hast, und dann?«

Der Vorwurf belustigte ihn. »Ja, und dann? Was willst du – dass ich dich heirate?«

»Nein, aber du könntest wenigstens aufhören, mich zu demütigen«, entgegnete sie ohne Feindseligkeit.

Osman war entrüstet: »Du fühlst dich gedemütigt, weil ich dich bitte, mich meine Arbeit tun zu lassen? Ich habe dir doch erklärt, dass sich die Situation für die Geiseln im Irak gerade zuspitzt.«

»Ich bin gerade gut genug für eine schnelle Nummer in deinem Büro, das ist eine demütigende Situation.« Sie fing an zu weinen.

Sie vergoss Tränen, dabei hatte er doch *so viel Arbeit* und trug *so viel Verantwortung*. Er spürte, dass er immer gereizter wurde, er konnte sich nicht mehr bremsen: »Du fühlst dich also gedemütigt, weil ich dich bitte zu gehen? Soll ich dir mal was sagen? Demütigung, das ist, wenn man dich bei einer privaten Einladung fragt, wo die Toiletten sind, immer nur dich und keinen anderen. Wenn dir am Ausgang des Restaurants, in dem du gegessen hast, ein anderer Gast die Schlüssel zu seinem Wagen hinstreckt, weil er dich für den Einparker hält. Oder wenn man dir am Telefon sagt, eine Wohnung sei frei, und bei der Besichtigung erklärt, dass sie nun doch schon vergeben ist.«

Die junge Frau schluchzte hemmungslos. Er trat auf sie zu und nahm sie in die Arme: »Es tut mir leid, ich habe mich hinreißen lassen. Ich weiß nicht, was mich geritten hat, ich stehe furchtbar unter Druck. Verzeih.«

Sie lehnte sich an ihn und murmelte ihm ins Ohr, dass sie ihn liebe. Ob er sie auch liebe, wollte sie wissen, und er antwortete: »Natürlich.« Was ein Mann nicht alles sagt, wenn es darum geht, dass seine Bedürfnisse befriedigt werden. Und sie machte ihre Sache gut. Nach wenigen Minuten zog er sich die Hose wieder hoch und sagte schroff, während er nach seinem Handy griff: »Tut mir leid, ich muss los.«

27

Die Rafale-Kampfjets durchschnitten den diesigen grauen Himmel. Romain verfolgte die traditionelle Inszenierung der Feierlichkeiten zum 14. Juli am Fernseher, zwischen seinem Sohn und seiner Mutter auf dem Sofa sitzend, auf den Knien Sandwiches, Chips und Cola, die er im Laden nebenan gekauft hatte. Er war kurze Zeit nach Marion zurückgekehrt, und nachdem er Xaviers Familie einen grauenvollen Besuch abgestattet hatte, war seine Welt auf die unmittelbare Umgebung des Vorstadtmietshauses geschrumpft, in dem seine Mutter wohnte.

Tommy klatschte in die Hände, als sich die Alpha Jets der Patrouille de France in den Himmel schraubten und ihren blauen, weißen und roten Rauch ausstießen. Das ritualisierte Zeremoniell der Republik, bei dem die Nation in Waffen mit gereckter Brust vorbeidefilierte: Viertausend Soldaten in exaktem Gleichschritt repräsentierten die militärische Großmacht, während Paris im Platzregen versank. Auch die Studenten der Elitehochschulen Polytechnique und Saint-Cyr marschierten mit, der feierliche Stolz stand ihnen ins Gesicht geschrieben – ebenso wie ihren Eltern, die den großen Tag in Hunderten Fotos festhielten. Es war auch *ihr* Tag, denn *sie* hatten die Elite Frankreichs hervorgebracht.

Romain stellte sich vor, was die Soldaten erlebt hatten, die er dort auf dem Bildschirm sah, welche Einsätze sie hinter sich hatten, welche Alpträume sie überfielen, wenn sie mit sich allein waren. Seine Mutter schlug trotz Regen einen Spaziergang mit Tommy im Park vor, der Junge musste doch mal raus, aber Romain wollte sich die Militärparade unbedingt bis zum Schluss ansehen. Seufzend machte sie sich allein mit ihrem Enkelsohn auf, Tommy hüpfte bereits durchs Treppenhaus, als seine Mutter noch einmal umkehrte.

»Versprich mir, dass du nicht trinkst«, raunte sie Romain zu.

»Ich schaue mir die Parade an, okay? Lass mich in Ruhe!« Sein Tonfall war brüsk, beleidigt zog sie die Tür hinter sich zu. Seit dem Wiedersehen mit Marion hatte er auf Alkohol verzichtet, aber seine Mutter überwachte ihn, und der plötzliche Autonomieverlust führte zu ständigen Reibereien.

Ordnung, Disziplin, Selbstbeherrschung. Die gewichtige Aufgabe, das Prestige der Uniform. Schaut euch die Orden und Medaillen nur an. Die heroische Nation, die selbstbewusste Demokratie. Auf einmal entdeckte Romain sein eigenes Bataillon, die Gebirgsjäger, und dann den Präsidenten der Republik. Die Parade ging ihrem Ende entgegen, es goss in Strömen. Der Präsident begrüßte die kriegsversehrten Soldaten und sprach ihnen Mut zu. Die Kameras filmten und filmten. Die Verwundeten, die man in ihre Uniformen gesteckt hatte, warteten im Regen in ihren Rollstühlen. Manche konnten sich nicht mal die Tropfen abwischen, die ihnen übers Gesicht rannen, ihre Körper waren wie in Blei gegossen. Wie lange hatten sie auf den Präsidenten warten müssen? Nun trat er auf sie zu und erkundigte sich, was ihnen zugestoßen war: *Ich bin in Afghanistan auf einer Mine hochgegangen, Herr Präsident. Ich hatte einen Autounfall an der Elfenbeinküste, Herr Präsident. Ich bin im Zentrum von Kabul unter Beschuss geraten.*

Der letzte Verwundete war Farid. Der Präsident streckte ihm mechanisch die Rechte hin, und als er merkte, dass Farid seine Hände nicht bewegen konnte, legte er ihm die Hand auf die Schulter. *Ich bewundere Ihren Mut und was Sie für die Nation getan haben. Wenn Sie etwas brauchen, bitten Sie mich darum.* Rasch verschwand der Präsident aus dem Blickfeld der Kamera.

An das, was danach ablief, konnte Romain sich später nicht mehr genau erinnern, nur noch daran, dass sich ihm ein Bild qualvoll ins Herz gebohrt hatte: Farid in Uniform, die Hand des Präsidenten auf seiner Schulter.

Als seine Mutter mit Tommy zurückkehrte, fand sie ihn sturzbetrunken auf dem Teppichboden des Wohnzimmers, die Fernbedienung noch in der Hand.

28

Die traditionelle Party in den Gärten des Élysée-Palasts im Anschluss an die Militärparade des 14. Juli – ein mondänes, allseits hochgeschätztes Ereignis mit über tausend auserwählten Gästen – war aufgrund von Haushaltskürzungen gestrichen worden. Die Regierung wollte in Krisenzeiten ein Bild der Zurückhaltung und Sparsamkeit vermitteln. Untereinander verhehlten die engsten Mitarbeiter ihre Enttäuschung nicht. Immerhin sollte stattdessen ein Bankett im Élysée stattfinden, zu dem nur wenige Staatsbeamte geladen waren sowie Gäste, die sich in militärischen oder gesellschaftlichen Belangen besonders hervorgetan hatten. Hunderte kamen dafür in Betracht, nur eine Handvoll wurde auserwählt. Dabei sein oder nicht dabei sein, das war die Frage, die die Gemüter erhitzte, und jeder Mitarbeiter lauerte voller Ungeduld auf eine schriftliche Einladung.

Wojakowski war, wie sich herausstellte, nicht unter den Geladenen, was er als ein Zeichen der Ungnade deutete. »Ich gehöre wohl nur noch zum dritten Kreis«, sagte er und ergänzte mit einem Anflug von Neid in der Stimme: »Während Kollege Diboula es ja überraschenderweise wieder in den ersten geschafft hat.«

Es war inzwischen durchgesickert, dass der Präsident Osman seine Einladung persönlich überreicht hatte, und bisweilen spielte dieser seine große Genugtuung darüber aus. Als er einen Kollegen auf dem Gang traf, der ihm besonders unsympathisch war, konnte er es sich nicht verkneifen, ihn zu fragen, ob sie sich beim Bankett sähen.

»Es gab nur sehr wenige Einladungen«, lautete die knappe Antwort, und die Spitze folgte gleich hinterher. »Du hast Glück, Afrika steht dieses Jahr hoch im Kurs.«

Wortlos ließ Osman ihn stehen. Im Innenministerium mochte man ihn nicht, davon war er überzeugt. Er spürte es, er wusste es, er erlebte es tagtäglich bei den Besprechungen. Ständig wurde in Frage gestellt, ob er zu Recht daran teilnahm. Man warf ihm vor, überall als aufrechter Republikaner aufzutreten und gleichzeitig sein Anderssein zu unterstreichen. »Dass du ein Vertreter der Diversität bist, schützt dich, und das weißt du genau. Diesen Trumpf ziehst du permanent. Du hattest nie eine fachliche Qualifikation für den Job, nur eine politische – oder was glaubst du, warum du Staatssekretär für den Außenhandel geworden bist?« Diskussionen mit anderen Regierungsmitgliedern liefen immer auf dieselbe Feststellung hinaus: *Hier ist nicht dein Platz.* Und doch verfolgten alle nur das eine Ziel: einen solchen Platz zu erobern. Egal zu welchem Preis. Ihm fiel ein Essen mit zwei Vertretern eines Antirassismusvereins ein, die im öffentlichen Diskurs extrem aggressiv und provokant auftraten, kaum saßen sie jedoch neben dem Präsidenten bei einem Glas Grand Bordeaux, priesen sie die Maßnahmen der Regierung und stießen mit denselben Vertretern der Staatsmacht an, die sie wenige Stunden zuvor noch schlechtgemacht hatten. Dazu gesellten sich die Intriganten, die Liebediener, die Söhne aus gutem Hause mit Papas Netzwerk.

Sonia hatte beschlossen, Osman zu dem heißbegehrten Bankett am 14. Juli zu begleiten. Sie wollte mit Charme und ruhiger Kraft demonstrieren, dass es ihr gutging und sie bereit war, nach der Geburt ihres Kindes auf ihren Posten zurückzukehren. Für teures Geld hatte sie sich bei einem Friseur in der Rue du Faubourg-Saint-Honoré schminken und frisieren lassen, sie sah blendend aus, wie sie die Freitreppe vor dem Élysée emporschwebte – wie eine Schauspielerin auf dem roten Teppich. Das zinnoberrote Kleid hatte sie extra für die Fotografen angezogen, sie wollte bemerkt werden. Als sie am Arm von Osman ihren Auftritt hatte, raunte ihr jemand im Vorübergehen ins Ohr: »Voilà – das schönste Paar im Palast.« Ein Lächeln für die Presse, eine zärtliche Geste für die Kameras, doch während des Essens richtete Osman nicht das Wort an seine Gefährtin, integrierte sie in keine Gesprächsrunde. Sie beobachtete die Wandlung, die er vollzog, sobald er sich in der Nähe des Präsidenten aufhielt, um das Licht kreiste, zum Vasallen wurde. Er stand im Mittelpunkt aller Gespräche, und wo immer er auftauchte, gab er neuerdings eine geschönte Version seiner Flucht im Irak zum Besten. Sonia ihrerseits erhielt ein paar Komplimente für ihre kaum gerundete Figur, man stellte ihr Fragen nach dem Baby – wird es ein Junge oder ein Mädchen, werden Sie gleich wieder anfangen zu arbeiten, haben Sie es bei der Krippe im Élysée angemeldet? Das war alles. Ihr Plan der Wiederannäherung an den Präsidenten war ein totaler Flop.

Sonia fand ihren Platz im Gefüge nicht, während Osman unentwegt seine neugewonnene Stärke, seinen

Einfluss demonstrierte. Für eine Frau wie Sonia eine Situation, die sie nur als Niederlage empfinden konnte, das wussten sie beide. Sonia warf Osman vor, sich unsolidarisch zu verhalten.

»Was meinst du, Sonia? Dass ich bei einem offiziellen Essen nicht mit dir knutsche?«

»Du könntest dich ein bisschen zuvorkommender zeigen, wenn wir gemeinsam im Élysée auftreten.«

»Es ist kompliziert, wenn in einer Partnerschaft beide höhere Posten bekleiden.«

»Was willst du damit andeuten?«

»Ich glaube einfach nicht, dass wir beide dauerhaft auf dieser Ebene arbeiten können.«

»Wie bitte? Bist du gerade dabei, mir meinen Posten wegzudiskutieren? Dabei hätte ich von uns beiden das größere Anrecht darauf!«

Osman schwieg.

»Du hast dich sehr verändert, Osman. Ich habe dich immer für deine Direktheit geliebt, deine Selbstachtung, deine Abneigung gegen Kompromisse, deine Gleichgültigkeit gegenüber Ehrungen aller Art, dafür, dass du Menschen nicht nach ihrem sozialen Status beurteilt hast. Seit du aufgestiegen bist, sehe ich dein Selbstvertrauen zunehmend schwinden, deine Stärke und auch deine Bescheidenheit … Du bist nicht mehr derselbe.«

»Man braucht eine gewisse Flexibilität in unserem Job, das muss ich dir doch nicht erzählen. Man muss in der Lage sein, den Druck auszuhalten, da verändert man sich zwangsläufig … Man ist permanent gefordert, man hat keine Zeit mehr zum Nachdenken, keine Zeit mehr für sich und alles, was nicht mit dem Amt und der Aufgabe zusammenhängt. Dazu kommt die ständige Anspannung, die Angst, es nicht gut zu machen, die geistige und körperliche Müdigkeit.«

»Du warst nicht dazu verpflichtet, alles andere aufzugeben. Niemand hat von dir ein so totales Engagement verlangt.«

»Ich kann nicht anders. Vielleicht müsste ich lernen, Grenzen zu ziehen, aber wenn ich mein Büro betrete, denke ich nicht mehr an dich oder mich oder uns. Ich arbeite für mein Land. Ich habe den Eindruck, am Rad der Welt zu drehen. Und das überwiegt dann alles, tut mir leid.«

29

Woche für Woche begab sich Romain in die Reha-Abteilung des Militärkrankenhauses, um Farid einen Besuch abzustatten. Einmal saßen vier Soldaten im Foyer und strickten – eine bewährte Ergotherapie-Übung, wie es hieß.

»Ich sehe, ihr seid schon wieder bereit für die Front!«, spottete Romain. Sie lachten. Einen Augenblick später öffnete er die Tür zu Farids Zimmer, der Freund starrte auf den Fernseher, es lief eine Nachrichtensendung.

»Der Held des 14. Juli!«, rief Romain. »Na, worum hast du den Präsidenten nach der Parade gebeten?«

»Ich habe drei Stunden wie ein Idiot im Regen gehockt, nur damit er mir seine Pfote auf die Schulter legt.

Man kam sich vor wie in Lourdes, nur dass kein Wunder geschehen ist.«

Ein Foto von François Vély füllte fast den gesamten Bildschirm, darunter die Schlagzeile: »85 Tage in Gefangenschaft«. Romain setzte sich auf die Bettkante.

»Grauenhaft«, kommentierte Farid. »Das war meine größte Angst in Afghanistan, ehrlich. Von den Taliban geschnappt zu werden. Am Ende ist es dann noch schlimmer gekommen … Und du, schon neue Pläne?«

»Nein, noch nicht. Aber ich muss bald irgendwas finden, ich will nicht bei meiner Mutter bleiben. Ich würde gern in die Alpen … Bergführer, das würde mir gefallen, allerdings würde ich dann meinen Sohn nicht mehr so oft sehen. Und selbst?«

Farid lachte bitter auf. »Für mich ist die Partie zu Ende.«

»Sag das nicht.«

»Was will man in einer Gesellschaft, in der Stärke und Leistung ganz oben stehen, mit einem Krüppel wie mir?«

»Die Gesellschaft schuldet dir viel. Du bist ein Held.«

»Ja, Heldentum, das bleibt den Soldaten, wenn sie alles verloren haben. Eine kleine moralische Medaille, damit zieht sich die Militärhierarchie aus der Affäre.« Farid hatte Tränen in den Augen. »Gib mir was zu trinken, bitte.«

Romain griff nach der Wasserflasche auf dem Nachttisch und einem Strohhalm, den er Farid zwischen die Lippen schob.

»Der Klinikpsychiater hat mir von den Camps der Vereinigung der Versehrten Soldaten erzählt … Die bieten Sportkurse, Aktivitäten, Anwendungen, Gespräche für körperlich und psychisch verwundete Soldaten an, alles Mögliche, damit sie wieder genesen und ins Leben zurückfinden.«

»Du warst wieder beim Psychiater?«, fragte Farid erstaunt.

»Ja … Würdest du mitkommen?«

»Das ist nichts für Behinderte wie mich.«

»Doch. Es gibt eine Gruppe von Polytraumatisierten. Du wirst von deinen Pflegern begleitet, es bleibt bei deinen üblichen Abläufen.«

»Blödsinn, was soll ich denn dort machen, außer euch beim Training zuzusehen und festzustellen, dass ich raus bin aus der Nummer?«

»Mir liegt viel daran, dass du mitkommst. Du wurdest schon vorgeschlagen. Wir könnten zusammen hin.«

»Und wann soll das sein?«

»In ein paar Monaten. Bis dahin geht es dir bestimmt schon besser. Ich habe mit meinem Psychiater gesprochen, und dein zuständiger Arzt ist auch einverstanden.«

»Ich weiß nicht. Wozu soll das gut sein?«

»Denk drüber nach.«

Es klopfte an der Tür. Die Krankenschwester kam herein, und Romain war schon im Gehen begriffen, als Farid erwähnte, dass Marion Decker ihn angerufen habe. »Morgen Nachmittag um zwei kommt sie her.«

Romain spürte, wie sich sein Magen schmerzhaft zusammenzog. »Wieso sagst du mir das?«

»Ich dachte, du willst sie vielleicht sehen.«

»Nein. Ich habe sie nach meiner Rückkehr aus dem Irak ein paar Mal angerufen, und sie ist nie rangegangen. Es ist vorbei.«

30

Zwei vermummte Männer kamen in François' Zelle und weckten ihn auf, indem sie mit ihren Stiefelabsätzen nach ihm traten. »Steh auf«, brüllten sie, und er gehorchte. Sie sagten ihm nicht, wo sie ihn hinbringen würden, zerrten ihn nur wie einen Hund hinter sich her durch einen langen finsteren und feuchten Gang. Dann stießen sie ihn in einen Hof, die Sonne blendete ihn, er hatte seit Wochen kein Tageslicht mehr gesehen. Sie befahlen ihm, sich hinzuknien. Einer der Männer verband ihm die Augen. François hörte, wie jemand eine Waffe lud. Und er hörte die Stimme von Louis Vanier, der um sein Leben flehte.

»Auf die Knie!«, schrie der Mann, der ihn vorwärtsgestoßen hatte, in perfektem Englisch. Schritte näherten sich, zwei weitere Männer. François spürte die Mündung einer Kalaschnikow an seiner Schläfe, sie würden ihn also tatsächlich umbringen. Er hörte ein metallisches Klicken und versuchte sich auf die Gesichter seiner Kinder zu konzentrieren, er wollte mit dem Gedanken an sie sterben. Doch dann erschallte plötzlich lautes Gelächter.

Aktionen wie diese dachten sich ihre Peiniger immer wieder aus. Sie spielten Hinrichtung und warfen ihre Geiseln dann in stinkende Erdlöcher voller Ratten und Müll, alle durften mal ran. Jeden Tag lernten François und Louis ein wenig mehr, wie sich der Tod anfühlen mochte. Und jeden Tag mussten sie widerstehen, durchhalten, die Hoffnung behalten. Am Leben bleiben.

31

Der Verwaltungsrat des *Siècle* hatte ihn auserkoren. Mit Beharrlichkeit und Entschlossenheit, Unterwürfigkeit, Energie und politischem Kalkül war Osman endlich im innersten Kreis angekommen. Soeben hatte Laurence Corsini es ihm eröffnet. Vor seiner endgültigen Aufnahme musste er allerdings eine Probezeit von einem Jahr durchlaufen, in dieser Zeit war er zu den Abendessen des Clubs geladen, um unter Beweis zu stellen, dass er gesellschaftsfähig war – denn für die Schaffung eines so wertvollen Netzwerkes war ein fruchtbarer intellektueller Austausch die Voraussetzung. Die Kandidaten mussten sich ihre Mitgliedschaft verdienen.

Corsini beruhigte ihn: »Du brauchst dir gar keine Sorgen zu machen, sie werden dich behalten.«

Zu den Dingen, die Osman an der Macht faszinierten, gehörte, an einem einzigen Tag Menschen mit höchst unterschiedlichen Lebensläufen zu begegnen. Menschen mit einer beängstigenden intellektuellen Reaktionsfähigkeit, denen es um Effizienz ging, die einen Sinn für Zeitabläufe, Hierarchien und Disziplin hatten. Als Insider hatte man ununterbrochen das Gefühl, innerlich zu wachsen, nützlich zu sein, zu gestalten – mitten im Leben zu stehen. Zum *Siècle* gehören hieß, seine Einflusssphäre auszudehnen, sich Protektion zu sichern. Osman wollte bewahren, was er erreicht hatte, und dazu waren gute Verbindungen nötig.

Er hatte sich intensiv auf das Diner vorbereitet, auf diesen wichtigen Moment hatte er schließlich lange gewartet, er hatte sich eigens für diesen Anlass in der Avenue Montaigne einen neuen Anzug schneidern lassen, »ein Wahnsinnsteil«. Auf der Straße sonnte er sich in den bewundernden Blicken der Vorübergehenden. Vor dem Eingang des Automobile Club de France wurde man namentlich und vor laufender Kamera aufgerufen, ein paar Unruhestifter verteilten Flugblätter, in denen sie das Frankreich der Clans und der Wohlhabenden anprangerten.

»Monsieur Diboula, Sie beim *Siècle*?«, rief einer. Osman lächelte ihn nieder und sagte nichts. Sein Telefon vibrierte: eine ihm unbekannte Nummer.

»Du bist schön, mein lieber Osman«, hörte er Issas Stimme an seinem Ohr schnurren. »Schicker Mantel, ist das Kaschmir? Deine Mutter wäre stolz auf dich.« Osman hielt nach ihm Ausschau, konnte ihn im Gedränge jedoch nicht entdeckte. Seit Wochen hatte er nichts mehr von ihm gehört, und nun tauchte er hier wieder auf. »Du bist nur eine elende Marionette, Osman. Du isst am Tisch der mächtigen Weißen, aber wie lange noch?« Er schaltete das Handy aus.

Im der weitläufigen Empfangshalle traf er auf ein ihm bekanntes Unternehmerpaar, das mit dem Sohn eines französischen Großindustriellen zusammenstand, der als Consultant arbeitete, immer auf der Sonnenseite, immer gutgelaunt. Er konnte ihn nicht ausstehen und wäre dem Grüppchen gern aus dem Weg gegangen, aber der junge Mann winkte ihn heran, Osman konnte ihn nicht ignorieren.

»Kennen Sie Osama, unseren irakischen Helden?«, fragte er das Unternehmerpaar in gewohnt jovialem Ton.

Osman wäre am liebsten im Boden versunken. »Osman, nicht Osama«, korrigierte er. »Osman Diboula.« Ihm fiel in letzter Zeit häufig auf, dass man ihn nur mit seinem Vornamen vorstellte. Verstimmt schüttelte er feuchte Hände und zog sich bald zurück, um seine Tischgesellschaft zu suchen.

»Wer hier nicht eingeladen ist, der existiert nicht«, sagte der gefeierte Pariser Anwalt, der den Vorsitz am Tisch hatte, und alle lachten. Jeder Anwesende musste sich vorstellen und rasch seinen sozialen Rang definieren, dazu war man schließlich hier. Und man hatte nicht alle Zeit der Welt, in zwei Stunden musste man wieder an den Schreibtisch und würde den Rest des Abends damit zubringen, auf die zahllosen beruflichen Mails zu antworten, die während der Abwesenheit eingetrudelt waren. Osman wurde nach François Vély und Louis Vanier und der aktuellen Lage befragt. Die Situation sei »besorgniserregend«, gab Osman zurück, alle Verhandlungsansätze waren bisher gescheitert. Viele am Tisch kannten François.

»Eine ganz furchtbare Geschichte«, sagte der Anwalt. »Er war einer der bedeutendsten Unternehmer. Wenn er davonkommt, wird er ein gebrochener Mann sein, er wird nie mehr arbeiten können.«

»Haben Sie gesehen, wie tief die Aktien seines Unternehmens gefallen sind?«, ergänzte der Generaldirektor eines Import-Export-Unternehmens.

»Ja, dramatisch«, bestätigte eine junge blonde Frau, die die Geschäfte einer Firma im Kernenergiebereich führte. »Erst der Selbstmord seiner zweiten Frau und jetzt das ... eine richtige schwarze Serie.« Und schon kostete sie das Seezungenfilet an Trüffelcrème.

»Und noch dazu ist er Jude«, ergänzte ein Journalist. »Ich vermute, sie werden ihn umbringen. Es ist abscheulich, aber so wird es laufen. Jedes Mal, wenn sie herausgefunden hatten, dass eine Geisel jüdisch war, haben sie sie hingerichtet.«

Die blonde Frau runzelte die Stirn: »Louis Vanier muss vielleicht auch dran glauben, und er ist Christ ...«

»Nein«, widersprach Osman. »Sie werden beide überleben, ganz sicher, ich tue alles dafür.«

»Also trinken wir auf ihre Befreiung!«, rief der Anwalt aus und hob sein Champagnerglas.

Man wandte sich wirtschaftlichen Fragen zu. Osman bemühte sich, Interesse für das Gespräch aufzubringen, aber es langweilte ihn. Nachdem der letzte Gang serviert worden war, sprach ihn ein Mann an, mager, mit dünnem blondierten Haar, ein wenig zu affektiert für Osmans Geschmack.

»Ich bin Étienne Léger, François Vélys engster Mitarbeiter«, sagte er mit einem kräftigen Händedruck, »hätten Sie zwei Minuten?«

Osman erhob sich und folgte ihm in eine ruhige Ecke des Saals.

»Ich habe nicht erwartet, Sie hier zu sehen«, begann Étienne Léger.

Osman trat instinktiv einen Schritt zurück. »Und warum nicht?«

»Es geht hier kaum um Politik.« Étienne Léger war bleich wie nach einer langen Krankheit. »François ist jetzt seit fast drei Monaten Geisel des irakischen IS.«

»Ich denke jeden Tag daran. Es tut mir unendlich leid, was passiert ist.«

»Allen tut es leid, ja. Aber ich bin völlig verzweifelt, verstehen Sie?«

»Wie hätte ich ahnen können, dass so etwas passiert, als ich ihn für die Delegation vorgeschlagen habe?«

»Sie können nichts dafür.«

Osman spürte, wie ihm der Schweiß den Rücken hinunterrann. Er fühlte sich unbehaglich und hätte diese Unterhaltung gern beendet.

»Ich bin zerstört, von diesem Drama werde ich mich nie mehr erholen«, sagte Étienne Léger. »Seit François in Gefangenschaft ist, versuche ich, einfach nur zu funktionieren. Glauben Sie, dass er davonkommt?«

Osman entschuldigte sich, sein Telefon klingelte. Man teilte ihm mit, dass die Entführer die Verhandlungen wieder aufgenommen hätten.

32

Romain hatte sich so platziert, dass er die Eingangshalle des Krankenhauses gut überblicken konnte. Marion erschien pünktlich, sie trug eine kurze braune Lederweste, blaue Jeans und beige Lederstiefeletten, ihr Haar hatte sie zu einem Pferdeschwanz hochgebunden, er wäre am liebsten auf sie zugestürzt – stattdessen blieb er wie erstarrt sitzen. Und als sie eine Stunde später wieder auftauchte, hatte er sich nicht von der Stelle gerührt. Erst als sie bereits den Ausgang erreicht hatte, gab er sich einen Ruck. Er rannte ihr hinterher und rief ihren Namen. Sie drehte sich um, zuckte merklich zusammen, aber sie lächelte, und das ermutigte ihn. Er lud sie zum Kaffee ein, sie entgegnete, sie habe es eilig, willigte jedoch ein. Sie suchten sich einen Platz auf der Terrasse des Krankenhauses mit Blick auf die Türme von La Défense. Romain besorgte Kaffee und Erfrischungsgetränke, Kekse, Chips und Bonbons, alles, was er finden konnte, und kehrte schwerbeladen an den Tisch zurück.

»Ich habe doch nicht Geburtstag«, lachte sie, als er seine Ausbeute auf dem Tisch abstellte. Nur mit Mühe gelang es ihm, die Verpackungen zu öffnen, so sehr zitterten seine Hände.

»Zum Glück habe ich keine Waffe in der Hand«, sagte er, »ich würde uns noch alle umbringen.«

Sie fragte ihn, ob er oft herkäme.

»Ja«, erwiderte er und setzte nach einer kurzen Pause hinzu: »Ich komme zweimal die Woche, um Farid zu besuchen … Und um meine Termine mit dem Psychologen wahrzunehmen.« Sie sollte es ruhig wissen, es würde ihr zeigen, dass er an sich arbeitete, dass er Verantwortung für sich übernahm, dass er ein Mann war, auf den man sich verlassen konnte.

»Wer geht heute nicht zum Psychologen?«, fragte Marion, ihre Ironie war nicht zu überhören. Auch sie war in Behandlung, hatte allerdings nicht den Eindruck, dass es ihr wirklich half. Das Einzige, was ihr ein wenig Ruhe verschaffte, war das Lesen. Und das Joggen am frühen Morgen.

»Mir auch.« Romain erzählte, dass er mit einer Gruppe anderer Kriegsveteranen regelmäßig Waldlauf machte.

»Geht es dir besser?«, fragte Marion.

»Ja, und ich entwickle sogar allmählich wieder neue Perspektiven«, sagte er. »Ich habe vor, für ein paar Monate in die Berge zu gehen.«

Die Berge, Stille, ideale Bedingungen zum Schreiben. Marion geriet ins Schwärmen, doch dann hielt sie inne. Verriet sie damit ihre Sehnsucht, mit Romain zusammen zu sein? Diese unmögliche Sehnsucht. Er sah sie an und hätte ihr gern gesagt, dass sie schön war und dass sie ihm gefehlt hatte. Stattdessen fragte er auch nur: »Wie geht es dir?«

»Ich weiß nicht, wie es weitergehen soll … Ich wache jeden Morgen auf und fühle mich wie durch den Fleischwolf gedreht.«

Sie schwiegen lange. Dann sagte er leise: »Ich habe

dich nach meiner Rückkehr aus dem Irak zigmal angerufen. Wieso hast du nie geantwortet?«

»Was hätte ich sagen sollen?«

Er stand auf und nahm ihre Hand, sie zog sie zurück. »Ich möchte dir nur etwas zeigen.« Sie schien unschlüssig, doch dann folgte sie ihm zur Bibliothek, die in einem separaten Raum in der Mitte der Eingangshalle untergebracht war.

In einem Schaukasten waren Figuren aus Gips und Pappmaché ausgestellt. Romain wies auf eine verrenkte Gipsmarionette mit gespaltenem Schädel, deren Körper mit blutroten Farbflecken übersät war. »Das haben wir bei der Ergotherapie gemacht. Sie ist von mir.«

»Sie ist zum Fürchten«, stieß Marion hervor.

»Warte kurz.« Romain ging in die Bibliothek und kam mit Marions Roman in der Hand zurück. »Ich habe sie gebeten, das Buch anzuschaffen. Könntest du vielleicht eine Widmung für die Patienten hineinschreiben?«

Marion nahm das Buch, sie setzten sich auf eine Bank, und sie schrieb eine Widmung. Um sie herum unterhielten sich bein- und armamputierte junge Männer mit ihren Angehörigen.

»Wie geht es deinem Sohn?«, erkundigte sich Marion.

»Gut … ganz gut, trotz allem, trotz unserer Scheidung, die gerade läuft«, antwortete Romain. »Und was ist mit François Vély, gibt es Neuigkeiten?« Er hatte nicht »mit deinem Mann« gesagt.

Marion sah ihn an. »Er hat gute Chancen freizukommen.«

»Du hast sehr würdevoll gewirkt …«

»Ich bin die aufopferungsvolle Gattin, die die Journalisten so gern beschreiben. Wir haben uns nicht mehr geliebt, wir haben uns nicht mehr verstanden. Am Abend vor der Entführung hatte ich ihm gesagt, dass ich ihn verlassen will, ich habe ihn doch nur noch hintergangen, und jetzt sitze ich schon wieder mit dir hier.« Sofort bereute sie ihre Worte, entschuldigte sich, sprach von der Müdigkeit, dem Druck. Sie musste schlucken, fasste sich wieder. »Der Präsident ist zuversichtlich, und wenn alles nach Plan läuft, besteht Hoffnung, dass François und Louis Vanier in den nächsten Tagen freigelassen werden.« Sie sagte nicht, dass sie eine gewaltige Angst vor der Begegnung mit François hatte und sich fragte, was die wochenlange Gefangenschaft im Irak mit ihm wohl angerichtet hatte.

»Sehen wir uns wieder, Marion?«

»Wir haben keine Zukunft, Romain.« Sie wussten es beide: Wenn François freikam, musste Marion ihm zur Seite stehen, ihm helfen, wieder Fuß im Leben zu fassen. Und selbst wenn er jahrelang in Geiselhaft blieb, konnte sie nicht einfach ein neues Leben anfangen.

Marions Handy klingelte, sie sah auf das Display und sagte: »Ich muss rangehen, das Außenministerium, François kommt frei!«

Mit diesen Worten stand sie auf und rannte in Richtung Ausgang.

33

Das Video war von schlechter Qualität. Das Bild flackerte, war grobkörnig und unscharf, aber die Szene wirkte sorgfältig inszeniert. Man sah François in einem leuchtend orangefarbenen Overall. Er war kaum wiederzuerkennen: die Haare struppig und verklebt, ein dichter brauner, von grauen Strähnen durchzogener Bart, die Haut leichenblass, das linke Augenlid zugeschwollen, die Lippen übersät mit Bläschen. Regungslos kniete er mit gefesselten Händen und Füßen auf dem Boden. Hinter ihm standen fünf schwarzgekleidete und vermummte Männer mit Kalaschnikows. Sie trugen Kampfanzüge und Springerstiefel. Drei von ihnen ließen nicht die geringste Gefühlsregung erkennen. Der vierte schien angespannt zu sein, immer wieder fuhr er herum. Der fünfte, er stand in der Mitte, hielt ein paar Bogen Papier in der Hand, legte sie vor François auf den Boden. Er wirkte entschlossen, man erkannte in ihm den Anführer der Gruppe. Er versetzte François einen Schlag gegen den Kopf, damit er sich der Kamera zuwandte. Mühsam richtete sich François auf, wand sich, als hätte er gebrochene Rippen.

François setzte undeutlich zu sprechen an: »Mein Name ist François Lévy, ich bin Franko-Amerikaner, der Vorname meines Vaters ist Paul-Élie, der meiner Mutter Susan.« Seine Stimme klang schwach, er sprach stockend. Hatte man ihn unter Drogen gesetzt? Sein Blick war ungewöhnlich starr. »Ich entstamme einer jüdischen Familie. Ich bin Jude.« Sein Blick wich der Kamera aus. »In den letzten Tagen ist mir deutlich geworden, welche Qualen die Gefangenen von Guantanamo Bay durchmachen müssen. Präsident Obama hat einen Erlass unterzeichnet, wonach das Lager geschlossen werden soll, aber Hunderte von Männern werden immer noch unter grauenvollen Bedingungen festgehalten.« Die Kamera schwenkte zur Seite, die Männer in Schwarz wurden ungeduldig. François betete weiter seinen Text herunter: »Was mit mir geschieht, kann jeden beliebigen Amerikaner auf der Welt treffen. Wir sind nicht in Sicherheit, wir können uns nicht frei bewegen, solange die Politiker unserer Regierung weiter den Mord an Unschuldigen befehlen und wir sie gewähren lassen. Wir Amerikaner wollen nicht länger die Konsequenzen der Handlungsweise unserer Regierung tragen, dazu gehört die bedingungslose Unterstützung des zionistischen Gebildes und der diktatorischen Regime in der arabischen Welt.« Er verstummte. Einer der Geiselnehmer stieß ihm seine Waffe in den Rücken und sagte etwas auf Arabisch. François holte Luft. »Die amerikanische Militärpräsenz hat Afghanistan und den Irak zerstört. Solange wir Unschuldige auf der ganzen Welt demütigen und foltern, werden wir den Preis für unseren Wahnsinn bezahlen, und wir werden auf unserem eigenen Boden Geiselnahmen und Attentate wie das vom 11. September erleben …«

Der Text ähnelte in manchen Passagen demjenigen, den der Journalist Daniel Pearl vor seiner Hinrichtung in Pakistan am 1. Februar 2002 aufsagen musste. François wirkte vollkommen verstört. Glaubte er noch daran, dass die Männer ihr Versprechen halten und ihn gehen lassen würden, wenn er den Text verlas? Oder hatte er sich mit seinem Tod abgefunden? Er versuchte sich aufrecht zu halten, als wollte er sich davon überzeugen, dass er noch am Leben war. Einer der vermummten Männer forderte ihn auf Englisch auf, zum Ende zu kommen. François zögerte, hob dann den Kopf und schloss: »Jemand muss für die Verbrechen bezahlen, die von unseren Regierungen begangen werden.«

Etwas wie Hoffnung leuchtete auf seinem Gesicht auf, sie würden ihn nicht töten. Ausdruckslos wartete er auf ein Zeichen, vielleicht auf das Signal, dass die Aufnahme fertig war. Plötzlich jedoch trat der Anführer mit einem riesigen Messer vor und packte ihn am Nacken. François röchelte und versuchte sich zur Wehr zu setzen. Die anderen Männer rührten sich nicht. Die massive Hand des Angreifers umklammerte François' Hals, sein Opfer zappelte, bäumte sich mit letzter Kraft auf. Da fing der Mann an, ihn in perfektem Englisch zu beschimpfen, und riss seinen Kopf hoch. Mit einer einzigen Bewegung schnitt er ihm die Kehle durch.

Das Bild verschwamm, man hörte Schreie, François erschien ein letztes Mal auf dem Bildschirm, sein Körper zuckte, das Blut spritzte und verteilte sich auf dem Boden. Sein Henker packte noch einmal zu und enthauptete ihn mit einem schnellen Hieb.

34

Der Leichnam von François Vély wurde zwei Tage später auf einer Mülldeponie im Slum von Sadr City von einem fünfjährigen Kind gefunden, das in den Trümmern spielte. Seinen Kopf hatte man ihm auf den Bauch gelegt, zwischen die gefesselten Hände.

DAS ENDE DER UNBESCHWERTHEIT

1

Ja, er ist es, der Mann, den du geliebt und dann verachtet hast, der Mann, der dich erst zum Lachen und dann zum Weinen gebracht hat, du hast diesen Körper gekannt, in Bewegung, vor dir, über dir, neben dir, du hast ihn gestreichelt, an dich gedrückt, von dir gestoßen, du hast gesehen, wie er gelaufen, geschwommen, Ski gefahren ist, ja, er ist es, eine Verwechslung ist ausgeschlossen, du bist dir ganz sicher, du erkennst ihn trotz der Hautverfärbungen und der Spuren getrockneten Bluts, trotz der Wunden und Schnitte, du hast ihn eindeutig identifiziert, dieser Leichnam ist *er*.

Marion hatte mit Paul Vély und seiner Exfrau im Esszimmer gesessen und fieberhaft auf den Anruf vom Quai d'Orsay gewartet. Die Entführer hatten sich gemeldet, man rechnete damit, dass die Freilassung von François und Louis Vanier unmittelbar bevorstand. Doch dann hatten zwei Herren an die Tür der Villa geklopft und ihnen mitgeteilt, es gäbe »schlechte Neuigkeiten«. Nein, unmöglich. Sie irren sich. Marion erinnerte sich später nur noch verschwommen an diesen Moment. Sie wollte sich das Video nicht ansehen, mit solchen Bilder hatte sie sich zur Genüge in den letzten Wochen um den Schlaf gebracht.

Sie hielt sich an der Organisation der praktischen Details fest: der Überführung des Leichnams in die Heimat, der Bestattung, dem Verfassen eines Anzeigentextes.

Der Beerdigung auf dem Friedhof Montparnasse war ein ungewöhnlich rabiater Familienstreit vorausgegangen. Thibault hatte den Wunsch geäußert, seinen Vater nach jüdischem Ritus bestatten zu lassen, seine Großeltern widersetzten sich vehement, sie lehnten sein »Projekt der Rejudaisierung« rigoros ab.

»Was soll diese Maskerade?«, fragte seine Großmutter ungehalten. »François hat nie einen solchen Wunsch geäußert.« Welchen Wert hatte ein von Mördern inszeniertes Video, in dem François sich ganz offensichtlich unter Zwang als Juden bezeichnete, obwohl er nie einer gewesen war und nie einer hatte sein wollen? Es würde bedeuten, dass sie sich den Terroristen beugten.

Thibault hingegen wollte ein Zeichen für die längst fällige Umkehr setzen, die Rückkehr zum Judentum, er wollte die Erinnerung an den Vater an die jüdische Geschichte koppeln. Sein Vorstoß sorgte bei der Familie für tiefe Ratlosigkeit und große Verstörung.

Marion spürte nur eine große Leere. Sie konnte sich keine Kraftquelle erschließen, weder in der Arbeit noch in der Aktivität. Der Zuspruch von Freunden, Kollegen, Bekannten und Unbekannten ließ allmählich nach, jeder tauchte wieder in das eigene Leben ein. Nur Romain schrieb ihr beharrlich, kurze Nachrichten, auf die sie nicht antwortete, in denen sie dennoch Halt fand. Worte, in denen immer noch Liebe mitschwang, ihre Liebe, die so vielen Konflikten unterworfen und so vielen Unbilden ausgeliefert gewesen war. Worte, die eine Heilung möglich erscheinen ließen.

Nach Ablauf einer Trauerzeit, die man für angemessen hielt, wollten die voyeuristischen Begehrlichkeiten der Öffentlichkeit befriedigt werden. Es kamen Interviewanfragen, Vertragsangebote für ein Buch, einen Film. Marion lehnte alles ab. Um dem Druck zu entkommen, beschloss sie, sich in New York niederzulassen – und ziemlich überraschend verkündeten François' minderjährige Töchter, dass sie mitkommen und bei ihr leben wollten. Marion war von diesem unerwarteten Ausbruch von Zuneigung nicht nur überrascht, sondern auch erschüttert. Sie war die einzige mütterliche Figur, der Anker, der den Mädchen nach all den Dramen geblieben war, dabei versuchte sie doch selber nur standzuhalten. Die Kinder brachten ihren Wunsch allerdings mit einer solchen Heftigkeit vor, dass die Großeltern, die das Sorgerecht hatten, schließlich zustimmten und Marion sich ihrer Verantwortung bewusst wurde: Sie musste alles unternehmen, um diese Mädchen zu beschützen.

Innerhalb von zwei Jahren hatte Marion die Zersetzung einer Familie und ihren eigenen systematischen Niedergang miterlebt. Die Tragödie hatte alles davongetragen: die Menschen und die Erinnerungen, die Lebensfreude und die Unbeschwertheit, die Fähigkeit, etwas zu erschaffen und dagegenzusetzen. Den inneren Zusammenbruch kaschierte sie mit äußerlicher Selbstbeherrschung. Doch wer ihr in die Augen sah, verstand, dass für sie das Leben nach der Tragödie nur noch eine Form von Taxidermie war.

2

Osman Diboula überkam eine plötzliche Übelkeit, ein Schwindel. Es war weniger die makabre Inszenierung der Hinrichtung, der er auf dem Video beiwohnen musste und die ihn so traf – als der Henker das Messer schwang, schloss er die Augen –, nein, es war das fundamentale Versagensgefühl, die Angst vor einem inneren Bersten, der er sich ausgeliefert fühlte und der er sich nur durch den Kollaps entziehen konnte.

Issa ließ ihn wenig später per Textnachricht wissen, wie sehr er frohlockte angesichts des Mordes an François Vély, und kündigte ihm ein ähnliches Schicksal an. Das war der Moment, in dem er ernsthaft darüber nachdachte, Issa zu verklagen. Er hatte immer gezögert, diesen Schritt zu gehen, »um ihn zu schützen«, wie Sonia ihm vorwarf. Doch sie täuschte sich. Issas zwanghafte antisemitische und fundamentalistische Hasstiraden widerten ihn an, aber trug nicht auch er Verantwortung dafür, dass aus einem sensiblen Heranwachsenden ein kaltblütiges, von Hass zerfressenes Ungeheuer geworden war? Er war sein Erzieher gewesen. Vielleicht auch ein Vorbild, ein Ratgeber, aber an Issa war er gescheitert. Er hatte ihn nicht vor sich selbst schützen können, und er zweifelte daran, dass ein Gefängnisaufenthalt seine Wertungen und sein Gewaltpotential einzudämmen vermochte. Vermutlich würde er ihn eher in seinem Verfolgungswahn bestärken und seine rassistische Phrasendrescherei beflügeln. James Baldwin hatte Ende der 1960er Jahre im *New York Times Magazine* einen Text über das Verhältnis der Schwarzen zu den Juden veröffentlicht: »Ich weiß, dass meine Weigerung, die Juden oder wen auch immer zu hassen, damit zu tun hat, dass ich weiß, wie es ist, gehasst zu werden.«

Das hätte er zu Issa sagen sollen, denn wohin führte der Rassismus, wenn nicht zum Mord – wie Baldwin weiter ausführt? Wohin hatte der antisemitische Hass gegen François Vély geführt? Zum Tod. Sonia betrachtete seine Argumentation als Sozialromantik, Issa sei ein gefährlicher Irrer, der hinter Gitter gehöre. »Irgendwann wird er, in Frankreich oder anderswo, zum Täter werden.«

Einige Wochen später, während die Verhandlungen über seine Freilassung noch liefen, wurde auch Louis Vanier von seinen Entführern ermordet, nach derselben Methode wie François, und die Wiederholung des Grauens brachte Osman zu der Erkenntnis, dass ein »weiter so wie bisher« für ihn nicht mehr in Frage kam. Nach der Beerdigung und der feierlichen Trauerfeier für den Journalisten reichte er seinen Rücktritt ein. Dieses von Ehrgeiz und Normen bestimmte Leben, diese Welt, in der Gewalt immer nur zu neuer Gewalt führte, erschreckten ihn mit einem Mal maßlos. Er hatte geglaubt, er sei den Anforderungen des politischen Tagesgeschäfts gewachsen, doch am Ende lasteten der Druck, das tägliche Rollenspiel, die Notwendigkeit, sich einem gewissen Konformismus zu beugen, zu schwer auf ihm.

»Wenn ich jetzt nicht aufhöre, jage ich mir irgendwann in meinem Büro eine Kugel in den Kopf«, sagte er zu Corsini, als sie an der Bar des Meurice saßen. Sie hakte nach, doch Osman hatte keine Lust, sich zu rechtfertigen, er war alt genug, um zu wissen, was er tat. »Lass gut sein, Laurence. Ich will mein Leben ändern.«

Corsini zeigte sich unbeeindruckt, sie hatte in ihrem Berufsleben schon viele krisengeschüttelte Manager und depressive Exminister erlebt. »Du hast Schreckliches durchgemacht, nimm dir eine Woche Urlaub, such dir einen guten Arzt.«

»Nein.«

»Du kommst wieder auf die Beine, Osman. Du bist stark. Du musst positiv denken.«

»Du verstehst mich nicht. Ich will etwas anderes.«

Als sie sich zum Gehen wandte, sah sie ihn scharf an. »Lass nicht zu, dass andere dein Leben zerstören. Das schafft man sehr gut allein.«

Er hatte keine Lust, sich von seinen Mitarbeitern zu verabschieden. Stattdessen schloss er sich in seinem Büro ein und war gerade dabei, die Schubladen auszuräumen, als ihn ein Anruf aus dem Generalsekretariat des Élysée erreichte: der Präsident wünsche ihn zu sprechen. Seufzend stieß er die Schubladen wieder zu.

Der Präsident drückte ihm zur Begrüßung die Hand: »Ich habe dein Rücktrittsgesuch erhalten, aber ich nehme es nicht an. Ich brauche dich, und ich zolle dir Respekt: Du hast eine bewundernswerte Selbstbeherrschung an den Tag gelegt, als die Umstände es erforderten.« Die Situation hatte surreale Züge: Der Präsident versicherte Osman, wie »dringend« seine Kraft hier gebraucht werde, er könne die Mannschaft jetzt nicht im Stich lassen.

Osman stammelte nur »danke, danke« und wurde entlassen. Die Unterredung hatte wenige Minuten gedauert. Ein weiteres Mal war er eingeknickt, dem verführerischen Reiz der Macht erlegen. Er musste Laurence Corsini sprechen, er konnte sich die übertriebenen Wertschätzungsbekundungen nicht erklären.

»Das überrascht mich nicht«, sagte sie. »Geh mal ins Netz!«

Ein Wochenmagazin hatte soeben das neueste Ranking der beliebtesten Politiker Frankreichs herausgebracht, und Osman Diboula belegte Platz 3 – gleich hinter der Exministerin Simone Veil und dem Fußballstar Zinédine Zidane. Die Reaktionen der Rechtspopulisten auf die schmeichelhaften Umfrageergebnisse blieben nicht aus. Kurz darauf erschien ein Foto des lächelnden Osman mit der Unterschrift: »Bimbo im Glück.« Der Kommentar stammte von derselben Redaktion, die nach der Fußballweltmeisterschaft getitelt hatte: »Gibt es in Frankreichs Team zu viele Schwarze?«

Ein Schlag unter die Gürtellinie. Es folgten unzählige Solidaritätsbekundungen von Politikern, Schriftstellern, Unbekannten. Alle verurteilten den niederträchtigen Angriff, den offenen Rassismus. Mit Hilfe einiger prominenter Intellektueller organisierte Wojakowski eine große Abendveranstaltung zu Ehren »eines unglaublich mutigen und unbeirrbaren Mannes, der im Angesicht von Unmenschlichkeit Durchhaltevermögen und Standhaftigkeit gezeigt hat«. Hundertfünfzig Personen erwiesen Osman Diboula an jenem Abend die Ehre und lauschten seiner Rede über Herrschaftsverhältnisse, Diskriminierung, ethische Pflichten und die Bedeutung von

Sprache. Wortreich brachte er zum Ausdruck, wie schockiert und erschüttert er sei. Nach der Rede brandete langanhaltender Applaus auf. Am Ende der Veranstaltung bemerkte Wojakowski lachend, nun sei er wohl endgültig zum Säulenheiligen geworden.

3

Sechs Monate nach François' Tod fasste Marion den Entschluss, allein in die Berge zu fahren, ins Departement Alpes-de-Haute-Provence, und zwar in das Chalet, in das Romain sie nach ihrer Rückkehr aus Paphos mitgenommen hatte. Sie wollte schreiben, zu innerer Ruhe finden. Vorher würde sie ihren Schwiegervater in seinem Haus im Vallée de Chevreuse besuchen, wohin er sich nach dem Tod seines Sohnes einsam zurückgezogen hatte.

Paul Vély empfing sie in seinem Arbeitszimmer, wo sich die Bücher an den Wänden fast bis zur Decke stapelten. Auf einer imposanten Glasplatte türmten sich Folianten und Schriftstücke. »Das Ergebnis eines ganzen Lebens!«, rief er, auf das Durcheinander deutend. Auf dem Schreibtisch zahlreiche Fotos der Familie, kein einziges jedoch zeigte ihn. Er bat Marion, Platz zu nehmen, und erkundigte sich mit leiser Stimme nach ihrem Befinden, als befürchtete er, ein zerbrechliches inneres Gleichgewicht zu zerstören, wenn er lauter spräche. Ihrer beider Leben, so schien es, war nur mehr ein Murmeln, ein psalmodierendes Gebet, jeder Überschwang war ihnen abhandengekommen. Marion erzählte von ihrem Alltag in New York, sie selbst habe Anpassungsschwierigkeiten, aber den Mädchen ginge es gut, sie besuchten das französische Gymnasium, hatten neue Freunde gefunden, ihr Lebenswille war phänomenal.

»Der Mensch unterschätzt seine Fähigkeit, Widrigkeiten zu überstehen«, sagte Paul Vély. »Im Unglück entdeckt man bisweilen ungeahnte Kräfte in sich.«

Das könne sie von sich nicht behaupten, gestand Marion. Jeden Tag aufs Neue müsse sie sich bemühen, nicht endgültig zu kapitulieren. »Ich komme voran, aber ich sinke mit jedem Schritt ein, so schwer von Traurigkeit komme ich mir vor.« Es gelang ihr nicht, die Tränen zurückzuhalten. Sie schluckte. »Tut mir sehr leid, ich wollte nicht vor Ihnen weinen.«

»Sag so was nicht. Du hast sehr schwere Zeiten hinter dir. Du bist stark geblieben. Du hast dich vorbildlich um die Kinder von François gekümmert, und du stehst immer noch aufrecht da.«

Marion sah ihn betrübt an, die Hände in den Pulloverärmeln verborgen. Sie hatte die zornige Energie verloren, die lange Zeit der Motor ihres Schreibens gewesen war, sie fühlte sich klein und formlos, ein Körper ohne Knochen.

»Du solltest wieder dein eigenes Leben führen«, sagte Paul Vély. »Meine Exfrau und ich, wir können uns um unsere Enkelinnen kümmern, Thibault ist unabhängig. Du musst an dich denken.«

Marion schwieg.

»Du musst an die Zukunft denken, Marion. Und diese

Tragödie hinter dir lassen.« Vély erhob sich und legte ihr die Hände auf die Schultern. »Ich glaube an die tröstlichen Eigenschaften der Literatur.« Er nahm mehrere Bücher von seinem Schreibtisch und schob sie in eine Tasche, die er ihr reichte. »Ich habe diese Werke ausgesucht, weil ich hoffe, dass sie dir helfen können. Lies vor allem Rilke: *Du musst das Leben nicht verstehen* – das sagt alles.« Er holte geräuschvoll Luft, als sei ihm der Hals eng geworden, und fuhr fort: »Die Erfahrung hat mich eines gelehrt: Das Leben bietet uns sehr wenige Gelegenheiten, glücklich zu sein. Die Liebe ist eine davon. Aber sie ist selten und ihre Dauer begrenzt. Das Lesen jedoch kann man täglich neu genießen. Ja, lesen ist das Einzige, was mich vollkommen glücklich gemacht hat.«

Marion griff nach der Tasche. »Danke.«

»Schreibst du an etwas?«, wollte Paul Vély wissen.

»Ich versuche es, aber meine Gedanken bleiben nie lange bei einem Thema.«

»Irgendwann wirst du dieses zweite Buch schreiben, davon bin ich überzeugt. Proust spricht von dem nützlichen Unglück, das man in Literatur umwandeln kann.«

»Schreiben ist eine Steigerung der Gewalt. Was Literatur hervorbringt, wird einen am Ende töten.«

»Man muss das Leben wählen, Marion. Man muss leben, sonst nichts.«

Sie richtete sich ein wenig auf. »Ich überlebe, ja, aber das Philosophieren, das Vertrauen, das Reflektieren, das Lesen, das Arbeiten, all das, was meine Umgebung als Werte hochhält, nützt einem überhaupt nichts mehr, wenn man am Rande des Abgrunds steht. Ich glaube, dass man nach einer solchen Tragödie keine Möglichkeit mehr hat, glücklich zu sein.«

Paul Vély drehte den Kopf ein wenig zur Seite. »Das ist die Wand, gegen die alle Menschen früher oder später stoßen. Vielleicht sollten wir nicht danach streben, glücklich zu sein, sondern nur danach, das Leben erträglich zu gestalten.«

4

Das Leben ändert sich schnell.
Das Leben ändert sich in einem Augenblick.
Man setzt sich zum Abendessen, und das Leben,
das man kennt, hört auf.
Die Frage des Selbstmitleids.

Mit diesen Worten begann die amerikanische Schriftstellerin Joan Didion ihr Buch *Das Jahr magischen Denkens*, das sie schrieb, nachdem sie völlig unerwartet ihren Mann verloren hatte. Sie wollte gerade mit ihm zu Abend essen, als er über dem Tisch zusammenbrach. Zur gleichen Zeit lag ihre Tochter nach einer Lungenentzündung, bei der plötzlich Komplikationen aufgetreten waren, im Koma. Innerhalb weniger Stunden versank ihr angenehmes, von Lesen und Schreiben erfülltes Leben im Chaos.

Es war eines der Bücher, die Paul Vély Marion geschenkt hatte, und die Worte einer Fremden erlaubten es ihr, das Territorium der eigenen Trauer abzustecken. Auch dazu konnte Literatur dienen – mit Hilfe der Erfahrungen anderer Menschen das heimtückische Räderwerk der Existenz und ihre hinterhältigen Auswahlkriterien zu durchschauen, in einem Moment, da man selbst nicht in der Lage war, ihre Komplexität zu fassen.

Marion hatte die Orientierung verloren, darum war sie aufgebrochen. Sie wollte ihre innere Leere füllen. Sie hatte jenen absoluten Tiefpunkt erreicht, an dem man glaubt, dass das Leben jeden Sinn verloren hat. In dem Chalet hatte sie ein Zimmer mit Blick auf die Berge gemietet. Sie stand früh auf und unternahm mehrstündige Wanderungen, die Bewegung half ihr, den Kummer zu ertragen, die körperliche Anstrengung wirkte ihrer Traurigkeit zunehmend entgegen. In den Pausen setzte sie sich an die Bergseen und betrachtete die Landschaft. Möglichkeiten schienen am Horizont auf.

Zurück im Chalet, las sie. Der literarische Raum war der einzige, den zu bewohnen sie sich imstande fühlte. Manche Schriftsteller hatten im Schreiben ein Mittel zur Genesung gefunden, eine erlösende oder die Trauer erstickende Maßnahme, je nach den Umständen. Sie hatten das Leid in eine literarische Erfahrung verwandelt. In seinem *Tagebuch der Trauer* schrieb Roland Barthes, der seine Mutter verloren hatte, am 4. November 1978: *Auf dem offenen Meer des Kummers – die Küsten verlassen, nichts in Sicht. Schreiben ist nicht mehr möglich.*

Auch für Marion beschränkte sich das Schreiben auf Versuche, die regelmäßig fehlschlugen. Jeden Tag setzte sie sich abends an ihren Schreibtisch vor den betriebsbereiten Computer, das Heft aufgeschlagen vor sich, den

Stift in der Hand, aber nichts kam. Oder sie überarbeitete ein paar Seiten, und wenn sie sie noch einmal las, war sie so deprimiert, dass sie alles verwarf. Der Text war nicht unbedingt schlecht, aber er war nicht *notwendig*. Er hatte nicht die explosive Energie, die wütende Dringlichkeit ihres ersten Buches. Einer Freundin hatte sie einmal anvertraut, sie sähe sich als Autorin eines einzigen Buches. Zum Lesen konnte sie sich noch aufraffen, aber es gab vieles, was sie nicht mehr konnte, weil sie weder die Kraft noch Lust dazu hatte: diskutieren, Kleider kaufen, ins Kino gehen, essen gehen, sich schminken. Die Trauer brandete über sie hinweg und riss alles mit, sie brach beim geringsten Anlass in Tränen aus, oft genügte eine gedankenlose Bemerkung, ein Wort, und kein innerer Wellenbrecher schützte sie vor der Erosion all dessen, was ein geglücktes Leben ausmachte: Selbstvertrauen, Fülle, Heiterkeit. Die Tage verliefen in einem immer gleichen Rhythmus. Und dann, am sechsten Tag, las sie das dritte Buch, das Paul Vély ihr mit auf den Weg gegeben hatte, *Schreiben oder Leben* von Jorge Semprún. Ein Satz war mit schwarzem Kugelschreiber unterstrichen:

Das Leben war noch lebbar. Es genügte zu vergessen, es mit Bestimmtheit, brutal zu beschließen.

5

Osman behielt seinen Posten, blieb Staatssekretär, und Sonia brachte ein kleines Mädchen zur Welt, aber die innere Not und die brennenden Schuldgefühle, das Bewusstsein, auf ganzer Linie versagt zu haben, wurden dadurch keineswegs außer Kraft gesetzt. Osman hatte gehofft, sie würden durch die Arbeit, die Beziehung, die Geburt seines Kindes vergehen. Doch das geschah nicht. Sonia konnte seine Gleichgültigkeit und Apathie nicht mehr ertragen und bat ihn wenige Wochen nach der Geburt, auszuziehen. Er widersprach nicht, ihr Eheleben war ohnehin nur noch ein langsamer Prozess der emotionalen Zerrüttung. Laurence Corsini stellte ihm eine kleine möblierte Einzimmerwohnung im 7. Arrondissement zur Verfügung; sie lag in der Rue de Lille in einem vierstöckigen Wohnhaus mit cremeweißer Fassade. Osman rief seine Eltern an, um sie über die neue Situation zu informieren. Sie äußerten sich nicht dazu, kamen jedoch am Nachmittag vorbei, um ihm frische Bettwäsche und Toilettenartikel zu bringen, die sie im Lidl in der Avenue d'Ivry gekauft hatten. Sie regten an, er könne doch bei ihnen wohnen, ein Zimmer sei frei, aber er schlug ihr Angebot aus. »Danke, es geht mir gut«, er werde ohnehin bald in eine größere Wohnung ziehen, in der auch Platz für seine Tochter sei. Er begab sich in Behandlung bei einem renommierten Pariser

Psychologen und schluckte seit Wochen Antidepressiva. Der Graben aber, der zwischen der öffentlichen Wahrnehmung seiner Person – ein beliebter, von den Medien hofierter Politiker – und seinem Selbstbild klaffte – ein im Zerfall begriffener Mann –, blieb abgrundtief.

Als er eines Abends sein Büro im Außenministerium verließ, geriet er ins Taumeln, ein Security-Mann kam ihm zu Hilfe und schlug vor, einen Chauffeur zu rufen, der ihn nach Hause bringen würde. Er lehnte ab, er wollte lieber zu Fuß nach Hause gehen. Er hielt sich in Richtung Seine-Ufer, und am Pont des Arts überfiel es ihn wieder: SCHLUSS MACHEN.

»Ich will glückliche Menschen um mich haben«, hatte der Präsident gesagt, und glücklich war Osman schon lange nicht mehr. Man verlangte von ihm, stark zu sein, während man alles tat, um ihn zu schwächen, er sollte machtvoll auftreten, während man ihn zwang, sich zu verbiegen – *den Kopf senken, wie unsere Väter, die sich unter Zwang bis zur Erde beugen mussten.* Gähnende Leere im Herzen – *Sie mit Ihrer schwarzen Abstammung.* Der Krieg ist erklärt – *wenn die Schwarzen in Gruppen auftauchen, lasst ihr sie nicht rein.* Töten oder getötet werden. Zubeißen, bevor man gebissen wird – *man könnte meinen, man sei in Barbès.* Heimliches Aufbegehren – *du wirst Hilfestellung bekommen* –, beim großen Gesellschaftsspiel außen vor – *Sie stehen nicht auf der Liste* –, er war gescheitert, sie waren gescheitert, die Welt hatte ihre eigenen Ungeheuer hervorgebracht – *wir werden euch Integrationsschwaflern das Fell über die Ohren ziehen* –, und in den kommenden zehn Jahren würden sie sich fragen: *Wie?* Sein Leben, eine Geschichte der

Vereitelungen, ein Lehrstück in Gewalt und Erniedrigung – *Menschen wie Sie* –, ihre Milde war auch nur eine andere Form von GEWALT. Vor den anderen lächeln, immer nur lächeln, alles ist gut, alles wird gut, er musste sein Leben ändern, der Druck war zu groß – *die Grausamkeit einer verhassten Welt* –, ein innerer Blutsturz – *es ist Krieg!* –, ein Schlaganfall, provoziert von der Gesellschaft, die klassifizierte und einordnete, trennte und ausschloss – *Paranoiker!* Den eigenen Tod herbeiführen, Schluss machen mit den Kasten und Clans, den fatalen Identitäten – *Wer bin ich? Wer sind wir in dieser weißen Welt?* –, sich auslöschen, sich den Plan der Gesellschaft zu eigen machen: unsichtbar werden.

Er stand aufrecht und regungslos am Ufer, den Blick starr auf die Seine gerichtet – *eine Woge von Traurigkeit hätte ihn beinahe in die Ferne getragen* –, und stellte sich den Augenblick vor, in dem er über das Geländer stieg und sich in das schwarze Wasser fallen ließ – *eine mickrige Kleinanzeige in der Rubrik Todesfälle.* Diesmal würde er nicht schwach werden, die Brücke war menschenleer, das war das Zeichen, dass er endgültig allein war, es war so weit – *Bimbo im Glück* –, mit geschlossenen Augen ging er auf das Geländer zu, feiner Regen peitschte ihm ins Gesicht, der Schmerz war so stark, dass er ihm die Luft nahm – *die beliebtesten Franzosen* –, er saugte ein letztes Mal die frische Luft ein – *ich brauche Männer wie dich* –, beugte sich vornüber – *deine Impulsivität, deine Empfindsamkeit* –, bis drei zählen und dann springen, an nichts denken – *die Wunden der Demütigung sind die schlimmsten* –, nicht zurückscheuen, es gab keinen anderen Ausweg, keine Hoffnung mehr, er hatte den sozialen Krieg verloren – *man kann sich nur einer noch größeren Gewalt beugen* –, welche größere Gewalt gab es, als sich selbst den Tod zu geben, denn das wollten sie ja, einen ausschalten, aus dem Spiel werfen –, *was hat Osman Diboula zu bieten, außer dass er schwarz ist?* Er blickte auf das dunkle Wasser hinunter – *Fick dich!* –, und auf einmal vibrierte sein Telefon irgendwo am Körper, er suchte hektisch danach und fand es nicht, dann endlich doch, aber warum sich überhaupt melden? Welche Verhaltensregel zwang ihn dazu? KEINE REGEL OHNE VERRAT. Aber nein, es war sein Vater, der seit einer halben Stunde auf der Straße vor der neuen Wohnung auf ihn wartete, er war auf dem Markt gewesen, dem von Aligre, schon ganz früh, und hatte alles gekauft, was Osman gern aß – Mangos, Ananas, Kaktusfeigen, Cashewnüsse, frische Minze –, sein Trolley war vollgepackt, er war mit der Metro gekommen, der Lift war außer Betrieb, er war müde, es regnete, er kannte den Zutrittscode zum Gebäude nicht, der Nachbar hatte ihn nicht hineingelassen, wer könnte ihm die Haustür aufmachen?

»Ich bin in zehn Minuten da«, sagte Osman. »Geh ins Café, Papa, bleib nicht auf der Straße stehen, es ist kalt.« Er entfernte sich von dem Geländer und rannte über die Brücke, das Telefon in der Hand. »Ich komme.«

Er geht zurück ins Leben – zu seinem Vater

6

Romain konnte sich auf keine Tätigkeit länger als ein paar Minuten konzentrieren, es ging abwärts, immer weiter abwärts, er verließ die Wohnung kaum noch, bis er sich eines Tages dazu durchrang, an einem der Freizeitcamps der Vereinigung der Versehrten Soldaten teilzunehmen, die in der Nähe von Bourges in einem großen Sportzentrum stattfanden. Es war ihm gelungen, Farid zum Mitkommen zu überreden.

Sie erreichten das Zentrum am späten Vormittag, ein Bus hatte sie zusammen mit anderen Kriegsversehrten hingefahren. Sie waren zu zehnt, und es verband sie ein ähnliches Schicksal: Zwei von ihnen waren in Kapisa auf eine Sprengfalle getreten, ein anderer war nach einer Bombenexplosion schwer entstellt, zwei weitere litten unter Depressionen, da sie miterlebt hatten, wie sich einer ihrer Kameraden eine Kugel in den Hals gejagt hatte. Außerdem nahm ein etwa zwanzigjähriger Scharfschütze teil, der traumatisiert von einem Einsatz zurückgekehrt war, bei dem er, wie man sich erzählte, gezwungen gewesen war, auf ein Kind zu schießen. Keiner von ihnen trat aus voller Überzeugung an diesem Tag an, sie alle waren skeptisch, erwarteten eine peinliche und sinnlose psychosoziale Maßnahme – aber sie täuschten sich. Die Atmosphäre war locker und entspannt – keine Wertungen, kein demonstratives Wohlwollen, nichts weiter stand im Vordergrund als der Wunsch, gemeinsam etwas zu erleben.

Sie versammelten sich im Großen Saal, wo die verschiedenen Gruppenleiter sie in Empfang nahmen – ein Team aus Medizinern, Vertretern des Militärs und Sporttrainern, die die Männer bei ihren Aktivitäten anleiten sollten.

»Sie alle haben Schreckliches durchgemacht. Jetzt sind Sie hier, um Sport zu treiben und sich zu erholen«, sagte ein Vertreter des Militärs.

Die Soldaten wechselte misstrauische Blicke. Sport treiben? Wie bitte? In ihrem Zustand? War das ein Witz? Nein.

»Sie werden klettern, reiten, rudern, mit dem Blasrohr schießen und sogar im Kajak einen Fluss hinunterfahren.«

»Im Kajak? Haben Sie mich mal angesehen?«, rief Farid.

»Glauben Sie mir, ja, Sie werden es tun.«

»Okay, und ich halte die Paddel, richtig?« Farid drehte den Kopf zu Romain. »Ich weiß wirklich nicht, was ich hier soll. Sind wir die moralische Rückendeckung für eine Maßnahme, die sich die Werbeabteilung der Armee ausgedacht hat?«

Seine Skepsis legte sich, als er zwei Stunden später, angetan mit einer fluoreszierend gelben Rettungsweste, im Kajak auf einer Plastikschale saß. Vor Beginn der Flussfahrt hielt Romains Psychiater, der zum Team gehört, eine kleine Ansprache: »Die meisten Menschen glauben fälschlicherweise, dass allein der Körper uns Autonomie ermöglicht. Aber die Freiheit sitzt auch im

Kopf. Hier berücksichtigen wir die Versehrtheit jedes Einzelnen und zeigen Ihnen, dass noch etwas möglich ist.«

Farids Miene hellte sich auf. Romain saß hinter ihm im selben Kajak, das Zeichen zum Start wurde gegeben, und sie legten ab. Freudenschreie erklangen. Farid beschrieb, was er spürte: Wind auf dem Gesicht, Wasserspritzer, die ihn trafen, die heiße Sonne auf der Stirn. Verzückt schloss er die Augen. Als sie wieder anlegten, gab er zu, zum ersten Mal seit Monaten wieder so etwas wie Glück empfunden zu haben.

Sie aßen im Freien auf der riesigen geschützten Terrasse, auf der ein großes Buffet angerichtet war. Ein paar Männer erzählten, was ihnen zugestoßen war, andere schwiegen. Die Ärzte hatten darum gebeten, sich nicht in der Schilderung morbider Details zu verlieren, damit die Sensibleren unter ihnen nicht zusätzlich belastet würden. Am Nachmittag wurden Gruppen gebildet: Farid nahm mit anderen Tetraplegikern an einem Sportblasrohrkurs teil, und diejenigen, die unter einem posttraumatischen Stresssyndrom litten oder Prothesen trugen, gingen in die Halle an eine Kletterwand. Romain leitete diese Gruppe gemeinsam mit den Trainern an. Als Gebirgsjäger befand er sich hier auf vertrautem Terrain. Er sah den Soldaten zu, die ihre Prothesen zurechtrückten und in die Wand einstiegen – junge versehrte Männer von Mitte zwanzig, die kein Wort der Klage äußerten und über die albernsten Witze lachten.

Am Abend blieb Romain auf seinem Zimmer, er war müde. Er griff nach Marions Buch, das er sich in der Krankenhausbibliothek ausgeliehen hatte. Und während er las, war ihm, als hörte er ihre Stimme, seine Kehle schnürte sich zusammen. Er schickte ihr eine SMS – er wolle sie sehen, sie fehle ihm. Dann legte er das Buch zur Seite und ging hinaus. Es war fast Mitternacht, die anderen waren alle auf ihren Zimmern. Nur sein Psychiater wanderte mit dem Handy am Ohr in der leeren Halle auf und ab. Romain ließ sich auf eine Matte sinken. Als der Arzt sein Telefonat beendet hatte, kam er herüber und setzte sich neben ihn.

»Können Sie nicht schlafen?«

»Nein.«

»Wie hat Ihnen der Tag gefallen?«

»Ganz gut. Man merkt, dass alles darauf ausgerichtet ist, uns beim Verarbeiten zu helfen.«

»Trotzdem wirken Sie verärgert.«

Romain antwortete nicht, aber er hob den Kopf und sah den Psychiater an, als wartete er auf Nachfragen, die jedoch nicht kamen.

»Ich gehe draußen eine rauchen«, sagte der Arzt nach einer Weile und holte ein Päckchen Zigaretten aus seiner Jackentasche. »Ich weiß, ich gebe meinen Patienten kein gutes Beispiel.«

»Ich komme mit.«

Sie gingen hinaus und zündeten ihre Zigaretten an. Die Luft war mild.

»Es tut mir leid, dass ich meine Sitzungen abgebrochen habe und, ohne Bescheid zu sagen, in den Irak gegangen bin, quasi aus einer Laune heraus.«

»Sie hatten zweifellos Ihre Gründe. Man versucht den Patienten einen gewissen Halt zu geben, man will sie nicht bevormunden.«

»Wissen Sie noch, was ich Ihnen bei einer unserer Sitzungen erzählt habe? Dass ich in Paphos eine Frau kennengelernt habe?«

Der Psychiater nickte.

»Ich will sie wiedersehen.«

»Was hält Sie zurück? Sie haben sich inzwischen von der Mutter Ihres Sohnes getrennt.«

»Diese Frau hat Schlimmes erlebt.«

»Das muss kein Hindernis sein.«

»Ich habe Angst.«

»Wovor?«

»Mich zu weit vorzuwagen. Vor allem habe ich Angst davor, dass sie mich zurückweist, dass sie mich kühl behandelt oder, noch schlimmer, freundschaftlich. Es geht mir jetzt ein bisschen besser, aber wenn ich abstürze, weiß ich nicht, ob ich mich wieder aufrappeln kann, ich fühle mich so verwundbar.« In diesem Moment vibrierte sein Handy. Er holte es hervor, las Marions Namen, wagte aber nicht, die SMS zu lesen.

Der Psychiater drückte seinen Zigarettenstummel aus. »Die meisten Menschen ziehen die Bequemlichkeit dem Risiko vor«, sagte er, »weil sie Angst vor einer Veränderung oder einem Scheitern haben, dabei müssten sie am meisten Angst vor einem vergeudeten Leben haben.«

7

Verwundet, aber lebendig, und wie lebendig! Sie lieben sich kraftvoll, lieben sich bis zum Höhepunkt, ihre Stimmen zittern, verschlungen ineinander liegen sie da, der Vollzug einer privaten Wiedergeburt, dann ein Innehalten. Es kehrt zurück, sie spüren es, es fließt hin und her, das Verlangen kehrt zurück und mit ihm der Atem, das Lachen, die Lust, das Leben pulsiert, gewinnt die Oberhand, erfüllt und füllt aus, die Worte quellen hervor, die Sätze dehnen sich, da ist viel Raum, der Rhythmus der Sprache gleicht sich der neuen Freiheit an – Hoffnung.

Draußen versinkt die Sonne hinter Gebirgsketten, goldblitzende Strahlen überziehen schillernd den Himmel – eine alpine Poesielandschaft. Noch heben sich die weißen Schneeflächen von der beginnenden Dunkelheit ab, doch bald verschmelzen Schwarz und Weiß, die Abenddämmerung bricht herein. Ihr Chalet liegt nur wenige Meter von einem kristallinen See entfernt, und durch das Fenster dringt Mondlicht. Sie haben den Tag im Bett verbracht. Am Rand des Abgrunds halten sie sich im Arm, sie sind zusammen, eng aneinandergeschmiegt, allein in der tiefen Stille der Berge, fernab der umtriebigen Welt. Romain löst sich ein wenig von ihr, um sie betrachten zu können, sein Körper glüht, als würde er gleich in Flammen aufgehen. Er streichelt ihre

Brüste, ihren Bauch, ihre Hüften – *ich liebe dich, ich liebe dich so sehr* –, nimmt ihren Kopf zwischen die Hände und küsst sie mit verdoppelter Leidenschaft, während Marion sich im Geiste wie eine erlösende Litanei immer dieselben Worte vorsagt: *Man muss leben, man muss leben, man muss leben.*

8

Es war keine Ladung Blei, die auf sie abgefeuert wurde, sie sind nicht tot, aber zerrüttet – eine seelische Explosion, ein innerer, unsichtbarer Bruch hat sie erschüttert, die Radiologie kennt sich mit der Geographie der psychischen Schmerzen nicht aus. Sie können immer noch aufstehen und sich ins Bett legen, sie lachen zuweilen, was sie selbst überrascht, sie schlafen mit jemandem und lieben vielleicht auch, ja, durchaus, aber sie werden nie mehr vom Ehrgeiz getrieben sein. Möglicherweise vergessen sie, dass sie einmal von einem Posten, einem Titel, Ruhm und Ehre geträumt haben, von gesellschaftlichem Aufstieg, Orten, an denen Glänzen mehr zählt als Leben – sie sind durch eine Prüfung gegangen, waren starr und gelähmt vor Angst, dann wieder wachsam, auf der Hut, auf der Flucht vor dem Grauen, im Blick die Bilder des Unumkehrbaren, ein gejagtes Herz, ein zerschmetterter Körper, von der Wucht des Angriffs überrascht – dem Abschied vom Glück ist keine Warnung vorausgegangen. Ein Teil von ihnen ist für immer verloren. Eine Form von Leichtigkeit. Das, was von der Kindheit geblieben war. Die Unbeschwertheit.

Danksagung

Ich danke Antoine Gallimard für sein Vertrauen. Ein weiterer Dank geht an Professor Franck de Montleau, den Leiter der Psychiatrischen Abteilung des Militärischen Lehrkrankenhauses Percy, dessen Menschlichkeit mir eine Quelle der Inspiration war. Weiterhin möchte ich meinem Lektor Ludovic Escande danken, der alle Entwicklungsstadien dieses Romans mit seinem Wohlwollen und seiner gründlichen Lektüre begleitet hat.

Für ihre wertvolle Hilfe und die Zeit, die sie mir geopfert haben, danke ich den Caporaux-chefs Yannick Boulet, Luc Bronner, Caporal Thierry Dorothée, Jérôme Fritel und Jean-Philippe Lafont, den Adjudants-chefs Éric Nagel, Sampath Pannagas (vom Krankenhaus Percy), den Caporals-chefs Michel Petitguyot, Thierry Queffelec, Sergent Frédéric Rivette, Adjudant Claude Salesse, Sergent-chef Jocelyn Truchet und Maxime Tandonnet.

Mein Dank geht auch an Anne-Sophie Chassagnette, Jacky Cukier, Sylvain Deletang, Lieutenant-colonel Nicolas Fouilloux, Annie Lucas (von der psychosozialen Beratungsstelle für Soldaten *Cellule d'aide aux blessés de l'armée de terre*), Laurine Marius, Isaure Mercier, Christelle Murhula.

Ich danke all jenen, die sich bereit erklärt haben, mit mir zu sprechen, die jedoch aus Gründen der Vertraulichkeit ihre Namen nicht preisgeben wollen. Sie werden sich wiedererkennen.

Ein Dank an François Samuelson für seine Unterstützung und seine freundschaftliche Präsenz.

Schließlich möchte ich meinen Eltern, insbesondere meiner Mutter, danken und natürlich Ariel, Jérémy, Taly und Raphaël. Dieses Buch verdankt ihnen viel.

Eine Reihe von Büchern, Artikeln und Dokumentarfilmen lieferte mir wertvolle Informationen. Nennen möchte ich vor allem:

Engagé von Lieutenant Nicolas Barthe; *Comédie française* von Georges-Marc Benamou; *Dix semaines à Kaboul* von Patrick Clervoy; *La guerre en montagne* von den Lieutenants-Colonels Hervé de Courrèges, Pierre-Joseph Givre, Nicolas Le Nen; *Big boys. Les mercenaires d'Irak* von Steve Fainaru; *La guerre sans fin* von Dexter Filkins; *De bons petits soldats* von David Finkel; *Mercenaire de la République* von Franck Hugo und Philippe Lobjois; *Sous la plume. Petite exploration du pouvoir politique* von Marie de Gandt; *Mourir pour l'Afghanistan* von Jean-Dominique Merchet; *Afghanistan. La guerre inconnue des soldats français* von Nicolas Mingasson; *La condition noire* von Pap Ndiaye; *Bagdad, zone rouge* von Anne Nivat; *197 jours. Un été en Kapisa* von Julien Panouillé; *Scènes de la vie quotidienne à l'Élysée* von Camille Pascal; *Un cœur invaincu* von Mariane Pearl;

Paroles de soldats von Hubert le Roux und Antoine Sabbagh; *Dirty Wars. Le nouvel art de la guerre* von Jeremy Scahill; *Casier politique* von Ali Soumaré; *Haute tension. Des chasseurs alpins en Afghanistan* von Sylvain Tesson, Thomas Goisque und Bertrand de Miollis; *Journal d'un soldat français en Afghanistan* von Sergent Christophe Tran Van Can.

Drei eindrucksvolle Dokumentarfilme waren mir besonders von Nutzen: *Of Men and War* von Laurent Bécue-Renard; *L'embuscade. Retour dans l'enfer d'Uzbin* von Jérôme Fritel; *Let There Be Light* von John Huston.

Zitatnachweise

Aischylos, *Die Perser*. Übersetzt von J. T. L. Danz. Leipzig 1789.

Roland Barthes, *Tagebuch der Trauer*. Aus dem Französischen von Horst Brühmann. © Carl Hanser Verlag 2010.

Joan Didion, *Das Jahr magischen Denkens*. Aus dem Amerikanischen von Antje Rávic Strubel. © List Taschenbuchverlag in der Ullstein Buchverlage GmbH, Berlin 2015.

Frantz Fanon, *Die Verdammten dieser Erde*. Aus dem Französischen von Traugott König. Vorwort von Jean-Paul Sartre. © Suhrkamp Verlag Frankfurt am Main 1981. Alle Rechte bei und vorbehalten durch Suhrkamp Verlag Berlin.

Francis Scott Fitzgerald, *Der Knacks*. Übersetzt von Michaela Ott und Walter Schürenberg. © Merve Verlag 1984.

Wassili Grossman, *Alles fließt*. Aus dem Russischen von Annelore Nitschke. © Ullstein Verlag, Berlin 2010.

Inhalt

DIE RÜCKKEHR AUS AFGHANISTAN 13

DIE AFFÄRE 189

IRAK 377

DAS ENDE DER UNBESCHWERTHEIT 473